KB120646

내 손을 놓아줘

LET GO MY HAND

내 손을 놓아줘

에드워드 독스 지음
박산호 옮김

내게 사랑의 의미를 가르쳐준

O, S, W & R을 위해

4막 6장 도버 절벽에서

글로세스터 내 손을 놓아라

이보게, 친구여, 여기 지갑을 받게.

그 안에 가난한 이가 가질 만한 가치가 있는

보석이 있다네.

요정들과 신들이 그것으로 그대를 부자로 만들어주길!

내게서 멀리 떨어져 작별을 고해주고,

자네가 떠나는 소리를 들려주게.

에드거 이제 작별을 고하라고요?

셰익스피어, 《리어 왕》에서

"먼저 우리의 입장을 정리해야 해."

이반 투르게네프, 《아버지와 아들》에서

오, 신이 아브라함에게 말했지, "네 아들을 죽여라."

아브라함이 말하지. "맙소사, 지금 농담하시는 거죠."

신이 말하지. "아니." 아브라함이 말하지. "뭐라고요?"

신이 말하길, "넌 뭐든 하고 싶은 대로 할 수 있지만,

다음번에 내가 오는 걸 보면 냅다 도망치는 게 좋을 거야."

아브라함이 하는 말, "어디서 그 아이를 죽이길 바라시는 건가요?"

신이 말하지. "61번 고속도로에서."

밥 딜런, 〈다시 찾은 61번 고속도로〉에서

차례

일러두기

· 인명, 지명 등 외국어 표기는 국립국어원의 외래어표기법을 따랐으며, 몇몇 경우
  는 관용 표현을 사용했다.
· 각주는 모두 옮긴이 주다.

1

아버지의 초상화

도버

이 일엔 어떤 식으로든 절대로 동의하지 말았어야 했다. 도버에 도착해 페리 터미널로 들어갈 때 비로소 이게 현실이라는 실감이 들었다. 출입국 관리를 위해 차 유리창을 내리자 차가운 공기와 함께 짜디짠 바다 냄새, 휘발유 냄새, 녹슨 배의 쇠 냄새가 훅 밀려 들어오고, 살인 사건이라도 일어난 것처럼 비명을 지르는 갈매기 소리도 들린다.

나는 여권 두 개를 건넸다.

"휴가차 왔나요?"

출입국 관리가 묻는다.

나는 양쪽 입꼬리를 끌어올려 미소를 지어 보였다.

"네."

그녀는 아버지를 힐끗 바라봤다. 나는 허리를 뒤로 젖혀 그녀가 나와 아버지를 보고 우리가 별로 중요한 사람도 아니고, 정신이 나가 이 여객선을 날려버리고 싶어 하는 그런 부류의 인간인지 아닌지 판단할 수 있게 했다. 우리는 차가 없어서 아주 오래되고 낡아 빠진 캠프용 밴을 타고 왔다. 아버지는 조수석에서 자고 있었다. 형들이 가족 여행을 가고 싶어 하지 않은 지 오래됐다. 그래서 해마다 여름이면 아버지가 핸들을 잡고 엄마와 나와 여행했던 걸 생각해보면 이건 좋지 않은 일이었다.

여권을 돌려받았다. 나는 이 여행의 책임자가 나인 것처럼 핸들 밑에 있는 작은 수납공간에 아버지와 내 여권을 집어넣었다. 그런 다음 의식적으로 바닷바람을 들이마시며, 이는 아주 놀라운 일이라는 점을 나 스스로에게 일깨워주면서 부드럽게 다음 절차로 넘어갔다. 거기서 페리 회사 남자 직원으로부터 배에 타기 위해 줄을 서야 할 통로 번호가 적힌 길쭉한 종이 한 장을 받았다. 번호는 아버지 나이보다 다섯 살이나 많은 '76'이었다. 나는 그걸 백미러에 걸어놓고 배에 타길 간절히 기다리는 차들이 늘어선 통로들을 향해 갔다. 그때 갑자기 여러 감정이 북받치면서 어디를 봐야 할지, 뭘 해야 할지 알 수 없었다.

사실 내가 어렸을 때는 바로 이 순간에 아버지가 차를 끓이기 위해 밴을 멈추고 운전석에서 내려 그랑프리 정비공처럼 뛰어가곤 했기 때문이다. 그렇게 여행할 때는 밴에 짐을 너무 많이 실어 그 속에서 요리판을 꺼낼 수가 없었다. 가끔 더럽게 성질 부리는 랄프 형과 잭 형의 심기를 건드리고 싶지 않았던 아버지는 아스팔트 도로에 쭈그리고 앉아서 작은 캠핑용 스토브에 불을 붙였다. 그럴 때면 나는 아버지 옆에 찰싹 달라붙어서, 스토브의 아주 작은 파란색 불꽃이 으르렁거리며 거센 바람에 죽죽 커지는 모습을 지켜봤다. 나는 입고 있던 가장 좋은 여름휴가용 청바지 무릎에 두 손을 대고, 다섯 살이지만 마치 내가 자동차 경주에 나온 페라리를 정비하는 정비공인 척했다. 그러는 내내 형들은 밴에서 책을 읽었고, 엄마는 유리창을 내리고 팔을 밖으로 내민 채 럭키 담배를 피우며 물이 끓기 전에 우리 차례가 와서 다시 차를 움직여야 하는 일이 없길 바라고 있었다. 아버지가 일단 스토브에 불을 붙인 이상 차를 다 끓이기 전까지는 절대 일어나지 않을 거라는 걸 알고 있었으니까.

이제 나는 우리 차례가 오길 기다리는 동안 아버지와 같이 차를 마실지 결정해야 했다. 차는 내가 끓여야 할 것 같다. 아버지의 병과 관련해 내가 읽은 '예상해야 할 점들'과 '준비하는 방법'에 대해 적은 800매 분량의 PDF에 나온 표현을 빌리자면, 아버지가 '정교하게 움직일 수 있는 능력이 지속적으로 줄어들' 테니까. 이 또한 우리가 결정해야 할 또 다른 불가능한 일처럼 보였다.

눈에 확 띄는 잠바를 입은 남자가 우리에게 다른 밴들과 사륜구동차들이 있는 '76번 통로'로 들어가라고 손을 흔들었다. 내가 밴을 세우고 핸드브레이크를 잡아당기자 태엽 스프링을 끝까지 감은 골동품 시계처럼 딱 소리가 났다. 나는 이렇게 감정이 복받친 상태에서는 아버지와 말하고 싶지 않았기 때문에, 밴의 문을 열고 다리에 경련이 일어나는 사람은 아버지가 아니라 나인 것처럼 한번에 뛰어내렸다.

그렇게 뛰어내리자마자 그냥 밴 안에 있을 걸 하는 후회가 들었다. 밖으로 나와 주차장에 이르자 차 지붕에 카약을 몇 대 달아놓고 뒤쪽에는 자전거들을 매놓았으며, 유리창은 짙게 선팅한 오프로드 스테이션왜건에서 어떤 가장이 나와 이런 말을 하는 모습을 봐야 했으니까.

"알았어. 카푸치노 둘이랑 라테 하나 대령할게."

그는 입고 있는 후드 너머로 자기가 이 가족의 대장이고, 아주 훌륭한 아버지인 데다 필요하면(그럴 일은 전혀 없겠지만) 위대한 전사가 된다는 걸 모르겠냐는 눈빛을 나에게 막 쏘아 보냈다. 거기다 나는 좀 있다가 페리를 폭파할 계획이라도 있는 것처럼 덜덜 떨고 있었다. 나는 홱 돌아섰고, 무지하게 시끄러운 소리가 나는 밴의 뒷문을 밀어서 열었다. 여기에 기름칠을 좀 해야 했는데, 이건 또 언제 할 수 있을까?

"기분이 어때요, 아버지?"

"난 괜찮다."

아버지는 조수석에서 날 보며 미소를 지었다. 아버지는 평소처럼 끔찍한 옷을 입고 있었다. 겨자처럼 싯누런 플리스 스웨터, 너무 많이 빨아서 색이 바랜 베이지색 치노 바지, 별 이유도 없이 아버지가 자랑스럽게 여기는 가벼운 워킹화.

"조깅을 할까 생각 중이었다."

아버지의 말에 나는 천천히 고개를 끄덕였다. 아버지와 나는 요즘 마치 산사태가 일어날까 걱정이라도 하는 것처럼 농담과 빈정거리는 말을 주거니 받거니 하면서 지냈다.

"전 방금 했는데. 아버지 주무시는 동안에."

"하프 마라톤이었니?"

"그죠. 바다 카약도 몇 클릭 했고."

아버지는 날 보며 혀를 찼다. 킬로미터를 뜻하는 속어인 '클릭' 같은 말은 우리가 질색하는 단어다.

"사실 나도 그 공격적인 요가란 걸 해볼까 한다."

"요즘은 세상이 참 영적이긴 해요, 아버지."

아버지는 인류가 몰래 훔쳐내지 못해서 조금이나마 남아 있는 미래를 조용히 황폐화하는 SUV 군단을 훑어봤다. 아버지의 턱은 가끔 경련이 일었고 하품도 많이 했다.

바닷바람이 내 어깨를 감아 안으며 들끓던 마음을 가라앉혔다. 나는 밴에 올라탔고, 아버지는 좌석을 뒤로 돌리기 위해 좌석의 걸쇠를 풀기 시작했다. 나는 물병에 있던 물을 주전자에 부었다. 아무래도 차를 마셔야 할 것 같았다. 우리가 수없이 즐겁게 식사를 했던 회색 플라스틱 테이블을 밴 뒤쪽에 세웠다. 아버지는 내가 태어나기 직전인 1989년에 이 밴을 샀다. 이것은 1980년대 스타일의 한물간 폭스바겐으로 아무 문제없이 상속받는다 해도 별로 가지고 싶지 않은 밴이었다. 하지만 적어도 우리가 느끼기에 이 밴에는 영혼이 있다. 그게 중요하다. 아니,

그래야 한다.

　나는 곁눈질로 아버지가 조수석을 돌리려고 애쓰는 모습을 확인할 수 있었다. 다리에 아무 문제가 없으면, 발을 바닥에 대고 의자를 돌리고 싶은 쪽으로 힘주면서 돌리면 된다. 아버지는 다리에 저릿저릿한 통증이 자주 느껴진다고 했다. '하지 통증'이 시작된 것이다. 그래도 나는 아버지를 위해 모든 일을 다 하고 싶진 않았고, 무엇보다 여기서 그러는 건 눈치 없는 짓 같았다. 아버지를 그냥 놔두고 스토브에 불을 붙였다.

　그러는 한편으로 나는 랄프 형이 오는 게 낫겠다는 생각을 했다. 또 한편으론 랄프 형이 없는 게 더 나을지도 모르고, 가능한 한 아버지와 나만 있는 게 낫겠다는 생각도 들었다. 랄프 형에게는 일종의 정신적 광견병 같은 게 있으니까. 또 마음 한구석에는 잭 형이 우리에게 어떻게 이럴 수 있는지 이해가 안 된다는 생각도 있었다. 어떻게 잭 형은 여기 오지 않겠다고 할 수 있지? 형은 대체 언제쯤 아버지가 정말로 죽어가고 있다는 사실을 인정할까? 확실히 잭 형이 랄프 형보다 훨씬 더 나쁘다. 잭 형의 행동은 수동적이면서 공격적이라고밖에 표현할 수 없으니까. 적어도 랄프 형은 복잡하게 생각할 것 없이 100퍼센트 공격적이고.

　랄프 형과 잭 형은 나의 쌍둥이 이복형이다. 랄프는 날씬하고 잭은 조금 더 살집이 있는 형으로, 둘은 나와는 완전히 다른 시각으로 아버지를 본다. 아버지가 형들에겐 완전히 다른 사람인 것처럼 말이다. 엄마는 형들이 아버지에게 '정신적으로 충격을' 받아서 그런다는 말을 하곤 했다. 그 이유를 누가 알겠는가? 어쩌면 유전자 때문인지도 모르지. 어디선가 유전자란 요리의 재료와 같고, 가정환경은 그 재료들을 요리하는 방법과 비슷하다는 글을 읽은 적이 있다.

나는 옆을 슬쩍 봤다. 이제 아버지는 조수석의 발밑 공간에 무릎을 꿇고, 두 팔과 어깨로 의자를 밀어서 돌리고 있었다. 그러면서 고개를 들어, 우리는 아버지가 잠에서 깬 후(아니면 깬 척한 후) 처음으로 마주 보았다. 아버지는 어색한 분위기를 깨고 내가 아까 했던 질문을 했다.

"기분이 어떠니, 루?"

"나아졌어요."

아버지는 고개를 끄덕였다.

"그렇구나. 그냥 알고 있으려고. 네가 물어봤으니 나도 대답하는데, 난 지금 행복하다. 정말 행복해."

아버지의 말에 어찌 대꾸해야 할지 몰라서 그냥 이렇게 대답했다.

"아무래도 아버지는 고물 밴 바닥에서 시간을 좀 더 보내야 할까 봐요."

그러자 아버지는 내게 미소를 지어 보였다. 요즘 늘 짓는 정말 슬프지만 행복한 미소, 정말 미안하지만 기쁜 미소, 마치 우리 사이에 존재하는 모든 문제를 해결해버린 것 같은 그런 미소였다. 아버지의 새로운 미소는 내게 별로 도움이 되지 않았다. 가끔 아버지의 이런 미소가 그저 약을 먹어서 생긴 부작용이 아닐까, 궁금했다. 난 아버지를 위해 여기 있다. 그렇다고 아버지가 이렇게 5분마다 내게 미소를 지어 보이는 게 좋을 리 없다. 나는 아버지의 결정에 동의하지 않았다. 아니, 이젠 더 이상 동의하지 않는다. 지금 우리가 실제로 그걸 하는 것도 아니니까.

나는 밴 뒤쪽 좁은 조리실의 스토브 앞에 서서 찻잎들을 포트에 넣느라 엄청 바쁜 척했다.

아버지는 마침내 좌석을 뒤로 돌리고는 아주 기뻐했다. 의자 사이로 몸을 밀어넣어 나왔다. 아버지의 팔은 아직 쓸 만했다. 아버지는 만족스러웠던지 과장되게 한숨을 쉬며 앉았다.

"시간이 얼마나 남았니?"

아버지는 바다가 있는 쪽으로 고개를 끄덕여 보이며 물었다. 이것은 아버지가 할 수 있는 최악의 질문이었지만, 아버지는 0.5초 정도 지난 뒤에야 그 사실을 알아차렸다.

"내 말은 페리가 출발하기까지 얼마나 남았을 것 같냐는 거다."

"우리가 좀 일찍 왔어요."

이것 또한 최악의 대답이었다. 우리는 이 문제를 지난 18개월 동안 안고 있었다. 우리가 지금 한 말의 절반은 너무 의미심장하게 들리고 나머지 절반은 너무 공허하게 들려서, 왜 이런 말을 하느라 시간을 낭비하는지 모를 지경이었다. 아마 항상 농담하는 습관이 있어서 그럴 것이다. 우리는 늘 현재를 살려고 노력하는 중이다. 이 말이 대체 무슨 뜻인지도 모르겠지만. 달리 뭘 할 수 있겠는가? 우리는 계속 말해야 한다. 우린 말이 끊어지지 않는 가족이니까. 말하기, 언어야말로 인류의 조상들 중에서 호모사피엔스를 가장 성공적인 인간으로 만든 역할을 했다고 아버지는 늘 말했고, 지금도 자주 그런 말을 한다.

"네가 빨리 달렸나 보구나, 루."

"아니요. 도로가 텅 비어 있었어요."

"애스턴 마틴이나 마세라티를 타고 오지 않은 게 다행이다."

"그죠. 그랬으면 지금쯤 벌써 도착했을 텐데요."

아버지는 이제 그만 진지한 이야기로 넘어갈 것처럼 내가 한 말을 잠시 생각하다가 말했다.

"슬로드라이빙. 요즘엔 저속 운전이 새로운 대세라고 생각하니?"

"네에? 슬로푸드나 느림의 삶을 추구하는 슬로시티 같은 뜻으로 하시는 말이에요?"

"그래."

아버지는 이제 활기를 되찾았다. 이런 새로운 아이디어들이 아버지의 얼굴에 생기를 불어넣는 것 같았다.

"넌 이 슬로드라이빙이 완전히 새로운 철학이라고 하면서 시간이 남아 환장할 것 같은 사람들에게 돈을 받고 강의해주는 거지. 그런 주제로 쓴 책도 눈에 훤히 보이는 것 같구나."

아버지는 고개를 끄덕이면서 마치 그 책의 뒤표지에 적힌 인용문을 묘사하는 것처럼 손가락으로 인용 부호 표시를 해보였다.

"'너무너무 뻔한 내용을 또다시 포장해서 처음에 나온 이 아이디어를 세 번이나 놓친 사람들을 위해 쓴 책.' 인터넷에 나온 그리스인들의 말을 여기저기 조금씩 양념으로 집어넣으면 곧바로 강연 여행을 떠날 수도 있을 거야, 루."

아버지는 그리스인이라면 언제나 열광한다. 기독교를 '훌륭한 강탈범'이라고도 부른다.

"그리스인들은 차가 발명되기 한참 전에 살았잖아요, 그러니 드라이빙과도 친할 수 없었겠죠."

"내 말은 삶에 대한 그리스인의 격언들을 돌려서 책에 쓰는 거지."

"뭘 돌려서 써요?"

"너의 주장 말이야."

"전 아무 주장도 안 했는데요."

"하고 있잖아. 넌 지금 그리스인들이 아주 천천히 운전했기 때문에 삶을 좀 더 깊이 생각할 수 있었다는 말을 하는 거잖아."

"전 아무 말도 안 했는데요."

"그리스인의 철학, 희극, 민주주의, 조각, 올림픽… 그건 다 그리스인들이 원래 운전을 천천히 해서그래."

아버지는 전문가처럼 심호흡을 한 번 하면서 노팅힐에 모인 자기 계발 강사들이 세미나 중반에 하는 것처럼 연설을 시작했다.

"신사 숙녀 여러분… 우리는 모두 지금보다 과거의 사람들이 훨씬 더 행복했다는 사실을 알고 있습니다. 여기서 중요한 점은 대체 그 이유가 뭘까요?"

"중요한 점은 그 이유가 뭐냐는 거죠."

"제가 그 답을 말하겠습니다."

"잠깐… 우선 돈부터 받으시죠. 그리고 말해주세요."

"고대 그리스를 예로 들어보죠. 우리는 행복해지길 멈췄습니다…"

아버지는 심오한 진리를 이야기하는 척 잠시 입을 다물었다.

"우리가 슬로드라이빙을 멈췄을 때 마음의 중심을 잡는 법도 잃어버린 겁니다."

나는 고개를 절레절레 흔들었다. 아버지와 내가 질색하는 단어의 리스트가 있다. '마음의 중심'은 '클릭'처럼 '전설', '절충적인', '큐레이션한'이란 단어와 같이 그 리스트의 위쪽에 있다. 우리도 이유는 잘 모르지만 어떤 특정한 단어들을 싫어한다는 점이 우리 부자를 은밀하고 비정상적인 경로로 연결시켜준다. 그 단어들은 우리 사이에 놓인 모든 것으로 이뤄진 안개 짙은 늪지대를 비춰주는 손전등과 같다.

볼품없는 커튼을 쳐놓은 유리창에 주전자에서 나온 김이 서렸다. 우리는 다시 기분이 좋아졌다.

"그 크루아상들 가져왔니?"

크루아상, 고추를 많이 넣은 간 요리, 굴. 이 세 가지가 아버지가 좋아하는 음식이다.

"그럼요. 여섯 개나 가져왔어요."

"어서 꺼내라. 루, 뭘 기다리고 있니?"

나는 여행할 때마다 항상 가지고 다니는 파란 냉장 박스 위쪽에서 크루아상과 우유를 꺼냈다. 나의 러시아계 미국인 외조부모와 같이 뉴욕에서 크리스마스를 보낼 때 샀던 금속 머그잔 두 개도 꺼냈다. 아버지가 하는 걸 수천 번도 넘게 봤다. 그 방식대로 포트를 높이 들어 주둥이로 물을 콸콸 부었다. 물이 찻잎을 세게 때려 너무 일찍 찻물을 붓는 단점을 상쇄하려고 했다. 어쨌든 우린 늘 물을 너무 빨리 따랐다. 차, 크루아상과 함께 어딘가 근처에 있는 조약돌이 깔린 해변에 부딪치는 파도 소리와 살굿빛 아침 햇살이 들어와 우리와 함께 수천 킬로미터를 여행한 밴의 앞 유리에 생긴 자국들을 다 드러냈다.

우리가 무지하게 뜨거운 다르질링 차를 세 모금밖에 마시지 못했을 때 주위에 있는 오프로드 차들이 갑자기 시끄러운 소리를 내며 엔진에 시동을 걸기 시작했다. 페리가 그들을 놔두고 먼저 출발해서 프랑스에 영영 가지 못할 것처럼. 나는 아버지를 보며 고개를 절레절레 흔들었고(이런 일이 항상 있는 것처럼), 우리 둘 다 이 상황이 아주 웃기다고 생각했다.

우리는 포트에 남아 있는 더 진한 차를 먹으려고 컵에 따른 뜨거운 차를 목구멍이 데도록 벌컥벌컥 마셨다. 항상 두 번째로 따르는 차에 진짜 차 맛이 우려 나오니까. 아버지와 나는 세 살짜리 조카들처럼 허겁지겁 크루아상을 입속에 쑤셔넣었다. 이미 옆줄에 서 있는 차들은 움직이고 있었다.

"우리도 그만 '길을 나서는' 게 좋겠다."

이 말도 아버지가 좋아하는 단어 중 하나다. 잠시 휴가를 가는 것 같은 기분이 들었다.

아버지는 처칠의 전시 내각이 끝날 무렵에 태어나 클레멘트 애틀리 정부가 시작됐을 때 첫 번째 우유를 마셨다. 뭐, 아버지는 그렇게 말하길 좋아했다. 아버지는 런던에서 수십 년을 살았지만, 가끔 아버지의 목소리에서 재건축하고 확장된 건물들 밑에서 삐걱거리는 오래된 목재들의 소리처럼 과거 잉글랜드의 소리가 들릴 때가 있다.

아버지는 외아들이다. 요크셔에서 태어난 할아버지는 유명한 석공으로 작업장도 가지고 있었다. 할아버지는 그 지역에서 글자를 새기는 레터링으로 유명했지만, 돈은 주로 수천 킬로미터의 자연석으로 쌓은 벽을 재건하는 일을 감독하며 벌었다. 외할머니는 랭커스터 출신의 양재사였다. 할머니 역시 평생 일을 했고 커튼 만드는 부업으로 짭짤한 수입을 얻었다. 두 사람은 티 내지 않았지만 재정적으로 넉넉했고, 말년에는 특히 더 그랬다. 하지만 아버지가 우리 엄마 때문에 조강지처를 떠났을 때 할아버지와 할머니는 아버지와 절연하고 다시는 아버지와 말을 섞지 않으려 했다.

할머니는 아들과 소원해진 채 세상을 떠났다. 그런 상황을 바꾸거나 이해할 시간도 없었다. 가끔 나는 그 점을 생각한다. 평생 같이 살았고, 외아들을 키우느라 오랜 시간을 보냈는데 집안에 갑자기 불화가 생기고, 침묵만 흐른다. 그 후로 부모 자식 간에 평생 한마디도 하지 않는다. 할아버지는 아버지와 화해하려고 시도했지만 치매에 걸렸고, 결국 그 끝은 엉망진창이어서 굉장히 힘들었다.

난 친할아버지와 친할머니는 한 번도 만난 적이 없다. 하지만 랄프 형과 잭 형은 두 분을 상당히 잘 기억한다. 형들은 핼리팩스 외곽에 있는 할아버지의 오래된 집 옆의 작업장에서 놀곤 했다. 랄프 형은 늘 할아버지와 할머니를 터무니없을 정도로 자부심이 넘치고, 은근히 잔인하고, 마음이 좁은 사람들이라고 했다. 마음에 품은 노여움을 쉽게 풀지 못하고, 내심 울적하며 걱정이 많은 노인들로 기억했다. 잭 형은 할아버지와 할머니가 좋은 분들로 심지가 굳고, 근면하고, 법을 잘 지키며, 고지식할 정도로 공정한 사람들이라고 했다. 인생을 성실하게 살아서 성공하는 방법을 알아냈지만 그러지 못한 사람들은 참아내지 못하는 걸로 기억했다. 도대체 어느 쪽이 진짜인지는 나도 알 수 없었다. 나는 할아버지와 할머니가 1950년대에 찍은 사진을 몇 장 봤지만 그들의 세계는 도저히 상상할 수 없었다. 카메라가 어색해서 미소도 짓지 못하고 서 있는 두 사람의 모습이 마치 미소 역시 열심히 일해서 획득해야 한다고 말하고 싶은 표정 같았다. 내가 어렸을 때 아버지는 행성들, 세계 지도, 유럽의 역사 같은 것들을 가르쳐줬는데, 그때 아버지는 자신이 장미전쟁에서 마지막까지 살아남은 것들을 구현한 정수라고 말했다. 하지만 이제는 그런 역사의 메아리마저 희미해졌고, 영국은 사람들이 더 이상 어떻게 써야 할지 모르는 이야기가 돼버렸다고 아버지는 말했다.

친할아버지와 친할머니는 아버지가 우리 엄마를 만나기 전에는 아버지를 말로는 표현할 수 없을 정도로 아주 깊이 뿌듯해하셨다고 한다. 아버지는 가톨릭 학교에서 소아성애자 신부들을 용케 피하며 무척 열심히 공부해서 어마어마한 지력을 키웠다. 보는 시험마다 성적이 뛰어났다. 그렇게 아버지는 계속 올라갔다. 마침내 아버지는 유니버시티 칼리지 런던의 영문학과에서 학생들의 수업 프로그램을 짜는 행정과장이 됐다(그런 이유로 아버지의 아들 셋도 영문학에 빠져들었다). 아버지는 영어가 우리 영국인이 세상에 줄 수 있는 가장 큰 선물이라고 아직도 믿고 있다. 근대 민주주의도 아니고, 철도도 아니고, 월드와이드웹도 아니고, 뉴턴이나 케인스나 다윈도 아니고, NHS(국민의료보험)도 아니라고. 사람들이 영국이나 영국의 천재가 만들었거나 발명했다고 생각하는 그런 것들이 아니라 바로 영어가 선물이며, 영어 자체와 영어의 영향력과 영어로 쓴 시가 선물이라고. 더 나아가 아버지는 문학이 언어를 사용하기 때문에 다른 비언어적인 예술들과 달리 인간에게 생각할 거리를 던져준다고까지 말했다. 아버지와 같이 떠난 수많은 여행에서 오랫동안 고속도로를 달릴 때면 아버지는 그 기회를 틈타 나에게 언어는 '인간이란 존재를 규정하고 보완해주는 출중한 특징'이라는 점을 일깨워주곤 했다. 아버지는 곧바로 이렇게 말할 것이다. '영어는 세상에서 가장 위대한 언어'라고.

실제로 아버지가 언어를 몇 개나 알고 있는지 나도 잘 모른다. 독일어도 조금 하고, 프랑스어는 어느 정도 유창한 수준이다. 아버지보다 더 자신의 신조에 열렬히 빠져 있는 사람은 한 번도 보지 못했다. 아버지는 셰익스피어의 '속임수의 본질'이나 시인인 존 던의 '불변성의 본질'을 논하기 위해 나와 같이 전국을 여행했다. 아버지는 시 쓰기 대회의 심사를 보기 위해 진흙투성이인 지역 문학 축제에도 나를 여러 번 데리고 갔다. 난 한 번도 그런 적은 없었지만, 만약 '아버지, 그래 봤자 아무도 관심 없어요'라고 말하면 아버지는 곧바로 이렇게 대꾸할 것이다. '내가 관심 있어.'

우리 집은 사설 도서관과 가까운 데 있다. 몇 년 지나면 그것들도 볼 수 없게 될지 모르겠다. 종이책들, 책장들, 책등 말이다. 아버지도 자신이 하는 일의 본질을 확실히 밝히는 문학 이론서를 비롯해 몇 권의 책을 썼다. 이제 학생들 빼고는 그런 책을 읽는 사람은 없다는 말을 하려는 건 아니지만, 내가 대학에 다닐 때 내 친구들이 굳이 그 책을 읽는 모습은 한 번도 본 적 없다. 지난 10년 동안 아버지의 그 '대단한' 책을 읽은 사람은 나밖에 없었고, 나도 그렇게 열중하진 못했다. 난 그저 바닷물을 몽땅 삼켰다가 다시 뿜어내는 고래처럼 아버지의 책에 나온 글자들을 읽으면서 고래수염 사이에 뭔가 영양가가 있는 것이 끼어 있기를 바랄 뿐이었다.

세상을 떠나기 전에 아버지의 책을 다시 읽고 책에 나온 문장들을 펜으로 밑줄 친 엄마를 빼고는, 나 혼자 그 책을 읽었다고 말해야 한다. 세상에서 아버지의 책을 읽은 사람은 엄마와 나, 단둘일 것이다. 랄프 형이나 잭 형이 그 책을 읽었는지 모르겠다. 이것은 생각을 유발하는 질문이기도 하다. 아버지의 책 중에 내가 나름 즐기면서 읽었다고 할 수 있는 건 셰익스피어 소네트에 관한 책이다. 이 책만이 책 속에서 길을 잃거나 혼란스럽거나, 제대로 읽으려면 어디 수도원에라도 들어가야 할 것 같은 기분이 들지 않았다. 집었다가 내려놨다가 또다시 집어들 수 있는 책이었다. 또 한편, 당시 다른 사람들이 그랬던 것처럼 나역시 심각한 정신적 습진으로 고생하느라 뭐든 20초 이상 집중할 수 없었다.

솔직히 말하면 이 지구상에서 아버지가 관심을 갖지 않는 주제란 없다. 힉스 입자부터 런던 지하철의 사람들에게 잊힌 역들을 거쳐 바흐, 터너에 이어 네안데르탈인에게 무슨 일이 일어났는지까지 전부 다 아버지는 그 주제들에 대해 읽고, 생각하고, 자신만의 견해를 가졌다. 엄마는 아버지와 결혼한 이유가 아버지의 호기심 때문이었다고 말한 적이 있었다. 엄마 말이 맞았다. 우리도 아버지의 호기심에 물들어 아버지와 같이 있을 때면 모든 것이 흥미롭다고 느낀다. 아버지는 어느 수준까지는 모든 것에 관심이 많았다. 골프와 리얼리티 TV 프로그램과 종교인들만 빼고. 엄마는 아버지가 '교육과 자기 신뢰의 표본'이라는 말을 하곤 했다. (엄마는 항상 아버지를 로렌스라고 불렀다.) 그 말도 사실이었다. 아버지의 자만심과 허영심을 논외로 치거나 그 이면을 보면 아버지는 마음속에 솔직하고 강직한 품성을 지녔다. 돈으로 사고 팔거나 비방할 수 없는 그런 성향 말이다. 그런 성격 때문에 아버지는 지금껏 살아오면서 힘든 일을 몇 번 겪었다는 생각이 든다. 이를테면 아버지는 결국 교수로 임용되지 못했다. 하지만 아버지의 기이한 면모가 여기에 있다. 아버지의 장점이 무엇이든 아버지는 자기 가족에겐 그 장점을 효율적으로 쓸 수 없다고 생각한다. 아버지는 정말 거의 모든 사람에게 아주 순진하면서도 솔직하게 다 터놓을 수 있는 사람이지만…. 자식들과 그가 사랑한 두 여자에게만 그게 안 됐다.

무엇보다 아버지의 의견에 반대하기가 어렵다. 아버지는 도덕적 판단에 관해선 워낙 강한 의견을 지녀서 아버지의 의견에 반대하면 단순히 내 생각이 틀린 게 아니라 나쁜 것처럼 느껴진다. 그렇다고 아버지가 토론을 즐기지 않는다는 말은 아니다. 아버지는 세상 그 누구보다 대화 상대에게 집중하는 사람이다. 아버지는 상대가 누구든, 주제가 뭐든 늘 대화하고 싶어 한다. 그게 아버지의 가장 큰 특징이다. 아버지는 항상 열정적으로 대화를 하고 싶어 한다.

　아버지에게는 세상에서 좀처럼 보기 드문 면도 있다. 아버지는 엄마를 진심으로 사랑했고, 평생 엄마에게 홀딱 빠져 있었다. 결혼한 부부가 다 그런 건 아니란 걸 난 알게 됐다. 그때는 랄프 형과 잭 형에게 트라우마가 되었기 때문에 이야기하지 않았지만, 한 번은(엄마가 죽어가고 내가 아버지에게 솔직하지 못했을 때) 아버지에게 두 분이 어떻게 만났냐고 물어봤다. 아버지는 뉴욕에서 열린 별 의미 없고 시시한 학회에 참석했을 때였다고 했다. 어느 날 저녁, '새로운 문학도 듣고' '온갖 사기꾼이 제인 오스틴과 망할 포스트모더니즘에 대해 떠드는 소리에서 벗어나기 위해' 혼자 나갔다고 했다. 그때 엄마가 시 낭독하는 모습을 보고 그 순간 엄마가 자신의 운명이란 걸 알았다고. 두 사람의 만남은 그토록 갑작스럽고도 확실했다고. 아버지는 그렇게만 말했다.

*

우리는 봄이 머뭇거리는 어느 토요일 점심, 강에서 그리 멀지 않은 런던 남쪽에 있는, 사람들에게 잊힌 광장의 클라운스라는 카페에 차를 몰고 가기로 했다. 우린 너무 일찍 도착했다. 카페에는 앞치마를 입고 카운터 뒤에 서서 이탈리아 신문의 스포츠 페이지를 읽으며 재고해볼 만한 가치가 있는 기사는 하나도 보지 못한 표정을 짓고 있는 남자 말고는 아무도 없었다. 사악하거나 장난스럽거나 지나치게 화려한 광대 얼굴을 그린 거대한 그림들이 벽마다 걸려 있었다. 계산대에는 광대를 그린 엽서들이 핀으로 고정돼 있었다. 얼굴을 비춰보는 광대 거울도 있었고, 광대가 그려진 머그잔들도 있었다. 나는 아무 생각 없이 카페에 들어갔다가 실내장식을 보고 헉 소리가 절로 나왔다. 카페 뒤쪽 테이블에 앉아 있는 동안 검은 하트 모양의 얼룩 속에 죽은 것처럼 새하얀 눈동자들이 경악한 표정으로 날 노려보고, 검푸른 기가 도는 새빨간 입들이 우리를 조용히 비웃는 것처럼 느꼈던 기억이 난다.

10분 후에 내가 진짜 같지 않은 패스티와 추가로 주문한 잘게 썬 당근을 먹으려고 노력하는 동안 아버지는 염소젖으로 만든 치즈가 들어간 파이의 일종인 키시를 포크로 자르고 있었다. 아버지는 자신의 주장을 펼치기 위해 포크를 휘두르지 않을 때는 손에 쥔 포크 날로 음식을 썰어가면서 항상 그 손으로만 음식을 먹었다.

"내가 비행기를 몇 번이나 탔지?"

"저도 모르겠어요, 아버지. 한 500번 정도."

"꼭 필요한 경우가 아니면 절대 타지 않았다. 난 비행이 끔찍하다, 루."

"아버지가 싫어하시는 거 알아요. 저도 아버지랑 많이 탔잖아요. 아버지는 비행이 마음에 안 든다고 확실하게 밝히셨죠."

"비행이 싫은 건 아니야."

나는 사람들이 '~가 싫은 건 아니야'라고 말할 때는 대부분 '그게 싫다'는 뜻임을 예전부터 알아차렸다. 나는 계속 식사를 하려고 애쓰면서 당근을 강판에 가는 방식과 잘고 길게 써는 방식의 차이점을 잠시 생각했다.

"난 그저, 그저 공항에 있는 보안요원들의 태도가 못마땅해서 그래."

"주로 존 F. 케네디 국제공항에서 그렇죠, 아버지. 거기서 그러는 건 당연하잖아요."

"그 사람들을 보면 나치가 떠올라."

"아버지가 아시는 나치가 몇 명이나 되는데요?"

아버지는 포크로 키시의 밑부분을 다시 한 조각 잘라냈다. 기이하게도 아버지는 오른손으로 포크를 잡고 있을 때 왼손으로는 아무것도 하지 않았다. 대신 마치 지진이라도 일어날 것처럼 왼손으로 테이블 가장자리를 꽉 잡고 있었다.

"우둔한 사람들에게 제복을 입혀놓으면 보복을 당한다. 그 우둔하고 우쭐대는 인간들이 하는 보복 말이다."

"우둔하고 우쭐대는 인간들이요?"

"그래. 이건 마치 그런 인간들이 너에게 '아하!'라고 잘난 척하려는 것과 같아. 우둔한 사람들은 학교에 다닐 때는 스스로를 부끄러워하는 것처럼 보일지도 모르고, 정부에서 진실을 숨기기 위해 고안한 모든 시험에서 바닥을 기지만 사실 그 나름의 특권과 이득과 계략을 지니고 있단다. 지금 웃고 있는 자들이 대체 누구겠니?"

"나치요."

"그들을 좋아하는 척하지 마라, 루. 정말이야. 그들은 스스로를 우둔함의 최고봉에 이른 민족이라고 생각하고 있어. 거기다 그들은 그게 모순이라는 것도 모르지."

"이제 우리는 유대인이 된 건가요?"

"그 보안요원들이 매번 '죄송하지만 액체는 안 됩니다'라고 할 때마다 재앙으로부터 조국을 지키고 있다고 생각하겠지."

"액체는 기내 반입을 못 하게 하죠."

아버지는 포크로 삿대질을 했다.

"내 말 좀 들어봐, 루. 테러리스트들이 이긴 거야. 나는 공항에 갈 때마다 매번 그런 생각을 한단다. 그들이 우리에게 훔친 수십억의 시간을 생각해봐. 삶의 수십, 수백 억에 달하는 시간을 이제는 뚱뚱한 보안요원이라는 괴물들이 우리 거시기를 뒤질 수 있게 그놈들 앞에서 옷을 벗는 데 쓰고 있잖아."

"이번에 비행기는 탈 수 없다는 뜻이군요."

아버지는 키시를 조금 먹었다. 우리는 그 주제에 가까이 가고 있었다.

"내가 운전할 거다. 내가 하고 싶어."

"아버지는 운전하실 수 없어요."

"그래서 더그가 운전해서 날 데려다주기로 했다."

"아버지."

"더그도 동의했어."

"아버지, 더그는—"

"더그가 어때서?"

"아버지가 더그를 안 지 고작… 거 뭐냐, 한 5년 정도밖에 안 됐잖아요."

"'거 뭐냐' 같은 말 쓰지 마라."

"더그는 차 정비공이잖아요."

"그게 네가 반대하는 이유니?"

"그게 이유는 아니죠. 전 그냥, 더그는… 더그는 고대 로마 발굴인가 뭔가에서 아버지가 만난 사람일—"

"초기 구석기시대 발굴 현장이다, 루. 로마인들보다 아주 오래, 오래전에 있던 시대 말이야."

"맞아요. 더그가 마침 아버지 집에서 가까운 곳에 살고 아버지 집도 수리해줬다는 이유만으로 그런—"

"더그는 우리 집에 자주 와. 우린 발굴 현장도 서너 번 같이 다녔다."

"더그가 아버지를 초기 인류의 조상들이 만든 쓰레기장에 몇

번 태워다줬다고 해서 더그가 아버지를 디그니타스에 데려다줄
적임자라는 거예요?"

"내 말의 요지는 전에도 더그가 날 태우고 많이 다녔다는 뜻
이야. 더그는 날 잘 알아."

"아버지는 지금 제가 하는 말을 의도적으로 이해하지 않으려
고 하시잖아요."

"미안하다. 지금 내가 무슨 짓을 하든 의도적으로 그런 건 아
니야, 루."

"아버지는 무의식적으로 그러고 계세요."

"뭔가를 무의식적으로 하면서 동시에 의도적으로 할 순 없
다."

"지금 그러고 계시잖아요."

나는 숨을 들이쉬었다가 내쉬었다.

"더그가 좋은 사람이 아니란 말은 아니에요. 더그가 아버지를
거기까지 모시게 할 순 없어요."

어쩔 수 없이 나는 고개를 들어 아버지의 얼굴을 마주 봤다.

"그 일은 제가 해야 해요."

아버지는 잠시 입을 다물었다.

"난 너에게 그 일을 해달라고 부탁할 수 없어."

"아버지가 그럴 수 없다는 거 저도 잘 알아요. 아버지가 부탁
해서 그 일을 하려는 것도 아니에요. 그저 그렇게 하고 싶어서
하겠다는 거죠."

"나 때문에 네가 그런 일을 겪게 하고 싶진 않아, 루."

"아버지 때문이 아니라 상황이 그런 거죠. 병 때문에. 더그가 좋은 대안인 척하진 말자고요."

"난 뭐가 됐건 가식적으로 구는 사람은 아니다. 그저—"

"아버지, 생각해보세요. 제가 어떻게 해야겠어요? 아버지에게 잘 가시라고 손 흔들고 나서 문 닫고 텅 빈 집에 맥주 하나 들고 TV 앞에 앉아서 경기를 봐요? 아버지랑 엄마랑 제가 평생을 산 그 집에서?"

그 말이 정곡을 찔렀다.

"잭은 런던에서 작별 인사를 할 게다. 잭은 그러길 원해."

"그게 사실이 아닌 건 아버지도 아시잖아요. 잭 형은 아버지가 아예 이 일을 하지 않기를 원해요. 형은 전적으로 반대해요. 아버지도 아시면서 참 나."

아버지는 입을 다물었다.

"현실을 직시하자고요. 잭 형은 아버지의 그 계획을 부추기고 싶지 않아서 같이 안 가려는 거예요. 거기다 형은 아버지가 진심이라고 생각하지도 않고 또—"

"난 진심이다."

"저도 안다고요. 잭 형은…. 어쨌든 잭 형이 런던에서 '작별 인사'를 하고 싶다는 그런 거짓말은 하지 말아요. 맙소사, 작별 인사라는 말조차 끔찍해요."

"난 취리히에서 널 만날 수 있을 거라고 생각했다. 너랑 랄프랑 동시에 비행기를 타고 취리히에 와서 우리 모두 거기서 만나는 거지."

"동시에 비행기를 탄다고요?"

"거기 도착해서—"

"랄프 형은 역대 최고로 믿을 수 없는 사람이잖아요. 내 말은 우린 심지어—"

"호텔에서 랄프를 만나면 되지."

"아버지, 제발 망할."

"루."

"죄송해요, 죄송해요. 지금 비행시간과 우리의 만남이 중요한 게 아니잖아요. 오늘은 제 인생 최악의 날이 되겠어요."

"아니다, 그렇지 않아. 아니야."

아버지의 눈이 흐릿해지기 시작했다. 항상 내가 내 입장에서 아버지를 생각할 때마다 아버지는 가장 약하고 상처받기 쉬운 상태가 된다. 아버지의 확신과 살고자 하는 의지가(죽고자 하는 의지도) 온몸에서 빠져나가버리는 듯했고, 대신 아버지의 병이 몰고온 고통과 떨림이 얼굴 전면에 밀려온다. 그래서 나는 아버지에게 그러지 않으려고 애를 쓴다. 실은 서로에 대한 연민 때문에 이렇게 정신 나간 관계가 역전하며 거듭 일어났다. 내가 아버지 입장에서 생각해보면 죽을 수 있는 절대적인 권리를 주장하고 싶지만, 아버지가 내 입장에서 생각하면 계속 살아 계셔야 한다.

"우린 이 일을 이미 얘기했잖니. 네가 만약—"

"그랬죠. 하고 또 하고 또 하고. 우리 둘 다 논리적 근거를 대다 보니 대화가 중단됐죠."

"중단된 게 아니라 결정을 내린 거야."

"아버지."

"매 단계, 단계마다 우리는 마음을 바꿀 수 있어. 내가 그 방에 들어가기 바로 전까지는… 나는 단 1초라도 네가 원하지 않고, 동의하지 않는 건 하고 싶지 않다. 네가—"

"아버지. 지금 그 문제를 다시 처음부터 얘기하고 싶지 않아요. 여기선 이 정도로 해요."

갑자기 광대들로 가득 찬 실내 말고는 시선을 둘 곳이 없었다.

"전 그저 아버지는 비행기를 탈 수 없다고 하고, 더그가 아버지를 그곳에 모시고 가는 일도 없어야 한다는 말을 하는 거예요. 그렇게 했다간 더그는 아마 살인 혐의 외에도 다른 혐의로 기소를 당할 것이고…."

나는 입술을 깨물었다.

"우리가 다 준비해요. 그게 이 일의 핵심이잖아요. 우리가 계획할 수 있다는 거. 우리가 최대한 그 일을 준비할 수 있다는 거? 우리가 그 일을 통제할 수 있다는 거."

나는 잠시 자제하려고 노력했다. 내 목소리는 늘 내 의도보다 더 크게 나오는 경향이 있으니까.

"내 말은 누군가는 아버지를 거기에 모셔다드려야 하는데—"

"더그지."

"—엄마는 돌아가셨고, 랄프 형이나 잭 형이 그 일을 하지 않는다면 제가 해야 해요. 제가 아버지를 모셔다드리고 싶어요. 더그는 이 일에 끼어선 안 돼요. 전 괜찮아요."

나는 억지로 미소를 지었다.

아버지의 눈에서 참을 수 없는 눈물이 솟구쳤다.

"난 너에게 그렇게 해달라고 부탁할 수 없어."

"아버지가 그럴 수 없다는 거 안다니까요. 그러지 않으실 거라는 것도. 제가 원해서 하는 일이에요."

PDF에 적힌 이 병의 부작용 두 가지는 '물기 어린 눈'과 '정서적 불안정'이다. 전자는 '얼굴 근육이 늘어져서 눈물이 과다 분비'되는 현상 때문이고, 후자는 '감정에 영향을 받아 부지불식간에 웃거나 울게 되는' 문제를 가리키는 용어다. 다만 '이런 행동 변화가 일어나는 데는 육체적인 이유가 있다는 점을 기억하는 것이 중요하다'란 구절도 있다.

"그럼 잭이 와야지."

아버지가 조용히 말했다.

"맞아요, 아버지. 잭 형이 와야죠."

잭 형은 오지 않는다고 했다. 형은 아버지의 엄청나고 원칙적인 공언과 거의 동급으로 어마어마하고 원칙적으로 이 사태를 부인하고 있다. 잭 형은 아버지가 진지하지 않다고 생각해서 그런 것도 아니었다. 랄프 형도 그 점에선 마찬가지다. 둘은 아버지가 이 상황을 조종하고, 형들을 조종한다고 의심했다. 나는 두 형에게 아버지의 결심은 아버지의 병세만큼이나, 더할 수 없을 정도로 심각하다고 말했다. 그럴 때마다 형들은 항상 이렇게 대꾸했다. 넌 아버지가 정말로 그렇게 하실 거라고 생각하니? 정말로?

"잭 형에게 다시 말할게요. 당연히 형도 와야죠."

모든 것이 모든 것에 영향을 미친다

페리에서 대체 뭘 기다리는지도 모른 채 나는 줄을 서고 있었다. 나는 줄에 서서 맞은편 라운지에 있는 아버지를 바라봤다. 아버지는 창가의 불편한 의자에 앉아 뭔가를 읽고 있다. 우리(아버지와 나)는 유럽 전역을 여행했고, 아마도 아버지와 나의 '특별한 관계'(엄마의 표현)는 아버지에 대한 랄프 형과 잭 형의 반감에서 비롯됐을 것이다…. 그래도 아버지가 늘 그랬듯이 저기 앉아서 읽는 모습을 보니 주먹처럼 뭉쳐 있던 심장이 풀렸다. 아버지가 날 바티칸에 데려가서 보여준 미켈란젤로의 손가락들처럼 내 심장이 아버지를 향해 다가가는 걸 느낄 수 있었다. 그때 난 너무 어려서 그림엔 아무 관심도 없었고 그저 아이스크림만 먹고 싶었다. 다만 지금은 아버지가 돌아봤으면(그 이유는 나도 모르겠다), 그래서 우리가 마주 볼 수 있으면 하는 마음이 생겼다. 어렸을 때 아버지랑 같이 TV를 보는데 어떤 정치가가 헛소리를 늘어놓으면 아버지가 고개를 돌려 '대체 지금 무슨 소리를 하는 걸까, 여기 이 사람들은 무슨 소리를 늘어놓고 있는 거냐, 루?' 이런 표정으로 날 보던 것처럼 날 쳐다봐줬으면 싶었다.

"줄이 너무 길어요."

아버지가 고개를 들었다. 아버지는 글에 너무 몰두해서 내가 돌아온 걸 보지 못했다.

"기다리다 자살하고 싶어질 지경이에요."

아버지는 내가 버스도 다니지 않는 곳에 나간 건 아닌지 오랫동안 의심해온 것처럼 움찔하고 놀라더니 읽고 있던 책을 덮었다.

"계속 여기 있고 싶으세요?"

우리 주위로 물건을 사려는 사람들이 돌풍처럼 몰려들고 있었다. 아버지는 '그럴까'라고 대답하려다 내가 힘들어하는 걸 감지했는지 이렇게 말했다.

"아니, 갑판에 올라가서 바람 좀 쐬자."

"저 뒤쪽으로 가야 할 것 같아요. 면세점 지나서."

"오케이. 천천히 가자. 면세점은 없어진 줄 알았는데."

아버지는 천천히 일어나면서 말했다.

"이제 면세는 아니에요, 아버지. 그냥 면세점이라고 불러서 사람들이 계속 사게 만드는 거지."

아버지는 지팡이를 잡고 일어나서 갈 준비가 됐다.

"세금은 낸단 말이지?"

"맞아요."

"좋아. 지나가는 길에 향수 몇 병 사서 쟁일 수 있겠구나."

나는 이 순간을 고대하면서도 동시에 몹시 두려웠다. 우리는 페리 여행을 할 때마다 항상 갑판으로 나간다. 이건 여름휴가를 보내는 우리만의 또 다른 의식이자 우리만 재밌다고 생각하는 선원놀이의 일종일지도 모른다. 아니면 휴가가 시작됐으니 신선한 공기도 쐬면서 일상에서 멀어져가는 물리적 거리를 보고 싶은 마음인지도 모른다. 저기에 낯익은 해안이 지나가네. 저기 미지의 세계가 있네. 지금은 배가 조금씩 좌우로 흔들리기 시작했기 때문에 걸어가는 아버지가 걱정됐다.

아니나 다를까, 우리가 면세점에 도달했을 즈음 아버지는 내색하지 않았지만 불안해하는 게 느껴졌다. 아버지는 왼발을 질질 끌고 있었다. 전처럼 그렇게 상태가 나쁘진 않았다. 아니면 아버지는 그저 어떻게든 다시 자신의 몸을 억지로 통제하려는 건지도 모른다. 아버지는 플라스틱 벽에 달린 난간을 손으로 잡으면서 걷고 있었다. 아버지는 미소를 지었지만 이렇게 걷는 데 어마어마한 노력을 들여야 하고, 걸음도 이 지경이 됐다는 사실 때문에 죽을 만큼 힘들어한다는 걸 알 수 있었다. 내가 아버지에게 다가가야 할지, 아니면 계속 나대로 걸어가야 할지 알 수 없었다.

안내 방송이 나왔는데, 소리가 너무 컸다.

"선상 매장이 방금 막 열렸습니다. 장 폴 고티에에서 새로 출시한 남성 향수인 코코리코 같은 명품들을 시중보다 저렴하게 구매하실 수 있습니다."

아까보다 속이 더 메스꺼워졌다. 멀미약을 깜박 잊고 가져오지 않은 데다 아이 몇 명이 지나치던 길에 멈춰 서 아버지를 빤히 쳐다보고 있었기 때문이다. 아버지는 계속 걷고 있었다. 그때 문득 아버지는 지금 나를 위해 이렇게 걸어가고 있다는 생각이 들었다. 아버지는 내가 갑판으로 나가길 원했기 때문에 가고 있지만 사실 도저히 그럴 체력이 되지 않았다. 이것이 바로 호흡기 근육이 너무 약해져서 아버지 혼자서는 숨을 쉴 수가 없을 때까지, 9개월이 될지 얼마가 될지 모르지만 그 시간 동안 아버지가 하고 싶지 않았던 일이기도 했다. 내가 아버지에게 뭘 원하건 그것 때문에 아버지는 굴욕스러워진다. 그보다 더 큰 이유를 이제는 알게 되었다. 아버지는 내 앞에서, 다른 누구보다 내 앞에서 상태가 악화되길 원치 않는다. 만약 내가 아닌 다른 누군가가(예를 들어 잭 형이라고 치면) 아버지의 몸이 쇠퇴해가는 과정을 지켜본다면, 어쩌면 이대로 계속 살아가려고 할지도 모르겠다.

나는 턱에 힘을 주고 이 사이로 혀를 앞뒤로 막 굴렸다. 아이들이 아버지가 걷는 모습을 흉내 내지 않기만 바랄 뿐이었다. 어찌해야 할지 알 수 없었다. 아버지를 혼자 걷게 놔둬야 할지, 아니면 아버지에게 가서 손을 뻗어 부축해야 할지. 그냥 그 자리에 속수무책으로 서 있을 수밖에 없었다. 심장이 내 목구멍으로 올라와 조르는 것 같았다. 그때 감정이 다시 복받쳐 올랐다. 그 감정이 물리적이라는 말 말고는 달리 어떻게 표현할 수 없었다. 마치 독을 먹었거나 아니면 그 반대로 사랑에 빠진 것처럼 강렬한 감정이 속에서 부풀어 올라 온몸 구석구석에 퍼지는 것처럼 느껴졌다. 하지만 토할 수도 없었고, 더더욱 그런 감정을 없앨 수도 없었다. 그럴 때마다 온몸을 한껏 긴장한 채, 마치 내 속에서 익사할 것처럼 감정이 가득 찬 상태로 서 있을 수밖에 없었다.

아이들이 달려갔다. 나는 무지하게 노력해서 턱의 힘을 빼고 억지로 아버지를 봤다. 아버지를 쳐다보기가 이토록 힘들어지다니 믿을 수 없다. 아버지는 이제 휠체어가 필요한 단계에 이르렀다. 옥스퍼드에 있는 MND(루게릭병) 병원에서는 이 병의 증상을 발병, 지팡이 짚고 걷기, 휠체어, 침대 이렇게 4단계로 구분했다. 물론 마지막 5단계가 있지만 그건 병원에서 언급하지 않는다.

우리는 슬롯머신 앞에 반원 모양으로 몰려 있는 벨기에 트럭 기사들을 지나갔다. 그들은 지금이 아직도 1983년이나 뭐 그즈음인 것처럼 구부정한 자세로 슬롯머신에 동전을 넣고 있었다. 아버지는 전혀 거들떠보지도 않는 그들의 통통하고 허여멀건 얼굴에 나는 키스도 할 수 있을 것 같았다. 나는 생각했다. 다 괜찮을 거야. 천천히 가면 돼. 나는 아버지보다 더 의지가 굳은 다른 사람을 아직 보지 못했기 때문에 우리가 갑판에 도착할 것을 알고 있었다. 아버지는 뭐든 한 번 한다고 하면 반드시 해내는 사람이니까. 나는 팔에 걸고 있던 내 코트를 다시 바로잡으면서 아버지의 방한용 재킷도 잊지 않고 챙겨온 걸 기뻐했다. 갑판에 나가면 늘 생각했던 것보다 훨씬 더 추우니까.

우리는 그렇게 도착했다. 라운지에 거의 다 와서 밖으로 나가는 흰 문이 보였을 때 배가 또다시 크게 흔들렸다. 아버지는 넘어지지 않으려고 근처에 있는 의자를 잡다가 거기 앉아 있는 남자의 뒤통수를 팔로 친 것 같았다. 결코 세게 치진 않았지만 뒤통수를 맞은 남자는 몸을 앞으로 획 숙였다가 한 모금도 안 되는 커피를 쏟았다.

"아니, 이게 뭐야?"

그 남자는 마치 우리가 무인비행기로 그의 전자책을 공습이라도 한 것처럼 잘난 척하면서 몸을 획 틀었다.

"대체 지금 뭐하는 거요?"

"죄송합니다."

"제기랄."

그의 전자책 화면에 커피 얼룩이 묻었다. 그 남자는 아주 호들갑스럽게 냅킨을 집어 흔들면서 다시 상체를 틀어 어깨 너머로 아버지를 봤다. 나는 창피한 마음에 얼굴이 오그라들 것 같았다.

"지금 대체 뭐하는 겁니까?"

남자는 쉰다섯 정도로 보였고, 세상 사람 다 보란 듯이 안경
다리에 명품 브랜드명이 찍힌 비싼 선글라스를 쓰고 있었다. 남
자의 부인은 맞은편에 앉아 있었는데, 나이에 비해 젊은 취향의
옷을 입고, 남편을 대신해 격노에 불타는 것처럼 눈을 가늘게
뜨고 아버지를 노려보고 있었다. 내 눈에는 무료한 삶에 질려
있다가 마음껏 화풀이할 상대를 찾아서 고소해하는 표정을 미
처 숨기지 못한 채 드러내는 게 보였다.

아버지는 침착하게 말했다.

"죄송합니다. 사고였어요. 아직 배에 익숙해지지 않아서."

아버지는 전자책의 화면을 보고 있었다. 그 남자가 뭘 읽는지
보고 있다는 걸 난 알았다.

"그 전자책 기기는 괜찮아요?"

그 남자는 지금까지 살아오면서 이보다 더 짜증 나는 일은 없
다는 표정으로 아버지를 보았다. 지금은 짜증스런 순간이었다.
잠시 시간이 멈춘 듯 했고 우리 모두 뱃멀미를 하면서 절망에
빠져 영원이라는 텅 빈 검은 바다 위에 둥둥 떠 있었다. 그 남자
는 아버지에게 무슨 문제가 있는지 알아채지도 못했다. 아버지
의 지팡이를 보지도 않았기 때문에. 아버지는 움직이지 않을 때
는 꽤 정상으로 보인다. 그런데 아버지는 왜 그 남자의 의자 등
을 꼭 잡은 채 축 늘어진 입술로 미소를 지으며 서 있는 걸까?
왜 남자에게 냅킨을 더 가져오겠다거나 커피를 다시 시켜주겠
다거나 그런 제안도 하지 않는 걸까? 무엇보다 아버지는 왜 손

에서 의자를 놓지 않는 걸까?

나는 아버지가 두려워하는 걸 알았다. 그 남자가 아니라 다시 걷는 것이 두려워진 것이다. 내 조카들이 동전을 넣고 신문 판매대 옆에 있는 하마 모양의 놀이기구를 탈 때처럼 배가 사정없이 흔들리기 시작했으니까.

남자의 아내가 아버지를 힐끗 보면서 아버지에게 적의를 발산할 기회를 잡았다. 남편에게 충실한 아내 역할을 할 기회가 온 것이다.

"그거 작동돼?"

그녀가 물었다.

그 순간 내가 거기에 있었다.

"그만 가요, 아버지. 영국 신호가 없어지기 전에 랄프 형에게 전화하고 싶어요. 우리가 출발했다고 말해야죠."

"작동되는 것 같긴 한데."

그 남자가 말했다.

"여기 내 이름과 번호요."

아버지는 이런 경우에 대비해 가지고 다니는, 구식으로 돈을 새김한 명함을 한 장 꺼냈다.

"고장 났으면 오늘 오후에 당장 연락해요. 새걸로 주문해줄게 요."

아버지는 마치 새로운 생각이 떠오른 것처럼 멈췄다.

"내가 최근에 읽은 작품을 추천해줄게요."

"아니. 됐어요."

아버지는 그 남자를 무시해버리고 그 남자의 의자 등에 기댄 채 명함에 글씨를 쓰기 시작했다.

"어서 가요, 아버지. 어서 여길 나가요."

나는 아버지에게 손을 내밀며 말했다. 아버지는 계속 글씨를 쓰면서 전자책을 가리켰다.

"이런 장치의 좋은 점은 뭐든 절판될 일이 없다는 거죠. 인류에겐 좋은 일이죠, 그렇죠? 자, 받아요. 한번 읽어봐요, 내가 권해준 작품들을 재밌게 읽었으면 좋겠군요."

그 남자는 이제 아버지의 존재 자체를 인정하길 거부하고 있었다. 그래서 아버지가 의자 뒤에서 나와 허리를 숙여서 그 남자의 부인에게 명함을 건넸다. 아버지는 달라졌는데 화난 건 아니지만 단호하면서도 교사처럼 나무라는 분위기였다.

그 여자가 고개를 들었다. 그녀는 아까보다 더 적대적으로 아버지를 대하고 싶지만 확신이 서지 않았고, 아버지는 교단 앞에 선 교사처럼 강력한 분위기를 발산하고 있었다.

"즐거운 휴가 보내요. 진심으로 원하지 않는다면 굳이 결혼 생활을 유지할 필요는 없어요."

아버지는 지팡이에 기대 허리를 펴면서 그녀에게 말했다.

"뭐라고요."

그녀가 말했다.

우리는 이미 그 자리를 떴고, 이 여행을 떠난 후 처음으로 마치 뒤에서 무수한 폭탄이 터지고, 총들이 발사되고, 폭발물이 쾅쾅 소리를 내며 하늘을 깨부수고 있는 상황에서 절뚝거리며 전선에서 멀어지는 두 명의 병사들처럼 서로의 어깨에 팔을 걸친 채 걸어갔다. 나는 내게 기댄 아버지의 살아 있는 몸과 숨결을 느꼈고, 아버지의 체중과 맥박과 발을 질질 끄는 리듬 때문에(이 리듬은 아버지가 앓는 병의 리듬이자 아버지라는 존재의 리듬이었다) 팔에 느껴지는 압력과 같은 이 모든 것이 아주 기이하고 낯설면서 동시에 무척 친숙하고 가깝게 느껴졌다.

엄마의 진짜 이름은 러시아어로 '율리아'였지만, 모두 엄마를 '줄리아'라고 불렀다. 아버지가 엄마에게 그렇게 갑작스럽고 정신없이 빠져든 또 다른 이유는 엄마의 부모님이 러시아인이고, 엄마가 특유의 매력 넘치는 러시아 억양으로 영어를 구사한 점 때문이었다. 엄마가 젊었을 때 10분 정도 유명한 시인이었다는 이유도 있었다. 또한 청록색 눈동자에 염색으론 도저히 만들어낼 수 없는 끝내주는 구릿빛 머리카락으로 다른 여자들을 다 압도하는 미녀였다는 점도 한몫했다. 아버지는 어딘가에서 읽었는데, 미모를 가꾸거나 행복해지기 위해 의식적으로 노력할 필요도 없이 타고난 미모에 항상 행복한 미녀는 주위에 있는 남자들뿐만 아니라 여자들도 미치게 만든다는 이야기를 했다.

엄마는 담배 때문에 4년 전에 세상을 떠났다. 돌아가시기 전에 아버지와 내가 엄마를 간호했는데 주로 아버지가 했다. 엄마의 고향은 뉴욕이었다. 우리는 거기 가면 외가나 나타샤 이모네에서 지냈기 때문에 돈이 들지 않아서 적어도 1년에 한 번은 갔다. 다만 나중에 나타샤 이모는 손해사정인으로 일하는 엷은 갈색 머리의 앤드류라는 남자와 만나 용커스로 갔다. 앤드류는 운동하곤 담을 쌓은 사람으로 나는 그 점이 꽤 웃기다고 생각했지만 그런 말을 하진 않았다. 어쨌든 엄마가 암으로 돌아가신 점을 빼면 엄마 아들로 태어난 것도 그렇고, 뉴욕에 갈 수 있었던 것도 행운이었다.

오랫동안 나는 아버지가 이런 말을 하기 전까지는 완전한 미국인인 척했다.

"루, 미국인인 척할 필요 없어. 넌 반은 미국인이잖니."

미국이 내겐 제2의 집이라고 할 수 있다. 사실 곧 그곳이 내 첫 번째 집이 되길 바라고 있다. 잭 형과 조카들을 빼면 런던에 머물 이유가 별로 없다.

내가 보기엔 엄마가 아버지를 과거의 자신으로부터 구한 사람이었다. 그런데 이제 엄마가 없으니 아버지는… 과거로 돌아가, 예전 모습이 다시 나오고 있다.

내가 열두 살 무렵에 아버지가 자신의 책 앞에 셰익스피어 소네트를 적어놓은 메모를 읽은 적이 있다. 분명 엄마와 사귀던 초기에 엄마에게 그 책을 선물했을 것이다.

'완전한 사랑을 만나기 전까지는 사랑의 본질도, 정확한 형태도 알 수 없다. 그러다 그 사랑을 만나면 알게 된다. 영원히.'

갑판으로 나오자 기분이 풀렸다. 바람이 거세게 몰아치고 노인들의 정신없는 헤어스타일처럼 생긴 구름들이 행진하듯 빠르게 움직이고 있었다. 우리는 배 뒤쪽에 있었는데, 뒤로 영국을 향해 뻗어나가면서 거품이 보글보글 올라오며 길게 이어지는 항적*을 볼 수 있었다. 희고 두터운 항적은 길게 가늘어졌다가 거품투성이가 됐다가 줄무늬처럼 얇아지더니 사라졌다. 우리 뒤론 회색과 초록색이 섞인 바다만 보였고 페리가 지나간 흔적은 찾아볼 수 없었다. 이유는 모르지만 나는 갑자기 항적이 사라지지 않아야 한다는 생각이 들어 눈에 힘을 주고 파도 속에서 조금이라도 더 오래 견뎌낸 항적을 찾아낼 수 있는지 살펴봤다.

아버지와 나는 갑판에 볼트로 고정돼 있는 플라스틱 테이블들을 향해 걸어갔다. 우린 아직도 어깨동무를 한 채 몸을 붙이고 있었다. 아버지는 마치 하나하나 세는 것처럼 크게 심호흡을 하고 있었고, 내가 아직도 바다를 물끄러미 보고 있을 때 히피 같은 학생들이 나와 테이블 끝에 앉았다. 그들은 마치 브라질의 빈민가에서 컸다가 아주 의미 있는 노래들을 작곡해서 총에 맞을 위기를 간신히 피한 후 히치하이킹으로 두 개의 대륙을 건너 여기에 온 사람들처럼 담배를 말고 있었다. 그중 한 남학생이 자신은 '어떤 종류의 경험에도 완전히 열려 있다'고 하는 말을 듣고 이 정도면 충분히 있었다는 생각이 들었다. 아버지와 나는

---

*   배가 지나간 흔적.

페리 옆으로 걸어갔다가 우리 머리 위 '전용' 표시가 붙은 흰색 체인에 묶여 있는 구명정들을 보았다.

이쪽으로 오자 바람이 옷자락을 조금 더 세게 잡아당겼다. 나는 코트를 입고 아버지에게 재킷을 건넸다. 나는 머리 위에 있는 구명정들을 보며 '아버지를 구할 치료법이 내년에 발견되거나 다음 주에 발견되면 어떡하지'라는 생각을 하지 않으려고 애썼다.

"엄마가 살아 계셨대도 우리가 이러고 있었을까요?"

아버지는 재킷의 지퍼를 올리다가 날 봤다.

"아니. 안 그랬겠지."

"저도 그렇게 생각해요."

"그 이유를 아니?"

"잘 모르겠는데요."

"루."

아버지의 회색 바위 같은 이마 밑에 석영같이 푸르른 눈동자는 흔들림이 없었다. 아버지는 그 눈으로 이 이야기를 '처음부터 다시 또 해야 하겠니?'라고 묻는 표정으로 나를 봤다. 내가 '네'라고 말하면 아버지가 그럴 거라는 걸 나는 알고 있었다. 문제는 내가 그러고 싶다는 것이다.

대신 이렇게 말했다.

"회사에서 새로 독서 그룹을 시작했어요."

그건 터무니없는 거짓말이다. 곧바로 끔찍한 기분이 들었다.

하지만 아버지는 진실을 알지 못할 것이다. 그렇게 생각하자 기분이 더 처참했다.

"담배 한 대 줄래?"

그때 만약 바닷속에서 15마리의 돌고래들이 튀어나와 하모니카와 기타를 가지고 모두 〈미스터 탬버린 맨〉*을 부르기 시작했다고 해도 이보다 더 놀라지 않았을 것이다.

"아버지는 담배 안 피우시잖아요."

"다시 시작했단다, 루. 담배에 다시 빠지는데 거의 35년이나 기다린 셈이지."

나는 망설였다. 내가 담배 피운다는 사실을 아버지가 알고 있는 줄은 몰랐다. 우린 둘 다 대단한 위선자들이다. 엄마와 랄프형과 잭 형도 그렇고. 우리 가족은 이렇게 쓴 커다란 표지판을 들고 다니는 편이 낫겠다.

'우리가 하는 행동과 말은 전부 정반대를 의미한답니다.'

"괜찮아. 아버지가 하라는 대로 해야지, 잊었니?"

아버지가 미소를 지으며 말했다. 나는 코트 속에서 숨겨놓은 담배를 더듬더듬 찾았다.

"왜요?"

"전에는 그 질문이 끔찍이 싫었다, 루."

"제가 아버지의 대답을 싫어했던 만큼은 아니겠죠."

*   미국 5인조 그룹 버즈의 히트곡.

나는 너덜너덜한 담뱃갑에서 담배를 한 대 꺼냈다. 나는 당연하기 그지없는 온갖 이유로 흡연을 혐오한다. 그저 스스로에게 넌더리가 나서 피울 뿐이다. 담배 한 대를 아버지에게 건넸다. 아버지는 팔을 뻗어서 그 담배를 받아 쥐고 물었다.

"내가 그때 뭐라고 대답했지?"

"그냥이라고요. 아버지는 전에 늘 그렇게 말하셨어요. 그냥. 그냥. 별로 쓸 만한 대답은 아니었죠. 그다지 재치 있는 대답도 아니었고."

"너도 자식이 생기면 그렇게 될 거야."

아버지는 한 손을 들어 내가 하려던 말을 막았다.

"넌 그렇게 될 거다. 내 말을 믿어. 그렇다니까. 우린 부모를 위해 그냥 여러 일을 해야 한단다. 그건 그렇고 내 이로 담배에 불을 붙일 순 없잖니, 루."

나는 아버지에게 지포 라이터를 건넸다. 아버지에게 불을 붙여주진 않을 거다. 거기까지가 내가 정한 한계였다.

심술궂은 바람이 사정없이 불어왔는데 도무지 누그러질 기미가 보이지 않았다. 어느새 우리는 쭈그리고 앉아 머리를 서로 맞댄 채, 담배를 맞대고 불을 붙이려고 안간힘을 썼다. 아버지는 재킷의 지퍼를 내리고 재킷으로 텐트를 만들었지만 그것로는 충분하지 않았다. 나도 코트를 그렇게 해서 우리 둘 다 옷 속으로 바람이 들어올 틈을 막았다. 여기엔 이제 우리 둘뿐이었다. 나는 아버지의 속눈썹의 움직임과 귓속에 흐르는 피를 감지할 수 있었고 아버지가 내쉬는 숨의 온기를 느낄 수 있었다.

담배 연기가 아버지의 눈에 들어가서 다시 일어났다. 난간으로 갔을 때 아버지는 마치 울고 있는 것처럼 보여서 내가 말했다.

"전에 담배 피우셨어요? 언제요?"

아버지는 눈을 깜박이다 가늘게 뜨면서 당혹스러워했지만 어쨌든 효과는 있었는지 이렇게 말했다.

"너만 했을 때 피웠지. 네 형들이 태어나기 전인 1978년에 끊었다. 믿기 힘들겠지만 자식들에게 모범이 되길 바랐지."

아버지는 마치 이 우주가 거대한 미스터리라서 우리가 할 수 있는 거라곤 그저 경외감에 젖어 재미있어 하면서 뒤로 물러나 있는 것뿐이라는 듯이 나직하게 웃었다.

"그런데 어떻게 됐는지 봐라. 넌 지난 며칠 동안 어린 남창처럼 몰래 담배를 피워대더구나."

"그동안 꽤 스트레스를 받았으니까요, 아버지."

"제 엄마를 죽인 그 짓을 아들이 똑같이 하는 걸 봐야 하는 내 스트레스는 어떨지 상상해봐라."

"끊을 거예요."

"흠… 내가 다시 피우기 시작하면 넌 끊을지도 모르지."

아버지는 나를 훑어봤다.

"청개구리 기법이지. 네 형들에겐 효과가 있었어, 루. 너에게도 효과가 있을지는 잘 모르겠다. 뇌물이라고 하나? 청개구리

기법의 반대말은 뭐지?"

"격려일 것 같은데요, 아버지."

"맞다. 난 오늘부터 다시 피우기 시작했지만 너는 끊으라고
격려하마. 약속해주겠니?"

"그럴게요. 전 담배가 끔찍해요."

페리는 페리가 의례 그렇듯이 사정없이 흔들렸다.

"무슨 독서 그룹? 어떤 그룹을 시작했니?"

"책을 천천히 읽는 모임이에요."

"설마."

아버지는 내 말을 믿고 싶은 표정으로 날 봤다.

"정말이냐?"

이건 새빨간 거짓말이었기 때문에 아주 진지하게 말해야 했다.

"네. 매달 첫 번째 월요일에 모여요. 지금까지 모인 인원은
10명이에요. 모두 같이 시나 소설에서 몇 페이지를 읽고 이야기
를 나누죠. 글쓰기에 초점을 맞춘 독서 그룹이에요."

나는 내 영혼이 재로 변하는 걸 느꼈기 때문에 우리의 대화를
바꿀 유일한 화제를 말한 거였다.

"에바랑 먼저 시작했다가 에바의 사무실에서 사람들을 모집
했죠."

아버지는 날 보던 걸 멈췄다. 우린 여자 친구에 대해선 결코
애기하지 않는다. 확실히 아버지는 나와 사나이 대 사나이로
서 그런 얘기를 하고 싶겠지만 내가 꽤 노련하게 그 화제를 피

해왔다. 아버지는 아주 구식인 데다 '여자들'에 어설퍼서 내가 민망해지기만 하니까. 에바의 이름을 말한 것만으로도 나는 그 대화의 문을 열어놓은 셈이다. 아버지도 그 점을 알고 있다. 아버지가 그 문을 향해 살살 걸어오는 걸 보고 내가 확 닫아버릴까 봐 그 문 너머를 보고 싶어 하지 않을 것이다. 너무나 어이 없는 거짓말을 해버렸으니 내게 스스로 벌을 주기 위해서라도 그 문을 활짝 열어놓고 있어야 한다. 이런 거짓말을 해서 그렇지 않아도 세상 모든 게 다 처참한 와중에 기분까지 더 처참해졌다.

"말해보렴. 에바는 널 앞으로 나아가게 해주는 사람이냐, 아니면 네 발목을 잡고 늘어지는 쪽이냐."

아버지는 곁눈질을 하면서 물었다.

"아버지."

"작년은 네 생활이 상당히… 빡빡했다는 인상을 받았는데."

"'빡빡하다'는 말 쓰지 마세요."

"바빴다고. 한참 일을 많이 했잖니."

"그건 그 전이었어요."

"그 여자는 어디 출신이냐?"

"터프넬 공원 쪽이요."

"아, 런던 사람이구나."

"아버지는 요빌이 고향이래요. 어머니는 에리트레아인이고요."

"스톡웰* 출신 남자랑 데이트하는 걸 그 아가씨는 어떻게 생각하니?"

"에바는 방 밖에 공항에서 쓰는 보안 스캐너를 놔두고 있죠."

"그거 참 불편하겠구나."

나는 몸수색과 에바의 방문으로 들어갈 때 벌써 벨트를 푼다는 농담을 하려다 그건 아닌 것 같아서 이렇게 말했다.

"에바 아버지는 예전에 무지하게 장사가 안 되는 심야 타파스 바를 운영하고 어머니는 터프넬 공원에서 다른 사람들과 같이 에티오피아 레스토랑을 하셨대요. 그렇게 두 분이 만났다고 해요. 에바가 역대 최악의 결혼이었다고 하더군요."

"그 카테고리는 항상 사람들로 붐빈단다, 루."

"아뇨. 그 두 분은 확실히 1위를 다툴 만해요. 어느 크리스마스에 엄마가 산타클로스 복장을 하고 에바 방에 몰래 들어왔대요. 에바는 자는 척하고 있었는데 방에 선물을 여러 개 놔두고 나가셨대요. 5분 후에 아버지가 들어와서 그 선물들을 다 들고 나갔다는 거예요. 아버지도 산타 복장을 하고 있었는데."

"흥미로운데."

"그러고 10분 후에 에바 아버지가 다시 방에 오셔서 아까 가져간 선물들을 다시 놔두었대요. 다만 엄마가 쓴 글에는 다 흰

---

*   2005년 스톡웰역에서 자살 폭탄 테러를 준비하던 남자가 경찰의 총에 맞아 사망하는 사건이 있었다.

색 라벨을 붙여서 못 보게 해놨더래요."

"맙소사."

"에바 엄마도 여전히 산타 복장을 한 채 에바 방에 다시 와서 에바 아버지가 방금 한 짓을 도저히 믿을 수 없다는 표정으로 봤다는 거예요. 그때 에바 아버지도 에바 엄마가 뭐하는지 확인하러 들어온 거죠. 그 방에서 서로 말다툼을 하고 언성을 높이기 시작해서 결국 에바가 눈을 말똥말똥 뜨고 누워 있었는데, 산타 둘이서 그녀의 침대 옆에서 몇 가닥 안 되는 흰 수염 사이로 서로에게 고함을 질렀다나 봐요. 크리스마스이브에."

"그게 그 아가씨에게 영향을 미쳤니?"

"사람들은 모든 일에 영향을 받는 법이에요."

아버지는 날 봤다. 나도 아버지를 마주 봤다.

"그 아가씨는 무슨 일을 하나?"

"저랑 똑같아요."

아버지는 경멸하는 기색을 감출 수 없었다.

"그 아가씨도 데이터 매니저란 말이야?"

"아뇨. 에바는 사무 변호사예요. 제 말은 저처럼… 아무 가치도 없고 기만적인 목적으로 가득 찬 얕은 바다에서 정처 없이 떠돌고 있다는 뜻이에요."

아버지의 이마에 주름이 잡혔다. 아버지는 내가 내 직업을 가지고 농담하는 걸 정말 좋아하지 않았다. 나는 지금의 이 좋은 분위기를 이어가고 싶었기 때문에 재빨리 아버지가 아직도 가지고 다니는 책을 물어봤다.

"뭘 읽고 계세요?"

"〈소네트〉 74. '그러나 안심하라.'"

"그걸 외우고 계세요?"

"그렇단다."

"그럼 읊어주세요."

"됐다."

"한 줄은요?"

"그러나 안심하라. 저 잔혹한 죽음이… 어떤 보석도 허락지 않고 나를 데려가도… 내 생명 일부는 이 시 속에 남아."

아버지의 머릿속에 바람이 불었다. 밖에 나오니 아버지의 기분이 한결 나아진 걸 알 수 있었다. 나도 기분이 좋아졌다. 아버지는 남은 시를 읊었다.

"영원히 당신 곁에 머무는 기념물이 되리다."

"저도 외우는 시가 있었으면 좋겠어요."

진심이기도 했고 자신이 사랑하는 대상을 아버지가 말하는 게 좋아서 한 말이기도 했다.

"너는 핸드폰에 인터넷이 되잖니, 루. 넌 아무것도 외울 필요가 없어. 우리 때는 외워야만 했다. 그래야 다시 그 지식을 써먹을 수 있었거든. 그렇지 않으면 뭔가 확인하고 싶을 때마다 매번 버스를 타고 그 망할 도서관에 가야 했어. 지금은 상상도 할수 없는 일이지. 요샌 남아 있는 도서관이 있긴 하니? 역사상 우리 세대와 너희 세대만큼 세대 차가 큰 세대도 없을 거다."

아버지는 담배 끌 곳을 찾았다. 우리 뒤에 모래가 담긴 양동이가 있었다. 아버지는 지팡이에 몸을 대고 돌아 한 발짝 가서, 담배를 거기에 던진 후에 다시 발을 질질 끌면서 돌아와 손으로 난간을 잡았다.

"아버진 예전이 더 좋았다고 생각하시죠, 안 그래요?"

"그래."

"왜요?"

"뭔가를 배워서 암기하면 뇌가 어떻게 작동하건 그 말이 네 속에 물리적으로나 화학적으로나 존재하거든."

"신경세포들."

"바로 그거야. 어떤 면에서 그 말들은 네 속에 존재해. 그 신경세포들 속에 있는 거지. 다른 신경세포들도 그 말을 이용할 수 있고. 네 생각이 머릿속에서 불타오를 때 그 속 곳곳에 셰익스피어가 있는 거지. 그건 아주 좋은 거란다. 너의 사고가 좀 더 섬세해지면서 너 자신을 잘 표현할 수 있게 되지."

영국 해협에서 그리 멀지 않은 곳에 작은 요트를 탄 한 남자가 파도 위로 올라가고 있었고, 또 다른 페리는 반대쪽으로 파도와 씨름하고 있었다.

"이건 너의 일부가 셰익스피어가 된 것과 같아, 루. 그 일부는 나머지 부분에도 도움이 되지."

"시를 좀 외워야겠어요."

"그래라. 날 위해서가 아니라 널 위해서."

아버지는 지팡이에 실은 체중을 조금 움직였다.

"무슨 말을 해야 하건 단어를 많이 알수록, 더 잘 말할 수 있게 된단다. 언어는 사고야. 사고가 언어고."

"아버지는 늘 그렇게 말하시죠."

"다시 말할 가치가 있으니까. 여기다 좋은 걸 집어넣으면 당연히 좋은 게 나올 가능성이 있단다."

아버지는 손가락 하나를 들어 자신의 머리 옆을 톡톡 치며 말했다.

"내게 150억이 있다고 해도 절대 배는 안 살 거다."

"바다 여행은 우리랑 맞지 않는 것 같아요, 아버지."

"너라면 뭘 사겠니?"

나는 아까 그 모래 양동이에 담배를 껐다.

"로마에 아파트를 한 채 사죠. 경치 좋은 곳에."

"그렇게 해라. 집을 팔아."

"아버지. 그런 말씀하지 마세요."

우리는 입을 다문 채 난간에 기대었다. 난 우리를 한데 묶은 수십억 개의 DNA 없이, 또는 우리가 함께 보낸 수천 시간 없이, 마침내 한 사람의 인간으로서 아버지를 분명히 볼 수 있게 된 것 같은 기묘한 느낌이 들었다. 그와 동시에 우리를 묶은 끈이 그 어느 때보다 더 단단하고 진실되게 느껴졌다. 우리는 수많은 아버지가 아들과 그랬던 것처럼 함께 바다를 보고 있었다(다만

우리의 경우는 다르지만). 파도가 물속으로 떨어졌다가 부풀어 오
르면서 햇빛의 파편 속에서 고등어의 등처럼 반짝이기 시작했
다. 그 파도는 아직까진 보이지만 곧 사라져버릴 머나먼 영국까
지 흘러가고 있는 듯했다.

랄프

형들과 나는 항상 가까웠다. 내가 형들이 아버지와 불화를 겪게 된 모든 원인과 모든 사람 사이에 일어난 말썽의 살아 있는 화신과도 같은 존재란 점에서 비춰보면 놀라운 일이었다. 이제 와서 생각해보면 형들과 내가 열한 살이나 차이가 나기 때문에 그런 점들이 중요하지 않게 된 것 같다. 형들은 어렸을 때 나도 삼총사의 하나이며 그들과 나는 다른 점이 하나도 없는 척했다. '모두를 위한 한 사람, 한 사람을 위한 모두'이라는 《삼총사》속 대사를 외치곤 했는데, '어린' 내가 '다 큰 것처럼' 느끼게 해주려고 그런 것도 있지만, 우리가 '한 핏줄'이기 때문이기도 했다. 그때 그 말은 우리가 아버지의 피를 나눈 핏줄이라는 뜻을 무의식적으로 표현한 거였다.

내가 태어났을 때 형들은 친엄마의 술 문제로(고함을 지르며 소란을 피우고 변호사가 개입한 법률적인 일 때문에) 아버지와 같이 살고 있었다. 나는 다른 방식으로는 살아본 적이 없었다. 내게 형들은 이복형제가 아니라 친형들이었다. 부모님이 외출하실 때마다(그런 일이 많았다) 형들이 나를 돌보며 질식하지 않게 하고, 계단에서 굴러떨어지는 일을 막고, 케밥 꼬챙이를 가지고 노는 일들이 습관이 됐다.

형들은 대학에서 집에 올 때마다 내게 여러 가지를 가르쳐줬다. 자전거 타러 나를 데리고 나가고, 불을 붙이는 방법을 알려주고, 진짜 음악을 소개해줬다. 시간이 흐르면서 나는 형들과 같이 뭔가를 하고 그들을 위해 또 뭔가 해주는 기묘한 방식을 개발했다. 특히 랄프 형이 그랬다. 늘 그런 건 아니고 긴장을 풀고 쉬고 싶거나 과시하고 싶거나 자신의 개성을 최대한 발휘하고 싶을 때, 형은 바로 그 자리에 내가 있을 거라는 사실을 알고 있었다. 나는 세상에서 가장 열성적인 관객으로, 형이 하는 말을 그 어떤 판단도 하지 않고 그저 감탄하면서 들을 테니까. 마찬가지로 내가 뭔가 해내면, 이를테면 여자에게 아주 재치 있는 메시지를 보낸다던가 기타의 새로운 바코드를 익혔을 땐 항상 형이 '잘했어, 루. 계속 그렇게 해봐'라는 표정으로 고개를 끄덕이는 모습이 마음속에 떠올랐다.

한번은 이런 일도 있었다. 나는 그때 열네 살이었고 형은 20대 중반으로 일거리는 없지만 나름 바쁘게 사는 배우였다. 아버지의 예순 살 생일에 형은 당시 사귀고 있던 라플란드와 스웨덴 혼혈 아가씨를 데려왔다. 패션을 공부하는 학생이던 그 아가씨는 터무니없을 정도로 대단한 미인이어서 우리 모두 질투심과 안타까움에 남몰래 눈물을 흘릴 정도였다. 그때는 엄마에게 병이 있다는 것도 모를 때였다.

우리 집은 아버지의 친구이자 노동당 정부를 자랑스러워하는 노동당원들(아버지는 농담으로 그들을 '배신자들'이라고 불렀다)과 엄마가 알고 지내는 녹음 계약을 못하는 싱어송라이터들, 작품을 못 쓰는 시나리오 작가들, 남들이 읽을 수 없는 시를 쓰는 시인들로 가득 차 있었다. 엄마는 그 사람들이 영국의 '날씨' 때문에 런던에서 단 한 번도 성공하지 못했고, 앞으로도 그럴 일은 없을 거라고 하셨다. 나는 그 파티에서 엄마가 아버지를 위해 쓴 시를 낭독하기로 했는데 원고를 2층에 놔두고 오는 바람에 가지러 갔다. 말은 안 했지만 긴장돼서 미칠 것 같았기 때문에 연습하고 싶었다. 우리 집의 좁은 다락 복도 끝에 있는 문에 도착했을 때 여자 목소리가 들렸다.

"멈추지 마. 계속해. 계속."

나는 실제로 그런 일을 하는 소리를 처음 들었기 때문에 머뭇거리다가 귀를 기울였다. 문제는 우리 집 마룻장이 워낙 요란하게 삐걱거린다는 점이었다. 나는 2초 후에 들켰다는 걸 알았다. 방 안이 갑자기 조용해졌으니까. 어쩔 수 없이 방금 도착해서 아무 소리도 엿듣지 못한 척했다. 문에 노크하는 일밖에 안 남았다. 정중하면서도 크게 똑똑똑.

"랄프 형, 나 뭐 좀 가지러 왔어. 형도 내려가 봐야지. 엄마가 쓴 시를 내가 낭독할 거고, 아버지는 연설을 하실 거란 말이야."

나는 소리를 질렀다.

격렬한 동작을 멈춘 후엔 침묵만 흘렀다.

"랄프 형?"

여전히 대답이 없었다.

"형, 거기 있는 거 알아."

"음, 그럼 빨랑 꺼져."

"미안. 나 그 시를 가져가야 해. 형도 내려와야 하고. 아버지가 연설하고 싶어 하시는데 형이 그 자리에 없으면 싫어하실 거야. 이건 중요한 일이잖아. 어서 가자, 형."

"이것도 중요해. 난 지금 섹스하고 있단 말이야."

침대가 삐걱거리는 소리가 들렸다.

"거기다 난 혼자가 아니야."

랄프 형은 그때나 지금이나 창피란 걸 모르는 사람으로 늘 누가 됐건 자신의 관객에게 전적으로 헌신하는 배우였다. 심지어 20대 초반에도 그는 어떤 기준으로 비춰봐도 자신이 끔찍한 인간이라는 점을 거리낌 없이 인정했다.

"그건 사실이야, 난 완전 형편없는 인간이야."

형은 마치 사소한 차 사고 현장에서 법적 책임을 인정하는 것처럼 고개를 절레절레 흔들면서 혀를 차며 솔직하게 말하곤 했다. 나도 인정하고, 너도 인정하고, 우리 모두 인정하잖아. 달리 어떻게 해볼 도리가 없어. 적어도… 적어도 나는 그렇다고 인정하잖아. 다른 사람들이 다 그렇게 솔직한 건 아니라고. 그 부분에 다다르면 형은 눈썹을 치켜올리면서 유혹적인 눈빛으로 날 바라보곤 했다.

나는 문틈에 대고 다시 말했다.

"아아, 형. 그냥 그 시 좀 주면 안 돼? 그다음에 다시 하던 일로 돌아갈 수 있잖아."

"루. 어서 가라니까. 난 지금 어마어마하게 발기했는데 넌 내 동생이잖아. 이 상황은 옳지 않아."

여자가 소리 죽여 웃는 게 들렸다.

"형, 난 지금 심각해."

"나도 그래. 이보다 더 심각한 적은 없어."

나는 이 사람들이 절정에 달할 때까지 초조하게 층계를 오르락내리락하면서 20분을 기다릴 마음은 전혀 없었다. 랄프 형이 지금 삐딱하게 반항하는 자세를 취했다는 건 알 수 있었다. 나는 어쩔 수 없이 내 입장을 고수해야 했다.

"그 시를 내주면 난 갈게, 랄프 형. 그거 없이는 내려갈 수 없어. 사람들 앞에서 그걸 읽어야 한다고. 시는 책상 위에 있을 거야."

"안 돼."

"제발."

"세상에 어떤 남자도 다른 남자를 달래려고 여인과 같이 있는 침대에서 나와선 안 돼, 루. 특히 어린 동생에겐 그럴 수 없어. 오스카 와일드가 한 말이야."

"오스카 와일드는 동성애자였어, 이 바보 형아."

"동성애자라고 고백하기 전에 한 말이야."

"오케이, 좋아. 미리 말하는데, 난 그 시를 가지러 들어갈 거야. 아버지를 실망시키고 싶지 않으니까. 거기다 형이 제시간에 그 일을 끝낼 것 같지도 않고."

방에서 웃음소리가 더 나왔다.

나는 이거야말로 상대가 바라는 관객이 됐을 때 겪어야 할 일이라고 짐작했다. 랄프 형은 내가 그 방에 들어와서 거기 있는 자신의 모습을 보길 원하는 마음도 있었을 거고, 나도 그 방에 들어가서 내가 섹스를 얼마나 쿨하게 대할 수 있는지 보여주고 싶은 마음이 있었다.

"나 들어간다."

"루. 하지 마. 절대 들어오지 마."

"들어간다니까."

"맙소사, 루. 이건 정말 아니다. 정말이야. 여긴 사방에 정액이 널렸어."

"셋까지 세고 들어갈 거야. 하나, 둘…."

나는 눈을 가리고 문을 열고 머리부터 먼저 들이밀고 문 안으로 들어갔다. 침대 옆에 있던 램프는 떨어진 건지 아니면 쳐서 바닥에 떨어뜨렸는지 벽은 램프 불빛으로 그늘져 있었다. 랄프 형은 일어나 앉았다. 다른 사람들은 불편해하는 상황에서 자기만 이렇게 편하게 있는 사람도 세상에 없을 것이다. 형의 여자 친구는 이불을 머리끝까지 뒤집어쓰고 방에 없는 척했다. 나는 부끄러워서 붉어진 얼굴을 감추려고 바로 책상으로 갔다.

"이거 참… 재미있는데. 마침내 나의 주말이 시작됐어."

형은 머리 밑에 베개를 놓으면서 말했다.

나는 애써 시선을 깔고 얼굴을 찡그린 채 형이 있는 쪽은 보지 않으려고 노력하면서, 책상 위에 엉망으로 흩어져 있는 물건들 속에서 출력해놓은 시를 찾고 있었다. 그동안 형은 세상에서 가장 큰 소리로 아주 오랫동안 시간을 질질 끌면서 성냥을 그어 담배에 불을 붙였다.

"담배 피지 마, 형. 나 그 침대에서 자야 한단 말이야, 정말."

"내가 경고했어야 하는데, 크리스틴. 내가 집을 떠난 후로 내 꼬마 동생이 쾌락과 맞서 싸우는 1인 성전을 시작했다니까."

랄프는 허세를 잔뜩 부리며 담배를 흔들었다.

"우린 이 꼬마 동생을 조심해야 해. 낮에는 이 자식이 우리 집을 순찰하면서 인간의 모든 쾌락을 금지한다니까. 밤에는 부르카와 마미단 셔츠를 입고 잔다니까. 분명 미친 듯이 딸딸이를 치면서 잘 거야."

랄프 형은 이불에 대고 말하고 있었지만 사실은 나에게 하는 말이었다.

"머리는 왜 또 그 모양으로 잘랐어, 루?"

이불이 들썩였다. 랄프 형은 한가하게 담배 연기로 동그라미를 만들어 천장으로 계속 피워 올렸다. 천장에 그 동그라미들을 걸 고리라도 찾을 것처럼.

"너 청년 보수단체에는 가입했니?"

"적어도 내 인생은 어마어마하게 창피한 실패작은 아니야, 랄프 형."

"아직은 아니지."

형은 흰 피부를 가졌고 헝클어진 갈색 머리는 길어서 눈 위로 흘러내렸다. 형의 눈은 아버지의 눈처럼 깊지만 색은 더 연한 청록색이었다. 아버지는 전에 랄프 형이 동성애자라는 자신의 정체성을 숨기는 인도 대왕의 이상형인 영국 크리켓 투수처럼 생겼다고 한 적이 있는데, 형의 외모를 잘 표현한 말이었다.

나는 이제 애가 타서 죽을 것 같았다. 시는 아무리 찾아도 보이지 않았다. 어딘가 다른 곳에 놔둔 모양이니 서둘러 탈곡기처럼 어마어마하게 덜덜거리는 우리 집 프린터로 달려가서 다시 출력해야 할 판이었다.

"미안, 이상하다. 분명 책상 위에 있었는데. 아마 아래층에 있나 봐."

"여기 있어."

랄프 형은 침대 옆 테이블 위에 재떨이로 쓰고 있던 머그잔 밑에서 시를 꺼냈다. 형은 자신의 장난이 지나쳤다는 걸 알고 있었다.

"제기랄, 랄프 형."

"시가 아주 좋더라."

형의 목소리가 부드러워졌다.

"형은 진짜—"

"악몽이지. 나도 알아, 안다고. 내가 그걸 읽은 이유는 관심이 있었기 때문이야, 루. 너희 엄마는 시를 많이 쓰진 않을지 몰라도… 훌륭한 시인이야. 다른 사람이 뭐라 하건 그건 사실이야."

랄프 형은 영문학을 전공해서 대학생이 받을 수 있는 최고의 점수를 받았다. 당시에 내게 형의 그런 점은 형이 내가 아는 가장 지적인 인간일 뿐 아니라 세계 최고로 지적인 인간이란 의미였다. 랄프 형이 학자가 되는 길을 선택하지 않았다는 사실은 집에서 다들 말은 안 했지만 어쩐지 아버지를 제물로 삼은 랄프 형의 조롱 같다고 생각했다.

"그 시는 약약강격 4보격 시야."

형이 말했다. 이불이 움직이면서 햇빛에 반짝이는 무릎이 보였다.

"그러니까 리듬을 타면서 읊어야 해."

형은 말하면서 천천히 춤을 추듯 손을 움직였다.

"바이런의 시처럼… '아시리아인들은 양의 우리에 들어온 늑대처럼 쳐들어왔다.'"

형은 시를 내게 넘겼다. 이불이 올라가면서 그녀의 허벅지에 있는 희미한 금빛 음모가 보였다. 형이 차가운 차에 담배꽁초를 던지자 피시식 소리를 내며 꺼졌다.

"빌어먹을, 랄프 형."

형은 사과하는 척했다.

"다른 방들은 다 사람들이나 아이들이 있었단 말이야, 루. 아버지 침대냐 아니면 네 침대냐, 둘 중 하나를 택해야 했어. 너도 알다시피 난 불가지론자지만 아무래도 네 방에 있는 게 다른 사람들의 심기가 덜 건드릴 것 같았어."

"형의 문제는 뿌리가 깊어. 아주 깊다고. 이건 심각해, 랄프 형. 정신 치료를 좀 받아봐. 생판 남이 형의 돈을 받고 친한 척하면서 형의 문제들을 들어보게 해봐."

나는 고개를 흔들었다. 형은 사악한 미소를 지었다.

"이 문제는 나중에 토론할 수 있지, 루. 넌 지금 내 침대 바로 옆에 서서 섹스하는 형을 보고 있잖아. 그건 내가 생각하는 그 어떤 것보다 더 이상한 상황이거든."

"이건 내 침대라고."

내가 반박했다.

그녀가 움직였다. 그녀의 음모가 얼핏 보였다. 그러더니 이불 밖으로 드러난 다리가 이불 가장자리를 잡으면서 더 이상 움직이지 않았다.

"형은 아래로 내려와서 아버지가 하는 연설을 들어야 한다니까. 어서. 안 그러면 여기 온 의미가 없잖아."

"왜 아버지는 항상 연설을 못 해서 안달인지 궁금해."

"항상은 아니지. 오늘은 아버지의 예순 번째 생신이잖아. 망할. 제발 좀 내려가자고."

"어쩌면 그건 우리가 우리 마음속에서 지워버린 아동 학대에 대한 연설일 거야, 루. 마침내 그 일을 온 천하에 공개하는 거지. 그 알코팝, 영원히 지속되는 태닝을 한 텔레비전 사회자들, 반쯤 낯익은 하원의원들."

"너희… 너희는 변태야."

이불 속에서 조용하지만 격렬한 목소리가 들렸다.

"너희 영국 사람들은 대체 왜 그래? 스웨덴 사람들도… 우리도 그런 농담은 하지 않아."

"루가 그런 거야. 내가 그랬잖아. 루가 문제가 많다고."

"내려와, 형."

"아래층에 있는 사람들은 도무지 참을 수가 없어, 루. 그 사람들을 보면 홀딱 벗고 계단에 서서 내 눈알을 헤로인으로 찌르고 싶다니까."

"아버지는 형이 그 자리에 있어주길 바라실 거야."

나는 문을 향해 걸어가면서 계속 말했다.

"난 오늘 밤 이 방에서 잘 거야. 형도 알고 있으라고. 바닥에서 자지 않을 거야."

형이 날 불렀다.

"루, 너도 알고 있어라. 넌 정력 감소제야. 네가 말할 때마다 인류의 오르가슴이 바닥으로 떨어지고 있어."

"시끄러."

"문 닫아."

"시끄러."

나는 문을 잡아당겨서 닫았다. 그때 다락 계단을 올라오는 낯익은 발소리를 듣고 공포에 얼어붙었다. 목적을 가지고, 반쯤 달려오는, 이곳을 침략해오는, 부담스런 소리였다. 다시 내 방으로 돌아가야 할지 아니면 내려가야 할지 알 수 없었다. 갑자기 아버지로부터 형을 보호하고 아버지가 내 방에 들어가는 걸 막아야 한다는 확신이 들었다.

지금 와서 돌이켜보면 랄프 형의 행동은 아버지에 대한 성적인 비난이었다. 형은 마치 이렇게 말하는 것 같았다. 아버지는 내 열 번째 생일에 엄마가 아닌 다른 여자랑 몰래 섹스하고 있었잖아요. 이제 난 아버지의 예순 번째 생일에 여자와 섹스하고 있어요. 아버지는 섹스로 우리 가정을 깼어요. 불륜을 그래도 되는 일로 만들고 찬양했다고요. 그러니까 아버지가 저지른 짓의 뒷감당을 하세요. 내가 앞으로 만날 모든 여자는 내게 아버지보다 더 중요한 존재가 될 테니까. 아버지가 내 관심을 받고 싶을 때마다 날 필요로 할 때마다 난 거기 없을 거예요.

랄프 형도 자신의 행동을 그렇게 생각했는지 그건 분명하지 않다. 하지만 형은 그렇게 행동했고, 여전히 똑같다. 형은 특수한 상황을 선택해서 그걸 일반적인 상황으로 만들어버렸다. 형이 사귄 여자 친구들은 모두 아버지를 조롱하고 비난하는 하나의 방식이었다. 아들이 아버지에게 배워 마음에 새긴 교훈은 아버지 스스로 가르치고 있었는지조차 깨닫지 못했다.

아버지는 계단 맨 위에 서 있었다.

"거기 있었구나, 루이스. 널 찾고 있었다. 10분 있다가 하면 돼. 그럼 괜찮지? 너 괜찮니?"

"이걸 가지러 왔어요."

나는 종이를 들어 보이면서 이것이 엄마가 아버지를 위해 쓴 시라는 건 아버지가 눈치채지 못하길 바랐다. 좀 있다 읽게 될 시의 놀라움을 망치고 싶지 않았다.

아버지는 주저하면서 불편해하는 모습이 조금 취한 듯했다.

"형들은 봤니?"

"아뇨. 아마 정원에 있지 않을까요?"

아버지는 조금만 더 짙어지면 의심이 될 것 같은 걱정스런 시선으로 날 봤다.

나는 긴장해서 그런 척하기로 했다.

"금방 내려갈게요. 다시 한번 처음부터 끝까지 읽어보고 싶어요. 5분만 시간을 주시겠어요?"

나는 다시 방으로 돌아가면서 아버지가 계단을 내려가길 빌었다.

"음, 그게 뭐든 어서 듣고 싶구나."

아버지는 다시 머뭇거렸다.

"형들을 보면 내 연설에 참석해주면 좋겠다고 말해주겠니?"

"네."

아버지는 계단을 내려갔다.

나는 엄마의 시를 손에 쥔 채 문을 반쯤 밀어 열면서 내 방에 들어가지도 못하고 나가지도 못한 채 중간에서 서성거렸다.

"안녕, 루. 또 구경하러 돌아온 거야? 우린 막 다시 즐기기 시작했는데. 좀 전엔 누구였어?"

랄프 형이 말했다.

나는 거짓말을 했다.

"잭 형이었어. 랄프 형, 제발 좀 내려와. 난 긴장돼서 미치겠어. 밑에는 아는 사람도 하나 없어. 마치 내가 시를 낭독하는 수탉이 된 기분이야."

"우린 내려갈게."

크리스틴이 이불을 부여잡고 갑자기 일어나 앉았다.

"무조건 내려가, 랄프. 동생을 위해 가는 거야. 어서."

"아무래도 특별히 널 위해 내려갈 것 같구나."

랄프는 한숨을 쉬고 천천히 손을 이불 가장자리에 내려놨다.

"음, …돌아서, 루. 아니면 내 벗은 몸을 보게 될 테니까."

"형은 매일 밤 그렇게 말하지."

"그런데 넌 아직도 돌아서지 않았고."

크리스틴은 우리를 보더니 고개를 흔들었다.

"그냥 몇 시간만이라도 정상적인 인간이 되려고 노력해봐, 오케이?"

나는 크리스틴에게 고맙다고 미소를 짓고 둘이 옷을 입을 동안 계단에 앉아 시 낭독을 연습했다.

우리 둘은 지난 몇 년 동안 기이한 곳들을 함께 다녔다. 내가 아는 사람 중에 그 의미를 정말로 이해하는 사람은 아직도 랄프 형밖에 없다. 지금은… 랄프 형이 어떻게 나올지 알 수 없었다. 형이 잘나가는 꼭두각시 인형놀이꾼으로 일하며 살고 있는 베를린에서 도착하면 어떨지.

만약 형이 온다면.

로토루트 데 장글레

"저 소리 좀 들어봐, 루… 거의 소리가 안 나잖아. 지금 속도가 얼마니?"

"100킬로미터에 가까워요, 아버지."

"그거 봐라. 거의 소리가 안 나잖아. 이게 후륜구동의 장점이란다."

"참 대단한 장점이네요."

우리는 지금 프랑스 고속도로 A26을 달리고 있다. 오늘은 천국의 시스템을 테스트하는 것처럼 구름 사이로 해가 들어갔다 나왔다 하는 와중에 우리는 여러 개의 표지판을 지나쳐 솜므 강으로 가고 있다. 아버지는 '톰톰 내비게이션'을 질색해서 쓸데없이 무릎에 지도를 펼쳐놓았다. 우리는 아무 음악도 틀어놓지 않았다. 그랬다간 음악이 우리의 감정에 너무 큰 영향을 미칠 테니까. 대신 엔진 소음을 이야기한다.

아버지는 내가 비꼬는 걸 무시하고 계속 얘기했다.

"그래서 내가 새 차를 사지 않은 거야…. 140킬로미터를 넘어가면 엔진의 힘이 앞쪽으로 넘어가서 엄청나게 시끄러운 소리가 나. 그게 사륜구동의 문제야."

"뭐가 문제죠?"

"소음 말이다."

나는 또다시 아버지가 한 말을 무시했다. 아버지가 이런 식으로 '소음'이라고 말할 때는 '소음'을 '현대 세계'의 주된 문제로 얘기하고 싶어서니까. 아버지가 말하는 소음이란 원래는 클래식이 아닌 음악, 특히 쇼핑센터, 펍, 레스토랑 같은 곳에서 흘러나오는 음악을 뜻했다. 아버지가 말하는 진정한 소음이란 '우둔함'의 징후나 기표로, 아버지는 이런 소음이 우리의 공적인 삶과 문화와 문명을 점령하기 직전에 있다고 생각한다. 더 깊이 파고 들어가 보면 소음에 대한 아버지의 이런 생각에는 그 '소음'을 만들고 소비하는 데 관련한 사람들에 대한 분노도 깔려 있다. 나는 턱에 힘이 들어가는 걸 느낄 수 있었다. 왜 그런지 이해할 수 없지만 아버지의 분노 때문에 나도 화가 났다. 지금은 그럴 때가 아니다. 그렇게 화를 낼 때가 아니다.

'랭스 254킬로미터'라고 표기된 또 다른 표지판이 나왔다. 킬로미터는 마일보다 훨씬 더 빨리 거리가 줄어든다. 그래도(이건 미친 짓이지만) 우리는 조금 서둘렀다. 오늘 밤에 우리가 묵을 샴페인 성에 방을 예약해놨는데(그게 옳은 일처럼 보였다), 저녁 식사 전 샴페인 시음을 시작하는 6시까지 도착해야 했다. 앞에 나타난 대형 화물 트럭들을 추월하기 위해 속도를 조금 높였다.

"그들은 그렇게 해야 했겠지."

아버지는 자동차 업계의 속사정을 알게 돼서 아주 기쁜 것처럼 고개를 끄덕였다. 아버지는 여러 종류의 밴과 도로와 운전과 차들과 지도에 환장한다. 아버지가 어렸을 때 세상을 지배했던, 남자라면 모름지기 그래야 한다는 오래된 관념이 뇌리를 떠나지 않아서 그런 거다. 아버지는 시 심사 축제에 가지 않는 주말에는 그랑프리에 날 데리고 다녔다. 우리는 1년에 한 번 벨기에 자동차 경주대회와 캠프로 차를 몰고 갔다. 다른 사람들이 축구 팀들을 쫓아다니는 것처럼 우리는 포뮬러 원을 쫓아다닌다. 랄프 형과 잭 형도 마찬가지다. 아버지의 영웅은 짐 클라크다. 아버지는 클라크가 대단한 선수라고 했는데, 그건 아버지가 할 수 있는 최고의 칭찬이다. 랄프 형은 세나*의 팬이다. 잭 형은 프로스트**에 열광한다. 나는 아버지와 형들을 약 올리려고 누구의 팬도 되지 않았다.

아버지의 말에 내가 별다른 관심을 보이지 않는 걸 아버지가 의식하는 바로 그 순간을 나는 느낄 수 있었다. 그럴 때면 아버지가 얼마나 속이 상하는지 알기 때문에 나는 말했다.

---

*   아일톤 세나. 브라질의 카레이서.
**   알랭 프로스트. 에프원의 전설적인 카레이서.

"누가 뭘 해야 한다는 거죠, 아버지?"

"폭스바겐이 그렇게 해야 했다고."

"왜요?"

"제조 회사들 때문에."

"제조 회사들?"

"제조 회사들은 모두 차 뒤에 짐을 쉽게 실을 수 있게 짐칸이 노출돼 있는 평상형 트럭을 원했어. 엔진을 앞쪽으로 옮겨야 했지. 그래서 1990년부터 엔진을 앞쪽으로 이동한 차를—"

자동차 사물함 안에서 내 핸드폰이 울리기 시작했다. 믿을 수 없겠지만 내 핸드폰 벨소리는 〈젤리 한 접시〉라는 동요다. 지난번에 잭 형의 아이들과 놀아주다가 아이들이 그 노래를 하도 좋아해서 그렇게 됐다. 다만 조카들은 젤리도 안 먹고 플라스틱 그릇을 쓰는데 왜 그 노래를 좋아하는지는 아무도 모른다. 우리 두 영국인은 자살하러 가는 길에 로토루트 데 장글레라는 프랑스 고속도로를 엉뚱한 방향으로 질주하면서 서로를 흘끔거리며 환장할 정도로 끈질기게 울리는 〈젤리 한 접시〉를 듣게 된 것이다.

아버지는 사물함을 열어서 전화를 받았다.

"여보세요, 래리 래스커…."

아버지는 피식 웃으면서 고개를 까닥이며 내게 '도로에서 눈 떼지 마'라는 제스처를 취했다.

"아, 안녕하세요, 에바 양. 유감스럽게도 루보다 훨씬 더 현명하고 경험 많은 사람이 전화를 받았네요."

아버지는 실제로 내게 윙크까지 해보이고 있었다.

"루는 운전하고 있어요. 음… 이것도 운전이라고 쳐야겠죠. 아직 이 밴을 박살내진 않았으니까."

"아버지."

"런던에서 나오면서 몇 번 아슬아슬하게 스치긴 했는데."

내가 손을 뻗었다.

"아버지, 제가 받을게요."

"페리에서 내렸을 때 도로의 어느 쪽으로 달려야 하는지 다시 알려줘야 했죠."

"아버지!"

"도로에서 눈 떼지 말라니까, 루."

아버지는 손을 들어 올리고 입을 다물었다.

나는 에바를 상상하려고 애썼다. 에바는 아마 터프넬 공원에 있는 아파트 박공 창문 앞 매트리스 위에 서서 웬 이상한 사람이 전화를 받아서 하는 얘기에 맞장구를 치려고 애쓰고 있겠지.

에바와 나는 사귄 지 열 달밖에 안 됐지만 지금의 상황이 어떤지 알고 있다. 우린 모든 걸 공유하는 사이니까. 커피, 돈, 샴푸, 그 모든 전율, 그 모든 노래. 하지만 아버지에겐 에바에 대해 얘기하지 않았다. 자세한 이야기는 안 했다. 이유는 나도 모르겠다. 난 에바를 비밀로 했다. 아마도 이 일과는 상관없이 내가 갈 수 있는 곳, 우리 가족과는 아무 상관없는 공간을 만들고 싶어서 그랬는지도 모르겠다. 우리 가족 일에 에바를 엮는 건 옳지 못하고, 주제넘은 짓처럼 느껴졌다. 그녀는 우리 가족이 아니라 나와 사귀는 거니까. 나는 우리 가족이 에바와 상대해야 하는 상황을 원치 않았고, 에바가 우리 가족을 상대해야 하는 것도 싫었다. 내가 이 모든 상황에 대처해야 하는 것도 원치 않았다. 무엇보다 우리 가족의 광기로부터 에바를 지켜주고 싶었다.

아버지를 보자, 오로지 아버지만 할 수 있는 방식으로 에바가 하는 말을 걸러 듣고 있는 걸 느낄 수 있었다. 아버지가 세상을 떠난 후에 혼자 남은 나와 에바를 상상하는 아버지는 도저히 참을 수 없었다. 갑자기 에바와 아버지를 갈라놓는다는 발상 자체가 또 다른 커다란 실수처럼 느껴졌다. 무수한 실수 중 또 하나. 나는 핸드폰으로 팔을 뻗었다.

"아버지, 제가 받을게요."

아버지는 자신의 입술에 손가락을 댔다. 아버지의 흐늘흐늘한 옆얼굴은 이제 엄숙한 표정을 띠고 있었다.

내 눈에서 열이 나고 있었다. 조금 있다가 누군가가 백미러에 비치는 불빛으로 내게 신호를 보내고 있어서 그렇다는 걸 깨달았다. 왜 그랬는지 모르겠지만 우리 차가 시트로엥을 추월하려고 추월 차선으로 넘어갔는데 시트로엥 역시 트럭들을 추월하려고 하고 있었다. 이 시트로엥은 나보다 고작 2킬로미터 적은 속도로 달리고 있었다. 그러니 트럭을 추월하는 데 평생이 걸릴 것이고 나는 거기서 빠져나올 수 없었다.

"고마워요, 에바 양. 그건 용기가 필요한 말이었는데."

아버지가 말하고 있었다.

다시 불빛이 번쩍였다. 이번에 신호를 보낸 메르세데스는 내 차 꽁무니에 너무 바짝 붙어서 내가 브레이크를 건드리기라도 했다간 우리 모두 황천길로 갈 판이었다. 나는 액셀러레이터를 사정없이 밟았고, 그렇게 우리의 슬로드라이빙은 끝났다. 아니, 우리는 전속력으로 취리히를 향해 달리고 있었고 엔진은 무시무시한 소리를 냈다.

"그럴게요. 그럴게요. 차를 세우는 대로 곧바로 에바 양에게 전화하라고 할게요."

우리는 시트로엥을 지나쳤다. 아버지는 얼굴을 가리기 위해 핸드폰을 높이 들고 있었고 내게 얼굴을 돌리려고도 하지 않았다.

"고마워요. 그래요. 안녕… 그래요."

나는 아버지가 뭔가 더 에바의 마음속에 깊게 여운이 남는 말을 하고 싶지만 그래도 되는지 모른다는 걸 분간할 수 있었다.

"안녕. 정말 행운을 빌어요."

아버지는 다시 말했다.

메르세데스가 우리 차를 지나쳤다. 조수석에 앉은 보톡스를 잔뜩 맞은 괴물 같은 여자가 마치 내가 자신의 성형수술을 망친 장본인인 것처럼 나를 무시무시하게 노려봤다.

"아버지?"

"미안하다."

"아무래도 그만 멈춰야겠어요."

"오케이. 다음번 정차 구역에서 멈추자."

"알았어요….."

나는 아버지가 이 여행을 잠시 멈추자는 것인지 아니면 그냥 완전히 끝내자는 뜻인지 알 수 없었다. 내가 차를 세우고 그만 돌아가자고 하면 아버지가 그럴 거라는 걸 알고 있었다. 이것 하나는 확신했다. 아버지는 내 소원을 들어줄 거라는 거. 우리 사이에는 그 점을 보장하는 지층과도 같은 단단한 합의가 존재한다. 우리의 모든 감정 밑에 그 합의가 깔려 있다. 즉 우리는 이 일을 자진해서 함께하거나 아니면 아예 하지 않을 거라는 합의가. 또 다른 시각에서 보면 아버지가 그만두고 싶다는 말을 하는 걸 받아들일 수 없다. 아버지가 자신의 결정에 회의를 품는 것도 받아들일 수 없다. 그랬다간 우리가 지금까지 겪은 모든 일의 의미가 사라지고 결국 형들의 생각이 처음부터 옳았던 게 되니까.

아버지는 여전히 내 쪽을 보지 않았고 내가 계속 아버지를 흘끔거리면 차 안에 흐르는 이 당혹감은 더 심해질 것이다. 아버지는 고통받고 있었다. 정서적 책임감이란 고통. 아버지는 아주 미세하게 고개를 젓고 있었다. 이렇게 흐린 햇살에서 보니 아버지의 병색은 너무 짙어 보였다. 너무나 파리하고, 너무 많이 소모됐고, 너무 약해 보이는 아버지. 마치 죽어가는 과정이 시시각각 실제로 눈으로 볼 수 있는 활동처럼 보였다. 사실 그랬다.

나는 뭐가 최선일지 알 수 없었다.

"미안하구나. 받지 말았어야 했는데."

아버지가 쉰 목소리로 말했다. 아버지는 핸드폰을 다시 사물함에 넣고 사물함의 걸쇠를 만지작거리고 있었다. 아버지는 밴 안의 깜박거리는 불빛에 신경이 거슬려 했다. 전구가 나가고 있었다.

"핸드폰에 이름이 안 떴다. 번호가 안 나왔어. 이런 망할 전화기는 도통 이해가 안 돼."

아버지는 핸드폰의 작동 방식을 아주 잘 알고 있었다. 20년 동안이나 써왔으니까.

"아버지, 신경 쓰지 마세요."

아버지는 사물함 속을 잠깐 뒤적이다 말했다.

"네 친구는 목소리가 생기발랄하더구나."

'생기발랄하다'는 말은 아버지가 자주 쓰는 말이 아니어서 그 말을 듣는 순간 마음속으로 힘이 쭉 빠졌다. 이건 아버지가 이 문제를 내게 어떻게 얘기해야 할지 모르고 있다는 뜻이니까. 나는 화제를 전환할 수 있는 최선의 소재가 잭 형이란 걸 알고 있기 때문에 이렇게 말했다.

"저는 잭 형이 전화했을 거라고 생각했어요."

"잭이 전화한다고 했니?"

"아뇨, 아뇨. 그런 말은 안 했어요. 아버지가 형에게 전화하셔야죠."

"할 거야…. 우리가 출발한 건 잭이 알고 있니?"

"네."

나는 아버지의 마음을 더 아프게 하고 있었다. 잭 형이 오지 않는다는 사실이 아버지의 가장 큰 슬픔이자 패배일 수도 있었다. 적어도 지금은 우리가 좀 전의 어색한 순간에서 빠져나오는 동안 내가 그 뒤에 숨을 수 있는 유일한 화제였다.

"아버지, 6킬로미터만 더 가면 휴게소가 나와요. 거기에 잠깐 차를 세울까요?"

"그래."

우리는 한동안 말없이 앉아서 도로를 달렸다. 우리 둘 사이에 끔찍한 절망감이 맴돌고 있었다. 마치 이 순간이 지금까지 살아온 우리의 전 생을 규정하기라도 할 것처럼. 아버지의 이런 모습을 보느니 차라리 악의에 차서 격노하며 고래고래 고함을 지르는 편이 나을 것 같았다. 그 어떤 감정도 지금 이것보단 나을 것 같다. 아버지를 다시 기운 차리게 할 수 있는 거라면 뭐든지. 바람에 사방으로 흩어지는 재처럼 검은 새들이 길가에서 허공으로 날아올랐다.

아버지는 아버지라는 존재 자체로 엄마의 시를 압박하고 질식시켜 죽였다. 마치 베개로 엄마의 얼굴을 누른 것처럼 그렇게 확실하게 엄마의 시를 압사시켰다.

제우스, 여호와, 예수그리스도, 알라와 나머지 신들을 믿지 않아서 내가 겪은 가장 큰 부작용은 내가 우리 부모님을 아주 많이 생각해야 했다는 점이다. 그렇다, 부모님이 일단 결혼하자 엄마는 재능이 있었는데도 시인으로 성공하지 못했다. 엄마는 이렇게 말하곤 했다. 루, 정말 두통과 근심 사이에서 삶은 어렴풋이 새어 나가버린단다. 엄마는 내게 '위대한 시들'을 많이 가르쳐줬고, 나는 내 인생에 시를 계속 간직하고 있어야 할 것 같은 일종의 책임감을 느꼈다. 이 말이 대체 무슨 뜻인지는 나도 잘 모르겠지만. 가끔 '사물은 흩어진다'* 같은 구절이나 조각 같은 파편들이 떠오르는데, 그런 말이 어디서 왔는지 누가 그 시를 썼는지도 난 몰랐다.

아버지가 자신의 첫 결혼을 완전히 망쳤고, 우리 엄마와 결혼하기 위해 랄프 형과 잭 형의 마음도 그렇게 망가뜨렸을 거라는 말도 해야 할 것 같다. 첫 아내와 함께 보낸 15년이란 세월, 서약, 아내와 자식들의 정서적 안정 모두 박살나버렸다. 나는 지금 법원 명령들, 창밖에 서서 사랑과 증오에게 고함을 지르는 사람들을 말하는 것이다. 나는 아버지가 '정직한' 사람이지 '선한' 사람은 아니라고 말했다. 많은 사람들은 이 둘이 같다고 생각하지만 사실은 그렇지 않다. 누가 내게 물어본다면 이 둘은

* 예이츠의 〈재림〉에 나오는 구절.

별로 관계가 없다고 말할 거다.

나는 나이가 많건 적건 우리 부모님 같은 부부를 한 번도 보지 못했다. 부모님은 서로를 육체적으로, 정신적으로, 영적으로 그야말로 죽자사자 사랑했다. 많은 부부가 장미와 덩굴로 자신을 휘감은 채 천국의 향기를 맡고, 낙원의 과실들을 보는 식으로 살고 싶어 한다. 그런 풍경은 아름답고 향기도 달콤하지만 그런 꽃들과 과실과 나뭇잎들 뒤에 있는 기둥들은 모두 바짝 말라붙어 조각조각 부서져서 떨어지고 있다. 반면 우리 부모님은 반짝이는 흰 기둥 두 개가 따로 떨어져서 웅장한 아치를 이루며 서 있을 수 있는 커플이었다. 사랑의 신전에 오신 걸 환영합니다, 여러분.

내가 해볼 수 있는 최선의 짐작은 부모님이 서로를 설득하려 하지 않았기 때문에 그렇게 사랑할 수 있었던 것 같다. '헌신'이라는 말로도 우리 부모님의 사이를 제대로 묘사할 수 없다. 그렇게 말해버리면 두 사람 사이에 극복해야 할 일이 있었던 것처럼 들리기 때문이다. 그렇다면 이 일이 우리에게 말해주는 바는 뭘까? 우리가 어떻게 행동하건 진정한 사랑이라는 명목으로 하는 한 다 괜찮다는 뜻일까? 선은 아무 분별없이 악에서 태어나고 그 반대도 가능하다는 건가? 거짓으로 이뤄진 세계가 사랑의 세계를 낳을 수 있나? (정직은 그저 하나의 성향일 뿐이다.) 그렇다면 랄프 형과 잭 형의 엄마인 캐롤은 어쩌라고? 베이스워터의 지하 빌라에서 하루 종일 라디오만 들으며 냉장고 위까지 꽉꽉 채운 싸구려 화이트 와인병들과 함께 살아가는 캐롤은 어쩌라고?

가끔 아버지를 가장 고문하는 건 질병이 아니라 아마도 슬픔일 것이란 생각이 들었다. 그래서 지금 아버지가 이러고 있는 건지도 모른다. 엄마 없는 삶을 살아갈 목적이 없어서. 이 모든 일… 이 모든 건 엄마를 위한 정교한 진혼곡인 것이다.

나는 유일하게 할 수 있는 말을 한다.

"왜 프랑스인들은 거길 '에르 드 르포'라고 하죠?"

아버지에게선 아직도 쉰 목소리가 났다.

"무슨 뜻인지 이해가 안 되는구나, 루."

"서비스 스테이션(휴게소) 말이에요. 프랑스는 왜 서비스 에어리어라고 부르냐는 거죠."

"흥미로운 생각이구나."

엄마의 죽음에서 유일하게 긍정적인 면은 덕분에 우리는 같이 기운을 되찾는 법, 시간을 때우기 위해 해야 할 엉뚱한 말을 찾아내는 법, 슬픔에서 돌아와 현실이라는 적과 직접 대면해 맞서 싸울 때까지 그 공격을 막아내는 법을 익힌 거다.

"두 언어가 사용하는 단어들의 차이는 흥미롭단다, 루. 그 단어들로 우리는 국가적인 특징을 구별할 수 있지."

"아버지라면 어떻게 설명하시겠어요?"

"흠, 네가 말한 것처럼 우리는 서비스 스테이션이라고 부르지."

"그렇죠. 그 의미가 뭔가요?"

"우리는 암묵적으로 연료와 음식이 같은 연료라고 치고 그 연료를 우리에게 '서비스', 즉 제공한다고 생각하는 거야."

"반면 프랑스어는?"

"반면 프랑스어 '에르 드 르포'는 시민이 천천히 음식을 먹는 공간이고 그 활동은 연료를 구매하는 행위와 다르다고 구분지은 거고."

아버지는 또다시 차의 앞 유리를 향해 손짓하면서 설명하고 있었다. 아버지는 이렇게 세상 이치를 설명하길 좋아한다는 생각이 들었다.

"두 번째 의미로 프랑스 사람들은 자기 동포들이 길가의 쓰레기 같은 체인 레스토랑들이 파는 음식보다 더 나은 피크닉용 음식을 가지고 다닐 거라고 짐작한 거지."

"세 번째는, 세 번째 의미도 있겠죠, 아버지."

"세 번째 의미는 프랑스인들이 영혼 없는 쇼핑몰로 몰려가는 걸 좋아하지 않을 것이고, 그보다 가능하면 탁 트인 하늘 아래 아름다운 풍경에서 먹고 쉬는 걸 좋아할 거라고 짐작한 거지."

"이게 바로 아버지가 샴페인 사회주의자*가 된 이유인가요?"

"샴페인 성을 숙소로 예약한 사람은 너잖니."

* '누릴 건 다 누리는 부유한 사회주의자'라는 의미로 비꼬는 뜻.

"전 사회주의자가 아니에요."

"요즘 다시 사회주의자가 유행이란다, 루. 넌 뭐니?"

"전 그냥 인간이죠."

"경박하게 굴지 마."

"전 경박한 인간인걸요."

토론과 논쟁은 우리 부자의 마음을 편안하게 해주고 위로해주고 치유해준다. 아버지는 이런 논쟁을 '소크라테스식 문답법'이라고 부른다. 엄마는 '입씨름'이라고 했다. 이것은 우리 가족이 공유한 또 다른 문제이기도 했다. 우리는 모두 상대의 기분이 좋아지길 원한다. 그렇지 않으면 우리는 더 이상 살아갈 수 없을지도 모른다.

"난 사회주의자다. 나는 인간이 시장이라는 꼴사납고 가혹하고 비참한 은유를 통해 서로를 이해하고 조직화하는 것보다 더잘 살 수 있다고 믿기 때문이야."

아버지가 선언했다. 아버지는 다시 생기를 되찾았다.

"그 붕괴를 보면…."

"아니, 보기 싫어요."

"…그 똑같은 은행들과 은행가들, 애초에 문명을 약탈한 놈들을 구제하고 보너스를 주고 경제를 희생시킨 걸 봐라. 그놈의긴급 구제 기금은 모두 우리 국민의 세금으로 충당한 거잖아. 우리, 국민이 낸 돈이란 말이야. 그게 사회주의가 아니면 뭐란말이냐? 방금 너 핸드폰 울렸다."

"여긴 지나가요. 곧바로 가죠, 아버지. 농담 아니에요. 죄송해요."

"잠깐—"

"지금 당장이요."

"조심해, 루. 도로에서 눈을 떼지 마. 여긴 분기점이야."

나는 전화기를 잡아서, 다른 손으로 바꿔 쥐고, 전화기를 들어서 화면을 봤다. 문자가 왔다.

"누구니?"

"에바예요."

나는 거짓말을 했다. 사실 그 문자는 잭 형이 보낸 거다. 형은 내게 어떻게 대답해야 할지 모르는 질문을 했다.

잭

나는 문을 빠끔히 열었다.

"시오반이야?"

"아니, 나야."

"루, 왔구나. 들어와."

나는 안으로 들어갔다. 작은 욕실은(항상 작았지만) 이 상황에서는 도움이 되지 않는다. 잭 형은 더 큰 집이 필요했다(아버지 집 같은, 우리 집 같은, 내 집 같은).

형이 나를 흘끗 올려다봤다.

"와우, 루. 머리가 왜 그래?"

"기르는 중이야."

"그렇군."

형이 씩 웃었다. 형은 양복 바람으로 무릎을 꿇고 기저귀, 수건, 갓난아기 파자마와 엉덩이에 바르는 연고, 로션, 크림과 젤

무리에 둘러싸여 있었다. 형은 퍼시(형의 세 아이 중 막내딸에게
우리가 지어준 별명)의 옷을 벗기려고 노력하는 중이었다. 퍼시
는 한 살답지 않게 어마어마한 힘과 결의를 가지고 온몸으로 저
항하고 있었다. 그렇지 않아도 힘든 상황인데 어찌된 일인지 퍼
시의 배앓이 결과물이 기저귀를 탈출해서 등 쪽으로 삐져나와
겹겹이 입은 겨울옷 사이로 신나게 퍼지고 있었다. 잭 형은 그
똥 더미 위에서 넥타이가 대롱대롱 흔들리지 않도록 셔츠 속에
집어넣으려고 퍼시 옷에 달린 수천 개의 단추와 옷 위에 덧댄
천과 늘어진 옷자락들과 씨름하는 걸 잠시 멈췄다.

"조심해. 거기 밟지 마. 거기 기저귀들은 더러워. 이 욕실에 있
는 사람들은 모두 설사가 났어."

"딱 내가 좋아하는 상태군."

"물티슈 좀 찾아줄래? 여기 어딘가에 또 한 통이 있을 거야.
세면대 밑에 좀 봐봐."

잭 형의 세 살 먹은 쌍둥이 아들인 빌리와 짐이 욕조 안에서
서로의 머리에 물을 붓고 있었다. 하나는 입속에 스펀지를, 또
하나는 칫솔을 물고 있었다.

"그 물 마시지 마, 애들아."

형은 허리를 펴고 일어서면서 주의를 줬다. 형은 아버지가 뉴
스를 볼 때처럼 '지금 이 상황이 믿겨져?'라는 표정으로 눈썹을
찡긋해 보였다. 잭 형은 아주 엄격하게 마른 몸매를 유지하는
랄프 형과 달리 더 탄탄하고 단단한 체격에 적갈색 머리는 더

짧고 파란 눈에 회색이 살짝 섞여 있어서 아버지와 더 많이 닮았다. 무엇보다 얼굴 여기저기에 흰색과 금빛색이 섞인 수염이 까칠하게 자라고 있어서 랄프 형보다 더 나이 들어 보이고, 흠, 더 아버지 같아 보였다.

"안녕, 꼬맹이들."

나는 조심스럽게 말했다. 나는 이 쌍둥이 조카의 대부다.

"지금 목욕 시간이야?"

아이들은 이 바보 같은 질문을 받을 때 써먹으려고 남겨둔, 지극히 어린이다운 경멸이 섞인 무표정한 얼굴로 대응하고 나서 아까보다 더 집중해서 스펀지와 칫솔을 빨았다.

"루 삼촌에게 인사해야지."

잭 형이 재촉했다. 아이들은 입속에 있는 것을 계속 빨면서 내게 손을 흔들어 보였다.

"그건 그렇고 택시가 도착했어, 형."

나는 가끔 우리 집에서 내가 주로 하는 일은 도저히 화해할 수 없는 사람들과 미친 사람들 사이를 눈치 있게 오가며 그들 사이를 중재하는 것이며, 스스로 사절이라고 여길 때가 있다. 보아하니 우리 집 식구들이 모두 좋아하는 사람은 나 하나뿐인 것 같았다. 아니면 적어도 아무도 비난하지 않는 사람이거나. 뭐 그게 그거 같지만. 나는 부드럽게 덧붙였다.

"어서 길을 나서야지."

형은 한창 씨름하던 와중에 고개를 들어 날 봤다.

"불가능해. 퍼시와 사내아이들과 나는 이 녀석들이 침대에 가기 전에 온 집 안을 똥칠하기로 엄숙히 맹세했거든. 그 일을 끝내기 전까지는 우린 모두 안 잘 거야."

형은 쌍둥이를 흘끗 봤다.

"스펀지 먹지 마, 빌리. 너희 둘 다 욕조에 쉬야 했잖아. 기억 나?"

욕조에서 까르르 웃음이 터져나왔다.

"내가 뭐 할 거 없어?"

잭 형은 그 똥 지옥에서 빠져나오려는 것처럼 몸을 한쪽으로 기울였다.

"자, 여기. 네가 맡아, 루."

잭 형은 랄프 형보다 훨씬 더 자주 쉽게 미소를 짓는다. 형은 매사를 심각하게 보다는 재미있어 하며 넓게 보는 사람이다.

"우리가 먼저 갈까? 형은 나중에 올래?"

"아니. 아래층에서 아버지랑 시오반은 어쩌고 있어?"

"서로 예의 바르게 굴고 있지. 아버지는 텔레비전에 대해 빈정거리고 있고, 시오반은 부러 못 들은 척하고 있고."

잭은 퍼시의 작은 핑크색 타이츠를 벗겼다.

"내가 이놈들을 모두 욕조에 넣어서 씻길 수 있으면, 너는 아래층에 가서 시오반에게 다 끝났다고 하고, 베이비시터인 지타더러 여기로 올라오라고 해. 우리가 나가기 전에 아이들이 지타에게 인사하고 싶어 한다고 하고. 지타가 오면 내가 아이들을 욕조에서 꺼내서 재워달라고 부탁하면서 뇌물을 쓸 테니까. 그다음에 다 같이 나가자."

"나 지타 싫어."

빌리가 말했다.

"물티슈, 루. 물티슈. 물티슈."

"찾고 있는 중이야."

욕실은 수건들과 다른 것들로 무릎 높이까지 꽉 차 있었다.

"아버지에게 올라오라고 할까?"

"아니. 그러면 전쟁이 일어날걸."

형은 퍼시의 옷을 기저귀 바로 전 단계까지 벗겼다. 유아용 보디슈트가 터무니없을 정도로 복잡한 누름단추들로 뒤덮여 있었다. 형에게 물티슈를 건넸다. 랄프 형이 아버지를 비난하는 무기로 섹스를 골랐다면, 잭 형의 무기는 직접 소매를 걷어붙이고 아이들을 기르는 양육 스타일이었다. 잭 형이 이런 점을 스스로 얼마나 의식하는지는 나도 잘 모르겠다. 분명 형에겐 지금 아버지 노릇을 하느라 너무 바빠 아버지를 기다리게 하는 이 상황을 즐기는 마음도 있었다.

잭 형은 전에 기자로 일했지만 지금은 생명보험 회사의 홍보를 맡고 있다. 이 일은 잭 형으로서는 부끄러운 일이었고, 아버지로서는 패배였고, 랄프 형으로서는 희망을 저버린 것이었다. 그 결과 이 모든 창피하고 무의미한 일에 대한 보상으로 형은 전보다 다섯 배나 많은 보수를 받고 있다. 나는 화이트칼라의 세계에서는 이런 식으로 시스템이 작동하는 게 현명하다는 점을 눈치챘다. 일이 더 지루해질수록 보수도 더 올라간다. 잭 형은 과거에 공산주의자였기 때문에 이 상황이 더 아이러니했다. 이건 정말이다. 잭 형은 에든버러대학교에 가서 사회주의 노동자 신문을 팔고, 부츠를 신고, 그런 머리가 유행하기 훨씬 전에 레닌주의자들과 어린 로커빌리(로큰롤과 컨트리음악을 혼합한 형태의 음악)들만 하는 것처럼 보였던 헤어스타일을 하고 다녔다. 왜 그랬는지 이유는 묻지 마시라. 아버지의 인정을 받고 싶어서 그랬는지 아니면 아버지에게 반항하기 위해서 그랬는지 그건 각자 좋을 대로 선택하시길. 어쩌면 잭 형은 정말로 공산주의가 가치 있는 사상이라고 믿었는지도 모른다. 잭 형이라면 그럴 수 있다.

형이 얼굴을 찡그렸다.

"아버지는 오늘 밤 일을 진지하게 생각하고 계시는 거야?"

"그 어느 때보다 진지하셔."

"맙소사, 퍼시. 제발 1분만이라도 좀 가만히 있어 봐."

형의 신경이 점점 더 날카로워지는 걸 느낄 수 있었다.

"그 일은 의논할 가치조차 없어. 아버지는 절대로 스위스에 안 가실 거야."

"아버지에게 그렇게 말해."

"아버진 대체 뭐가 문제야?"

"운동신경세포 질환이 문제지."

형이 날 훑어봤다.

"그렇게 머저리처럼 굴지 마, 루."

형은 보는 사람이 불안해질 정도로 무지하게 진지한 면이 있다. 랄프 형이 상대를 촌스러우면서 뭔가 틀린 기분이 들게 만든다면, 잭 형은 상대를 경박하면서 틀린 기분이 들게 만든다.

"뭐, 아버지의 문제는 그거라는 거지."

"운동신경세포 질환에 걸린 사람들은 아주 많아. 스티븐 호킹을 봐."

"아버지 나이에 발병하진 않았잖아. 아버진 말기야. 예외도 없고. 길어봤자 2년 남았어. 병원에서 그랬어."

"아버지는 정말 안락사 타입이 아니야."

"안락사 타입은 어떤 건데?"

"우린 그런 가족이 아니야."

"그걸 어떻게—"

"퍼시! 가만 좀 있으란 말이야!"

폭탄 처리 전문가가 마지막 근무의 마지막 작전을 치르고 있는 것처럼 형은 극도로 신중하게 퍼시의 기저귀를 벗기고 있었다. 시큼한 유아용 분유 냄새가 폐쇄된 욕실의 공기 속을 가득 채웠다.

"아버지의 병세가 악화되면 우리가 아버지를 돌보지 않을 거라고 생각하시는 거야?"

"아버지가 특별히 돌봄 문제를 걱정하는 건 아닌 것 같아. 병세가 점점 악화되고 있어."

쌍둥이는 이제 서로에게 물을 튀기고 있었다.

"아버지 간호 문제의 해결책은 수백 가지는 될 텐데."

"수백 가지는 아니야. 환자들은 결국 다 같은 결말을 맞게 되고."

"적어도 아버지는 그 문제를 우리와 상의할 수는 있잖아."

"그래서 아버지가 여기 오신 거잖아, 형."

"아니지, 아버지는 그렇게 하겠다고 우리에게 통보하러 오신 거지."

"형이 아버지와 의논하지 않으려 하면 아버지도 하실 수 없잖아."

"내 말은… 스위스라니? 진심이야?"

"어쩌면 정부에서 법을 바꿔서 아버지가 여기 영국에서 하시게 될 수 있을지도 모르지. 그때까지는… 취리히나… 알바니아나 뉴멕시코 밖에 없어."

지난 몇 주 동안 나는 아버지 몰래 아버지의 생각의 변화를 잭 형에게 계속 전했다. 잭 형은 아버지의 새로운 계획이 오늘 밤 우리가 모이는 이유라는 걸 시오반에게 말하지 않기로 결정했다. 내 짐작에 잭 형은 지금까지는 아버지가 그저 그 아이디어를 '알아보는' 정도일 거라고 생각했고, 또 아버지가 시오반과 마주 앉아 그 계획을 밝히고 그 결과도 받아들이길 바라는 마음도 있어서 그랬을 것이다.

형은 퍼시의 두 다리를 들었다.

"아버지는 고집을 피우시면서 반항하고 계시는 거야."

"그건 아버지가 형에게 했던 말이야."

"이 일에는 우리 모두 관련돼 있어. 아버지가 그렇게 가시면 그 결과를 안고 계속 살아가야 하는 사람들은 우리라고. 어떤 면에서 이 일은 아버지보다 우리에게 더 많은 영향을 미친단 말이야."

"형은 어떻게 아버지의 병을 가지고 이렇게 이기적으로 굴수 있어?"

"게다가 아버지는 우리가 그 계획에 찬성하길 원하셔. 그런데 나는—"

"왜 그런 끝내주는 의견들을 아버지에게 직접 말하지 않아?"

"우린 전에도 이런 이야길 다 했으니까."

"형과 내가 했지. 맞아. 아주 많이 했어. 형과 아버지는—"

"이 자식들아, 물 좀 그만 튀기지 못해?"

짐이 아주 큰 소리를 내면서 칫솔을 빨다가 침을 극적으로 삼켰다. 방에 있는 사람들이 모두 자기를 보고 있다는 걸 확인했을 때 짐은 플라스틱 컵에 있던 물을 욕조 가장자리 너머로 기울여서 부어버렸다.

"안 돼. 짐. 안 돼. 욕조 물을 욕조 밖으로 부으면 안 된다고."

형이 언성을 높였다. 빌리는 비누를 먹기 시작했다.

"빌리!"

형이 소리를 꽥 질렀다.

아빠가 언성을 높이자, 퍼시도 참을 만큼 참았다고 판단하고 온 집안이 떠나가라 소리를 지르기 시작했다. 내 표정이 아주 걱정스러워 보였는지 형이 점점 커지는 그 소란 속에서 소리는 내지 않고 입술만 움직여 말했다.

"퍼시 우유를 깜박했어. 퍼시는 목욕할 때 우유 먹는 걸 좋아하는데. 그 빌어먹을 문 좀 닫아."

퍼시는 아빠가 자기 엉덩이를 다시는 못 닦게 하는데 자신의 짧은 일생이 걸린 것처럼 있는 힘껏 발길질을 하면서 온몸으로 버둥대고 있었다. 형의 넥타이가 그 북새통에 스르르 빠져나와 점점 더 커지는 설사 더미 위로 흔들렸다. 형이 욕설을 퍼부었다. 내가 형을 위해 손을 뻗어서 넥타이를 들어 올리려고 했을 때, 갑자기 빌리가 자살 폭탄 테러범처럼 폭발하면서 어마어마하게 큰 소리로 울부짖기 시작했다.

"내 눈! 내 눈!"

빌리가 소리를 질렀다.

"제기랄! 제기랄."

형이 벌떡 일어섰다.

"빌리 눈에 비누가 들어갔어."

형은 몸을 숙이면서 빌리가 있는 쪽으로 수건을 내밀었다.

퍼시는 고함을 두 배로 키웠다.

그때 갑자기 사방에 비가 내리기 시작했다.

얼음처럼 차가운 비가 양동이로 들이붓는 것처럼 욕실에 내리고 있었다.

형은 고래고래 소리를 지르고 있었다.

"그거 잠가. 그거 잠그라고. 얼음같이 찬물이 나오잖아!"

짐이 어떻게 했는지 모르겠지만 샤워기를 튼 거였다.

"그거 잠가, 루. 잠그라고."

빌리가 꽥 소리를 질렀다. 퍼시 역시 질세라 소리를 질렀다. 짐의 비명에 비하면 둘 다 상대도 안 됐다.

나는 퍼시를 얼른 넘어가서 내 옷을 적시지 않으면서 샤워기 수도꼭지를 잠그려고 몸을 기울였다.

"그 빌어먹을 것 좀 얼른 잠가, 루. 대체 뭐하는 거야?"

세 꼬마가 지르는 비명이 인간의 귀로 들을 수 있는 모든 곳을 다 채우는 것 같았다. 그 고함 소리들이 메아리치고, 욕실 타일에 반사돼 울려서 우리의 당황한 머릿속을 가득 채웠다. 물에 젖지 않으면서 수도꼭지를 만지기는 불가능했다. 나는 다 포기하고 짐 위로 허리를 숙였다. 짐은 이제 내 옷을 다 적시고 있는 홍수를 맞으며 몸을 움츠리고 있었다. 물줄기가 끊겼다.

"맙소사."

형은 빌리를 놓아주고 주위를 돌아봤다. 빌리는 미끄러져서, 고함을 지르며 넘어지기 시작했다.

"퍼시. 이리 돌아와. 다시 누워!"

형이 엉덩이가 똥 덩어리인 퍼시를 안아서 어찌할 바를 모른 채 높이 들어 올렸다.

나는 넘어지는 빌리를 잡느라 다시 온몸이 홀딱 젖었고, 그

과정에서 팔꿈치로 짐을 쳐버렸다. 짐의 작은 얼굴은 경악했다가 두려움에 일그러졌다.

그동안 퍼시는 자기 기저귀뿐만 아니라 오빠들의 기저귀 속까지 들어가 있었다. 바닥은 온통 똥칠이 돼 있었고, 사방이 물바다였다. 아이들의 파자마는 물에 흠뻑 젖었고 깨끗한 기저귀들은 바닥에서 물에 퉁퉁 불어 있었다. 퍼시는 이제 목청껏 소리를 지르고 있었다. 형은 세면대 위로 높이 퍼시를 들어 올리면서 세면대 플러그를 찾을 수 없다고 욕하고 있었다. 세면대 물은 너무 뜨겁거나 너무 차갑게 나왔다.

빌리는 빨고 있던 스펀지에 질식하려고 했다.

짐은 얼음물처럼 차가운 샤워 때문에 덜덜 떨면서 소리를 지르고 있었다.

"나갈래! 나갈래! 나갈래! 이거 싫어! 싫어! 나가! 나가!"

형도 고함을 지르고 있었다.

"내 넥타이 좀 벗겨, 루. 이 빌어먹을 넥타이 좀 벗기라고. 플러그 좀 찾아봐. 찬물 잠그고. 사방이 똥이야. 내 망할 놈의 넥타이. 사방이 똥이야."

그 순간 시오반이 욕실에 들어왔다.

10분 후, 우리는 아버지가 자살을 해야 할지 말아야 할지 의논하기 위해 외출했다.

휴게소

우리는 아라스* 근처 어딘가에 있다. 고속도로에서 좀 떨어진 휴게 구역은 유럽인들의 장기처럼 보이는 깨끗하고 유쾌한 분위기에, 주의 깊게 심어놓은 잡목림이 고속도로를 달리는 차들의 소음을 차단해주고 있었다. 안전한 피난처 같은 곳이었다. 나는 서서, 죽어가는 아버지가 똥 누는 소리를 들으면서 사랑을 나누는 사이인 에바에게 문자 보내고, 프로이트와 융을 생각했다. 랄프 형같이 지적인 사람이 열렬히 좋아한다는 점 외에는 그 두 사람에 대해 아무것도 모르지만 말이다.

그나저나 그 망할 놈의 형은 어디 있는 거야?

나는 랄프 형의 독일 핸드폰에 문자를 보냈다. 형의 영국 핸드폰에도 문자를 보내고 그걸 복사해서 형의 이메일로도 보냈

---

* 프랑스 파리 북쪽에 있는 옛 아르투아 지방의 중심지.

다. 형은 우리가 여행하는 도중에 합류하겠다고 했다. 어쩌면 형은 의식적으로 또는 무의식적으로 아버지의 자살을 막기 위해 우리와 연락을 일체 끊기로 결심했을지도 모른다는, 구역질 나는 생각이 밀려들었다. 마치 아버지가 랄프 형을 먼저 만나지 못하면 그 일을 하지 않을 것처럼 말이다. 형들은 이 일을 심각하게 받아들이고 있지 않거나 아니면 너무 심각하게 받아들여서 나타나지 않는 식으로 이 일을 막으려고 하는 건지도 모르겠다.

"성공했다."

아버지가 화장실 안에서 상당히 큰 소리로 말했다.

세 살 이후로 내가 아버지와 같이 화장실에 간 건 이번이 분명 처음일 것이다.

아주 꼼꼼해 보이면서도 어딘가 거만한 분위기를 풍기는 염소수염을 기른 남자가 화장실로 들어왔다.

"아버지 괜찮으세요?"

나는 화장실 문을 사이에 두고 아버지에게 물었다.

"아직 엉덩이를 내 손으로 닦을 수 있다는 말을 할 수 있어 기쁘구나."

나는 염소수염 사내를 흘끗 봤다. 그는 내게 장난기 어린 표정을 지어 보였다.

아버지는 안에서 큰 목소리로 말하고 있었다.

"사실 그게 내가 이 일을 하고 싶은 주된 이유다."

나는 아버지가 바로 이 순간 이런 식으로 다시 이 대화를 시작하려고 해서 놀라기도 하고 그렇지 않기도 했다. (내 핸드폰에서 윙 소리가 나더니 에바가 보낸 메시지가 도착했다. '사랑해.' 핸드폰이 나오기 전에 사람들은 대체 어떻게 살았는지 모르겠다.) 아버지가 이렇게 농담같이 심각한 이야기를 할 때 거기에 응수하는 유일한 길은 나도 똑같이 하는 것이다. 그런 대화를 해봤자 무슨 소득이 나올지는 잘 모르겠지만. 우리의 목적지가 죽음인 마당에 소득이 안 나온다고 해도 그게 중요할 것 같진 않다.

나는 그럴 필요가 없는데도 화장실 문에다 대고 큰 소리로 대답했다.

"무슨 얘기를 하시는 거예요? 뭐가 뭘 하고 싶은 것의 주된 원인이라는 거죠?"

"내가 아직 내 스스로 엉덩이를 닦을 수 있다는 사실이 이 여행을 하고 싶은 주된 이유라고."

"아버지는 지금 아직까지 자기 엉덩이를 닦을 수 있기 때문에 자살하고 싶다는 말씀을 하시는 거예요?"

염소수염 사내는 지금 이 사람들이 변태인지 아니면 광대인지 종잡을 수 없어 하는 표정이었다. 나는 형들과 이야기를 해야 했다.

"그게 흔한 감정이라고 생각하세요?"

"그렇다고 생각한다."

아버지는 화장실 변기 물을 내렸다. 나는 언성을 조금 더 높였다.

"죽고 사는 일이 다 항문에 달렸단 말씀이세요?"

"육신의 쇠퇴, 육신의 무능력에 대한 두려움은 자신의 엉덩이를 닦을 수 없게 될 거라는 두려움이라고 난 생각한다."

"그렇군요."

"난 그게 사람들의 진심이라고 생각해, 루. 사람들의 마음속에 있는 실질적인 불안이 그거지. 사람들이 품위 있게 죽고 싶다고 할 때 그 말의 속내는 바로 이거야. 오케이, 난 이제 움직일 준비가 됐다. 가자."

염소수염 사내는 바지 버튼을 잠그면서 얼굴을 찡그리고 있었다. 나는 화장실 문을 밀어서 열고 안으로 조심스럽게 들어갔다.

아버지는 금방이라도 앞으로 고꾸라져 바닥에 박치기를 할 것처럼 허리와 고개를 잔뜩 수그리고 있었다. 아버지의 다리는 뼈만 앙상해 보였는데 한쪽 다리에 경련이 일어서 손으로 잡고 있었다. 아버지는 고개를 들고 조용히 말했다.

"이게 마지노선이야. 건너고 싶지 않은 선이지, 루."

나는 앞으로 숙이면서 아버지에게 두 팔을 내밀어 아버지의 몸을 위로 들어 올렸다. 아버지는 일어서고 앉는 동작을 무척 힘들어한다.

"선을 넘기 전까지는 자기 손으로 자기 엉덩이를 닦을 수 있어. 일단 선을 넘으면 그렇게 할 수 없고."

"그게 중요하다는 거죠, 아버지?"

나는 아버지가 바지를 끌어 올려 입는 걸 도우며 말했다. 아버지는 내 어깨에 손목을 걸치고 있었다.

"맞아."

우리는 이제 얼굴을 마주 보고 서 있었다. 아버지의 입에서 실패에 감긴 실처럼 침이 흘러나오고 있었다. 아버지는 목소리를 낮췄다.

"다른 사람이 대신 해주는 건 원하지 않는다. 무엇보다 네가 그렇게 하는 건 더 싫다, 루."

나는 억지로 미소를 끌어내서 내 입술에 단단히 붙들어 맸다. 아버지의 몸에 들어왔다가 나가는 숨소리를 들을 수 있었다. 아버지는 나를 보고 있었다. 내가 천천히 고개를 끄덕이는 걸 느낄 수 있었다. 다시 마음속에 역겨움, 슬픔, 분노, 연민, 공포, 절망, 사랑과 같은 감정들이 솟구쳐서 부글부글 끓어오르며 서로서로 다투는 걸 느꼈다. 지난번에 에바와 같이 잤을 때 내 발밑에 있는 땅이 갈라지는 꿈을 꿨다. 한쪽은 내가 느끼는 감정들이 있었고 다른 쪽에는 내가 한 말들이 있었는데, 그 사이의 틈이 점점 넓어져서 나는 분명 그 아래 소용돌이치며 부글부글 끓어오르는 용암 속으로 떨어졌을 것이다.

"지금 여기 있는 사람이 저라서 기뻐요. 제 말은 더그가 아니라 저라서. 전 정말 이 일에서 빠지고 싶진 않아요, 아버지."

"더그가 불쌍하구나. 더그는 공동 화장실을 아주 좋아하거든. 고고학 연구에서 더그의 전문 분야가 바로 그거야."

"더그에게 사진을 보내주죠 뭐. 더그는 스냅챗 해요?"

"그게 뭔데?"

"중요한 건 아니에요."

우리는 화장실에서 나왔다. 서로의 몸에 팔과 어깨를 둘러서 다시 하나가 됐다. 염소수염 사내는 지금까지 여기서 겪은 모든 모욕을 탓하기라도 하려는 것처럼 핸드 드라이어를 탕탕 치고 있었다. 그러면서 우리를 못마땅한 눈빛으로 흘겨보다가 아버지의 지팡이를 보자 가식적인 미소를 지었다. 페리 사건 이후로 나는 다른 사람들이 우리를 어떻게 볼지 신경 쓰는 단계는 지났다. 우리는 아무 부끄러움 없이 낙천적으로 세면대를 향해 발을 질질 끌며 걸어갔다. 건물의 열린 틈으로 참새 한 마리가 날아들어와 잠시 고개를 갸웃거리며 호기심 어린 눈길로 우리를 지켜봤다. 두 남자가 나란히 서서 갑자기 세차게 쏟아져 나오거나 아니면 가늘게 똑똑 떨어지는 수돗물에 손을 씻는 모습을.

사랑이 시작되면 잠과는 이별한다. 에바가 나보다 훨씬 더 머리가 좋기 때문에 처음부터 나는 불리한 입장에 있었지만, 그렇지 않아도 너덜너덜한 정신이 에바 때문에 더 나갈 뻔했다. 나는 석 달 동안 완벽한 혼란과 불확실한 상황 속에서 허우적거렸다. 마침내 우리는 어둠 속에서 에바의 아파트 문지방 위에 서 있게 됐다.

"미안해."

에바는 머리를 획 수그리면서 어둠 속에서 간신히 책상으로 짐작되는 것 밑을 더듬거렸다.

"천장 전구가 엉망이라서."

옆쪽에 있는 전등이 확 켜졌고 그녀는 바닥의 깔개를 넘어갔다. 더 이상 검을 수 없을 정도로 검은 에바의 머리카락이 그날 밤 쓰고 있던 찻주전자 덮개 같은 모양의 모자 아래 물음표 같은 모양으로 여기저기 빠져나와 길게 늘어져 있었다. 에바가 어떤 표정을 짓고 있는지, 수줍어하는지 아니면 도전적인지 아니면 둘 다인지 도무지 분간할 수 없었다. 지금처럼 날 볼 때면 눈이 너무 까매서 눈동자와 홍채가 하나가 된 것 같아 보였다.

"집 좋은데."

나는 멍청한 말을 했다. 우리 둘 다 어색해 죽지 않도록 또 말했다.

"뭘 좀 마시면 어떨까. 지금 너무 말짱한 기분이라. 뭐 그것도 좋지만 그래도—"

"사실… 술 마시는 건 가능해. 뭐 마시고 싶어?"

"뭐가 있는데?"

에바는 모자와 코트를 벗어서 여기저기 좍좍 갈라진 거대한 가죽 의자 위에 무덤처럼 쌓아놓은 옷들로 획 던졌다. 런던 기준으로 보면 에바의 아파트는 꽤 컸지만 대부분의 공간이 처마 밑에 있었다. 침대는 박공 창문으로 올라가는 두 기둥 밑에 시트를 반쯤 깔아놓은 매트리스였다. 매트리스 양쪽에 책을 한 줄로 늘어놓는데 그 줄을 따라가다 보면 천장이 기울어져서 나무 바닥과 만나는 지점이 나왔다. 아파트 안에는 작고 오래된 부엌과 책상, 양초 한 자루가 올려진 아주 작은 벽난로가 있었다. 또 다른 문이 하나 보였는데 그 문 너머에 화장실이 있을 것 같았다. 벽난로 위에 걸린 흑백사진에는 수많은 사람들, 야자나무들, 고대 건물들을 배경으로 출발선 뒤에 줄지어 선 오래된 차들이 보였다. 사진 제목이 '에리트레아에서 개최된 이탈리아 경주'라고 나와 있었다.

"다 있어."

에바가 말했다.

"다 있다고?"

"응. 말 그대로 다 있어."

에바는 장난스럽게 과장된 동작으로 내가 낡은 옷장일 거라고 짐작했던 가구의 문을 열어젖혔다. 안쪽 네 개의 선반에는 다양한 색과 형태와 생산지가 찍힌 병들이 가득 차 있었다.

"다 술이야."

"맙소사."

나는 이 상황을 다시 평가하면서 심호흡을 했다.

"외출을 자주 안 할 만하네. 너 평상시엔 술에 찌들어 있겠어."

"아침 먹을 때쯤이면 술에 절어 있지."

에바는 고개를 기울이면서 찬장을 향해 안타깝지만 헤어나올 수 없는 척하는 표정을 지어 보이며 말했다.

"10년 동안 일요일은 구경도 못 해봤어."

"진심으로 하는 소리는 아니지?"

"아버지가 타파스 바를 닫으셨을 때 내가 이 술병들을 맡아서 보관하게 됐어."

"근사한데."

"딱히 그렇지도 않아."

에바는 내 말에 반박했다.

"딱히 그렇지도 않다고?"

에바는 선반으로 손을 뻗어 특이한 병을 집어 들면서 말했다.

"여자가 반 더 홈 탄제린 리큐어나 오이 보드카 같은 술을 얼마나 마실 수 있겠어? 혼자서 말이야."

"잠깐─"

"왜?"

"탄제린 리큐어라고?"

"응."

"나는 그거 큰 잔으로 한 잔 줘. 뉴올리언스에서 살 때 많이 마셨어. 얼음 두 개 부탁해."

"그게 문제가 있어."

에바는 주춤하면서 싱크대가 있는 쪽을 봤다.

"뭐가?"

"얼음도 없고, 술에 탈 소다수도 없어."

"접시들은 보이는데."

싱크대 옆에 아주 작은 식기 건조기가 있었다. 에바가 눈을 가늘게 떴다.

"맞아… 접시는 있어."

"음, 그렇다면 좋아. 접시에 탄제린 드림과 오이 밀주인지 뭔지를 따르고 핥아 먹자."

"목마른 늑대 인간들처럼?"

"바로 그거지."

"구역질 나는 머그잔은 어때?"

그녀는 지저분한 책상으로 걸어갔다.

"그런 머그잔은 두 개 있는데."

"훨씬 좋지."

에바는 내게 오는 길에 선반에서 술병 하나를 꺼냈다.

"난 가끔 예거마이스터를 마셔. 이건 다섯 모금까지는 맛있거든. 그리고 머그잔에 마시면 제격이란 느낌도 들고. 뉴올리언스에는 언제 있었어?"

"그런 적 없어. 난… 난 그냥 농담한 거지."

"넌 항상 그렇게 이야기를 지어내?"

"끊임없이 그러지."

에바는 머그잔을 다 헹구고 나서 키친타월로 잔을 닦으면서 날 봤다.

"불안해서 그래? 아니면 지루해서?"

"둘 다. 거기다 상실에 대한 두려움도 있고."

"얼굴이 빨개졌는데."

에바는 머그잔들과 떼어 쓰는 종이 성냥을 들고 왔다.

벽난로에 있는 넓적한 양초에 불을 켰고 우리는 쿠션들 사이에 있는 바닥에 같이 앉았다. 나는 차들이 나온 포스터를 봤다.

"저건 무솔리니 짓이야? 내 말은 잘 달리는 이탈리아 차들을 몰고 에리트레아에 쳐들어왔어?"

"에리트레아는 이탈리아 파시스트들이 나오기 전에 이탈리아 식민지였어. 네 말이 맞아. 잘 알고 있네."

에바는 긴장하는 척하는 표정을 지었다.

"넌 아는 게 많은 그런 부류의 남자야?"

"내 지식은 아주 넓고 얇지."

"전문 분야는 뭔데?"

"시 조금하고 초기 인류의 쓰레기 처리 문제. 너는?"

"포뮬러 원하고 파타타스 브라바스."

"장난치지 마."

내 표정에 속내가 그대로 나타난 모양이었다.

"진짜야….."

"우리 아버지가 포뮬러 원이라면 사족을 못 쓰셔. 내가 가본 그랑프리만도 한 다스나 돼."

"우리 아빠도. 저 포스터도 아빠가 사주신 거야."

"와. 이거야말로 정말 처음 있는 일인데."

나는 그렇게 말하면서 머그잔을 내밀었다. 우리는 쟁그랑 소리를 내며 잔을 부딪쳤다.

"우리 로마로 이사 가서 결혼하자. 책을 파는 채식주의자 카페를 여는 거야. 우리는 아무에게도 말하지 않고 우리의 작고 아늑한 난로에서 포뮬러 원 타이어들을 태울 수 있을 거야. 거기 힙스터들을 엿 먹이는 거지."

에바는 눈도 깜박이지 않고 날 똑바로 보면서 아무 말도 하지 않았고 나는 또다시 실수했다는 생각에 얼굴이 새빨개지는 게 느껴졌다.

그때 에바가 대꾸했다.

"그 카페 이름은 '피트 스톱'*이라고 하자. 아니면 '박스박스 박스'**라고 하던가."

그때 나는 이 관계가 잘될 거라는 걸 알았다. 이번만은 행운이 따라줬으니까…. 나는 아버지에게 여자들에 관해 거짓말을 했다. 실은 지금까지 날 단호하게 밀어붙이거나 내 발목을 잡은 여자는 하나도 없었다. 나는 한 번도 여자 때문에 '바쁘거나', '정신없었던' 적이 없었다. 나는 빨간 머리다. (엄마와 아버

* 급유, 타이어 교체 등을 위한 정차.
** 자동차경주에서 피트 스톱 앞 땅바닥에 그려진 박스를 뜻함.

지 둘 다 빨간 머리다.) 이 사실은 내가 세상에 있는 아가씨들의
90퍼센트에게는 전혀 매력이 없다는 점을 의미한다. 손톱만큼
도. 그녀들은 두 번은 고사하고, 단 한 번도 내 얼굴을 제대로 보
지도 않는 것 같았다. 대부분의 여자들에게 나는 동성애자이자
코털을 바람에 휘날리며 수천 마리의 어린 양의 피를 손에 묻히
고 다니는 벨라루스공화국 도살장 주인이나 다름없었다. 반면
나머지 10퍼센트의 아가씨들에게 나는 항상 그들이 꿈꾸는 이
상형이었다. 정말이다. 어떤 여자들(많진 않지만 굳건한 소수의 여
자들)은 날 아무 이유 없이 그냥 사랑해준다.

나는 그땐 몰랐지만 처음부터(놀랍고도 경악스럽게) 에바는 빨
간 머리를 사랑하는 신도 중 하나였다. 그렇다. 에바는 그 신성
한 10퍼센트 중 하나였다. 그녀에게 나는 가장 호감 가는 남자
이자 라파엘전파*의 뱀파이어였다(이건 에바의 표현). 알고 보니
우리가 과거에 겪은 '의사소통 문제'는 그동안 에바가 남자 친
구와 헤어지는 슬프고 기나긴 과정에 있었기 때문이었다. 그는
서른두 살 먹은 이구아노돈 같은 공무원으로 우격다짐으로 밀
어붙여 에바와 약혼했던 남자였다. 하지만 에바는 그 남자와 절
대 결혼할 수 없다는 사실을 이제 알았다. 그 남자가 실질적인
인간, 특히 에바와(이건 내 표현) 친밀한 관계를 갖는 중요성을

---

*   19세기 영국에서 일어난 예술 운동. 기계적인 예술 접근을 거부하고 사실
     적이고 소박한 화풍을 지향함.

근본적으로 알아차리지 못하는 사람이었기 때문이다. 에바가 암을 유발하는 그 남자의 성격과 성질머리의 잔해로부터 완전히 벗어나기 전까지는 나와 같이 황혼이 비치는 가을 카페에 앉아 똥 같은 당근 케이크와 하수 같은 녹차를 마시며 간간히 만나는 것이 그녀가 감당할 수 있는 전부였다. 그래서 그녀와 만난 초기에 내가 그토록 혼란을 느낀 것이다.

그날 밤 우리는 침대 위 창문 유리에 낀 성에 속 달빛을 받으며 냉기를 피해 매트리스에 같이 누워 벌거벗은 따뜻한 몸을 바짝 붙이고 있었다.

의미의 틈

아버지와 나는 화장실에서 발을 질질 끌며 걸어갔다. 아무도 그 변화를 입 밖으로 내지 않았다. 갑자기 우리는 가는 곳마다 서로의 어깨에 팔을 두르고 다녔다. 내 생각에 아버지는 일주일 전보다 상태가 더 안 좋아졌다. 아닐 수도 있다. 어쩌면 아버지는 이렇게 해야만 나에게 도움이 될 거라고 생각해서 더 나빠진 척하는 건지도 모른다. 이렇게 힘겹게 내딛는 아버지의 발걸음이 내 기억에 각인돼서 이 일을 하기가 훨씬 더 쉬워질 거라고 생각할 테니까. 나중에 말이다.

　아버지가 연기를 한다고 비난할 수는 없다. 어쨌든 이렇게 악화된 증상이 진짜인지 가짜인지가 뭐가 중요하겠는가? 우리 둘은 이렇게 하나가 돼서 한 걸음 한 걸음 더 쉽게 내디디면서 이런 순간에 합당한 무게와 중요성과 의미를 느끼고 있으니까. 인생은 이렇게 살아야 하는 건지도 모르겠다. 뭔가를 확신하면 그

것이 희미해질 때까지 반복하면서 매일 자신의 철학을 행동으로 옮기는 것이다.

우리는 에바의 전화를 무시한다. 그것에 대해선 아무렇지 않게 얘기를 나눌 수 없다. 지금은 아니다. 우리의 큰 문제 중 하나는 일단 이야기를 시작하면, 다른 얘기로 넘어가게 되고… 그러다 그 유일한 문제에 이르게 된다. 우리 둘 다 다시 그 이야기를 할 준비는 되어 있지 않았다. 우리가 지금 하는 건 우주를 묘사한, 아주 정교하게 균형을 맞춘 방정식과 같다. 다시 말해 우리가 지금까지 서로에게 말한 모든 것을 묘사한 방정식이란 뜻이다. 그런데 그렇게 세심하게 만들어낸 방정식에다 아주 작은 것 하나만 더 말해도 방정식의 균형이 깨져버리기 때문에, 우리는 즉시 이야기를 멈추고 이 방정식을 처음부터 끝까지 다시 써야 할 상황에 처한 것이다. 우리가 그런 일을 다시 해보려고 시도한다면 그럴 수 있게 적절한 때를 남겨놔야 한다. 그런 일은 평생 한 번이나 두 번 이상은 할 수 없으니까.

아버지와 내가 몇 번 같이 만난 정신과 의사인 트위기 박사는 이런 상황을 이해하고 싶어 하는 마음은 자연스런 것이라고 말했다. 이것은 아주 인간적인 욕구지만, 어떤 면에선 아무 의미도 찾을 수 없다고 했다. 박사의 말에 아버지는 그게 바로 카뮈가 《시시포스의 신화》에서 의미를 찾고 싶어 하는 인간의 욕구와 의미란 세상에 미리 새겨져 있는 게 아니라는 사실 간의 충돌을 이야기할 때 독자들에게 전하고자 했던 바라고 대꾸했다.

"인간의 그런 욕구, 카뮈가 부조리라는 말로 표현하고자 했던 그 욕구, 루, 그 자체는 부조리하진 않아."

나는 아버지가 그걸 '의미의 틈'이라고 불렀던 기억이 난다. 그 후 아버지와 트위기 박사는 그 대화에 몰입해 우리가 거기 간 이유와는 별 상관도 없는 여러 화제에 대해 얘기를 나누기 시작했다.

아버지가 먼저 다른 폭스바겐을 봤다. 우리 차와 똑같이 형편없는 상자 모양의 1980년대 모델이었다. 차 뒤쪽에서 두 남자가 법석을 떨고 있었다. 한 남자는 쭈그리고 앉아 있다가 다시 일어났고, 다른 남자는 플라스틱 컵 하나를 들고 그냥 서 있었다. 그 밴은 마치 이제는 운전하는 데 완벽하게 질린 것처럼, 밴으로 살아가는 데 지친 것처럼 한쪽으로 기울어져 있었다. 그제야 나는 타이어에 구멍이 난 걸 알아차렸다. 곧바로 이런 의문이 들었다. 만약 우리 차가 고장 나면? 그럼 어떻게 되는 거지? 내가 그저 내 생각만 한 반면(아마 이것도 또 다른 세대 차이겠지만) 아버지는 정확히 그 반대 상황을 생각하고 있었는지 이미 그들이 있는 방향을 향해, 피크닉 테이블을 지나 타맥이 깔린 도로를 지나 나무 밑으로 우리를 이끌고 있었다. 해가 떴고 우리는 일찍 출발했지만, 어쨌든 늦어도 6시까지는 샴페인 성에 도착해야 했다. 나는 한 시간 먼저 도착해서 충분히 쉰 다음에 그 빌어먹을 행사를 치르고 싶었다.

"펑크가 났나요?"

아버지가 영어로 그쪽을 향해 소리쳤다.

여기 헤아릴 수 없는 패배라는 뉴스를 가지고 숨소리가 거친 전령인 우리가 왔소이다.

"야(네). 큰일이네요."

쭈그려 앉아 있던 사람이 우리를 흘끗 봤는데 당면한 문제에 온정신이 쏠려서 우리가 관심을 보여도 놀라지 않았다. 그 남자는 누가 봐도 부인할 수 없을 정도로 뚱뚱했고, 창백한 얼굴은 땀이 흘러 빛났고, 노란색 '칼스버그' 티셔츠는 삐져나온 살을 고정시키느라 팽팽하게 당겨져 있었다. 일어선 그는 보기보다 키가 컸고 보는 사람이 당황스러울 정도로 머리카락이 하나도 없었다.

"큰일이네요."

그는 다시 말했다.

"오늘 밤 딘이 덴슬링겐에 가야 하는데."

그는 같이 있는 남자를 향해 고개를 끄덕여 보였다. 마치 우리가 그를 이미 알고 있는 것처럼.

"딘이 사흘 밤 연속 연주를 하기로 해서요. 여기는 덴슬링겐에서 아주 먼데."

딘이 컵에 있는 음료를 한 모금 마셨다. 그는 상대보다 훨씬 더 키가 작고 흰 족제비처럼 엉큼한 눈에 얼굴은 코에서부터 양쪽으로 축 늘어진 게 2주 정도 풍동에서 풍력 테스트를 하다 막 나온 것 같아 보였다.

"아무래도 히치하이크를 해야 할 것 같아, 말테."

그는 조용히 말했다. 그는 영국인이었다.

"스페어타이어도 펑크 났어요?"

아버지가 물었다.

"그게 문제에요. 바로 그거."

말테란 남자는 독일인 특유의 진지한 면과 무심한 면이 골고루 섞여 있었다. 그는 큰 입을 조이더니 넓적한 뺨을 불룩하게 부풀렸다.

"우리에게 남는 바퀴가 없어요."

"스페어가 없다고요?"

아버지가 움찔했다. 우리는 모두 서서 펑크 난 타이어를 보고 있었다. 순간 나는 아버지가 우리 스페어타이어를 주겠다고 제안할 것 같다는 생각이 들었다. 그때 아버지가 물었다.

"그건 어떻게 됐는데요?"

"저도 몰라요."

말테는 앞으로 쭉 뻗었던 머리를 다시 목으로 끌어당기면서 두 손바닥을 들어 올렸다.

"원래는 바로 여기, 맞아요, 뒤쪽에 걸려 있거나 아니면 앞쪽에 걸려 있어야 하는데. 이 밴을 운전한 지 1년이 됐는데 한 번도 스페어타이어를 못 봤어요."

그는 아무 소용도 없이 타이어를 걷어찼다.

"타이어가 쭈그러져서 완전 망했어요."

"펑크가 난 거야."

딘이 조용히 말했다.

"바로 그거야."

말테가 인정했다.

"공기가 다 빠져버렸어. 쭈그러졌다고."

딘이 음료를 또 한 모금 마셨다.

"우리 밴도 이거랑 똑같은 건데. 베스트팔리아."

내가 말했다.

"T3 모델이지."

아버지가 폭스바겐 내부에서 쓰는 호칭을 점잖게 인용했다.

"이 모델은 스페어타이어가 앞쪽 라디에이터 밑에 있는데."

나는 아버지를 흘끗 봤다. 아버지는 사람들을 놀리지 않으려고 애쓸 때 항상 짓는 그런 어정쩡한 표정을 하고 있었다.

"T3은 후륜구동이에요. 뒤쪽에 공간이 없기 때문에 스페어타이어를 뒤쪽에 둘 수 없어요."

아버지가 말했다.

"엔진 때문이죠."

나는 이 상황을 명확하게 설명해서 딘도 이해할 수 있게 하려는 마음에 말했다.

"정말이에요?"

말테는 얼굴을 찡그렸다가 씩 웃었다.

"농담이죠?"

"농담 아니에요."

내가 대답했다. 아버지가 움직였다.

"그럼 스페어타이어가 어디 있는지 봅시다."

우리 넷은 밴 앞으로 돌아갔다. 그쪽은 나무 밑이라 그늘이 더 짙었다.

"오케이. 제가 밑에서 볼게요."

말테가 제안했다.

그는 타맥 도로 위에 누워 밴 앞쪽 밑으로 조금씩 들어갔다. 그 사이에 티셔츠가 올라가서 눈부시게 하얀 뱃살이 이쪽저쪽으로 사정없이 출렁거렸다.

"야! 타이어가 여기 있어요! 그동안 내내 여기 밑에 숨어 있었잖아!"

말테가 밑에서 소리를 질렀다.

"그거 쓸 수 있는 거요?"

아버지는 밴 앞쪽을 붙잡고 허리를 숙여, 툭 튀어나온 배에 대고 말했다.

"그런 것 같아요. 타이어에 공기가 가득해요."

"타이어가 빵빵하군."

딘이 그렇게 말하고 또 한 모금 마셨다.

"그럼 쓸 수 있겠군요."

아버지가 말했다.

"네. 그건 확실해요."

말테는 잠시 입을 다물었다가 자신 없는 목소리로 말했다.

"어떻게 여기 밑에서 이걸 꺼내죠?"

"거기 앞쪽에 걸쇠가 있어요. 타이어를 고정시킨 볼트도 있고. 타이어는 트레이 위에 있고. 차에 정비 도구 있어요?"

나는 딘을 봤다.

"아뇨. 전혀."

그 뚱뚱한 배가 대답했다.

딘은 들고 있던 음료를 재빨리 들이켰다.

대충 물어보니 말테와 딘에겐 당면한 문제를 신속하게 처리하는 데 도움이 될 장비가 하나도 없었다. 어쩌다 보니 그들의 타이어를 갈아 끼우는 걸 도와주기 위해 아버지와 내가 우리 장비를 가지러 가게 됐다.

우리가 우리 밴으로 돌아왔을 때 나는 아버지에게 분명히 이 일을 하고 싶은지, 이런 식으로 아버지의 시간을 쓰고 싶은지 물어봐야겠다고 생각했다. 우리가 도와주겠다고 했지만, 이런 상황에서는 그냥 차를 몰고 가버려도 그 사람들이 불평할 순 없는 노릇이었다. 밴의 뒷문을 열었을 때 아버지가 확실히 이들을 도와주고 싶어 하는 기색이 분명해 보였다. 아버지는 차에 장비들을 가지고 다닌다. 항상 그랬다. 아버지는 자신에게 임기응변하는 능력이 있음을 자랑스럽게 여긴다. 그때그때 상황에 딱 맞는 장비를 가지고 있는 것보다 아버지가 더 기뻐하는 일은 없을지도 모른다. 장비가 중요한 상황이 됐을 때 아버지는 항상 준비가 돼 있다. 이건 또 다른 세대 차이이다. 남자라면 의당 준비가 되어 있어야 한다. 아버지가 평생 해온 말이다. 물건들을 수리하고, 엔진을 들어내고, 마지막으로 한 번 더 망할 놈의 식기세척기를 손보고. 무생물의 세계와 맞장 떠서 길들여라. 그런 상황이 닥치면 아버지는 멍하니 두 손을 놓고 있는 것이 아니라 준비하고 있었다. 아버지는 지금 그 장비들을 쓰고 싶어 한다. 지금은 아버지의 시간이지 내 시간이 아니다. 거기다 이걸 하지 않으면 달리 뭘 할 것인가? 달리 우리가 뭘 하고 있어야 하나?

"길어야 20분 정도일 거다."

또다시 몸을 찰싹 붙이고 말테와 딘을 향해 천천히 걸어가는 중에 이런 내 생각을 짐작했는지 아버지가 말했다. 알고 보니 말테는 몸을 쓰는 분야에서는 서툰 단계를 넘어 완벽하게 무능한 것으로 드러났다. 그의 사지는 마치 마가린으로 만든 것처럼 아무 쓸모가 없었다. 거기다 딘 역시 할 줄 아는 게 없었다.

"딘은 피아니스트예요. 피아노 연주 외에 다른 어떤 일에도 손을 써선 안 돼요. 내일 밤부터 사흘 연속 연주해야 해요. 그러니 딘에겐 정말 손가락이 필요해요. 오늘 우리는 라인메탈에서 후원자들을 만나요. 그 후원자들은 아주 중요해요. 음악에도 아주 중요한 날이고요."

말테가 설명했다.

결국 내가 도로 위에 앉아서, 타이어의 휠 캡을 비틀어서 떼고 휠 너트를 풀려고 스패너를 열심히 돌렸다.

"시계 반대 방향으로 돌려서 풀어야 해, 루."

아버지는 내가 시작도 하기 전에 말했다. 나는 물론 알고 있었고 말대꾸하지 않으려고 참아야 했다. 지금은 그럴 때가 아니니까. 그냥 이렇게 대답했다.

"알았어요."

"빽빽한가요?"

말테가 물었다.

"그래요."

내가 대답했다.

"뭘 연주하나요?"

아버지가 딘에게 물었다. 내가 타이어를 붙잡고 씨름하는 동안 그들은 내 주위에 반원 모양으로 서 있었다. 9월의 내리쬐는 태양이 열기를 뿜고 있었다.

"드뷔시."

말테가 대답했다.

"드뷔시?"

아버지가 물었다.

"플루트 3중주요. 독주도 몇 곡 하고, 쇼팽도 몇 곡 치고. 드뷔시와 미식을 주제로 한 덴츨링겐 축제예요. 그렇게… 그렇게 큰 행사는 아니에요."

딘은 잘 들리지 않으면 싶은 듯이 작은 목소리로 말했다.

"드뷔시가 덴츨링겐에서 시간을 많이 보냈나요? 둘 사이에 무슨 관계가 있죠?"

아버지가 물었다.

"어디 다른 데 가는 길에 하룻밤 묵었답니다. 그 숙소에서 이 축제에 나온 메뉴인 둘이 먹다 하나가 죽어도 모를 음식을 먹었다고 하더군요."

딘이 얼굴을 찡그리며 말했다.

"유럽 최고의 아주 유명한 식도락 정식이죠."

말테가 씩 웃으며 거들었다.

"그 식사를 한 후에 드뷔시는 독일 요리가 프랑스 요리보다 낫다고 했나 봐요. 그래서 이렇게 음식과 음악을 결합한 축제를 한답니다. 사실 일종의 농담에 지나지 않는⋯."

딘이 설명했다. 말테가 아주 자랑스럽게 얘기했다.

"딘은 아주 유명해요. 클래식을 좋아하면 딘을 알 수도 있는데. 딘 스왈로우라고. 딘은 피아노를 아주 많이 연주해요. 전 딘의 에이전트고요."

말테는 마치 어디 웅장한 궁정에 도착한 신임 대사를 소개하듯이 자신을 소개했다.

"제가 운전해서 딘을 콘서트 장으로 데려다주죠. 주최 측에서 준 항공료와 호텔 숙박비를 받아서 작은 밴으로 이동하면서 거기서 잠도 자고, 남은 돈은 챙기고. 아주 좋은 계획이죠?"

나는 고개를 들었다. 아버지는 씩 웃고 있었다. 나는 땀을 뻘뻘 흘리며 다섯 개의 너트를 다 느슨하게 풀었다. 밴 뒤쪽을 잭으로 들어 올려서 타이어를 들어냈다.

"디스크가 앞쪽에 오고 드럼이 뒤쪽에 와야 해. 차축 위에 타이어 무게가 고르게 실려야 하고."

아버지가 보면서 말했다.

말테가 차 정비공을 서투르게 흉내 내면서 스페어타이어를 굴려왔다.

"이분들에게 음료를 대접해야겠네. 딘, 음료수 좀 갖다드려. 아까보다 더 더워졌죠?"

"지금 마시는 건 뭐예요, 딘?"

아버지가 물었다.

"딘은 피아노 연주보다 후원자와 하는 저녁 식사 때문에 더 긴장했어요."

나는 고개를 들었다. 딘은 마치 그 안에 들어가 사라져버리고 싶은 표정으로 자신이 들고 있는 스티로폼 컵을 들여다보고 있었다.

"아마레토에 신선한 라임을 넣은 거요."

딘이 대답했다.

"좀 마실래요?"

말테는 내게 스페어타이어를 굴려주고 펑크 난 타이어를 받으면서 말했다.

"얼음도 있어요."

"전 운전해야 해요."

내가 말했다.

"이제 시계 방향으로 돌려라, 루. 아마레토에 라임을 넣어서 마신다는 소리는 처음 들었네요."

나는 휠 너트를 하나씩 조였다. 잭을 내려놓고 일어서서 스파이더 스패너 위에 올라서서 더 세게 조였다.

"그 정도면 될 거야, 루."

"이 정도면 충분할까요?"

"그 정도면 딱 좋아. 너무 세게 조일 필요는 없어."

나는 땀을 뻘뻘 흘리면서 허리를 펴고 일어섰다. 나는 이 문제에서 전적으로 아버지의 판단력을 믿고 있다는 사실을 깨달았다. 이것뿐만 아니라 모든 일에 그렇다는 생각이 불현듯 들었다. 이런 생각이 들자 어찌해야 할지 몰랐다. 도로 위를 쌩쌩 달려가는 차 소리가 들렸는데 바로 이 순간 광기란 이런 소리일 거라는 생각이 들었다. 다들 미친 듯이 서둘러 어디론가 가고 있었다. 시시각각으로 수백 대의 차가 지나갔다. 죽으러 가는 건 아니고. 사실, 죽으러 가는 것이기도 했다.

나는 잭을 끄집어냈다.

"이제 출발해야 해요, 아버지."

말테는 기뻐서 어쩔 줄 모르면서 어떻게든 보답하고 싶어 했다.

"두 분이 우리를 구해줬어요. 고맙습니다! 고맙습니다! 자, 한 잔 드세요. 딘, 우리 차에 아마레토가 얼마나 남았지?"

"우린 정말 마실 수 없어요."

내가 말했다.

"아, 그러시겠죠. 당신은 지금 아버님을 모시고 운전하고 있으니까. 이해합니다. 우리가 두 분을 위해 뭘 해드릴 수 없을까요? 소시지는 어때요? 데트몰트에서 가져온 특제 소시지가 좀 있을 텐데, 그렇지, 딘?"

말테가 고개를 끄덕이며 말했다.

내가 장비를 챙기는 동안 아버지는 밴에 기대 서 있었다. 그러다 딘을 보며 말했다.

"연주한 CD나 뭐 그런 거 있어요?"

딘이 다시 얼굴을 찡그렸다.

"네, 하나 있어요. 그게… 그게 상당히 듣기 힘든데."

"우린 그걸 받을게요."

딘이 어깨를 으쓱하더니 자기 CD를 가지러 갔다. 말테는 펑크 난 타이어를 밴에 넣고 있었다. 너무 게을러서 다시 밴 밑에 넣을 생각도 하지 않았다. 나도 그 일까지 하고 싶진 않아서 아무렇지 않게 아버지에게 말했다.

"시음회는 6시에 시작해요."

"시간은 충분해, 루."

말테는 명함을 가지고 돌아와서 아버지에게 주려고 애를 썼다. 아버지는 자신 없어 하며 밴에서 내려오는 딘을 지켜보고 있었다. 말테는 '언제고 필요할 때 전화해요'라는 표정으로 윙크를 하며 내게 명함을 건넸다.

딘은 아주 오래된 페타 치즈를 주는 것처럼 옅은 색의 CD를 내밀었다. CD 커버에는 그의 얼굴이 있었다.

"우리가 듣고 전 세계로 퍼뜨릴게요."

아버지가 말했다.

딘의 얼굴이 코부터 시작해서 귀까지 빨개졌다. 나는 딘이 어떤 기분인지 안다. 아버지는 최대한 허리를 쭉 펴고 일어섰다.

"계속 연주해요, 딘. 계속. 아무도 당신같이 연주할 수 없을 테니까. 기쁜 마음으로 연주해요, 그게 비결이죠. 어디에서든 가능하면 기쁘게."

아버지가 말했다.

*

두 시간 반 정도 분량의 카세트테이프가 세 개 있다. 첫 번째 테이프에서는 기분 나쁘게 쉭쉭거리는 소리가 나더니 한참 동안 아무 소리도 안 들렸다. 다시 시끄럽게 외치는 소리와 희미하게 뭔가 충돌하는 소리가 났다. 마치 머나먼 곳의 사람들이 노점에서 자신이 파는 물건의 이름들을 외치는 것 같았다. 그러다 누군가가 벽 반대쪽에서 금속 용기의 뚜껑을 치는 것같이 시끄러운 소리가 들렸다. 그런 식으로 테이프에 녹음된 소리가 1분 정도 들렸는데 그 소리 때문에 사람들이 하는 말도 알아들을 수 없었고, 뭘 그렇게 두드리는지도 알 수 없었다.

그러다 문이 열리고 누군가가 녹음기 있는 방에 들어오는 소리가 들렸다. 그들은 녹음기 마이크 옆에서 아주 거칠게 숨을 쉬고 있었다. 그리고 테이프가 멈췄다.

다시 테이프가 돌아가면, 녹음 볼륨이 한껏 키워져서 아까 들렸던 그 쉭쉭 소리가 더 커진다. 테이프 속에 있던 사람이 다시 걸어서 멀어지는 소리를 들을 수 있었고 조용히 말하는 목소리도 들렸다. 아까보다 더 또렷해졌지만 여전히 잘 들리진 않았다.

그러다 갑자기 고함 소리가 들렸다.

충격적일 정도로 너무나 큰 고함 소리. 악의에 찬 말들이 급류처럼 쏟아졌다. 이제는 아주 선명하게 들렸지만 격노로 목소리가 일그러졌다.

격렬하게 쏟아내는 말은 무시무시했다.

그다음에 뭔가 산산조각 나는 소리가 났다.

그다음에 남자 목소리가 들렸다.

"하지 마. 하지 마. 하지 마. 하지 말라고. 하지 마. 하지 말란 말이야."

그 소리가 계속 들렸다.

크리스마스가 나흘 앞으로 다가왔는데 에바는 감기에 걸려서 와들와들 떨고 있었다. 온 세상이 우리 것이고, 아무것도 우릴 건드리지 못했다. 에바가 샤워하고 나왔는데 몸에 두른 흰 타월 덕분에 계피색 피부가 더 어두워 보였고, 몸에서는 김이 났다.

"기분은 좀 어때?"

내가 물었다.

"괜찮아… 어쨌든 에볼라는 아닌가 봐."

나는 어깨를 으쓱했다.

"경미한 에볼라인가 보지."

에바는 방을 둘러보고 그 사이에 내가 방을 정리하고 침대보를 새로 깔아놓은 걸 눈치챘다. 그녀는 싱크대에 딱 세 개 있는 접시를 설거지하는 나에게 와서 내 머리를 두 손으로 안고 자신의 이마를 내 이마에 맞댔다. 얼굴을 내 얼굴에 바짝 붙인 채 부드럽게 말했다.

"당신은 참 좋은 간병인이야."

그때 내가 몸을 빼서 뒤로 물러섰는데 에바가 내 표정을 본 게 분명했다.

"왜 그래? 뭐가 잘못됐어?"

싱크대 앞에 서서 즉흥적으로 다 털어놓자 그녀가 물었다.

"아버지는 언제 아셨어?"

"9개월 전에."

"진작 말했어야… 그래서 뭐야? 아버지는 이미 결정하셨어?"

"응. 본인 표현으로 상태가 '심각하게 악화되자마자' 곧바로 하셨어. 내년엔 할 수 있기를 바라고 계셔. 그걸 하려면 오래전부터 준비해야 하거든."

"아버지가 그러길 바라신다고, 루?"

"아버지 표현이야."

"맙소사."

"그 병을 치유할 방법은 없어. 걸리고 나서 2년 사는 사람들도 있고 4년 사는 사람들도 있지만 어쨌든 불치병이야. 정말 치료 자체가 불가능하지. 진단받은 후 평균 생존 기간이 14개월이야. 그러니까 우린 이미 절반을 훨씬 넘긴 거지."

"내 말은…. 그러니까 뭐야? 어느 날 아침에 일어나 보니 움직일 수 없는 그런 거야?"

"아니, 한 달 한 달씩 서서히 나빠져. 가차 없이 진행되지. 아버지는 어떤 면에서 운이 좋은 거야. 손은 그렇게 심하게 악화되지 않았거든. 아직까진 그래. 언어 능력도 그렇고. 아버지는… 아버지는 너무 늦어지길 바라진 않는다고 하셨어. 이야기는 할 수 있기를 원하시는 거지."

"루… 정말 유감이야."

나는 그녀에게 그럴 것 없다고 말했다. 마침내 가족이 아닌 다른 사람에게 털어놔서 마음이 편해졌으니까. 아주 큰 위로가 됐다. 그리고 나서 나는 샤워를 하면서 곧바로 에바에게 너무 큰 부담을 지운 게 아닌가 하는 생각이 들기 시작했다. 이러다 우리 관계가 무너지는 건 아닐까. 말하지 말걸 그랬나. 이제 막 싹트기 시작한 관계인데 유일하게 순수한 내 행복을 망친 건 아닐까.

샤워하고 나왔을 때 에바는 추리닝 바지와 티셔츠를 입고 커다란 가죽 의자에 앉아 있었다. 산더미처럼 쌓여 있던 그녀의 옷은 내가 치웠다. 그녀는 타월로 머리끝을 말리면서 머리를 이리저리 기울이고 있었다.

"아버지는 정말 의사의 도움을 받아 자살하길 원하시는 거야?"

그 순간 에바에 대한 내 사랑은 전보다 더 깊어졌다. 그녀는 죽음을 앞에 놓고 이상한 목소리를 내거나 가식을 떨지 않았으니까. 나는 무엇보다 이 일로 그녀에 대한 내 감정이 변할까 봐, 우리 사이가 멀어질까 봐 두려웠다. 에바는 흔들림 없이 아주 지적이면서도 다정하고 친밀한 표정으로 날 바라보았고, 그녀를 보자 가슴이 부풀어 오르면서 마음이 한껏 가벼워졌다.

"흠, 아버지는 자살이 아니라 의사의 도움을 받는 죽음이라고 부르셔."

"그게 무슨 차이가 있어?"

"하나는 삶을 죽음으로 대치하는 거고, 또 하나는 나쁜 죽음을 좋은 죽음으로 대치하는 거지."

"그 정도면 알겠어.

나는 고개를 저었다.

"이건 사람들 생각만큼 쉬운 일이 아니야. 먼저 디그니타스 회원이 되어야 하고 그다음엔 거기 사람들이 내 사례를 고려해주기 전에 여기서 온갖 의학적인 보고서를 다 작성해서 가져가야 해. 거기다 영국 의사들은 살인죄를 뒤집어쓸 일이 생길까 봐 두려워서 그런 보고서는 써주기 싫어한단 말이야. 그린 라이트를 받기 위해 거쳐야 할 행정 절차들이 산더미야."

"그린 라이트라니. 대체 무슨?"

나는 사람들이 어떻게 디그니타스를 병원으로 오해하는지 이야기해줬다. 거기서 하는 일이란 불치병 환자가 스위스의 법적인 절차를 다 통과할 수 있게 도와주는 행정 서비스를 제공하는 거고, 거기서 고용한 의사들이 임상 과정을 처리한다고. 나는 에바에게 아버지가 준비해야 할 서류들을 다 말해줬다. 취리히에 도착했을 때 어떻게 거기 가서 디그니타스 소속 의사 중 하나를 만나 처방전을 받을 수 있는지도. 그때도 다시 한번 그들에게 상담을 받아야 그 파란 디그니타스 건물로 갈 수 있다.

"모든 과정을 다 거친 후에야 그 특별한 독약을 마실 수 있지."

에바는 뺨을 부풀렸다가 천천히 숨을 내쉬었다.

나는 이 고통스런 세계에 너무 깊숙이 들어와버렸기 때문에 에바를 오해하고 우리가 하는 이 일의 본질보다는 취리히까지 그 머나먼 길을 가야 한다는 점에 그녀가 실망했다고 생각했다.

"나도 알아, 안다고. 이 망할 놈의 나라에서는 삶을 끝낼 선택도 스스로 할 수 없으니 참 수치스러운 일이지. 우린 그런 일에 일일이 다 신경 쓸 수 없어. 아버지는 정치적인 캠페인을 하고 싫어 하셔. 그러고 싶어 하시지. 하지만 난 아니야."

"뭐라고? 자긴 아버지가 그걸 하는 걸 원치—"

"난 아버지가 TV와 라디오에 나와서 당신의 죽을 권리를 한도 끝도 없이 떠드는 걸 원하지 않아. 지금 이 상황만으로도 충분히 힘들어."

에바를 슬쩍 보자 눈에 수심이 어려 있었다. 나는 목소리를 누그러뜨렸다.

"아버지는 예전에 라디오 프로그램에 몇 번 나오셨거든. 신문에 논평도 쓰셨고. 언론계의 거물이셨어. 우린 거래를 맺었지. 내가 감당할 수 없는 어처구니없는 일은 하지 않기로. 거기다… 우리가 마음을 바꿀 수도 있는 일이고."

"나 말고 또 누구에게 이런 얘기를 했어?"

"우린 한동안 정신과 의사에게 상담받았어. 어떤 가족도 보러 갔었고… 그 가족은 2008년에 그걸 했거든. 친지 몇 명에게도 말했고."

에바는 타월을 머리 반대쪽으로 돌리고 고개를 기울인 채 날 곁눈으로 올려다봤다.

"그 사람들은 뭐래?"

"그들은… 몇 년이 지나면 그 일을 한 게 아주 기쁠 거랬어. 안 그러면 계속 달력을 보면서 이렇게 생각할 테니까. '지금쯤이면 아버진 돌아가셨겠군. 아버지의 상태는 훨씬 안 좋았겠지' 라고."

"미래로 가서 돌아보면, 예를 들어 5년쯤 뒤에 돌이켜보면 그게 좋은 생각처럼 느껴질 거란 말이야?"

"그렇지."

"지금은 그렇게 느껴지지 않잖아."

"그렇지."

"맙소사."

에바는 고개를 들어서 타월이 바닥에 떨어지게 내버려뒀다.

"또 어떤 면에서는 인간의 마음이란 항상 미래를 향해 달리잖아. 내 말은… 아버지가 내게 처음 병을 말하셨을 때 순간 모든 게 보였어. 아버지의 몸이 악화되는 모습, 휠체어에 앉아 계시는 모습, 그 끝과 모든 게 보였어. 말하자면 미리 슬퍼하는 거지. 그런 거야. 나도 모르겠어. 가끔은 살아 있는 아버지의 얼굴에서 죽음이 보여."

에바는 내게 와서 두 손가락으로 내 뺨을 들어 내 얼굴을 끌어당겼다. 에바는 내가 미리 말하지 않아서 속상했지만 이런 일로 화내고 싶지 않았기에 그런 마음을 숨기려고 애쓰고 있었다.

"진작 말했어야 했는데. 하지만…."

"하지만 뭐?"

"이 일로 우리 관계에 부담을 지우고 싶지 않았어. 맙소사, 이런 표현은 정말 마음에 안 드는군. 난 우리가 그 선을 넘어가길 바랐어."

"무슨 선?"

"난 우리가. 나도 모르겠다. 난 우리 사이에 이런 심각한 일이 끼지 않길 바랐어. 당신과 내가 그저—"

"자긴 몰라."

에바는 내게 얼굴을 가까이 대고, 내 눈을 훑어보면서 속삭였다.

"내가 자길 얼마나 생각하는지 자긴 몰라. 난 항상 자기를 생각해. 항상."

그녀는 이마를 씰룩이고 있었다. 진지해질 때 항상 나오는 버릇이었다.

나는 너무나 감정이 북받쳐서 조금이라도 움직이면 그대로 쓰러질 것 같았다.

길을 잃다

우린 늦었다. 길을 잃었다. 스트레스를 받고 있다.

"저 길로 다시 가봐. 저쪽 모퉁이 저기. 저기에 있어야 하는데."

"우린 오른쪽에서 왔잖아요. 그러니까 오른쪽이 분명해요."

"아니야, 왼쪽이야. 저기 위쪽. 저기가 분명해."

"그럴 리 없어요."

"맞다니까 그러네."

우리를 향해 포도밭에서 쓰는 트랙터가 느릿느릿 다가오고 있었다. 나는 쓸데없이 빠르게 그 트랙터 앞을 지나쳐서 옆 차선으로 넘어가버렸다. 나는 공격적으로 운전하고 있었다. 확실하진 않지만 고속도로에서 차가 막혔을 때 우리 밴의 온도계가 올라가는 걸 얼핏 본 것 같았다. 최근에 너무 무리해서 달리느라 차가 내성적으로 변해버린 듯했다. 좁은 시골길이라서 들리는 소리일지도 모르겠지만 어쩐지 엔진 소리도 달라진 것 같았다. 마치 좀 더 살살 다뤄 달라고 불평하는 소리처럼 느껴졌다.

6시에 샴페인 1차 시음회를 하는데 10분밖에 남지 않았다. 우리가 이미 값을 치른 그 패키지 비용은 식비와 숙박료를 합친 것보다 훨씬 많은 금액이었다. 거기다 아버지는 식전에 최상의 샴페인이 나올 거라고 기대하고 있었다.

"좋은 샴페인은 음식과 같이 먹을 수 없단다, 루."

돈 낭비를 하게 될지도 몰라서 화가 났다. 그게 중요하진 않지만.

"앞에 잘 봐라."

아버지가 투덜대며 말했다.

"보고 있어요."

"저게 뭐지? 저쪽에 뭐가 보이니?"

"소들이에요."

"아니, 그 위쪽에."

"집이 한 채 있어요."

"우리가 갈 성이니?"

"아뇨. 그건 아니에요, 아버지. 그 성은 저것보다 훨씬 커요. 그 성은 노란색이에요."

"저것도 노란색이잖니."

"아니요. 저건 베이지색이죠. 그 성은 겨자처럼 정신 나간 노란색이라고요. 아버지가 입고 있는 플리스처럼요."

"네가 그걸 어떻게 아니?"

"인터넷에 사진이 나와 있어요."

"아, 인터넷. 그렇군. 그래."

아버지의 냉소는 끝이 없었다. 내비게이션이 대화에 끼어들었다.

"다음번 교차점에서 계속 직진하세요."

교차점은 나오지 않았다. 아버지는 또다시 거봐란 식으로 말했다.

"저건 진짜가 아니야, 루. 그게 문제야."

나는 계속 운전했다. 정신 나간 꿩 한 마리가 도로 가장자리에 나타나 느닷없이 도로로 들어왔다가, 임박한 죽음의 기운을 느끼고 힘겹게 날개를 펴서 날아올라 도망쳤다.

"뭐가 진짜가 아니라고요? 인터넷이요?"

"내비게이션!"

아버지는 자동차 앞 유리 쪽에 붙어 있는 그 기계를 손으로 가리키더니 조수석 밑의 사물함 속 안경을 더듬거리며 찾았다. 깜박거리는 불빛이 몹시 거슬렸던 것이다.

나는 손을 옆으로 뻗어서 내비게이션의 볼륨을 줄였다. 나는 차라리 비행기를 타고 몇 시간 전에 호텔에 도착해 체크인을 하고, 파란 디그니타스 건물에 들어가 그 일을 해치워버리고, 호텔에서 체크아웃을 하고 비행기를 타고 집으로 날아왔으면 좋았을 거라고 생각했다.

"거기 우편번호가 틀렸나 봐요."

"성은 우편번호가 없어, 루."

아버지는 안경을 꼈다.

"제대로 된 이 지역 지도를 가져왔어야 했는데. 이걸로는 아무것도 볼 수 없잖니. 집에 지도가 있는데, 바로 이 지역 지도인데. 이런 빌어먹을 기계는 절대 믿지 마."

우리는 성에서 아주 가까운 곳에 있었지만 내비게이션이 혼란을 일으켰거나 틀렸거나 업데이트를 하지 않은 게 분명했다. 어찌된 일인지 이건 내 잘못이 돼버렸다. 아버지는 종종 이런 실패를 현대 세계가 실패했다는 증거이자 인류의 진보는 환상이며, 문명은 길을 잃었다는 물증으로 바꿔버린다. 왜 그런지 모르겠지만 내비게이션의 실패는 단지 기술의 실패가 아니라 윤리적인 실패가 돼버렸다. 아버지는 상상 속에 존재하는 이런 의견을 계속 주장하고 싶어 했지만 이런 대화는 정신 나간 것이었다. 아버지도 알고 나도 알지만 어쨌든 우린 계속 이런 대화를 나누고 있었다.

"저 시계는 맞는 거냐?"

시계는 5시를 가리키고 있었다. 아버지는 우리가 프랑스 시간에 맞춰 시간을 바꾸지 않았다는 점을 알고 있었다.

"아뇨, 6시가 거의 다 됐어요. 분명 5킬로미터 안에 성이 있을 텐데."

"아니, 내 말은 지금 시간이 정확히 6시니? 아니면 조금 빨리

가는 거니? 내 생각엔 좀 빠른 것 같은데."

"저도 모르겠어요. 전 시계는 건드리지도 않았어요."

우린 시간이나 시계에 대한 이야기를 나눠선 안 된다. 당연히 안 된다. 나는 말테의 타이어를 갈아준답시고 멈춰 서 45분이나 허비하지 않았다면 이런 문제를 겪지도 않았을 거라고 주장하고 싶었다. 이 어떤 것도 중요하지 않다고 말하고 싶었다. 대신 나는 아버지의 거봐란 태도라는 육중한 문 뒤에서 찌그러져 있었다. 아버지는 계속 그 문을 열어서 날 사정없이 쳤다. 그러곤 다시 열어서 또다시 거봐란 말을 했다. 아버지와 같이 있을 때 잭 형이 느낄 그런 기분을 알 것 같았다. 밀실 공포증이 느껴지는 그런 분노에 사로잡혀 아버지에게서 도망치고 싶었다. 아버지가 옳거나 틀려서가 아니고, 아버지랑 입씨름을 하고 싶은 것도 아니었다. 아버지가 무슨 생각을 하건 상관없었다. 아니 어쩌면 잭 형보다 랄프 형이 이렇게 느낄지도 모르겠다. 나도 모르겠다. 실은 가끔 아버지가 나의 병이라는 생각이 들 때가 있다. 그것도 아주 치명적인 병. 나는 건강하고 싶다. 자유롭고 싶다. 그렇다면 대체 이건 대체 무슨 의미일까?

"맞아. 여기서 멈춰. 멈추라니까."

이제 교차점이 나왔다. 좌우로만 길이 나 있고 직진으로 가는 길은 없었다. 우리는 직진할 수 없었다. 표지판도 없었다. 텅 빈 하늘을 봐도 아무것도 알 수 없었다. 나는 밴을 세우고 창문을 감아 내렸다. 산들바람은 불지 않았지만 어딘가에서 갓 베어낸 풀 냄새가 풍겼다.

"핸드폰이 터지면 거기 웹 사이트에 들어갈 수 있는데."

"저걸 꺼라."

나는 말 잘 듣는 아이처럼 아버지가 시키는 대로 했다.

"저건 아무짝에도 쓸모없구나, 루."

"제 핸드폰으로 그 웹 사이트에 들어갈 수 있어요."

"웹 사이트는 잊어라."

"거기에 길 안내가 나와 있어요."

"그런 건 종이에 적어놨어야지. 대체 무슨 생각을 했던 거니?"

아버지는 프랑스 지도에서 이쪽 지역이 나오게 접었다.

"어디 보자. 지금 이 지도에서 우리가 어디 있는지 찾아보자. 마을이 하나 있어야 해. 여기 근처에 있는 마을."

"우린 비네롱이라는 마을을 지나쳤어요."

"어떤 것 같니? 우리가 트루아라는 곳에서 동남쪽으로 32킬로미터 정도 떨어진 곳에 있니?"

"그 정도 되는 것 같아요. 잠깐만요. 지금 제가 로밍을 하고 있어요."

"로밍이라."

아버지는 나로서도 도저히 이를 수 없을 정도의 높은 경지로 철저하게 비꼬았다. 나는 아버지의 말을 무시했다.

"구글이 떴어요."

아버지는 내 말을 무시했다.

"오케이. 찾았다. 비네롱으로 돌아가자. 그럼 우리 위치를 알 수 있겠지."

"그렇겠죠. 우린 아직도 성이 어디 있는지 알아내지 못했어요."

"한 번에 하나씩 해결하자."

내 핸드폰에 그 페이지가 떴다.

"여기 가는 길이 나왔어요. 비네롱에서 성으로 가는 길."

"좋다. 여기서 빠져나와 비네롱으로 가서 거기서 다시 찾아가자. 내가 거기로 가는 길을 적으마."

나는 차를 돌렸고 우리는 왔던 길을 다시 돌아갔다. 포플러 나무들이 죽 늘어선 완만한 내리막길을 따라가자 미나리아재비들이 흩어져 있는 들판에서 흰 소들이 풀을 뜯고 있었다. 그 너머로 둥그런 언덕이 있었고 9월의 저물어가는 태양이 풍성한 과실을 약속하는 포도나무들 위 서쪽으로 떨어지고 있었다.

넝마주이같이 낮은 영국 하늘. 나는 여섯 살이었다. 아버지를 따라 자동차경주에 왔다. 야트막하고 안개 낀 영국 계곡 어딘가에 반쯤 숨겨진 작은 경주로였다. 그때 비가 멈췄다가 다시 내리고 바람이 거셌던 기억이 난다. 경주는 위험하면서도 흥미진진했다. 우리는 경주로 옆에 있는 진흙투성이의 인공 둔덕에서 경주를 지켜봤다. 경주로는 우리 쪽으로 길게 펼쳐져 있다가, 왼쪽으로 틀어서 구불구불 곡선을 그리며 나아가다가, 작은 골짜기 속으로 좀 더 깊숙이 들어가면서 좁아졌다. 제일 먼저 포뮬러 에프들이 지나갔고, 그다음에 투어링 카들과 미니 경주용 차들이 타이어에서 빗물을 튀겨내면서 노면 접착력의 한계를 시험하며 물 흐르듯 획획 달려갔다. 아버지와 나는 밴에서 여기까지 긴 오랜 시간 동안 어느 코너에서 가장 많은 '액션'이 나올지 토론했다. 결국 두 개 중 하나일 거란 결론이 나왔다. 보통 우리는 경주를 보러 와서 반나절은 우리의 불운을 탓했다. 모든 추월과 충돌과 대담한 묘기들은 다 우리가 있는 곳이 아닌 다른 곳에서 벌어지고 있을 거라고 짐작하며 낙담하는데 시간을 보내곤 했다. 하지만 그날은 우리의 예측이 맞아떨어졌다.

그날 아버지와 같이 느꼈던 설렘과 흥분이 기억난다. 좋아하는 사람과 같이 행복한 곳에 있는 걸 확신할 때 느끼는 그런 기분, 거기다 그 사람과 한마음으로 기쁨을 만끽할 수 있는 데서 오는 유대감.

도로 상황이 계속 바뀌면서 참가자들 중 일부는 너무 빨리 달려서 제어력을 잃고 말았다. 아버지는 '너무 달궜다'고 표현했다. 다른 참가자들은 그 코너의 첫 번째 부분은 통과했지만 코너링 궤적을 너무 넓게 잡아 경사도가 빗나가면서 정확성을 잃고 풀밭으로 나가버렸다. 매끄럽고 하얀 도로 경계석으로 바퀴가 올라가면서 경주에서 탈락한 참가자들도 있었다. 그 소리가 기억난다. 필사적으로 브레이크가 끼익 걸리는 소리가 난 후 침묵에 가까운 휙 소리가 나면서 차들이 축축한 풀밭을 넘어와 우리가 서 있는 둔덕 바로 앞에 쌓여 있던 타이어 벽에 쾅 부딪치던 소리를.

가끔 어떻게든 코너링을 해내는 경주자가 나왔다. 놀라운 기술로 경주로를 미끄러지듯 나아가면서 경쟁자들을 앞지르는 참가자도 있었다. 그럴 때면 아버지는 이렇게 말하곤 했다.

"27번은 정말 '그게' 있구나."

아버지가 말하는 '그게' 뭔지 묘사할 수는 없지만 그게 무슨 뜻인지는 아주 잘 알고 있었다.

그 생각은 내 마음속에 아직도 깊이 남아 있다. 즉 어떤 사람들은 '그걸' 가지고 있다고. 난 항상 그런 사람이 되고 싶었다. 경기 조건이 변해서 다른 사람들은 모두 충돌하거나 중도 탈락하거나, 경주를 그만두게 되는 상황에서도 나만은 경주로를 벗어나지 않으면서 끝내주게 달리는 그런 경주자가 되고 싶었다.

그날 나는 카키색 고무장화를 신고 모자를 쓰고, 턱 밑에 묶을 수 있게 끈이 달린 긴 상의인 새 카굴을 입고 있었다. 내 손은 차가웠고 아버지는 경주용 차들이 지나간 후에 쭈그려 앉아 있었다. 우리는 그 차들이 한 바퀴를 돌아 다시 오길 기다리고 있었고, 아버지는 크고 따뜻한 손으로 내 차가운 손을 감싸 쥐고 있었다.

점심시간에 우리는 피트들*을 둘러봤다. 같이 걸으면서 뜨거운 도넛도 먹었다. 계피와 설탕을 뿌린 도넛이었는데 엄마가 있었다면 절대 허락하지 않았을 것이다. 당시에는 안전 규제 법칙이 없어서 우리는 차들 사이를 막 돌아다녔다. 경주에 나갈 준비를 하는 차들도 있었고, 진흙 범벅으로 차체가 찢긴 차들도 있었다. 고무에 아주 작은 흰 돌들이 박혀 있는 검고 넓적한 타이어들이 기억난다. 식물과 비슷한 엔진 오일 냄새도 기억난다. 으르렁거리다 갑자기 우렁차게 울리는 엔진 소리도 기억난다. 정비공들이 뭔가를 테스트하면서 여기저기서 시동이 걸리는 소리가 나곤 했다. 팔에 헬멧을 걸고 지나가는 경주자들도 기억난다.

무엇보다 내가 그날을 기억하는 이유는 아버지를 잃어버린 날이기 때문이다.

아버지는 바로 그 자리에서 내 손을 잡고 있었는데, 어느 순간 나는 아버지의 손을 놓쳐버렸다.

나는 아버지가 더 이상 내 옆에 없다는 사실을 알아차린 그 순간을 정확히 기억한다. 나는 자유로워진 두 손을 동그랗게 컵 모양으로 모아서 경주용 차의 차창에 대고 안에 있는 계기판을 봤다. 내가 뒤로 물러났을 때 그 자리에 아버지는 없었다. 여섯 살 먹은 남자아이인 나 혼자만 있었다. 그 순간 무시무시한 공

---

* 자동차경주 도중에 급유, 타이어 교체 등을 하는 곳.

포가 하늘에서 으르렁거리며 떨어졌던 기억이 난다. 바로 그 순간 세상이 어떻게 변했는지도. 세상은 낯선 사람들과 공포와 아버지의 부재로 가득 차 있었다. 생전 처음 아버지에게서 떨어진 나라는 존재를 의식했던 기억이 난다. 이 세상에 존재하는 하나의 인간으로서, 아이로서의 나 자신을. 순간 한꺼번에 모든 의문이 내게 덤벼들던 기억이 있다. 내가 어떻게 먹고, 따뜻하게 지내고, 계속 살아갈 수 있을까? 온몸을 휘감은 물리적인 공포가 기억난다.

나는 낯선 사람에게 달려갔다. 내 키는 그 사람의 허리 정도밖에 오지 않았다. 나는 그 사람에게 내 이름을 말하고 아버지를 잃어버렸다고 말했다. 그 낯선 사람이 날 어딘가로 데려갔는데 그곳은 실황방송 아나운서가 일하는 곳이었을 것이다. 누군가가 방송을 하자 그 소리가 경주로 곳곳에 있는 스피커 장치에서 들렸다.

"로렌스 래스커 씨는 통제 본부로 와주시겠습니까. 여기 선생님의 아들 루이스가 있습니다. 로렌스 래스커 씨는 통제 본부로 와주시겠습니까. 여기 선생님의 아들 루이스가 있습니다."

아버지를 다시 본 기억이 난다. 그때야, 바로 그때야 나는 울기 시작했다. 그날 집에 가는 길에 나는 밴 앞쪽에 앉을 수 있었다. 그때 난 좌석벨트를 매기엔 너무 어린 나이였음에도 아버지가 허락하셨던 게 기억 난다. 다시는 아버지를 잃고 싶지 않다고 생각했던 그 기억이.

그렇다면 이해해보려고 노력하자

인터넷은 온 세상을 보여줄 수 있을지는 몰라도 당신이 목적지에 도착했을 때 어떻게 느낄지는 말해줄 수 없다. 샤토 시니는 아름다워 보이는 프랑스의 작은 성이었다. 초라하지도 화려하지도 않은 이 성의 앞쪽은 크림색에 대칭 디자인이었고, 손님들을 환영하듯 옅은 파란색 덧문들이 활짝 열려 있었다. 거기다 가파르게 경사진 프랑스식 지붕 위에 높고 얇은 굴뚝들이 우아하게 솟아 있었고, 본관 양쪽에 있는 부속 건물들 위에 원뿔 모양의 노르만 양식 탑이 하나씩 있었다. 오는 길에 도로에서 본 키가 훌쩍 큰 n 자 모양의 트랙터가 한 대 서 있었다. 오래전에 고물이 된 녹이 잔뜩 슨 붉은 푸조도 한 대 있었다. 싹싹해 보이는 얼굴에 갈색과 흰색이 섞인 개 한 마리가 짖고 있었고 삐딱하게 걸린 낡은 아동용 그네도 하나 있었다. 차에서 내리자 발밑에서 자갈이 으드득 소리를 내며 밟혔다. 화살표 모양의 나무

표지판에 프랑스어로 '환영합니다'라고 적혀 있었다.

나는 아버지를 돕기 위해 아버지가 있는 문 쪽으로 달려서 돌아갔다. 인동 냄새가 났고 아치가 있는 정문으로 이어지는 돌길을 달군 태양의 희미한 열기를 느낄 수 있었다. 내가 아버지의 지팡이를 들었고 아버지는 내 어깨를 잡고 차에서 나왔다.

"바로 여기구나."

아버지는 주위를 돌아보면서 말했다.

아버지와 나는 싸우기는 해도 부루퉁해 있진 않으려고 노력한다.

"훌륭한 샴페인들이 나오길 빌어보죠."

"아름다운 저녁이구나. 마지막 햇살을 받을 수 있으면 좋겠다."

아버지가 이야기를 계속했다. 이건 아버지의 전형적인 말투였고 나는 아버지의 이런 얘기가 계속되길 바랐다. 잔뜩 굳어 있던 등의 긴장이 조금 풀렸다. 또 정신 나간 다른 일은 내가 무려 9일 동안 몰래 이 여행에 대한 모든 정보를 조사했다는 점이다. 나는 이 여행이 아버지가 날 위해 계획할 만한 그런 것이길 바랐다. 다만 아버지는 이렇게 시시콜콜하게 일일이 계획하는 성격이 아니라 그냥 다 같이 떠나서 우리가 보고 싶은 곳, 이를테면 선사시대 동굴이나 베토벤의 생가나 미친 왕 루드비히가 허허벌판에 지어놓은 성 근처에서 캠핑을 하곤 했다. 그래서 나는 아버지와 같이 갈 곳들을 예약했다가 취소하고 다시 예약하는 와중에 호텔 방들의 크기, 전망, 음식, 와인 같은 것들을 끝도 없이 검색하다가 돌아버릴 지경에 이르렀다. 아버지는 와인을 사랑한다. 아버지가 열여섯 살 때 학교에서 와인의 기본 지식을 가르친 교사가 있었는데 아버지는 그때 배운 지식을 내게 전수하려고 노력 중이다. 내 미각은 대걸레와 같아서 어떤 와인을 마셔도 그저… 와인 맛밖에 나지 않았다.

우리는 성으로 가는 길을 함께 걸어가서 무거운 정문을 밀어 열었다. 문은 쉽게 열렸고 어두침침하면서도 우호적인 분위기에 프랑스풍으로 광을 낸 목재 냄새가 풍겨왔다.

한 여자가 계단 밑에 있는 좁은 책상 뒤를 맵시 있게 돌아 나왔다. 50대 초반으로 보이는 그녀는 짙은 갈색 단발머리를 귀 뒤로 넘기면서 몸을 앞으로 숙여 우리에게 일일이 손으로 서명해야 하는 옛날식 숙박 용지를 건넸다. 나는 프랑스 여인 특유의 시크한 매력을 지닌 그녀에게 아버지가 끌린 걸 눈치챘다. 그녀는 맡은 일이 너무 많아 보이는 데다 평생 그녀를 괴롭혀온 일을 처리하기 위해 금방이라도 불려나갈 것처럼 아랫입술을 이로 무는 습관이 있었다.

그녀가 프랑스어로 하는 말을 나는 절반 정도만 알아들었다. 늦어도 문제없다고 그녀는 말했다. 손님들은 우리를 위해 20분 동안 기다릴 것이다. 저녁 식사는 연기될 수 있다. 모든 건 연기될 수 있다.

아버지가 고맙다고 인사했다. 아버지는 와인을 뭐라고 말했다. 그녀는 건성으로 미소를 지으면서 우리의 여권을 받아 재빨리 훑어봤다. 난 그녀가 올해 이미 충분히 많은 투숙객을 받았다는 점을 감지했다. 아버지는 이 성이 지어졌을 만한 시기를 추측하면서 뭐라고 더 말했다. 그때 잠시 아버지에게서 랄프형의 모습이 보였다. 가톨릭 신자로서의 죄책감이나, 북부 사람 특유의 옹고집이나, 내면에 있는 금욕적인 아이나, 아버지를 끔찍하게 괴롭히면서도 특정한 행동을 하게 몰아가고, 격렬한 충동에 휩싸이게 하는 그 감정의 정체가 뭔지 모르겠지만 그것만 없었더라면 아버지는 여자 친구도 많이 사귀고 결혼도 여러 번 하고 친구도 많이 사귀었을지 모른다. 다만 아버지는 자신의 그런 면 때문에 괴로워하는 데다 랄프 형처럼 아주 쉽고 자연스럽게 타인을 이해하는 능력은 없다. 아버지는 이 프랑스 여인의 미소가 손님의 비위를 맞추면서 너그럽게 대하려고 짓는다는 걸 눈치채지 못했다. 아버지는 그녀가 한 인간으로서 이 호텔과는 별개로 현실 세계에 살고 있으며, 아버지와는 아무 관계없이 고민 많은 또 다른 인간이라는 점을 알아차리지 못했다. 아버지는 그저 자신에게 장착된 오래된 20세기 소프트웨어를 돌리고 있었다.

아버지는 그녀를 오해해서 그녀가 자신에게 관심이 있다고 생각하고, 이 성과 프랑스의 역사에 대해 더 많이 이야기하기 시작했다. 아버지가 지팡이를 짚은 자세를 바꾸면서 고개를 숙여 얘기를 하는 모습은 조금 민망하고 부적절했다. 동시에 그런 아버지를 보며 슬펐다. 아버지의 이야기에는 일종의 순수함이 깃들어 있었기 때문에…. 또 아버지는 모든 사람이 건축과 역사에 매료된다고 생각했고, 이런 종류의 담소가 요점에서 빗나갔다거나 이런 이야기에 전혀 관심 없는 세상은 상상도 할 수 없었기 때문에 슬펐다. 아버지는 자신이 보는 세상이 전부가 아니란 걸 결코 보지 못하는 사람이었다. 그럴 리가 없는데도. 그런데도 아버지는… 필사적으로 자신이 보는 세상을 다른 사람들과 나누고 싶어 한다. 다른 사람들은 다 그런 지식에 굶주릴 거라고 생각하기 때문이다.

서둘러야 했기에 나는 내 방에서 재빨리 옷을 갈아입고, 에바에게 문자를 보내고, 아버지를 도우려고 얼른 복도를 가로질러 갔다. 나는 에바가 골라준 재킷을 입고 있었지만 여기와는 어울리지 않았다. 너무 런던 분위기가 나고, 이곳과 완전히 다른 분위기가 풍겼다. 나는 세상 어디에 있건 한 번도 그곳과 어울려 보이는 법이 없었다.

혹시 무슨 일이 생길 경우에 대비해 아버지의 방문은 열려 있었다. 나는 안으로 들어갔다. 나의 죽어가는 아버지는 반쯤 옷을 벗은 채 눈을 질끈 감고 침대에 누워 있었다. 아버지는 낮잠을 자고 있었지만, 점점 줄어드는 숫자 때문에 전자 추적 장치를 달기 위해 잡아서 진정제를 놓은 야생동물 같아 보였다. 아버지의 피부는 햇볕에 심하게 타서 불그스레한 팔뚝과 이마를 제외하고는 시체처럼 창백했다. 다리털은 가늘어지고 있었다.

활기와 생명력이 없는 아버지의 사지는 막대기같이 얇고 볼품
없이 축 늘어져 있었다. 아버지는 더 이상 사냥감에 몰래 접근
하거나 확 덮치거나 으르렁거리지 않은 채, 일체의 흉포함을 잃
고서 뼈와 가죽만 남고 근육은 사라지고 있었다. 아버지는 간신
히 대부분의 옷을 벗었지만 양말이나 바지까지는 힘이 미치지
못했다. 포기했다는 느낌이 들었다.

"아버지."

속이 메스꺼워졌다.

아버지가 눈을 떴다. 아버지의 눈이 환해지면서 날 찾는 모습
을 보니 기적 같았다. 아버지는 일어나 앉기 시작했다. 아버지
는 움직이고 있었다. 가만히 못 박힌 듯 움직이지 않고 있는 사
람은 나였다. 아버지가 입을 열고 목소리를 냈을 때 나로선 받
아들일 수 없을 정도로 벅찼다. 곧 아버지가 하는 말은 그 말이
무슨 말이든 들을 수 없게 될 거였다. 나는 억지로 침대 옆에 가
서 아버지의 양말을 벗기고 일어나 앉는 것을 도왔다. 도저히
아버지의 얼굴은 볼 수 없었다.

"목욕물을 틀어놓을게요."

"오케이. 대기하고 있으마."

나는 욕실로 가로질러 가서 물을 적당한 온도로 맞추기 위해
샤워 꼭지를 붙들고 씨름했다. 그렇게… 그렇게 우리는 다시 삶
으로 돌아왔다. 내가 이 모든 일을 겪은 후에 여기까지 와서 바
라는 점은 누군가가 물의 온도를 쉽게 맞출 수 있게 샤워기를

발명해줬으면 좋겠다는 거였다. 이것 역시 인류가 풀 수 없는 또 다른 수수께끼처럼 보였다. 나는 잭 형이나 랄프 형과 이야기해야 했다.

나는 방으로 돌아왔다. 아버지는 등받이가 수직인 의자에 기대어 앉아 입이 한쪽으로 처진 미소를 띠며 침을 조금 흘리고 있었다.

"호두나무 책상이야. 프랑스 제2제국 시대에 만들어진 거야. 그때가 언제인지 맞춰봐라."

아버지는 평생 나를 이런 식으로 가르쳐왔다.

"1750년."

"아니야. 제2제국은 1852년부터 1870년까지다, 루. 나폴레옹 3세 시절이지."

"나폴레옹의 손자인가요?"

"조카야."

나는 재빨리 아버지 옆에 가서 속옷 벗는 것을 도왔다.

"사람들이 이런 곳에 묵는 특권을 누리려면 돈을 아주 많이 내겠구나, 루."

"제가 불운하다고 느낀다는 말은 하지 않았어요, 아버지."

"그냥 네가 세상만사를 당연하게 받아들이지 않기를 바랄 뿐이야."

"세상만사를 당연하게 받아들이지 않는 사람이 존재한다면, 아버지, 그 사람이 바로 저예요."

"너의 총명함도 낭비하지 말아야지."

우리는 팔짱을 꼈다.

"그게 대체 무슨 뜻이에요?"

욕실을 향해 아버지와 발을 맞춰 걸어가는 동안 내 주머니에서 핸드폰이 윙윙거리는 걸 느낄 수 있었다. 나는 걸어서 벌거벗은 아버지를 어딘가로 모시고 가는 것이 이번이 처음이라는 생각을 하고 있었다.

"사무직이란 늪에 빠지지 않도록 해라, 루."

"아버지, 전 데이터베이스 매니저예요. 제가 하는 일 자체가 사무직이라고요."

"많은 사람들… 아주 많은 사람들이 평생 사무직으로 일하다 생을 마감한다. 날 봐라. 네가 지금 나만큼 살아서 이 자리에 있게 됐는데 평생 해온 일이 오로지 사무적인 능률을 내기 위한 거였다는 걸 깨닫는다면 어떤 만족도 느낄 수 없게 된다."

"그 말을 트위터에 올릴까요?"

"누가 관심이나 갖겠니?"

"요새 뭔가에 관심을 갖는 사람이 있긴 한가요?"

"넌 그러잖니, 루."

"지금 제가 어떤 꼴인지 보세요."

물은 미지근했다. 어쨌든 아버지는 욕조 안으로 들어갔다.

"망할, 루. 얼어 죽을 것 같구나. 내게 무슨 짓을 하려는 게냐?"

"알았어요, 물탱크에 뜨거운 물이 좀 더 있는지 보죠."

나는 아버지가 뜨거운 물에 데일까 봐 겁이 나서 수도꼭지를 아주 조금씩 돌렸다. 물이 조금씩 따뜻해지면서 아까보다는 좀 더 참을 만해졌다. 나는 아버지에게 비누를 건넸다. 아버지는 한 손으로 비누칠을 하느라 바쁜 반면 다른 손으로는 비눗갑을 꽉 잡고 있었다. 식사할 때 식탁을 잡고 있는 것과 같은 방식이라는 점을 눈치챘다.

"이건 비싸 보이는데."

"맙소사, 아버지."

"미안해. 병 때문에 말이 막 나오는구나."

아버지는 자신의 머리를 툭툭 치며 말했다.

나는 다시 방으로 나왔다. 나는 아버지를 위해 이 성에서 가장 크고 아름다운 방을 예약했다. 이 방의 인테리어 장식은 아는 바가 없지만 방의 분위기는 제2제국이나 벨 에포크*나 뭐 그런 풍으로 꾸며진 듯했다. 벽은 은은한 황금빛 줄무늬가 쳐진 하늘색 벽지로 도배돼 있었고, 말린 꽃이 있었다. 침대 틀은 놋쇠고, 짙은 색의 옷장에 모든 가구와 소품이 아버지 취향으로 가득 차 있었다. 내 재킷은, 샤워기 물에 젖은 내 재킷은 벗어서 책상 앞 등이 수직인 의자에 걸쳤다. 나는 전화를 걸어야 했는데 긴 의자에 누워서 하려다 발코니가 떠올랐다. 창문을

---

* 　낭만과 탐구 정신이 가득했던 파리의 19세기 말과 20세기 초를 가리킴.

열고 밖으로 나갔다. 곧바로 잘했다는 느낌이 강하게 밀려왔다. 발코니 아래 포도나무들이 멀리까지 오르락내리락하면서 빽빽하게 늘어서 있었다. 멀리 황토색 지붕의 집으로 이어지는 흐릿한 길이 하나 보였다. 또 다른 농장이었다. 언덕 위에 뭔가 파란 것들이 가득 피어 있는 들판이 보였는데 라벤더 같았다.

"잭 형."

"루. 정말 다행이다. 너 어디니?"

"우리는 허허벌판 한가운데 있는 성이야. 아까 전화 못해서 미안해. 운전 중이었어."

"내가 갈게."

나는 핸드폰을 얼굴에 바짝 붙이고 매 한 마리가 점점 넓어지는 나선형으로 몸을 뱅뱅 돌리고 있는 모습을 지켜보고 있었다.

"내가 갈게."

형이 다시 말했다.

마치 정신적인 모르핀 같은 안도감이 내 영혼에 사정없이 밀려들었다.

"회사에 아버지가 아프다고 말했어."

"그거야말로 올해 최고의 절제된 표현이군."

"비행기 타고 갈게. 어디로 가야 해? 넌 어디 있을 거야?"

"내일 스위스 국경 근처에 있는 곳으로 갈 거야. 비행기 타고 바젤로 오든가."

"바젤에 비행기 타고 가는 사람이 어디 있어?"

"누군가는 타겠지. 저가 항공을 이용해봐. 아니면 스트라스부르로 오거나."

"알았어. 핸드폰 계속 켜놔."

나는 금방이라도 울음이 터질 것 같고 겁이 나서 아무 말도 하지 않고 그 망할 놈의 매만 보고 있었다.

"내가 무슨 생각을 하고 있었는지 나도 모르겠다. 루, 미안해."

나는 아무 말도 할 수 없었다.

"난 하루 내내 정신이 나가 있었어, 루."

"나만큼 심각하진 않았겠지."

"몇 시에 출발했니?"

"아침에 너무 일찍 출발했지."

"너 괜찮아?"

"나란 존재를 1분도 더 못 참을 것 같아."

"흠, 하루만 기다려. 내가 갈 테니까. 내가 망할 아버지랑 얘기하고 그다음에 우리는… 우리는 집에 가게 될 거야. 이건 너무나 미친 짓이야. 랄프는 오니?"

"오기로 하긴 했는데."

"내가 계속 랄프에게 전화했는데, 음성 메시지로만 넘어가네."

잭 형이 한숨을 쉬었다.

"망할 놈의 자식."

"랄프 형은 우리를 만나러 온다고 했어. 내일 밤에. 랄프 형이 그렇게 말했어. 형은 우리가 묵는 곳을 다 알고 있어."

"아버지는 괜찮으시니? 아니면 제정신이 아니시니?"

"아버지가 제정신일 땐 그 상황이 너무 이상해. 정신이 나가시면 더 이상해지고. 형도 알잖아. 우린 원래 미치광이 가족이니까, 항상 그렇지 뭐."

잭 형이 입을 다물었다.

"내가 뭐라고 해야 해?"

"뭐에 대해서?"

"형이 오는 거 말이야. 아버지가 아실 거야. 내 말은, 형이 아버지를 말리러 오는 걸 아실 거라고."

"상관없어."

"아버지는 형이 화가 났다고 생각하실 거라고."

"난 지금 화가 난 선을 넘었어. 지금 내가 어떤 심정인지는 나도 잘 모르겠어."

"나와 같은 세상에 온 걸 환영해."

"오늘 저녁엔 뭐할 거니?"

"샴페인 시음."

"맙소사."

"그럼 우리가 뭘 하고 있어야 하는데?"

"나도 모르겠어. 모르겠다고. 좋아. 내 말 잘 들어. 내일 꼭 나에게 문자를 보내. 그래야 어디로 찾아갈지 알 수 있잖아."

"당연히 문자 보낼게."

"프랑스를 떠나지 마."

"그럴게."

"스위스 근처에도 가지 마."

"운전은 내가 하고 있어. 우린 어디든 내가 가고 싶은 곳으로 갈 거야."

"내가 다시 랄프에게 전화해볼게. 놈은 아마 핸드폰의 통화 시간을 다 썼나 봐."

"형이 아버지에게 전화해야 하는 거 아니야?"

"그게 무슨 의미가 있는데?"

"음… 형은 아버지의 아들이니까?"

"아버지랑은 얼굴 보고 직접 말로 해야 해."

"그만 끊어야겠어. 아버지는 지금 목욕하고 계셔."

"오케이, 오케이. 비행기표 문제는 내가 알아서 할게. 곧 보자. 조금만 더 버텨, 루. 그동안 머저리처럼 굴어서 미안해."

"걱정하지 마. 우리 집 유전이잖아."

들판은 황금색으로 물들었고 태양은 바다에서 불길에 활활 타오르는 바이킹의 장례를 치르는 배처럼 가라앉고 있었고 구름은 복숭앗빛과 장밋빛과 옅은 주홍색의 황혼에 물들어 있었다. 갑자기 세상이 원하고 소중히 여기고 찬양하면서 대가를 지불할 의사가 있는 물건인 샴페인을 만든다는 것은, 분명히 행복한 인생일 거란 느낌이 들었다. 사계절 내내 이런 프랑스의 들판에 나와서 과학적으로 포도를 재배하고, 예술적으로 와인을 만들고, 그간의 와인 제조 역사를 다 간직한 채 온 세상 사람들이 가슴을 설레면서 찾아오고 싶은 곳에서 산다면 행복하지 않을까. 또는 두 세대에 걸쳐 이런 곳에서 일하다 보면 바라는 것이라곤, 뉴욕에 가서 흠집투성이의 작은 토끼우리 같은 아파트를 세내서, 다른 개자식들처럼 영화 제작자인 척하고 싶어질지도 모르겠다. 나도 모르겠다.

트위기 박사는 아이인 우리가 부모의 불안을 승화시키고 은밀히 파괴하면서 깊은 무의식 속에서 그것을 자신을 비판하는 이야기로 만든다고 말할 것이다. 이것은 우리가 우리 내면에서 말하는 논평으로 듣고, 상태가 더 나빠지면 믿는 내면의 목소리라는 것이다. 이 목소리는 적대적이고 자멸적이고 자기 파괴적인 조언자로 분노와 비관주의와 냉소주의를 조장한다. 모든 인간에겐 이런 내면의 목소리가 있다. 우리는 이 목소리를 '내면의 비판자'라고 순화해서 표현한다. 사람들은 이걸 다루는 요령은 그 문제를 인식하는 법을 익힌 후에 그것에게 꺼지라고 말하는 거라고 했다. 입을 다물게 하고 싶은 상대가 내면의 목소리가 아니라 아버지라면 어떻게 하죠? 아, 뭐, 그럴 경우에는 부모님이 돌아가셨을 때가 그들과 화해할 수 있는 아주 좋은 시간이죠. 정신과 의사들은 그렇게 말한다. 부모의 시신과 함께 나쁜 목소리들도 묻는 것이다. 그 후에는 오로지 좋은 목소리만 귀 기울여 들으라고. 그렇게 구별해야 한다. 사랑이 우리를 지배하게 하라. 그렇게 할 수 없다면 이해하려 노력하고.

랄프 형이 재떨이에 담배를 놓고 메뉴를 찬찬히 살펴봤다.
　"제철이 아닌 채소를 찾아보는 게 가능할지 궁금한데. 이 지역에서 키우지 않은 당근을 찾아보는 것도 그렇고?"
　랄프 형이 물었다.
　"난 농약이 들어간 걸로 해줘. 농약과 방부제가 들어간 걸로."
　잭 형이 말했다. 랄프 형이 고개를 끄덕였다.
　"엄청나게 가공하고 어마어마하게 과대포장해서 비행기를 타고 무지 먼 곳에서 날아온 야채 말이지."
　"인권이 아주 심각하게 나쁜 나라에서 재배한 거라면 이상적이겠지."
　랄프 형이 다시 재떨이에 놔둔 담배를 집었다.
　"아마 여기에 중국 배터리로 키운 치킨이나 바다를 저인망으로 훑어서 잡은 게로 만든 게맛살이 있을지도 모르지."
　"오케이, 루. 네가 한 번도 안 먹어본 음식이 뭐야?"
　잭 형이 물었다.
　"랍스터. 랍스터는 한 번도 먹어본 적 없어."
　나는 필사적으로 형들에게 깊은 인상을 심어주려고 노력하면서도 사실은 '칩스'에 마음이 갔다.

　내가 아홉 살 정도 됐을 때 형들이 날 데리고 저녁을 먹으러 갔던 기억이 떠올랐다. 랄프 형은 배우로서의 경력을(일이라고 하기엔 너무 없었지만) 시작할 무렵이었다. 부모님이 주말여행을 갔기 때문에 랄프 형이 날 데리러 학교에 왔다. 한편 잭 형은 《풀험 앤드 해머스미스 크로니클》에서 무보수로 일하고 있었다. 그 신문사는 직원이 부족해서 형은 이미 나토NATO(북대서양조약기구) 공습에서 레스토랑 평가까지 모든 기사를 쓰고 있었다. 당시 잭 형의 머리는 지금보다 더 길었고, 몸도 더 말라서 랄프 형과 같이 있으면 지금보다 훨씬 더 일란성 쌍둥이처럼 보였다. 랄프 형은 예술 사기꾼이자 위조범처럼 보였고, 잭 형은 그걸 파는 상인처럼 보였다. 형들과 함께 있을 때면 언제나 내가 신처럼 느껴졌다. 그때(지금도 그렇지만) 형들은 나와 같이 있다고 해서 말을 가려 하지 않았는데 사실 그래야 했다. 음식이 나왔을 때 형들이 캐롤 이야기를 꺼냈던 기억이 난다.

　"사흘 전에 거기 갔었어. 그런데 맙소사. 거기 분위기가… 그게… 그게 마치 북극 바다 바닥에 갇힌 소비에트 잠수함 같더라니까."

　잭 형이 말했다.

　"엄마가 전에 만나던 그 남자는 어떻게 됐어? 그 남자 이름이 뭐지? 아놀드?"

　잭 형이 고개를 흔들었다.

"둘이 영화 보러 갔다가 자막 가지고 말다툼을 했대."

랄프 형은 천천히 고개를 끄덕였다.

"엄마는 평소와 달리 기분이 좋지 않았어. 우울해하는 것 같았어."

잭 형이 얘기를 계속했다.

"그거야말로 이 세상에 대해 보일 수 있는 유일하게 지적인 반응인 거지."

랄프 형이 대꾸했다.

"웃긴 소리 하지 마."

"그건 두 번째로 지적인 반응이고."

"이 대화에 좀 진지하게 집중해봐."

"엄마의 상황을 있는 그대로 받아들이려고 해봐. 내 생각에 엄마는 아마도—"

랄프 형은 어깨를 으쓱했다. 내가 끼어들었다.

"랍스터의 어느 부분을 먹는 거야?"

"집게발부터 먹어, 루."

랄프 형이 말했다. 잭 형이 조심스럽게 말했다.

"난 아무래도… 아무래도 우리가 엄마를 더 자주 보러 가야 할 것 같다는 말을 하는 거야."

"엄마는 집 밖에 나오면 완벽하게 괜찮아져."

랄프 형은 포크로 프라이팬에서 튀긴 송아지 고기를 자르려고 시도하면서 말했다.

"난 지난달에 엄마랑 콘서트에 갔어. 중간 휴식 시간에 엄마
가 얼마나 재미있어 했는데."

"네가 아버지란 화제를 꺼내지 않는 한 그렇겠지."

"확실히 그렇지. 그건 아주 오랫동안 그랬잖아. 아빠 이야기
만 나오지 않으면 엄마는 다른 사람들처럼 겉보기에는 아주 정
상으로 보인단 말이야."

"집게발이 뭐야? 이 작은 것들이 집게발이야?"

내가 다시 끼어들었다.

"아니, 집게발은 거기 앞에 있는 거대한 발을 가리키는 거야.
난 그저… 그저 집 안이 너무 어두웠단 말을 하는 거야. 집에 있
는 불이란 불은 다 켜야 내 손이 겨우 보일 지경이라니까."

잭 형이 말했다.

"엄마는 지하 빌라에 사시잖아, 잭. 그러니 어느 정도는 잠수
함처럼 느껴지는 것도 어쩔 수 없지."

"엄마에게 새 집을 사드려야 하지 않을까. 엄마는 이사 갈 수
있잖아. 우리도 도울 수 있고. 바람도 잘 통하고 그런 곳—"

"잭, 문제는 엄마의 빌어먹을 집이 아니잖아."

"난 문제를 현실적으로 보려고 노력 중이야."

"그건 너무 피상적이야."

"우리가 피상적인 문제를 어느 정도 해결하면 그때는—"

"문제… 문제… 문제는 엄마가 어느 정도 정상적인 생활을
영위하는 알코올의존자라는 사실이야."

"흠, 그렇다면, 아니, 내 말을 잠깐만 들어봐. 그 문제도 우리가 뭔가 해봐야 하지 않을까."

"그 문제 뒤에 있는 진짜 문제는 사랑하는 남자 때문에 엄마의 마음이 산산조각으로 부서졌다는 거야."

"그래, 하지만—"

"엄마에게 사랑은 단 하나이자 영원히 지속되는 거야. 아니면 사랑이 아닌 거지."

"난 그게 아니라—"

"진짜 사랑에 필적하거나 대체될 수 있는 건 없어. 이건 엄마가 내린 사랑의 정의야, 잭. 그런데 우리가 뭐라고 거기다 대고 언쟁을 할 수 있겠어? 엄마가 기운 내려면 자신의 신념 체계를 떠받치고 있는 토대를 몽땅 다 버려야 해."

"거기 맞서서—"

"해결책은 단 하나고 너도 그게 뭔지 알잖아. 아버지지. 그런 일은 결코 일어나지 않을 거야. 절대로. 아버지와 어머니는 영원히 회복될 수 없을 정도로 서로를 고문했고 그다음에 아버지는 그보다 더 나쁜 짓을 저질렀어. 아버지는 일어나서 그 고문실을 나가면서 문을 쾅 닫아버렸지."

"그렇지. 그래서 우리는, 엄마를 사랑하는 다정한 아들들인 우리는 엄마가 절망에 빠져 있게 놔두자는 거야?"

잭 형이 고개를 끄덕이며 비꼬는 투로 말했다.

"우린 엄마를 그냥 놔둬야 해. 엄마가 받는 고통의 크기는 엄마가 하는 사랑의 크기를 나타내니까."

"우리는 지금 우울해하는 우리의 친엄마를 냉정하게 버려두자는 거잖아."

"내가 계속 말했잖아. 엄마는 자신의 결혼에 대해 자신이 믿는 바를 재현할 수 있게 우울해하고 싶어 한다니까. 그게 엄마의 인생이야."

랄프 형은 고개를 기울이면서 논리적으로 잭 형을 설득하려고 하는 것처럼 손바닥을 들어보였다.

"어쩌면 엄마는 어떤 면에서 우울해하는 걸 즐기고 있는지도 몰라. 사람들은 그래. 주위를 한 번 둘러봐. 어이없을 정도의 불신이 사람들의 마음을 사로잡고 있어. 세상의 절반은 나머지 빌어먹을 절반이 무슨 생각으로 지금 그런 일을 하는지 이해 못한다니까."

내가 끼어들었다.

"이 집게발들은 어떻게 잘라?"

"그냥 이렇게 잡아당겨서 빼."

잭 형이 손을 뻗어서 날 위해 랍스터의 발을 하나 빼줬다.

"난 그저 엄마에게 우리가 필요한 것 같다는 생각이 든다는 거야, 랄프. 엄마는 자꾸 자신 속으로 움츠러드는 것 같아. 현실세계를 받아들이지 않고 있다고. 그런데 우리가 아니면⋯."

랄프 형이 한숨을 쉬었다.

"왜 이 대화에서 '의무'란 단어가 곧 등장할 것 같은 예감이

들지?"

"난 우리에게 의무가 있다고 봐…. 적어도 엄마가 기운을 낼 수 있도록 해줄 의무 말이야."

"내가 아까 말한 것처럼 엄마를 더 자주 모시고 나가자니까."

"그것도 해야지. 하지만 우리가 엄마 옆에 있어야 해. 조용히 규칙적으로 옆에 있어줘야 한다고. 더 자주 엄마를 보러 가야 한단 말이지. 가서 호들갑 떨 필요도 없어. 그냥 가서 와인 한 잔 마시고, 저녁도 하고, 당근도 썰고."

"당근을 썰자고. 그게 너의 해법이냐?"

"괜히 오버하지 말고 엄마랑 같이 시간을 보내야 한단 말이야."

랄프 형이 얼굴을 찡그렸다.

"불가능해."

잭 형이 랄프 형의 눈을 똑바로 봤다.

"내가 하고자 하는 말은 엄마를 위해 우리가 옆에 있어줘야 한다는 거야. 엄마는 그럴 필요가—"

"어떻게…."

내가 이번에는 큰 소리로 형들의 이야기에 끼어들었다.

"어떻게 집게발을 먹어? 이것들은 진짜 딱딱한데."

"그건 외골격이야, 루. 어떤 면에서 랍스터는 사실 거대한 곤충 같아. 넌 바깥쪽이 아니라 그 속에 든 걸 먹어야 해."

랄프 형이 말했다.

"난 곤충은 한 번도 먹어본 적이 없는데."

"진지하게 하는 말인데, 엄마 집에 자주 가야 한다는 그런 개소리는 집어치워, 잭. 엄마는 극장을 좋아해. 음악을 사랑하고. 엄마는 더 자주 외출할 필요가 있어."

랄프 형이 말했다.

잭 형은 소꼬리 끝부분에 이르러서 먹어야 할 소고기가 더 남아 있으면 좋겠다는 그런 표정을 짓다가 뒤로 물러나 앉았다.

"내 생각에 엄마는 절대 그렇게 말하지 않지만, 엄마는 외로운 것 같아. 소외됐다고 느끼고. 엄마는 하루 종일 뉴스만 듣고—"

"그러면 엄마뿐만 아니라 누구든 자살하고 싶어지지."

"우리가 엄마를 설득해야 해. 다른 곳으로 이사 가라고. 마음을 추스르고, 술도 그만 마시고, 다시 살아가야 한다고. 삶에 다시 애착을 가지고 살아야 한다고. 엄마는 살날이 30년은 남았어. 왜 현재를 즐기지 않는 거야?"

"아까 내가 말한 것처럼 엄마는 그저 혼자서 평화롭게 조용히 괴로워하고 싶어 하는지도 몰라. 그런 생각은 해보지 않았어?"

"인생을 탓하면서 살아갈 순 없어. 무슨 그런 인생이 다 있어?"

"아주 많은 사람들에게 인기가 있는 인생이지."

"속을 어떻게 먹어?"

내가 물었다.

"이 랍스터 껍질은 정말 딱딱하단 말이야."

"이건 껍질이 아니라 껍데기야. 이걸 부숴야 해, 루. 부숴봐. 우리가 적어도 엄마에게 도와주겠다고 제안해야 한다는 거야. 엄마를 위해서 말이야, 랄프."

랄프 형은 한숨을 더 깊이 쉬었다.

"넌 한 번이라도, 평생 단 한 번만이라도 엄마를 위해 좋을 거라고 뭘 제안해본 적 있어?"

"엄마는 얘기하는 걸 좋아하고 그리고—"

"아니야. 엄마는 사적으로 깊은 이야기는 절대 못해. 무슨 말만 하면 바로 모욕으로 받아들인다고."

"아주 자존심이 센 분이니까."

"다른 사람 보고 자존심이 세다고 할 때 진짜 속내는 무슨 뜻이지?"

이제는 잭 형이 한숨을 쉬었다.

"그 말은 그 사람이 두려움에 가득 차 있고 금방이라도 부서질 것 같다는 뜻이야. 그 사람의 전 세계가 박살 나서 모든 확신을 잃어버린 채 무방비 상태가 될 거라는 두려움 때문에 어떤 주장도 받아들이지 못하고 마음을 열지도 못한다는 뜻이라고. 그 말은 그 사람의 내면이 너무 연약해서 스스로를 보호하기 위해 단단한 껍질을 만들어냈다는 뜻이야."

잭 형은 내 랍스터를 손으로 가리켰다.

"네 말은 틀렸어. 네가 하는 말은 모두 일부만 맞을 뿐이야.

넌 그저 그걸로 모든 걸 설명할 수 있는 척하는 거지."

잭 형이 고개를 흔들었다.

"이 지구란 행성에서는 모두 그렇게 하는 걸 좋아하거든요. 잭, 너도 제발 좀 그렇게 해봐."

"엄마에겐 내가 있고, 너도 있어, 랄프. 난 엄마의 혹이고 넌 악몽이지. 하지만 우리가 다야. 엄마에겐 우리가 전부라고. 우린 엄마를 사랑한다는 걸 보여줘야 해."

"알았어, 알았다고, 알았다니까. 망할 그렇다고 쳐. 네가 이겼어. 엄마에게 가보자. 디저트 먹고 나서 바로 가자고."

랄프 형이 누그러져서 말했다.

잭 형은 그 도전을 가늠해봤다.

"좋아, 그렇게 하자."

잭 형이 대꾸했다.

"루, 뭐가 문제야? 랍스터를 건드리지도 않았네. 아니야, 그렇게 빨아먹는 게 아니야."

랄프 형이 날 보며 말했다.

우리는 런던의 낮은 태양이 서쪽 어딘가에서 또다시 하늘에 자리를 양보해주는 사이에 베이스워터 지역으로 갔다.

"엄마 집에 있는 것 같아 보이는데."

랄프 형이 말했다.

"외출을 거의 안 하신다니까."

잭 형이 대답했다.

"내 말이 바로 그 말이야. 택시비 좀 낼래?"

잭 형이 유리창을 통해 택시 기사에게 요금을 지불했고 우리 삼형제는 치장 벽토를 바른 런던 거리의 짧고 불투명한 황혼 속에 잠시 나란히 서 있었다.

캐롤이 사는 5층 건물은 낡을 대로 낡아버린 흰 속옷 같은 색이었다. 한때는 돈 많은 사람이 소유한 웅장한 건물이었을 텐데 이제 낡은 집은 쪼개고 또 쪼개서 수많은 빌라로 나뉘었고, 기둥을 받친 현관에는 버저가 수없이 붙어 있었다. 2층에 창문이 하나 열려 있었는데, 그 집에는 한 남자가 권투 선수 반바지를 입은 채 펀칭 백을 두드리고 있었다. 현관 입구 계단에는 히잡을 쓴 여자가 모르는 언어로 현관 인터폰에 대고 활발하게 얘기하고 있었다. 한편 갈매기들과 비둘기들의 계속된 전쟁에서 갈매기들이 옥상이라는 유리한 고지를 차지하고 날개를 퍼덕이며 소리를 지르는 동안, 뚱뚱한 런던 비둘기들은 도로 경계석에 그려진 노란 선들과 도로의 배수로들을 순찰하면서 자신들이 장악한 영토와 패배했거나 승리한 소규모 접전들의 소식을 주거니 받거니 하고 있었다.

나는 엄마가 전에 베이스워터는 사람들이 '잠시 잠깐 머물다 가는' 곳이라고 했던 말을 기억한다. 그때는 엄마의 말이 무슨 의미인지 몰랐다. 그렇게 잠시 잠깐 머물다 가는 동네로 이사가서 거기서 꼼짝없이 살게 된 것보다 더 슬픈 일은 없을 거라는 생각이 문득 들었다.

나는 거리를 건너서 형들을 따라 검은 난간들을 지나고, 두 개의 갈대 같은 초목을 지나 가파른 계단을 내려가서, 지하 유리창의 칠이 벗겨져가는 창살을 지나 현관 계단 밑에서 쭈그러지고 있는 것처럼 보이는 갈색 문 앞에 도착했다.

랄프 형이 초인종을 눌렀는데 종소리가 아니라 뭔가 덜거덕거리는 소리가 났다. 안에서 들리던 클래식 음악 소리가 조용해졌다. 우리는 문 앞에 서서 누군가가 여러 개의 열쇠를 순서대로 넣고 돌리는 소리를 들었다.

"누구세요?"

"엄마, 우리가 왔어요."

랄프 형이 대답했다.

"랄프!"

"바로 저랍니다."

"안녕. 안녕! 잠깐만."

빗장이 풀렸다.

"우리가 누구냐?"

랄프 형이 문을 향해 몸을 기울였다.

"저랑 잭이랑 깜짝 놀랄… 깜짝 놀랄 손님이요."

"잭! 왜 전화 안 했니?"

"전화했어요."

"전화벨 소리 못 들었는데."

"엄마가 또 브람스 소리를 너무 크게 틀어놔서 그렇잖아요."

"정말 놀랐다. 아, 망할. 잠깐만 기다려라."

도어체인이 풀리는 소리가 났고 마침내 캐롤이 문을 열었다.

캐롤은 내가 상상한 것보다 키가 작았다. 아니면 내가 봤던 사진에 나온 젊고 몹시 여위었던 여자가 살이 찐 건지도 모른다. 캐롤의 금발은 이제 희끗희끗했지만 그녀의 시야를 가리는 것은 뭐든 가만 놔두지 않겠다는 듯이 사진에서 본 것처럼 앞머리는 여전히 짧았다. 그녀는 긴 회색 스커트에 같은 색 카디건을 입고 있었는데, 그 태도와 자세 어딘가에서 이제는 비웃을 사람들이 없어져 스스로를 비웃기 시작한 그런 분위기가 풍겼다.

"갑자기 와서 죄송해요. 우리는—"

랄프 형이 말했다.

"누구…?"

기쁨에 빛났던 캐롤의 표정이 갑자기 얼어붙으면서 무의식 중에 적대적으로 변했다.

"이 아이는 대체 누구니?"

"얘는—"

"이 아이를 당장 내보내!"

"엄마."

잭 형이 말했다.

캐롤의 언성이 높아지면서 가늘어졌다.

"내보내라니까!"

"엄마, 그냥 아이일 뿐이에요."

갑자기 그녀는 두 손을 사정없이 휘둘러 날 내쫓고 있었다.

"쫓아… 쫓으라고…. 저 아이를 여기서 당장 내쫓으라고!"

랄프 형이 우리 사이에 있는 틈으로 들어와서 잭 형을 노려
봤다.

"엄마, 괜찮아요."

랄프 형이 말했다.

"내 눈앞에서 사라지게 해! 다시는 안 보이게 하란 말이야!"

언성을 높인 그녀의 목소리가 지하 벽에 부딪쳐 튕겨나가 그
위에 있는 세상을 찢으며 올라갔다.

"여기서 저 아이를 당장 내쫓으란 말이야!"

"엄마."

랄프 형은 아이를 진정시키려는 것처럼 캐롤의 팔꿈치에 손
을 댔다.

"엄마."

그녀는 사정없이 소리를 지르고 있었다.

"다시는 이러지 마! 다시는. 절대 이러지 마. 저 망할 아이를
당장 내보내!"

그녀는 날 향해 다가왔고 형들이 온몸으로 그녀를 잡아서 막
고 있었다.

"너! 너! 날 봐! 날 보라고, 애야."

랄프 형의 어깨 너머로 격노에 뒤틀린 캐롤의 얼굴이 보였다. 나는 돌아서서 뒤에 있던 계단을 뛰어 올라가다가 발을 헛디뎌 넘어지면서 무릎을 깼다. 거리로 달려나갔지만 캐롤의 새된 고함 소리가 내 귓속에 영원히 갇힌 것처럼 소용돌이치듯 빙빙 돌면서 메아리쳤다. 나는 너무 멀리까지 달려가버리는 바람에 갑자기 낯설고 쌀쌀한 런던의 보도 위에 혼자 서 있었다. 몰려오는 어둠과 함께 높은 집들이 사방에서 날 압박해왔고, 낯선 사람들이 지나갔으며, 나는 팔을 구부려 흐르는 눈물을 감췄다.

벼랑 위에서

샤토 성에는 또 다른 영국 커플 두 쌍이 묵고 있었다. 우리가 너무 늦게 왔기 때문에 그들은 이미 우리를 증오하고 있었다. 나는 이렇게 말하고 싶었다.

'진정하세요, 여러분. 저도 이미 우리를 증오하고 있답니다.'

대신 아버지와 나는 오래된 트랙터와 비뚤어진 벤치를 지나 동굴(사실은 헛간)의 문으로 들어가서 마지못해 하는 그들의 인사를 품위 있게 받았다.

실내는 어둡고 서늘하며 톱밥과 엎질러진 와인 냄새가 풍겼다. 아까 그 프랑스 숙녀가 시음회의 진행자다. 그녀는 이 성에 있는 일은 다 하는 것처럼 보였다. 그녀의 옆에 있는 큰 통 위에 샴페인 네 병이 있었다. 벽 두 개에는 거대한 목재 와인 랙이 설치돼 있었다. 종교재판을 할 경우엔 아주 쉽게 고문 도구로도 쓰일 것처럼 생긴 기괴하고 거대한 거미의 발처럼 생긴 농사 장비도 있었다.

우리는 모두 통 주위에 섰다. 아버지만 여기 있는 유일한 의자에 앉았다. 아버지는 자리에 앉으면서 두 손으로 다리의 자세를 바로잡으며 고개를 들어 목로주점을 프랑스어로 뭐라고 말했다. 그 말이 농담이라는 걸 제외하고는 무슨 뜻인지 이해가 안 됐다. 우리의 진행자는 미소를 지었다. 정말 우스워서 그런 게 아니라 교사가 아끼는 제자가 교사의 농담에 의무적으로 짓는 그런 미소였다. 아버지가 프랑스어를 수월하게 구사했기 때문에 곧바로 멋있는 어른으로 지위가 승격됐다. 심지어 아버지가 힘겹게 몸을 움직이는 방식조차 아버지를 동정하거나 생색을 내면서 도와줘야 할 장애인이 아니라 어쩐지 카리스마와 권위를 풍기며 이 방의 중심 역할을 하는 인물이라는 느낌이 들었다. 내 마음속에 새로운 확신이 고동쳤다. 아버지는 휠체어 생활을 바라지 않는다. 아버지는 축 늘어진 입술에서 침을 질질 흘리면서 한때는 그렇게나 확실하고 유창하게 구사하던 단어들을 어눌하고 탁하게 말하고 싶어 하지 않는다.

우리의 진행자는 내 느낌에 일부러 아주 강한 프랑스 억양으로 능숙하고 빠르게 과장된 선전을 시작했다. 아버지 빼고는 그녀가 하는 말을 누구도 이해하지 못했다. 아버지는 정말 관심이 있는 것처럼 여러 질문을 했는데 물론 진심이었다. 곧 아버지와 그 프랑스 여자 둘만 대화를 나누고 우리는 거기서 소외됐다.

그동안 나는 우리 모두 무의식중에 계속 듣고 있는, 낮은 볼

륨으로 끽끽거리는 소리의 정체가 뭔지 생각하고 있었다. 마침내 그 소리가 이 방에 있는 남자 중 하나가 들고 있는 작고 두툼한 흰색 스피커에서 나온다는 사실을 알아챘다. 그것은 베이비모니터였다. 그 남자는 진행자가 하는 말을 듣다가 종종 살짝 몸을 돌려서 남의 시선을 끌지 않으려고 조심하면서 신중하게 그 스피커에 귀를 갖다댔다.

또 다른 여자는 내가 있는 방향으로 몸을 45도 정도 틀어서 베이비 모니터를 든 남자와 일행이 아니라 아주 기쁘다는 의사를 완곡하게 전하고 있었다. 그녀는 대화를 시작했다. 난 레아라고 해요. 그녀가 내게 말을 거는 바람에 어쩔 수 없이 나도 대답해야 했다. 곧 우리는 모두 자기소개를 하고 지금 무슨 생각을 하며 어디로 여행하는지 이야기를 나눴다. 나는 지어낸 이야기를 몇 개 했다. 누구에게든 진실을 말할 수는 없었으니까. 다른 사람들도 진실을 말한다기보다 그저 모르는 사람들에게 그냥 자신이 하고 싶은 말을 한다는 생각이 들었다.

아버지는 인생이란 우리가 스스로에게 들려주는 자신의 이야기라고 주장했다. 즉 그것이 호모사피엔스, 인류를 위한 모든 이야기라고. 랄프 형은 자신이 사르트르파라고 주장하면서 우리 인생은 사실 그저 우리가 자신에게 오해한 이야기들을 모은 것에 지나지 않는다고 말했다. 잭 형이 말했다. 내가 보기에 인생은 이야기가 아니라 망할 현실처럼 느껴지던데.

나는 다른 커플들에게 그건 그들의 잘못이 아니라고 말하고 싶었다. 내가 그들의 이야기에 제대로 반응하거나 대꾸하지 못했던 것 말이다. 그건 그저 내가 아버지를 죽이러 가는 길이라서 그렇고, 이런 상황에 아랑곳없이 멀쩡하게 살아 있는 다른 사람들이 미워서 그런 것뿐이라고. 지금 당신들이 아니라 다른 사람들이 여기 있었다고 해도 상황은 똑같았을 거라고. 난 요즘 아주 큰 문제를 해결하는 데 집중하느라 다른 건 그저 서툰 연기처럼 느껴질 뿐이라고. 난 그 어느 것도 말하지 않았다. 결코 그럴 일은 하지 않을 것이다. 나는 타고난 본성대로 사람들의 대화에 합류해 족제비처럼 그들의 비위를 맞췄다.

나는 레아와 그녀의 남편이 광고 회사를 운영하는 백만장자이며, 다른 부부인 닐과 베스 마리에게는 아이가 둘 있는데 이 지구상에서 최초로 부모가 된 것처럼 호들갑을 떨고 있다는 것을 알게 됐다. 광고 회사 사장인 백만장자 사내는 말수가 별로 없었고 얼굴은 리처드 3세가 이렇게 생겼을 거라고 내가 상상한 외모와 조금 비슷했다. 키는 크지만 등이 약간 꼽추에 툭 불거져나온 손목뼈는 조금 비틀어져 있었고, 눈에서 보이는 지능은 자신이 잘못된 방향으로 그걸 썼다는 걸 잘 아는 눈빛이었다. 그는 미소 짓지 않았지만 종종 입을 씰룩거렸다. 내 생각에 여기서 저녁 먹을 때 얘기해보고 싶은 사람은 이 사람밖에 없을 것 같았다.

나는 핸드폰으로 전화가 온 척하고 밖으로 나갔다.

하늘은 강력한 일몰을 상대하느라 밤색과 보라색으로 물들었고 낮게 핏빛으로 가느다란 붉은 선이 그어져 온통 멍투성이였다.

 나는 한동안 거기 서서 아무도 걸지 않는 내 핸드폰에 대고 '네', '아니요', '네', '아니요'라고 말했다. 네, 세상은 아주 오래됐어요. 아니요, 다시는 집에 가고 싶지 않아요. 네. 아니요. 네. 아니요. 네. 아니요. 나도 모르겠어요.

 풍경이 내 마음을 좀 편하게 해줬다. 이런 점은 아버지를 닮았다. 내 성격은 인간의 하찮음에 별다른 관심을 두지 않는 아버지에게서 비롯됐다. 나는 선사시대 사람들을 생각하기 시작했다. 아버지들과 아들들. 세상에 집이란 게 있기 전인 아주 옛날, 벼랑 위에 머물며 쭈그리고 앉아 황혼 속에 도사린 위험을 경계하는 그들. 네. 아니요. 네. 아니요. 네. 아니요. 에로스. 타나토스. 창조. 파괴. 지구의 여명까지 거슬러 올라갔다. 그 전에는? 왜? 엄마는 불교 사상에 흥미를 가지게 됐고 신비주의에 대한 책도 많이 읽었다. 아마 어떤 면에선 아버지에게 복수하기 위해 그랬을 것이고, 어쩌면 엄마에게서 달아나는 시라는 유령을 뒤쫓기 위해서일지도 모른다. 한 번은 카발라(유대교 신비주의)에서 삶이란 우주가 스스로를 이해하기 위해 노력하는 수단이며, 아마도 우주가 기울인 노력 중에 최고의 노력은 인류일지도 모른다는 말을 읽었다고, 내게 말해줬다. 나는 그 생각이 마음에 들었다.

 "루?"

아버지가 지팡이로 헛간 문을 고정시킨 채 내 뒤에 서 있었다.

"누가 전화했니?"

"에바요."

나는 거짓말을 했다.

"다 괜찮은 거니?"

아버지가 물었다. 아버지의 눈은 환했다.

"아버지랑 통화해서 좋았대요."

"음… 나도 에바랑 통화해서 좋았다."

다행스럽게 리처드 3세가 잔 두 개를 들고 나타났다.

"여기 받아요, 두 분."

"잠깐만요. 우린 저 벤치에 앉아야겠어요. 판정이 어떻게 나왔나요?"

아버지가 말했다.

내가 아버지를 도와 벤치로 가는 동안 리처드 3세는 우리 주위를 서성였다. 내 생각에 리처드 3세는 내가 전화 온 척 연기했다는 의심을 품고 있는 것 같았다. 그에 대한 내 평가는 더 올라갔다.

"내 입맛엔 쌉쌀한 맛이 약하다. 난 쌉쌀한 샴페인이 좋아. 넌 어떠니?"

"축축한데요."

리처드 3세의 입술이 또다시 씰룩이면서 미소 비슷하게 변했다. 그는 잔들을 건넸다.

"다음 잔이 나오는 대로 갖다드릴게요."

아버지와 나는 와인 잔을 강렬한 석양이 깔린 하늘 높이 들어 올리고 잔 속에 보글보글 올라오는 기포 속에서 미래를 볼 수 있을 것처럼 찬찬히 잔을 바라봤다. 와인을 맛보는 것보다 아버지가 세상에서 더 좋아하는 일은 별로 없다. 내가 또다시 올바른 일을 해냈다는 느낌이 들었다. 나는 아버지가 와인을 맛보는 모습을 아주 많이 봤다. 아버지의 시음은 하나의 의식이자 농담이자 게임이지만, 이런 상황에서 그게 무슨 의미가 있겠는가. 갑자기 나는 행복해졌다. 아버지가 행복하니까. 미지의 행성의 황혼 속에서 온 우주가 우리의 삶을 감싸 안은 채 우리 둘만 여기 어딘가에 있다.

우리는 샴페인의 첫 모금을 삼켰다. 아버지는 곧바로 다시 잔 속에 코를 댔다.

"먼저 짚, 짚 향기가 나는데, 루. 하지만 그다음엔…."

"비스킷."

"비스킷, 타르트이기도 해. 아, 아주 좋구나."

"익힌 사과일까요?"

내가 의견을 냈다.

"애플 크럼블이야."

"아몬드도 있고."

"좀 더 복잡해. 사과 씨인가."

아버지는 잠시 머뭇거리다 말했다.

"청산가리."

아버지는 또 한 모금 마셨다.

"아, 잠깐만. 미네랄이 느껴진다, 루. 코로 막 들어와."

"말했잖아요. 청산가리와 주석이라니까요."

우리는 이제 거리낌 없이 마시고 있었다.

"아, 이건 제대로 된 와인이다."

아버지가 열정적으로 말했다.

"훈제한 홍합인가."

내가 제안했다.

"아니, 잠깐만요. 아니, 이건 통조림에 든 훈제 홍합이에요."

"뚜껑을 열어둔 거지."

나는 고개를 끄덕였다.

"개봉한 통조림에 들어 있는 훈제한 홍합이에요."

"아, 아니 잠깐만. 잠깐 기다려봐, 루. 마지막에 다시 과일 맛이 강하게 난다."

"뭔가 강한데요."

"꽃향기 같기도 하고."

"향신료가 아주 살짝 들어간 것 같기도 하고요."

"바질이야."

아버지는 마치 정답을 알아차린 것처럼 말했다.

"아니에요, 베르가못이에요."

"민들레 아닐까?"

"그보다 더 깊은 맛이에요, 아버지. 당밀 맛이 나요."

"자두인가?"

"서양자두요."

"그보단 맛이 더 가벼워, 루. 딱총나무꽃 같다."

"포도예요. 포도라고요."

나는 머릿속에서 트위기 박사에게 말을 한다. 그 이유는 나도 모른다. (내 짐작에 다른 사람들이 기도하는 것과 같지 않을까.) 이런 행동이야말로 정신과 의사에게 상담받아야 하는 건데. 물론 이런 행동을 의사에게 말할 수는 없다. 적어도 몇 번 안 만난 정신과 의사에게는 할 수 없다. 트위기 박사는 아버지의 친구의 친구다. 그들은 몇 년 전 첼튼엄 예술 축제에서 같이 단상에 올랐다. 그 이유는 아무도 모르지만. 아버지와 내가 박사에게 상담을 받으러 간 이유는 그게 '우리에게 좋을 거라고' 아버지가 생각했기 때문이다. 다시 말하면 나에게 좋을 거라고 생각한 것이다. 아버지는 지적이면서도 그 분야에서 존경받는 전문가와 이야기하길 원했다.

나 혼자 트위기 박사를 보러 간 것은 한 번밖에 없다. 박사에게 묻고 싶었다. 사람들이 실제 인물보다 그 사람이라는 관념을 더 사랑하는 것은 정상인가요? 그 이유는 사람들이 자기 자식이나 부모를 이야기할 때 그렇다는 점을 내가 눈치챘기 때문이다. 사람들은 자신이 얘기하는 자식들과 부모들이 그 자리에 없을 때 더 그들에 대한 애정에 벅차 하는 것처럼 보였다. 그들을 모두 한방에 있게 하면 서로 쳐다보는 것조차 못 견뎌 할 거면서. 그게 대체 어떤 의미일까요, 박사님?

트위기 박사가 '내 상황'이란 문제를 가장 직접적으로 말했던 경우는 내가 어떤 사람이건, 어떤 일을 하건 상관없이 여전히 같은 부모의 자식으로 남아 있을 거라는 점을 지적했을(책장을 보면서) 때였다. 내가 운 좋게 부모를 충분히 알게 된다면, 이것은 내 삶에서 가장 근본적인 인간관계이자 나라는 인간을 형성하는 가장 중요하고 특별한 관계가 될 것이라고. 자식은 부모의 죽음에 영향을 받고, 거기에 관여할 가능성이 크다고 박사는 계속(이번에는 창문을 보면서) 말했다. 이 '관여'라는 것은 자식의 의무 중 하나이자 종종 주된 의무라고 했다(그는 그렇게 생각하게 됐다고 말했다). 물론 예외도 있다. 수많은 자식이 부모와 아무 관계도 맺지 않는 편을 선택했다. 시인인 오든이 뭐라고 했더라? 박사가 물었다. 부친 말로는 당신은 신예 시인이라고 하던데.

나는 '신예'라는 말을 증오한다.

"시인이자 소설가인 라킨이 그랬죠. 부모가 자식을 망친다고."

내가 말했다.

자신이 엉뚱한 시인을 예로 들었기 때문에 트위기 박사는 심기가 불편해도 어쩔 수 없이 이야기를 더 길게 해야 했다. 박사는 마침내 상당히 흥미로운 얘기를 했다. 박사는 사람들이 태어난 '연못들'(이것도 박사가 쓴 표현이다)을 말하기 시작했다. 어떤 연못에서는 순진한 아이들에게 거짓말을 주입한다고 했다. 그래서 아이들은 거짓말하는 법을 배운다고.

박사에게 그 이야기를 더 물어보고 싶었지만 그때 박사는 '선택'과 '선택의 구조'를 얘기하기 시작했다. 그는 모든 일은 항상 선택할 수 있다는 융의 견해에 동의한다고 말했다. 당연하죠, 내가 대꾸했다. 좋은 선택은 없죠. 제게 말해주실 수 있나요? 해야 할 옳은 일이란 게 없는 세상에서 해야 할 옳은 일이란 뭘까요?

나의 그 말에 박사와의 모든 대화가 닫혀버렸다. 막다른 골목에 다다른 것이다.

트위기 박사와 단둘이 한 상담에서 나는 세 가지 소득을 얻었다. 박사에게는 그런 말을 하지 않았다. 첫째, 죽음은 사랑을 강화시킨다. 무의식(이것이 끝나야 한다는 걸 아는 것)이 의식(아직 그렇게 하지 않았다는 걸 아는 것을) 먹여 살린다. 둘째, 삶이란 점점 더 늘어나는 상실의 목록을 받아들이는 것이다. 셋째, 이런 것들을 머리로는 안다고 해도 그것에 대한 감정은 도무지 바꿀 수 없다.

196

가게 해줘서 고마워

저녁 식사는 커다란 프랑스풍 창문이 열린 바로 안쪽 긴 테이블에 차려질 것이다. 창문 아래 길쭉한 길은 발목 높이의 태양열 램프들로 불을 밝혀서 마치 길을 잃은 야행성 가금들을 위한 통로처럼 보였다. 이 식당은 오래된 프랑스 성에 있는 식당이라면 흔히 기대하는 그런 아름다움을 지니고 있었다. 높은 천장, 옅은 파란색 줄무늬 벽지로 도배된 벽, 이국적인 햇살을 품어 희미하게 빛나는 어두운 색의 우아한 가구들. 또한 키가 큰 양초들과 프랑스혁명 이전에 만들어진 뒤로 한 번도 탁해진 적 없는 것같이 미색에 가까운 흰색 식탁보가 깔려 있었다.

한 소녀가 지나치게 성의 없이 음식을 차려놓고 나갔다. 열다섯 살 정도로 키가 크고 주근깨 낀 얼굴에 재빨리 형식적인 미소를 띠는 걸 보니 밖에 나가 그녀와 같이 담배 한 대 피우면서 대체 뭐가 문제인지 물어보고 싶을 지경이었다.

우리는 식탁 앞에 앉았지만 어쩐지 무턱대고 계속 샴페인을 마셔대면 안 될 것 같아서 아무도 감히 얼음 통에 들어 있는 샴페인 병을 건드리지 못했다.

베이비 모니터를 가지고 다니는 닐은 재치가 넘치는 사람인 척 떠들어대고 있었다.

"난 이게 아귀라는 소문을 들었어요. 그게 재료라고요. 난 아귀 뺨을 좋아하는데."

곧바로 전쟁이 벌어졌다. 레아는 그 소문이나 닐의 말이나 뭐든 믿지 않았으니까.

"양식한 생선이 아니어야 할 텐데."

레아가 말했다.

베스 마리가 응수했다.

"아귀를 양식할 수나 있나요? 아귀는 상어 같은 거 아니에요?"

그 말에 닐이 핸드폰을 꺼냈다.

아버지와 나는 마주 보고 앉아 있었다. 나는 세상에서 유일하게 샴페인 맛을 좋아하지 않는 사람이 나일지도 모른다는 생각을 하고 있었다.

"트위터에는 그 주제에 대해 뭐라고 나와 있나요?"

리처드 3세가 물었다. 그의 본명은 크리스토퍼 턴키인데, 그는 경기 도중 격렬한 순간에 해설자들이 그런 것처럼 반쯤 속삭이는 목소리로 말했다.

"잠깐만요. 지금 위키피디아를 검색하고 있어요."

닐이 말했다.

"그래서요?"

크리스토퍼가 재촉했다. 그는 얼음 통에서 샴페인 병을 꺼내 주위 사람들에게 권하고 있었다.

닐이 읽었다.

"아귀는 대서양 북서쪽에 있는 여러 종의 물고기를 가리키는 영국식 이름으로, 주로 앵그러피시 지너스 로피우스라고 부르며, 아, 맞네! 전자리상어속이라고 한다."

"그럴 줄 알았어. 일종의 상어라니까. 뭐 먼 친척인 셈이네."

베스 마리가 말했다.

"양식에 대해 뭐라고 나온 거 있어요?"

레나가 물었다.

"여기는 안 나와 있는데요."

"아귀 뺨만 양식하나 보죠."

내가 말했다.

아까 그 소녀가 또 다른 빵을 담은 바구니를 가지고 들어왔다. 베스 마리는 어떤 빵을 먹든 자기는 개의치 않는다고 하며 우리 중에서 가장 건전하고 무난한 사람인 척하려고 애를 썼다. 무슨 이유에선지 그녀는 실제로는 전혀 그렇지 않으면서도 원만한 사람으로 보이는데 점점 더 집착하고 있었다. 레아는 빵은 어떤 종류든 먹지 않는다고 했다. 닐은 집에 제빵기가 있었다. 크리스토퍼는 영국 식량 이사회 위원인데 최근 이사회가 의회에 빵 라벨에 좀 더 자세한 정보 표기를 요구하는 강력한 제도의 도입을 권고했다고 말했다.

"두 분은 내일 어디로 가세요?"

레아가 물었다.

더 이상 피할 수 없는 순간이 왔다.

"우린 자살하러 가요."

내가 말하자 아버지가 내 이름을 불렀다.

"루."

"죄송해요. 아버지만 하실 거고, 전 몇 달 더 살아볼 겁니다."

일단 우리가 진지한 사이(이거야말로 난감한 표현이 아닌가)가 되자 에바는 정신없이 돌아가는 내 세계에서 조용히 중심을 잡아줬다. 우리는 주로 그녀의 집에서 지냈는데 거기가 훨씬 더 좋기도 했고 에바에게는 룸메이트가 없었다. 우리는 에바의 쿠션 위에 같이 앉아서 오래되고 기묘한 리큐어들(프란젤리코, 베네딕틴)을 즉석에서 섞어 만든 끔찍한 맛의 칵테일들을 마셨다. 우리는 서로에게 상대를 만나기 전의 삶을 이야기했는데, 이제 보면 우리의 삶은 이 순간으로 이어지도록 지금까지 세심하게 연출된 것처럼 보였다. 에바의 벽난로에 있는 양초 위 그 포스터는 일종의 토템이나 불안한 영국에 대해선 전혀 모르는 좀 더 넓고 흥미진진한 세계로 들어가는 포털 같은 것이 됐다. 우리는 우리가 지금 하는 일과 미래에 뭘 하고 싶은지 이야기했다. 나는 에바에게 그녀의 할머니가 태어난 에리트레아의 수도 아스마라로 가서 사무실을 연다는 계획을 실현해보라고 격려했다. 그녀는 내게 글을 쓰라고 용기를 북돋워줬다. 난 그녀가 아스마라로 가면 나도 같이 가겠다고 말했다. 데이터베이스 매니저 자리는 버리고 갈 것이다. 나는 에바에게 같이 여행하자고 말했다. 비행기표를 사서. 그다음에.

그 말을 하고 나면 우리는 다시 아버지 이야기로 돌아왔다.

에바는 아이패드를 내려놓고 요즘 '집에서 환자를 돌보는 간병인'이 받는 충격을 주제로 한 글을 읽는 중이라고 말했다. 환자에 대한 걱정이란 걱정은 도맡아 하는 사람이 간병인이야, 루. 에바는 설명했다. 아무도 간병인보다 환자를 더 잘 간호할 수 없다. 아무도 간병인처럼 환자를 잘 알지 못하니까. 그게 문제다. 그러다 보면 환자를 이해하는 사람은 간병인 하나밖에 없다. 병세가 악화될수록 환자는 오랫동안 친밀한 관계를 쌓아온 사람에게 간호를 받고 싶어 하니까. 환자들은 자신이 눈만 깜박여도 무슨 뜻인지 아는 사람이 필요한 것이다. 간병인은 매일같이 환자가 쇠약해지는 모습을 보면서 또한 결정을 내리는 사람이 된다. 그동안 간병인은 그 병에 대해 아무것도 할 수 없기 때문에 미칠 것 같은 마음이 든다. 그러다 종내에는 죄책감만 느끼게 되는데…. 결국엔 사실 환자의 죽음을 기다리고 있기 때문이다.

그때 에바에게 아버지가 막 디그니타스에서 날짜를 받았다고 말했다.

에바는 고개를 돌려 날 보면서 책상다리를 하고 앉았다.

"결정된 거야?"

"아버지가 끝까지 밀고 나가시길 원한다면 그래. 다만… 아버지가 좀 이상하게 나오셔."

"뭐라고 하시는데?"

"음, 아버지가 내게 이러셨어. '가게 해줘서 고마워.' 내 짐작엔 셰익스피어에서 나온 대사 같아. 나도 잘 모르겠어. 내 말은… 아버지는 그게 아주 좋은 거라고 하시더라. 그게 '당첨이 확실한 티켓'이라고 하시는 거야."

에바가 눈을 동그랗게 떴다.

"아버지는 자신에게 또 다른 선택권이 있다는 걸 알게 돼서 안심이 된다는 거야. 디그니타스가 희망처럼 느껴진다는 거지. 마치 아버지가 다시 자신의 인생을 통제할 수 있는 그런 느낌인 거야. 그러다가도… 그러다가도 이상한 행동을 하셔. 나도 잘 모르겠어. 아마 형들과 관계가 있을지도 모르지."

"그게 무슨 말이야?"

나는 얼굴을 찡그렸다.

"이 일을 형들이 알게 되면 아버지를 죽이고 싶어 할 거야."

"형들이 화를 낼 거란 말이야?"

"그렇지."

"잠깐만. 뭐라고? 난 이해가 안 되는데."

"음, 그러니까. 아버지의 나쁜 면이라고 할까?"

나는 핸드폰을 내려놓고 고개를 돌려 에바를 정면으로 봤다.

"내 생각에 아버지가 젊고 형들이 어렸을 때 형들에게 아주 이기적이고 나쁜 짓을 많이 하셨던 것 같아. 거기다 확실히 형들의 엄마를 돌게 만든 아주 나쁜 짓들을 하셨지."

"형들이 자기에게 그 이야기를 했어?"

"조금은 했지. 그 얘긴 우리 집에선 일종의… 금기야. 우리 엄마 때문에."

"그렇군."

"아버지는 나를 형들과 다르게 대했어. 재혼인 데다 돈도 전보다 더 많이 벌었고. 아버지도 나이를 먹었으니까. 마치 나에게 완전히 다른 엄마와 아버지가 있는 거나 마찬가지야. 형들은 날 위해 그런 내 인생을 망치지 않으려고 노력했고. 그게 내가 형들에게는 항상 아낌없이 시간을 내는 이유 중 하나기도 하고."

"알겠어."

"형들은 이제 그 문제는 극복했어…. 사실은 그렇지 않지. 인생이 안긴 문제를 극복하는 사람이 누가 있겠어?"

그녀는 미소를 짓다 말았다.

"아버지가 디그니타스에서 날짜받은 일을 형들이 어떻게 받아들일지 모르겠어. 분명 아주 큰 충격을 받겠지. 또한… 형들은…

나도 잘 모르겠다. 형들의 마음 깊은 곳에선 사실 어떤 문제도 해결되지 않았어. 그런데 갑자기 시간표가 생겨버린 거야."

"형들은 그 시간표를 보면 다시 과거로 돌아가 그 문제를 억지로 처리해야 한다고 생각하겠지, 그렇지?"

"바로 그거야. 다시 모든 것을 아버지 방식에 맞춰야 하는 상황이 된 거지."

나는 잠시 마치 내가 낯선 사람으로서 그녀라는 존재를, 그녀의 관심을 내려다보는 것처럼 그녀를 봤다.

"문제는 형들이 무슨 말을 하고 어떤 행동을 하건 아버지의 질병은 현실이라는 점이야. 형들은 그 점을 직시해야 하고."

"자기는?"

에바는 손을 올려 내 얼굴 옆에 갖다댔다.

"아버지가 날짜를 받으신 것에 자기는 어떻게 생각하는데?"

"난 괜찮아… 자기랑 여기 같이 있으니까."

그녀는 내게 몸을 기울여 살짝 입을 맞췄다.

"난 항상 내 개구리가 데이터베이스 매니저로 변신하길 바랐어."

"이 일이 끝나면 당신 문제만 10년 동안 이야기하자. 내가 약속할게."

"그건 좀 짧은데."

저녁은 밤이 됐고 촛불은 식당 안에서 빙빙 돌면서 희미하게 빛났다. 아버지는 파도가 일렁이는 얕고 피상적이고 좁은 해협에서 그다지 궁합이 맞지 않은 손님들이 깐닥거리며 서로 충돌하는 것같이 나누는 대화를, 좀 더 흥미로운 세상이 펼쳐지면서 앞으로 망망대해가 쭉 뻗어 있고 하늘을 보고 코스를 정할 수 있는 깊은 바다로 이끌었다. 아버지는 나를 위해 그런 것이다. 아버지는 내가 미쳐가고 있거나 아니면 운전하느라 지쳐서 그런 거라고 생각했기 때문이다. 아버지가 사람들과 같이 있을 때면 활기가 생겨서 그러기도 했다. 내가 어렸을 때 늘 저녁 파티의 전반부는 엄마가 주도했고, 후반부의 주인공은 아버지였다. 아버지는 적당히 취하면 모든 짜증과 불만과 좌절감이 사라졌다. 마치 아버지의 지능이 똑바로 일어서서 숨을 쉬며 기지개를 켜는 것 같았다. 나는 이제 낯선 이들의 눈을 통해 우리가 사랑하는 사람들을 봄으로써 그들에 대해 얼마나 많이 배울 수 있는지 생각한다. 그들이 다른 사람과 얘기하는 모습을 지켜볼 때면 마치 그 사람과 처음부터 다시 사랑에 빠질 것 같은 기분이 든다. 그래서 아무도 잠자리에 들고 싶어 하지 않았다. 우리는 와인을 더 원했다. 지금 이 순간이 아주 좋았기 때문에, 지금 우리가 여기 있기 때문에, 우리 모두 이 순간에 완전히 집중해서 생생하게 살아 있으니까. 우리는 계속 더 원했다. 더 오래. 더 오래. 우리는 이 순간이 끝나길 바라지 않았다.

나는 밖의 어둠 속에 서 있었다. 지칠 대로 지쳤다. 나는 담배를 피웠다. 고요한 달이 입을 벌린 채 지구를 물끄러미 보고 있었다. 바람도 없고 한숨도 없고 속삭임도 없었다. 들판은 어둠에 깊이 잠겨 있었고 우듬지들의 어두운 형상만 보였다. 아무것도 흔들리지 않았다.

문득 나는 그 일을 할 수 없다는 걸 알았다. 그건 직감이고 영적인 깨달음이었다. 난 그냥 내가 그 일을 할 수 없다는 걸 알았다. 아버지가 죽을 장소로 아버지를 모시고 갈 수 없다.

그냥 이대로 포기할 순 없다.

그러니까 그걸로 됐어, 나는 생각했다. 난 알아. 안다고. 마침내 알게 됐어.

아버지에게 말할 것이다. 우리는 집으로 갈 것이라고.

아버지는 내게 확신하느냐고 묻겠지. 나는 확신한다고 대답할 것이다. 정말 그러니까. 그러면 아버지가 말하겠지. 좋아. 그럼 그렇게 결정한 거다. 우리는 돌아서서 집으로 갈 것이다. 아버지는 남은 시간 동안 최선을 다해 사시겠지. 아버지가 그럴 거라는 걸 난 안다. 그거야말로 우리 둘 사이에 존재하는 단 하나의 확고부동한 진실이니까. 아버지는 내가 부탁하는 건 반드시 한다는 거. 그러니까 아버지는 계속 살아갈 것이다.

나는 바짝 마른 폐로 다시 담배를 피웠다. 우리는 크리스마스까지 살아낼 것이다. 우리 둘이 함께. 아버지의 상태가 아무리 악화된다 해도.

나는 안으로 들어가서 아버지에게 우리가 집으로 갈 것이라고 말해야 한다.

아니… 내일 말할 것이다. 아침에. 오늘 밤은 맘껏 즐기시게 하자. 그 자리의 주인공으로 남아 있게 하자. 그게 아버지를 더 기분 좋게 하는 일일 테니. 아버지에겐 내일 아침에 말할 것이다. 나는 결정했다. 우린 이 일을 하지 않을 것이다. 하지 않는다. 그러자 거대한 안도감이 밀려와 다시 숨을 쉴 수 있었고 아주 오래된 별들의 자비로운 별빛 속에서 내 영혼은 위로받을 수 있었다.

*

아버지는 우리 모두에게 각자의 삶에서 나온 이야기를 하나씩 해달라고 했다. 우리가 얘기하면 아버지는 우리가 그냥 하는 말보다 더 심오한 이야기를 하는 것처럼 느끼게 만들어줬다. 아무리 서투르게 전달한 조잡한 이야기라도 그 자체를 초월해 온 세상에 울려 퍼지는 것처럼, 우리가 자신의 이야기를 해도 사실은 욕망과 사랑과 인간의 본성에 대해, 세상에서 가장 흥미로운 이야기를 하는 것처럼 느끼게 만들어줬다. 초들이 4분의 3쯤 탔을 때 우리는 아버지도 얘기를 하나 해야 한다고 말했다. 한밤중에 아버지의 목소리를 듣자 어렸을 때 침대 옆에서 책을 읽어주던 아버지의 목소리가 떠올랐다. 내 베개에 마법과 꿈들을 뿌려주던 그 목소리.

2

두 명의 승객이
오고 있었다

호수의 해방자

저 멀리서 굉장히 키가 큰 남자가 아침 햇살을 등지고 우리를 향해 나무가 죽 늘어선 길쭉한 길을 걸어오고 있었다. 나는 아버지에게 마음을 바꿨다는 걸 말할 적당한 순간을 기다리고 있었다. 그동안 우리는 모두 조용히 게스트하우스에서 먹는 아침 식사 특유의 예의를 차리면서, 은밀하게 식탐을 부리고 냅킨들과 번지르르한 싸구려 식기들과 함께 정교한 고문을 당하느라 죽을 지경이었다.

아버지만 제외하고. 아버지는 이 순간을 한껏 즐기고 있었다. 아버지는 두 번째로 먹는 크루아상에 장인이 제조한 세 종류의 잼을 바르면서 평소와 다르게 차가 아니라 커피를 주문했다. 아버지는 커피를 한 잔 더 따랐는데, 그렇다면 내가 마실 커피까지 다 마셨다는 뜻이었다.

"커피를 제대로 만드는 법을 아는 국민은 프랑스인밖에 없단다, 루."

"이탈리아인들 빼고 말이죠."

"확실히 이탈리아인들 빼고 그렇지."

"거기다 남유럽 사람들도 다 빼야죠."

아버지는 가장 어두운 색의 잼을 떠서 한 입 베어 먹고 남은 건 원뿔 모양의 빵 속에 넣었다. 나는 아버지와 같이 여행 갔다가 이렇게 심한 숙취를 겪은 때가 언제인지 생각도 나지 않았다. 이런 공동체에서 지내서 이것이 크고 두꺼운 일식이나 월식처럼 현실을 가려주는 방식이 조금 마음에 들었다.

식당은 어제 저녁 식사한 후로 가구들이 다시 배치돼 있었다. 긴 테이블 대신 프랑스풍 창문 주위로 반원 모양의 테이블이 각각 떨어져 있었다. 아버지와 나는 한쪽 끝에서 먹었고, 베스 마리와 닐이 그 맞은편에 앉았는데 닐이 분주하게 아내의 모습을 사진 찍는 동안 베스는 아이에게 전투적으로 젖을 먹이고 있었다.

크리스토퍼와 레아의 자리는 한가운데였는데 둘 다 식당으로 들어오는 햇볕을 마음껏 쬘 수 있게 나란히 앉아 있었다. 반원 모양의 자리 한가운데 또 다른 테이블이 놓여 있었고, 그 위 파티오 문 바로 앞에 뷔페식 아침 식사가 차려져 있었다. 일종의 중앙에 놓는 장식품이거나 도전이거나 질책인 것처럼 얼음통에 샴페인 병 하나가 삐딱하게 놓여 있었다. 아무도 그 샴페인을 어찌 해야 할지 몰랐다. 나는 거기 가서 코르크를 따고, 몇 모금 벌컥벌컥 마신 후에 마치 몬테카를로 그랑프리에서 우승한 것처럼 사람들에게 뿌릴까 생각했다.

식당에 기묘한 분위기가 감돌았다. 마치 어젯밤 대화에서 너무 자신을 드러내 고통스러운 나머지 우리 모두는 절대 친구가 아니라는 걸 알리고 싶어 하는 것 같았다. 랄프 형이, 좀 친해진 후에 다시 자신으로 도망치고 싶어 하는 국민은 영국인밖에 없다는 말을 했다.

"오늘 밤은 어디로 가는 거냐, 루?"

"제가 다 적어놨어요."

"종이에?"

"제 핸드폰에요."

그건 적어놓은 게 아니라는 것처럼 아버지는 잠시 입을 다물었다. 나는 계속 핸드폰 화면을 스크롤했다.

"내가 무슨 생각하는지 아니, 루? 오늘 밤엔 캠핑을 하는 게 좋을 것 같다."

나는 고개를 들어 아버지를 봤다.

"캠핑장에 밴을 갖다 놓고 거기서 캠핑을 하자고요?"

아버지는 거기 말고 어디겠냐는 표정으로 날 마주 봤다.

"전에 우리가 했던 식으로 말이다."

우리에게 과거 시제는 절대 금기다.

"내 말은 항상 하던 식으로."

레아가 저지방 요거트와 정수기 물을 달라고 하는 소리가 들렸다. 크리스토퍼는 탄수화물에 대한 얘기를 하고 있었다. 닐과 베스 마리는 '그들의 장남'이 모험을 즐기는 천성 때문에 씽씽카를 타러 나갔고, 머리가 좋아서 차기 대통령이 될 가능성도 있지만 나이가 두 살밖에 안 됐다는 이야기를 하고 있었다.

"어떻게 생각하니?"

아버지가 물었다. 나는 핸드폰을 내려놓고 식탁에 두 손을 댔다. 아버지가 좀 더 부드러운 목소리로 덧붙였다.

"너 괜찮니, 루?"

아버지가 여행 일정을 바꾼 것 때문에 내가 기분이 상했다고 아버지가 생각하다니 믿을 수 없다. 난 그 말을 해야 했지만 대신 아무 이유도 없이 아버지가 즐겨 하는 표현을 썼다.

"평범함의 승리네요, 아버지. 허풍선이에 대한 옹호. 요란스런 삼류의 귀환."

아버지가 내 말에 미소 지으면서 한 손으로 테이블을 움켜쥐고 다른 손으로 마치 자유의 홀을 드는 것처럼 크루아상을 치켜들었다. 레아와 크리스토퍼가 이야기를 멈춘 걸 알 수 있었다. 어젯밤 이후 어쨌든 모두 우리가 미쳤다고 생각하고 있었다. 아버지는 개의치 않았다. 아버지는 테이블을 잡았던 손을 놓고 남은 손을 테이블 너머로 뻗어서 적어도 지난 15년간 하지 않은 동작을 했다. 아버지는 큰 손바닥을 좍 펼쳐서 내 정수리에 놓고 내 머리를 헝클어놨다.

"이게 샴페인 숙취에서 나온 말이라면 너랑은 위스키는 마시지 말아야겠다."

아버지가 몸을 기울여 팔을 뻗기 위해 얼마나 많은 힘과 노력을 들이고 있는지 느낄 수 있었다. 거기다 아버지는 육체적으로나 감정적으로나 인지적으로나 온통 느슨하고 둔하고 불안정해져 있었다.

전에 런던 거리에서 대낮에 여우 한 마리를 본 기억이 났다. 그 여우는 몸이 살짝 기울어진 상태로 날 향해 걸어오고 있었다. 여우는 날 피해 도망가거나 숨지 않았고, 나는 이게 대체 무슨 상황인지 알 수 없었다. 나는 그 여우가 공격적이거나 대낮의 도시에 적응한 새로운 종의 여우일지도 모른다는 생각을 했다. 가까이 왔을 때 여우가 정말 약하고 병에 걸려서 잘 걸을 수도 없는 데다 겁에 질려 죽어가고 있으며 혼란스럽고 방향 감각을 잃었지만 자신이 여기 있어선 안 된다는 걸 알고 있다는 걸 느낄 수 있었다. 그렇지만 여우는 거기에 있었고, 오른쪽으로 살짝 기울어진 자세로 걷고 있었는데 내 옆을 지나칠 때 미소 같은 것을 지었다고 맹세라도 할 수 있었다. 여우는 두려움에 질려 미친 것처럼 미소를 지었다. 나는 그 여우가 너무 무서워서 그걸 피해 길을 건넜다. 여우에겐 몇 시간밖에 남지 않았다는 걸 알 수 있었다. 그 여우의 얼굴은 죽음의 얼굴이었으니까.

아버지는 손을 거뒀고 이제 우리는 벼랑의 가장자리에 서 있었다. 우리가 떨어진다면 끝도 없이 영원히 떨어질 것이다.

아버지는 아직 총기를 잃지 않았다. 아버지는 다시 자리에 앉았고 그 자유의 홀은 다시 크루아상이 됐으니까.

"이 크루아상이 끝내준다는 말은 꼭 해야겠구나, 루. 이보다 더 나은 크루아상은 먹어본 기억이 없다."

"그건 치매가 시작돼서 그런 거예요, 아버지."

"너도 먹어라. 남는 게 있으면 밴으로 가져가자."

"다음번 숙소 예약은 취소할게요."

"위약금을 물어야 하니?"

"그게 정말 중요해요?"

아버지는 눈을 깜박인 후에 한쪽으로 처지고 침이 흐르는 미소를 지어 보였고 우리는 박격포를 맞아 너덜너덜해진 마음의 폐허 속에서 서로를 마주 봤다. 우리는 무심한 잔혹 행위 속에서 농담을 주고받는 두 명의 반군 전사였다.

"내가 아주 근사한 야영지를 알고 있지. 벨포르 근처 숲속에 있어. 바젤과 국경 사이에서 80킬로미터 거리밖에 안 돼. 우린 거기 가본 적이 있단다. 강 옆에 있지. 어차피 우리가 가는 길에 있어. 네 핸드폰으로 주소를 찾아볼 수 있어. 내비게이션에 입력해봐."

아버지는 크루아상을 내려놓고, 냅킨을 집으면서, 천천히 하지만 상체 전체를 움직여서 고개를 끄덕이기 시작했다.

나는 아무래도 이 숙취 때문에 내가 눈물을 흘릴 것 같아서 커피를 가지러 갔다가 돌아와 그냥 말해버리는 게 좋을 것 같다는 생각을 하고 있었다. 그냥 말해버려, 루. 더 이상 못하겠다고.

그냥 말하란 말이야. 그만 집에 가자고.

"아버지—"

갑자기 그때 프랑스풍 창문이 활짝 열렸다. 그 키가 큰 남자가 햇살을 등에 진 채 거기 서 있었다.

그는 전혀 키다리가 아니었다. 더 정확히 말하면 그는 어깨에 한 아이를 올려놓고 한 손에 씽씽카를 쥐고 있었다. 그의 옷에서 물이 뚝뚝 떨어졌고 부츠와 옅은 색 바지는 진흙투성이였다. 그는 철사처럼 말랐고 중간 정도 길이의 풍성한 적갈색 머리에 이마에는 V자형 머리선이 있었다. 그는 전시에 격추당해 습지대에 추락했지만 집까지 즐겁게 걸어온 항공병 같은 태도를 보였다.

그는 식당 안으로 들어오지 않고 창문 앞에 반원 모양으로 모여 아침을 먹고 있는 우리에게 인사했다.

"신사 숙녀 여러분, 제가 어린 펠릭스를 소개하겠습니다. 펠릭스는 평생 감탄할 만한 확신을 가지고 씽씽카를 타왔지만 예기치 못했던 위기의 희생자가 됐습니다. 펠릭스의 무릎을 봐주세요."

그는 남은 손으로 대롱거리는 아이의 다리를 들어 올렸다. 그가 입은 얇은 여름용 스포츠 재킷(진흙이 튀겨 더러운) 속 흰색 티셔츠의 가슴 부분에 아이가 흘린 피가 묻어 진한 얼룩이 져 있었다. 그 사내와 마찬가지로 흠뻑 젖어 있던 아이는 기꺼이 그 미치광이 남자의 어깨에 앉아 환하게 미소 짓고 있었다.

베스 마리가 벌떡 일어서자 화가 난 젖먹이는 아직도 그녀의 풍만한 젖가슴에 찰싹 달라붙어 있었다.

그 남자는 좌우로 몸을 조금씩 돌렸다.

"무릎과 왼손이 조금 까진 걸 제외하면 펠릭스는 달리 다친 데는 없어 보이지만 이제 엄마와 좋은 시간을 보내고 싶다고 의사를 밝혔는데… 부인, 당신이 펠릭스의 어머니로 추정됩니다만."

"오 마이 갓… 펠릭스!"

그 남자는 씽씽카를 내려놓고 씩 웃는 아이를 어깨에서 들어서 조심스럽게 바닥에 내려놨다. 허리를 숙여서 꼬마에게 주먹을 내밀었다. 아이도 거기에 화답해 주먹을 갖다 대서 둘은 함께 주먹을 살짝 쳤다. 둘만 아는 아주 재미있으면서 달콤하고 은밀한 뭔가가 그들 사이를 지나갔다. 그다음에 그 남자는 입술에서 핏기가 가신 베스 마리 쪽으로 아이를 부드럽게 보냈다. 베스 마리는 무릎을 꿇고 아이를 맞았고, 갓난아기는 아까와 똑같은 자세로 그러나 엄마의 관심을 갈구하며 좀 더 세게 젖을 빨고 있었다.

"펠릭스. 엄마 없이 그렇게 멀리 가면 안 되잖아!"

그녀가 아이를 꾸짖었다.

그 남자가 일어서자 그가 부린 마법이 허공으로 흩어져버렸다.

"안녕, 루. 안녕, 아버지. 얼굴이 좋아 보이시네요. 지금 이 상황을 고려하면 말이죠. 전 좋아요. 물어봐주셔서 감사해요. 비록 제 짐은 오스헤르슬레벤에 붙들려 있지만. 유감스럽게도 제 짐과 이별하는 사태가 벌어져서 말이죠. 진흙과 아이 피에 범벅인 꼬락서니라 짜증스럽지만 이 모든 일이 아주 유쾌해 보이는군요. 그런데 왜 아무도 저 샴페인 병을 안 땄죠?"

베스 마리는 가슴에 매달려 있던 갓난아기를 떼서 닐에게 건넸다. 닐은 서둘러 들고 있던 핸드폰을 내려놨다. 밖으로 드러난 그녀의 젖가슴은 다시 옷 속으로 들어갔고 펠릭스는 좀 전에 동생이 막 자리를 비운 그 가슴에 매달렸다.

곧바로 갓난아기가 칭얼거리기 시작했다. 닐은 어찌할 바를 몰라서 문을 향해 물러나 경험상 이런 자리는 피하는 게 최선이란 점을 말없이 표현했다.

"펠릭스에게 일어난 일을 실제로 봤어요?"

베스 마리는 호들갑을 떨면서 캐물었다. 랄프 형은 허리를 굽혀 절을 했다.

"전부 다 목격했습니다, 부인. 이곳으로 걸어서 들어오면서 말이죠."

그녀는 물 잔에 냅킨을 살짝 담갔다가 펠릭스의 무릎을 닦았다. 그녀는 랄프 형이 멋지게 해놓은 일을 뒤집어버려서 이제 흥분한 마음이 진정된 아이가 뒤늦게 눈물을 흘리는 바람에 실내 분위기는 갑갑하고 어색해졌다. 아이가 가여워졌다.

"아이가 어디에 떨어졌어요? 어디요?"

"호수예요."

랄프 형이 엄지를 자신의 어깨 너머로 넘겨 창문 밖에 있는 길을 가리켰다. 형은 창문 너머로 고개를 쑥 들이밀고 얼음 통 속에 있는 샴페인의 라벨을 읽으려고 애쓰느라 그녀의 말을 건성으로 듣고 있었다.

"드미 섹이라."*

형은 문지방 너머에서 혼잣말로 중얼거리며 옷에 묻은 물방울을 대충 털어내기 시작했다.

"여기에 호수가 있어요?"

랄프 형은 조금 늦게 자신의 실수를 알아차렸다.

"왜 여기에 호수가 있다고 아무도 말을 안 해줬죠?"

모두 반신반의한 상태로 아무 말도 하지 않았다. 펠릭스는 엄마의 격노를 정당화하려는 듯 더 가열 차게 울기 시작했다.

"비탈길 옆에 돌아가면 있어요. 별로 크진 않아요."

아버지가 부드럽게 말했다.

레아가 말했다.

"1층에서 호수를 볼 수 있어요. 당신이 큰 방에서 묵었다면 말이죠."

"인공 호수 같던데."

크리스토퍼가 덧붙였는데 아내가 한 말의 효과를 축소시키

* '포도주가 단맛이 없는 편'이라는 뜻의 프랑스어.

면서 동시에 강조하기도 하는 말이었다.

"흠, 무슨 일이 일어난 거죠? 난 정확히 알고 싶어요. 내가—"

베스 마리가 다시 추궁했다.

"그 길 끝에 내려가는 계단이 하나 있는데… 그러니까 미니 호수로 가는 길 끝에 말이죠."

랄프 형은 아이의 눈을 마주 보고 기운을 북돋워주려고 하면서 말했다.

"우리의 모험을 사랑하는 영웅이 호수에 곤두박질해서 물속에 처박히는 운명을 만난 게 분명해요. 하지만—"

"맙소사. 하느님 맙소사."

"—내가 즉시 들어갔어요. 곧바로 아이를 쫓아 호수로 들어갔죠. 난 해마가 됐어요. 그다음엔 육지로 나와 말이 됐죠. 펠릭스는 날 타고 여기까지 왔어요. 당신도 보다시피 다 잘됐고."

랄프 형이 단언했다.

베스 마리는 갓난아기가 날카롭게 우는 소리와 펠릭스의 흐느껴 우는 소리에 맞서 언성을 높였다.

"아이가 호수로 떨어졌다고요?"

"허리까지 오는 깊이였어요, 부인. 허리까지밖에 안 왔다고요. 나는 무릎 높이고. 아이는 허리고."

랄프 형도 언성을 높였다.

"한 번도 수영을 배워본 적이 없는 술 취한 난쟁이나 거기 빠져죽을 위험이 있는 거죠."

베스 마리는 형이 하는 말을 듣고 있지 않았다.

"오 마이 갓. 펠릭스. 넌 좀 더 조심했어야지. 오 마이 갓. 오 마이 갓. 닐, 닐! 이건 용납할 수 없는 일이야."

펠릭스는 이제 경기를 일으킨 것처럼 목 놓아 비참하게 울고 있었다. 닐은 광견병에 걸린 몽구스와 어쩔 수 없이 회전식 건조기를 공유해야 하는 것처럼 갓난아기와 씨름을 하면서 한쪽 구석에서 이 광경을 노려보고 있었다.

베스 마리는 그 난장판에서 목청껏 소리쳤다.

"가서 매니저 좀 데려올 수 없어?"

"알았어! 가고 있다고! 가고 있어!"

닐도 소리쳤다.

그때 마법 같은 일이 일어나는 바람에 닐은 방을 나가지 않았다. 부츠는 진흙투성이에 온몸에서 물이 뚝뚝 떨어지는, 호수에서 온 미친 남자가 문 안으로 들어와 베스 마리 옆에 있는 텅 빈 의자로 손을 뻗었다. 그는 거기서 작은 강아지만 한 크기의 사랑스러워서 꼭 껴안고 싶은 파란색 장난감 말 인형을 집어 들었다. 다시 실내 한가운데 있는 테이블 뒤로 돌아와 문간을 배경으로 서서 아이들이 날카롭게 울부짖는 소리와 격노한 베스 마리의 고함 소리에 맞서 크게 헛기침해서 목청을 가다듬었다. 그러고 잠시 조용히 서 있었다. 불가사의할 정도로 조용히. 그다음에 뭔가가 서서히 시작됐다가 사라지면서⋯.

아이들이 머뭇머뭇 울음을 멈췄다.

갑자기 우리 모두 그 장난감 말 인형이 잠에서 깨기라도 한 것처럼 그 인형을 빤히 보고 있었다. 우리는 그것이 천천히 주위를 돌아보는 것을 지켜봤다. 아이들의 울음소리가 뚝 그쳤다. 그 장난감 말은 크루아상 무더기, 나이프와 포크와 스푼들을 보고, 과일과 화분들, 넓적한 오믈렛 접시를 찬찬히 살펴보고, 여기서 멈췄다가 저기서 우리를 손짓으로 부르면서 미소를 지었는데, 깨어나서 기쁜 것 같았다.

우리는 거기에 온전히 집중했다. 방에 그것 말고 다른 건 없었다. 인형을 조종하는 사람은 사라졌다. 우리는 오로지 그 말에만 감정을 이입했다. 말은 느리게 달리다가 춤을 췄다. 부드러운 멜로디가 흥얼흥얼 흘러나오고 있었다. 이 말은 우리를 매료시키기 위해 그렇게 움직이는 게 아니었다. 생생하게 살아 움직이는 말의 모든 동작은 마치 전 생애 내내 바로 이 순간 이렇게 공연하고, 우리에게 다가오고, 자신의 존재를 선언하기 위해 기다려온 것처럼 보였다. 아, 우리는 말이 어떤 이야기를 들려줄지 몰랐을까?

말은 꽤 자연스럽게 앞으로 나와서 아주 달콤한 테너 목소리로 노래를 부르기 시작했다.

"난 외로운 말이랍니다, 부인. 난 나의 어린 친구 펠릭스를 구하기 위해 호수로 뛰어들었죠. 펠릭스가 저지른 큰 실수로부터 그를 구하기 위해서요, 선생님."

이것은 내가 어렸을 때 랄프 형이 날 위해 해준 놀이다. 형은 즉석에서 엉망진창이지만 그래도 여전히 근사한 노래들을 지어 부르며 마음을 온통 사로잡는 작은 쇼들을 날 위해 해줬다. 말은 잠시 멈춰 서 청중을 둘러봤는데, 그 표정은 세상에 슬픔과 위험도 있지만 희망이 없는 건 아니라고 말하는 것처럼 보였다.

"펠릭스의 작은 손이 아야, 부인, 펠릭스의 작은 무릎이 긁혔답니다. 펠릭스는 용감하게 내게 올라탔어요, 선생님. 그렇게 우리는 도망쳤지요."

말은 이제 무대 한가운데 섰다. 지금이 바로 그의 순간이었다. 말은 앞다리 하나를 위로 올렸다.

"우리 뒤에, 천 명의 도깨비들이 고린내가 나는 발로 쫓아왔지만… 부인."

말은 수많은 시련과 운명과 극복을 노래했다.

"…고민 많은 크고 뚱뚱한 트롤이 손가락으로 코를 쑤시고 있었고요, 선생님."

말은 다그닥 다그닥 전속력으로 달렸다.

"도랑에는 마녀들이 있었어요, 부인, 숲속에는 마귀들이 있었죠. 악동 펠릭스는 눈 하나 깜짝 안 했답니다, 선생님."

말은 뒤로 물러났다 앞으로 갔다가, 뒤로 갔다가 앞으로 나오기도 했다. 스푼은 긴 창이 되고, 토스트를 세워놓는 기구는 창 시합의 투기장이 됐다.

"펠릭스는 젖은 것도 상관하지 않았어요. 친구들, 추운 것도 상관하지 않았어요. 펠릭스는 모든 바보와 싸워 이겼지요. 말을 타고 재빨리 떠났답니다. 괴물들과 발 냄새 나는 도깨비들은 절대 이길 수 없었어요. 악동 펠릭스는 프랑스에서 가장 멋진 소년이니까요."

말은 허리를 숙여 절을 하고 앞다리를 들어 올리며 섰다가 다시 허리를 숙여 절을 하고 펠릭스를 향해 달려왔다. 펠릭스는 말을 잡았다. 바로 그 순간, 마법처럼 랄프 형이 나타났다.

레아가 박수를 치면서 와 하고 함성을 질렀다. 크리스토퍼도 마찬가지였다. 나는 아버지와 눈을 마주쳤다. 모두 미소를 짓고 있었다. 펠릭스는 그 말을 꽉 잡았고 오직 아이만 알 수 있는 그런 기쁨이 온 얼굴에 퍼졌다. 그것이 랄프 형이 내게 준 선물이었다는 걸 나는 기억해냈다.

"맙소사."

베스 마리는 다시 말했다. 그때 마치 형을 처음 본 것처럼 말했다.

"당신은 물에 흠뻑 젖었네요."

"부인, 호수는 축축한 곳이랍니다."

"여벌 옷이 있나요?"

형은 얼굴을 찡그렸다.

"오스헤르슬레벤에 있죠."

"제 남편 옷을 빌려드릴까요?"

"아주 친절하시군요. 그래 주시면 영광이죠."

"닐, 자기 남는 셔츠랑 바지 있어?"

"서두를 거 없어요, 닐. 서두르지 말아요. 난 이제 아침을 좀 먹어야겠어요. 제 여행도 만만치 않게 유별난 문제가 많았답니다. 기차의 접이식 침대며, 택시들도 그렇고. 자금도 충분하지 않았죠."

닐이 드디어 자신의 목소리를 다시 찾아냈다.

"그거 다시 해줄 수 있어요? 촬영하고 싶은데."

"안 됩니다, 닐. 안타깝게도 그건 다시 할 수 없답니다."

랄프 형은 샴페인 병을 들어 올렸다. 얼음이 녹으면서 병에서 물이 뚝뚝 떨어졌다. 형은 엉망이 된 재킷 안주머니에서 담배를 한 개비 꺼냈다.

"루, 아버지, 전 여기 테라스에서 아침 식사를 할까 봐요. 지금 흙투성이라서. 옷이 조금 더 마를 때까지 저기 있을게요. 다행히 여기는 해가 떴네. 너 크루아상 내가 먹어도 돼, 루? 잔이나 그릇 같은 것 좀 갖다 줄 수 있어? 드미섹의 세계를 탐험해보고 싶은데 말이야."

내 마음이 가벼워졌다.

"이 사람이 제 형이랍니다."

내가 말했다.

톨스토이의 말이 맞는지 틀린지 나는 잘 모르겠다. 모든 가정은 행복하든 슬프든 상관없이 아주 많은 암흑 물질을 숨기고 있다. 세상에 알려진 물리학과 화학보다 더 큰 물질, 가족들을 뭉치게 하거나 아니면 서로 밀어내게 하는 어두운 에너지를 만드는 물질, 보이지도 않고 알 수도 없어서 우리가 서로를 이해하고 느끼고 발견하는 것들의 의미를 알기 위해 방정식으로 써야 하는 물질 말이다. 이 암흑 물질이 뭔지, 어떻게 그렇게 어두운 에너지를 많이 만들어내는지 누가 알겠는가? 아마 다 같이 사는 것과 관계가 있을 거라고 나는 짐작한다. 매일 아침 한집에서 일어나고, 매일 밤 한집에서 잠자리에 들고, 화장실을 같이 쓰고, 실수로 남의 칫솔로 이를 닦고, 느닷없이 계단에서 벌거 벗은 상태로 마주치고, 어느 특정한 파이프에서 흘러내리는 물의 조금은 다른 소리를 듣고, 서둘러 아침을 먹어 치우고, 힘들게 저녁을 먹고, 매일매일 나오는 음식을 좋아하거나 싫어하고, 오븐 문짝이 홱 열리고, 냉장고 문이 쾅 닫히는 소리가 나고, 복도에는 아무도 안 가져가는 상자가 놓여 있고, 모두 아무 말도 하지 않는 냉랭한 분위기가 흐르고, 은밀하게 협상하고, 주기적으로 불안이 찾아오고, 이 모든 문제를 해결해야 하고, 모든 문제가 해결되지 않은 채 미뤄지고 무시하고 졸라대고, 끝도 없는 돈 걱정이 계속되고, 무수한 성공과 실패, 햇빛이 모두 기억하는 것보다 조금 더 오래 머무는 여름밤들, 모든 것이 조금씩 웅크리거나 물러나는 것처럼 느껴지는 어두운 1월의 추위, 싸움들, 격노들, 불화들, 식구들이 한 모든 말, 하지 않은 모든 말, 말하지 못한 모든 것, 사랑에 대한 은밀한 이해. 같이 산다는 건 이 모든 것을 아우르는 것이다.

　내가 알고 싶은 건 가족으로서 행동하는 최선의 방식은 무엇이냐는 것이다. 암흑 물질을 밝은 빛이 비치는 곳으로 끌어내는 거? 솔직해지기? 나는 '솔직'이라는 말이 흐려지거나 다른 곳으로 옮겨가거나 어딘가에서 떠돌고 있다는 느낌이 든다. 아니면 솔직하다는 말의 의미는 흘수선 밑 어딘가에 숨겨진 이기심이란 밀수품인지도 모르겠다. 아니면 그 말은 이제 우리에게서 지난 세기의 오래된 관념처럼 안갯속으로 사라지고 있을지도 모른다. 솔직하다는 말은 사랑한다는 말과 불화하지 않나? 사랑하려면 필연적으로 일종의 망상에 빠진 상태여야 하지 않을까? 결국 사랑할 수 없는 괴물만이 아이에게 세상의 진실을 말해주지 않을까?

톨게이트

"그래서."

랄프 형은 지금까지 힘들게 한 여행을 몽땅 요약하기라도 할 것처럼 말했다.

"이 여행의 좋은 점은 내가 담배를 피워도 아무도 반대할 수 없다는 거야. 내 말은 아버지는 금방이라도 돌아가실 거잖아요. 그러니까 간접흡연을 걱정하진 않으실 거고. 루, 너는 어쨌든 몰래 담배를 피우잖아. 아버지에게는 말 안 했을 거라고 짐작하지만. 네가 감춘다고 해봤자 다 들통나겠지만 말이야."

나는 아버지를 흘끗 봤다. 아버지는 베개에 기댄 채 여름휴가에 맞춰 새로 사 입은 노란색 고무줄 바지 위에 지도를 펼쳐놓고 있었다. 거기다 한 치의 거리낌도 없이 하늘색 플리스 재킷을 받쳐 입었다. 아버지는 행복하면서도(달리 표현할 말이 없다) 유감스런 표정을 지으며 마치 랄프라는 라디오방송을 들으려면 다시 주파수를 맞춰야겠다고 말하려는 것처럼 고개를 천천히 젓고 있었다. 백미러로 랄프 형이 일어섰다가 넘어질 뻔하면서 발작을 일으킨 사람처럼 스토브를 껴안는 모습을 볼 수 있었다.

"루가 그 말 했어요, 아버지?"

랄프가 큰 소리로 물었다.

"루는 아무 말도 안 했다."

"흠, 루는 하루에 담배를 열 개비씩 피운다고요, 아버지. 장담하는데 루는 재수 없이 사무실 안을 으스대고 걸어 다니면서, 바지는 엉덩이가 다 보이게 골반에 걸쳐놓고, 좋아하는 사람들에게 담배 연기를 마구 뿜어댈걸요. 물론 루가 좋아하는 사람도 많진 않겠지만, 안 그래, 루? 데이터베이스를 관리하는 곳에 뭐 그리 좋아할 사람이 많겠어."

랄프 형이 천천히 아주 오랫동안 성냥을 긁어서 켜는 소리가 났다. 성냥을 찾아낸 것이다.

"걱정하지 마. 지금 창문을 여는 중이니까."

형은 창문 걸쇠를 여는 데 성공한 후 아버지와 나 사이에 앞쪽 창문을 내다볼 수 있는 긴 좌석의 한가운데 앉았다.

나는 춤을 추며 돌아다니는 말파리들을 나가게 하려고 내가 있는 쪽 창문을 감아서 조금 더 내렸다. 우리는 좀 있다 바게트, 연성 치즈, 잘 익은 토마토와 전에는 감히 쳐다보지도 못했던 종류의 와인을 사기로 했다. 예전처럼 야영을 하기 위해 이런 샴페인 성과는 그만 작별하기로 했다. 우리는 화창한 날씨, 언덕 위 아래로 줄줄이 오르락내리락 서 있는 포도나무들, 근처에 있는 파란색 덧문이 달린 옅은 황토색 집들, 선택의 여지가 없는 것처럼 '모든 방향'을 알려주는 하얀 화살표 모양의 표지판이 있는 프랑스가 건 마법에 걸린 건지도 모른다. 그리고 랄프 형이 있다. 형이 여기에 있다는 사실, 그 사실이 주는 놀라움과 기쁨과 신선한 공기가 밴 안에 감돌고 있다. 아버지가 세상에서 가장 큰 즐거움은 한동안 떨어져 있던 사랑하는 사람과 다시 만나는 것이라고 했는데, 랄프 형과 다시 만나자 그런 즐거움을 느꼈다.

"내 옆에 앉을 수 없어? 매번 백미러로 형을 봐야 한다니 우울하잖아."

"싫어. 난 여기 앉아서 내 휴가를 즐길 거야. 단 한순간도 놓치기 싫어."

형은 자기가 신고 온 부츠와 재킷에다 닐에게서 빌린 옅은 회색 추리닝 바지와 '아빠 탁아소'라고 적힌 아주 보기 흉한 초록색 티셔츠를 입고 있었다. 성에서 가져온 게 분명한 작은 컵 받침을 들고 거기다 조심스럽게 담뱃재를 떨고 있었다.

"편안함은 원수다, 루. 그렇지 않아요, 아버지? 아니면 죽음이 원수인가? 잊어버렸네. 그 말을 누가 했죠?"

형은 아버지에게는 절대 인정하지 않지만 그래도 여전히 아버지가 모든 답을 다 알고 있을 거라고 기대한다. 그러면서도 동시에 아버지의 박학다식한 면을 아버지에게 반항하는 쪽으로 이용하는 경향이 있다. 랄프 형이 아버지의 아주 쇠약해진 모습을 직접 보고 허를 찔렸다 해도 그런 기색을 잘 감추고 있었다. 아니면 이런 말은 형 나름의 방식으로 아버지를 기쁘게 하려는 것인지도 모른다. 나는 또다시 백미러로 잠시 형의 눈을 빤히 바라봤다. 형의 눈은 생각에 잠겨 있었고, 아직 결단을 내리지 못한 데다 목소리에 묻어나는 장난기와는 모순된 표정이었다.

"고린도전서에 나온 말이지."

아버지는 반쯤 부러진 창문 손잡이를 미친 듯이 감으면서 말했다. 손잡이는 제자리에서 빙빙 돌 때도 있고 가끔은 내려가기도 한다.

"맨 나중에 멸망받을 원수는 사망이니라."

"아, 사도바울이었지. 깜박했네. 역사상 가장 환영받지 못한 편지였죠."

형이 담배 연기를 내뿜으며 말했다.

"그다음엔 존 던이 위대한 글에서 썼던 말이기도 하지."

아버지가 말했다.

"위대한 게 뭐죠?"

내가 물었다.

"거룩한 소네트 말이다."

나는 이 두 사람과 있을 때는 이런 식으로 이야기가 흘러간다는 점을 잊어버렸다. 우리 셋만 이렇게 있어본 지도 참 오랜만이었다.

"있죠⋯."

형이 마치 내 마음을 실시간으로 읽는 것처럼 이야기를 시작했다.

"이렇게 오랜만에 두 사람을 보니 아주 좋은데요."

아버지는 창문을 끝까지 내렸다. 시골길이 끝났다. 나는 답을 알고 있지만 그냥 아버지에게 대답할 즐거움을 주기 위해 물어봤다.

"여기서 어느 길로 가야 해요, 아버지?"

"남쪽이지. 남쪽으로 갔다가 살짝 동쪽으로 틀어야지."

랄프 형이 다시 몸을 앞으로 기울이면서 말했다.

"내비게이션에선 왼쪽으로 가라고 나오는데요. 지도로 확인해보고 싶으세요, 아버지?"

"이미 봤다."

아버지는 마치 입으로 와인을 맛보는 것과 같은 방식으로 페로 공기를 맛보고 있는 것처럼 열어놓은 창문으로 흘러들어오는 신선한 공기를 마시고 있었다. 그리고 표지판을 가리켰다.

"왼쪽이야. 메피피-타후르, 쉬프 그다음엔 부지라고 나왔어. 부지로 가자."

나는 밴을 부드럽게 운전해서 간선도로로 이동했다. 나는 운전을 좋아한다. 우리 가족이 막내에게 이런 영예를 줘서 좋다. 한 사람은 운전할 수 없고 다른 하나는 이미 과음을 하긴 했지만 그래도 좋다.

"기분은 어떠니, 루?"

"좋아."

"여자 친구는 생겼어?"

"대체 무슨 빌어먹을?"

형이 피식 웃었다.

"욕하지 마라, 루."

아버지가 한숨을 쉬었다.

"제발 여자 친구가 생겼다고 말해줘, 루. 사람들은 전 세계에서 절박하게 사랑을 나눌 필요가 있어. 아니면 난 불안해지기 시작할 거야. 마치 상대 팀이 이기고 있는 것 같은 기분이 들 거란 말이야."

"난 잘 있어."

"넌 잘 있다고?"

"E50이 A4 도로와 같은 도로인가요, 아버지?"

"그래. 부지. 부지만 계속 타고 가."

"부지로 가란 말이죠."

"그러지 말고, 루."

형은 몸을 앞으로 기울여 내 옆구리를 토닥거렸다.

"요즘 어떻게 지내냐니까? 그 얘기를 좀 진지하게 해보자. 너의 안부를 듣고 싶어. 어떻게 지내? 너의 지겨운 미덕 얘기는 빼주고. 얘기 좀 해보라니까. 난 내가 지겨워 미치겠어."

나는 형을 힐끗 돌아봤다.

"이 상황을 빼고?"

"이 상황을 빼고. 네가 좋다면 포함해도 상관없고."

형은 내게 윙크했다.

"난 잘 살고 있다니까."

"넌 잘 살고 있어? 그게 다야?"

형은 새 성냥을 켰다.

"완전 잘 살고 있어."

"그래 보이지 않는데."

"랄프 형, 진심으로 말하는데. 꺼져."

"아, 아아. 이젠 '꺼지란' 말이지?"

난 보지 않아도 형이 싱글거리는 걸 알 수 있었다.

"믿을 수 없네. 지난 반년 동안 넌 내게 '제발 비행기 타고 런던으로 와, 파리로 와, 프랑크푸르트로 와, 취리히로 와' 이 말만 하고 아무 말도 하지 않았잖아. 아, 아, 아, 아버지가 이랬고, 내가 저랬고, 잭 형은 또 이랬다는 말만 해놓고선. 랄프 형은 꼭 여기 와야 해, 여기 와야 한다고. 우리 모두 죽어가고 있어, 랄프. 우리 모두 죽고 싶지 않아. 우리 모두 죽고 싶어. 제발 전화해, 제발 스카이프해, 제발 텔레파시를 보내. 제발 와. 제발 있어. 제발 떠나. 이래 놓고 이제 와서, 내가 리허설이란 리허설은 다 중단하고 싸구려 야간열차를 타고 유럽을 가로질러 여기까지 왔더니 고작 한다는 말이 꺼지란 말이구나."

"꺼져."

아버지가 끼어들었다.

"제발 너희 둘 다 그만해라."

"그건 불가능해요."

형은 우리가 쓰레기통으로 쓰고 있는 비닐봉지에 컵받침을 기울여 재를 버리고 아무 이유 없이 그 봉지를 흔들었다.

"지금 우리는 요점을 벗어나고 있어. 여자 친구는 생겼니?"

"정말 형이 불쌍해지려고 해."

오늘은 태양이 하늘에 조금 더 높이 올라가는 것처럼 보였고 정말로 지구가 인류의 복지를 위해 만들어진 장소처럼 들판에서 사람들이 일하고 있었다.

"에바."

아버지가 날 배신하고 누설해버렸다.

"에바."

형은 성냥을 켜면서 천천히 말했다.

"에바는 몇 살이야? 열아홉이면 좋겠구나. 넌 에바의 뭐에 열을 올린 거야, 루. 얼굴? 아니면 개성?"

"맙소사. 난 '열을 올린' 게 아니야."

"뭐든 분명 있었겠지, 루. 우린 모두 뭔가에 열을 올리게 돼 있어."

"그냥 그 사람이 좋은 거야."

"아, 제발 그런 맥 빠진 소리는 하지 마. 우린 지금 디그니타스에 가는 거지, 작가인 로런스처럼 보이고 싶은 족제비 같은 얼간이들을 위한 힙스터 축제에 가는 게 아니잖아. 넌 베를린에 한 번 와봐야 해, 루. 거기 여자들은 둘 다 겸비했어. 거기 여자들은 지적이고, 카리스마 있고, 재치가 넘치면서 잠자리에서도 끝내준다니까. 진짜야. 완전 전문가들이야. 우리 영국처럼 당황해서 어쩔 줄 모르면서 다리미판같이 뻣뻣하니 틀에 박힌 몸짓만 하는 그런 여자는 하나도 없어. 그게 다 아버지들 영향을 받아서 그럴 거야. 그렇게 생각하지 않아요, 아버지? 교사. 아버지는 자식을 가르치는 교사가 돼야 할 필요가 있어."

나도 잘 이해되지 않는 몇 가지 이유로 랄프 형을 다룰 수 있는 사람은 잭 형밖에 없었다. 아니면 잭 형만이 아주 효과적으로 그렇게 할 수 있다. 나는 '이 미치광이는 누구예요?'라는 표정으로 아버지를 슬쩍 봤다. 아버지는 이 미치광이들은 누구야? 이런 표정으로 랄프 형을 보고 있었다. 세상 그 누구도 타인을 이해하지 못한다. 이것은 인류가 정복할 수 없는 문제임이 분명하다.

도로가 넓어지면서 나는 추월 차선으로 넘어갔다.

"여자 형제가 있으면 좋았을 텐데."

내가 말했다.

"나는 갈아입을 바지와 돼지고기 파이가 있으면 좋겠다."

형이 대꾸했다. 나는 백미러를 흘끗 봤다.

"형은 어때? 형 옆에 누가 있어?"

"누구 있냐고? 누군가가 있지. 세상 여자들이 다 있기도 하고, 아무도 없기도 해."

"그러면 기분이 어때?"

"성적으로는 아주 만족스러워. 지적으로 항상 그녀들에게 열중하고 있고, 영적으로는 외롭지."

"어쩌면 형은 좌절한 일부일처주의자인지도 몰라."

"그것도 시도해봤어. 죽을 수 있는 자비도 없는 죽음같이 느껴지던데."

형은 담배 연기를 내뿜으면서 말을 이어갔다.

"죽음이 어떤 느낌인지 내가 아는 건 아니지만. 죽음은 어떤 느낌이에요, 아버지?"

아버지는 눈을 깜박였다.

"트루아에 굴이 있을 것 같으냐?"

"거긴 바닷가에서 가까운 마을은 아니에요, 아버지."

내가 대답했다.

"굴이 있을 거예요."

형은 자신 있게 말했다. 어떻게 된 일인지 내 창문으로 들어온 바람이 밑으로 몰아치고 있는데도 형의 담배 연기 고리는 둥둥 떠서 위쪽으로 올라가고 있었다.

"거기에는 분명 돼지고기 파이도 있을 거고. 누구 파라세타몰(해열진통제)이나 아스피린이나 이부로펜이나 뭐든 이 끔찍한 고통을 없앨 거 없어요?"

"아이스크림 통에 있어. 형 의자 밑에."

"당연히 그러겠지. 마법의 민트 초코 칩 상자에 있겠지."

형은 일어나서 다시 밴 뒤쪽에서 왔다 갔다 하면서 앞쪽을 향해 소리를 쳤다.

"진통제에도 유효기간이 있는지 궁금한데? 어느 정도 시간이 지나면 통증은 죽일 수 없는 걸까? 아니면 항상 효과가 있는 걸까? 어떻게 생각해요? 아버지? 그건 그렇고 잭은 대체 어디 있는 거야? 자카르타의 신세대들을 상대로 보험이란 노예 계약을 체결하고 있나?"

형은 자신이 한 썰렁한 농담에 웃었다.

"형은 오는 중이야."

나는 일부러 아무렇지 않게 말했다.

"잭이 오고 있다고?"

랄프 형이 다시 앞으로 얼굴을 내밀면서 갑자기 내 말에 관심을 가지며 입 가장자리에 문 담배를 움직였다.

"잭은 이 계획에 철저하게 반대하는 줄 알았는데? 완전히 도개교를 올려버리고, 총안이 있는 흉벽에다 깃발을 휘날리고 있다고 생각했는데."

"잭은 그랬지."

아버지가 말했다.

"지금도 그래."

내가 대꾸했다.

"그 이유를 알아?"

랄프 형이 물었다.

"시오반 때문이지."

아버지가 말했다.

"그렇지 않아요, 아버지"

아버지는 한쪽 어깨를 으쓱하더니 고개를 돌려버렸다.

우리 머리 앞쪽에서 무심한 소들이 다리를 건너고 있었다. 내가 농부라면 담배를 키울 텐데.

"내 말은."

형은 아이스크림 통을 들고 다시 자리에 앉으면서 말했다.

"잭이 갑자기 여기 오는 이유를 아냐는 거지? 이제 우리 계획을 잭이 진지하게 받아들였다고 생각해도 되는 거야?"

"그건 그렇고 잭 형은 지금 비행기표를 못 구하고 있어."

"죽을 때도 지각을 하는군. 그게 가능할 거라고 누가 생각이나 했겠어."

"그럼 잭하고는 취리히에서 만나는 거냐?"

"저도 모르겠어요, 아버지. 어디든 비행기표를 구할 수 있는 곳으로 오겠죠. 잭 형은 우리가 취리히에 가는 걸 원하지 않아요."

"우리 취리히에 가는 거야?"

"나도 잘—"

"부지!"

아버지가 핸들을 홱 잡았다.

"부지로 가라니까, 루!"

나는 차를 옆으로 홱 틀어서 간신히 출구로 나갔다. 우리 뒤에 있던 차가 경적을 요란하게 울려댔다.

이건 사실이다. 내 형들은 지금보다는 좀 더 젊고 다른 아버지 밑에서 자랐다. 그때 아버지는 호언장담의 정점에서 새 문학 이론을 주창하는 예언자 중 하나로, 자신을 왕이라고 부르길 좋아했던 사막에서 자신과 그를 따르는 사람들을 요란하게 벌하는 데 몰두해 있던 사람이었다. 아버지는 또한 가짜 우상은 절대로 받아들이지 않고 진정한 신인 마르크스만 숭배하라고 주장했다. 아버지는 거만하고 허영심이 많고 자만심도 아주 많았다. 그래서 랄프 형은 지하철의 이 객차에서 저 객차로 옮겨 다니면서 뜻도 모를 소리를 빠르게 지껄이며 구걸하는 취한 부랑자에게 할 만한 그런 농담을 하며 아버지를 대하는 반면, 잭 형은 이라크 사막에서 미국의 윤리적 영향력을 불살라버린 뚱뚱한 백인들에게 퍼부을 만한, 금방이라도 폭발할 것 같은 윤리적 반감을 가지고 아버지를 대했다.

한편 그보다 정서적으로 더 깊은 계산법은 이런 식으로 진행된다. 랄프 형은 이런 스타일이다.

"내 말 좀 들어봐요, 아버지. 난 아버지가 너무나 충격적으로 위선적인 배신자라고 생각하기 때문에 아버지가 공개적으로 이런 사상을 지지하고 저런 사상을 옹호한다고 하면 나는 어쩔 수 없이 아버지가 내린 모든 결정, 행동, 발언에 눈썹을 치켜올리며 웃긴 척 관심을 두지 않거나 무시할 수밖에 없다고요."

잭 형은 정반대로 이런 스타일이다.

"있죠, 아버지. 아버지가 우리 엄마에게 한 짓과 내가 지금까지 겪게 한 일들을 고려해보면 나는 어쩔 수 없이 아버지와 아버지라는 존재를 비난하는 태도로 내 삶을 살 수밖에 없어요. 아버지를 대하는 내 태도를 보면 내가 아버지를 용서했다고 오해할지도 모르지만 사실은 절대 그렇지 않아요."

내가 지금 과장하고 있긴 하지만, 요지는 랄프 형이란 하드 드라이브의 초기 설정은 아버지와 어떤 관계도 맺지 않는 것인 반면 잭 형의 초기 설정은 아버지가 하는 모든 일을 동의하지 않는 것이다. 랄프 형은 아버지와 관계를 맺는 건 아버지를 진지하게 받아들이는 것이라고 느끼고, 잭 형은 아버지가 하는 일을 하나라도 지지하면 아버지의 모든 걸 지지하는 거라고 느낀다. 아버지는 과거에 형들이 공격할 때면 마치 닉슨과 케네디를 동시에 상대하는 것 같은데 누가 닉슨이고 누가 케네디인지는 잘 모르겠다는 말을 자주 했다. 나는 가끔 형들이 정말 잔인하다고 생각할 때가 있다. 형들을 그렇게 가르친 사람이 누구겠는가?

랄프 형과 잭 형이 아홉 살 때 아버지가 둘을 데리고 형들 인생의 '첫 등산'을 하기 위해 레이크 디스트릭트 케직에 데려갔다는 이야기를 한 번 들은 적이 있었다. 캐롤은 소택지에서 건는 걸 즐기지 않아서 이 여행은 아버지와 아들들이 유대감을 맺는 주말이 될 예정이었다. 아버지는 그 여행을 통과의례라고 불렀다.

여행 가기 전 몇 주 동안 랄프 형은 아버지가 여행에서 필요한 장비들을 장만하느라 난리 쳤던 걸 기억했다. 아버지는 아들들을 위해 중고 워킹화, 방한모, 방수가 되는 바지와 영국의 국립 지도들을 장만했다. 아버지는 아침 식탁에서 나침반으로 방향 찾는 법을 여봐란 듯이 가르칠 작정이었던 것이다.

아버지는 평소와 다르게 금요일에 휴가를 냈다. 모두 캠핑 장비와 등산 장비를 밴에 싣고 런던을 떠났다. 날은 밝았지만 그렇게 이른 출발은 아니었고 북쪽으로 6시간을 달려가면 되는 길이었다. 랄프 형은 그날 날씨 또한 끝내주게 좋았고 차를 타고 가는 내내 행복했다는 걸 기억했다. 그들은 좀처럼 드문 부자간의 '동지애'(랄프 형의 표현이다)를 느꼈다. 그들은 도중에 멈춰 서 캐롤이 만들어준 스튜를 밴 뒤쪽 작은 스토브에 다시 데웠다. 맨체스터를 지난 후에 차들이 줄어들어서, 오후 중반에는 유일하게 산다운 산들이 있는 잉글랜드의 그늘진 계곡을 통과하고 있었다.

케직에 도착했을 때 형들은 야영장에 묵지 않을 거라는 말을 듣고 깜짝 놀랐다. 대신 아버지는 호텔을 예약해놨다. 그 호텔은 정원에 공작새들이 있고 그들이 아침에 올라갈 산인 스키도가 창문으로 보이는 레이크랜드 회색 석재 저택이었다. 그때는 집에 돈이 부족하다는 말이 자주 나와서 형들이 그런 호텔에 묵는 건 처음이었다. 아버지는 다음 날 비가 온다는 일기예보가 나와서 악천후에 대비해 실내에 묵어야 한다고 했다. 랄프 형은 아버지의 그 말이 영국 어디를 가건 비가 오나(비는 아주 자주 왔다) 눈이 오나 야영에 대한 강한 애정을 종종 표현했던 아버지의 말과 너무 모순돼서 놀랐다. 지금까지 그래 놓고 왜 이번에는 야영을 꺼리는 걸까?

어쨌든 사방이 벽으로 둘러싸인 정원에 밴을 주차하는 순간부터 랄프 형과 잭 형은 새롭고 격렬한 흥분에 빠졌다고 말했다. 둘은 실제보다 훨씬 더 나이가 많은 척했지만 그러면서도 모든 것에 아이처럼 즐거워했다. 호텔 식당에는 하얀 식탁보들이 깔려 있고 독서대 위에 메뉴가 놓여 있었다. 당구장에는 거대한 당구대와 쏜살같이 포켓으로 굴러가는 당구공들이 있었다. 홀의 접수처 책상 위쪽 벽에는 사슴 머리가 걸려 있었고 난간과 함께 올라가 달라고 애원하는 것같이 윤이 반짝반짝 나는 넓은 계단이 있었다. 형들이 탐험할 복도들과 정원들과 다락들이 있었고 바 테이블에는 공짜로 먹을 수 있는 견과류가 담긴 그릇들도 있었다. 아버지는 또다시 평소와 다르게 오늘 밤 거기서 저녁 식사를 할 거라고 말했다. 그것도 도착하자마자 거의 곧바로.

형들이 퇴창 안쪽에서 자신의 왕국을 돌아보는 쌍둥이 왕자처럼(랄프 형의 표현) 앉아 있는 동안 아버지는 샌드위치와 감자 칩과 놀랍게도 콜라를 주문했다. 차를 타고 북쪽으로 480킬로미터를 오자 아버지는 갑자기 완전히 딴사람이 돼서 인심이 좋아지고 여유로워지고 온화해졌다. 아버지는 심지어 샐러드에 얹은 고명들까지 억지로 다 먹게 하지도 않았다고 랄프 형은 회상했다. 아버지는 형들에게 일찍 자라고 강요했다. 내일 등산로는 길고 가파르다, 거기다 날씨도 그러니까….

아무래도 가장 놀라웠던 점은 아버지가 형들 방을 따로 잡아났다는 점이었다. 그것도 삐걱거리는 소리가 나는 복도 맞은편 끝에 있는 방을. 형들은 기뻐서 어쩔 줄 몰랐다. 그들만의 전기 주전자도, TV도 따로 있다. 홀 맞은편에 샤워기와 포장된 미니 비누가 있는 욕실도 있었다. 없는 게 없었다.

형들이 씻는 동안 아버지는 같이 있으면서 등산 갔다가 만약 '화이트 아웃'*에 휘말리면 무슨 일이 일어나는지, 그땐 배낭에 있는 방한모를 잘 챙기고, 상황이 더 '심각해지면' 추가로 껴입는 의복도 있어야 한다는 이야기를 해줬다. 아버지는 형들에게 스키도에 대한 글을 읽어줬다. 그리고 일어나서 잘 자라는 밤 인사를 하면서 9시에 형들이 잘 자고 있는지 보러 올 때 확실히 자고 있겠다고 약속하면 그 전까지는 책을 읽어도 된다고 말했다.

밤 10시가 다 된 시간, 형들의 노크 소리에 자신의 침실 문을 세 번째로 열었을 때 아버지는 화가 머리끝까지 나 있었다.

---

*   눈이나 햇빛의 난반사로 방향 감각을 잃게 만드는 기상 상태.

랄프 형은 기억했다. 그때 아버지는 또다시 방문 앞을 가로막고 서서, 아주 빠끔하게 열어놓은 문틈으로 나와 방문이 닫히지 않게 맨발을 문 사이에 댄 채, 오른손은 끌려져 있던 파자마 바지의 흰 줄을 잡고 있었다고. 랄프 형은 아버지가 격노한 걸 알아차리고 뒤로 물러나 호텔 방 벽에 있던 그림이 '저절로 떨어져' 액자가 부서지면서 형들의 침대 사이에 있던 물 잔을 넘어뜨렸다는 이야기를 정신없이 빠르게 했지만….

형들이 아버지를 너무 자주 방해하는 바람에 아버지는 이제 출구를 찾아 쏜살같이 달리는 분노의 불길에 활활 타오르고 있었다. 형들이 선을 넘은 것이다. 아버지는 열쇠도 없이 나와서 방문이 잠긴 상황은 전혀 개의치 않고 랄프 형을 따라 형들이 있는 방으로 걸어가면서 분노에 차 소리쳤는데 그 소리가 점점 더 커졌다.

랄프 형은 복도 끝에서 잭이 방 문틈으로 밖을 내다보는 모습을 봤고, 자신의 상의는 벌거벗고 화가 나서 얼굴이 시뻘게진 아버지와 같이 오는 모습을 보고 잭이 겁에 질렸지만 단호한 표정을 지었던 모습을 기억하고 있었다. 그때 아버지는 30대로 한창 혈기왕성할 때였다.

랄프 형은 쏜살같이 잭 형이 서 있는 옆을 지나쳐 달려가 저쪽 침대 위로 뛰어올라가 두려움에 떨며 이불로 몸을 둘둘 말고 그 속에 숨어버렸다.

잭 형은 아버지가 얼마나 화가 났는지 알아차리지 못했다. 대신 잭 형은 그 모든 일을 랄프 형이 자기 탓으로 돌렸다고 생각하고 절박하게 오해를 풀고자 했다. 그 그림은 싸구려 복제화였지만 아홉 살짜리 잭 형은 화랑에서 봤던 그림들처럼 값비싼 그림일까 봐 겁먹고 있었다. 아버지가 방 안에 들어와서 욕을 하고 있을 때 잭 형은 여전히 그 자리에 서 있었다고 랄프 형이 말했다. 잭 형은 아버지의 손이 쉽게 닿는 곳에서, 그건 자기 잘못이 아니라고, 그들 둘 다 침대 위에서 춤을 추고 있었는데 그때 갑자기 그림이 벽에서 떨어지면서 액자가 부서지고 물이 엎질러졌다고 떨리는 목소리로 쉬지 않고 말했다.

랄프 형에 따르면 잭 형이 그렇게 그 자리에서 버티고 서 있었던 게 실수였다. 아버지가 화를 못 참고 방 안으로 성큼성큼 들어와, 대번에 잭 형을 들어 올려 가까운 침대 매트리스 위로 사정없이 던져버렸기 때문이다. 잭 형은 매트리스 위에 그대로 나가떨어졌다가 다시 튀어 올라 침대 옆 테이블에 코를 세게 부딪치고 침대 사이에 있는 방바닥에 고꾸라졌다.

랄프 형은 잭 형의 비명 소리와 쿵 소리를 기억했다. 그러고 나서 랄프 형이 몸을 돌려보자 아버지가 반쯤 벗은 모습으로 온몸을 덜덜 떨면서 벗은 등을 돌려 형들이 있는 방문의 자물쇠에 꽂힌 열쇠를 빼냈다. 랄프 형은 잭 형의 울음이 터지는 소리를 기억했다. 아버지가 다시 돌아서서 두 팔을 든 채 그들에게 다가와 입 닥치라고 고함을 치던 것도 기억했다. 랄프 형은 얼른 침대에서 뛰어내려 잭 형이 있는 바닥으로 떨어졌던 것도 기억했다. 랄프 형은 그간의 경험으로 미뤄 짐작한 아이 특유의 순수하면서도 명쾌한 머리로 이렇게 둘이 같이 있으면 아버지가 둘 다 때리긴 힘들 거라고 생각했다. 랄프 형은 아버지가 침대 밑으로 고개를 숙이고, 분노로 한껏 일그러진 얼굴로 형들에게 삿대질을 하며 쏘아붙였던 걸 기억했다.

"더 이상 한마디도 하지 마!"

형들은 아버지가 방을 나가는 소리를 들었다. 방문을 열쇠로 잠가버리는 소리도 들었다.

형들은 아주 오래 지난 것처럼 느껴지는 시간 동안 꼼짝도 하지 않았다.

서로 끌어안고 있다가 마침내 용기를 내서 떨어졌을 때 정확히 말하면 잭 형은 울진 않았지만 눈물보다 더 격한 감정에 복받쳐 경련을 일으키면서 손을 동글게 모아 코를 잡고 있었다.

랄프 형은 자신과 똑같은 얼굴인 잭 형을 보면서 잭 형의 코에서 입술로 한 줄의 붉은 피가 흘러내리는 모습을 경악하고 봤다. 잭 형은 그 코피를 들이마시다가 또 가끔은 뺨에 문질러서 눈물과 코피가 섞여 뺨에 빨간 줄이 죽죽 그어졌다.

나는 그때의 형들을 생각했다. 형들이 묵은 다락방 유리창을 물들인 저물어가는 여름의 황혼. 호텔에 놓인 쟁반과 줄이 너무 짧은 전기 주전자. 1회용 봉지에 든 설탕과 인스턴트커피. 오래된 텔레비전. 엉망이 된 침대. 떨어진 그림. 유리 쪽이 위로 향한 채 바닥에 있는 그림 액자. 엎질러진 물에 흠뻑 젖은 베개들. 그 방의 침묵. 형 둘이 침대에 앉아 있는 모습. 울고 있는 잭 형. 아이지만 어른 역할을 해야 하는 랄프 형이 아이가 다쳤을 때 어른들이 여태까지 했던 모습을 본 그대로 다 하면서 말하는 모습. 심각한 얼굴로 잭 형을 달래고 위로하는 랄프 형. 아이 같은 이마를 찡그리고 좁은 어깨를 구부린 채 마주 보고 있는 잭 형이 괜찮아지도록 애쓰고 있는 모습. 침대 옆에 있는 화장지를 쥐고 있는 랄프 형. 잭 형의 피가 그 화장지를 한 장 한 장 적갈색으로 흠뻑 적시고 있는 모습. 고개를 뒤로 젖히고 계속 피를 흘리는 잭 형. 그때 방문을 열어보려고 하는 랄프 형. 너무 무서워서 문을 두드리지도 못하고 소리 질러 아버지도 다른 누구도 부르지 못하는 랄프 형. 그들이 뭐라고 할 것인가? 랄프 형은 의자를 끌어서 창가로 갔다. 잭 형의 상태가 더 악화되면 유리창을 깨고 도와달라고 고함을 지르겠다고 랄프 형이 잭 형에게 말했다.

둘만 남은 형들.

잭 형이 죽을까 봐 겁이 난 두 소년. 그들의 세계에는 아무도 없었다. 아무도 그들을 도와주러 오지 않았다.

랄프 형은 잭 형이 코피가 바짝 마른 화장지를 코에 잔뜩 끼운 채 잠들었을 때 잭 형의 침대 위로 기어 올라가 옆에 누웠던 걸 기억했다. 랄프 형의 침대는 물이 엎질러져서 축축한 데다 혼자 자기도 무서웠으니까.

마침내 아침 햇살이 환하게 비추고 둘이 잠에서 깼을 때, 잭 형의 베개와 침대 시트에는 사방으로 피가 묻어 있었다. 바닥에는 화장지가 널려 있고 형들의 파자마도 피범벅이었다. 잭 형의 코와 입술은 퉁퉁 부어 있었다. 겁도 나고 만신창이가 된 채 방을 이렇게 어질러놔서 또 야단맞을 거라고 생각한 형제는 그때가 몇 시인지도 알 수 없어서 그냥 침대 위에 앉아 이제는 영 알 수 없는 타인 같은 아버지가 방문을 열고 들어와 그들을 산에 데려가길 기다렸다고 말했다.

밖으로 나왔을 때 태양은 전날처럼 아주 강하고 확실하게 내리쬐고 있었다고 랄프 형은 기억했다. 그리고 공작새가 울고 있었다.

"아버지 뭐하세요?"

랄프 형이 마치 열린 창문으로 머리를 쑥 들이미는 만화 속 강도처럼 고개를 앞으로 내밀었다.

"유로를 좀 찾고 있다."

아버지는 뭉툭한 손가락으로 뒤지면서 말했다.

"그렇군요. 왜요?"

"고속도로 통행료를 내려고 그러지."

"통행료요?"

"그래."

"그럴 수 있겠어요?"

"잔돈이 다 어디 갔지?"

아버지가 물었다.

아직 점심때가 안 된 시간, 우리는 차에 기름도 넣고 랄프 형 표현으로 몇 가지 '심부름'을 처리했다. 우리는 트루아에서 80킬로미터 떨어진 곳에 있었다. 나도 이유는 모르겠지만 속도를 내서 달리고 있었다. 우리는 그동안 잃어버린 시간을 보충하고 있었다. 이건 바보 같은 생각이자 바보 같은 표현인 게 어차피 잃어버린 시간은 보충할 수 없었다. 랄프 형은 불투명한 플라스틱 컵에 든 뭔가를 마시기 시작했다. 형은 그게 형의 '주치의'가 권한 '등장성'* 비타민 보충제 드링크라고 말했다.

"동전이 없네. 다 썼어. 너 돈 좀 있니, 루?"

"물론 없겠죠, 애 꼬락서니를 보세요."

"랄프 넌?"

"전 독일에서 왔잖아요."

"분명 여기다 잔돈을 좀 뒀는데. 적어도 20유로는 있었는데."

앞 도로에 거대한 파란색 표지판이 배경처럼 있었다. 4차선 표지판 모두 '페아주 페아주 페아주 페아주'(톨게이트)라고 적혀 있었다. 해안에서 여기까지 오는 내내 그런 표지판을 봐왔지만 그 단어가 점점 더 고약해 보였다.

"확실히 이제는 신용카드를 질러대는 시대예요, 아버지. 세상이 전에 보지 못했던 그런 어마어마한 양으로 말이죠."

랄프 형이 말했다. 나는 백미러로 형을 흘끗 봤다.

---

*　운동 중 손실된 부분을 보충할 수 있도록 미네랄과 염분을 첨가했다는 뜻.

"제 말은 우린 거기에 비행기 타고 가야 하는 거 아니냐고요. 전용기를 타고 가야죠. 미녀들과 합성 마약을 잔뜩 싣고. 아버진 총을 한 자루 사서 9킬로미터 상공에서 세르비아 창녀의 엉덩이에 총을 쏘세요. 쏘는 이유는 그 창녀가 아버지가 쓴 예이츠 소논문에 경의를 표하지 않아서예요. 글의 스타일이 영 구리다고 말이죠."

"형은 돌았어."

나는 잭 형에게 문자를 보내서 비행기표를 끊었는지 물어봐야 할 것 같다는 생각을 하고 있었다. 랄프 형과 시간을 보내려면 잭 형이 필요하다. 잭 형과 시간을 보내려고 해도 랄프 형이 필요하듯이.

"싸질러버려요, 아버지. 아버지에게 남아 있는 건 뭐든 다 싸질러버리라고요. 지금이야말로 제대로 그렇게 해봐야죠. 자자, 아버진 정말 뭘 드시고 싶으세요? 뭘 마시고 싶으세요? 마시겠어요? 마시는 거? 아니면 흡입하는 거? 아니면 주사기로 맞는 거? 정말 누구랑 자고 싶으세요? 지금이야말로 나중 일을 걱정할 필요 없이 하고 싶은 거 다 할 수 있는 유일한 기회잖아요. 더 이상 아버지가 한 일로 피해를 볼 사람도 없다고요. 며칠은 다 내려놓고 뭐든 할 수 있어요. 어차피 죽을 거라면 살 수 있는 동안은 사는 것처럼 살아봐야죠."

랄프 형은 플라스틱 컵에 있는 음료를 홀짝이면서 아버지가 와인 시음하는 흉내를 내면서 마셨다.

나는 아버지를 봤다. 아버지는 문 안쪽을 만지작거리고 있었다.

"제 생각에 랄프 형 말은 고속도로 통행료를 아버지 신용카드로 긁어도 된다는 말인 것 같은데요, 아버지?"

"아우, 맞아. 내 말이 바로 그거였어. 7유로 다 카드로 긁을 수 있잖아."

신용카드에 대한 아버지의 철학은 '절대 안 돼'다. 아버지는 신용카드를 자본주의와 서구의 모든 나쁜 점을 담은 화신으로 간주한다. 경제적으로 아주 잘 나갔을 때도 아버지는 고속도로 통행료, 티켓, 계산서 같은 것의 돈을 내는 일에 스트레스를 받았다. 미국에 있을 때는 밖에 나가길 몹시 두려워했다. 미국식으로 팁을 계산하는 시스템이 이해되지 않았기 때문이다. 팁을 준다는 개념 자체와 그것이 '사회에' 야기하는 '잘못'을 아버지는 끔찍해했다. 아마 아버지에겐 팁을 줄만큼 돈이 넉넉하지 못했거나 아니면 전쟁과 내핍 상태 또는 아버지 표현에 따르면 '돈이 없는 대로 어떻게든 견뎌야 하는 생활방식'이 아버지의 삶에 드리운 그늘과 관계가 있지 않을까? 나는 앞서 달리는 차들을 보면서 기어를 바꿨다. 톨게이트. 톨게이트. 톨게이트. 톨게이트.

"알약. 우리에게 필요한 건 그거야. 아버지 카드로 그것도 살 수 있어요. MDMA(엑스터시)와 완벽한 섹스를 보장하는 약."

아버지는 말을 잘 듣지 않는 둔한 손가락으로 계기판 위를 뒤졌다. 나는 통행료를 내기 위해 들어갈 줄 하나를 골라야 했다.

"아니면 그냥 철조망을 부수고 들어갈 수도 있는데."

랄프 형이 고개를 저었다.

"그건 불가능해, 막내야. 그랬다간 500명의 난잡한 프랑스 경찰들이 경찰차 문 뒤에서 너에게 총을 쏴댈 거야. 아니면 경찰들이 9킬로미터 위에서 네 사촌의 식료품점을 폭파해버릴 거야."

"비약도 심하구나."

아버지가 중얼거렸다.

"난 그저―"

"경찰들이 널 쏘지 않는다면, 넌 카뮈와 사르트르와 뭐 그런 작가 일당들이 한 말을 써가며 그들에게 이런 말도 못하겠지. '제가 여기서 부수려는 것은 실존입니다, 경관님, 법이 아닙니다.' 그러면 경찰이 이렇게 말하겠지. 그렇지 않아. 루, 넌 테러리스트야."

"내게 사촌은 없어."

아버지는 동전 수색을 포기하고 마치 구속복을 입지 않은 척하는 남자처럼 몸부림 치고 있었지만 사실은 그저 의자 밑에 있는 지갑을 꺼내려고 안간힘을 쓰는 중이었다. 나는 랄프 형이 아무 말 없이 아버지의 상태를 지금까지와는 다른 각도에서 분석하는 것을 감지할 수 있었다. 나는 신용카드로 요금을 내는 줄로 들어갔는데 그 줄이 더 짧았기 때문이다. 마치 우리가 서둘러 어딘가로 가고 있기라도 한 것처럼.

"신용카드 채무는 누가 물려받나요?"

내가 물었다.

"누가 뭘 물려받느냐, 그거 좋은 질문이다. 신용카드 채무는 자식에게 넘길 수 없어. 만약 그 카드에 적힌 이름이 하나고 그 사람이 더 이상 이 세상에 존재하지 않는다면 말이지."

랄프 형이 대답했다.

"형 어디서 구라를 치고 그래?"

"그런 식으로 말하지 말라니까."

아버지가 말했다. 아버지는 드디어 지갑을 꺼냈는데 그건 아주 대단한 업적이었다.

"채무는 잭이 잘 알 텐데."

랄프 형은 의자에 등을 기대며 말했다.

"잭은 이제 개인 재무 관리 전문가잖아. 그건 그렇고 생명보험을 잭하고 까놓고 말해본 사람 있어? 우리가 이 문제를 어떻게 얘기하길 원하세요, 아버지? 우리가 어떻게 하면 좋겠—"

"제발 그만 좀 할 수 없어? 제발 모두 잭 형에게 잔소리 좀 그만합시다."

우리가 탄 밴은 줄을 서느라 멈췄다.

아버지가 날 봤다.

"정말 여기서 돈 하나도 안 꺼냈니, 루?"

"안 꺼냈어요. 랄프 형에게 물어보세요."

"랄프?"

랄프 형은 컵을 쥐지 않은 남은 한 손을 머리에 대고 마치 힉스 입자는 결정적이지 않으며 존재하는 모든 것이 들어갈 그보다 더 작은 공간이 있을 것 같다는 생각을 하는 표정을 짓고 있었다.

"내가 지금 심각하게 물어보는 건데, 루. 시오반이 잭의 뇌를 접수한 걸까?"

"아니."

"아니면 잭의 머릿속에 교황이 살고 있나?"

"아니."

"잭이 이런 얘기하지 않던? '아, 지하철에서 부랑자를 하나 봤는데 그 사람을 보니까 부활한 예수님이 떠오르더라.' 이런 말?"

"아니."

"잭은 요즘 어때? 무지하게 진부해졌어?"

"잭은 서먹해졌다. 나와 거리를 두고 있지."

아버지가 말했다.

"형은 서먹해지지 않았어요. 그건 사실이 아니에요. 왜 우리는 있는 그대로 사실만 말할 수 없죠? 좋아요, 카드 주세요."

"신용카드로 계산하지 않을 거야."

아버지가 말했다.

"그래야 해요, 아버지."

"신용카드로 계산 안 한다. 내게 현금이 있어. 여기."

"카드로 계산해야 해요. 여긴 카드로 계산하는 줄이라고요."

"맙소사. 왜 우리가 카드 줄에 들어온 거냐?"

랄프 형이 다시 고개를 앞으로 내밀고 미소를 지으면서 어리둥절한 척했다.

"왜 우리가 카드 줄에 있는 거지, 루?"

"아버지, 카드요, 어서요. 우리 때문에 다른 사람들이 기다리고 있잖아요."

아버지는 내게 카드를 건넸다. 아버지는 축 늘어진 얼굴로 짜증을 내려다 보니 잠시 정말로 얼굴이 흉하게 일그러져 보였다. 나는 다시 일곱 살로 돌아가 방금 레스토랑에서 내 몫으로 나온 비싼 오렌지 주스를 쳐서 넘어뜨린 것 같은 기분이 들었다.

나는 몸을 돌려서 차창 너머에 있는 구멍으로 카드를 밀어넣었다. 요금받는 부스에 남자가 하나 앉아 있었는데 그가 하는 일이라곤… 음, 아무것도 없었다. 여긴 카드 줄이라 받을 돈도 없으니까. 그가 날 봤다. 그의 눈은 회색으로 깊이를 알 수 없었지만 특정한 각도에서 보면 미친 것처럼 반짝거렸다. 그 사람은 헤드폰을 끼고 고개를 흔들면서 고립된 사람들이 그런 것처럼 자신이 밴드의 일원으로, 노래를 작곡하고, 그 누구보다 근사한 리듬을 느끼고 있다고 생각할 때 하는 그런 식으로 노래를 따라 부르고 있었다. 순간 나는 그 사람에 대해 모든 걸 알고 있고 왜 그런지 모르겠지만 나도 그와 같다는 생각이 들었다. 나는 그가 헤드폰을 벗길 바랐다. 내가 '나도 그래요'라고 속삭이면서 내 얼굴에 떠오르는 연대감을 그가 볼 수 있기를 바랐다. 에바에게 전화하고 싶었다. 천장이 높고, 창문도 높고, 창밖으로 이탈리아 호수가 보이는 낡고 오래된 방에 살면서 에바를 위해 시를 쓸 수 있다면 행복하겠다. 내가 너무 많은 걸 바라는 건가?

나는 1단 기어를 넣었다. 엔진의 부르릉거리는 소리가 점점 커져서 툴툴거릴 때까지 있다가 요금소를 떠났다. 조금 더 오래 뜸을 두다가 2단 기어로 바꿨는데 그저 아버지를 짜증나게 하기 위한 짓이었다. 이유는 나도 모른다.

"다시 잭 이야기로 돌아가서, 잭에게 무슨 일이 생겼어?"

랄프 형이 말했다.

"음, 잭 형은 결혼을 했고 아이를 셋 낳았고 집을 샀어. 런던에 있는 올리가르히들과 아랍 족장들과 그들을 위해 일하는 펀드매니저들 사이에서 평범한 시민으로 살아보려고 노력한다고 생각해. 잭 형은—"

"그건 완전히 다른 문제다."

아버지가 갑자기 끼어들어 신용카드와 돈에 대한 짜증을 전부 이 화제에 쏟아부었다.

"왜? 왜? 왜 영국 정부는 세상에서 윤리적으로 가장 역겨운 부자들에게 다리를 벌려야 한다고 느끼는 걸까?"

아버지가 말했다.

"그래요?"

나는 필요 이상으로 액셀러레이터를 세게 밟았다.

"그렇고말고. 우리 정부가 세상에 보내는 메시지는 아주 분명해. 당신이 당신 나라의 자원을 훔쳤거나 아니면 세상을 더럽혔다면 우리에게 알려주십쇼. 우리가 선생님에게 큰 집을 구해드리겠습니다. 선생님이 우리의 경기장과 우리나라 최고의 학교들을 이용하고 우리 경찰들이 선생님을 보호할 수 있도록 말입니다. 아, 걱정하지 마세요. 선생님에게 세금 내라고 하지 않을 테니까요. 신문사나 축구 클럽을 원하세요? 아니면 부동산 포트폴리오를 원하시나요? 그건 이민 문제가 달려 있긴 합니다만 그래도 걱정하지—"

"잭에겐 아무 일도 일어나지 않았다는 말이지?"

랄프 형이 아버지의 말을 자르면서 물었다.

"예나 지금이나 달라진 게 없다는 말이군. 아버지, 대체 뭐가 불만이세요?"

"흠, 잭에게 무슨 일이 일어나긴 일어났지."

아버지는 마음이 시커면 세대들의 왕조에도 전력을 공급할 수 있을 정도로 어마어마한 에너지로 비꼬며 대꾸했다.

"잭은 전에는 진지한 정치 기자였어. 그리고 무신론자였지. 그런데 지금은 제3세계에 사악한 보험 사기 상품을 팔고 가톨릭 신부를 초대해서 당근 케이크를 먹이면서 제 자식들을 성추행하라고 하고 있잖아."

"제3세계가 아니라 다마스쿠스예요."

랄프 형이 말했다.

"형은 아이들을 가톨릭 학교에 보내야 하는데 가톨릭 신자면 학비가 무료란 말이에요."

"그거야 잭이 하는 변명이지, 루."

아버지의 맹렬한 분노가 더 거세졌다.

"잭은 그럴 필요가 없어. 보험회사에서 하는 부정한 돈벌이로 돈을 어마어마하게 벌고 있잖아. 그런데 왜 성직자들에게 알랑거릴 필요가 있겠니? 왜 지 자식들의 마음을 비뚤어지게 할 필요가 있어?"

"아마도 그 아이들에게 일어난 일 때문에 그렇겠죠."

잭 형의 아들들은 엄마 배 속에 있을 때 큰일이 날 뻔했다. 만약 잭 형의 집 근처에 그 수술을 할 수 있는, 영국에서 단 하나밖에 없는 교수가 살지 않았더라면 둘 다 죽었을 것이다. 그러니까 빌리도 짐도 세상에 없었을 것이다.

"지 자식들이 운 좋게 과학과 의학의 혜택을 받았기 때문에 지 스스로 세상에서 가장 미치광이인(역겨운 건 말할 것도 없는) 권력 구조에 복종한단 말이야?"

"가장 미치지도 않았고, 가장 역겹지도 않아요, 아버지. 제 말은—"

"천국 말이야, 루. 천국. 잭은 아침에는 의사들에게(실질적으로 그 일을 한 사람들이지) 고맙다고 인사하고, 저녁에는 사제들(한 일이라곤 하나도 없는 인간들)에게 무릎을 꿇잖아. 자식들에게 너희는 원죄(그게 뭐든)를 가득 안고 태어났는데, 앞에 있는 검은 옷을 입은 남자만이 아이들을 구원해줄 수 있다고 말하잖아. 그것도 그 검은 옷을 입은 사제들이 성추행할 아이들을 구할 기회를 찾으려고 친절하게 열어놓은 학교에서 언제고 옷을 갈아입을 때마다 네 거시기를 만지도록 내버려둔다면 말이지. 그다음엔 국가에서 그 학교에 보조금을 지급하지. 그들이 가지고 있는 여성 혐오와 소아성애와 상상의 친구들은 차치하고 말이야. 그런 걸 보면 너는 불쾌해지지 않니?"

랄프 형이 성냥을 켰다. 형은 알고 있었다. 내가 말했으니까. 즉 이유가 뭐건(약이건 아니면 병 때문이건) 아버지는 요즘에 전보다 더 쉽게 이성을 잃고 큰 소리로 불평을 해댄다.

"본인이 싫어한다고 주장하는 현대인의 특징을 그대로 반영하는 거야, 루."

랄프 형은 그렇게 말했다.

하지만 랄프 형은 아버지가 화를 내면 낼수록 마음이 더 편해지는 것처럼 보였다. 랄프 형은 담배 연기로 고리를 만들면서 말했다.

"아버지가 항상 말하는 그런 거죠 뭐. 계몽운동은 많은 사람들에게 별다른 영향을 미치지 못한 것 같다는 말 있잖아요."

"그건 변해야 해, 루. 해결책이 필요하다고. 내 말을 명심해야 한다."

나는 아버지가 무슨 말을 하는지, 왜 하는지도 알 수 없었다. '그게' 뭔데?

"어쩌면 잭은 이데올로기 자체를 좋아하나 보죠. 수많은 사람들이 그렇죠. 예선에 사회주의 노동자 신문을 팔러 다닐 때도 이렇지 않았나요?"

랄프 형이 말했다. 랄프 형은 잭 형의 가장 치명적인 적이자 가장 충실한 옹호자이다. 잭 형에 대한 랄프 형의 정확하고도 잔인한 공격은 비뚤어진 애정을 보여주는 증거이기도 했다.

"많은 종교 신자들은 여러 규칙과 처벌을 좋아하죠. 그런 것이 있어서 든든해하는 거죠. 그들은 상상 속의 구속을 좋아해요. 자신이 품고 있는 근심으로부터 구원해주고, 다른 이들을 은밀하게 지배하는 권력 구조와 자신을 연결시켜주는 신이 있다는 느낌이 좋은 거죠. 제 말이 맞죠, 아버지?"

아버지가 톡 쏘아붙였다.

"잭은 그렇지 않아. 너도 알잖아. 나도 알고."

트루아. 40킬로미터 남았다. 나는 한참 신나게 달리고 있었다.

"잭이 어떤데요? 맙소사, 돼지고기 파이가 너무 먹고 싶다."

"어쩌면 그건 그런 이유와는 아무 상관이 없을 거예요."

나는 침착한 목소리를 내려고 노력했다.

"형은 그냥 아버지가 이 일을 하길 바라지 않는 것뿐이겠죠."

"그럼 왜 그렇게 말하지 않는다니?"

나는 아버지를 봤다.

"형이 이렇게 말했어요, 아버지. 바로 이렇게 말했다고요."

"그럼 왜 그… 왜 그 '아버지는 우리 집에 와서 빌리와 짐과 퍼시를 만나실 수 없어요. 아이들과 가까이 지내실 수 없어요. 손자들과 친해지시면 안 돼요'라고 하는 거지? 왜 내게 속임수를 쓰는 거냐고.”

“속임수라.”

랄프 형이 아버지가 한 말을 되풀이해서 그렇지 않아도 화난 아버지를 부추겼다.

“속임수와… 통제. 아버지! 아버지가 뭔가 알아낸지도 모르겠어요! 왜 그럴까? 왜? 나도 궁금한데?”

“아마 잭 형은 아이들이 할아버지와 정들었는데 할아버지가 그냥… 그냥 돌아가시는 걸 원하지 않았을지도 모르죠.”

아버지가 내 얼굴을 봤다. 아버지의 목소리가 조용해졌다.

“모든 할아버지는 죽는다.”

“예수그리스도의 할아버지는 누군지 궁금한데? 그 할아버지는 죽었나? 잭에게 물어봐야겠어.”

랄프 형이 말했다. 마치 대주교의 망토가 펄럭이는 것처럼 한 무리의 새들이 소용돌이치며 공중으로 날아올랐다.

“왜 트루아에 들르고 싶으신데요, 아버지?”

내가 물었다.

“굴 때문이지. 돼지고기 파이와.”

랄프 형이 대답했다.

“그 성당을 다시 한번 가보고 싶어서 그런다.”

“맙소사.”

난 그렇게 말하면서 아버지의 얼굴을 봤다. 아버지의 눈은 잠시 분노로 불투명해졌다가 그 사실을 알아차리고 날 다시 보면서 부드러워졌다. 나는 고개를 저었다. 랄프 형은 웃고 있었다. 아버지도 웃었다. 우리는 위선과 모순된 말들이 공기 중으로 스며든 이 순간의 마법에 만족하기로 했다. 그때 랄프 형이 몸을 앞으로 내밀면서 갑자기 진지해졌다.

"잠깐만."

형이 말했다.

"뭐?"

내가 물었다.

"뭔데?"

아버지도 내 말을 따라 했다.

"왜 우리는 음악을 하나도 안 듣고 있지?"

"그럴 수 없어."

내가 슬프게 말했다.

"왜?"

"왜냐하면."

"왜냐하면 그러면 우리에게 너무 큰 의미가 될 테니까."

아버지가 말했다.

"그런 건 무시해버려. 너 핸드폰 컨버터 있니?"

"응."

"그럼 그거 나한테 줄래?"

"무슨 생각하는 거야?"

"이 여행을 제대로 시작해보자고."

"무슨 음악을 틀 건데?"

내가 물었다.

랄프 형은 크게 심호흡을 했다.

"〈툼스톤 블루스〉."*

두 번째 테이프는 20분 정도 잘 들리지 않는 이야기 소리로 시작됐다. 그러다 멈췄다. 다시 테이프가 돌아갔을 때는 테이프에 녹음된 대화를 상당히 또렷하게 다 들을 수 있었다. 녹음기를 옮겼거나 아니면 이야기한 사람들이 장소를 옮겼을 것이다. 첫 번째 목소리는 분노에 차 격렬하게 했던 얘기를 하고 또 하면서 불평하며 결말과 의도와 협박을 늘어놓았다. 또 한 사람은 말을 별로 하지 않았지만 어조는 차분했다. 의도적으로 그런 목소리였다. 첫 번째 목소리가 조금씩 자극을 받았다. 두 번째 목소리는 상대보다 더 단조로운 어조로 질문을 하기 시작했다. 왜 그러려고 하지? 당신은 이게 좋은 아이디어라고 생각해? 그래서 얻어지는 게 뭔데? 각 질문은 좀 더 격렬한 자백을 이끌어냈다. 확신하긴 힘들었지만 두 번째 목소리는 가식처럼 느껴지는 일관성이 있었다. 마치 두 번째 목소리는 지금 자신이 하는 말이나 심지어 지금 일어나는 상황을 생각하는 게 아니라 점점 격렬한 감정에 휩싸이고 있는 첫 번째 목소리의 주인공이 눈치채지

---

*   밥 딜런의 곡. 툼스톤은 '묘비'란 뜻이 있음.

못하는 뭔가 다른 의도를 가지고 있는 것처럼 느껴졌다. 첫 번째 목소리가 울기 시작했을 때 테이프가 멈췄다. 너무나 쓸쓸하고 공허하고 들쭉날쭉한 울음소리는 버튼이 찰칵 하고 눌리는 소리에 가차 없이 끊겨버렸다.

지구의 밝은 가장자리

대성당 안은 닳은 판석처럼 서늘했고 모든 것에서 돌과 천년에
걸친 향냄새가 스며든 나무 냄새가 풍겼다. 우리는 천천히 성당
의 통로를 걸어갔다. 우리의 발자국 소리가 메아리쳤다. 그 메
아리가 어둠을 타고 달려가서 높은 벽을 기어 올라가 벽이 아닌
곳에서 다시 소리가 났다. 우리는 좌우 돌출 부분과 본당과의
십자 교차부에서 멈췄다.

　아버지는 내 오른쪽 어깨 옆에, 형은 내 왼쪽에 있었다. 우리
위로 쏟아진 햇살이 거대한 스테인드글라스 유리창들로 쪼개
졌다. 불가능할 정도로 높이 있는 둥근 천장은 청금색의 파란
색, 에메랄드그린색, 호박색, 버건디의 짙은 홍색 등 유리창을
통해 들어온 색들이 마구 움직여서 살아 있는 것처럼 보였다.
상대적으로 작아 보이는 의자들, 좌우와 제단을 향해 앞으로 솟
아 있는 키가 크고 엷은 빛깔의 기둥들, 성인 조각상들, 십자가

가 있는 곳마다 거대한 빛줄기가 떨어졌다.

아버지가 내가 질문하길 바라는 걸 알기 때문에 물었다.

"얼마나 오래됐어요, 아버지?"

아버지는 조용히 말했다.

"여기는 4세기 이후로 예배당이 있었다. 그곳은 1188년에 불 탔고 1200년에 사람들이 지금 우리가 보고 있는 이곳을 세우기 시작했다. 500년이 걸렸지만 아직도 완공은 안 됐어."

나는 사람들이 겨울에 꽁꽁 얼어서 부러질 것 같은 손가락으로 막대기 같은 나무 사다리 위에서 천국을 향해 돌을 힘겹게 끌어올리는 모습을 상상했다. 나는 그들의 '관념에 대한 믿음'을 상상했다. 이 말은 아버지가 즐겨 쓰는 표현이다. 아버지는 우리가 그 어떤 관념도 믿지 않는다고 생각했기 때문에 나나 내 '세대'를 은근히 공격하기 위해 쓰는 말은 아니었다. 아마 아버지 생각대로 우리는 그 어떤 것도 믿지 않는 것 같다. 우리 세대는 모두 아주 어마어마하게 나쁜 사람들로 판가름이 났으니까. 아버지가 내게 몸을 기댄 부분이 아주 무거웠다. 우리는 다시 앞으로 걸어갔다.

"1420년에 헨리 5세가 부르고뉴파와 프랑스의 미치광이 왕이자 사랑받는 샤를 6세의 부인과 거래하러 여기 왔지. 샤를 6세가 세상을 떠나면 프랑스 왕위가 도팽(황태자)이 아닌 자신에게 넘어올 수 있게 공작을 하려고 말이야."

"'도팽'이란 말 마음에 드네."

랄프 형이 말했다.

"미치광이인데 사랑을 받았다고요?"

내가 물었다.

"그렇지. 이게 우리에게 시사해주는 바가 있지 않겠니?"

아버지가 말했다.

"나는 '도팽'이란 말이 더 마음에 드는데. 영국인들은 이 말을 감자에만 연관시켜서 쓴다는 게 참 유감스럽다. 이것도 우리 영국인에 대해 뭔가 시사해주는 거겠지."

랄프 형이 말했다.

우리는 제단 앞에서 멈췄다. 여기에는 영원을 위해 인간이 전적인 노력을 기울여 만들어낸 거대하고 외경심을 자아내면서 기념비적인 거짓이 존재한다. 또한 여기엔 영원의 다른 이름인 죽음이 무덤 속, 조각상들 속, 일렁이는 촛불 속, 거의 벌거벗은 채 피로 얼룩진 몸으로 우리 위에 있는 거대한 십자가에 매달려 고통에 시달리는 이의 몸속에 깃들어 있었다.

아버지는 지팡이를 돌려서 팔을 쭉 뻗으면서 갑자기 생기를 뿜어냈다.

"하지만 트루아는."

아버지는 자신의 발음을 의식하면서 R 발음을 사정없이 굴려서 발음했다.

"트루아는 스테인드글라스의 생산 연대와 생산량으로 가장 유명한 곳이야. 여기서 가장 초기에 제작된 부분은 13세기 성

가대석으로 바로 저기 위쪽에 보이는 부분이야. 내가 좋아하는 유리는 저거야. '현명한 처녀들과 어리석은 처녀들' 이름도 마음에 들지만 저기에 악마에게 바친 유리판이 하나 있거든. 저기 보이니?"

우리는 아버지가 가리키는 곳을 봤다. 거기에 갑옷을 입고 투구의 얼굴 가리개는 내렸지만 부리와 뿔과 쇠 발톱이 있는, 사람들의 이목을 끄는 붉은 조상이 하나 보였다.

"흥미로운 점은 악마가 이 창문의 곳곳에 있다는 점이야."

아버지는 지팡이에 몸을 기대고 다시 여기저기 손으로 가리켰다.

"저기 위쪽에, 라파엘 대천사가 사슬로 악마를 산에 묶어놨지. 저 위쪽에는 수녀원에 초대된 악마가 보이고, 저기 또 저쪽에는 악마가 성모마리아에게 쫓겨나지. 예술가들이 악마를 얼마나 역동적이고 생기 있게 묘사했는지 봐라. 마치 예수그리스도가 아니라 악마가 살아 있는 영혼 같아."

랄프 형과 나는 아버지가 말하면서 가리키는 손을 따라 계속 돌았다. 나는 머리가 어질어질해진 채 위를 올려다보면서 아버지의 지식이 얼마나 방대한지, 아버지가 얼마나 많은 지식을 머릿속에 넣어 가지고 다니는지 생각했다. 아버지는 대성당과 역사와 스테인드글라스뿐만 아니라 그 이면에 있는 이야기들, 그것에 대한 참고 문헌들, 관념과 사상의 구조까지 다 알고 있었다. 아버지의 지식은 아버지에게는 아주 현실적이자 지금 당면

한 것이었다. 마치 이 이야기들을 아는 것만으로도 아버지는 이야기들에 참여하는 것 같았다. 전에 누군가가 병원에서 '외부에서 조달하다'란 말을 썼을 때 아버지가 내게 말했다.

"네 두뇌를 외부에 조달하는 일이 없게 조심해야 한다, 루."

아버지가 내게 기대며 말했다.

"날 좀 부축해다오, 애들아. 저기 앞쪽에 다 같이 앉자."

우리는 신도석에 자리를 잡고 앉았다. 내가 아버지 옆에 앉고, 랄프 형은 아버지 맞은편에 앉았다. 우리는 한동안 십자가를 빤히 올려다보았다. 아버지는 쉬고 있었고, 시간의 흐름이 느려졌다. 그때 랄프 형이 헛기침을 했다.

"안녕하세요, 예수 씨."

랄프 형은 우스꽝스런 지그문트 프로이트 억양으로 말했다.

"흠, 이번 주는 어떻게 보냈나요? 우리는 당신 엄마 이야기를 하고 있었습니다, 맞죠? 성모마리아? 처녀성을 한 번 말해보시죠. 당신의 어머니는 애정이 넘쳤나요, 아니면 차가웠나요, 서먹했나요? 기억이 나십니까?"

"랄프—"

"내 어머니를 동정녀라고 부른 사람은 내가 아닙니다, 프로이트 씨. 내 팔로워들이 그렇게 불렀죠." "당신 팔로워들? 인스타그램 팔로워들?" "잠깐만, 잠깐만, 내 노트를 좀 볼게요… 아, 그렇군요. 당신의 양 떼라고 부르는 사람들이 있죠. 맞나요? 당신에게 예배를 드리는 사람들, 맞죠?"

"랄프—"

"그래요, 내 양 떼." "하지만 말해주세요, 예수 씨. 당신의 신도들은 당신에게 어떻게 예배를 드리나요? 무슨 일이 일어나나요?" "대부분 그들은 무릎을 꿇고—" "양들이 무릎을 꿇어요?" "양 떼라는 건 은유예요." "알겠습니다. 그렇다면 동정녀라는거. 그것도 은유인가요?" "아뇨." "알겠습니다… 죄송해요, 선생님은 양들이 무릎을 꿇는다고 하셨죠?" "내 양들은 내가 십자가에 못 박힌 조각상 앞에 무릎을 꿇고." "아, 그래요, 그 기억이 나네요. 그거 역시 가시면류관과 채찍과 관계가 있는 거죠, 그렇죠?"

"랄프—"

"당신이 무슨 말을 할지 알고 있어요, 프로이트 씨. …나르시시즘이라고 하려고 했죠." "나르시시즘, 예수 씨. 그것도 틀림없어요. 또 제 생각에… 그게 가학피학증이라는 점도 받아들여야 합니다." "그다음에 나를 믿는 이들이 내 몸을 먹게 합니다." "그건 은유인가요?" "아뇨, 이건 분명히 말하지만 현실입니다." "아, 그렇군요. 인육까지 먹는군요." "그리고 그들에게 내 피를 마시라고 권합니다." "그렇다면 뱀파이어적인 요소도 있군요?" "그건 제가 하느님의 어린 양이기 때문이죠." "아, 당신도 양이군요, 예수 씨? 아, 그렇군요. 이거야말로 가장 흥미로운—"

"랄프."

아버지는 손을 들어서 랄프 형에게 그만하라고 명령했지만 화가 나진 않았고, 그저 다른 사람이 랄프 형이 하는 말을 들을까 봐 긴장했을 뿐이다. 나는 아버지가 미소를 짓고 있는 걸 알아차릴 수 있었다. 아버지와 랄프 형은 냉전을 벌이지만 비공식 루트로 동맹을 맺고 있으며 외교적으로 상대를 이해한다는 사실을 나는 잊고 있었다. 나는 또한 아버지가 랄프 형을 얼마나 애지중지하는지 잊고 있었다.

우리가 십자가가 있는 곳으로 발을 질질 끌며 왔을 때 아버지가 말했다.

"넌 어렸을 때 여기 온 적이 있어, 루. 네가 어렸을 때 말이다. 네가 태어난 후 우리 모두 처음 한 여행이었지."

"기억에서 지워져버렸어요."

내가 말했다.

"나도."

랄프 형이 고개를 끄덕였다.

"너와 잭은 내내 싸웠어, 랄프. 줄리아는 우울해했고. 잠도 못 잤지. 네가 하도 악을 쓰면서 울어대는 바람에 말이다, 루."

아버지는 이야기를 계속했다.

"난 버림받을까 봐 두려웠어요."

내가 대꾸했다.

"줄리아는 아마 산후 우울증이었을 거야."

아버지가 말했다.

"저도 그랬어요."

"우리 모두 그랬죠."

랄프 형이 덧붙였다.

우리는 그림 위에 8이라는 로마숫자가 써진 그림 앞에 멈췄다.

"나는 여전히 캐롤과 실제로 법정에서 싸워야 할지도 모른다고 생각했어. 거기다 줄리아는 왜 잭과 랄프 너희를 키우려고 그렇게 애쓰냐고 계속 물어봤지. 너희 둘 다 그때 시종일관 못되게 굴었으니까."

아버지는 얼굴을 찡그렸다.

"그때는 모두 신경이 날카롭고 걱정스러웠지."

나는 아버지가 캐롤을 입에 올리면서 엄마 이름도 같이 얘기하는 게 싫었다. 아니 캐롤의 이름 자체를 거론하는 게 싫었다.

"이유는 모르겠지만 그때 내가 옳은 일을 한다는 걸 알고 있었어. 그 이혼에 계속 확신을 가지고 있었지."

아버지가 말했다.

"그만하세요."

랄프 형이 말했다.

"모두 밴 뒤쪽에서 고래고래 소리를 지르고 줄리아가 내게 우는 걸 들키지 않게 창밖을 내다본다는 걸 알았을 때도 그랬다."

한쪽 벽감에 있는 받침대 위의 양초들에 불이 켜졌다. 촛불이 춤추고 있었다. 죽은 이들의 영혼 같았다. 랄프 형이 도착한 후 처음으로 다시 감정이 복받치는 걸 느꼈지만, 그보다 더 깊고 어둡고 기이한 여러 감정이 뒤섞인 난기류 같은 분노도 느꼈다. 아버지가 그 이야기는 그만했으면 싶었다.

"이 대성당에 차를 몰고 왔던 기억이 난다."

아버지가 이야기를 계속했다.

"우리는 랭스에서 막 도착했지. 비를 맞고 왔어. 그 후에 야영장으로 돌아가기가 두려웠던 기억이 난다. 하지만 그래도 내가 옳은 일을 한다는 걸 알고 있었어. 나는 옳은 결정을 내렸다는 걸 알아. 다만 내가 사랑하는 사람들이 다 울고 있거나 내게 소리를 지르고 있었지."

나는 악마의 붉은 기운이 내 얼굴 위로 슬금슬금 올라오는 걸 느낄 수 있었다.

"실은…."

아버지는 내게서 얼굴을 돌려 랄프 형을 바라봤다.

"지금은 그런 확신이 없다. 그때 같은 확신이 느껴지지 않아."

랄프 형은 꼼짝도 않고 서 있었다. 끌로 아주 날카롭게 깎은 흰 조각상 같았다.

바로 그때 깨달았다. 아버지가 확신이 없다는 걸.

이 모든 일, 지난 18개월 동안 정신과 의사들을 찾아가고, 의사들을 만나서 진찰받고, 수도 없이 토론하고, 이렇게 여행을 온 것 자체가 아버지가 결정했다고 생각했기 때문에 일어난 거다. 하지만 그건 거짓말이었다. 아버지가 사기 치고 연기를 한 것이다. 형들이 옳았다. 갑자기 더 이상 여기 있는 게 참을 수 없었다. 나는 떠나야 했다. 랄프 형이 마침내 여기에 왔으니까 저 늙은 꼰대를 부축해서 통로를 걸을 수 있을 것이다.

밖에 있는 광장으로 나오자 앞으로도 내가 결코 알게 될 일이 없을 남자들과 여자들이 주위를 의식하지 않은 채 먹고 마시면서 아무것도 아닌 것들에 대해 얘기를 나누며 숨을 쉬고 있었다. 상부가 아주 묵직한 목재 들보로 지은 중세풍의 집들 아래 층에 레스토랑들이 늘어서 있었고 옆길에는 '정식'이라고 적힌 광고판들이 보였다.
　잭 형이 문자를 보냈다. 비행기 좌석은 못 구했지만 대기자용 표를 사서 공항으로 가는 중이라고 했다.
　어떤 사람이 흰색 시트로엥 밴에 갈색 상자들을 싣고 있었다. 빵집에 있는 여자가 가게에 건 표지판을 영업 종료 쪽으로 돌리는 순간 보이지 않는 태양에서 반사된 빛이 가게 유리창에 번쩍였다.
　나는 에바에게 전화했다.
　"자기 괜찮아? 지금 어디야?"
　"광장에 있어. 트루아 대성당 바깥에 있는 광장."
　"무슨 일 생겼어? 내가 갈까?"
　"아버지가 지금 랄프 형에게 확신이 없다고 말했어."
　"전부 다?"

"전부 다."

"랄프 형은 뭐라고 했어?"

"그걸 누가 알겠어?"

"그건 괜찮은 거잖아? 안 그래?"

"아버지는 왜 랄프 형에게 물어보는 거지? 이미 결정해놓고. 그것도 12개월 전에. 이 일은 랄프 형과는 아무 상관이 없어."

"그건—"

"그게 다 개소리였어. 작년에 우리가 했던 모든 말이 다."

"아니야, 아니… 그건 그렇지 않아, 루. 생각해봐—"

"아버지가 확신이 없다고 그랬다니까."

"아니, 내 말 들어봐, 루. 당신은 그냥—"

"아버지가 확신이 없다는데 뭐. 랄프 형이 오니까 그랬단 말이야."

"루, 아버지는 아들들 모두와 얘기하고 싶으실 거야. 자기도 그건 예상하고 있어야지."

"지금 그러고 계셔. 아버지는 이 여행으로 우리를 협박한 거야. 형들을 다 여기 오게 하려는 수작이었어. 그게 아버지가 품은 꿍꿍이였어."

우리의 쓸쓸하고 파란 지구 위 어딘가에 있는 위성에서 침묵이 튕겨져 나왔다. 나는 말을 할 수 없었다.

"루?"

"이 상황이 너무 싫어. 돌아버릴 것 같아."

"내가 갈까?"

"그게 무슨 의미가 있어? 난 내일 밤이면 집에 도착할 텐데."

"그렇게 생각해?"

"아버지는 마음을 바꾸는 중인데 난 왜 그게 그렇게 화가 나는지도 모르겠어. 어젯밤에 나는… 맙소사, 내 머릿속은 엉망진창이 됐어."

"좀 쉬어, 루. 잠시 어디 가서 혼자 시간을 보내. 앉아서 뭔가 적어봐. 날 위해 뭔가 써봐. 아버지랑 형으로부터 한 시간만 떨어져 있어. 다시 자기에게 돌아올 길을 찾아봐."

내게는 5000만 원이라는 빚이 있다. 거기다 조금 더 빚을 진다고 해서 무슨 차이가 있겠는가? 그러니까 이건 집어치우자, 다 집어치우자고 나는 생각했다. 나는 지금 당장 기차를 타고 파리로 갈 수 있다. 발코니에서 센강이 보이는 호텔 방에 체크인을 할 수 있다. 거기 앉아서 담배를 피우고 술을 마시며 에바가 도착하길 기다릴 수 있다. 에바가 문으로 들어오면, 우리는 아무 말도 하지 않고 그냥 방 한가운데 서서 서로 마주 보며, 창문과 침대 사이에서 눈을 크게 뜨고, 남자와 여자의 기원에 대한 꿈속으로 사라지는 것처럼 그녀의 검은 홍채 속을 들여다볼 것이다. 나는 그녀의 형태, 그녀 몸의 형태, 그 몸이 내게 닿는 곳과 내 몸에서 떨어지는 부분을 감지하고, 그다음에 우리는 천천히 손을 들어서 손가락 끝으로 서로의 손가락 끝을 만질 것이고 서로의 지문을 느낄 수 있게 될 것이며, 좀 더 서로에게 측정할 수 없을 정도로 아주 서서히 가까워져서 천천히 내려가다가… 마침내 키스하는 순간이 오고 그러다 갑자기 미친 듯이 옷을 벗어젖히고(하나씩 벗을 때마다 키스하면서) 그때 나는 그녀를 알게 될 것이다. 단지 눈으로만 아는 것이 아니라 내 손과 영혼으로 알게 될 것이고, 그녀도 날 알게 될 것이다. 우리는 침대 위로 쓰러지겠지만 여전히 말은 하지 않을 것이다. 우리는 서로에게 평생 말하고 싶어 할 만한 모든 것이 될 테니까, 우리는 서로의 마음에 품은 가장 절실한 의미가 될 테니까, 우리는 수십억 년 전 아무것도 없는 폐허에서 하나의 말씀으로 천지창조가 시작됐을 때 그때 그 창조주가 하려고 했던 말이 될 테니까.

그게 내가 원하는 것이다.

그 후에 우리는 옅은 색 거울들과 짙은 색 대리석으로 둘러싸인 방에 있는 크고 뜨거운 욕조에 같이 앉아 시원한 화이트 와인을 마실 것이다. 우리는 서로에게 옷을 입혀줄 것이고 나는 그녀가 뿌린 향수의 향기와 따뜻하게 목욕한 살 냄새를 들이마실 것이다. 우리는 밖으로 걸어 나가 가파른 철제 지하 계단 아래 있는 바에서 술 마시면서 사람들이 실제로 어떤지 이야기를 나눌 것이다. 가면들에 대해. 가면 너머에 있는 또 다른 가면들, 그 너머의 또 다른 가면들, 그리고 또… 그때쯤 되면 우리 둘 다 술에 취해 엉망이 될 거고, 우리는 빗물에 젖어 미끄러운 자갈이 깔린 파리의 길을 걸어 돌아올 것이다. 그다음에 우리는 아파서 더 이상 할 수 없을 때까지, 오르가슴에 이를 수도 없고 소리를 지를 수도 없고, 다른 어떤 것에 신경을 쓸 수 없을 때까지 좀 더 사랑을 나눌 거다. 그다음에 창문을 열어놓고 침대 시트 하나를 같이 몸에 두른 채 발코니에 앉아서 부드러운 술 한 병을 옆에 두고 가파른 프랑스식 지붕 위의 밤하늘이 보랏빛을 띤 파란색에서 짙은 파란색으로 변할 때까지 마냥 지켜볼 것이다. 동쪽에서 해가 뜨고 공기 중에서 최근에 내린 비 냄새가 나면 다시 새로워진 느낌을 느낄 거다. 쉼 없이 돌아가는 지구의 밝은 가장자리에서 태양이 떠오르는 곳에 살고 있는 새로운 남자와 새로운 여자가 되어.

"영어 할 줄 알아요?"

"전 캐나다 사람입니다, 손님."

"여긴 프랑스계 캐나다 레스토랑인가요?"

"프랑스계 캐나다인이 주인인 레스토랑이죠."

"흥미로운데… 오케이, 좋아요. 우리에게 여기 식당에 있는 굴을 주시고요, 더 이상 상상할 수도 없는 최상급 샴페인을 주세요. 적당히 아무거나 주시면 안 됩니다. 제 동생이 지금 토라졌는데 이러다 녀석이 자살이라도 할까 봐 걱정이거든요. 우린 자살 충동이 아주 강한 가족이랍니다."

"소믈리에를 불러올까요?"

"그 남자 웨이터가 도움이 될까요?"

"남자가 아니라 여자입니다."

"그렇다면 최대한 빨리 불러주세요."

광장 건너편에 있는 목재를 반만 써서 지은 오래된 중세풍 집의 납 틀로 테두리를 두른 다락방 유리창에 불이 밝혀졌다.

"식사는요?"

웨이터가 날 보고 있었다. 나는 대답하려고 애를 썼다. 하지만 식욕이 사라져버렸다. 식사를 한다는 건 내 마음이 풀렸다는 뜻인데 난 두 사람에게 그런 의사를 전하고 싶은 마음이 하나도 없었다.

"굴을 좀 더 많이 주세요. 신선한 빵도 주시고."

"굴을 여섯 개 더 내올까요?"

"네…. 그리고 파에야도요."

"우리 레스토랑에 파에야는 없습니다, 손님. 죄송해요."

"우리는 그렇게 먹을게요. 그거랑 굴이랑."

웨이터가 어리둥절해졌다.

"메뉴에 파에야가 있나요, 손님?"

"그걸 내가 어떻게 알아요? 그건 당신이 내게 말해줘야죠."

"메뉴에는 없을 겁니다."

웨이터는 형 앞에 있지만 펼쳐보지도 않은 메뉴를 봤다.

"우리는 또 돼지고기 파이도 먹고 싶은데… 그건 될까요?"

랄프 형이 물었다.

"아! 네! 있어요. 투어티예어가 있습니다, 손님."

"그게 돼지고기 파이인가요?"

"돼지고기 파이입니다."

"나도 알고 있어요."

웨이터의 얼굴에 자랑스러운 표정이 떠올랐다.

"원래 퀘벡 요리입니다."

"퀘벡이라! 멋지네요. 아주 아름다운 말이에요. 그거 하나 주세요."

"알겠습니다."

"그건 메뉴에 나와 있나요?"

"아뇨."

"그러니까 메뉴로만 주문하는 게 문제가 있다는 걸 이제 당신도 알겠죠?"

"즈 부드레 르 카레 다뇨, 실 부 플레."*

아버지가 말했다.

"알겠습니다."

웨이터는 잠시 주위를 둘러봤다.

"주문은 다 하신 건가요?"

아버지의 눈은 반짝거렸고, 형의 눈은 죽음의 춤을 추는 것처럼 으스스했고, 내 눈은 아연 같은 파란색으로 저 파리풍의 지붕들처럼 내 눈에 닿는 모든 것은 주르르 미끄러질 거란 걸 난

---

* '양 등심 좀 주시겠어요?'라는 뜻.

알고 있었다.

"제 동생은 야채샐러드를 주세요…. 아니, 제발, 제 동생이 놓은 덫에 걸리지 말아요. 동생은 다른 사람들을 질책하는 수단으로 자책하길 좋아하니까. 자신의 고통을 온 세상에 투사하는 거죠. 이건 아버지에게서 물려받은 특성이랍니다."

"알겠습니다… 그러니까…."

웨이터는 망설이다가 자신이 할 수 있는 최선은 그저 주문을 반복해서 말하는 것이라고 결정했다.

"이게 다죠?"

"그리고 소믈리에요."

"마침 소믈리에가 여기 왔네요."

"마드무아젤."

"봉주르?"

"결혼했나요?"

"익스퀴제 무아?"

"영어 할 줄 압니까?"

"네."

"결혼했나요?"

"네."

"그러니까 마드무아젤이 아니라 마담이네요. 사과드릴게요. 이건 아주 쉽게 할 수 있는 실수죠."

그녀는 미소를 지었다.

"제 동생을 구해야 합니다. 여기서 제일 좋은 샴페인은 뭐죠?"

"세 뛴느 본느 케스티옹(좋은 질문이군요)."

"레 플뤼 본느(가장 좋은 것)."

랄프 형이 대꾸했다.

"죄송해요, 제 프랑스어가 엉망이라서."

"그건… 그건 기준이 뭐냐에 따라 아주 많이 달라지는데."

그녀는 아랫입술을 내밀면서 손바닥을 내보였다.

"말하기가 아주 힘들어요."

"살다 보면 그런 일이 아주 많죠. 우리는 버텨내야 합니다."

그녀는 다시 미소를 지었다.

"흠, 우리 레스토랑에 1996년산 고세가 있어요. 고세는 세상에서 가장 오래된 샴페인 하우스죠."

"그리고? 어쩐지 '그리고'라는 말이 나올 것 같은데요?"

"그리고 또한…."

여자 소믈리에는 마치 기도를 드리는 것처럼 그 이름을 말했다.

"필리포나 1990 클로 드 고세도 있습니다."

"어떤 걸 추천하겠어요?"

그녀는 한숨을 깊이 쉬었다.

"1996년 전에는 20세기 최고의 포도 수확기는 1990년이라고 확신했죠. 지금은…."

그녀는 오직 프랑스 여자만 할 수 있는 방식으로 어깨를 으쓱했다.

"지금은 그런 확신은 없습니다. 하지만—"

"하지만?"

"이 와인들은 한 치의 빈틈도 없습니다, 무슈. 이미 명성을 초월한—"

"돈은 걱정하지 마시고, 제 바지는 무시하세요. 이 바지는 어떤 여자의 남편 거니까. 오늘 우리의 유일한 관심사는 지금 이 순간 행복해지는 겁니다. 우리에겐 시간이 별로 없거든요. 우리 아버지는 며칠밖에 안 남으셨고. 제 동생은 아마 몇 시간밖에 없을 겁니다."

"흠, 아주 힘든 선택입니다, 손님."

"선택하기 불가능한가요?"

"그렇습니다."

"아, 뭔가를 선택하려고 하면 자주 이런 일이 일어나는 것 같군요… 이건 그저 선택이 주는 환상일 뿐이고 우리는 반드시 용기를 내야 합니다."

"용기요."

"내 생각에는…."

"네?"

"먼저 96년산을 마시죠. 그다음에 1990년산으로 하죠."

어려운 문제

"이거 일방통행로 같니? 표지판 본 적 있어? 네가 본 와인 가게
가 정말 여기 있는 거 확실해, 루?"

랄프 형이 물었다.

"응, 그럴 거야."

"이 자식들은 내가 순리를 거스르는 걸 싫어하는군. 좀 더 공
격적으로 운전해야 할 것 같아. 거기 뒤에서 꽉 잡고 있어."

형은 비상등을 켰다. 이건 비상사태였다. 앞쪽에 적대적으로
보이는 밴이 한 대 있었다. 메르세데스 벤츠였다. 운전사는 마
치 세계 정의를 혼자서 지키는 사람처럼 핸들 뒤에서 미친 듯이
손짓을 하고 있었다. 이 사람은 내 형이 어떤 상대인지 모른다.

랄프 형은 반쯤 보도 위로 올라가 있었다.

"망할 놈의 연석들."

형이 말했다.

메르세데스 벤츠가 후진을 하고 있었다.

아버지가 천천히 숨을 들이마셨다.

"캔터베리 이야기. 너희는 꼭 그 이야길 읽어봐야 해. 인생의 순례에 대한 얘기지. 거기 다 나와 있어. 1392년 그때 사람들이 어떻게 살아가고, 어떻게 사랑을 나눴는지."

"아버지, 망할 아무도 관심 없다고요. 그때도 사람들이 관심 있었는지 모르겠는데요. 왜 지금—"

랄프 형이 말했다.

"자전거! 저 자전거 조심해!"

"저 사람도 날 봤어."

"장하다. 어서 보도에서 내려가자고."

내가 말했다.

"불가능해. 우리가 가고 싶은 곳에 가려면 말이지."

"저기야. 오 크리외르 드 뱅."

내가 말했다.

"와인 홍보. 우리가 바로 그 일을 해야 하는데. 좋아, 루. 어서 저기 들어가서 아주 확실한 와인으로 한 상자 사와."

랄프 형은 핸드브레이크를 당겼지만 시동은 끄지 않았다.

"아버지는 여기 계세요. 누가 오면 아버지는 취한 데다 죽어가고 있다고 설명하면서 뭐 할 말 있으면 아들들하고 하라고 하세요. 루, 신용카드 가져와. 술 퍼마실 계절이 왔다."

에바는 자신이 하는 일을 다 좋아하진 않는다. 하지만 자신이 하는 일이 가치가 있다고 믿는다. 에바는 정의도 중요하다고 믿는다. 그 점에서 그녀를 존경한다. 데이터베이스 관리에 나도 같은 감정을 느낀다고 할 수는 없으니까. 어쩌면 이 일이 인류의 미래(우리 회사는 그렇게 믿고 있다)일지도 모르지만 그 미래에서 중요한 사람은 알고리즘 설계자들밖에 없다. 알고리즘 설계자들은 그 세계에서 신이나 신탁이나 뭐 그런 존재와 같다. 그들은 미래를 내다본다. 그들은 미래를 설계한다. 그들은 심지어 미래를 소환한다. 문제는 나는 시인이 되고 싶다는 것이다. 아니면 작가나. 설사 전에는 그럴 수 있었다 쳐도 지금은 그렇지 않다. 뭔가를 할 수 있다는 말은 재정적으로 살아갈 수 있다는 말이다. 사람들이 어떤 일을 할 수 있냐고 물어볼 때 그 말의 의미는 대부분 그걸로 먹고살 수 있느냐는 뜻이라고 나는 생각한다.

우리 가족은 착한 사람들이라 이런 화제를 자주 꺼내진 않는다. 그들이 모두 무슨 생각을 하는지 나는 알고 있다. 가족들이 서로 대화를 나누는 경우는 거의 없어도 내게는 모두 이야기하니까. 마치 내가 대화의 촉매 같다. 마치 내가 가족 중에서 그들의 얘기를 실제로 들어줄 수 있는 유일한 사람 같다. 마치 내가 서로에게 이야기할 수 있게 해주는 대리인 같다. 마치 모두 내게 충고를 하려는 것 같다. 아니면 나를 통해 그들의 인생을 수정하려고 노력하고 있거나.

인생이란 수정할 수 있는 게 아니다.

그래서 나는 모든 것을 적어둔다.

예를 들어 아버지는 세상이 누구의 통제도 받지 않은 채 끝없이 커지는 자본주의와 계속 획득하려고 하는 인간의 욕망에 의해 원자화되고 있으며, 세상은 자본주의가 아닌 새로운 관념을 간절히 원한다고 말했다.

잭 형은 선한 자본주의가 해낸 모든 일을 보라고 말했다.

랄프 형은 현재 자신은 아무 불만이 없지만, 지구에 사는 15퍼센트 넘는 사람에게도 자본주의가 바람직한 체제인 척은 하지 말자고 했다.

아버지는 탈냉전 시대가 최근에야 끝났다고 말했다. 즉 9·11사태와 2008년 금융시장 붕괴 사이 어느 지점에서야 끝났다는 것이다.

잭 형은 그건 좀 맞지 않는 소리라고 했다. 사실 탈냉전 시대는 냉전 때 태어난 아이들의 마지막 세대가 죽었을 때라고 했다. 그 말은 곧 아버지가 돌아가실 때를 의미하지만, 그렇다고 인정은 하지 않았다. 잭 형은 대영제국과 식민지들과 브리튼 전투에 대한 모든 기억이 바로 영국의 발전을 가로막는다고 생각한다. 잭 형은 근대화와 세계화에 반감을 품은 나라가 번창하길 바랄 수는 없다고 말했다.

랄프 형은 역사는 자신의 세대를 디지털로 변화되는 과도기 세대로 볼 거라고 말했다. 형 세대 이전과 이후의 세계는 완전히 달라질 것이라고.

아버지는 "그건" 모두 관념에 달린 것이라고 말했다.

랄프 형은 "그건" 모두 에너지에 달린 것이라고 말했다.

잭 형은 "그건" 모두 경제에 달린 것이라고 했다.

모두 진심으로 한 말이었지만 한편으로 진심이 아니기도 했다.

랄프 형은 모든 사람은 오르가슴을 느껴야 할 책임이 있다고 말한다.

잭 형은 유료 대중 미디어에서 뭐라고 주장하건 진실은 정반대일 것이라고 말한다.

아버지는 신문 가판대에 있는 잡지 선반들을 '통곡의 벽'이라고 부른다.

랄프 형은 한때 꿈들이 있던 자리에 회한이 세차게 밀려온다고 말한다.

잭 형은 더 이상 런던에서 정상적인 사람으로 살아가기는 불가능하다고 말한다.

아버지는 세상은 모든 가능성의 탄생, 모든 꿈의 죽음, 상상할 수 있는 모든 잔인함, 상상할 수 있는 모든 친절함을 다 한순간에 담고 있다고 말한다.

나는 듣는다. 나는 다른 사람들은 그러지 않는다고 생각한 방식으로 듣는다. 그리고 그걸 다 적는다. 어떻게든 그걸 포착하고 밀봉해 벽에 박아두고 싶어서. 나는 손으로 가리키면서 이렇게 말할 수 있는 뭔가를 원한다.

"저게 나고 저게 우리고 저게 그때고, 이게 우리가 한 일이고 이게 우리라는 사람들이야."

엄마는 이것이 작가의 욕망이라고 말했다.

나는 엄마가 돌아가시기 전에 시 쓰기 대회에서 상을 탔다. 그때는 여름이었고 그날은 아주 행복한 날이었다. 나만 행복했던 게 아니었다. 그 후로 나는 설득력이 있거나 가치 있는 글을 쓰기 위해 분투했지만, 글을 쓸 만한 아이디어도 부족했고 힘만 들이고 돈도 벌지 못했다. 가장 기이한 점은 내게 글을 쓰라고 격려하는 에바에게 화를 내지 않으려고 노력해야 한다는 점이었다. 왜 그럴까?

엄마는 평생 단 한 번도 밴을 몰지 않았다. 엄마에겐 쓰레기 같은 작은 차가 한 대 있었다. 엄마의 낡은 시디플레이어가 고장 나서 갑자기 차 안에 침묵이 흘렀지만, 아직도 가야 할 길은 수 킬로미터가 남았을 때 엄마가 내게 했던 이야기가 기억난다. 엄마는 시뿐만 아니라 책, 어른들의 사랑 이야기를 쓰고 싶다고 했다. 전통적인 방식의 러브 스토리가 아니라 부자 간의 사랑 이야기를 쓰고 싶다고.

우리는 운전하면서 이야기를 나눴다. 아버지는 우리 뒤에서 잠들어 있었다. 와인을 산 후 우리는 의자들을 펴서 뒤쪽에 침대를 만들어드렸다. 그게 더 편안할 것 같았다. 거기다 이제 랄프 형이 왔으니 그래도 될 것 같았다. 아버지와 나 우리 둘만 있을 때는 절대로 낮에 밴 안에 침대는 만들지 못했을 것이다. 그러면 밴 안의 분위기가 너무 퇴폐적으로 느껴지거나 어쩐지 윤리적으로 받아들일 수 없게 느껴질 것 같아서였다. 그렇게 하나씩 포기하다 보면 한없이 무너질 것 같아서. 랄프 형이 같이 있으니 우리는 어디서 왔는지도 모를 그런 생각은 머릿속에서 내보내고 그냥 우리가 하고 싶은 건 뭐든 할 수 있었다. 우리는 자유로웠다. 이건 일종의 기적 같았다. 랄프 형은 구세주와 정반대되는 사람인 것 같다.

"…너의 분노는 자연스러운 거야."

"정말 그럴까? 정말 자연스러운 거야?"

"다른 사람에 대해 뭔가 화가 나는 점은 너 자신을 더 잘 이해할 수 있게 이끌어주지. 잠시 그 점을 생각해봐."

나는 그렇게 했다. 난 아직 취해 있었다. 반대로 랄프 형은 와인을 마시고 오히려 술이 깬 것 같았다. 형은 혈중알코올농도가 어마어마하게 높은 상태에서도 예의 바르고 책임감 있게 운전했다. 이 차선에서는 차들이 천천히 가고 있었다. 형은 운전 에티켓도 잘 지키고 있었다. 백미러를 체크하고, 좌회전, 우회전 신호를 넣어가며 능숙하게 운전하고 있었다. 나는 아마 우리가 이 짓을 하는지도 모른다고 생각했다. 랄프 형이 마치 아버지를 죽이는 것처럼 확실하게 아버지가 죽어가도록 아주 미묘하게 방치하는 거다.

"기본적으로 인간은 자신의 삶에 의미를 필요로 해, 루. 인간은 항상 엉뚱한 곳에서 그 의미를 찾으면서도 너무 늦게야 그걸 알아차리지."

"꼭두각시 인형 같다는 소리야?"

형이 날 슬쩍 봤는데 표정이 부드러워졌고 눈은 미소 짓고 있었다.

"꼭두각시 인형극을 하지 말아야 할 이유는 수십억 가지가 있어, 루. 당연히 그렇지. 네가 책을 쓰지 말아야 할 이유도 그 정도로 많고, 노래를 부르지 말아야 할 이유, 하늘을 그리지 말아야 할 이유도. 중요한 건 그게 아니야."

"중요한 건 뭔데?"

"중요한 건… 네가 의지 하나로 뭔가 가치 있는 것을 하지 말아야 할 수십억 가지의 이유들을 극복하고 어쨌든 그걸 할 수 있냐는 거야. 대부분의 사람은 그럴 수 없어. 그 점을 생각해봐."

나는 그렇게 했다. 나는 모든 것을 생각했다.

랄프 형이 갑자기 나를 보더니 얼굴을 찡그렸다.

"잠깐만, 루. 우리 지금 내비게이션을 따라가고 있는 거야?"

"아주 독실하게 따르고 있지."

"이 망할 것이 지금 우리를 뤼르 방향으로 인도하는 거 알아?"

"믿고 따르라. 의심하지 말 것이며…."

내가 말했다.

우리는 운전했다. 아버지는 자고 있었다. 우리는 마치 인류가 오래전에 패배해서 이런 나무들 말고는 남길 유산이 하나도 없는 오래되고 현명한 왕국처럼 길가에 쭈글쭈글한 은빛 나무들만 자라는 길을 통과하고 있었다.

우리는 일반적인 부모들에 대한 이야기를 나누고 있었다. 나는 운전하는 랄프 형을 슬쩍 봤다. 아버지처럼 랄프 형은 여러 관념을 얘기하고 있을 때 가장 행복해 보였지만 형의 운동 능력은 아주 다르다는 걸 알 수 있었다. 형이 차선을 바꾸기 위해 방향 지시기를 켰다가 끄는 방식은 터무니없을 정도로 격식을 차렸다. 피아니스트가 아주 아름다운 작품의 일부를 소개할 때 하는 우아한 동작 같았다. 형은 날 위해서가 아니라 자신을 위해 그러고 있었다.

형은 아이와 부모의 인간관계가 모든 인간관계 중에서 가장 중요하고 친밀한 것이라고 말했다.

"무슨 뜻이야? 가장 친밀하다니?"

"내 말은 부모의 죽음에 대처하는 것이 우리가 하는 가장 사적인 일이라는 거지. 왜냐하면 그 관계는 바로 네가 어렸을 때로 돌아가니까. 어렸을 때의 그 기억으로."

"아하."

"유년기의 기억들은 아주 사적이잖아. 그 모든 순간. 너와 아버지 또는 너와 엄마. 아무도 그 순간을 공유할 수 없어. 너의 마음이 바로 그 기억으로 돌아가는 거야. 어쨌든 나는 그래. 유년기와 비교해보면 다른 모든 것은 인위적으로 느껴지지."

"그래?"

"다른 종류의 사랑이 있잖아… 예를 들면 애인이 있으려면 결정을 해야 해. 하지만 부모님은 선택할 수 없어. 부모님이 우리를 낳고 기르는 건 우리가 선택할 수 있는 게 아니라고. 난 가끔 자식은 평생 부모님의 죽음에 대비해 마음을 가다듬으며 살아간다고 생각할 때가 있어."

"인간은 언제든 부모를 증오할 수도 있잖아."

"그건 사실 부모를 사랑하는 것과 같은 거야. 프로이트를 읽어봐. 융도 읽어보고. 멜라니 클라인도 읽어보고. 내 생각에 내 비게이션이 우리를 다시 N19 도로로 데리고 돌아가는 것 같아."

"응, 그놈은 항상 마음을 바꿔."

"아니면 길을 돌아가는 걸 좋아하거나."

"목적지들을 증오하거나."

D4 고속도로는 아무 예고도 없이 D12가 돼버렸다. 우리는 한동안 아무 말도 하지 않았다. 나는 형을 좀 더 압박해야 했다. 형이 이 순간에 집중하길 바랐다. 형이 지닌 품위의 어두운 면은 형이 지금 이 현실과 거리를 둔다는 것이다. 나는 형이 정말 무슨 생각을 하는지 꼭 알아야 했다.

회색 지대. 대부분의 사람들은 거기 살고 싶어 한다.

내가 열 살 때 엄마랑 나랑 둘이서 인간의 뇌를 보러 간 적이 있었다. 런던에 그 전시회가 왔다. 어떤 미치광이 교수가 인간 몸의 껍질을 벗겨서 근육들, 장기들, 뼈들, 인대와 같은 인체의 모든 걸 볼 수 있었다. 대체 그걸로 어떻게 전시회를 만들어냈는지는 오직 신만이 알 것이다. 그 교수는 그 일을 해냈고 수십만 명이 그걸 보러 왔다.

그 교수는 특별한 진열 케이스에 인간의 뇌를 넣어서 전시했다. 인간의 뇌. 어떤 불쌍한 사람의 머릿속에서 끄집어낸 뇌.

그런데 그 뇌를 보고 내 뇌리에서 사라지지 않았던 건 바로 그 뇌가 온통 회색이었다는 점이다.

엄마가 아주 많이 그립다.

엄마의 표현을 빌리자면 엄마는 시를 쓰는 데 '실패'했기 때문에 심리학자가 되기 위해 다시 교육을 받았다. 엄마는 자신이 더 이상 글을 쓸 수 없다는 걸 인정하지 못해서 시험삼아 시작했지만 서서히 점점 더 열성적으로 공부했다. 엄마는 치료 전문가 자격증을 취득했지만 완전한 자격을 갖춘 심리학자가 되고 싶어 했다. 엄마는 시험을 찾아다니면서 보고 탐욕스럽게 강의를 들었다. 그리고 소규모의 상담 치료를 시작했다. 당시에 나는 알아차리지 못했지만 그건 엄마에겐 일종의 부활이었다.

암 진단을 받기 몇 달 전에 엄마는 당시 수업받던 코스의 일부로 '힘든 문제'에 대해 읽기 시작했다. 그 전시회에 간 날 엄마에게 그것을 물어봤던 기억이 난다. 그때 우리는 껍질을 벗긴 인간의 얼굴을 지나쳐 가고 있었는데 그 얼굴 뒤에 뇌가 드러나 있었다. 거기엔 귀도 없고, 두개골도 없었다. 그때 나는 엄마의 이야기를 듣고 있었지만 동시에 엄마가 말할 때 뿜어져 나오는 생기와 존재감을 강하게 의식하고 있었다. 그 생기는 점점 더 커지고 있었다.

힘든 문제란 우리의 생각과 관련이 있어, 루. 엄마는 그렇게 말했다. 인간의 뇌에서 그렇듯이 어떻게 특정 공간에 모여 있는 특정 원자들의 물리적인 처리 과정에서 의식이 생겨날까? 반면 같은 원자들인데 뇌가 아닌 다른 공간에 있는 원자들은 왜 그런 의식을 만들어내지 못할까? 아니면 만들어낼 수 있을까? 어떻게 분자들과 물질로 이루어진 물질세계에서 자기 인식이 일어날까? 우리가 경험이라고 부르는 건 뭘까? 인간의 신체 부위들이 여기 다 모여 있는데도 인간이란 요인이 부족하다는 건 웃기지 않니? 사람들 앞에서 그런 짓을 하기엔 내 나이가 너무 많았지만 엄마와 하나가 되고 싶은 마음에 엄마의 엉덩이에 내 머리를 기대고 싶었다. 나는 엄마의 감성에 의지해 그 바보 같은 전시회를 피하고 싶었다.

나는 엄마가 자신이 말한 실패를 딛고 일어서서 나중에는 아버지보다 훨씬 더 성공할 수 있었을 것이라고 생각한다. 엄마에게 시간만 있었더라면.

우리 밴의 엔진 소리를 듣고 있으면 최면에 걸릴 것 같다. 우리는 좀 더 얘기하다가 내가 그 화제를 꺼냈다.

"난 심각해, 랄프 형."

"나도 심각해."

이것이 말이란 거다. 우리 모두 가지고 놀다 결국엔 정면으로 부딪쳐야 하는 말.

"왜냐하면, 잠깐, 나부터 말하게 해줘. 아버지가 형 말은 들으실 테니까."

"이 일의 주인공은 아버지지 내가 아니야."

"형은 뭐라고 할 거야?"

"우리는 우리가 선택한 대로 되는 존재라고 할 거야."

"틀렸어. 아버지는 병을 선택하지 않았어."

"그건 아니지. 아버지는 그 병에 어떻게 대처할지 선택하잖아."

"형은 어떻게 생각하는데? 인정해. 형도 아버지 상태를 보고 충격받았잖아."

"내 생각에 우리가 할 수 있는 최선은 타인에게 투사하는 우리의 그림자를 거두는 거야. 난 아버지 옆에 있으려고 여기 온 거지, 의논하러 온 게 아니야."

우리는 일종의 숲에 들어왔다. 갑자기 동화 속에 들어온 것 같았다. 나무들 사이가 점점 어두워졌다. 소나무와 침묵. 뭔가 언뜻 보였다. 사슴이거나 수퇘지거나 도깨비인가. 아무것도 아니다.

어느 시점에서 랄프 형은 다시 아버지에 대해 '사람을 조종하려' 든다는 표현을 썼고, 그 말에 나도 조종당하는 기분이었다. 기분이 나빠졌지만 내가 할 수 있는 일이 없었다.

"…그게 무슨 뜻이야?"

"내 말은 아버지가 자신의 삶을 드라마로 만들고 있다는 뜻이야, 루."

"대체 그게 무슨?"

"생각해봐, 루. 생각해보라고."

"형—"

"아니, 기다려봐. 이 일이 어떻게 진행되고 있는지 생각해보라고."

"어떻게 그런 말을 할 수 있어, 랄프 형? 어떻게 '진행'되고 있다는 말을 할 수 있냐고? 어떻게 이렇게 불쑥 나타나서 다짜고짜 이런 말을 할 수 있어?"

"아버지는 평생—"

"형이 아버지의 평생에 대해 뭘 알아?"

"아하. 다시 너의 분노가 나오는데. 난 말이지, 오케이, 오케이. 넌 나의 말을 막고—"

"아니, 난 말을 막는 게 아니야. 난 형에게 부탁… 부탁… 부탁."

"뭘 부탁하는 건데, 루?"

"이 일에 관심을 가져달라는 거지."

꼭두각시들과 예언자들

우리는 침착했다. 우리는 괜찮다. 우리는 야영을 한다.

야영장 입구에 있는 오렌지색과 흰색 울타리가 세상의 모든 야영장의 울타리들이 그렇듯이 흔들거리며 올라갔다. 그걸 보자 림보가 떠올랐다. 춤출 때 쓰는 막대인 그 림보가 아니라 예수그리스도가 세상에 오기 전에 죽은 사람들을 위해 따로 분리해둔 지옥의 변방 말이다.

우리 셋은 말없이 동의했다. 오늘은 더 이상 게걸스럽게 먹어대지 않기로.

"전에 여기 왔던 거 기억나니?"

아버지가 날 돌아보며 말했다.

나는 침대 위에 누워서 자고 있었다. 쉬니 기분이 좋아졌다. 우리는 밴에 기름을 넣기 위해 멈췄고 아버지는 잠이 깼다. 그래서 자리를 바꿔서 아버지가 앞에 앉았다. 아버지가 잠이 깼는

데도 누워 있는 건 위엄이 없어 보였으니까. 도저히 다시 의자를 올려 정리할 기운이 나지 않아서 내가 대신 그 자리에 누워 한동안 아버지가 하는 말을 들으면서 자다 깨다 했다. 아버지는 차가 달리는 동안 랄프 형에게 독일 정치에 대해 심문하면서 즐겁게 시간을 보냈다.

"난 오직 트라우마만 기억해요."

내가 말했다.

"그렇군."

랄프 형이 운전하면서 끼어들었다.

"흠, 우리가 마지막으로 여기 왔을 때 너희 둘 다 아주 행복해 보였는데. 우린 여기서 5일 동안 있었다. 너와 잭, 너희 둘은 밖으로 나가 바에서 어슬렁거리며 테이블 축구 게임도 하고 사람들이 남겨놓은 술은 뭐든 훔쳐 마시려고 했지. 그러고는 너희에게서 나는 술 냄새를 내가 눈치채지 못할 거라고 생각하면서 돌아왔지."

"형이 그래서 방랑자가 됐나 봐."

"루, 너는 어두워질 때까지 네 자전거 위에서 놀았고. 그러다 네가 그 네덜란드 아이와 같이 덤불 속에 쭈그리고 앉아 있는 걸 봤단다. 그 아이 이름이 잔이었나. 너희 둘은 게릴라 대원인 척하고 있었지."

"아직 그 잔이란 아이를 찾을 시간이 있어, 루. 둘이 같이 커밍아웃 해. 브라이턴에서 둘이 성대하게 결혼식을 올리는 거야."

랄프 형이 말했다.

울타리는 수직으로 올라갔지만 좌우로 흔들리는 모습이 우리 보고 한번 용기를 내서 그 밑으로 지나가라고 하는 것처럼 보였다.

"저쪽에 자리가 있는지 한번 보자."

아버지는 왼쪽을 가리키며 말했다.

"반드시 강 옆에 자리를 잡아야 해. 거기가 조용하니까."

아버지는 다시 창문을 내리려고 팔을 톱질하듯 움직이기 시작했다.

"저기 봐."

랄프 형이 차의 앞 유리 너머를 가리키며 말했다.

우리 밴은 조금 높은 곳에 있고, 야영장은 그 밑에 있는 계곡에 있었다. 나무들 위로 뭉쳐 있는 구름이 보라색으로 멍이 든 채 다가오는 폭풍을 배 속에 품고 있었다. 태양이 서쪽으로 아주 낮게 떨어지면서 마치 누군가가 상상도 할 수 없이 아름다운 내일이란 페이지를 넘긴 것처럼 하늘의 4분의 1은 진홍색과 황금색으로 얼룩져 있었다.

"저 폭풍이 칠 때 우리가 텐트가 아니라 밴에 있어서 고마울 거야."

랄프 형이 말했다.

"항상 그렇지."

아버지가 대꾸했다.

"집에서 휴가를 보내면 어떨지 한번 상상해봐. 날씨는 하나도 중요하지 않을 테니까."

내가 말했다.

나는 지금까지 야영장을 족히 300군데는 가봤을 것이다. 그 야영장들은 모두 미묘하게 달랐다. 구조, 고객들, 분위기 다 달랐다. 한 가지 공통점은 거기 모인 사람들이 최선을 다해 즐기려고 노력한다는 점이었다. 왜 그럴까? 잔인하게 말한다면 사실 아무도 거기 있고 싶지 않기 때문이다. 모두 내심 오고 싶지 않았던 거다. 물론 즐거운 척 연기를 잘하는 사람들도 있었다. 배드민턴을 치고 바비큐를 하고 자전거를 타면서. 야영장에 오느니 차라리 침실 창문 밖에서 파도가 속삭이고 부겐빌레아 향이 나는 빌라에서 끝내주는 스페인 미녀와 시간을 보내며, 해가 지면 해변에서 친구들과 칵테일을 마시고 싶지 않겠는가? 그들은 그럴 것이다. 당연히 그럴 것이다. 그러나 그들은, 좀 더 운이 좋은 사람들은 바로 지금 그런 휴가를 보내고 있을 거라는 의심을 밀어두고(마음속 아주 깊은 곳에 묻어두고) 야영을 즐겨야 한다.

예외도 있다. 예를 들어 우리 아버지 같은 사람. 아버지는 야영을 선택한다. 아버지는 야영을 사랑한다. 아버지는 나중에 나이가 들었을 때는 다른 방식으로 휴가를 보낼 돈이 있었다. 하지만 그러지 않았다. 아버지는 차라리 방데 주위를 밴을 타고 도는 쪽을 선택했다. 아버지는 자신이 원하는 시간에 원하는 속도로 여기서 중세 성당을 보고, 저기서 신석기시대 동굴을 보고, 가능하면 포도원에도 간다. 나는 아버지가 외국의 들판 한 구석에서 해 질 녘에 자신의 큰 의자에 앉아 책 한 권을 무릎에 놓고, 바게트와 와인 한 잔을 들고, 하루를 마무리하며 따뜻한 호의를 선보이는 지구의 풍경 속에 앉아 있을 때보다 더 편안한 모습을 본 적이 없다.

"아무것도 변하지 않았구나."

아버지는 마치 이 말이 이곳에 바칠 수 있는 최상의 찬사인 것처럼 말했다.

야영장에는 온갖 다양한 형태와 색깔의 텐트가 있었다. 펼치면 튀어오르는 작은 회색 텐트들과 정사각형의 커다란 투명 비닐 창문이 있는 거대한 붉은색 텐트들도 있었다. 나무들 사이에 친 빨랫줄에 다양한 색깔의 옷들이 걸려 있었다. 차들과 온갖 종류의 캠핑카들이 주차돼 있었다. 실용적인 캠핑 신발을 신은 남자들이 냄비와 수저와 포크와 나이프로 가득 찬 대야를 들고 모래 빛깔의 씻는 구역으로 가고 있었다. 여자들은 각 야영 구역을 구분하는 낮게 자란 산울타리 너머로 이야기를 나누고 있었다. 자전거를 탄 아이들이 여기저기서 약속 장소로 달려가고 있었다. 나이 많은 커플들은 나란히 앉아 우리가 과속 방지턱을 천천히 넘어오는 모습을 지켜보고 있었다. 우리는 익숙한 표지판인 '라쾨이으'가 달린 사무실 옆으로 와서 천천히 섰다.

사무실 너머에 좁고 긴 땅이 있었다. 거기서 가족들이 볼 게

임* 또는 페탕크**를 하고 있었는데, 두 게임의 차이는 잘 모르겠다. 사람들이 지르는 소리와 웃음소리를 들을 수 있었다. 바에서는 형편없는 프랑스 유행가가 흘러나오고 있었다. 비대한 체구의 중년 남자 두 명이 걸어가는데 어딘가에 있는 수영장으로 가는지 둘 다 몸에 착 달라붙는 청록색 테두리의 검은색 수영 팬츠를 입고 있었다. 랄프 형은 연기를 하는 것처럼 과장되게 핸드브레이크를 잡아당겼다.

"저 목가적인 풍경을 보라."

형은 그렇게 말하면서 시동을 껐다.

"저거 봐라."

아버지는 칠판을 가리켰다. 아버지는 명절에 차린 음식상을 둘러보는 아이처럼 신이 나 있었다.

"저기는 아직도 소시지랑 프릿츠(프렌치프라이)를 파네. 저기에 우리 와인을 가져가도 될까?"

"아버지는 이제 사실 날이 사흘 정도밖에 안 남았으니 좀 더 반항적으로 살아도 되실 것 같은데요. 뭘 하시고 싶으면… 그냥 하세요. 사람들이 하는 말 있잖아요."

랄프 형이 말했다.

"누가 그런 말을 했는데?"

---

*   번갈아서 금속 공을 작은 공 가까이로 굴리는 프랑스 게임.
**   직경 10센티미터 정도의 철구를 던지는 볼 게임과 비슷한 게임.

"신경 쓰지 마세요."

랄프 형은 담배를 흔들었다.

"왜 이 우라질 창문은 작동이 안 되는 거냐?"

아버지가 물었다.

"고장 난 지 오래됐어요."

내가 말했다.

랄프 형이 내게 담배 한 개비와 성냥을 건네줬다.

"그냥 개 같은, 이라고 하세요, 아버지. 왜 이 개 같은 창문은
작동이 안 되는 거냐, 라고 하세요."

랄프 형이 말했다.

아버지는 뭔가 말을 할 것처럼 랄프 형을 보다가 그만뒀다.

"건전한 충고네요, 아버지. 요즘은 아무도 '우라질'이라고 하
지 않아요."

내가 말했다. 나는 밴의 옆문을 밀어서 열고 저녁 공기가 들어
와 금방이라도 암에 걸릴 것 같은 실내 공기를 몰아내게 했다.

사무실에서 여자 하나가 나타났다.

"제가 가서 여기에 자리가 있는지 알아볼까요?"

"야영지 한가운데는 안 되고, 강 옆에 있는 자리로 알아봐."

아버지가 말했다.

"신용카드 줘."

나는 아버지의 카드를 완전히 접수해버린 랄프 형에게 말
했다.

형은 아버지가 반대하기 전에 내 말에 따랐다.

"신나게 긁어봐, 루. 사고 싶은 거 다 사고. 난 아까 그 두 남자가 입고 있던 몸에 착 달라붙는 수영 팬츠가 좋겠어. 소아성애자들 사이에서 꽤 인기가 있을 만한 스피도*던데."

아버지가 날 돌아봤다. 아버지의 눈에 미소가 어려 있었다. 아버지는 거의 회춘한 것처럼 보였다. 이것은 아버지에게 일종의 귀향이었다.

나는 핸드폰을 체크했다. 이 망할 것이 다시 배터리가 거의 다 됐다.

나는 잭 형에게 우리가 있는 곳을 문자로 보냈다. 그리고 에바에게 문자했다.

'기분이 나아졌어.'

지난 5월에 에바와 나는 친구들과 같이 고카트**를 타러 갔다. 에바는 경주에서 날 이겼지만 나는 에바보다 한 바퀴를 더 돌았다. 그 후에 간 펍에서 우리는 벽감 안에 있는 작은 테이블에 어색하게 합석해야 했다. 실내는 꽉 차 있었고 다른 사람들이 자리를 다 차지했기 때문이다. 짝퉁 튜더 양식의 창문이 있는 펍에서 우리는 수제인 척하지만 실제로는 냉동 조리품으로 끔찍

* 몸에 딱 붙는 남자 수영복.
** 지붕과 문이 없는 작은 경주용 자동차.

한 맛이 나는 감자튀김과 새우튀김을 먹었다. 거기다 같이 나온 1회용 케첩 봉지는 절대로 찢어지지 않아 이로 물어뜯어야 했는데, 그것도 부족해서 케첩을 짜려고 할 때마다 사방으로 튀어버렸다. 봉지 속에는 케첩 소스도 얼마 없었는데. 미치고 환장할 노릇이었다.

에바는 부모님의 이혼과 그것 때문에 정말 잘 아는 사람이 아닌 다른 사람들과 있을 때는 자신이 낯을 가리면서 어색해한다는 이야기를 하기 시작했다. 대학에 다닐 때 사람들과 만나면 불편한 적이 많아서 정확히 말해 무례하진 않지만 좀 쌀쌀맞고 무뚝뚝하게 행동했는데 전혀 그럴 의도는 없었다고 말했다. 그때쯤 에바는 몇 명의 여자들에게서 '헛소리는 용납하지 않는 사람'이란 명성을 얻어서 그걸 키워 나갔다. 그녀들은 에바의 그런 점을 칭찬했고 그것 때문에 에바가 강한 사람…이라고 오해했다. 이 페르소나(가면)는 그녀들과 에바가 같이 어울리게 됐을 때 굳이 스스로 설명하지 않아도 됐기 때문에 더 쉽게 행동할 수 있는 방식처럼 느껴졌다고 한다. 이런 거침없는 페르소나가 그녀의 '성격'이 되기 시작했다. 사실 그건 그녀의 진짜 성격은 아니었다. 나와 같이 있을 때는 그런 방어와 공격과 중재란 모든 고리를 통과하기 위해 자신을 비틀 필요 없이 그저 있는 그대로의 모습을 보여줄 수 있으니 신기한 일이 아니냐고 했다.

그런 이야기를 하다 보니 우리는 자신의 상황을 이해하고 관리한다는 것이 얼마나 힘든 것인지, 그리고 다른 사람들(심지어 낯선 사람들까지)이 나는 볼 수 없거나 보지 않으려고 하는 나의 어떤 면을 가끔 볼 수 있다는 것이 얼마나 기이한지 얘기하게 됐다. 그때 나는 이 생각은 하지 않았지만⋯. 어쩌면 이게 사랑에 빠진다는 뜻인지도 모른다고 생각했다. 사랑은 상대가 나를 알고 있다는 느낌이 들어야 한다. 또는 나를 알고 용서한다는 느낌인지도 모르고. 그건 엄마가 아버지에게 느끼게 했던 감정이라고 나는 이제야 알아차렸다. 반면 캐롤은 그렇지 않았다. 그러다 갑자기 엄마가 세상을 떠나자 아버지는 더 이상 용서받는다는 느낌을 받지 못한 것이다. 아버지는 어떤 면에서 죄를 보상하고자 이렇게 열심히 노력하는 거다.

비가 밴의 지붕을 북처럼 치면서 흔들었다. 거리와 강이 있는 쪽을 내다보려고 내가 손으로 문지른 자리를 제외하면 유리창은 온통 김이 서려 있었다. 거의 아무것도 보이지 않았다. 마치 일종의 베일이 우리 밴 위로 던져진 것 같았다. 그래서 내 소매만 흠뻑 젖었다. 비에 대한 반격으로 우리는 히터를 최고로 올려 맹렬하게 돌아가게 했지만 밴 안의 습기에는 별 영향을 미치지 못했다. 오직 유럽의 빗속에 있는 낡은 캠핑 밴에서만 느낄 수 있는 방식으로 실내는 너무 뜨거운 동시에 너무 추웠다.

랄프 형과 나는 앞쪽에 있는 좌석에 앉아 자리를 뒤로 돌려놨다. 아버지는 테이블 맞은편에서 침대 위에 쌓아올린 베개에 옆으로 기대 누워 우리를 보고 있었다. 나는 곧 우리가 직면해야

할 큰 문제가 있다고 생각했다. 즉 우리 셋 다 한 침대에서 자거
나 아니면 지붕에 있는 침대 하나를 조립해서 세워야 할 텐데,
그건 아주 오랫동안 하지 않은 데다 그러면(아무도 그 말은 하지
않았지만) 아마도 비가 샐 것이다.

밴의 거실 안에는 등이 하나밖에 없어서 우리는 밀수업자처
럼 랜턴 안에 양초를 한 자루 켜놨다. 우리는 트루아에서 산 와
인 상자에서 꺼낸 와인 한 병을 열심히 마시고 있었다. 랄프 형
과 아버지는 마치 두 번째 구세주라도 되는 것처럼 그 와인을
얘기하고 있었다. 그걸 보면 좋아서 미쳐야 할 것 같았지만 내
게는 그저 오래된 교회 의자에 묻은 잼을 핥은 것 같은 맛만 났
다. 나는 다시 취했고 기분이 좋았다. 마치 내 배 속에 있는 쥐들
이 내 속을 갉아먹고 물어대는 걸 멈춘 것 같았다. 더 이상 와인
이야기를 할 수 없어서 두 사람이 얘기를 잠시 멈췄을 때 내가
끼어들었다. 나는 화제를 바꾸는 데 명수였다. 내가 가진 또 다
른 수완이었다.

"형의 새로운 쇼는 뭐에 대한 거야?"

랄프 형은 이를 쪽 빨면서 와인을 다시 입속에서 빙빙 돌렸다.

"쇼의 소재를 묻는 거야? 아니면 주제를 묻는 거야?"

"둘 다."

나는 와인이 아닌 다른 얘기를 하기 위해 말했다.

"그건 테이블 위에 사는 분라쿠 꼭두각시 인형인 모세의 삶
에 대한 이야기야."

"그렇군."

"분라쿠라고?"

아버지는 와인 맛을 볼 때 극도로 집중하는 그런 표정을 짓기 위해 얼굴을 찡그리며 물었다.

"일본 인형극인데, 세 사람이 극을 이끌어요. 인형은 판지로 만들죠."

랄프 형이 말했다.

"주제가 뭔데?"

내가 물었다.

"신과 인간."

랄프 형은 사무적으로 말했지만 표정은 진지했다.

"종교에 관한 연극이자 실존에 관한 연극이기도 하지."

"그렇군. 대단해."

우리는 아버지가 아주 고통스럽게 애를 써서 와인 잔을 내려 놓는 모습을 지켜봤다.

"왜 모세야?"

내가 물었다.

"모세가 신의 얼굴을 지켜봤으니까."

아버지의 침대 시트 위에 와인이 쏟아졌다. 아버지는 움찔하다가 짜증스럽게 다른 손을 움직였다. 마치 이것이 세상에서 제일 중요하지 않은 일인 것처럼. 아버지가 귀중한 와인을 낭비해서 화났다는 걸 알 수 있었다. 아버지는 와인을 사는 데 쓴 돈을 생각하지 않고는 못 배기는 것이다. 아버지는 반만 따라달라고 하면서 술을 자제하려고 그런 척했지만 사실은 잔을 제대로 잡지 못할까 봐 두려워서 그런 거였다.

"신이 어떻게 생겼는데?"

내가 물었다.

"이 경우에는 나처럼 생겼지."

랄프 형은 머리를 기울이며 말했다.

"당연히 그렇겠지."

아버지는 두 팔을 짚어 상체를 조금 일으키면서 말했다.

"모세는 아마 실존 인물이 아닐 거야."

"맞아요. 맞아. 그리고 그게 핵심이 아니겠어요?"

랄프 형이 말했다.

나는 의자에서 핥아낸 것 같은 시큼한 잼 맛이 나는 와인을 한 모금 마시며 말했다.

"그게 핵심이 아니겠어요?"

"모세는 작가가 만들어낸 허구의 인물이야. 사람들은 《성경》이 다른 모든 경전처럼 사람이 썼다는 사실을 잘 잊어 먹는 경향이 있어. 우리가 작가들에게 알 수 있는 한 가지는 그들이 개소리를 지어낸다는 거야. 이건 너의 표현이지, 루."

"전 그런 말 안 했어요."

"모세는 꼭두각시 인형극의 주인공으로 완벽한 인물이지."

랄프 형은 와인으로 입안을 헹구며 말했다.

"계속해봐."

아버지가 말했다.

"왜냐하면⋯ 왜냐하면 나의 모세는 나, 그러니까 꼭두각시를 놀리는 사람인 내가 그에게 생기를 불어넣을 때만 존재하니까. 심지어 그때도 관객의 마음속에서만 존재하지."

"계속해봐."

아버지는 또 그렇게 말했다.

나는 오랫동안 와인의 맛을 음미하는 척하면서 또 한 모금 꿀꺽 마셨다. 그렇게 와인을 삼키다가 문득 떠올랐다. 아버지는 항상 나와는 다른 방식으로 랄프 형에게 지독하게 관심을 가졌다. 아버지는 끊임없이 랄프 형이 무슨 생각을 하는지, 뭘 느끼는지 알고 싶어 한다. 그다음에는 형이 정말 무슨 생각을 하는지, 정말 뭘 느끼는지 알고 싶어 한다. 아버지는 아들을 이해하고 싶으면서도 절대로 그렇게 실천하지는 않는다. 평생 그래 놓고 또 알고 싶어 한다. 어떻게 이럴 수가 있을까? 어떻게? 어떻게?

"아버지 말씀이 맞아요. 《성경》에 나온 모세는 아마 실존 인물이 아니었을 거예요. 그의 이야기에 대한 모든 것이 아주―"

랄프 형이 말했다.

"적절하지 않겠지."

내가 의견을 냈다.

"충실하지."

아버지가 말했다.

"—아, 바로 그거예요, 아주 내용이 충실해요. 모세는 돌 위에 글자를 쓰죠, 맙소사. 모세의 눈썹은 불타는 덤불에 그슬리고, 모세의 거시기는 아마 작은 오이만 할걸요."

"모세는 역병의 사령관이지. 여자들과 아이들을 죽인 폭력적인 살인자고."

아버지가 덧붙였다.

"부족들을 다 몰살했죠. 모세는 사람을 죽이고 술을 마시고 음식을 먹고 섹스를 해요. 모세는 허영심이 많고 자만하죠. 모세는 끝도 없이 전쟁을 치러요."

랄프 형이 몸을 앞으로 조금 내밀었다.

"감히 산으로 올라가 신에게 항의하지."

아버지가 말했다.

"우리 모두 신이란 작자와 직접 만나 이야기를 나누고 싶잖아."

"루."

"신은 또한 모세에게 화가 나 있지."

랄프 형이 얘기를 계속했다.

"물론이야. 유대인의 신이 좋은지 나쁜지는 비평하기 나름이지. 그가 전능하다는 점은 아무도 반박할 수 없지."

아버지가 한쪽으로 처진 미소를 지으며 말했다.

두 사람이 날 위해 이 이야기를 한다는 사실을 나는 깨달았다. 내가 할 일은 계속 질문하는 것이다.

"좋아. 그런데 그 전지전능한 신은 왜 모세에게 골이 났지?"

"왜냐하면 신이 모세에게 바위로 가서 거기서 물이 흘러나오라고 말하라고 시켰거든. 모세는—"

랄프 형이 말했다.

"분노의 불꽃에 소진되고 말았지. 모세는 격노했어…. 모든 살아 있는 존재를 말살해버리는 신에게 조롱을 당한다는 사실에 격노했지."

아버지가 끼어들었다.

"모세는 생각했어. 개소리야. 신이 하라고 한 일을 넘어서서 한번 해보자는 심사로 주위에 모여든 사람들 앞에서 무대 한가운데 올라가 지팡이로 바위를 내려쳤어."

랄프 형이 계속 말했다.

"신이 내린 명령을 제대로 어긴 거지."

아버지가 덧붙였다.

"마치 신의 말만으로는 물을 만들기에 충분하지 않다고 믿은 거야. 마치 자신이 신이라고 믿은 것처럼 말이지."

랄프 형이 말했다.

"자만심이지. 자만심이야. 인간의 끝도 없는 자만심."

아버지는 천천히 고개를 끄덕였다.

"그렇군요."

"신이 모세에게 말해. 좋아. 이 역병 소년아. 넌 약속의 땅을 볼 수 있지만 네가 거기 갈 방법은 절대 없을 것이다. 그러니 거기길 잘 봐두고 그곳의 대기를 마셔보거라. 그다음엔 죽을 준비를 하고 절대로 다른 건 생각도—"

랄프 형이 입술을 빨면서 말했다.

"하지만, 하지만, 하지만⋯."

아버지는 이 여행을 떠난 후로 내가 본 중에 가장 열렬하게 이야기에 흠뻑 빠져 있었다. 랄프 형은 다른 사람은 결코 할 수 없는 방식으로 아버지를 살아 있게 만든다.

"신이 또 말했지. 내가 널 직접 묻을 것이다."

아버지가 말했다.

"정확히 그랬죠. 그게 신과 맺은 거래인 거야, 루. 신이 직접 몸소 아무 표시도 없는 무덤에 모세를 묻지."

랄프 형은 담배로 손을 뻗다가 망설이다가 그러지 않기로 했다. 우리 모두 입을 다문 채 눈 너머에 뭐가 있든 그 거대한 것을 들여다봤다. 돌풍이 몰아치자 마치 타란툴라 군대가 모여드는 소리 같은 빗소리가 났다. 랄프 형이 뭔가 대단한 결론을 내린 것 같은 느낌이 들었지만 대체 그게 뭔지 알 수 없었다.

"아무튼⋯ 그 쇼의 주제는 뭐야, 랄프 형?"

내가 천천히 말했다.

아버지와 랄프 형은 서로 마주 보면서 오랫동안 세상살이에 고통받아온 역전의 용사들처럼 고개를 천천히 흔들었다.

"미안해. 난 일일이 다 말해줘야 알아듣는단 말이야."

내가 말했다.

"루. 루. 그 점을 생각해봐."

랄프 형이 내게 고개를 돌리며 말했다.

"그러고 있어."

"모세는 존재하지만 동시에 존재하지 않아. 마치 꼭두각시 인형처럼."

"그렇지."

"모세의 배경 이야기는… 아무것도 아니야. 모세는 판지와 나무와 풀에 지나지 않지. 하지만 극장에서 모세는 살아 있어. 완전히 살아 있지. 그 꼭두각시 인형이 정말 거기 있다고 믿을 수밖에 없단 말이야. 넌 알아, 물론 알고 있지. 모세가 사실은 실제로 존재하는 게 아니라는 사실도 알지."

"어떻게 은유가 겹겹이 쌓여서 만들어지는지 봐봐."

아버지가 중얼거렸다.

"그렇군."

"극장에 머물러 있으려면 넌 두 가지의 개별적이면서도 모순적인 점을 이해하고 믿어야 해. 즉 네가 보고 있는 것은 사실이 아니면서 또한 사실이라는 점을."

랄프 형은 설명을 계속했다.

"그게 바로 종교야. 만약 종교인들이 사실이 아니라는 것을 먼저 인정한다면 말이지."

아버지가 말했다.

"그러니까 모세가 정말 살아 있지 않다면 정말로 죽을 수도 없어."

랄프 형이 말했다.

나는 그저 두 사람이 계속 얘기하도록 만들기 위해서라도 질문을 하고 또 하고 싶었다.

"이 모든 헛소리를 관객에게 설명하기 위해 무대에 자막을 깔거나 설명하는 사람을 세워두는 거야?"

랄프 형은 진력이 나서 고개를 흔들었다.

"모든 것은 현실이자 비현실이며, 진실이자 진실이 아니고, 현존하지만 그렇지 않기도 해. 관객들은 신민이야. 꼭두각시 인형은 예언자고, 난 신이지."

"나도 그 부분은 알아."

"예언자는 신 없이는 존재하지 않고 그 반대도 마찬가지야. 관객은 극장에서 자기들끼리만 남겨지는 걸 원하지 않아. 그러려고 돈을 내고 온 게 아니란 말이지. 아니고말고. 그런 건 절대 못 참지. 그럼 난리가 나겠지. 관객들은 꼭두각시 인형과 나에게 무대에 올라가 일하라고 요구하지. 그들을 즐겁게 해주는 일을 하라고."

"그들의 주의를 딴 데로 돌려달라고 하는 거야."

아버지가 말했다.

"그게 우리가 하는 일이야… 마침내 우리가 또 다른 벽을 통과할 때까지 또 다른 환상을 심어주는 거지."

"그게 뭔데?"

내가 물었다.

"음, 쇼 중간쯤 되면 모세는 꼭두각시를 조종하는 내가 있는 쪽을 향해 서서 여러 가지 요구를 해."

"그는 설명하라고 요구하는 거야."

아버지는 마치 그게 아들의 작품일 뿐만 아니라 자신의 작품인 것처럼 말하고 있었다.

"바로 그렇지. 그러면 관객들은 갑자기 나를 보게 돼. 그들은 처음부터 내가 거기 있었던 사실을 깨닫는 거지. 거기서 이 모든 것을 조종하고 있었던 걸. 그들은 물론 이 점을 알고 있었지만 깨닫지 못한 거야. 그런데 지금은 알지. 난 그 드라마의 배우가 돼."

아버지는 천천히 숨을 내쉬었다.

"신은 꼭두각시, 즉 예언자가 그를 볼 때만, 그때만 현실적인 존재가 되는 거야."

"아버지는 비평가가 됐어야 했어요."

랄프 형은 우리에게 온 후 처음으로 솔직하게 미소를 짓고 있었다.

"어떻게 내 모세가 내 손 없이 살 수 있겠어? 내 숨결 없이? 그럴 수 없지. 모세는 내가 만든 존재야. 내가 생기를 불어넣어 줬고, 모세를 움직이는 사람은 나 하나야. 모세는 살아 있는 게 아니야. 모세는 존재하지 않아."

아버지는 손가락질을 했다.

"그런데 어떻게 예언자가 감히 자신의 신에게 요구를 한단 말이냐?"

"어떻게 감히 빌어먹을 놈들이."

내가 맞받아쳤다.

"루."

"우리는 매일 밤 보고, 느끼지. 관객들이 어떻게 모세에게 반란을 일으키라고 선동하는지 말이야. 내가 모습을 드러내는 순간 관객들은 모세 편이 되지. 그리고 그들은 내게 등을 돌려."

"반란도 네가 만들어낸 것이지."

아버지가 말했다.

"맞아요. 그렇죠."

랄프 형은 실제로 씩 웃고 있었다.

"그 연극은 어떻게 끝나니?"

아버지가 물었다.

"나는 조금씩 양보하지. 조금씩 뒤로 물러나고, 꼭두각시 인형이 내게 대들게 놔두고."

랄프 형이 말했다.

"어떻게 끝나니?"

아버지의 눈이 반짝였다.

"어떻게 끝나?"

랄프 형은 꼭두각시 인형을 놀리는 손목을 들고, 손가락을 길게 위로 뻗었다.

"모세가 날 쫓아오게 해요. 날 쫓고… 또 쫓고… 또 쫓아서 산으로 올라오게 해요."

"그다음엔?"

아버지가 물었다.

랄프 형은 잠시 입을 다물었다. 그러다 손목이 홱 꺾여 밑으로 내려가면서 손가락들이 쫙 벌어졌다.

"그다음에 내가 신호를 주면 우리는 그 작은 얼간이를 우리가 서 있는 바로 그 자리, 무대 중간에 스포트라이트가 비추고 있는 그 자리에 떨어뜨려요. 그리고 우리는 걸어 나가버리죠. 그러면 갑자기 모세는 아무것도 아닌 존재가 돼요. 아무것도 아니죠. 판지와 풀. 무로 돌아가죠."

"완벽하구나."

아버지가 숨을 쉬었다.

"그중에서도 최고가 뭔지 아시죠. 관객들이 박수를 친다는 거죠. 그들은 미친 사람처럼 박수를 쳐요. 매일 밤. 그럴 때마다 나는 대체 저들은 뭣 때문에 저렇게 박수를 치는 걸까, 자문하곤 하죠."

"그들은 뭣 때문에 그렇게 박수를 치는데?"

내가 재촉했다.

"그들은 자신들의 예언자가 즉결 처형돼서 박수치는 거야. 전능하고 그 어떤 것도 개의치 않는 신의 손에 살해된 예언자의 죽음에. 매일 밤마다 그렇지."

"놀랍군."

내가 말했다.

"이 이야기엔 또 다른 관점이 있어. 이제 관객들은 아니까, 아니 기억하니까, 즉 내가 관객들에게 절을 할 때 나도 사실 인간이라는 점을."

랄프 형이 말했다.

"그건 아니지."

"꼭두각시를 놀리는 사람이긴 하지만 그들과 같은 인간인 거지. 그들이 박수를 치는 이유는 내가 이 모든 것을 만들어냈다는 것에 그들 스스로 의기양양하고 행복하고 깊은 인상을 받았기 때문이야. 쇼. 픽션. 신들과 예언자들에 대한 작품. 예술. 마법. 종교. 그들과 똑같은 인간이 이런 걸 만들었다는 점이 마음에 든 거야."

잠시 나는 랄프 형이 절을 할 것 같았고 이상하게 나도 박수를 치고 싶은 충동이 느껴졌다.

"나도⋯ 나도 그 연극을 봤더라면 좋았을 텐데, 랄프."

아버지는 다시 베개에 기대어 누우며 말했다.

이제 비가 더 세차게 내리고 있었다. 안개가 세상으로부터 우리를 차단한 것처럼 보였다. 아까보다 습기는 좀 가셨고 내 셔츠도 마르고 있었다. 촛불이 랜턴 속에서 커졌다.

"새로 한 병 딸게."

랄프 형이 와인 상자를 놔둔 테이블 밑을 손으로 만지작거리기 시작했다.

"난 됐다."

아버지가 말했다. 아버지는 베개를 새로 쌓아놓은 밴 옆에 몸을 기대고 있었다. 아버지의 얼굴이 조금씩 더 처지고 있었다. 갑자기 피곤해 보였다. 이야기하는 데 너무 빨리 기운을 써버린 것이다. 아버지가 물었다.

"다음엔 뭘 할 거니?"

랄프 형은 병을 꺼내서 마치 손으로 쓴 톨스토이 작품이라도 되는 것처럼 라벨을 감탄하며 바라보고 있었다.

"아브라함의 일생이요."

형이 대답했다.

"얼마나… 새 쇼를 무대에 올리려면 얼마나 걸리니?"

아버지가 물었다.

"6개월… 최소 6개월은 걸려요."

아버지는 말이 없었다.

"아브라함이 뭘 했는데?"

내가 물었다.

"신이 그에게 아들을 죽이라고 요구했지."

"아브라함이 뭐라고 했어?"

랄프 형은 코르크 마개 오프너를 병에 넣고 돌리느라 눈을 위로 치켜떴다.

"네, 라고 대답했지."

"맙소사."

나는 낮게 한숨을 내뱉었다.

"그의 외아들인 이삭을 아침 일찍 산 위로 데려가서 장작을 쌓아 제단을 만들고 아들을 거기다 묶고, 가지고 있는 캠핑 나이프 중에 가장 날카로운 것을 꺼내서 막 아들의 작은 심장에 찌르려고 했을 때 신이 '그냥 농담'한 거라고 말하지."

"그 신이 주요 종교의 시조 맞아?"

내가 물었다.

"동일인이지."

"그럼 아들인 이삭은 그 제단에 올라갔을 때 아버지와 신과 모든 것을 어떻게 느꼈을까?"

"《성경》에는 기록이 안 나와 있어, 루. 다만 그들이 그날 밤 묵었던 마을 이름만 나와 있지."

"지저스."*

"바로 그 예수야. 잊지 마. 예수는 신의 진짜 아들이라며. 그 점을 잊지 말자고. 신은 이 세상을 너무 사랑한 나머지 자신의 하나밖에 없는 아들을 줬지. 아들을 죽이겠다는 그 목적 하나로 아들을 낳는다는 놀라운 카드로 다른 모든 예언자와 맞서 이긴 거야. 물론 그것도 온 세상 사람들이 다 보는 앞에서 죽였지."

---

*　'맙소사'라는 뜻이지만 예수라는 뜻도 있음.

아버지의 말은 이제 조금씩 어눌해지고 있었다.

코르크 마개가 펑 소리를 내며 나왔다. 랄프 형은 그 마개를 코에 갖다 댔다.

"아브라함이 나오는 모든 주요 종교에서 죽음으로 사랑을 증명한다는 결론 말고 달리 무슨 결론을 낼 수 있겠니, 루? 특히 할 수만 있다면 최대한 공개적으로 자신의 자식을 죽이는 방식으로 말이다. 그게 승자야. 다만 순교가 아슬아슬하게 2위고."

랄프 형이 말했다.

"뚜껑을 딴 후에 와인에 공기를 좀 쏘여줘야 해, 랄프."

아버지가 중얼거렸다.

"죽음을 숭배하는 종교지. 나는 그것보다는 쾌락주의가 더 좋아. 루, 네 잔 줘."

랄프 형이 말했다.

"공기를 좀 쏘이라니까, 랄프."

아버지는 드러누웠다. 아버지는 이제 사정없이 지쳐버렸다.

"공기를 쏘여."

"시간이 없어요. 그럴 시간이 없어요."

랄프 형이 대답했다.

나는 랄프 형이 와인을 따르는 모습을 봤다. 형의 옅은 파란색 눈은 지성과 활기로 가득 차 있었다. 나는 형이 과연 술과 담배를 끊는 날이 올지 그리고 그렇게 취할 대상이 없다면 형은 어떻게 될지 궁금했다. 갑자기 형도 자신을 죽이고 있다는 생각이 들었다. 다만 조금 더 천천히. 형은 마치 파우스트가 시계를 보는 것처럼 와인을 바라본다.

"아니면 넌 이렇게 말할지도 모르지. 예수 본인이 원해서 자살했다고. 예수는 그 불쌍한 당나귀 등에 타고 예루살렘으로 갈 때 자신이 무슨 짓을 하는지 정확히 알고 있었으니까. 아니면 우리가 그렇게 믿게 된 건지도⋯."

아버지는 베개에 고개를 대고 눈을 감고 있었다. 우리는 말없이 와인을 마셨다. 아버지가 잠드는 모습을 지켜보는 것은 일종의 느리고도 끔찍한 예시 같았다. 아무래도 랄프 형과 같이 밖에 나가 빗속에서 마지막으로 담배를 피워야겠다는 생각을 하고 있었다. 비바람이 더 거세지고 있었다.

랄프 형은 등을 뒤로 기대고 앉았다.

"아버지가 뭘 하는지 모르겠어?"

형이 속삭였다.

"뭐라고? 무슨 말을 하는 거야?"

"잘 봐, 루. 넌 지금 아버지가 뭘 한다고 생각해?"

랄프 형은 잔을 들었다.

나는 목소리를 작게 유지하려고 노력했다.

"심신을 약화시키는 끔찍한 병으로 천천히 죽어가고⋯."

"하지만."

"하지만 뭐야, 랄프 형?"

내가 화난 목소리로 작게 말했다.

형이 내 얼굴을 똑바로 봤다.

"아버지는 지금 이 모든 걸 너에게 짊어지우는 거야, 루."

우리의 살아 있는 아버지는 바로 우리 앞에 있었고, 아버지가 내쉬는 숨은 아버지의 몸으로 들어가고 나올 때마다 매번 힘겹게 싸우고 있었다.

"그게 무슨 뜻이야?"

"아버지는 모든 걸 너에게 맡기고 있다고, 루."

배 속의 쥐들이 다시 살아나 와인 속에서 둥둥 떠다녔다.

"대체 그게 무슨 뜻이냐고?"

"그렇게 딱딱거리지 마."

난 언성을 높이지 않으려고 노력했다.

"음, 그만 닥쳐."

"내 말은 아버지가 모든 걸 너에게 맡기고 있다는 뜻이야. 아버지는 계속 언제든 네가 원하면 이 모든 걸 멈출 수 있다고 말하지, 그렇지? 아버진 그래도 괜찮다고 하고. 계속 그렇게 말하잖아. 마치 이게 네가 내려야 할 결정인 것처럼 말이야."

나는 랄프 형을 빤히 보았다. 형은 찬찬히 내 시선을 받았다.

"마치 병에 걸린 사람은 너인 것처럼 말이야. 마치 네가 결정을 내려야 하는 것처럼. 아버지는 이 모든 일을 책임지길 거부하고 너에게 다 덮어씌우고 있잖아. 아니. 그런 표정하지 마. 그래서 네가 트루아에서 그렇게 화가 났던 거야. 지금도 그렇게 화가 나는 거고."

"아니야, 난 형에게 화가 난 거야."

"잠깐이라도 그 점을 생각해봐. 아니, 잠깐만. 사실상 아버지는 네가 결정해야 한다고 말하는 거야. 자신의 삶이 살 가치가 있는가? 네가 그렇게 만들어줄 것인가? 아버지가 계속 살아가야 할 다른 이유가 있는가?"

랄프 형의 목소리는 음모를 꾸미는 것처럼 나직했다.

"아버지는 하나도 결정을 내리지 못했으니까. 대신 너에게 자신의 고문자가 되거나 아니면 처형자가 될 선택권을 준 거지. '아니에요, 끝까지 런던에 계세요, 또는 그래요, 스위스로 가요' 이렇게 네가 말하도록 한 거야. 이게 사실은… 사실은 널 죽이고 있어. 아버지의 아들인 널. 이건 다 널 죽이는 일이라고."

"아니야."

나는 이제 이 개자식에게 미칠 것처럼 화가 나서 낮은 소리로 쏘아붙이고 있었다.

"형은 그냥 여기 불쑥 나타나서 이런… 이런 개소리를 할 순 없어. 형도 이게 개소리라는 걸 알잖아. 형은 석 달 동안이나 아버지를 보러 오지 않았잖아! 형이 그 망할 놈의 꼭두각시 인형들과 놀아나고 있는 동안 나는 아버지를 돌봐야 했다고."

내 목소리가 점점 커지고 있었지만 멈출 수 없었다.

"형은 그 자리에 없었어. 이 모든 걸 하는 동안 단 한순간도 옆에 없었다고. 우리는 정신과 의사들과 실제로 이 끔찍한 질병을 앓는 사람들을 만나―"

"네가 화를 내는 이유는 내 말이 사실이기 때문이야."

난 고함을 지르기 직전이었다.

"형은 그 자리에 없었잖아. 그 집에 있던 그 불쌍한 인간이 우리에게 뭐라고 했는지 알아?"

"그건 이 이야기와 상관없어."

"이 상자에서 날 꺼내줘요. 그 사람은 그렇게 말했어, 형. 침대에 누워서 빌어먹을 엉덩이에서 똥을 질질 싸면서도 어떻게 할 수가, 어떻게 할 수가 없었다고. 그 사람은 자기 손으로 밥도 못 먹었어."

비가 요란하게 창을 두드리고 있었다.

"아버지를 돌볼 사람은 나잖아, 나라고. 내가 끝이 올 때까지 매일매일 빌어먹을 매일 그 빌어먹을 집에 가야 할 사람이라고. 형도 아니고, 잭 형도 아니고. 나야. 난 절대로—"

아버지는 갑자기 나보다 더 큰 소리로 고함을 지르고 있었다.

"밖에 누가 온 것 같다."

아버지는 몸을 일으키려고 애를 쓰고 있었다.

"밖에 누가 있어."

잠시 아버지는 혼란스럽고 두려워하는 것처럼 보였다.

"누가 문을 두드리고 있어."

나는 랄프 형의 눈을 똑바로 보고 있었고 형은 절대로 고개를 돌리지 않을 것처럼 내 눈을 뚫어져라 바라보고 있었다.

"아버지 말이 맞아요. 밖에 미친 사람이 돌아다니고 있네요."

랄프 형은 조용히 내게서 눈을 떼지 않고 말했다.

나는 머리끝까지 화가 난 채로 돌아서서 곧바로 문손잡이를 잡아당겨서 쾅 소리를 내며 슬라이딩 도어를 열었다. 순간 어두운 밤이 우리를 영원히 파멸시키려는 듯이 어마어마한 기세로 실내로 밀려들어왔다. 빗속에 기내용 캐리어를 가진 채 그 자리에 서 있던 사람은 바로 잭 형이었다.

아버지의 얼굴에서 눈물이 질금질금 흐르고 있었다. 병 때문인지 아니면 감정이 북받쳐서인지는 나도 모르겠다. 아버지는 취한 데다 기진맥진한 채 그저 이렇게만 말했다.

"잭, 나의 잭, 내 새끼 잭."

잭 형은 우리 가족이 모여 있는 비좁고 김이 나는 공간 속으로 몸을 기댔다. 형의 재킷은 빗물에 홀딱 젖어 쭈글쭈글했고, 적갈색 머리는 젖어서 김이 모락모락 나고 있었다. 형은 계속 쏟아지는 빗물에 눈을 깜박이면서도 우리를 하나씩 둘러보다가 활짝 미소를 지었다.

"나의 잭. 왔구나. 내 새끼 잭. 드디어 왔어. 우리 모두 여기 모였구나."

잭 형은 팔을 뻗어 아버지의 포옹에 화답했다. 형 뒤에 있는 나무들이 비바람에 무시무시하고 거세게 흔들리는 사이에 대지를 내리누르는 하늘에서 물벼락이 쏟아지고 있었다.

"우리 모두 여기 모였어. 우리 모두 여기 왔구나."

아버지가 말했다.

"세상엔 이유 없이 무조건 참석해야 하는 파티도 있는 법이죠. 어떤 종류의 파티인지 상관없이."

잭 형이 말했다. 형은 허리를 펴고 일어서서 달리 놔둘 곳이 없는 기내용 캐리어를 테이블 밑에 넣었다. 진흙투성이 구두를 벗어서 그것도 간신히 밑으로 밀어넣은 후에 침대 위 아버지 옆으로 기어 올라갔다. 형이 앉을 자리는 거기밖에 없었다. 나는 형 뒤에 있는 문손잡이를 잡아서 쾅 소리를 내며 다시 문을 닫았다.

"아버지 잘 지내셨죠?"

잭 형이 말했다. 형은 형만의 방식으로 엄숙하면서도 따뜻하고 웃기면서도 심각했다.

"아주 대단한 자리네요. 대단한 날씨고 대단한 숙소예요. 생각보다 캠핑 온 사람들이 없어서 놀랐어요."

"나는 신경 쓰지 마라."

아버지는 자신의 뺨에 흐르는 눈물을 가리키며 말했다.

"우라질 병 때문에 이런 거니까."

아버지는 고개를 흔들었다.

"그거 하고, 널 봐서 우라질 너무 기뻐서 그런다."

"와우. 아버지가 어쩐 일로 그런 표현을 다 쓰세요? 무슨 일 있었어요?"

"너무 그렇게 놀라지 마. 숙녀 분들은 아직 도착하지 않았어.

꽤 많이 올 걸로 예상하고 있어. 널 위해 큰 양동이에 가득 든 코카인도 아껴놨고. 루가 조금 맛을 보긴 했지만. 수갑들, 양초들, 눈가리개들, 다 준비됐어. 파티는 이제 막 시작했고. 다 순조롭게 진행될 거야."

랄프 형이 말했다.

"안녕, 친구."

잭 형은 엄마 배 속에 같이 있었던 쌍둥이 형제에게 보일 수 있는 최고의 미소를 지었다. 형은 테이블 너머로 몸을 내밀면서 팔을 뻗어 랄프 형을 끌어당겼고 랄프 형의 이마에 자신의 이마를 댔다. 둘은 그렇게 잠시 있었고 나는 랄프 형이 아무도 주위에 올 수 없게 쳐놓은 보이지 않는 철조망을 그렇게 쉽게 넘어갈 수 있는 사람은 세상에 잭 형 하나밖에 없을 것이란 생각을 했다.

"루, 내가 왔다. 내 동생, 네가 최고다."

잭 형은 내게 몸을 돌려서 내 양쪽 어깨를 잡고 내 코에 키스했다. 형의 턱수염이 내 입술을 스쳤을 때 거기 있던 빗방울의 감촉을 느낄 수 있었다.

"늦게 와서 너무 미안해. 내가 대체 무슨 생각을 하고 있었는지 나도 모르겠어. 이제 여기 왔다."

잭 형이 말했다.

"흠, 쳇 고맙네."

내가 말했다.

잭 형의 눈썹이 치켜 올라갔다.

"대체 우리 가족의 언어에 무슨 문제가 생긴 거야?"

"우리 모두 여기 모였다. 중요한 건 그거야."

아버지가 말했다.

"우린 악마의 무리에 가입했거든, 잭. 신의 적이 된 거지. 신이 지겨워졌거든. 우린 신이 유치한 공무원이라서 더 이상 시간을 들이거나 관심을 둘 가치가 없다고 결정했어."

랄프 형이 말했다.

아버지는 누비이불로 눈물을 닦고 있었다.

"우리가 와인병을 하나 땄다. 샤토 뻬숑 롱그빌 꽁테스 드 라랑드야."

"샴페인도 있어. 그거 따도 되고. 티에리 로데즈라고. 다들 모르지만 최고급인가 봐. 아주 기가 막힌 샴페인이야."

랄프 형이 말했다.

"얘들아, 다들 술 때문에 이런 거라면 나도 마셔야지. 아, 너무 피곤하다. 너무 피곤해. 나는 9일 연속이라도 잘 수 있을 것 같아."

잭 형이 말했다. 형이 엉망이 된 재킷을 벗자 랄프 형이 그걸 받으려고 손을 뻗었다.

"내 의자 등에 걸어둘게. 히터에 마를 거야."

랄프 형이 말했다. 우리는 잭 형이 손바닥으로 이마에 묻은 물을 밀어내는 모습을 지켜봤다. 형의 셔츠는 여기저기 짙은 색의 V자 무늬들로 흠뻑 젖어서 상체에 찰싹 달라붙어 있었다. 형은 퇴근하고 바로 여기로 왔다.

"아버지, 우린 여기서 뭘 하죠?"

잭 형이 물었다. 아버지가 고개를 저었다.

"내일, 내일. 이야기는 내일 하자. 자, 여기 내 잔 받아라."

"아버지는요?"

"아니, 난 안 마신다. 충분히 마셨어."

랄프 형이 잭 형에게 와인을 따라줬다.

"아이들이 없어."

잭 형이 싱긋 웃으며 잔을 들어 건배했다.

"그게 중요한 거야. 아이들이 없는 내일 아침이라."

잭 형은 길게 한 모금 들이키더니 그냥 고개만 끄덕였다.

"아침 몇 시간 동안 아이가 하나도 없는 곳이라고 보장만 된다면 난 알바니아 변소에서라도 잘 거야."

"끝 맛이 중요해. 끝 맛을 제대로 봐야지."

랄프 형이 재촉했다.

"우린 모두 여기 모였어."

아버지가 다시 말했다. 아버지의 눈이 반짝반짝 빛나고 있었다. 아버지는 일어나 앉아 몸을 앞으로 기울였다.

"와인 맛 같은데."

잭 형은 그렇게 말하더니 랄프 형이 시킨 대로 하고 나서 랄프 형보다는 아버지를 보며 말했다.

"좋은 와인이네요. 맘에 들어요."

그리고 다시 미소를 지었다. 아버지의 얼굴이 미소를 짓다가 일그러지다가 다시 원래의 모습을 회복했다.

"너희 쌍둥이가 두 살인가 세 살 때가 기억난다. 너희는 아침마다 먼저 옷 입는 시합을 했고 누가 이기든 새벽 6시에, 우라질 매일 아침마다 내 방에 달려와서 소리를 질렀지. '이겼어', '이겼어', '이겼다'라고. 너희 둘이 싸우는 걸 말리는 데 30분씩 걸렸다."

아버지가 말했다.

"맙소사. 아버지가 욕을 하는 이 상황에 익숙해질 수 있을지 모르겠어요."

잭 형이 말했다.

아버지는 망설이다가 이것이 마치 전쟁이거나 혁명인 것처럼 주먹 하나를 들어 올렸다.

"이건 실존에서 우러나온 격노야. 실존의 불타오름이기도 하고."

우리는 안정을 찾고 한 시간 동안 이야기를 나눴다. 빗발이 잦아들었다가 마침내 관 속에 갇힌 박쥐들처럼 속삭이면서 파닥이는 정도로 줄어들었다.

"어쩔 계획인데?"

잭 형이 물었다.

"스위스에 갔다가 집에 가야지. 지금 일정은 그래. 새로운 의견은 언제든 열린 마음으로 받아들일게."

랄프 형이 말했다.

"맙소사."

내가 말했다.

"그건 절대 안 돼."

잭 형이 단호하고 침착하고 확실하게 말했다.

우리 모두 술을 마셨다. 아버지가 손을 내밀어서 나는 내 잔을 건넸다. 아버지도 마셨다. 우리는 알코올의존자일 뿐만 아니라 위선자에다 거짓말쟁이에 기타 등등 다 해당됐다.

잭 형은 실내의 조용한 공기를 들이마셨다. 다시 주위를 둘러보며 아버지, 랄프 형, 그다음에 날 바라보고 나서 조용히 말했다.

"내 말은, 오늘 밤 잠은 어떻게 잘 계획이냐는 거지. 우리 어떻게 잘 거야?"

"아, 아. 잠잘 계획. 흠, 아버지는 침대에서 주무시고, 나랑 너는 지붕에서 자고, 루는 밴 밑에서 자고 일찍 일어나서 우리 아침을 만들어야지. 루가 베이컨에 생 자크 레드 와인을 돌돌 말아서 아침을 해준다고 약속했어. 루는 금방 그 재료들을 소싱하러(찾으러) 출발할 거야."

랄프 형이 말했다.

"'소싱'이란 말은 동사로 쓰는 게 아니다."

아버지가 중얼거렸다.

"난 호텔을 찾아갈 거야. 아침에는 비행기를 타고 샌프란시스코로 가서 날 정말로 이해해주는 여자랑 살 거야. 그다음엔 미트패킹 디스트릭트*에서 구약성서에 나오는 예언자들처럼 생긴 남자들의 초상화를 그려줄지도 모르지."

내가 말했다.

"네 머리는 대체 왜 그 모양이 됐어, 루?"

잭 형이 물었다.

"됐고."

"미트패킹 디스트릭트는 뉴욕에 있어, 루. 네가 말한 곳은 텐더로인이겠지. 텐더로인은 샌프란시스코에 있단다."

랄프 형이 말했다.

"랄프 형도 됐어."

"유감스럽게도 오늘 밤 파티 메뉴에 간음은 없단다, 애들아."

아버지가 말했다.

"그런 깨달음이 찾아온 순간이…."

랄프 형은 잔을 비우고 테이블 위에 올려놨다.

"파티에서 항상 가장 실망스러운 순간이죠."

"우린 그냥 다 여기서 잘 거야. 여기 이 밴 안에서 다 같이 자자."

* 한때 폐쇄된 정육 공장 지역이었지만 지금은 고급 패션 거리로 바뀐 곳.

아버지가 말했다.

"일어나면 계절이 바뀌었을 정도로 오래오래 자고 싶네요."

잭 형이 말했다.

"루와 잭이 알아줬으면 싶은데, 나도 이 지상에서의 마지막 며칠을 정확히 이런 식으로 보내고 싶어. 구닥다리 밴에서, 진창은 더 깊어지고, 근친상간이라는 무언의 약속이 있는 곳에서 말이지."

랄프 형이 말했다.

"걱정하지 마. 나한테 콘돔이 있으니까."

내가 말했다.

"잘됐네. 난 절대로 다른 사람은 임신시키고 싶지 않으니까. 그 결과란⋯ 너희는 임신에서 어떤 결과가 나오는지 절대 알고 싶지 않을 거야."

잭 형이 말했다.

"아, 난 알고 싶은데."

랄프 형이 대답했다.

"잘 준비하자."

내가 말했다.

나는 지붕을 올리는 걸쇠들을 풀기 위해 비좁은 실내에서 형들과 같이 섰다.

"걸쇠는 시계 반대 방향으로 돌려야 해."

아버지가 말했다.

3

아들들의 초상화

바다의 괴물들

발가락 사이로 파고드는 풀은 촉촉했고 나무들은 빗소리의 메아리와 함께 빗물을 뚝뚝 흘리고 있었다. 아침 공기는 신선하면서 중부 유럽의《장화 신은 고양이》왕국 같은 숲속과 계곡을 모두 거쳐간 낮은 구름 맛이 났다. 나는 엄지발가락과 둘째 발가락 사이에 끈을 끼워서 신는 슬리퍼를 끌고 강가를 내려다보고 있었다. 그곳은 아직도 나무들 사이에 부드러운 안개가 휘감겨 있었다. 폭풍이 친 후 아침에 찾아오는 정적은 신비로울 정도로 강렬했다.

내 뒤에서 요란하게 밴의 문이 옆으로 열렸다. 잭 형이 옅은 줄무늬 파자마와 갈색 브로그신*을 신고 아무 생각 없이 나왔다. 형은 어깨 위에 깨끗한 수건을 한 장 걸치고 깨끗한 옷이 들

---

* 가죽에 무늬가 새겨진 튼튼한 구두.

어 있는, 끈으로 졸라매는 백을 들고 나왔다. 잭 형이 주위를 둘러보는 폼으로 봐서 나처럼 숲속의 아침 풍경이 빚어낸 자연스러운 아름다움에 감동받은 걸 알 수 있었다. 각 야영장을 구분하는 용도로 쓰이는 산울타리 옆에 키가 더 크게 자란 풀 속에 청록색 프리스비(원반 장난감)가 하나 있었다. 나는 거기로 걸어가서 별 이유 없이 그걸 집어 들었다.

"인류가 자멸하면 나중에 이런 쓰레기들이 발견되겠지. 우리가 공룡 뼈들을 발견한 것처럼 말이야. 다시 생명이 시작된다고 치면 말이지."

내가 말했다.

"우리만 있기엔 우주가 너무 크잖니, 막내야."

잭 형은 눈썹을 치켜올렸고 우리는 세상에 정말 우리 둘만 있는 것처럼 한동안 거기 그렇게 서 있었다. 새들이 급강하했다가 내려앉은 하늘이 혼란스럽다는 듯이 이 나무에서 저 나무로 쏜살같이 계속 낮게 날아다녔다.

"꼬맹이들에게 프리스비 있어?"

"아니."

잭 형은 엄지와 나머지 손가락들을 좍 벌려서 앞이마에 머리카락이 난 부분을 마사지했다.

"내가 밴에 갖다놓을 테니까 애들 갖다줘."

나는 그걸 뒤쪽 타이어에 기대어 세워놓았다. 뭔가 기분이 달라진 것 같았다. 그러다 런던을 떠난 후로 이것이 미래에 대해 처음 한 생각이라는 사실을 깨달았다. 잭 형이 여기 와서 에너지의 방향이 바뀐 것 같았다. 우리는 이제 차로 취리히에 갈 수 없을 것처럼 느껴졌으니까. 뭔가 새로운 생각이 발전하고 있었다.

나는 잭 형이 서 있는 나무에 걸어가서 말했다.

"아버지가 마음을 바꾸길 원한다면 종교적인 이야기는 빼놓고 해야 해."

"아버지가 마음을 바꾸고 계신 것처럼 얘기하는구나?"

난 어쩔 수 없이 분노에 차서 패배한 것 같은 인상을 줄 수밖에 없었다.

"나도 모르겠어. 랄프 형이….."

"랄프가 아버지를 위해 아버지 마음을 바꿨다는 거야?"

"아버지는 마치 전혀 결정을 내리지 않은 것처럼 랄프 형에게 말하기 시작했어. 랄프 형은 그 대화 자체를 거부했고. 나도 잘 모르겠어."

"네가 알아야 할 필요는 없어, 막내야. 우리 삼형제는 하나를 위한 모두이자 모두를 위한 하나야. 네가 어렸을 때 우리가 자주 했던 말 기억나? 이 일은 우리가 해결할 거야."

잭 형이 미소를 지으며 말했다.

진홍색 나비 한 마리가 마음을 정하지 못한 채 아이보리색 꽃들이 활짝 핀 화단 주위를 맴돌고 있었다. 9월에야 꽃이 정신없이 만발한 걸 보니 누군가가 여름 막바지에 피길 염두에 두고 심은 게 분명했다.

"어떻게 할 거야?"

"아버지에게 말해봐야지."

밴의 문이 다시 열렸다. 랄프 형이 정말 차 안에서 아버지를 돕고 있는지 궁금해졌다.

"아버지는 형이 가톨릭 신자가 됐다고 생각하셔."

"그렇지 않아. 난 은밀하게 활동하는 드루이드*야. 하지만 아버지의 허풍을 막으려는 이 노력은 전부—"

"허풍이 아니야. 아버지는 죽어가고 있어, 잭 형."

"좋은 아침, 병사들!"

랄프 형이 밴의 문간에서 허리를 숙이면서 우리에게 소리쳤다. 형은 45센티미터 정도 되는 높이에서 땅바닥으로 마치 낙하산을 타고 점프하는 것처럼 뛰어내려 바닥에 발을 디디고 반듯하게 섰다. 형은 부츠를 신고 빌려 입은 조깅 바지에 아버지의 어마어마하게 긴 셔츠를 밖으로 꺼내 입고 있었는데 소맷동의 단추도 채우지 않아서 소맷자락으로 손가락 끝만 보였다.

랄프 형이 큰 소리로 말했다.

"대장정은 오늘 시작해."

"대장정은 후퇴였어."

잭 형도 큰 소리로 대꾸했다.

---

*   고대 켈트족 종교였던 드루이드교의 성직자.

"내 말이 바로 그 말이야."

랄프 형이 우리에게 와서, 세상 모든 공기를 다 들이마시며 민간인들의 무지에 기뻐하는 스파이 같은 미소를 지었다.

"우리에게 달리 어떤 길이 있겠어, 전우들? 우린 대패했잖아?"

"아주 웃긴 셔츠인데?"

잭 형이 말했다.

"너의 파자마도 못지않거든. 좋은 아침, 루. 가서 랩 댄싱 클럽을 찾아 산 좀 몇 방울 떨어뜨리고 오지 않을래? 온 세상을 깜짝 놀라게 하는 거지."

랄프 형이 말했다.

나는 고개를 천천히 젓고 나서 다시 밴으로 걸어갔다. 아버지는 침대 가장자리에 앉아 밖의 나무들을 보고 있었다. 아버지가 뒤쪽 침대에서 내려오려면 내 도움이 필요했다. 나는 세면용품을 챙기고 아버지에게 지팡이를 준 후에 아버지가 계단에 앉아 천천히 몸을 일으켜 서는 동안 가만히 서 있었다.

"여기서 세상이 시작되는 것 같구나, 루."

아버지가 말했다.

형들이 우리에게 돌아왔다. 나는 밴의 문을 너무 세게 쾅 닫았다. 물방울이 서서히 약해지는 호를 그리며 사방으로 튕겨나갔다. 우리 가족은 하나가 되어 내가 마치 평생 가까이하지 않으려고 노력해온 그런 싸가지 없는 인간인 것 같은 눈빛으로 날 보고 있었다.

랄프 형이 담뱃갑을 흔들어 담배를 한 개비 꺼냈다.

"내 생각엔 루가 우리에게 뭔가 할 말이 있는 것 같아. 밴은 중요하지 않다. 지금 네가 우리에게 하려는 말이 이거니, 루?"

"베를린에 성격 이식 같은 거 있어, 형?"

"거기엔 없는 게 없지."

"그럼 당장 예약해. 성격을 이식하지 말고 그냥 제거해달라고 해."

"난 그냥 밴에 그 문이 없으면 아버지가 밑으로 떨어져서 돌아가실지도 모른다는 말을 하는 거야."

"그냥 말하지 말란 말이야."

"그렇다고 우리가 디그니타스 근처에라도 가는 건 아니지. 안 그래요, 여러분?"

잭 형이 미소를 지으며 말했다.

아무도 입을 열지 않았다.

"그 이야긴 그 후에 하자."

아버지가 얼굴을 찡그렸다.

"뭘 한 후에요?"

랄프 형이 물었다.

"맙소사."

내가 다시 말했다.

"씻고 옷 갈아입고 아침을 좀 먹은 후에. 가게에서 크루아상

346

을 팔 거야. 내 기억이 맞는다면 아주 훌륭한 크루아상이지. 빵 가게에서 매일 아침 여기로 온단다. 잼은 얼마나 있니, 루?"

"충분해요. 여분으로 모렐로 체리 잼도 사놨어요."

내가 아버지의 어깨 너머로 말했다.

랄프 형이 갑자기 관심을 가졌다.

"댐슨 잼은 없어?"

아버지가 당황하지 말라는 뜻으로 한 손을 들어 올렸다.

"댐슨 잼은 이미 개봉했어."

랄프 형은 안도했다.

"차는 뭐, 뭐 있어?"

"다즐링. 정파. 퍼스트 플러시."

내가 말했다.

"나와 루는 그걸로 지금까지 버텼지. 가게에서 팡 오 레쟌* 도 판단다."

아버지가 말했다.

"팡 오 레쟌 데트르는 안 파나요? 우리에게 필요한 건 그건 거 같은데."

랄프 형이 물었다.

잭 형은 이런 미치광이들을 상대해야 하다니 믿을 수 없다는 표정으로 우리 얼굴을 하나씩 보고 있었다.

*   건포도를 넣은 페이스트리.

"모두에게 확실히 말해두겠는데, 우린 이 일을 제대로 이야기 해야 해요. 난 세 사람이 미지근한 샤워기 물에 거시기나 적시고 크루아상을 입속에 밀어넣는 모습을 보자고 상사들에게 거짓말을 하고 거금을 주며 루프트한자를 타고 날아온 게 아니라고요."

잭 형이 말했다.

"이제 출발할까? 샤워장에 빨리 도착할수록 뜨거운 물을 쓸 수 있는 확률도 높아진단다."

아버지가 말했다.

"그게 바로 우리의 거시기가 원하는 거죠."

랄프 형이 말했다.

나는 아버지에게 내 어깨를 대줬다. 우리는 발을 질질 끌며 앞으로 걸어갔다.

"나한테 온수 토큰이 몇 개 있어. 여기 샤워기들은 토큰을 넣어야 작동돼. 적어도 뜨거운 물은 확실히 보장된 거지."

내가 말했다.

"거시기의 망상이구나."

랄프 형이 말했다.

"밴드 이름으로 좋겠는데."

내가 말했다.

잭 형이 고개를 저으면서 천천히 숨을 내쉬었다.

우리는 천천히 이리저리 섞여서 같이 걸어가기 시작했다. 랄프 형은 우리 오른쪽에 있었고, 잭 형은 왼쪽에 있었다. 나는 몇 주 내로 아버지가 전혀 걷지 못하게 될 거라는 생각을 하고 있었다. 아마 그보다 더 안 좋아질지도 모른다. 아버지의 병이 빠르게 악화된다는 느낌이 들었다(우리 고문 의사는 간헐적으로 그럴 거라고 말했다). 아니면 이 부분이 특히 눈에 잘 띄어서 그렇게 보이는 걸지도 모른다. 어쨌든 샤워실로 가는 이 길이 아버지로서는 아주 멀 것이고 그만큼 기운을 많이 쓰게 될 거라는 생각이 들었다.

나는 잭 형이 마침내 여기 도착했으니 형도 이 끔찍한 현실을 직면해야 한다는 말을 하려는 것처럼 속도를 늦추면서 좀 더 힘겹게 걸었다. 아버지도 그러고 있다는 느낌이 어렴풋이 들었지만 어쩌면 그냥 내 상상인지도 모른다. 형들이 아버지의 장애를 인지하고 있으며, 형들도 우리 속도에 맞추고 있는 걸 느낄 수 있었다. 형들이 아버지의 다른 면을 어떻게 느끼건 상관없이 이 병은 조심해야 한다.

한편 우리 주위 사람들은 아침에 야영장에서 해야 할 일들을 하면서 수다를 떨고 있었다. 남자 아이 하나와 여자 아이 하나가 자전거를 타고 속도 방지턱을 넘어가면서 곡예를 부리고 있었다. 소년은 앞바퀴로 거칠게 방향을 바꾸면서 아무렇지 않게 묘기를 선보이며 아스팔트가 깔린 길을 벗어났다. 나는 소년이 그러다 통제력을 잃어버리면 그 상황에서 아버지가 재빨리 소년을 피할 수 있을지 걱정됐다. 우리가 잠시 멈춰 서서, 주위는 아랑곳하지 않고 요란하고 위험하게 자전거를 타는 소년이 먼저 지나가게 했다.

우리는 힘들게 앞으로 나아갔다.

아버지의 지시에 따라 우리는 야영장에서 가장 멀리 떨어진 외딴곳에 야영을 했다. 실은 아버지는 사람들과 같이 있는 걸 좋아하지만 동시에 멀찍이 떨어져 있고 싶은 마음도 있었다. 아버지는 매일 아침 빵집에서 줄을 서 있는 사람들에게 인사하고 싶어 하고, 저녁이면 캠프 바 테이블에 앉은 사람들과 명랑하게 합석하고 싶어 하지만, 그것은 항상 사람들에게서 아주 멀리 떨어진 벌판에서 산책을 하고 난 후의 일이었다. 아버지가 자고 일하고 쉬고 한 인간으로 존재하고 싶은 곳은 바로 그 들판이다. 이제 이렇게 먼 곳에 야영을 한다는 건 미친 짓이지만.

세면장 근처에서 나이가 지긋한 남자와 여자가 팽팽하게 당겨진 캔버스 차양 아래 니스를 새로 칠한 덱의 마룻장 위에 아주 깔끔하게 차려진 아침을 보란 듯이 먹고 있었다. 그 둘은 먹다가 우리가 지나가는 모습을 뻔뻔스러울 정도로 빤히 쳐다봤다. 아버지는 멈춰 서, 잠시 쉴 수 있게 된 걸 고마워하면서 지팡이를 휘두르며 그들에게 빵가게 차가 왔는지(마치 그것이 오늘의 큰 행사인 것처럼) 물었지만, 그들은 아버지의 말투에 배인 유머를 듣지 못했거나 듣기 싫어하는 것 같았다. 랄프 형이 그들에게 블리니(팬케이크)에 올릴 캐비아를 어디서 살 수 있는지 아냐고 물어봤다. 잭 형은 프랑스어로 물어봤다. 하지만 그 커플은 우리가 모르는 단 하나의 언어만 알고 있거나 아니면 세상과 소통할 준비가 돼 있지 않았다.

우리는 세면장으로 향하는 계단을 올라가다가 그 새를 봤다.

그건 비둘기였는데 계단 한쪽에 그냥 누워 있었다. 옅은 회색에서 짙은 회색이 골고루 섞인 꼬리 깃털이 펼쳐져 있었고, 등은 하얗고 얼룩덜룩한 날개는 접혀 있고 목은 검었다. 머리를 콘크리트 바닥에 옆으로 납작하게 대고 있어서 살짝 벌어진 부리는 어쩐지 미소를 짓고 있는 것처럼 보이는 반면 노란색 테두리가 쳐진 까만 눈이 공허한 눈빛으로 우리 발치에 놓여 있었다. 죽은 새였다.

우리는 모두 멈췄다. 나는 그 새를 발로 차서 치워버리고 싶은 충동이 들었다. 아버지도 그 새를 보고 있는 걸 알 수 있었다. 새는 다친 것 같아 보이진 않았다. 그냥 떨어져서 죽은 것 같았다. 새가 움직이지 않고 있을수록, 우리는 이 새가 살아 있는 동안 얼마나 많이 움직였을지 생각하게 됐다. 머리를 깐닥거리고 부리로 쪼아 먹고 날아다니고 펄럭거리고 싸우고 두 발로 뛰어다니고 그랬겠지.

지금은 아니다.

이 새는 아주 약하게 부는 바람에 깃털이 살짝 흐트러지고 나무 위에서 떨어지는 빗방울이 새의 머리에 흘러내려 마치 눈물을 흘리는 것 같은 모습을 제외하면 미동도 없었다. 나는 그 썩어가는 새의 살을 억지로 먹어야 할 것처럼 입속에서 죽음의 맛

을 상상하기 시작했다. 더러운 깃털과 함께 미끈미끈하고 차가
운 썩은 고기가 내 입속에서 움직이는 맛을 느낄 수 있었다. 토
할 것 같았다.

잭 형이 조용히 말했다.

"제가 계단 올라가는 걸 도와드릴게요, 아버지. 가서 뜨거운
물에 샤워해요. 우리 모두 기분이 나아질 거예요. 그다음에 밴
에 앉아서 제대로 끓인 차를 마셔요."

나는 그들을 계단 위에 내버려두고 가장 멀리 있는 화장실로
가서 문을 확 열고 구역질했다. 아무것도 나오지 않았다.

랄프 형은 와이셔츠의 단추를 끄르면서 말했다.

"나라면… 나라면 그 결정은 이미 내려졌다고 말하겠어."

랄프 형은 실내 주위와 우리에게 손짓을 하며 말했다.

"내 생각에… 우리는 취리히에 가는 거지."

나는 아버지가 신고 있는 크록스를 벗기고 아버지의 양말이
젖지 않도록 아버지가 다리를 올리는 걸 도왔다. 나는 고개를
돌리고 싶은 충동과 맞서 싸웠다. 긴 하루를 보낸 아버지의 발
에선 심하게 고린내가 났다. 우리는 공동 샤워실에 있었다. 샤
워실 양쪽에는 구식의 커다란 샤워기가 세 개 있었고, 가장자리
에 플라스틱 의자들이 있었다. 옅은 색의 타일이 깔린 바닥에는
군데군데 조금 위로 솟아오른 정사각형의 볼록한 부분들이 보
였다. 그걸 보자 잉글랜드가 한도 끝도 없이 어둡고 바람은 도

끼날처럼 날카로웠던 어느 황량한 한겨울, 아버지가 수영을 배우라고 학교 끝난 후에 날 데리고 갔던 곳에 있던 공중목욕탕이 떠올랐다.

"아직 진지한 결정이 내려진 건 아니라고 생각하는데."

잭 형이 말했다.

나는 의식적으로 악물었던 이를 벌려야 했다. '진지한'이란 말을 듣자 랄프 형이 하는 반항이나 거부나 그게 뭐든 거기 끼고 싶은 마음이 들었다. 나는 랄프 형에게 격분한 만큼 잭 형에게도 격노가 치밀었다. 이런 식으로 불쑥 나타나서 자기 의견을 내세우다니. 나는 그동안 느끼지 못했던 또 다른 기분, 즉 두려움과 당혹감 사이에 있는 어떤 감정을 내가 느끼고 있다는 사실을 알아차렸다. 왜냐하면 어떤 면에서 잭 형은 랄프 형보다 상태가 더 나쁘니까. 잭 형은 절대 물러서거나 기세를 누그러뜨리지 않을 것이다. 어쩌면 잭 형이 랄프 형과 정반대라서 그럴지도 모르고. 일단 형은 어떤 일에 참여하기로 하면 끝까지 가는 스타일로 에두르거나 빙빙 돌려서 말하지 않는다. 랄프 형에게 이 세상은 하나의 농담이고, 잭 형에게 이 세상은 시험이다. 문제는 우리 가족에게 일단 뭔가 하나가 시작되면 모든 것이 잇따라 일어나고 그러다 도저히 멈출 길이 없이 추락해버린다. 그래서 잭 형이 지금 이런 사람이 됐고, 랄프 형이 지금 이런 사람이 되고, 형들의 엄마와 우리 엄마와 아버지가 이런 사람이 돼서 모든 것이 엉망이 돼버린 거다.

잭 형이 차분하게 말했다.

"이 일이 정말 무슨 의미가 있는지 우리는 모른다고 나는 생각했어. 이 일이 우리 모두에게 미치는 영향 말이야. 내가 말한 것처럼 우리는 밴에서 이야기할 수 있어. 그렇게 할 거예요, 아버지. 그렇지 않으면 아버지 혼자 알아서 하세요."

그때 아버지가 느닷없이 퍼부었다. 마치 우리에게만 화가 난 게 아니라 베를린 장벽이 무너진 후 전 세계에 일어난 모든 일에 화가 난 것처럼 말이다.

"난 기쁘게 이야기할 거야, 잭. 난 얘기하고 싶다. 내 말을 믿어다오. 잭, 우리는 취리히로 갈 거야. 나는 내일 오후 2시에 약속, 상담이 있어. 의사가 날 보고 평가할 거야. 난 처방약을 받을 거고. 그리고 만약—"

"아버지."

잭 형이 아버지의 말을 잘랐다.

"내 말을 믿어, 잭. 난 런던에서 너의 우라질 짐이 되고 싶지 않은 것처럼 지금도 너에게 짐이 되고 싶지 않다. 하지만—"

"아버지—"

"짐이라고! 짐. 짐! 짐! 나는 이 우라지게 상투적인 말까지 증오한단 말이다."

아버지는 언성을 높였다.

"아버지는 짐이 아니—"

"짐이야!"

아버지가 너무나 큰 소리로 고함을 질러서 타일에 그 소리가 반사돼 온 실내 벽에 맞아서 튕겨져 나왔다.

나는 시선을 어디에 두어야 할지 알 수 없었다. 지난 18개월 동안 이토록 요란하고 공공연하게 아버지가 분노를 드러내는 모습을 본 적이 없었다. 잭 형이 그런 분노를 불러일으킨 걸까? 아무도 말하지 않았다. 형들은 화가 나는 와중에도 애써 이성으로 참고 있는 걸 느낄 수 있었다.

아버지가 몸을 뒤로 뺐다.

"난 너무 겁쟁이라… 아마추어처럼 자살을 하지도 못해서—."

"아버지."

잭 형이 다시 끼어들었다.

"법이 거지 같아서 나는 그 일을 너희 중 하나와 같이해야 한다."

"전 절대로—"

"가족이 해야 해, 잭."

아버지는 손으로 허공을 가르며 말했다.

"우라질 그래야 한단 말이야."

아버지는 다시 자신을 통제하기 위해 애썼다. 아버지의 얼굴은 축 늘어졌다가 다시 긴장되고, 축 늘어졌다가 다시 긴장되면서 사력을 다했다.

"아니면 간병인이 기소를 당하게 돼. 어리석고 황당한 법이지. 나는 그냥 루에게 부탁할 수도 있었어. 그건 공정하지 않고 옳지 않아 보이기도 했어. 만약 너희 중 하나가 해야 한다면 모두 해야 하는 거야."

아버지의 목소리는 비꼬는 기색이 어려 비통하게 들렸다.

"아니면 나랑 같이 가고 싶은 놈이 하거나."

"아버지—"

"난 우라질 죽어가고 있단 말이야. 우라질 죽어가고 있어!"

아버지의 메아리는 우리를 가두는 창살 같았다.

"아버지—"

"나는 우라질 죽어가고 있어. 너희에게 말해두겠는데 이건 정말 무지막지하게 똥 같은 현실이야."

"아무도 뭐라고—"

"죽는 사람이 내가 처음이 아니란 건 나도 깨달았어. 확실히 내가 마지막도 아니겠지."

아버지는 미소를 지으려고 애썼지만 심술궂은 표정이 되고 말았다.

"난 죽고 싶지 않다. 물론 결코 죽고 싶지 않아. 죽음이란 게 그런 게 아니잖니, 얘들아. 안 그래?"

아버지가 체중을 옮기자 싸구려 플라스틱 의자 다리가 타일 위에 솟은 부분을 긁었다.

"중요한 점은 고통스럽지는 않다는 거야. 내 말을 믿어. 이건 정말 굉장한 뉴스야. 대단한 뉴스라니까. 내일 우리는—"

"하지만—"

잭 형은 다시 끼어들려고 애를 썼다.

아버지는 다시 잭 형의 말을 잘라버렸다.

"내가 원하는 건… 내가 원하는 건, 잭, 이렇게 같이 있으면서 뭐가 됐건 계속 얘기하는 거야. 어리석거나 진지하거나 그건 중요하지 않아."

아버지의 입술에서 실타래에서 풀려나오는 실처럼 침이 길게 흘러내렸다.

"네가… 네가 이렇게 병이 들면… 인간은 육체적인 존재란 점을 깨닫게 된다. 다른 모든 건 중요하지 않게 돼. 너희는 내 우라질 아들들이야. 지금 중요한 점은 너희의 실질적인 동행이야. 같이 있는 거. 다 같이 뭔가 해보자. 함께. 우리 모두 여기 있잖니. 이 말은 명심해라. 우린 취리히에 갈 거야."

아버지는 정신 나간 사람이 아니고서야 그 진심을 의심할 수 없는 눈빛으로 우리를 둘러봤다.

아무도 입을 열거나 움직이지 않았다.

난 잭 형이 여기서 떠날 거라는(아마도 영원히) 생각을 하고 있었지만, 바로 그때 어떤 불쌍한 중국 혼혈 아이가 샤워실의 회전문 사이로 고개를 들이밀었다. 아이는 노인 하나가(반쯤 벗은) 플라스틱 왕좌에 앉아 있고, 젊은 남자 하나는(반쯤 벗은) 무릎을 꿇고 그 노인 앞에 있고, 중년 남자 두 명이(반쯤 벗은) 양쪽에서 그 둘을 지켜보고 있는 광경을 봤다. 네 사람 모두 추워서 닭살이 돋았지만 거길 나오거나 거기 그대로 있거나 샤워할 기색은 전혀 보이지 않았다. 아이는 그 모습을 보고, 이 사람들이 다시 보이지 않을 가까운 미래에 돌아오기로 마음을 고쳐먹고 머리를 쑥 빼서 가버렸다. 나도 그 아이와 같이 가고 싶었다.

잭 형은 못에 수건을 걸고 거기다 세면용품 가방이 떨어지지 않도록 조심스럽게 균형을 맞춰서 걸었다. 그리고 물었다.

"일어나서 씻을 수 있겠어요, 아버지?"

나는 아버지를 위해 중재에 나서야 한다는 느낌이 들었다.

"아버지는 뭔가 잡을 수 있으면 일어설 수 있어…. 이 병의 위험한 점 중 하나는 넘어지는 거야. 특히 과도기 단계에서. 그런데 지금이 그런 단계지."

"과도기?"

잭 형이 물었다.

내 마음속에서 역겨운 생각이 부글부글 끓어오르고 있었다. 그렇다, 나는 다시 아버지와 나만 있고 싶었다. 전처럼, 우리가 페리를 타거나 와인을 시음하던 그때처럼. 지금 모든 감정이 내 마음속에서 배배 꼬이면서 마비되고 있다. 나는 어쨌든 마치 올해 최고의 간병인 학생에 뽑힌 것처럼 아주 성실하고 차분한 얼굴로 주위를 둘러보며 말했다.

"이 병에 걸린 많은 사람들은 남은 시간을 세 부분으로 나눠. 걷는 시기, 휠체어 타는 시기, 침대에서 나갈 수 없는 시기. 과도기는 그 시기 사이에 있는 교차점이라고 할 수 있지. 아버지는 지금 1단계와 2단계의 교차점에 있어."

"난 아직 일어날 수는 있다. 뭔가 잡고 일어설 것이 있으면."

아버지가 말했다.

"토큰 꺼내, 루, 토큰. 이러다 우린 곧 거시기가 떨어져 나간 가족이 되겠어."

랄프 형이 말했다.

나는 팔을 위로 뻗어서 손을 내 반바지의 헐렁한 주머니에 넣었다. 주머니는 밑으로 축 늘어져 있었다. 내가 그 성가신 구리 토큰을 꺼냈을 때 어떻게 된 일인지 그중 하나가 내 손가락 사이로 쏙 빠져나갔다. 토큰은 떨어져 쨍그랑 소리를 내며 천천히 기울어진 바닥을 굴러가 곧바로 하수구의 넓적한 배출구로 들어가버렸다.

나는 무릎을 꿇고 배출구의 창살 사이로 손을 넣었지만, 회색 암흑이 들어찬 좁은 하수구 속에서 반짝이는 토큰까지 손이 닿지 않았다.

"내 샤워기를 같이 쓰자."

아버지가 제안했다.

"나랑 같이 써도 돼."

랄프 형이 말했다.

"다시 꺼낼 수 있을지도 몰라."

나는 어깨 너머로 말했다.

"루, 신경 쓰지 마. 내가 하나 사다 줄게."

잭 형이 말했다.

바닥 타일의 볼록 솟은 부분 때문에 무릎이 아팠다. 나는 옷을 벗고 있어서 춥고 오한이 나는 데다 마음속에서는 뜨거운 눈물이 솟구칠 것 같았다. 이러다 금방이라도 눈물이 나올 거라는 걸 알고 있었다.

"집을 수가 없어. 집을 수가 없다고."

내가 말했다.

"내 세면 가방 좀 주렴."

아버지가 부드럽게 말했다.

아버지가 내게 뭔가 할 일을 주고 있다는 사실을 깨달았다. 아이에게 하는 것처럼 내 관심을 딴 데로 돌리려는 것이다. 나는 일어서서 아버지에게 돌아섰다.

"그걸 열어봐."

"왜요?"

아버지는 우리 모두 준비가 된 것처럼, 우리 모두 다 괜찮고 아버지는 마음에 맺힌 것이나 분노가 하나도 없는 것처럼 다정하기 그지없는 미소를 지었다.

"가방 밑에 토큰이 몇 개 있으니까, 루."

"농담이죠?"

"아니야."

나는 아주 오래된 검은 세면 가방에 있는 쓰레기들을 뒤적거렸다. 랄프 형과 잭 형은 수십 년 만에 마술 묘기를 보는 것처럼 이 광경을 보고 있었다.

"이 야영장에서 나온 건지는 나도 잘 모르겠다. 하지만 그럴 거야. 야영장들은 다들 똑같은 시스템을 쓰니까. 20년 동안 거기다 그 토큰들을 가지고 있었다. 쓸 때가 있기를 기다리면서."

나는 가방 바닥 구석에서 말라버린 치약과 잊어버리고 쓰지 않아서 블리스터 팩*에서 터져나온 알약들 사이에서 작은 토큰 몇 개를 찾아냈다. 나는 그 토큰들을 미니 금메달처럼 들어 올렸다.

"여기 두 개 더 갑니다."

아버지는 우리를 하나하나 보면서 무대에서 연기하는 것처럼 크게 윙크했다.

"언제 어느 때 그게 필요할지 모르잖아."

아버지가 말했다.

이건 아주 대단한 승리였다. 이유는 모르겠지만 우리 모두 씩 웃고 있었다. 어찌된 영문인지 모르겠지만 덕분에 모든 게 괜찮아졌으니까. 이 토큰들이 우리 이야기의 증거이고 거의 잊어버렸던 지금까지 아버지가 잘 간직해두고 있었던 것처럼.

내가 건넨 토큰 두 개를 랄프 형이 구멍에 넣고 수도꼭지를 누르자 즉시 뜨거운 물이 밑으로 뿜어졌다. 랄프 형은 고개를 숙였다.

나는 아버지를 끌어안아서 일으켰다. 내 마음속 모든 것이 마

---

*   알약을 기포같이 생긴 투명 플라스틱 칸 안에 개별 포장하는 것.

치 새로운 자력 주위에서 다시 정렬되는 것 같은 느낌이 들었
다. 그 자력은 아버지의 용기와 아버지가 단 한 번도 자기 연민
에 빠지지 않았던 태도와 관계가 있다.

"바지를 벗죠, 아버지."

내가 말했다.

아버지는 내 어깨를 잡고 페이즐리 무늬 바지에서 빠져나
왔다.

"내가 할게. 형은 가서 샤워해. 아버지는 파이프나… 아니면
날 잡고 계시면 돼."

내가 잭 형에게 말했다.

잭 형은 그동안 아버지를 돌본 사람이 나라는 사실을 존중하
는 것처럼 고개를 끄덕였다. 잭 형이 랄프 형 옆에 서서 토큰을
넣자 두 번째 샤워기에서 물이 뿜어졌다.

갑자기 메아리가 울려 퍼지던 차가운 곳이 사라지고 이제 이
곳은 천장으로 솟구치는 김과 바닥으로 떨어지는 물방울들로
생생하게 살아났다. 마치 우리가 독일에 있을 때 아버지가 자주
데려갔던 오래된 신고전주의 양식의 목욕탕에 온 것 같았다. 벌
써 따뜻한 느낌이 들었다. 따뜻한 안개가 피어올라 꼭대기에 있
는 길고 좁은 창문을 휘감았다. 우리 모두 마음이 편해지고 기
분이 좋아지면서 있어야 할 곳에 있는 것 같은 느낌이 들었다.
또 다른 이유가 있었다. 우리가 취리히에 갈 것이라고 아버지가
말했기 때문에 배수구로 빠지는 물처럼 내 분노가 빠져나가고

있었다. 그것 때문에 기분이 훨씬 나아졌다. 훨씬 더 행복했다.

나는 잭 형을 과소평가했다.

아니면 다정함이란 게 뭔지 이해하지 못했거나.

아니면 내가 아버지의 아들이란 점을 잊었거나.

아니면 우리 모두 따뜻한 물세례를 받고 다시 태어났거나.

왜냐하면 이렇게 따뜻하고 비눗방울과 물보라가 튀는 분위기에서 잭 형이 입을 열었으니까. 형의 목소리는 어찌된 일인지 후드득 떨어지거나 쏴 하고 솟구쳐 나오는 물소리를 뚫고 크고 분명하게 들렸다.

"아버지, 제가 아이들의 학교와 얽힌 종교적인 일로 변했다고 생각하시는 거 알아요. 그건 절대 그렇지 않아요. 그건 그저… 제가 모든 일을 다른 각도에서 보기 때문이에요."

잭 형은 샤워기에서 흘러내리는 물을 몸에 맞으며 말했다.

"계속해봐."

아버지가 말했다. 아버지는 당신이 화를 다 쏟아냈기 때문에 누구든 하고 싶은 말을 할 수 있다는 듯 말했다. 이보다 더 합리적으로 열려 있는 가족도 없을 것이다.

잭 형은 미니 민트 샴푸 병을 손바닥에 대고 기울였다.

"아이들이 쌍생아간수혈증후군에 걸렸을 때 기억나세요?"

"물론 기억하지."

아버지가 말했다. 내 어깨를 잡은 아버지의 손에 힘이 더 들어갔고 나는 아버지가 랄프 형에게 그랬던 것처럼 잭 형의 이야기도 탐욕스럽게 듣고 싶어 하는 걸 알았다. 마치 갑자기 자신이 잭도 이해하지 못한다는 사실을 깨닫고 잭 형이 하는 말을 간절하게 듣고 싶은 사람처럼 말이다.

"우리는 임신 20주에 하는 검사를 받으러 성 토머스 병원에 있었는데 의사가 그랬어요. '지금 당장 킹스 병원으로 가세요. 태아들이 자궁 속에서 죽게 생겼어요.' 택시를 타고 곧바로 출발했는데 너무 당황한 나머지 엉뚱한 병원으로 가버렸어요."

"기억난다."

아버지가 말했다.

나는 랄프 형을 힐끔 봤다. 형은 마치 자기만 들을 수 있는 음악을 듣는 것처럼 고개를 좌우로 흔들고 있었지만 그런 내내 눈은 잭 형에게서 떼지 않고 있었다.

"우리는 세 시간 후에 그 병원에 도착했는데 교수가 우리를 아주 작은 방으로 데려가서 이렇게 말했어요. '이 경우는 대단히 복잡한 임신 사례입니다. 안타깝게도 지금 산모에게는 쌍생아간수혈증후군이라고 하는 증상이 있어요. 태반에 쌍둥이가 들어섰을 때는 상당히 흔한 증상이기도 합니다. 원래는 이럴 경우에는 향후 이틀이나 사흘 안에 태아 둘 다 죽을 가능성이 있어요.'"

잭 형은 머리를 문지르고 있었다. 이야기를 하는 내내 절반 정도는 눈을 감고 있었다.

"그 교수가 그랬어요. '나는 영국에서 유일하게 이 태아들을 구하는 수술을 할 수 있는 의사입니다. 우리가 이 병원에서 치료법을 개발했어요. 둘 다 살아날 확률은 30퍼센트밖에 안 되고, 분명 날짜를 다 채우지 못하고 조산할 겁니다. 그러니까 선택을 하셔야 해요. 하나는 아무 조치도 하지 않고 그냥 있는 건데, 어쩌면… 아마도 어쩌면 한 아이는 살 수 있을 겁니다. 두 번째 안은 임신 중절 수술을 하는 거죠. 셋째는 내가 레이저 건을 자궁 안에 넣어서 이 문제를 일으키는 태반 내 연결 혈관들을 제거하는 겁니다. 두 아이 다 죽을 확률이 약 3분의 1, 한 아이가 죽을 확률이 약 3분의 1, 둘 다 살 확률 역시 3분의 1입니다.'"

잭 형은 발을 씻기 위해 한 발을 들었다.

"그 교수는 그뿐만 아니라 자궁 내에서 그런 수술을 한다는 건 산모와 아이 둘 다에게 여러 위험이 따른다고 했어요. 이미 어떤 손상을 입었는지도 모릅니다. 박사가 그랬죠."

잭 형은 다리를 바꿨다.

"만약 그런 위험이 감당할 수 없을 정도로 커서 중절 수술을 받고 싶다고 결정해도 그건 아주 정상적인 반응입니다. 역시 위험 요인들이 너무 크니까요. 수술을 강행하고 싶다면, 내일 할 겁니다. 생각해보시고 어떻게 하고 싶은지 말해주세요. 저는 여기서 결정을 기다리겠습니다."

랄프 형이 넣은 토큰의 사용 시간이 다 됐다. 잭 형은 샤워기의 물로 몸에 묻은 비눗기를 씻었다. 잭 형의 배는 볼록한 반면 랄프 형의 배는 오목했다.

"그래서 우리가 말했어요. 위험을 무릅쓰고 모험을 하겠다고. 선택을 해야 했는데 우리는 삶을 선택했어요. 아이 둘 다를 위해서. 왜 그랬을까요?"

잭 형의 샤워기에서 물이 끊겼다. 랄프 형의 몸은 비눗방울로 덮여 있었다. 아버지와 나는 나란히 서 있었다. 우리 샤워기도 물이 갑자기 나왔던 것처럼 갑자기 멈춰버렸다. 우리 넷 모두 또다시 메아리치는 침묵 한가운데 서 있었다.

"왜?"

잭 형이 다시 물었는데 형의 목소리가 갑자기 조용하면서도 친밀하게 들렸다.

"계속해봐."

랄프 형이 말했다.

"왜냐하면… 왜냐하면 삶은 기적이기 때문이에요. 완벽하게 설명할 수 없는 기적. 종교적인 의미로는 설명할 수 없어요. 이 우라질 생명이 어떻게 시작됐는지 그런 면에서 본다면 어떨까요? 자궁에서 시작됐죠. 지구에서 시작됐고. 우주의 다른 곳에서는 이런 생명이 생기지 않을지도 모르잖아요. 우리는 그걸 모르고 이해하지도 못해요. 사실… 아버지에게 이런 말을 할 필요도 없지만… 생명만이 진정한 기적이자 가장 큰 신비일지도 몰라요. 아버지 그거 아세요? 아버지가 들이쉴 수 있는 숨이 열 번밖에 안 남았다고 해도, 그래도… 아버지는 끝까지 그 숨을 쉬어야 해요. 그렇게 하지 않는 건 모욕이니까. 생명에 대한 모욕 그 자체니까요. 그거야말로 우리가 받은 가장 큰 특권이에요. 이 기적 말이죠. 우리가… 우리가 가진 이 기적."

"계속해봐."

랄프 형이 또 말했다.

"아버지가 지금 하시는 이거… 이 일은 생명의 창조를 거역하는 거예요. 아버지는 그런 분이 아니시잖아요. 아버지는 아니에요. 우리 가족에서 우리 두 사람은 낙천주의자잖아요. 우린 삶에 호기심을 가지고 있고 삶에 적극적으로 뛰어들죠. 우리는 삶을 선택해요. 그렇지 않나요?"

잭 형은 우리를 하나하나 봤다.

내 모든 적대감은 물에 씻겨 사라져버렸고, 나는 이들과 함께 길을 잃었다.

"우리는 토큰이 더 필요해."

랄프 형이 조용히 말했다.

유령의 얼굴

나뭇가지들로 이뤄진 여기저기 끊긴 아치에서 아직도 빗물이 뚝뚝 떨어지고 있었다. 잭 형이 아버지를 도와 다시 밴으로 돌아가고 있었다. 길 양쪽에서 조직적이고 단호하게 마음을 먹은 사람들이 오늘 할 계획을 세우고 있었다. 나는 아버지와 형을 기다리느라 계속 걷다가 멈춰야 했다. 아버지를 부축하고 걸을 때는 아버지의 걸음이 얼마나 느리게 느껴졌는지 깨닫지 못했다. 랄프 형은 앞에서 자주 뒤를 돌아보며, 담배를 피우면서 하늘을 봤다가 우리를 봤다가 다시 돌아와 우리와 보조를 맞췄다. 나는 옆에 서서 기다렸다. 잭 형과 눈이 마주쳤지만 형은 더 이상 나를 상대하는 데 관심이 없는 것처럼 눈을 돌렸다. 졸지에 나는 아버지가 죽게 도와주고 있었는데, 잭 형이 끼어들어서 아버지를 반대 방향으로 데려가는 것 같은 느낌이 들었다. 나는 내가 틀렸거나 그보다 더 나쁜 놈이란 느낌이 들었고, 내 형(나의 끈기 있고, 고귀하고, 아무것도 두려워하지 않는 형)이 옳고 형의 올바름과 형의 그런 성격이 있어 우리 모두에게 다행이라고 느껴졌다.

"아버지는 전에 그러셨죠⋯."

잭 형은 조용히 말하다가 아버지와 같이 속도 방지턱을 넘어가느라 잠시 말을 멈췄다. 아버지와 잭 형은 어깨를 맞대고 있었기에 얼굴을 마주 보며 이야기할 수 없었다. 잭 형은 분명 앞에 있는 도로를 보며 말하고 있을 것이다. 내가 페리에서 그랬던 것처럼 잭 형이 아버지를 걷게 만들고 있다는 사실을 깨달았다. 아버지는 나에게 그랬던 것처럼 형의 말을 따르고 있었다.

잭 형이 이야기를 이어갔다.

"아버지가 전에 그러셨죠. 우리의 관계는 우리라는 사람을 이루는 큰 부분이라고. 관계가 우리 정체성의 반 이상을 차지한다고. 우리는 주고 받고 거부하고, 대담하게 해보는 사랑으로 이루진 존재라고."

"옛날에만 그랬던 게 아니라 지금도 그렇게 생각한다."

아버지는 안 그러려고 해도 다시 짜증이 났다. 지치고 술도 마셨고 긴 밤을 보내서 그런 것이다.

잭 형은 눈에 띄게 인내심을 가지고 아버지를 대했다.

"아버지에게 아버지의 관계를 고려해달라고 부탁하고 싶어요⋯. 이 일이 그 관계에 어떤 의미가 있는지. 사실 우리뿐만 아니라—"

"제발, 잭. 제발 이 일을… 내 손자들을 포함시킨 일종의 뇌물처럼 만들지 마라."

아버지가 한 손을 들어 올리면서 말했다.

"잭의 이야기를 끝까지 들어보세요, 아버지."

앞에서 가고 있던 랄프 형이 돌아보면서 크고 사나운 목소리로 말했다.

"계속 이야기해봐, 잭."

"전 그저 아버지가 가시면, 아버지가 가시면… 집안의 중심이 없어지게 된다는 말을 하는 거예요."

잭 형의 목소리는 평성가*처럼 속이 텅 비어 있었다.

아버지는 걸음을 멈췄다. 아버지는 지금 걸치고 있는 실내복 속에 거의 아무것도 입지 않고 있었다. 여기가 야영장이 아니었다면 당장 경찰서나 노숙자 쉼터로 끌려갔을 것이다.

"잭, 난 떠난다."

아버지가 멈춰 서 지팡이에 몸을 기댔다.

"우리 모두 이 세상을 떠나. 너도 마찬가지야."

두 사람은 다시 걷기 시작했다. 나는 아버지 옆으로 끼어들고 싶었지만 그러면 안 될 것 같았다. 그렇게 끼어들어서, 방향을 바꿔서, 짐을 다시 훔치는 건 나쁜 일 같았다. 짐이라니. 도저히 아버지와 형을 보고 있을 수 없을 것 같았다. 내가 아버지와 같

---

* 목소리만으로 노래하는 성가.

이 걸을 때 잭 형은 이렇게 느꼈을까? 제외된 느낌? 소외된 느낌?

한 가족이 승합차에 짐을 싣고 있었다. 기저귀들, 접의자들, '수영할 때 쓸 것'이란 라벨이 붙은 스포츠 백들.

"시오반… 시오반과 나… 우리 둘이 생각했는데….."

잭 형은 아버지를 부축하지 않은 팔의 손바닥을 가슴에 댔다.

"우리 둘 다 쌍둥이와 퍼시가 아버지와 알게 되는 걸 원치 않는다고 생각했는데 왜냐하면… 왜냐하면 이 병 때문이죠. 어쩌면 우리 생각이 틀렸는지도 모르겠어요. 저도 모르겠어요. 시오반의 생각이 워낙 확고해서요. 그런 시오반과 싸워야 한다고 느껴지지도 않았고. 이제는….."

잭 형은 말끝을 흐렸다. 이번에도 다시 말한 사람은 랄프 형이었다.

"계속해봐, 잭."

"이제 내가 깨달은 건… 사람들은 자신의 뿌리를 알아야 한다는 거예요. 쌍둥이와 퍼시… 그 아이들은 자신이 어떤 존재인지 알고 싶어 해요. 그 말은 할아버지를 알고 싶다는 뜻이죠."

아버지는 다시 멈췄다.

"우리의 공통점이 뭐지, 잭? 구체적으로 너와 나 말이다."

우리는 모두 기다렸다.

"우리가 뭘 공유하고 있지?"

아버지가 집요하게 물었다.

우리는 아직도 밴에서 600미터 떨어진 곳에 있었다. 밴은 모퉁이 너머에 있었다. 아버지의 눈에 물기가 어렸다.

"무슨 뜻이에요, 아버지?"

"내가 말해줄게. 우리는 둘 다 아버지야."

아버지는 반쯤 돌아서서 말했다.

이제 망설이는 사람은 잭 형이 됐다.

"네가 죽을병에 걸렸다면 네 아들들, 빌리와 짐에게서 넌 뭘 바라겠니? 막내 퍼시에게서 또 뭘 바라고? 내 말은 그 아이들이 좀 더 나이를 먹으면 말이다. 넌 뭘 바라겠니?"

아버지가 물었다.

잭 형은 대답하지 않았다.

"내가 말해주마. 아이들이 널 이해해주길 바랄 거다."

에바를 만나기 전 어느 날 밤, 나는 반쯤 취한 채로 외로워서 엄마가 쓴 문고본 시집 한 권을 끄집어냈다. 그 책은 엄마가 출판한 유일한 시집으로 아버지가 거기다 메모를 해뒀다는 걸 알고 있었다. 엄마의 시를 몇 편 다시 읽고 싶었지만, 또한 아버지가 시집 가장자리에 연필로 쓴 메모들도 보고 싶었다. 나는 앉아서 페이지를 넘겼다. 그런데 그게 내게 나쁜 영향을 미치기 시작했다. 두 사람이 그 시집 속에 같이 있는 걸 보는 것만으로도, 아버지가 엄마에게 쏟는 크나큰 관심과 집중과 헌신을 보자, 아버지가 엄마를 아주 진지하게 받아들인 흔적을 보자, 마음이 갈기갈기 찢어지는 것 같아서 더 이상 감당할 수 없었다. 나는 누군가에게 말하고 싶었다. 봐봐, 이것 봐, 이걸 좀 보라고. 내가 어디 가서 누구에게 이런 이야기를 하겠는가?

우리는 야외에서 아침을 먹고 싶어서 밴 옆에 차양을 쳤다. 바람이 불 때마다 젖은 나뭇잎에 남아 있는 빗방울이 작은 소나기처럼 우수수 떨어져서 어쩔 수 없었다. 나는 밴의 지붕 위에 올라갈 때 쓰는 작은 접이식 계단 위에 서 있었다. 내 뒤에서 잭 형이 차양을 받쳐줄 기둥을 하나 잡고 있었고, 랄프 형이 또 하나의 기둥을 잡고 있었다. 형들은 일부러 움직이지 않는 방식으로 말없이 내게 서두르라고 재촉하고 있었다. 두 사람은 노쇠한 백작의 양옆에 서 있는 병사들 같았다.

아버지는 접의자에 목욕 가운만 입고 앉아 나를 보고 있었다. 아버지는 완전히 탈진했다. 더 이상 걸을 수 없었다. 그게 진실이다. 단 한 걸음도 걸을 수 없었다. 아버지는 이제 걸을 수 있는 단계의 끝에 도달한 것이다. 심지어는 200미터 거리도 아버지에겐 살인적이었다. 아버지는 숙취에 시달리는 데다 짜증이 났지만 그 어느 쪽도 인정하지 않고 있었다. 아버지는 아직 깨끗한 옷으로 갈아입지 않았다. 그 옷들은 침대를 만드는 좌석들 밑 찬장 안에 들어 있었으니까. 아버지에게는 노여움에서 비롯된 에너지가 있었고 우리가 제대로 준비하길 바랐다. 다시 말하면 아버지는 우리가 밴 뒤쪽에 있는 침대를 다시 해체하고, 다른 의자들을 밖으로 꺼내오고, 야외용 테이블을 펴고, '우라질 차'를 끓이고 날 빵집에 보내서 크루아상을 사오길 바란 것이다. 우린 비행기를 타고 갔어야 했다. 공항에서 호텔로 곧바로 가서 깨끗하고 안락한 취리히에서 깨끗하고 안락한 이틀을 보냈어야 했는데. 그렇게 깨끗하고 안락한 결말을 맞아야 했는데.

"서둘러라, 루. 차 좀 마시자."

아버지가 말했다.

"하고 있어요."

아버지는 일반형으로 제공된 딱딱하고 작은 차양을 20년 전에 개조했다. 아버지는 캔버스를 자르고 접어서 원래 차양에 꿰매 붙여 우리 다섯 식구 모두 비가 와도 밖에서 테이블 주위에 편안하게 앉을 수 있었다. 모두 완벽하게 비를 피해 식사하고, 음료를 마시고, 카드를 하고, 이야기할 수 있단다, 루. 아버지가 종이접기처럼 캔버스 천을 두 겹으로 접어 개조한 차양은 전보다 훨씬 더 두껍고 단단해서 다루기가 아주 고약해 차양을 치려면 이제는 세 사람이 달라붙어야 했다.

"꼬맹이들을 캠핑에 데리고 가야겠어."

잭 형이 기둥을 설치하면서 말했다.

"아직까지 한 번도 안 갔다니 믿을 수 없구나. 그것만이 유일한 길인데…. 난 당최 해변에 퍼질러 있고 싶다는 얼간이들이 이해가 안 돼."

아버지가 공격적으로 말했다.

차양은 뻑뻑해서 말을 듣지 않았다. 하지만 그렇게 말하면 아버지의 솜씨를 비판하는 말이 될 거고, 따라서 아버지를 비판하는 말이 될 것이라 아무 말도 하지 않았다. 나는 다른 쪽 차양을 풀 수 있게 계단을 옮기려고 내려왔다. 공기에서 인류가 생기기 전에도 났을 것 같은 젖은 나뭇잎과 솔향기가 풍겼다. 우린 아침을 차려서 먹어야 했다.

"아이들은 이 밴에 대해서 들었어요. 이 밴으로 캠핑 가고 싶어 해요."

잭 형은 이 아이디어가 아버지에게 바치는 뇌물인 것처럼 말했다.

아버지는 퉁명스럽게 대답했다.

"시오반이 그렇게 놔두지 않겠지."

그때 처음으로 잭 형도 퉁명스럽게 대꾸했다.

"그건 분명 슬프게 끝날 관계를 아이들이 맺는 게 시오반이 싫어서 그렇죠."

"모든 사람은 죽는다, 잭. 넌 그걸 이해 못하겠니?"

"미리 정해진 날 정해진 시간에 죽는 건 아니죠."

나는 차양을 풀었다.

"아, 그러니까 날짜가 미리 잡힌 게 문제란 말이구나. 그럼 그걸 제왕절개의 반대로 생각해봐라."

이제 아버지는 대놓고 조소했다.

"그게 무슨—"

"그 결정을 비교적 일찍 내리면…."

내가 끼어들었다. 나는 둘의 대화를 막아야 했다. 아버지가 형들을 몰아세우는 걸 참을 수 없었다. 아버지는 형들을 화나게 만들어서 죄책감을 덜고 싶어 하는 것 같았다. 형들이 아버지에게 화를 내면, 무슨 일이 생길지 또는 우리가 무슨 일을 하게 될지 알 수 없었다.

"그 결정을 비교적 일찍 내리면 사람들이 받아들이기 더 힘들어한다고 의사들이 그랬어. 그건 사랑하는 이의 죽음을 미리 슬퍼하는 거라고 하더군."

나는 하던 말을 계속했다. 마치 장막을 치는 것처럼 아버지의 머리 위로 차양을 굴려 내리기 시작했다. 그 와중에도 계속 투어 가이드처럼 큰 소리로 말했다.

"이건 마치 아직 살아 있는 사람의 죽음을 슬퍼하는 것과 같아. 똑같은 다섯 단계를 밟아가는 거지. 분노, 부정, 타협, 우울, 수용. 그건 정서적으로 가장 독성이 강한 상태지."

"맞는 말 같다, 루. 넌 아직 분노 단계야. 난 우울 단계고, 잭은 타협 단계지. 아버지는 수용 단계고. 아무래도 우리 모두 다시 부정 단계로 돌아가는 게 좋겠어."

랄프 형이 말했다.

나는 차양의 구멍을 랄프 형이 내 쪽으로 기울인 기둥의 못에 걸었다. 랄프 형이 지금 날 도우려고 애쓰고 있다는 사실을 깨달았다. 아까 잭 형이 이야기하는 걸 도우려고 했던 것처럼. 랄프 형은 자신만의 방식으로 우리 모두를 계속 돕고 있었다. 나는 잭 형이 있는 쪽으로 가서 잭 형의 기둥에 고리를 걸었다. 차양 밑에는 아버지만 있었고 우리는 차양 위쪽으로 서로를 바라보고 있었다. 랄프 형이 한 손을 들어 막 대꾸하려던 잭 형의 말문을 막았다.

차양 밑에서 아버지의 목소리가 들렸다.

"있지, 나도 영국에서 죽고 싶었다. 이젠 내 나라도 알아볼 수 없을 정도로 달라져버렸으니… 그게 뭐가 그렇게 중요하겠니."

나는 차양의 말뚝을 젖은 땅에 박고 기둥을 잡아당겨 세울 수 있게 버팀 밧줄을 팽팽히 만들어 차양을 쳤다. 랄프 형의 버팀 밧줄을 고정시키고, 잭 형의 것도 고정시켰다. 내가 그 밧줄들을 단단하게 잡아당기자 차양이 올라가서 똑바로 정사각형 모양으로 쫙 펴졌다.

다시 아버지의 얼굴을 봤을 때 아버지는 희고 기운이 빠질 대로 빠진 데다 움푹 꺼져 있었다. 그것은 유령의 얼굴이었다.

아버지의 컴퓨터에는 내가 본 줄 모르는 이메일이 한 통 있었다. 아버지가 MND에 걸린 사실을 알게 되고 2주 후에 초안을 잡아놓은 메일로, 수신인은 더그였다. 아버지가 그 후에 더그에게 그 메일을 보냈는지는 나도 모르겠다. 나는 그 메일을 복사해서 내 이메일로 보낸 후에 아버지의 전송 파일에서 그 항목을 삭제했다. 아버지의 메일은 이런 내용이었다.

내 아버지는 말년에 몹시 겁을 내셨지. 울면서 내게 애원하셨어. 내가 아버지를 위해 구한 호스피스 간호사들을 인종차별하셨고, 그러면 안 된다는 걸 알면서도 그러셨지. 아버지에게 있는 최악의 면이 나온 거라네, 더그. 자네에게만 하는 말이지만 내 아버지는 비교적 부유했음에도 옹졸하고 성질이 고약한 데다 마음속에 앙심과 노여움과 불쾌한 생각을 가득 지니고 있던 분이셨어. 가실 때가 되니까 그런 점들이 겉으로 드러났고 거침없이 쏟아내셨지. 극심한 편견, 여성 혐오, 인종차별에서 비롯된 말들. 그런 역겨운 감정들이 끝없이 배출돼서 마음속의 배수구가 막혀 역류되는 바람에 모든 쓰레기와 험한 말이 둥둥 떠다니는 형국이었지. 아버지에겐 그 어떤 품위나 우아함도 없었어. 한때 어떤 교육을 받았건 모조리 잊어버린 거야. 마구간에서 사료만 너무 많이 먹인 채 오랫동안 시끄럽게 울게 내버려둔 당나귀처럼 돼버린 거지.

아버지는 당신이 생각하시기에 화해라고 여겨지는 작은 제스처들을 내게 하려고 애쓰셨어. 마침내 나와 담소를 나눠보려고 애쓰신 거지. 난 그 점이 참을 수 없었어. 아버지를 볼 수도 없었지. 난 거기에 도착한 그 순간 바로 나가고 싶었어. 어서 이 자리를 벗어나고 싶다는 욕망을 들키지 않으려고 매 순간 마음속으로 싸워야 했지. 아버지와 나는 브래드퍼드 외곽의 작은 방에 있었어.

아버지는… 아버지는 나와 친구가 되고 싶어 하셨어. 친구라니! 그 오랜 세월을 내게 그렇게 화를 내셔놓고. 아직도 그 시절을 그때 그 런던이라고 부르셨지. 아버지가 내 아버지가 아니었다면, 난 웃어버렸을지도 몰라. 79세의 아이라니. 그냥 아이도 아니고 유아지.

아, 하지만 그럴 순 없었어, 더그. 자네가 자네 아버지에 대해 말했던 것처럼 말이야. 동전을 공중으로 휙 던져서 자식과 60년을 떨어져 지낸 세월을 한순간에 없었던 걸로 만들 수는 없단 말이야. 아버지, 너무 늦었어요, 너무 늦었단 말이에요. 우리 사이에는 아주 오래전에 벽이 세워졌고, 그동안 너무 단단해져버렸단 말이죠.

그렇다 쳐도, 그렇다 쳐도 아버지는 좀 더 잘 처신하셔야 했어. 물론 죽는 건 무섭지. 끔찍하고. 감정은 간절하면서도 격렬해지고 외로워지고 세상이 더 이상 나에게 관심도 없고, 더 이상 관심 있는 척도 하지 않은 채 내게서 떠나버리는 것도 당연해. 거기다 그 속도도 놀랄 정도지. 친구들을 잃고, 일도 그만두게 되고. 거기다 또 어떤 줄 알아? 아무도 내게 손톱만큼도 관심이 없어. 그 속도도 놀랄 정도로 빠르지. 마흔다섯 살쯤 되면 모두 엉뚱한 일에 바쁘거나 아니면 죽어가고 있다는 사실을 깨닫게 돼. 한편으로 자신이 좋은 건강과 병원을 가지고 있는, 세계 인구의 10퍼센트 안에 들었다는 행운을 알아차리지. 언제 어느 때 암에 걸리거나, 심장마비가 오거나, 새로 산 자전거를 타고 나갔는데 그걸 못 본 버스 기사에게 치일지 모르는 노릇이란 말이야.

이 모든 것이 어둡고 불확실한 데다 우리는 계속 재앙이나 더 나쁜 경우 무의미한 일의 문턱에 서게 돼. 그때부터 이탈리아 리라로 계산하는 주유소 펌프 바늘이(그거 기억나?) 돌아가는 속도보다 시간은 더 빠르게 흘러가지.

그래서 연기를 해야 하는 거야. 자네가 말한 것처럼 말이야. 아이들과 가깝게 지낼 수 없다면 아이들을 위해 연기해야 해. 연기. 쇼를 하는 거야. 아이들이 믿을 만한 뭔가를 주는 거야. 사진 속의 미소. 아이들과 만났을 때 내가 지혜에 대해 적어도 뭔가 아는 것처럼 보이게 하는 거지. 내가 자네에게 지금 메일을 쓰고 있는 것 같아, 더그. 자식들에겐 쓸 수 없으니까. 이런 말은 자식들에게 할 수 없지. 더그, 자네와 자네 딸들 사이가 부러워. 자네는 행운아야.

그건 그렇고 헤피스버그에서 가져다준 거 고마워. 우리 조상들이 85만 년 전 그 가혹한 삶의 조건에 용감히 맞서서… 노리치에 정착했다는 걸 아니 안심이 됐어. 노리치라니! 거기가 그때는 템스강 어귀였다는 걸 난 알아차리지 못했거든. 당시 인류는 조개를 먹고 살았을 거라고 장담해(나는 수중 유인원 이론에 내 돈을 걸겠어). 거기에 다시 한번 같이 가보자고. 난 아직 몇 달 짱짱하게 살 수 있으니까. 거기서 나만의 부싯돌을 발견하고 싶어. 딱 하나만. 나만의 보물을 하나만 찾으면 좋겠어. 난 뭔가를 할 건데.

아버지의 메일은 거기서 중단됐다. 아버지는 뭘 하고 싶은 걸까? 난 알 수 없었다. 앞으로도 영원히 모를 것이다. 물어볼 수도 없다. 아버지의 개인적인 메일은 절대 읽어선 안 되니까. 염탐을 해야 상대를 이해할 수 있는 관계라니 그 얼마나 불쌍한 관계인가.

"석유를 위해 피를 흘려선 안 된다." 국민을 위해 그런다는 핑계는 대지 마라. 2003년 2월 15일 토요일. 런던 하늘은 물개의 배처럼 진한 회색이었고, 추위가 뼛속까지 스며들었다. 허공에 사람들이 내뿜은 입김이 허옇게 보였다. 나와 아버지는 손을 잡고 하루 종일 행진했다. 그날은 시린 손과 컵에 든 뜨거운 차와 우리가 만난 이들과의 단단한 동지애와 우리와 같은 일을 하는 전 세계 수백만 명의 사람들과 깊은 연대를 맺은 원대하고 강력한 날이었다. 세상은 시민의 것이었다. 분명히. 분명히. 분명히 그랬다. '전쟁을 멈춰라.'

내가 한동안 플래카드를 들고 다녔던 기억이 난다. '블레어는 물러나라'라는 플래카드였다. 그때 우리가 하고 있었던 일은 중요하고 의미 있게 느껴졌다. 아버지는 모든 주요 인사를 다 알고 있는 것 같았다. 우리가 하이드파크에 도착했을 때 아버지가 말했다.

"내 손을 절대 놓지 마라, 루. 어디 무대 뒤로 갈 수 있는지 한 번 보자."

나는 아버지의 손을 힘껏 잡았고, 우리는 마치 세상에서 가장 복잡한 무도장 한가운데를 통과하는 것처럼 잔뜩 몰려 있는 사람들 사이를 지나갔다. 어떤 정치가가 확성기로 연설을 하고 있었다.

　"…친구들, 우린 오늘 여기에서… 새로운 정치운동을 만들어내기 위해… 오늘 이 시위는 영국에서 지금까지 한 시위 중 가장 대규모이며, 이 시위의 첫 번째 목적은 이라크 전쟁을 막는 것입니다."

　아버지는 거기 있는 누군가에게 고개를 끄덕이고, 저기 있는 누군가에게 주먹을 들어 보이고, 그렇게 계속 걸어가서 결국 무대 한쪽에 섰다. 그 정치가는 우리가 살고 있는 세계는 군대, 언론, 다국적 기업들이 지배한다는 말을 했다. 그다음에 극작가인 해럴드 핀터가 지나가자 아버지가 "안녕하세요"라고 인사를 했다. 나는 그때 해럴드 핀터가 누군지도 몰랐지만 핀터가 대답했다. "안녕하세요, 교수님. 이렇게 만나서 기뻐요. 옆에 그 친구는 누군가요?" 아버지는 교수는 아니었지만 이렇게 대답했다. "이 아이는 루입니다. 루도 우리랑 같은 편이죠. 그렇지 않니, 루?" 나는 고개를 끄덕였고, 핀터도 내게 고개를 끄덕여줬다. 아버지가 말했다.

　"여기서 기다렸다가 시장을 만날 수 있는지 한번 보자꾸나."

　아버지는 또 아는 사람이 있는지 주위를 둘러봤다.

　세 시간 동안 그런 일을 다 치른 후에 우리는 템스강을 건너 걸어서 집으로 돌아왔다. 왜냐하면(나도 그 이유는 모르겠지만) 우리는 계속 걸으면서 거리에 머물고 싶었고, 그날 그 분위기에 취했으니까 그랬을 거다. 그건 일종의 환각 체험 같아서 우리는 무척 들떠 있었다. 우리가 하는 일이 정말 중요한 일처럼 느껴졌다. 그때 우리는 오벌 근처에 사는 잭 형의 오래된 아파트에 차를 한잔 마시러 들렀다.

잭 형은 그때 막 시오반과 데이트를 시작해서 시오반은 침실인가 어느 방엔가 있었고, 잭 형은 그날 행진에 대한 신문 기사를 쓰면서 마감에 시달리느라 스트레스를 받고 있었다. 토요일엔 항상 그랬다. 그런데 부엌에서 아버지는 곧바로 잭 형에게 시위에 나오지 않았다고 잔소리를 하기 시작했다. 네가 밖에 나와서 사람들 속에 있지도 않은 일을 어떻게 기사로 쓸 수 있니? 잭 형은 오전 내내 시위에 참가했다고 말했다. 시위는 오후가 될 때까지 제대로 시작도 안 해서 연설이고 뭐고 없었다고 아버지는 말했다. 잭 형은 신문사에 기사 파일을 6시까지 보내야 하기 때문에 책상에서 기사를 작성해야 해서 연설 같은 건 TV로 봤다고 대꾸했다. 아버지는 그 소리에 콧방귀를 뀌었다.

그런 아버지에게 잭 형은 정말 화가 나서 친팔레스타인 단체들을 다 봤냐고 묻기 시작했다. 아버지는 아직도 하마스와 헤즈볼라, 그리고 IRA*와 친하게 지내냐고 물었다. 아버지는 왜 철

---

*   북아일랜드와 아일랜드 공화국의 통일을 위해 싸우는 비합법적인 조직.

이 안 드시냐고, 그런 가식적인 헛소리는 그만 집어치우라고 잭 형은 사정없이 퍼부었다. 나는 잭 형이 아버지를 정말 그렇게 생각하진 않는다는 걸 알고 있었지만, 아버지가 형을 들들 볶아대니까 홧김에 나온 말이었다. 아버지는 말했다. 새 직장에 들어가더니 생각이 바뀐 사람은 누군데 그런 말을 하냐고 했다. 이라크에 군대를 보내는 게 좋은 생각 같으냐고 잭 형에게 물었다. 그 전쟁으로 어떤 난리가 날지 생각해본 적 있냐고 하면서 그 전쟁의 여파가 잭 형이 쓰는 기사에 나오길 빌겠다고 대꾸했다.

잭 형이 말했다. 어쩌라고요? 아버지는 사담을 지지하나요? 사담은 뭐 좋은 인간인가요? 아버지는 미국이 나쁜 놈들이라고 생각하세요? 사람들에게 투표권이 있고 법치주의 국가인데다 표현의 자유가 있고 고문당하거나 굶주리는 사람이 없는 미국이란 나라가 나쁜 나라라고 생각해요? 잭 형의 그 말에 아버지는 믿을 수 없어 했다. 고문을 당하는 사람이 하나도 없다고? 거기서 처형되는 사람들은 뭔데? 그 빌어먹을 사형 제도는 뭐냐고? 잭 형이 말했다. 잠깐만요, 아버지는 6개월 전에 토니 블레어와 저녁을 같이 드시지 않았어요? 그때 아버지는 그 식사를 하고 나서 우리에게 온갖 이야기를 다 하셨잖아요. 블레어가 얼마나 인상 깊었는지, 얼마나 유능해 보였는지 다 말했잖아요. 아버지가 말했다. 그 식사에는 50명이 참석했고, 물론 아버지도 갔다고. 정말 호기심이라곤 눈곱만큼도 없는 사람이라야

수상이 초대하는 저녁 식사에 가지 않을 것이고, 그렇다고 해서 내가 토니 블레어나 이 바보 같은 전쟁을 지지하는 건 아니라고 말했다. 잭 형이 다시 대꾸했다. 그럼 왜 라디오에 출연하셨어요? 왜 라디오에 나와서 전 국민에게 식사에 참석했던 매 순간 순간 불쌍한 이라크 가족들이 생각나서 그 자리가 너무 끔찍했다고 말하셨어요?

그때쯤 됐을 땐 형과 아버지 둘 다 진심이 아닌 소리를 퍼붓고 있었지만 그래도 멈추지 않았던 이유는 서로에게 너무 화가 났기 때문이다. 그런 분노는 중동이나 세계 지도자들이나 헤즈볼라나 토니 블레어와는 아무 상관이 없었다. 두 사람 다 그것도 알고 있었다. 둘 다 인정할 수 없었다. 솔직함과 기만에 대한 뭔가 때문에, 두 사람 다 그 점을 간파하고 경멸하면서도 그런 기만이 필요하다는 사실 때문에 화가 났지만, 그래도 그 사실을 인정할 수 없었던 것이다. 솔직함과 기만에 대한 그 뭔가는 두 사람이 도저히 직시할 수 없을 정도로 내밀하고 깊은 문제였기 때문에. 인간은 너무 극명한 현실은 도저히 참아낼 수 없으니까. 두 사람은 하마스와 부시와 블레어와 이라크를 핑계로 싸워야 했던 것이다. 그것은 현실의 문제를 대신하는 대리전이었다.

그때 아버지가 그건 그렇고 오늘 무대 뒤에서 에블린을 만났다고, 에블린은 자신의 원칙을 포기하지 않았더란 말을 했다. 잭 형이 말했다. 지금 이 자리에 루가 없었다면, 아버지 보고 당

장 내 아파트에서 꺼지라고 했을 거예요. 내가 물었다. 에블린
이 누구예요? 난 그 자리에 있었고 뭔가 말해야 했으니까. 그때
시오반이 부엌에 들어왔고 아버지는 아주 크고 분명하게 에블
린은 잭 형이 사회주의 노동자 신문에서 일하던 시절 사귀던 여
자 친구 중 하나라고 대답했다. 시오반에게 만나서 반갑다고,
우린 방금 이라크에 대해 토론하고 있었다고 말했다.

　나는 한 가지를 꽤 확신하고 있었다. 그 에블린이란 사람이
누구건, 우리는 그날 에블린을 만나지 않았다. 잭 형에게 그 말
을 할 순 없었다. 시오반이나 아버지에게도. 그럼 누구에게 그
말을 해야 할까?

하나를 위한 모두

우리 형들은 아버지가 있었다고 말하는 옛날 순례 여행에 같이 가고 싶은 사람들이다. 두 형에겐 할 이야기가 아주 많아서 캔터베리나 예루살렘이나 바빌론이나 고모라나 새 예루살렘이나 어디가 됐든, 우리가 가는 목적지까지 둘이 하는 대화가 흥미로울 거라는 점을 그냥 알게 된다. 형들과 이야기를 하다 보면 입을 다무는 게 아니라 열고 막 떠들고 싶어진다. 야영장에 있는 상점에서 아버지가 없을 때 나는 그런 마음이 새로워지는 걸 느꼈다. 즉 세상이 전보다 더 환해지고 다시 부활하고 우리를 구속하는 제약이 없어진 것처럼 느껴졌다. 불현듯 형들이 여기 와서 또 기뻤다. 내심 상충하는 복잡한 감정 없이 그야말로 순수하게 기뻤다.

"여기 있는 크루아상을 모두 종류별로 네 개씩 주세요."

잭 형이 프랑스어로 주문했다.

"특히 아몬드가 있는 거요."

랄프 형이 영어로 말했다.

파란색 반소매의 물방울무늬 블라우스를 입은 여자 점원은 신선한 프랑스빵이 매일 아침마다 확실하게 나오며 그것 외에 다른 점은 상관하지 않는다는, 단단하고 확실한 세상이 존재한다는 그런 미소를 지어 보였다.

"오케이, 맞아요. 다 해서 열여섯 개요. 고마워요."

잭 형이 프랑스어로 말했다.

"고맙습니다."

잭 형은 영어로 말했다.

세 명의 얼빠진 외국인인 우리가 그녀의 하나로 묶은 캐러멜색 금발 머리가 등 뒤에서 춤추는 것을 지켜보는 동안 그녀는 유쾌하게 집게로 크루아상들을 종이봉투에 넣었다. 갓 구운 빵의 향기가 페이스트리에 들어간 설탕을 입힌 희미한 과일 향과 섞였다. 클래식 채널을 틀어놓은 라디오에서는 봄이 와서 첫눈이 녹을 때 반들반들해진 자갈들 위로 강물이 흐르는 것처럼 맑은 소리가 흘러나오고 있었다. 나는 이 빵집에서 나가는 길을 결코 찾지 못한다고 해도 그것도 그렇게 나쁘진 않을 거라는 생각을 하고 있었다.

"우린 좀 더 깊이 들어가야 해, 잭. 문제는…."

랄프 형이 말끝을 흐렸다.

형은 우리가 빵집에 들어오기 전에 했던 대화를 계속하고 있었다. 우리는 정확히 계획을 하거나 그러자고 한 건 아니지만 같이 가게에 오고 싶었다. 아버지가 없으면 우리는 숨을 쉴 수 있고 말을 할 수 있고 있는 그대로 존재할 수 있다. 우리는 아버지가 의자에 앉아서 자신의 차양 밑에서 쉬게 두고 왔다.

"아마도 문제는 너의 지지와 동의를 구분할 수 없다는 거겠지."

랄프 형이 말했다.

그 여자 점원은 종이봉투를 펴고 귀퉁이를 얌전하게 접어서 입구가 확실히 닫히도록 했다. 그녀는 어림잡아 서른둘 정도로 보였고 프랑스 햇빛을 많이 쬐서인지 팔뚝이 가볍게 갈색으로 그을려 있었다.

"누군가가 하는 결정에 동의할 순 없지만 지지할 수는 있어."

"넌 그럴 수 있어?"

잭 형이 물었다.

"우리는 다 그렇게 하고 있어."

"우리가 그런다고?"

"결혼들. 이혼들. 다 그렇지."

"크루아상이 다 떨어질 때를 대비해서 빵도 좀 사자. 바게트 샌드위치를 만드는 거지."

내가 말했다. 밖에는 아이들이 수영장 난간을 통과해서 하얀 오리들을 미친 듯이 쫓아가고 있었다.

"아버지가 좋아하시는 애플 타르트도 좀 사가고. 음, 그건 관두고, 커스터드 슬라이스를 사자."

내가 말했다.

"그건 밀푀유야."

랄프 형이 천천히 말했다.

크루아상을 포장하던 여자의 팔이 멈칫했다. 내 욕설에 불쾌해진 것 같다는 생각이 들면서 곧바로 창피했다. 그녀는 우리가 확실하게 결정을 내리길 기다리고 있었다. 그 결정은 잭 형이 내리는 것 같았다. 이런 면에서는 잭 형이 아버지 같았다. 우리가 어딜 가건, 뭘 같이 하건 모두 잭 형에게 결정을 내릴 권한이 있다고 생각한다. 아마 그럴지도 모른다. 잭 형은 우리의 요구 사항을 프랑스어로 다시 말했다. 문제는 우리가 다시 아버지에게 돌아가면 언젠가는 잭 형이 아버지를 무시하고 논쟁을 다시 시작할 거라는 점이다. 논쟁에 논쟁을 거듭하는 것을 라틴어의 수사적 용어로 뭐라고 하건 잭 형이 하려는 일이 바로 그것이다. 나는 이러다 우리가 몸싸움을 하게 될지도 모른다는 생각도 하고 있었다. 우리 중 일부는 상대를 때려서라도 억지로 아버지가 그 자살의 방에 들어갈 수 있게 할 것이고, 또 우리 중 일부는 상대를 때려서라도 억지로 아버지를 그 방에서 나오게 할 거라고. 우리 중 누구도 우리가 어느 쪽이고 왜 그런지는 알 수 없었다.

"우리는 그 결정에 동의하지 않으면서 지지할 수 있다니까."

랄프 형이 말했다.

"그러니까 넌 지금 프랑스의 어딘지도 모르는 곳에 있는 야영장에서 내가 아버지의 자살을 지지하면서 동의는 하지 않을 수 있다는 말을—"

잭 형이 말했다.

"자살이 아니라 안락사야."

내가 조용히 말했다.

랄프 형은 침착하게 말했다.

"—내 말은 지지와 동의 사이에는 차이가 있다는 말이야."

"나는 형 둘이 이런 말을 하기엔 이 모든 게 너무 늦어버렸다고 말하고 있어."

우리가 아버지에게서 떨어져서 더 많은 시간을 보낼수록 그 일을 이론적으로 말하긴 더 쉬웠지만, 내가 주목한 점은 다른 거였다. 어떤 일의 이론을 논하는 건 실제로 그 일을 하는 것보다는 훨씬 쉽다는 점이다. 빨갛게 문이 제단의 종처럼 딸랑딸랑 소리를 냈다. 우리 뒤에 한 가족이 들어왔다.

랄프 형은 나를 무시하고 말했다.

"아마도 문제는 아버지가 너의 동의뿐만 아니라 너의 허락을 바라고 있다는 거겠지."

여자 점원이 여전히 바깥세상에는 아무 영향도 받지 않은 채 손가락으로 금전등록기를 쳐서 입력하고 있었다.

랄프 형이 종이 봉지들을 들어서 과장되게 기쁜 표정을 지으며 가슴에 봉지들을 차례로 껴안았다.

"이 멋진 숙녀 분에게 지불 좀 해줄래? 난 지갑이 손에 안 닿는군."

잭 형은 실제로 다리미로 다린 것처럼 빳빳해 보이는 50유로 지폐로 빵값을 계산했다. 나는 페이스트리 박스를 들었다. 잭 형은 팔 밑에 바게트들을 끼었다. 랄프 형은 고갯짓으로 우리에게 먼저 나가라고 신호를 보냈다. 우리 뒤에 있는 가족의 아버지와 어린아이들은 인생 최고의 휴가를 보내고 있다는 그런 표정으로 우리와 눈을 마주쳤다. 나는 우리가 한 가족으로서 죽어가고 있으며, 앞으로 어떤 일이 일어나건 이것이 끝이고, 이 대화라는 한계를 넘어서면 우리는 더 이상 가족으로 존재하지 않는다는 나쁜 생각이 들었다. 아마 그래서 아버지는 우리가 이야기를 나누길… 우리 자신과 우리 일과 우리 관계에 관한 이야기를 나누길 원하는 것 같았다. 아버지는 이 점을 이미 알아차린 것이다. 물론 아버지는 그랬다. (어쩌면 아버지는 모든 걸 알아차렸는지도 모른다.) 자신과 자신의 질병을 제외한 모든 걸. 우리는 아버지를 위해 이 시간을 좋게 보내야 할 의무가 있지 않을까? 형들은 이 점을 이해할까? 밖에서 아이들이 뚱뚱한 프랑스 오리들을 쫓아 물로 들어가고 있었는데 오리들은 별로 물에 들어가고 싶지 않은 것처럼 보였다.

랄프 형이 이야기를 계속했다.

"생각해봐, 잭. 아버지가 할 수 있는 일은 세 가지밖에 없어. 하나는 그냥 하는 거야. 좋든 싫든. 두 번째는 너를 자기편으로 만든 상태에서 하는 거지. 세 번째는 그걸 하지 않고 상태가 계속 나빠지는 걸 네가 지켜보게 하는 거지. 너를 도우미이자 시중꾼이자 그 나쁜 일을 하게 사주한 사람으로서 데리고 있으면서."

잭 형이 몸을 절반쯤 돌려서 섰다.

"그러는 너는?"

"난 여기 왔잖아."

랄프 형이 말했다.

"그게 무슨 뜻이야?"

"그냥 그렇다고."

"넌 허락하니? 아니면 넌 허락하고 동의하니? 넌 지지해? 아니면 지지하고 동의해?"

잭 형의 목소리에 조롱하는 기미가 스며들었다.

랄프 형은 잭 형의 공격을 무시했다.

"내 말은 아버지 본인이 직접 결정해야 한다는 말이야."

랄프 형은 잠시 말을 멈췄다가 이어나갔다.

"내 말은… 아버지가 이미 결정을 내렸다는 거야. 아니면 본인이 그렇게 말하고 있고. 아버지가 결정을 내리지 않았다면 나는 그 드라마에 말려들길 거부한다는 거고. 내게는 두 가지 선택만 있어. 여기 있거나 아니면 있지 않거나. 나로서는 그게 유일하게 현실적인 의문이야. 난 아버지의 결정에 윤리적으로 반대할 이유는 없으니까. 그래서 여기 있는 거지."

랄프 형은 '윤리적'이란 말을 마치 '근본적'이란 말의 암호처럼 사용했다. 나는 야영장에 모인 사람들에게 바치는 제물처럼 페이스트리 박스를 내 몸 앞에 들고 가느라 어색하게 걸어갔다. 그 안에 들어 있는 밀퓌유가 기울어져서 찌그러지는 걸 원치 않았기 때문이다.

　　"하지만 아버지는 우리에게 각자 의견을 내라고 하시지. 너, 나, 루. 우리 모두 처음부터 계속 그랬어."

　　잭 형이 말했다.

　　"맙소사."

　　내가 말했다.

　　"아버지가 한 일의 결과를 받아들이고 계속 살아가야 하는 사람들은 우리야. 어떤 면에서 그건 우리에게만 영향을 미치는 결정이라고. 아버지도 그걸 알아. 은근슬쩍 우리의 의견을 구하는 거야."

　　잭 형이 말했다.

　　"우리는 아버지의 꿍수에 그렇게 말려들어갈 수 없어. 그랬다간 우리의 인생이 통째로 엮일 거야. 이 일은 우리와는 아무 관계가 없어. 이건 아버지가 내린 결정이야. 우리를 조종하려 드는 아버지의 계략에 말려들지 않으면 되는 거야. 이게 내가 말하고 싶은 요지야. 물론 아버지는 그 점도 알고 있지."

　　랄프 형이 말했다.

　　"제기랄. 아버지는 우리 말고 달리 이 일을 말할 사람이 없어.

대체 아버지가 우리 말고 누구에게 물어보겠어?"

내가 말했다.

랄프 형은 다시 내 말을 무시하면서 말했다.

"아무래도 우린 이 문제를 더 깊이 파고들어가야 한다니까. 아버지에 대한 연민이란 감정을 우리 마음속에서 찾아야 해."

"에잇, 이건 완전 뒷북이야. 완전 뒷북치는 거라고."

내가 말했다.

"난 그게 틀렸다고 봐. 내가 지금까지 말한 모든 이유 때문에 그 결정이 틀렸다고 생각해."

잭 형이 말했다.

"너의 그 강력하고 별 매력도 없는 '안 돼'라는 말은 어쩌면 어떤 이유에서 비롯됐다기보다 하나의 입장으로 굳어진 것 같은데. 잠깐만—"

랄프 형이 반격했다.

"그건 강력하지 않—"

"죄책감도 있지. 너의 아내와 아이들에게 느끼는 죄책감, 이런 마음은 합리화하기가 더 어렵지. 아마도 네가 그렇게 반응하는 진짜 이유는 두려움일거야. 두려움."

랄프 형이 말했다.

"왜 내 말을—"

"난 널 공격하는 게 아니야, 잭. 넌 그저 아버지를 잃고 싶지 않아서 이러는 걸 거야. 너도 그렇게 말했고."

"난 아버지를 잃고 싶지 않아."

"그렇게 말해."

"그렇게 말하라고."

나도 중얼거렸다.

"난 계속 그렇게 말했잖아. 빌어먹을 올 한 해 내내 그렇게 말했어."

"그렇게 말하진 않았지, 잭. 넌 계속 빙빙 돌려서 말했잖아."

"네가 아무 말도 안 하는 동안 말이지? 넌 아무 감정도 못 느끼고? 그 일은 너에게 아무 영향도 미치지 않으니까? 안 그래, 위대한 꼭두각시꾼?"

"당연히 영향을 미치지. 나로선… 나로선 이건 아버지가 내려야 할 결정이야. 난 아버지가 어떤 결정을 내리건 동의할 거야. 다만 아버지 당신이 만드는 드라마엔 끼지 않겠다는 거야. 그게 다야."

"넌 계속 그렇게 말하더라. 그렇게 무관심한 척 쇼를 하면서 뭔가 숨기고 있는 건지도 모르지. 어쩌면."

"난—"

"난 널 공격하는 게 아니야, 랄프. 난 그냥 하는 말이지만—"

"'그냥 하는 말이란' 말 좀 하지 마."

내가 말했다.

"—어쩌면 아버지는 네 입에서 직접 그 말이 나오길 바라고 있을지도 모르지. 넌 절대로 그렇게… 네 스스로를 열어 보이고 싶지 않은 거야. 그게 다야… 그게 다지. 넌 감정적으로 연약해지는 상태가 되고 싶지 않은 거야. 그러느니 차라리 아버지를 무시하지. 왜 그런 거니, 랄프?"

"내가 원하는 건 불가능한 거야. 난 아버지가 건강해지길 바라."

랄프 형이 말했다.

"이 일은 지금 일어나는 일이야. 우린 그 일에 대처해야 한다고. 지금 당장. 넌 모든 일에서 그냥 빠질 수는 없어."

잭 형이 말했다.

랄프 형은 또렷한 목소리로 말했다.

"난 아버지가 어떤 결정을 내리건 다 지지해. 난 아버지를 설득하지 않을 거야. 난 그냥 하는 말이지만—"

"그 빌어먹을 말 하지 말라고 했잖아."

내가 말했다.

"—잭, 너의 의견은 아주 확고하지만 그보다 더 확실한 점은 넌 두려워하고 있고 아버지를 잃고 싶어 하지 않는다는 거지."

"난 아버지를 잃고 싶지 않아. 그걸 말하는 건 전혀 어렵지 않다고."

"형은 아버지를 잃게 될 거야. 아버지는 죽어가고 있으니까. 그리고 이거 알아? 아버지는 더 이상 그 일을 얘기하고 싶어 하지 않아. 아버지는 우리가 우리의 삶을 얘기해주길 원해. 아버지는 우리가 그 생각을 잊고 다른 생각을 하게 만들어주길 원한

단 말이야. 그게 아버지가 원하는 거야."

내가 말했다.

"맙소사, 이 망할 모든 일이 일종의—"

잭 형은 말끝을 흐리더니 한숨을 쉬었다.

"우린 좀 더 깊이 들어가야 한다니까. 하나를 위한 모두이자 모두를 위한 하나가 돼야 해. 연민은⋯ 빨간 머리처럼 너에게 있거나 또는 없거나 그런 게 아니야. 연민이란 스스로 실천하겠다고 선택하는 감정이야. 그게 바로 우리 모두 해야 할 일이야. 연민을 실천해야 하지. 그리고—"

"아마 아버지는 우리가 당신을 설득해서 포기하게 만들길 원하고 있을 거야. 이게 아버지의 방식일 거야. 개 같은 방식이고 아버지는 항상 그런 식이었지만. 우리는 너그럽게 아버지가 그런 짓을 하도록 가만있어야 할 거야. 아버지는 우리가 당신을 설득해서 없던 일로 하길 원하실 거야, 루."

잭 형이 말했다.

"아마, 연민이란⋯."

랄프 형이 말을 멈췄다.

"아, 제기랄! 저게 뭐야?"

우리 야영 구역에 차가 한 대 있었다. 우리 밴 뒤쪽에서 3.5미터 정도 떨어진 거리에 있었는데, 그 차의 바퀴들이 젖은 풀 위에서 미끄러지고 있었다. 운전기사가 기어를 중립에 놓고 회전 속도를 너무 올리다가, 다시 앞으로 미끄러지면서 차가 조금 기울었다가, 다시 5센티미터 정도 더 가까워진 곳에서 멈췄고, 그러다 다시 바퀴가 땅을 파고 들어가면서 진창 속에 바큇자국이 생겼다. 거기서 나는 끔찍한 소음이 나무들 속에 갇혀 메아리쳤다. 우리가 보이지 않는 단검들의 벽에 마주친 것처럼 우뚝 서버린 이유는 아버지가 지팡이도 없이 밴 옆에서 휘청거리고 있었기 때문이다. 아버지는 두 팔과 다리를 마구 흔들면서 엉덩이를 깐닥거리는 이상한 걸음걸이로 걸으면서 아무 소리도 듣지 못하는 기사에게 고함을 지르며 뭐라고 손짓하고 있었다. 아버지는 아직 목욕 가운만 입고 있었는데 가운 앞이 벌어져 있었다. 엔진 소음이 줄어들자 아버지의 목소리를 들을 수 있었다.

"아니야. 아니야! 우라질 옆으로 돌아야지. 우라질 옆으로 돌라고!"

아버지는 끝부분이 악어 입 모양의 집게처럼 생긴 길쭉한 철사 두 개를 집어서 미친 듯이 휘두르며 소리를 지르고 있었다.

"이쪽으로 돌아, 이쪽. 난 거기선 당신에게 갈 수가 없어."

아버지는 마치 끔찍하게 싫어하는 이웃집 개를 쫓는 남자처럼 차를 향해 격렬하게 손짓하고 있었다. 그러다 두 팔을 아주 큰 동작으로 계속 돌려서 기사에게 우리가 차양을 세워놓은 쪽 말고 반대쪽으로 돌라는 뜻을 전했다.

"차를 돌려서 다시 시작해. 차를 돌리라니까. 다시 시작해. 돌려. 돌려! 이쪽으로."

엔진 돌아가는 소음이 나무가 우거진 야트막한 계곡 안에 갇혀서 자연에게 던지는 귀청 떨어질 것 같은 욕설처럼 들렸다.

"점프 리드*군."

잭 형이 말했다.

"배터리가 방전된 거야."

랄프 형이 말했다.

"히터 때문이야. 내가 장담하는데 어젯밤에 네가 히터를 몇 시간씩 켜뒀을 거야."

잭 형이 말했다.

"망할."

랄프 형이 말했다.

운전기사가 차를 후진했지만 바퀴는 계속 돌아가고 있었다. 차가 계속 진창의 바큇자국 속에서 이리저리 흔들리면서 회전을 할 때마다 바퀴는 땅속으로 더 깊이 박혔다. 우린 모두 달리고 있었다. 그들이 우리를 보거나 우리의 목소리를 듣거나 우리가 실제로 뭔가를 할 수 있기도 전에 아버지가 차 후드에 두 손을 대고 마치 스물다섯 살짜리처럼 차를 밀기 시작했다. 나는 아버지의 몸의 각도를 보고 아버지가 전력을 다해 후드를 잡고 있는 걸 알 수 있었다. 망할, 아버지는 왜 모든 걸 다 본인이 직접 해야 하는 걸까?

랄프 형과 잭 형은 갈색 빵 봉지를 떨어뜨렸고 우리 모두 고

---

* 자동차 배터리 충전용 케이블.

함을 지르면서 최대한 빨리 달렸다. 엔진의 회전속도는 계속 올라가고 바퀴는 더 빨리 돌아가고 아버지는 우리 목소리를 들을 수 없었다. 슬로모션 같은 한순간 아버지가 온 힘을 기울여 그 차를 다시 아스팔트 도로 위로 밀어 올리려고 애쓰는 모습이 보였다.

"가라고! 어서 가!"

아버지는 고함을 지르고 있었는데… 그때 아버지의 다리가 휘청거리다가 푹 꺾이면서 차 앞으로 쓰러져서 아직도 돌아가는 바퀴에서 튀기는 진흙을 뒤집어쓰고 말았다. 운전기사는 무슨 일이 일어났는지 이제는 볼 수 있었기에 후진을 멈추려 했는데 차가 또다시 앞에 있는 진창으로 홱 기울어졌다. 아버지가 차 앞쪽 바로 밑에 쓰러졌기 때문에 이러다 아버지의 다리가 깔릴 것 같다는 생각이 들었다. 아버지의 다리는 마치 부러진 것처럼 서로 꼬여 있었고 이러다 차 밑으로 들어가버릴 것만 같았다.

랄프 형이 거기 도착해서 아버지의 몸을 잡아 힘껏 끌어냈다.

그다음에 잭 형이 도착했다.

마지막으로 내가 도착했는데 들고 있던 페이스트리 박스가 기울어지거나 떨어지는 걸 원치 않아서였다.

우리는 이런 상황에서 서로를 어떻게 대해야 할지 앞으로 우리에게 일어날 일을 어떻게 감당해야만 하는지 알 수 없었고, 아버지는 땅바닥에서 가운이 활짝 벌어진 채 진흙투성이가 된 얼굴로 울고 있었다.

나는 또한 아버지의 서재에서 세네카가 쓴 에세이를 발견했다. 그 에세이의 제목은 '인생의 짧음에 대하여'였다. 그 에세이는 세네카의 친구 파울리누스에게 쓴 것이었다. 세네카는 많은 이야기를 했다. 아버지가 이 에세이에 매력을 느낀 이유도 알 수 있었다. 나는 아버지가 밑줄을 그어둔 인용문 몇 개를 골랐다.

  시간에 대해

우리가 받는 생이 짧은 게 아니라 우리가 그렇게 만드는 것이다. 우리는 시간이 부족한 게 아니라 우리가 가진 시간을 낭비한다.

  독서에 대해

'책을 읽는 사람들은' 평생 성찰하며 살아갈 뿐 아니라 자신이 살고 있는 시대에 모든 시대를 통합한다. 그들이 태어나기 이전에 있었던 세월을 모두 그들이 살아온 세월에 보태고… 그렇게 어느 시대도 빠뜨리지 않은 채 모든 시대를 접할 수 있으며… 이 찰나의 덧없는 시대에서 눈을 돌려 끝도 없고 영원한 과거를 충실하게 받아들여 우리보다 더 나은 사람들과 나누지 않겠는가?

  인생에 대하여

인생의 가장 큰 장애물은 내일에 대한 기대 때문에 오늘을 잃어버리는 것이다. 우리는 운명에 달린 일을 처리하느라 우리가 통제할 수 있는 일을 방치한다. 대체 뭘 보고 있는가? 대체 어떤 목표를 이루려고 이리도 안간힘을 쓰는가? 미래는 다 불확실하니 현재에 충실한 삶을 살라.

*

우리는 아버지를 끌어 올려서 조수석에 앉혔다. 아버지는 고개를 들려고 하지 않았다. 아버지는 얼굴을 가린 두 손을 떼지 않았다. 뭐라고 중얼거리고 있었다. 우린 마치 다른 누군가가 도착하길 기다리는 것처럼 문가에 빙 둘러서 있었다. 아버지의 뺨은 흘러내린 눈물과 침과 이슬에 젖어 축축했다. 아버지의 수염에 기다랗게 진흙이 묻어 있었다.

나는 잭 형이 아버지를 혼자 놔두고 싶어 하는 걸 느낄 수 있었다. 마치 아버지가 자신의 품위를 다시 되찾아야 한다고 생각하는 것 같았다. 글쎄, 내 생각에 잭 형은 이걸 빌미로 여기서 빠져나가려고 하는 것 같았다. 처음으로 랄프 형이 공공연하게 화를 내려고 하는 걸 느낄 수 있었다. 무엇보다 아버지가 그냥 죽고 싶어 하는 걸 느낄 수 있었다. 그게 다였다. 나는 갑자기 뭔가, 뭐든 해서 이 일에서 벗어나지 않으면 우리 모두 으스러질 것 같은 느낌이 들었다. 이건 마치 시간이 하늘에 있는 거대한 삼각형인데 그 뾰족한 모서리의 무게가 지금 우리를 인정사정없이 짓누르고 있는 것 같았다. 그때 잭 형의 열어놓은 가방에서 물티슈가 보였다. 나는 슬라이딩 도어를 넘어가서 형들을 지나 허리를 숙이고 잭 형에게 묻지도 않고 물티슈를 꺼냈다. 마치 그걸로 아버지를 닦기 시작할 것처럼, 그게 우리가 해야 할 일인 것처럼, 마치 우리의 삶에 항상 다음이 있을 것처럼 말이다.

그 방법은 효과가 있었다. 이제 랄프 형은 우리 앞에 있는 차의 운전기사에게 걸어가서 그를 설득해 자신이 그 차를 운전해 배터리를 충전할 수 있는 위치에 세우겠다고 했다. 그다음엔 잭 형이 도우러 가서 형 둘이서 차를 밀고 엔진 회전 수를 올리고 이런저런 지시 사항을 크게 말했다. 그동안 나는 아버지를 만져야 할지 말지 알 수 없어서 그냥 아버지 옆에 물티슈를 들고 준비가 되기도 하고 안 되기도 한 상태로 서 있었다. 나무들 속에서 새들이 모두 초조해하는 소리를 들을 수 있었다.

아버지는 다시는 내게 얼굴을 보여주지 않을 것처럼 아직도 두 손으로 얼굴을 가린 채 앉아 있었다. 우리는 둘 다 으스러지고 있었다.

그때 잭 형이 돌아왔다. 갑자기 아주 유능한 사람으로 변신해 점프 리드를 가지고 왔다. 형은 운전석 문을 열고 의자를 앞으로 끌어당겨서 빙글빙글 돌렸다. 거기가 바로 배터리가 있는 자리였다. 그동안 랄프 형은 다른 차를 우리 차의 운전석 옆에 댔고 잭 형이 리드선을 연결할 수 있게 했다. 아버지가 바로 그렇게 하라고 아까 소리를 질렀던 것이다. 나는 여전히 차양 밑에 서서 조수석에 앉은 아버지에게 몸을 기울인 채, 뭔가, 뭐든 말 할 것을 생각해내려고 애쓰고 있었다. 그동안에도 지구는 여전 히 돌아가고 있었다.

"연결이 안 돼?"

잭 형이 물었다.

아무도 대답하지 않았다.

"내가 곧바로 차대로 가볼게."

잭 형은 랄프 형이 알아야 할 필요가 있는 것처럼 형에게 소리를 질렀다.

랄프 형이 그 말에 큰 소리로 대꾸하는 게 들렸다.

"연결됐어?"

잭 형이 소리를 질렀다.

"연결됐어. 됐다고. 다시 해봐."

랄프 형은 낯선 사람의 차 엔진 속도를 다시 올렸다. 나는 이게 아버지의 영역이란 생각이 들었다. 아버지는 이런 일을 아주 좋아하는데. 지금 이렇게 지시를 내리고 감독해야 하는 사람은 아버지인데. 아버지는 꼼짝도 하지 않았다.

잭 형은 아버지 맞은편에 있는 운전석으로 올라왔다. 형은 우리를 무시했다. 아버지를 무시하고 나를 무시했다. 마치 이것이 지금 그가 해야 할 일이고 아버지는 나중에 챙겨야 한다는 듯이. 나는 아직도 물티슈를 든 채 가차 없이 흘러가는 시간을 견려내려고 애쓰는 동안 잭 형이 밴의 시동을 걸었다. 엔진은 돌아가지 않았다.

"아버지? 괜찮으세요?"

나는 최대한 부드러운 목소리로 물었다.

아버지는 아무 말도 하지 않았고 손을 얼굴에서 떼지도 않았다. 아버지가 얼굴을 가리고 우는 건지 창피해서 그러는지 고통스러워서 그러는지 대체 왜 그러는지 알 수 없었다.

"아버지?"

랄프 형이 다른 차와 씨름하면서 내는 어마어마한 소음 너머로 내가 또 소리를 내봤자 아무 소용이 없었다. 나는 우리 밴의 배터리가 완전히 방전돼서 뒈졌기 때문에 다시는 시동이 걸리지 않을 거라는 생각을 했다.

엔진 소리는 숲속 빈터에서 너무 크게 울려 퍼졌고 사방에서 휘발유 냄새가 났다. 나는 이런 기억이 생기는 걸 원하지 않았다. 난 이 광경을 보거나 듣거나 냄새 맡거나 느끼고 싶지 않았다. 이제 우리가 뭘 해야 할지 알 수 없었다. 갑자기 내가 그 방에 들어가서 아버지가 죽는 모습을 지켜볼 수 없다는 생각이 또렷하게 들었다. 그러면 내가 그 모습을 보고 내가 그 자리에 있었다는 사실을 영원히 알게 될 테니까.

"좀 있다 시동을 걸어라. 1분 정도 기다려. 랄프에게 그렇게 회전속도를 올릴 필요 없다고 해."

아버지가 조용히 말했다.

세네카는 또 이렇게 썼다. 어떻게 살아야 할지 배우는 데 평생이 걸리는데, 또 죽는 법을 배우는 데 평생이 걸린다는 사실을 알게 되면 더 놀랄지도 모르겠다고. 세네카는 자살했다. 타키투스가 그 사연을 전했다. 세네카는 네로 황제에게 자살하라는 명령을 받았다. 네로는 세네카에게 황제 암살을 기도했다는 죄목을 뒤집어씌웠다. 그래서 세네카는 왕의 명령에 따라 혈관을 몇 개 잘랐다. 피가 아주 서서히 빠져나가면서 고통만 늘어갔다. 세네카는 독약을 마셨다. 그래도 죽지 않았다. 그는 자신의 마지막 말을 받아쓰게 하고 친구들에게 둘러싸여 뜨거운 욕조로 옮겨졌다. 그렇게 하면서 피가 더 빨리 빠져나가길 바란 것이다. 그는 모락모락 솟아오르는 김 속에서 목숨이 다했다.

저 아래 나무들 사이에 있는 강물은 텅 빈 와인병 같은 색깔이었다. 엔진이 돌아가고 있었지만 우리는 어디에도 가지 않았다. 다시 시동이 안 걸릴까 봐 두려워서 시동을 끄지도 못했다. 우리는 임시로 친 차양 밑에 앉아 있었다. 아버지는 의자에 앉아 있었다. 얼굴에 남은 눈물 자국과 진흙은 반쯤 닦았다. 랄프 형은 맞은편에서 담배를 피우고 있었다. 형의 조깅 바지에도 진흙이 튀어 있었다. 잭 형은 밴의 계단 위에 쭈그리고 앉아 있었다. 우리는 차를 마셨다. 우리 모두 기운이 꺾여 있었다. 아침은 건드리지도 않았다. 테이블 위에 진흙이 묻은 종이 봉지들이 미래에 대한 패러디처럼 쌓여 있었다. 아무도 입을 열 수 없었다. 이

것이 끝인 것 같았다. 우리는 항상 이야기를 했으니까. 우리는 항상 이런저런 얘기할 수 있는 길을 찾아냈다. 우리는 항상 말을 찾아냈다. 그게 우리가 하는 일이었다. 우리는 계속 얘기하는 사람들이었다. 우리는 묻고 설명하고 들었다. 우리는 최선을 다해 우리의 영혼을 공유했다. 그럴 수 없다면 우리는 어떻게 될까?

나는 한밤중에 마당에 서 있던 기억이 났다. 내 뒤에 아마 600년도 더 된 낡은 집이 있었고 근처에는 거대한 헛간이 있고 어딘가에서 올빼미가 울고 있었다. 삐걱거리는 소리가 나는 나무들의 어두운 형체와 어릴 때 읽은 그림책에 나온 마녀가 움켜쥔 손가락처럼 보이는 나뭇가지들이 있었다. 아버지와 같이 밤하늘을 올려다보던 기억이 났다. 아버지는 내 손을 잡고 있었고 하늘에 별이 아주 많아서 어둠 속에 별들이 흩어진 게 아니라 별들 속에 어둠이 번져 있는 것처럼 보였다. 시골은 이렇다고 아버지가 말했다. 세상을 잘 볼 수 있다고. 도시의 문제는 빛이 너무 많아서 잘 보이지 않는다고 했다.

그 밤의 추위와 소곤거리던 바람이 기억난다. 눈이 내리길 바라는 마음도. 사방에 눈이 내려 그 속에 갇히면 아주 좋겠다고 엄마랑 흥분해서 이야기를 했다. 그때 파자마 위에 코트를 걸치고 고무장화를 신고 나왔던 기억이 난다. 새 장화였지만 너무 작게 느껴졌다. 아버지의 손을 놓고 싶지 않았던 기억이 난다. 아버지는 어떻게 그런 내 마음을 알았는지 내 손을 놓지 않기 위해 좀 어색하긴 하지만 내 손을 잡은 채로 허리를 숙이면서 다른 손으로 하늘을 가리켰다.

"오케이, 저건 금성이야. 저건 목성이고."

아버지가 말했다.

"저것들은?"

"저 환한 것들. 저것들은 그 밑에 있는 거야."

나는 사실 행성이란 말이 무슨 뜻인지 몰랐다. 나는 왜 행성들이 별들과 다른지 몰랐다. 내가 아버지가 하는 말을 얼마나 잘 듣고 있는지 알아주길 원했다. 무엇보다 나는 잘 배우고 잘 기억하고 싶었다. 그러면 아버지가 기뻐할 거라는 걸 알고 있었으니까.

"저건 화성이에요?"

"내 생각에 저 높이 있는 게 화성인 것 같구나."

"그러니까 저 셋이 다 모였네요."

내가 말했다. 나는 네 살밖에 안 됐는데도 우리가 같이 하나의 과업을 달성하면 아버지가 좋아한다는 걸 알고 있었다.

"아니야. 기억해둬. 우린 오늘 밤 별 네 개를 볼 수 있어야 해. 넌 토성을 잊었구나."

"아, 그렇지."

"토성에 대해 말해봐라, 루."

나는 그 답을 알고 있었고 내가 알고 있는 것을 아버지에게 말한다는 행복이 마음을 가득 채웠다.

"토성은 여러 개의 고리가 있어요."

"맞아."

아버지가 말했다. 나는 그 고리들을 우리가 볼 수 있냐고 물었고, 아버지는 여기 밑에서는 안 보이고 우주로 나가야 한다고 했다. 나는 아버지에게 어떻게 우주로 가냐고 물었다. 아버지는 인간은 이미 우주에 다녀왔다고 말해줬다. 내가 아버지에게 물었다.

"지금 우리는 인간이에요?"

아버지가 대답했다.

"우리는 인간이란다, 루."

아버지가 허리를 숙여서 날 안아 올려 키스했을 때 뺨에 닿았던 수염의 감촉이 꺼칠꺼칠했지만 그래도 아버지의 목을 두 팔로 안고 뺨을 꼭 맞댔던 기억이 났다.

부엌 창문에 불이 환하게 밝혀져 있었다.

나는 아버지의 어깨에 올라타서 마당을 가로질러 가며 내가 다른 누구보다 높은 곳에서 별들과 행성들과 내가 그때까지 봤던 것보다 훨씬 더 큰 달에 가까이 있었던 게 기억났다. 집 안으로 들어갔을 때 문의 상인방*에 머리를 찧지 않도록 머리를 숙이

* 문틀, 창틀의 일부로 문, 창문을 가로지르게 되어 있는 가로대.

느라 아버지의 머리에 내 머리를 찰싹 붙였던 기억이 났다.

우리를 구한 사람은 아버지다. 그동안 일어난 모든 일에도 불구하고 어떻게든 아버지는 아직도 절벽에서 튀어나온 바위를 손으로 꼭 붙든 채 마지막으로 다시 한번 아들들을 절벽 위로 끌어 올리려고 시도할 준비가 돼 있었다.

아버지는 크루아상을 하나 집어서 높이 들었다.

"내가 보려고 계획한 게 하나 있단다, 얘들아. 가는 길에 있어. 난… 난… 난… 그냥 거길 좀 가보고 싶은데—"

"아버지. 계속 가봐요."

내가 말했다.

"다리가 아파 죽을 것 같다. 진통제가 더 필요해. 발도 아프고."

아버지는 움찔하며 주위를 둘러봤다.

"어서, 얘들아. 짐을 꾸려서 여길 뜨자."

부정

우리는 밴에 모든 걸 아무렇게나 던져넣었다. 밴을 몰고 사무실과 세면장을 차례로 갔다. 이번에는 우리 셋이서 아버지를 안고 계단을 올라갔다. 비둘기는 없었다. 우리는 아버지를 샤워장 안에 있는 의자에 앉혔다. 아버지는 목적의식에 가득 차서 열심히 수다를 떨었다. 아버지는 우리에게 후기 구석기시대를 얘기하고 싶어 했다. 아버지는 평생 이 특별한 선사시대 동굴을 가보고 싶었는데 이제 우리 셋과 같이 가게 된 것이다.

랄프 형이 신용카드를 받아서 야영장 요금을 정산하고 '여기 또 뭐가 있는지 둘러보고' 오겠다고 갔다. 잭 형은 밴 안을 청소하러 갔다. 가서 침대 시트를 갈고, 부엌용품들을 씻고, 다시 짐을 꾸릴 것이다.

나는 아버지를 도와서 아버지에게 깨끗한 옷을 입혀드렸다. 아버지는 양쪽 발목에 보라색 멍이 들어 있었다. 멍들은 참혹해 보였다. 아버지는 이부프로펜을 더 먹으면 괜찮을 거라고 했다. 아버지의 세면도구 가방에 진통제가 수백 알 있었다. 아버지는 많이 아플 거라고 예상해서 이미 세 알을 먹었다고 말했다. 전에는 한 번에 한 알 이상은 먹은 적이 없었는데. 그런 경우도 거의 없었지만. 아버지는 두 알을 더 삼켰다. 나는 아무 말도 하지 않았다.

형들이 다시 샤워장에 돌아와서 우리는 같이 아버지를 안고 나가서 벤치 위에 앉혔다. 잭 형이 밴 안의 여기저기를 빗자루로 쓸고, 가져온 물티슈로 좌석 덮개를 닦고 있었다. 랄프 형은 상점에서 나왔다. 형은 우리가 산 빵과 엄청나게 많이 남아 있는 크루아상과 같이 먹을 살라미 소시지, 치즈, 토마토를 사왔다. 거기다 유리병에 든 아티초크(국화과 식물)도 몇 개 사왔고. 가게에는 지옥에서 온 담배들밖에 없었다는 말도 했다. 랄프 형은 아버지 옆에 앉아서 담배를 피우며 잭 형이 청소하는 모습을 지켜보면서 쾌활하게 잭 형을 놀리는 말을 하고 있었다. 잭 형의 모습에서 뭔가 그 어떤 것에도 휘둘리지 않겠다는 태도 같은 것이 느껴졌다. 마치 행복의 비결은 작은 희생을 실천하는 삶 속에 아늑하게 자리 잡고 있다고 굳건하게 믿는 그런 태도였다.

나는 에바에게 문자를 보냈다. 에바는 핸드폰을 옆에 두고 있었고 한가해서 우리는 문자를 주고받았다. 나는 그녀에게 우리는 여행 중이고 어쩐지 그것도 좋다고 문자를 보냈다.

잭 형이 준비를 마쳤다. 우리 모두 밴에 탔다. 랄프 형이 핸들을 잡았다. 나는 문을 너무 세게 닫았다. 아버지가 제대로 자리잡게 도와드렸다. 아버지는 몸을 깨끗이 씻고 새 옷으로 갈아입어서 기분이 좋았다. 아버지는 발을 뒤쪽으로 놓고 우리의 대화에 '낄 수 있게' 머리를 앞쪽으로 하고 누웠다. 아버지의 샴푸에서 사과 향기가 나서 마치 우리가 노르망디에 있는 구름이 뭉게뭉게 피어오르는 여름 과수원에서 막 온 것 같은 느낌이 들었다. 아버지는 고개를 돌려서 앞을 볼 수 있게 베개를 높이 쌓길 원했다. 나는 아버지 옆에 앉아서 아버지처럼 잭 형의 의자 뒤쪽을 향해 몸을 앞으로 기울였다. 차의 시동은 잘 걸렸지만 계기판에서 여기저기 삑삑 소리와 딸각딸각 소리가 나는 게 마치 뭔가가 긴급하게 잘못된 것 같았다. 하나가 아니라 아주 많이.

"기름이 별로 없나? 아니면 등이 고장 났나? 유압은? HIV 바이러스인가?"

잭 형이 비꼬는 투로 도와주려는 것처럼 의견을 제시했다.

나는 두 형의 의자 사이로 머리를 쑥 내밀었다.

"비상등이 켜진 거 아니야?"

내가 물었다.

"아냐, 루. 고마워. 비상등은 꺼져 있어."

랄프 형이 대답했다.

"빌어먹을."

아버지는 고개를 흔들면서 그 수수께끼를 푸는 기쁨에 얼굴을 찌푸렸다.

"이해가 안 되네. 분명 그 점프 리드와 무슨 관계가 있을 거야. 아니면 퓨즈에 문제가 생겼거나. 도무지 말이 안 되는데. 어떻게 점프 리드가 회로판에 영향을 미칠 수 있지?"

"밴이 미친 거죠."

내가 말했다.

아버지와 나는 이제 둘 다 운전석을 향해 몸을 기울이고 있었다. 마치 우리 모두 앞쪽에 있고 싶은 것처럼, 갑자기 우리 모두 운전을 하고 싶은 것처럼 말이다.

딸각거리는 소리는 그칠 줄 몰랐다. 랄프 형은 마치 항복하는 것처럼 핸들 위로 두 손을 들어 올렸다.

"잭 형이 벨트를 안 매서 그런 것 같은데."

내가 말했다.

"어떻게 된 일인지 모르겠지만 지금까지 쓰지도 않은 경고등들이 다 재가동됐네. 전에는 앞에 앉은 사람이 벨트를 매지 않았을 때 삐 소리가 나긴 했다만. 어떻게 이제 와서—"

아버지가 고개를 절레절레 흔들며 말했다.

"아니야. 미친 게 아니야. 밴이 다시 살아나고 있는 거지."

잭 형이 벨트를 매며 말했다.

딸각거리는 소리가 멈췄다.

"망할 놈의 안전벨트 때문이었어. 놀랍군."

랄프 형은 마치 완전히 신세계에 온 것처럼 한숨을 내쉬었다.

쓸데없이 엔진의 속도를 올렸다.

"오케이. 준비합시다."

갑자기 시동이 꺼졌다.

침묵이 흘렀다.

"아무래도 갈 수 없을 것 같아요."

내가 말했다.

"신들은 우리 편이 아니군."

랄프 형이 말했다.

"아니, 신들이 우리 편일지도 모르지."

잭 형이 말했다.

"그건 참 구분하기가 힘들지. 내가 그렇게 말했잖니, 루."

아버지는 한숨을 내쉬면서 다시 베개에 머리를 대고 누우며 말했다.

"뭐요? 제게 뭐라고 하셨는데요? 왜 모두 다 내게 뭐라고들 해대는 거야?"

"인간은 자신의 운명을 피하기 위해 택한 길에서 자신의 운명을 만나게 된다고 말했지."

한 시간 후에 길이 좁아지면서 좀 더 극적으로 변했다. 여기는 산간 지방이었다. 아버지는 잠에서 깨서 베개를 베고 누워 뒤쪽 창문을 바라봤다. 나도 그렇게 했다. 앞에 있는 형들은 시오반이 월요일 밤에 하는 요가 이야기를 나누고 있었다. 우리는 깊은 협곡을 따라 지나갔다. 그러다 양쪽으로 가파른 계곡을 위태롭게 빙글빙글 감아 돌면서 위로 올라가기 시작했다. 가끔 짧은 터널이 툭 튀어나온 황갈색 바위 사이를 뚫고 지나갔다. 우리 밑으로 탁하고 불투명한 옅은 베이지색 강물이 쏜살같이 흘러갔다.

나는 내가 고안해낸 새 게임을 마음속으로 하고 있었다. 나는 아버지의 눈으로 이 세상을 본다고 상상을 했다. 처음에는 잘되지 않았다. 나는 풍경의 아름다움을 내게 이야기해주었지만 그걸 있는 그대로 느끼지는 못했다. 그러기엔 이게 게임이라는 점을 너무 의식하고 있었다. 그때 내가 지금 하는 생각에 집중하자는 생각이 사라지기 시작하면서 게임이 제대로 되기 시작했고… 서서히 모든 것이 기적적이고 설명할 수 없이 불가사의하게 느껴졌다. 즉 내가 온 우주에서도 이 행성의 긴 역사에서도 하필이면 오늘 여기서 아버지와 형들과 같이 있다는 사실이 그렇게 느껴졌다. 이런 생각이 들었다. 지금 우리가 하는 이 여행에 좋은 점이 있다면, 딱 하나 있다면 그건 우리가 함께 살아 있는 것이 어떤 의미인지 느끼고 있다는 바로 그것일 거라고. 진정으로 함께 사는 것처럼 살아 있는 느낌이 어떤 것인지.

나는 아버지의 창문을 통해 들어오는 공기를 들이마셨다. 그리고 세상을 내다봤다. 나는 형들이 하는 이야기를 들었다. 형들의 얘기가 날 위로해줬다. 우리는 항상 밴에서 이야기를 나

녔다. 아버지와 엄마와 랄프 형과 잭 형. 어렸을 때 나는 밴 뒤
쪽에 누워 반쯤 잠이 든 채 우리 가족이 모든 것을 낱낱이 해체
했다가 다시 조립하는 얘기를 듣곤 했다. 세상에 대한 꿈을 꾸
었다.

잭 형이 말하고 있었다.

"…내 말은 그저 네가 명상을 하면 어떻겠냐는 거야. 한 번 시
도해보라는 거지. 마음이 괴로운 사람들이 그 방법이 아주 좋다
고 추천했어. 명상은 너의 마음을 챙기는 방법을 가르쳐줘."

"네 말은 마음을 내려놓는 방법이겠지."

"명상 전문가들은 그렇게 말하진 않던데. 내 생각에—"

"흠, 명상이란 게 구체적으로 아무것도 생각하지 않는 법을
가르치지 않나? 그게 명상 아니야?"

"그것도 명상의 일부지."

"우리 인류의 정수란 결국 이성을 가지고 생각할 수 있는 능
력 아닌가?"

나는 아버지를 흘끗 봤다. 아버지는 반쯤 몸을 돌려서 베개
위에서 고개를 가만히 젓고 있었다. 아버지도 형들의 대화를 듣
고 있었다. 아버지는 형들이 나누는 대화의 주제에 상관없이 형
들이 하는 이야기라면 무조건, 무조건, 무조건 탐욕스럽게 듣는
다. 아버지도 어쩔 수가 없다. 마치 형들이 아버지의 제자였을
때는 귀찮아서 형들이 쓴 에세이를 읽어보려고 하지도 않았는
데, 이제 그 제자들이 유명해지자 궁금해진 것처럼 탐욕스럽게

궁금해했다.

"나는 내가 하는 생각들이 좋아. 그게 내가 조금이나마 관심을 가지는 분야야. 내가 너의 생각에만 의지해야 한다고 상상해봐."

랄프 형은 핸들에서 한 손을 들어 올리며 말했다.

"넌 물질적인 존재야. 너에겐 몸이 있다고."

"내 몸은 너보다 훨씬 근사하지. 우선 날씬하잖아."

"그리고 괴로워하고 있지."

"자유롭고."

"그렇지 않아. 너의 마음은 폭군이야, 랄프."

"그렇지 않다니까. 네가 스스로 노예가 됐기 때문에 내 마음이 폭군이라고 듣는 거야."

"노예가 됐다는 너의 말은 내가 결혼했다는 의미로 받아들이겠어."

"그건 너의 단어 연상이고."

"그러는 네 마음은 어떻고?"

"내 마음은 상처투성이지."

"그건 좋은 거야?"

"난 사랑이 존재한다고 믿어. 죽음도 가치가 있다고 믿고. 난 죽음이 있다고 가정하고 사랑을 최대한 많이 경험하려고 노력하고 있어. 지금 우린 너에 대해 이야기하고 있잖아. 넌 뭘 믿는데? 생명보험?"

협곡을 더 높이 올라갈수록 강물은 더 빠르고 세차게 요동치며 흘러갔다. 도로변에 있는 바위들은 이제 모래 빛깔이 됐고 아이들의 그림책에 나온 '성지'의 삽화처럼 보였다.

"난 영원한 걸 믿어."

잭 형이 말했다.

랄프 형은 혀를 끌끌 차면서 백미러를 흘끗 봤다. 랄프 형은 고개를 천천히 저었지만 눈은 날 보며 미소 짓고 있었다.

"난 네가 그런 사람이라는 걸, 스스로에게 그런 말을 하는 사람이란 걸 받아들이지 않겠어, 잭. 더 이상 다른 사랑은 하지 않겠다고. 어떻게 그런 말을 할 수 있어? 이 사람이 내가 같이 있는 마지막 여자라고. 네가 그런 남자였어? 가다가 스스로에게 벌을 주면서 금욕적으로 살아가는 사람들이 사는 곳에 널 내려 줘야 하니?"

랄프 형은 눈앞에 있는 풍경을 가리켰다.

"넌 동굴에서 살 수 있겠다. 바위를 먹고 40일 동안 밤낮으로 악마와 싸우고. 악마도 너랑 한 시간만 같이 있으면 지루해서 눈물이 날 거라고 내가 장담하겠지만."

"결혼이 사랑의 끝은 아니야. 저 앞에 염소 조심해."

잭 형이 말했다.

랄프 형이 속도를 늦췄다. 염소가 불안하게 깡충깡충 뛰어서 도로로 들어왔다.

"아니, 결혼은 다른 모든 형태의 사랑들의 끝이지."

"다시 말하지만 아니라니까. 사랑은 진화하는 거야."

"결혼하면 사랑은 빠져나가지."

"틀렸어. 많은 사람들에게 결혼은 시작이야."

"너는—"

"내 경우엔… 우리가 지금 내 경우를 이야기한다면 말이지."

"그러고 있잖아."

"내 경우엔… 내 어리석음과 미숙함과 얼간이 같은 면에도 불구하고, 어떤 줄 알아?"

염소는 망설이면서 길을 건널지 말지 헷갈려 했다.

"시간이 지나고 보니 젊은 날의 내가 날 위해 아주 좋은 결혼을 했더라고. 이건 참 믿기 어려운 말이지. 날 봐서도 그렇고 우릴 봐서도 그래. 한 해 한 해 지날 때마다 젊은 날 그렇게 현명한 결정을 내린 내가 고마워. 한 해가 지날 때마다 나는 아내와 더 깊은 사랑에 빠지고 있으니까."

"그렇다면 넌 세상에서 거의 유일무이한 존재인 셈이야, 잭. 너의 결혼은 나머지 인류에게 반짝반짝 빛나는 등대이고. 아마 우주에서도 그게 보일 거야."

"고마워."

"우리가 이렇게 말하는 동안에도 헬멧을 쓴 우주선 조종사들이 네 말에 감동해서 말없이 흐느껴 우느라 얼굴 가리개에 김이 서리고 있을 거야."

"사랑은 네가 생각하는 그런 게 아니야. 난 그저 그 말을 하는 거라고."

염소가 힘겹게 바위 위로 기어 올라가 다른 염소들이 기다리는 곳으로 갔다. 우리는 다시 출발했다. 구불구불하던 길은 반듯해졌고 랄프 형은 기어를 바꿨다.

"말해봐, 그 강력한 사랑은 어떻게 모습을 드러내지? 둘 다 같은 TV 드라마에 관심을 가질 때? 세련된 페인트 색조를 정할 때? 신선한 허브를 고를 때?"

"넌 사람들을 과소평가해. 모든 걸 과소평가하지. 너만 빼고."

"그렇진 않아. 나는 스스로를 아주 낮게 평가해. 세상에서 나보다 더 나를 낮게 평가하는 사람도 없을 거야. 그저 좀 더 자신 있고 확신이 있어 보이고 싶어서 나의 이런 면을 감추는 것뿐이야. 나도 다른 사람들과 똑같아. 내 경우에는 내가 아주 재수 없는 인간이란 걸 안다는 점이 다른 거지."

"아마 많은 부부들이 행복할 거야. 그 점은 고려해봤어?"

"아, 제발. 좀 솔직해져 봐. 주위를 둘러보라고, 잭. 온갖 얼간이 남편들이 자기 아내나 아이에 대해 토론하는 거 봤어? 다들 다가올 로드워크를 통과하는 다양한 루트들이 어쩌고, 사업상 돌파구가 어쩌고, 택시 회사들의 시가총액이 얼마고 이딴 소리만 하잖아. 90퍼센트의 여자들에게 결혼은 성취의 반대말이야."

"이제 페미니스트가 된 거야, 랄프 형?"

내가 물었다.

"아니, 난 유부녀들 전문가야."

"그 여자들 복도 많네."

"대부분의 아내들이 인테리어 잡지를 읽는 동안 그들의 내면
은 무너져서 폐허가 되고 있어. 그녀들의 상상력을 자극할 그
어떤 것도 없단 말이야. 그들에게 앞으로 다른 남자가 나타날
거라고 생각하지 않는 한 말이야. 내가 말해보는 거지… 내가
당신 아내와 사랑에 빠져보면 어때요, 어떻게 돼가는지 보는 거
죠? 꼭 그렇게 신성한 척할 필요 없잖아? 한 번—"

"품위를 좀 지켜."

"우리가 하는 연애가 우리란 인간을 규정하는 거야."

잭 형은 아주 우아하고 경쾌하게 말했다.

"넌 가족이 생기기 전까지는 정말 가족을 이해하지 못해, 랄
프. 남자와 여자의 진정한 관계를 이해 못하는 거지. 나중에 여
자가 네 아이를 몇 명 낳는 모습을 한 번 지켜봐봐. 내가 약속
할게. 그러면 모든 것이 바뀔 거야. 유감스럽게도 섹스의 결말
로 아이가 생기면 너의 그런 개똥철학은 아무 의미가 없어질 거
야."

"섹스의 결말이라. 그 말 마음에 드는데. 이 질문에 대답해봐.
넌 죽을 때 뭘 기억할 건데? 뭘 돌아볼 거냐고? 내가 말해주지.
네가 따뜻한 오후에 여자 옆에 누워서 사랑을 나누고 이야기를
하고 음식을 먹고 얘기를 하고 사랑을 나누고 술을 마시고 사랑
을 나누고 이런저런 이야기를 나누고 모든 것이 좋고 나쁘고 잃

어버리고 발견하고 그렇게 세상의 의미가 없어지고, 저녁 해가 침대 너머로 떨어질 때까지 그러다 다시 사랑을 나누고 그러면서 둘의 교감이 더 깊어지고 땅거미가 질 때를 생각해봐. 그것보다 더 좋은 게 뭐가 있지? 대체 그보다 더 좋은 게 뭐가 있냐고? 그런 게 있을 것 같아?"

잭 형이 앉은자리에서 몸을 돌렸다.

"아버지도 그렇게 생각해요?"

"다른 것도 좋지만 그것도 좋지."

아버지가 지붕을 보며 대답했다.

"다른 걸 예를 들면?"

"자식들. 부모가 자식을 망쳐놓지만."

도로 위에서 뭔가 기이한 일이 날씨와 같이 벌어지고 있었다. 하늘이 몰래 스스로를 찢어발겨서 찢어진 하얀 틈 사이로 회색 하늘이 드러났는데, 시간이 흐르면서 그 속에 은밀하게 감춘 파란 가운이 보였다.

"내 생각에 사랑은 네가 묘사한 것의 정반대로 판명됐다고 보는데. 사실 사랑은 과정이자 현실이야. 네가 마시는 커피에 탈 우유가 떨어지지 않게 챙기는 것이 사랑이야. 전구를 갈고, 바닥에 떨어진 젖은 수건을 집어서 말리는 게 사랑이라고."

잭 형은 안 그런 척하면서도 이 대화에 열중해서 말했다.

"맙소사, 사랑이 바닥에서 타월을 집는 거라면 너는 스스로에게 물어본 적 없어? 난 도대체 누구와, 뭐와 사랑에 빠진 건가?

이런 질문 안 해봤어?"

"난 이런 것들이 사랑의 상징이란 말을 하는 거야."

"난 그게 아니란 말을 하는 거고."

"내 말은 사랑이 벌이는 그 모든 멜로드라마와 광기가 빠져나가고 나면 남는… 건 삶 그 자체밖에 없다는 말을 하는 거야, 랄프. 현실 말이야. 넌 정말 언젠가는 현실을 살아봐야 해."

"현실은 피상적인 거야."

"사람들이 하는 말을 보지 말고 그 행동을 보란 말이야."

"타월을 주우라는 거군."

"사람들이 현실에서 하는 수백만 가지 현실적인 희생과 매일같이 하는 친절한 행위들을 생각해봐. 말이 아닌 행동을 생각해봐. 네가 먹는 음식은 누가 준비하지? 네가 휴가를 보낼 돈을 가지고 있을 수 있게 너의 대출 금리를 바꾸는 사람은 누구야? 너의 집에 오는 배관공을 주선해주는 사람은 누구야? 너의 문 열쇠를 찾아준 사람은 누구냐고?"

"그런데 내가 왜 그 사람과 사랑을 나누고 싶어 해야 하는데? 변함없이 꾸준하게 타월을 주워준다고 해서 또는 대출 금리를 조용히 효율적으로 처리해주는 이유 때문에 그런 사람과 사랑을 나눠야 해?"

"우리의 삶은 그런 부분들로 이뤄져 있어."

"내 삶은 그렇지 않아."

"그래서 네가 외로운 거야."

"자유롭지."

"슬프고."

"정직한 거야."

자신의 주장을 입증하려는 것처럼 랄프 형이 속도를 내서 힘겹게 달리고 있는 낡은 르노를 추월했다. 우리가 달리는 도로는 그런 짓을 하기에 적당한 곳이 아니어서 랄프 형은 산길의 급커브를 달리느라 심하게 브레이크를 밟아야 했다. 덕분에 밴이 사정없이 돌아버리면서 산 밑으로 추락하지 않게 쳐놓은 장벽의 한쪽이 움푹 들어가버렸다. 운전기사를 바꿔야 했다. 우리 가족이 아닌 사람으로. 아버지의 몸이 내 쪽으로 데구루루 굴러왔다. 나는 아버지를 도와 다시 베개 위에 눕혔다.

"넌 지금 솔직히 말하지 않고 있어, 잭."

"아니, 솔직하지 못한 사람은 너야."

"새로운 하루가 시작돼서 밖에 나가면 감옥에서 탈출하고 싶어서 마음이 아리지 않아?"

"네가 그러고 싶겠지."

"말은 안 해도 그런 마음은 있을걸."

"당연하지."

잭 형은 뺨을 부풀리면서 조금 양보하는 척했지만 사실은 한 치도 양보하지 않았다.

"난 항상 여자들을 보는 데다 그들을 원하는 마음도 있지⋯. 나는 네가 쫓고 있다고 말한 그런 걸 원해. 여자와 육체적일 뿐

아니라 다른 모든 면으로도 친밀하면서 동시에 날 각성시켜주
는 그런 관계를 맺고 싶어."

"거봐. 내 말이 그 말이라니까."

"난 그러지 않는 쪽을 선택해."

"넌 감옥에 갇히는 걸 선택하는 거야."

"왜냐하면 그런 선택들이 실제로 나를 망치기 때문이야. 내
선택은——"

아버지가 강연할 때 쓰는 목소리로 끼어들었다.

"나는 더 이상 나를 망치는 것들에 홀딱 반하거나 쫓지 않을
것이다."

"그 말은 누가 했죠?"

내가 물었다.

"존 던이 '사랑이여 잘 있거라'에서 했지."

"존 던은 사랑이 자길 망친다고 생각했어요?"

내가 물었다.

아버지는 머리도 들지 않고 날 보며 말했다.

"긴 대답을 원하니, 아니면 짧은 대답을 원하니?"

"짧은 거요. 언제나 짧은 대답을 부탁드려요. 지금은 21세기
예요, 아버지. 우리는 주의력 결핍 장애가 있죠."

"여기서 사랑을 성적 욕망으로 해석하자면——"

"맞아요. 반드시 그래야죠. 우린 그럴 수 있고 그렇게 하고 있
어요. 욕망이 없는 세상은 시들어버려요."

랄프 형이 풍경을 향해 격렬하게 말했다.

"그렇다면, 그래. 이 경우는 그렇지. 다른 수십 가지 관점을 지닌 수십 편의 시 중에서 이 시는 그렇단다. 사랑은 사람을 망치지."

랄프 형이 백미러를 흘끗 들여다봤고 나는 형의 눈이 환히 빛나는 걸 볼 수 있었다. 형은 아직 술도 안 마셨는데, 나는 생각했다. 형은 심지어 술 생각도 하지 않았다.

"둘이 계속 그렇게 입씨름해. 그러면 그럴수록 아버지와 나는 우리 성격은 좋은 편이구나 하고 우월감에 젖을 테니까."

내가 말했다.

"네가 그런 선택을 하면 너에겐 뭐가 남는데, 잭?"

"너보단 행복하지, 랄프."

"네가 믿을 수 있는 정부를 꿈꾸면서 사는 게 행복하단 말이지."

"이미 신뢰하는 아내와 사는 게 행복하단 말이야."

"마음속으로 죽어가면서."

"죽어가는 게 아니라 살아가고 있는 거야, 그것도 환상 속에서가 아니라 현실에서."

"감정을 억누르고 현실과 타협하면서 살아가는 거지."

"어떤 면에선 그렇지. 남녀 관계란 육체적인 관계가 다가 아니니까."

랄프 형은 잭 형이 체스를 두다가 방금 최대의 패착이 되는 한 수를 두고 진 것처럼 큰 소리로 웃었다.

"아, 제발이지 정말."

랄프 형은 핸들에서 손을 들어 세상을 가리켰다.

"성적으로 강렬하게 끌리는 거, 성적인 카리스마, 이게 우리가 지구라는 행성에 존재하는 이유야. 주위를 둘러봐, 잭. 자연 다큐멘터리들을 좀 보라고. 모든 생명체에 있는 모든 유전자는 가능한 한 육체적으로 많은 사랑을 나누기 위해 뭐든 유혹하려고 전력을 다해. 외롭지 않으려고, 자신을 후대에 물려주려고…. 세상에 있는 유전자란 유전자는 모두 내일이 없는 것처럼 성교를 하고 싶어 한단 말이야. 왜 그런 줄 알아? 그렇게 하지 않는 한 내일은 없으니까. 성교가 멈추는 순간 우리 모두 영원히 죽는 거야. 너, 나, 아버지, 이 행성, 루까지 다 그래."

"너한테 뭐라고 해야 좋을지 모르겠다. 난 아내를 아주 많이 사랑하고 아내 없이 사는 건 끔찍할 거야."

잭 형이 말했다.

"이래서 여자 형제가 있으면 좋았을 거야. 새로운 관점에서 얘기를 들어볼 수 있잖아."

내가 말했다.

"아직 늦지 않았어요, 아버지. 아버지는 어쩌면 이 동굴에서 아주 섹시한 네안데르탈인 아가씨를 만날지도 모르잖아요. 아버지가 절대 거부할 수 없는 그런 종류의 선사시대 미녀 말이죠."

잭 형이 말했다.

"나도 여자 형제가 있었으면 좋겠어. 그럼 정말 좋을 텐데."

내가 대꾸했다.

"여긴 선사시대 유적지가 아니야. 상부 구석기시대, 호모사피엔스라니까."

아버지가 말했다.

"쾌락과 행복은 같지 않아. 그 점을 기억해야 해, 랄프."

잭 형이 말했다.

"만족은 일종의 따분함이지. 그 점을 기억해야 해, 잭."

랄프 형이 대꾸했다.

"정말 지루하지 않다니까. 아이들은… 아이들과 있으면 지루할 새가 없지."

"이하, 아하, 아하. 또 시작이군. 부성으로 방어한다 이거지."

랄프 형이 조롱했다.

"방어가 아니야."

"넌 부성으로 보상받으려는 거잖아."

"그렇지 않다니까. 자식과 아버지의 관계는 아주 독특한 거야. 난 네가 묘사한 얽히고설킨 성애에서 완전히 자유로운 방식으로 내 아이들을 사랑해. 그건 일종의 자유이자 아이 없이는 절대 경험할 수 없는 종류의 사랑이야, 랄프. 그 어떤 경험도 이 경험을 능가할 수 없어."

잭 형은 이 황량한 산의 유혹을 마치 오래전에 떨쳐버렸던 것처럼 깊이 숨을 들이쉬었다.

"가족이 있어야만 가족을 이해할 수 있어. 너 자신과 함께 사는 아내를 이해하려면 자식도 있어야 하지. 자식을 낳고, 엄마가 되고, 딸들을 낳아보고. 그런 경험이 없으면 넌 가족이란 그림의 절반밖에 보지 못해. 내가 장담하지. 날 증오해도 좋아. 내가 지금 너에게 말하는 걸 증오해도 좋고. 이건 진실이야."

"다만 그건 진실이 아니야. 그럼 우주의 역사에 존재하는 모든 동성애자 예술가들은 어쩌라고? 베르길리우스와 플라톤… 미켈란젤로와 말로에서…에서… 오든까지."

"그들은 여성을 아무것도 이해하지 못했지."

"헨리 제임스, 셰익스피어, 아마 플로베르도. 모두 동성애자였어. 이 명단은 끝도 없다고. 인간에 대한 깊은 이해를 바탕으로 어느 분야에서건 실력을 발휘했던 작자들은 대부분 동성애자야."

랄프 형이 말했다.

"네안데르탈인이 호모사피엔스와 떡을 쳤나요, 아버지? 아니면 동성애자들만 그랬나요?"

내가 물었다.

"루, 그런 상소리는 쓸 필요가 없잖니."

"초기 인류들이 서로 다른 종간에 이성애적 사랑을 나눴나요?"

"그들이 그랬다는 걸 이제는 우리도 알고 있지. 그런 경우

가 많진 않지만 좀 있었다. 우리 모두 몸속에 네안데르탈인의
DNA가 조금씩 들어 있어."

아버지가 한숨을 쉬며 말했다.

"거봐."

랄프 형이 말했다.

"뭐가 거봐, 라는 거야? 이 말로는 아무것도 입증되지 않아.
대체 무슨 소리를 하는 거야?"

잭 형이 받아쳤다.

지하 세계

우리는 밴에서 내렸다.

하늘에 남아 있는 구름을 뚫고 나온 태양이 이글이글 타올라서 나는 밴의 운전석 뒤쪽 작은 칸에 놔둔 검은색 선글라스를 꺼냈다. 에바가 사준 거였다. 길이 넓어졌고 우리는 차를 100대 정도는 비스듬하게 세울 수 있는 산의 옆구리 높은 곳에 올라와 있었다. 우리 말고 다른 차는 보이지 않았다. 이 세상에서 우리만 있는 것처럼 느껴졌다. 우리 앞에는 벼랑이, 뒤에는 절벽이 있었다. 발밑에는 최근에 미쳐 날뛰는 괴물들이 가지고 놀다 버린 것 같은 뾰족뾰족한 바위들이 솟아 있었다. 이렇게 전망이 좋은 곳에서 보니 밑에 있는 계곡이 열병에 걸린 사람이 상상한 지옥으로 가는 입구처럼 보였다. 뱀처럼 구불구불 꼬여 있는 도로, 수직으로 추락하게 되는 무시무시한 높이, 지표 위로 드러난 끔찍해 보이는 광맥, 툭 튀어나온 급경사면, 계곡의 목구멍으로 미친 듯이 내려가는 톱니 모양의 기둥들.

형들이 옆에 와서 우리는 아버지를 조심스럽게 안아서 내렸다. 랄프 형은 에이비에이터 선글라스를 가지고 있었다. 잭 형은 웨이퍼러 선글라스고 아버지는 안경 위에 겹쳐 쓸 수 있는 근사한 빈티지 선글라스가 있었다. 그것이 아버지가 가지고 있는 유일하게 근사한 물건이다. 아버지는 그 선글라스를 1969년에 장만해서 몇 년에 한 번씩 책상 위를 정리하고 귀금속상이하는 구식 확대경을 눈에 끼고 아주 작은 나사돌리개로 직접 수선했다.

아버지는 진통제를 몇 알 더 삼키고 이제는 익숙해진 자세로 내 어깨에 팔을 둘렀다. 우리는 출입구를 향해 칙칙한 땅바닥을 한 걸음 걷고 나서 멈췄다. 아버지는 빨리 걸을 수 없었다. 다리는 힘이 빠지고 진통제를 먹었음에도 발목은 쑤시고 쓰라렸다. 잭 형이 아버지 옆에 서서 반대편 어깨를 부축했다. 랄프 형은 기다렸다. 우리는 다시 절뚝거리면서 아주 느리고 부드럽게 앞으로 걸어갔다. 우리는 총격전이 벌어진 후에 죽을지도 모르고 어쩌면 죽지 않을지도 모르는 대부를 부축해서 가는 마피아 단원들처럼 걸었다. 우리는 이제 아버지를 안고 가는 거나 다름없었다. 이렇게 입구까진 절대 못 갈 거야, 나는 이런 생각을 하다가….

그러다 우리는 그것들을 봤다. 매표소 근처에 최신식 이동형 의자들이 마치 르망 자동차경주의 출발선처럼 줄줄이 서 있었다. 휠체어들. 사실 휠체어보다 훨씬 낫다.

이렇게 외딴 곳에 있고, 인류의 역사에 세계적으로 별 관심도 없고, 어두운 데다 곳곳에 바위들이 흩어져 있을 게 뻔한 동굴 속에 이 의자들이 달릴 수 있게 매끄러운 길을 만드는 데 얼마나 많은 시간과 돈과 기술이 들어갔을지 생각해보니 이것들이 여기 있다는 게 기적처럼 느껴졌다. 우린 아버지가 동굴벽화들이 있는 곳까지 절대 걸어선 갈 수 없다는 사실을 깨달았으니까. 대체 우린 무슨 생각을 하고 있었던 걸까? 우린 우뚝 멈춰서서 멍하니 그 광경을 바라봤다. 태양이 또 다른 구름 뒤에서 불쑥 뛰쳐나왔다. 이동식 의자들이 햇볕에 반짝거렸다. 그 기계들은 완전 새것으로 지금까지 한 번도 쓴 적이 없어 보였고, 나사가 해왕성의 위성을 공격할 때 허세를 부리려고 설계했을 법한 그런 이동 수단처럼 보였다.

"사회주의 덕분이야."

아버지는 우리 어깨에 한껏 기대면서 말했다.

"맞아요. 이 점은 프랑스를 존경해야 해요. 프랑스 사람들이 경제는 엉망이어도 선사시대 동굴에 들어갈 수 있는 방법 하나는 끝내주게 해놨네요."

잭 형이 말했다.

"음식도 최고고. 예술가들을 존경하지. 불륜과 샴페인의 세계 대표잖아. 프랑스인은 도무지 사랑하지 않을 구석이 없다니까."

랄프 형이 담배에 불을 붙이며 말했다.

435

"여기가 거기 맞아요, 아버지? 사람들은 다 어디 있는 거죠?"

내가 물었다.

"여긴 열려 있는 적이 거의 없단다."

아버지가 대답했다.

"왜요?"

내가 물었다.

"여기는 1년에 불과 며칠밖에 안 열어, 루. 왜냐하면… 왜냐하면 공기 때문이야."

아버지는 움찔하며 말했다.

"공기 때문이라고요?"

내가 물었다.

"관광객들이 쉬는 숨 때문에 세균과 곰팡이가 생기지. 동굴벽화에 말이야."

"음, 오늘은 열려 있다니 우리가 운이 좋네요."

내가 말했다.

아버지가 내게 기댄 몸이 더 무거워졌다.

"그러면 왜 이런 시설을 해놓은 거예요?"

잭 형이 물었다.

"프랑스인 모두를 환영하고 싶어 하는 척하는 거지. 그럴 수도 없고 그러지도 않고 그런 적도 없으면서 말이야."

"사회주의가 그렇지 뭐."

잭 형이 말했다.

결국 내가 그 말을 꺼냈다.

"아버지, 휠체어 타고 돌아보고 싶으세요?"

이번에는 아버지도 망설이지 않았다.

"타지 않으면 어리석은 짓일 것 같은데."

휠체어. 사람들은 휠체어가 심리적으로 큰 문제를 일으키며 휠체어를 타면 인생이 끝이라고 생각한다. 그러다 어느 날 휠체어는 문제가 아닌 해결책이 되고, 또 다른 인생의 시작이 된다. 우리가 다시 앞으로 걸어가는 동안 랄프 형은 먼저 그쪽으로 가서 그 아름다운 기계들을 살펴봤다.

"여기에 와인 잔 홀더도 있어."

랄프 형이 말했다.

"와인 잔 홀더가 아니라 커피 컵 홀더겠지."

잭 형이 말했다.

랄프 형이 허리를 쭉 펴고 일어섰다.

"오늘은 일찍부터 와인을 한 병 따서 마시며 어두운 동굴 속을 돌아다닐 수 있을 것 같은데. 두통은 다 떨쳐버리고 말이지. 네안데르탈인들도 그러고 싶었을 거야."

"어쩌면 아직도 몇 명은 저 속에 숨어 있을지도 몰라. 바깥 사정이 좀 잠잠해지길 기다리면서 말이지. 네안데르탈인들도 술을 마셨나요, 아버지?"

잭 형이 말했다.

아버지는 힘없이 말했다.

"네안데르탈인이 아니라니까. 대체 몇 번이나 말하니? 호모 사피엔스라고. 여긴 후기 구석기시대 유적지라니까."

"얼마나 됐죠?"

내가 물었다.

"3만 2000년에서 3만 5000년 정도 됐지. 오리냐크 문화기야."

아버지는 직사광선을 받으며 서 있는 걸 끔찍이 싫어했다. 아버지는 어서 지하로 들어가고 싶었다. 우린 모두 피부가 흰 편이지만 랄프 형과 나는 다른 가족들보다 햇볕에 더 잘 견디는 것 같았다. 우리는 절뚝거리며 아버지를 모시고 매표소 옆 그늘로 가서 벤치 위에 앉혀드렸다. 랄프 형은 매표소 부스로 가서 유리 칸막이에 몸을 기울이고 큰 소리로 그 안에 있는 남자와 이야기하기 시작했다. 영어로 하다가 그다음엔 독일어로 하고 그다음엔 러시아어를 하는 동안, 잭 형과 나는 그 이동식 카트들을 보고 있었다.

몇 초 후, 랄프 형이 마치 이런 일은 도저히 설명도 할 수 없다는 듯이 큰 소리로 우리에게 말했다.

"이 사람은 프랑스어만 하네. 와서 얘기 좀 해봐, 잭?"

"내가 뭐라고 하길 바라는데?"

"우리의 임무를 설명해."

잭 형과 나는 부스로 걸어갔다.

"무슨 임무?"

랄프 형은 옆으로 비켜서면서 잭 형에게 매표소의 부스로 가라고 손짓했다.

"내 말에 저 사람이 헷갈린 것 같아. 저 사람은 우리 모두 자살하려고 애를 쓴다고 생각하고 있어. 그런 게 아니라고 말해."

"우린 자살하려고 하는 게 아니에요."

잭 형이 프랑스어로 말했다.

"그 개념을 설명하란 말이야."

랄프 형이 재촉했다.

잭 형이 돌아봤다.

"무슨 개념? 대체 무슨 소리를 하는 거야?"

"우리는 지금 모든 일을 함께한다고, 그래서 장애인용 카트 네 대를 예약하고 싶다고 말이야. 우린 모든 일을 같이해야 하거든."

잭 형은 한숨을 쉬고 나서 그 얘기를 부스에 있는 남자에게 말했다. 그는 유리창 앞으로 몸을 기울여서 돈과 표가 오가는 창구 틈으로 눈을 가늘게 뜨고 얼굴을 찡그린 채 우리를 올려다보았다. 창구에는 여기보다 좀 더 매력적인 관광지들을 홍보하는 스티커들이 붙어 있었다.

"저 사람에게 말해. 우린 이 모든 일을 같이하기로 했다고. 우리가 스틱스강*에 있는 슬픔의 강변에서 헤어질 때까지 말이야."

랄프 형이 담배를 문질러 끄면서 말했다.

---

*   그리스신화에 나오는 지상과 저승의 경계를 이루는 강.

"우리가 헤어질 때까지."

잭 형이 프랑스어로 말했다.

그 남자는 아무 반응도 하지 않았다.

우리의 협상은 교착상태에 이르렀다. 우리 삼형제가 편자 모양으로 서 있는 동안 그 남자는 우리를 보고 있었는데, 한참 정신없이 돌아가는 세탁기 같은 표정을 지었다.

"어쩌면 저 사람은 귀가 안 들리는지도 몰라. 아니면 여기 고도가 너무 높아서 그런 건지도 모르고."

내가 나직하게 말했다.

"저 사람에게 200유로를 주겠다고 해. 아무것도 묻지 말라고 하고."

랄프 형이 말했다.

잭 형이 그렇게 했다. 그러자 그 남자는 순식간에 사라졌다. 우리는 또다시 아무 목적도 없이 그 자리에 멍 하니 서 있었다.

"어떻게 되고 있니?"

아버지가 조금 빈정거리는 투로 벤치에서 소리쳤다.

매표소 옆 어딘가에서 문이 하나 열리더니 늙은 남자가 서둘러 우리를 향해 다가왔다. 동굴 입구에서 평생을 보낸 그의 등은 굽었고 엉덩이에 팔을 걸치고 쭈글쭈글한 얼굴이었다. 그는 우리 한 사람 한 사람과 악수를 하고 나서 벤치로 가 아버지에게 두 팔을 뻗었다. 두 사람은 나이에 어울리게 격렬하면서도 조심스런 포옹을 했다.

그 노인은 지금 딛고 선 바위만큼이나 두껍고 울퉁불퉁한 억양으로 프랑스어로 말했다.

"나는 이런 나만의 불침번을 끝낼 수 있기를 아주 오랫동안 바라왔답니다, 선생님. 하지만 용기가 없어요. 선생님은 내 영웅이세요. 선생님에게 경의를 표합니다."

아버지는 그 말에 깜짝 놀랐지만 미소를 지었다. 아버지는 안경 위에 쓴 선글라스를 들어 올렸다.

"얘들은 내 자식들이에요. 이 아이들이 날 거기까지 차로 데려가주고 있답니다."

아버지도 프랑스어로 말했다.

그 남자는 자신의 팔꿈치를 움켜쥐었다.

"당신 자식들이라고요?"

노인이 물어보는 표정으로 손짓을 했다.

아버지는 미소를 지으며 대답했다.

"아이들이 어렸을 때는 언젠가는… 언젠가는 내게 짐이 되지 않는 날이 올 거라고 생각했어요. 한 해 한 해 지날수록 사는 건 더 나빠지기만 하죠. 우리는 평생 우리 부모가 아주 끔찍하다고 생각하다가 아이를 낳아보면 처음부터 아이들이 문제였다는 사실을 깨닫게 되죠."

"우리가 휠체어를 타도 될까요?"

랄프 형이 물었다.

"난 아르망 퓨졸이라고 해요."

그 노인은 그렇게 대답했다. 그리고 허리를 펴고 일어나면서, 마치 어느 쪽을 눌러야 할지 모르면서도 자신의 약한 심장을 눌러 다시 소생시킬 준비를 하는 것처럼 가슴 위로 손가락을 쫙 펴서 덮었다.

"물론이죠. 갑시다. 가요. 내가 안내해드리죠."

동굴 입구를 향해 이쪽저쪽으로 구부러지면서 내려가는 바위 속으로 매끄럽게 파고 들어간 넓은 길이 하나 있었다. 마치 유럽의 전 장애인이 동굴에서 마라톤을 열 거라고 예상하고 만든 길 같았다. 아르망은 뇌물에 대한 보답으로 오늘 동굴은 우리만 받고 닫기로 한 것처럼 보였다. 아르망이 먼저 카트를 타고 출발했다. 그는 우리가 탄 이동식 카트가 시속 20킬로미터까지 속도를 낼 수 있지만 절대 자신을 추월해선 안 된다고 엄격하게 말했다. 우리는 그를 따라 마치 안전 차량을 따라가는 자동차경주 참가자들처럼 무리 지어 구불구불한 길을 내려갔다. 그렇게 지하 세계로 들어갔다.

동굴 속은 지난 3만 5000년간 매일 그랬던 것처럼 축축한 돌과 서늘하고 습기 찬 흙냄새가 났다. 협곡 위쪽에 있는 원래의 출입구는 2000년대 들어 바위가 붕괴돼서 봉쇄되는 바람에 이제 우리는 처음에 동굴 탐험가들이 우연히 동굴벽화들을 발견했을 때의 그 긴 루트를 따라서 가야 했다. 가끔은 카트 두 대나 세 대가 나란히 갈 수 있었다. 또 가끔은 한 줄로 늘어서서 가야 했다. 카트에 달린 조종간 하나는 카트 앞쪽에 있는 스포트라이트의 각도를 조절하는 것이고, 또 다른 조종간은 카트의 방향과 속도를 조절했다. 우리가 가는 길의 양쪽 벽들은 노란색, 흰색, 불그스름한 색, 옅은 파란색과 같이 으스스한 등으로 불이 밝혀져 있었다. 많은 램프들이 가려지거나 비스듬하게 설치돼 있어서 바위들의 특징도 안 보이거나 환하게 비춰져 거대한 상상의 형태들과 윤곽들을 만들어내며 인간의 의도, 상상, 직관을 암시했다. 사방에서 물이 똑똑 떨어지거나 바위틈으로 스며드는 소리가 들렸다.

아르망의 카트에는 스피커가 달려 있어서 거기에 대고 우리가 지금 보는 것이 뭔지 말해줬다. 작아졌다가 메아리치기도 하는 그의 으스스한 목소리는 땅속에서 솟아올라 벽 위를 기어가다가 우리에게 덤벼드는 것처럼 느껴졌다. 아버지는 아르망이 하는 말 한마디 한마디를 비웃는 어조로 우리에게 통역해줬다.

"너희 왼쪽 높은 곳에 에메랄드 시티가 있고, 저기는 악마의 혓바닥이고…. 저기, 바로 너희 오른쪽 밑에 말이다, 돌아보면 너희 바로 위에 쭈그렁 할망구의 손가락이 있고. 우리가 멈추면 바로 앞에 있는 벽에 튀어나온 바위 너머를 봐라. 거기에 페르세포네(지옥의 여왕)의 오르간이 보일 거란다. 스틱스의 폭포 옆에 말이다."

"아르망이 페르세포네의 오르간이라고 했어요? 아니면 그냥 아버지가 한 말이에요?"

랄프 형이 뒤쪽에서 큰 소리로 물었다.

"아르망."

잭 형이 말했다.

우리는 넓게 돌아가는 구역에 나란히 서 있었다. 우리의 카트는 마치 유원지에서 전기가 들어오고 다음번 순서가 시작된다는 걸 알려주는 음악을 기다리는 작은 전기 자동차들처럼 기이한 각도로 멈춰 있었다.

"오르간이 발명된 때는…. 아버지, 오르간이 언제 발명됐죠?"

랄프 형은 잠시 멈칫하다 물었다.

"1390년에서 1399년 사이. 그 정도 됐을 거야."

"어쩌면 아르망의 오르간이란 말은 페르세포네의 요도 같은 장기를 가리킨 게 아닐까?"

내가 두 사람을 도우려고 넌지시 말했다.

랄프 형이 난간을 향해 몸을 내밀면서 말했다.

"넌 여신의 요도를 본 적이 있냐?"

호안석 조명에 비춰 기괴한 색으로 조용히 흐르는 두 개의 물줄기가 보였다. 위쪽 물줄기에서 조용히 굵게 떨어지는 물이 아래쪽으로 찬찬히 흐르고 있었다.

"요도처럼 보이는데."

내가 말했다.

"요도가 장기인가?"

잭 형이 물었다.

"페르세포네가 여신이었나?"

랄프 형이 물었다.

"너희 핸드폰은 여기 지하에서는 작동이 안 될 테니, 너희는 결코 모르겠구나."

아버지는 자신(과 자신의 새 친구 아르망)이 우리에게 교훈을 가르쳐주려고 작정한 것처럼 말했다.

"만약 저게 스틱스강이라면 아버지가 저길 건널 때는 뱃사공도 필요가 없겠어요."

내가 말했다.

"저걸 스틱스라고 보기엔 너무 작다, 막내야."

잭 형이 말했다.

"지하 세계를 흐르는 강은 다섯 개가 있지."

아버지가 말했다.

"스틱스, 아케론, 레테…. 계속 말해보세요."

랄프 형이 말했다.

"플레게톤, 코키투스가 있지. 이 강들은 순서대로 증오, 고통, 망각, 불, 비통의 의미가 있단다."

아버지가 말했다.

"이제야 좀 재미있어졌어. 이제야 내가 바라는 휴가 같아."

내가 말했다.

"샌드위치도 사올걸 그랬지. 다섯 개의 강이 만나는 곳에서 피크닉도 할 수 있었는데."

잭 형이 말했다.

아르망은 선로의 다음번 굽이에서 우리를 불렀다.

우리는 다시 출발했다. 우리가 탄 카트의 전기 엔진들이 조용히 윙윙거렸다. 우리는 줄줄이 30억 년 전에 있었던 해파리 화석 옆을 통과했고, 그다음엔 한동안 별다른 게 없어서 아르망이 입을 다물고 있는 동안 계속 갔다.

우리가 가는 코스에는 가장자리를 구슬처럼 장식하는 고양이 눈 모양의 작은 조명들이 달려 있었다. 우리 위에 달려 있는 램프들의 빛 웅덩이 너머에 있는 어둠은 모든 것이 들어 있으면서 동시에 아무것도 없는 완벽한 암흑이었다.

내 마음은 그 어둠을 피했다. 나는 아마도 이것이 아버지가 세상에서 가장 원하는 일일 거라고 생각하기 시작했다. 아버지는 바로 이런 방식으로 영원의 세계에 들어가고 싶은 거라고. 아버지가 왜 이런 곳들을 좋아하는지 생각하게 됐다. 이제야 나는 그건 시간과… 관점 때문이라는 사실을 천천히 깨달았다. 이런 곳에서는 아버지 인생의 무대를 좀 더 큰 맥락에서 볼 수 있고, 이런 맥락에서 느끼는 안도감은….

그건 효과가 있었다. 우리 모두 다음 몇 시간, 며칠, 몇 주 대신 수천 년의 세월이란 시간을 생각하게 됐으니까. 우린 더 이상 현재에 갇혀 있지 않았다. 나 자신과 내일을 생각하는 대신 내 모든 조상과 내 모든 과거를 생각하고, 내가 결코 모를 사람들, 내 아버지의 아버지의 아버지와 같이 끝도 없이 거슬러 올라갈 사람들을 생각했다. 그들도 아마 조금은 나와 닮았을 것이고 그들도 누군가의 아들이었다. 나는 내 조상인 까마득한 과거의 그가 내가 생각하고 궁금해하는 것처럼 생각하고 궁금해했을 것이란 생각을 했다. 나와 똑같은 생명 활동을 하고 나와 똑같은 능력을 지녔으니까.

그는 음식을 먹은 후에, 동굴이라는 은신처에 피워놓은 불가에 앉아 여기 있는 이런 협곡 밖의 달과 별들을 보며 자신의 친족과 끝없이 이야기를 나눴을 것이다. 무슨 언어로 얘기를 했을까? 무슨 이야기를 했을까? 내 아버지는 내게 위대한 영웅이었다. 아버지는 대단한 겁쟁이였다. 내 아버지는 약했다. 내 아버지는 용감했다. 이런 얘기? 나는 이 지구가 아주 오래됐다는 사실과 그 품위를 생각했다. 그 오랜 세월에 서려 있는 품위. 품위란 고작 인간의 말이고 그 말로는 지구를 묘사할 수 없지만 말이다.

나는 외계의 신이 우주의 동굴을 거쳐가다가 잠시 들러 아름다운 빛이 나는 우리의 동그랗고 파란 지구를 내려다보는 모습을 상상했다. 그런 거대한 존재인 신(이 신은 분명 죽음도 정복했겠지)이 1초도 안 되는 짧은 시간에 지구에서 나는 수천만 개의 인간의 목소리를 듣는 모습을 생각했다. 외계의 신은 우리가 성냥불이 확 타오르는 시간 정도의 찰나의 인생에서 혼란스러워하고, 으스대고, 걱정하고, 중요한 것을 거듭해서 오판하고, 인류가 최선의 존재가 될 수 있는 방법을 보지 못해서 여전히 지금 이대로 남아 반복되는 실패의 소리를 들으며 놀랍다는 생각을 했다. 외계의 신은 한숨을 쉬면서 고개를 저으며 이렇게 말하겠지.

'뭐, 좋아. 소위 사피엔스라는 종은 맘대로 스스로를 망쳐보라고 하지 뭐. 미치진 마, 인간들아. 네가 뭘 하건 완전히 미치진 마.'

그다음에 외계의 신은 자신의 내비게이션을 재부팅해서 오래전에 영원히 현명하게 잘 사는 요령을 익힌 곳이 있는 머나먼 태양계로 출발할 것이다.

아르망이 우리에게 속도를 줄이라고 하는 바람에 우리는 다시 줄줄이 몰리게 됐다. 우리는 동굴 바닥에서 60센티미터에서 90센티미터 정도 올라온 곳에서 관람을 할 수 있는 길고 넓은 장소로 들어가서 멈췄다. 아르망은 우리에게 난간에 카트를 주차하고 난간 너머 어둠을 보라고 했다. 그는 카트 브레이크를 걸고 카트에 달린 등도 다 끄라고 지시했다. 우리는 시킨 대로 했다. 아르망이 우리 뒤 어딘가에 있는 주 스위치를 껐는지 갑자기 모든 조명이 다 꺼졌다.

우리는 아무것도 볼 수 없었다. 완전히 깜깜했다. 너무 컴컴해서 벽의 형태의 소리를 들을 수 있고, 돌의 맛을 볼 수 있고, 지구 위쪽에서 흘러나오는 물의 냄새를 맡을 수 있다고 맹세라도 할 수 있을 지경이었다.

"자, 이제 여러분의 눈으로 보세요. 여러분, 보세요!"

아르망이 말했다.

서서히 아주 서서히 빛이 하나 자라났다. 마치 환영 같았다. 마치 우리 눈꺼풀 뒤에 붉은 형체가 있는 것 같았다. 우리는 우리가 미쳤거나 아니면 자궁에서 다시 태어났다고 생각했다. 그 빛이 넓어지면서 주위로 퍼져나가 반대쪽 벽이 형태를 갖추기 시작했고, 빛은 점점 더 날카롭고 환하게 자라났다. 황토색 손바닥 자국이 보였다. 인간의 흔적이었다. 기이한 붉은색 패턴들과 점들도 보였다. 인간의 기호였다. 동물들, 야수들의 윤곽이 보이기 시작했다. 인간의 마음, 인간의 상상력, 인간의 서명이었다. 이제 불빛이 벽을 가득 채우기 시작했고 사자들, 하이에나들, 검은 표범들, 동굴곰들과 같은 동물들이 우리 주위에서 이런저런 식으로 쭈그리고 앉아 있거나 살금살금 움직이거나 기어가는 모습이 보였다. 빛은 한층 더 밝아졌다. 흰색 진흙을 발라 그린 올빼미도 한 마리 있었다. 우리는 3만 년 전 그날 벽 표면을 마구 문지르며 그린 그 손가락을 느꼈다. 벽에는 날카로운 검은 것으로 선을 긋고 새긴 코뿔소가 한 마리 있었다. 우리는 그 예술가가 바위의 특정한 형태가 자신의 목적에 부합하는 곳을 골라서 작업한 것을 봤다. 우리는 바위의 선들이 흐르는 것처럼 보이는 곳에 그려진 둔부가 아주 묵직한 들소 한 마리를 봤다. 우리는 뒤로 물러서서 들고 있는 횃불의 깜박거리는 불빛에 비친 자신의 예술적 기교를 감탄하며 바라보는 인간의 존재를 느꼈다. 우리는 순록의 가지진 뿔이 구불구불하고 과장되게 묘사된 모습을 봤다. 우리는 끝없이 나오는 검은 말들의 머리를 봤다. 마치 이 말들의 무리가 힘차게 질주하는 순간을 포착한 것처럼 말들의 머리 하나하나가 다른 말의 어깨 위로 보였고, 그들의 검은 눈은 어쩐지 아직도 살아 있는 것처럼 느껴졌다.

우리는 모두 아무 말도 하지 않았다.

아버지의 목소리는 경이로움에 가득 차 있었다.

"난 평생 이곳을 보고 싶었단다."

아버지가 말했다.

나는 토할 것 같은 것의 정반대되는 기분이 들었다. 이 그림들이 내 안으로 빨려 들어와서 어떻게 그런지는 모르겠지만 내 안에 영원히 살면서 내 영혼을 장식해줄 것 같은 기분이었다.

"바로 이거야. 이게 시작이지."

아버지가 말했다. 아버지의 목소리는 마치 세상에 태어난 후부터 이 순간에 도달하려고 노력해왔던 것처럼 오래된 갈망을 충족시킨 듯이 숨을 죽인 소리였다. 마치 이제 시작을 이해했으니, 끝도 이해할 수 있을 것 같은 목소리였다.

"이게 우리가 알아낼 수 있는 최선이란다, 얘들아. 이게 바로 인간 의식의 시작이지."

그때 문득 또 다른 생각이 들었다. 아버지에게 무슨 일이 생기건 우리는 이 순간을 항상 기억할 거라고. 그렇다, 내가 늙으면, 나는 이 생각을 할 것이다… 랄프 형과 잭 형과 나와 아버지가 카트를 타고 있는 이 순간을. 이게 아버지의 의도였다면 아버지는 그걸 이뤘다. 이 여행, 아버지의 여행은 이제 그만의 성스러운 의식이 생겼으니까. 시간을 초월해서 우리 기억에 남을 순간이자 기념물이 생겼다.

아버지의 목소리는 여전히 조용했지만 주위의 침묵 속에서 강하고 단호하게 들렸다.

"저 그림자들이 떨어져서 움직이는 것 같은 착각을 만들어내는 게 보이니? 그 예술가가 공간이 빚어내는 드라마를 이해하고 있었다는 걸 너희도 알 수 있겠지. 너희도 그걸 느낄 수 있니? 우리가 그의 작품을 이해한다는 사실을 그도 이해한다는 거 말이다. 그 이해가 우리와 그를 연결해주고 있단다. 시간이나 공간의 구속을 받지 않는 인간의 대화인 거야."

아버지는 내가 어렸을 때 우리를 가르쳤던 것처럼 그렇게 지금 우리에게 이야기하고 있었다.

"이것은 인간에게 영적인 삶이 존재했다는 증거야. 생각하고 느끼는 삶 말이다. 그게 바로 우리를 인간으로 만드는 것이야. 그게 바로 우리가 그린 이 야수들과 우리를 구분하게 해주는 거지."

잭 형이 부드럽게 말했다.

"이곳이 오늘 문을 연다는 걸 아버지는 아셨어요?"

"알고 있었다."

"이곳에 오려고 계획하신 거죠?"

잭 형이 물었다.

"디그니타스 예약 날짜를 받았을 때 그런 생각이 떠올랐다.

그러다가 그냥, 그냥 인터넷으로 찾아봤는데 그야말로 대단한 우연의 일치였어. 난 더그랑 같이 갈 생각이었거든. 너희가 자유로울지 몰랐기 때문에…."

'자유'라는 말은 이제는 너무나 불가하게 느껴졌다. 우리는 그런 상태가 돼버렸다. 인생에 꽁꽁 묶여서 더 이상 삶을 있는 그대로 볼 수 없게 돼버린 것이다.

"너희가 올 수 있을지 몰라서… 너희가 나랑 같이 와줄지 몰라서."

아버지의 목소리가 떨리다가 흐려졌다.

"하지만… 너희가 이렇게 왔구나. 여기 다 모였어."

동굴 벽은 살아 있다. 우리는 죽지 않는다. 아니, 우리가 죽는다면 다 같이 죽을 것이다. 지금까지 살아온 모든 인류와 함께 죽는 것이다.

"난 아주 기쁘다. 너희가 모두 와서 너무나 행복해."

아버지가 말했다.

"아버지가 자살하겠다고 장담하지 않았다면 우리 모두 여기로 모이게 하지도 못했겠죠."

랄프 형이 말했다.

"사실이야. 그거 참 대단하지 않아."

내가 말했다.

아버지는 인류의 가장 놀라운 점은 인류가 만든 도구들이 아니라 인류의 예술과 언어라고 했다. 예술과 언어 덕분에 우리는 존재하지 않는 것들을 생각하고 이야기할 수 있으니까. 다른 동물들도 의사소통을 한다고 아버지가 말했다. 그러나 그들은 물질적인 세계에 얽매여 있다. 어디에 먹이가 있고, 어디에 포식자들이 있고, 겨울은 춥고, 해는 내일 또 뜬다는 그런 뜻만 전할 수 있다. 오직 인간만이 예술과 허구를 창조해낸다. 오직 인간만이 존재하지 않는 것들, 그러니까 우리의 신, 민족 국가, 돈과 법 같이 존재하지 않는 것들을 두고 숙고한다. 오직 인간만이 여러 개의 관념으로 상상의 구조를 설계하고 그것이 현실이 될 수 있다고 서로를 설득한다. 그게 바로 언어와 예술이 우리에게 준 것이다. 이런 위대한 게임들과 상상의 구조물들을 공유하고 그것들이 지닌 제약에 따라 살자고 서로를 설득할 수 있는 능력이 바로 인간 고유의 능력인 거다. 우리는 우리가 만들어낸 허구의 산물들 때문에 터무니없을 정도로 성공했다. 진정, 이곳이야말로 상상의 극장이다.

관람 코스 끝까지 가는 경주는 아직 선수권 대회의 승자가 결정되지 않는 시즌 끝 무렵의 브라질 그랑프리 코스에서 마지막 남은 세 바퀴 같았다. 그런 사실을 전혀 모르는 아르망의 안전 차량은 우리 무리에서 떨어져 나갔고 우리는 경주를 시작했다. 기본적으로 이 경주는 동굴 입구에서 나와 오르막으로 가서 첫 번째 왼쪽에 있는 급커브를 향해간 후에 오른쪽으로 60도 기울어저 있는 짧은 오르막으로 질주한 뒤 좀 더 완만한 경사로를 따라 올라가 매표소 옆에서 경주를 끝내는 것이다.

아버지는 동굴 안에서 왼쪽으로 출발했고 잭 형은 나와 랄프 형보다 카트의 시동을 더 빨리 걸어 오른쪽에서 출발했다. 나는 아버지 뒤에 따라붙었고, 랄프 형은 잭 형보다 방향을 훨씬 더 넓게 틀어서 지름길을 택해보려고 했다.

아버지는 경주 코스를 독차지하면서 잭 형이 있는 쪽으로 몸을 조금 기울여서 형을 좀 더 멀리 밀어냈다. 아버지와 잭 형 사이에 틈이 생겼다. 그 자리를 바로 내가 치고 나갔다. 경주의 승부는 브레이크를 얼마나 잘 다루냐에 달려 있었다.

아버지는 잭 형을 차단해 왼쪽 커브를 넓게 돌려고 브레이크를 조금 늦게 밟았다. 나는 아버지 바로 옆으로 붙어서 가능한 한 경주 코스에서 떨어져나가지 않으려고 안간힘을 썼다. 내 카트 속도가 너무 빠른 데다 커브에 너무 바짝 대서 속도를 줄일 수 없었다. 내 카트가 아버지의 카트와 T자 모양으로 충돌했다. 내게 부딪힌 아버지의 카트가 차례로 잭 형의 카트로 밀고 들어갔다. 그래서 우리 셋은 그렇게 비딱해진 채 오른쪽에 줄줄이 붙어서 힘겹게 언덕을 올라갔는데, 믿을 수 없게도 그때 랄프 형이 내 안쪽으로 슬쩍 파고 들어왔다. 망할 형이 브레이크를 일찍 밟아서 우리 사이에 생긴 틈으로 치고 들어온 것이다.

"코너를 얼마나 빨리 빠져나오느냐가 관건이라니까."

랄프 형이 소리를 질렀다.

랄프 형이 우리를 떠나 선두 자리에 섰다. 내가 형을 쫓아가고 있었다. 우리 둘 사이에는 카트 한 대가 들어갈 자리가 생겼다. 50미터만 질주하면 따라잡을 수 있을 것 같았다. 우리 둘 다 최대 속도로 달리고 있었다. 문제는 누가 마지막 코너에서 최대한 바짝 붙어서 돌 배짱이 있냐는 것이었다. 나는 몸을 코너 쪽으로 바짝 기울였다. 랄프 형이 무슨 생각을 하는지 알 수 있었고, 지금 달리는 궤도를 유지하면 문제가 생길 거라는 것도 알 수 있었다. 형이 물러날 리는 전혀 없었다. 형은 완전히 미쳤으니까. 나는 랄프 형이 경주 코스를 향해 달려가는 걸 봤지만 코너를 도는 중간쯤에 형이 성공하지 못할 게 보였다.

나는 속도를 줄였다. 그걸로는 부족했다. 랄프 형은 반대쪽 벽을 긁으면서 넓게 효율적으로 코너를 돌고 있어서 형을 피하려면 좀 더 좁게 돌아야 했는데 그럴 수 없었다. 나는 형의 뒷바퀴에 부딪치면서 머리가 흔들릴 정도로 큰 충격을 받으며 멈췄다. 동시에 내 뒤쪽에서 쿵 하고 뭔가 부딪치는 게 느껴졌다. 잭 형이었다. 형은 내가 랄프 형에게 한 짓과 똑같은 짓을 내게 한 거다. 우리는 차례차례 들이받았다. 셋 다 엉켜 있는 카트를 어서 풀고 먼저 출발하려고 애썼다. 랄프 형은 의도적으로 날 막았다. 난 의도적으로 잭 형을 막고 있었다. 그때 아버지가 그 틈으로 볼링공처럼 획 지나가면서 우리를 따라잡아 이미 머릿속에서 펄럭이는 바둑판무늬 우승 깃발을 향해 달려갔다.

우리는 천천히 올라갔다. 잭 형과 랄프 형은 웃고 있었다. 아버지의 파란 눈에는 아이 같은 기쁨이 춤을 추고 있었다. 찌푸린 이마, 침처럼 눈물이 흘러내리는 눈꺼풀, 한 일자로 다문 입술은 사라지고 그 자리에 흥분해서 환하게 빛나는 사춘기 소년의 미소와 승자가 된 환희가 보였다.

"정정당당하게 이긴 거야, 루."

내가 아버지를 도와 일으켰을 때 아버지가 말했다.

"정정당당하게."

"레이싱 선수 해밀턴 같아요."

내가 말했다.

"슈마허 같지."

랄프 형이 파르크 페르메로 들어오면서 말했다.

"프로스트 같지."

잭 형이 말했다.

"라우다 같지. 라우다."

아버지가 말했다.

아버지는 아직도 조종간을 잡고 있었다. 아버지는 영원히 카트에서 내리고 싶지 않은 것 같았다. 아버지는 모나코 경주를 이제 막 마쳤고, 세상에서 가장 멋진 사람들이 환호하는 동안 자신이 헬멧을 벗고 땀으로 흠뻑 젖은 머리카락을 손으로 흐트러뜨린다고 생각하고 있었다. 아버지는 맘껏 흐뭇해하면서 기쁨을 만끽했다.

바로 이거야, 여러분, 나는 생각했다. 이게 행복이지.

휠체어

"아버지에게 여쭤보지도 않고 아버지 돈을 쓰면 안 돼. 그거 그 냥 가져왔지?"

랄프 형이 부채질하는 50유로짜리 지폐를 보면서 잭 형이 말 했다.

"아버지에게 여쭤보면 그 빌어먹을 크루아상 말고 다른 것엔 절대 돈을 안 쓰실 텐데 뭐. 그렇다고 세상에 있는 크루아상을 다 사들일 것도 아니고….'

"그겐 네 돈이 아니잖아, 랄프."

"고마워, 잭. 나도 그 사실을 자각하고 있어. 그래서 내가 아버 지를 위해 이것저것 사고 있는 거야. 나는 휠체어가 필요 없잖 아. 아직은 말이지."

랄프 형은 성냥을 그어 불을 켜면서 말했다.

"내가 필요할 때가 되면 제발 망설이지 말아줘, 형제들."

랄프 형은 그만의 독특한 방식으로 담배를 입술 가장자리로 옮겨 물었다.

  "이건 그냥 휠체어가 아니잖아, 안 그래? 사실 난 아버지에게 경험과 안락함과 행복을 사드리는 거라고. 사실 그 이상으로 가능성을 사드리는 거지."

  잭 형은 조용했다. 아마도 이렇게 미래를 내다보고 하는 의사 표현은 막아선 안 된다는 생각을 하는 것처럼. 랄프 형은 담배 연기에 눈을 가늘게 뜨면서 이런 잭 형의 마음을 읽었다. 그래서 그 기회를 이용했다.

  "넌 당연히 기뻐해야지. 이건 아버지가 당신을 위해 스스로 할 수 없는 일이잖아. 이런 거 말고 우리가 그 돈으로 뭘 하겠어? 아, 아니. 병원에서 쓰려고 아버지가 현금을 아끼고 있다는 말은 하지 마."

  "거긴 병원이 아니야."

  내가 말했다.

  "거기서 현금 할인도 하나?"

  랄프 형은 코로 담배 연기를 뿜어내며 말했다.

  잭 형은 완강했다.

  "그건 네 돈도 아니고, 그 돈으로 뭘 할지 네가 결정해서도 안 돼."

  "곧 그렇게 될 거야. 그럼 이건 어때? 내가 유산으로 받을 3분의 1을 쓰고 있다고."

  "아, 맙소사."

내가 말했다.

"유산이 3분의 1씩 돌아갈 거라는 건 확실해?"

잭 형이 물었다.

"아, 진짜."

내가 말했다.

"뭐, 내가 그 돈은 다시 채워넣겠어. 아버지 지갑에서 얼마나 빼낸 거야?"

잭 형이 계속 고집을 부리며 말했다.

"자동차경주 이벤트에 200유로 썼고. 이거 사느라 100유로 쓰고."

문이 흔들리기 시작했다. 누군가가 또는 뭔가가 두 팔에 뭔가 가득 안은 채로 창고 문을 등으로 밀고 오려고 애를 쓰고 있다.

랄프 형은 잭 형의 말에 동의하는 척했다.

"네 말이 맞을지도 몰라. 삶을 연장하는 것은 장례식을 치르는 것보다 돈이 더 많이 들지도 모르지. 삶의 어느 단계에 이르면 사는 비용이 죽는 비용보다 더 커질까? 그게 바로 너의 새 보험 계리사(공인회계사) 친구들이 직면한 문제잖아, 잭. 고마워요, 아르망."

얼굴을 찡그린 채 요란하게 덜거덕 소리를 내며 휠체어를 다루기 힘들어하는 아르망이 마침내 창고에 도착했다. 그는 돌아서서 우리에게 팔기로 동의한 것이 분명한 휠체어를 내려놨다. 최신식 휠체어로 한 번도 사용한 적이 없다고 아르망이 보증했다. 동굴을 개방하기도 전에 파리에서 여기로 휠체어 50대를 보냈다고 했다. 그다음에 전동식 의자를 보낸 것이다. 아르망은 파리에 한 번도 가본 적이 없지만, 거기를 돌아온 탕아 같은 엘리트들이 반쯤 벗고 누워서 게으름을 부리며 국가의 재산을 쓸데없는 일에 낭비하면서 악덕을 저지르는 일종의 엘도라도로 생각하는 게 분명했다. 아르망은 창고에 있는 나머지 휠체어들을 '상황이 좀 잠잠해지면' 이베이에 하나씩 내놓을 거라고 했다. 아르망이 말하는 상황이 어떤 상황인지, 왜 잠잠해져야 하는지는 분명하게 말해주지 않았다.

아르망은 팔로 몇 번 쓸고 발로 탕탕 쳐서 바닥에 쌓여 있는 동굴 가이드 전단(폴란드어, 플라망어, 포르투갈어로 된) 더미사이에 공간을 만들고 접혀 있는 휠체어를 펴고 바퀴를 제자리에 끼우는 시범을 보였다. 나는 제1차 세계대전 당시 정신병원에서 쓰는 그런 휠체어를 예상했지만, 이건 아주 날렵하고 근사하고 사용하기 편리했다. 랄프 형은 담배를 피웠다. 잭 형과 나는 아르망이 하는 다양한 시범에 집중했다. 도구는 필요 없었다. 바퀴도 신속하게 분리되고, 곳곳에 휠체어가 기울어지지 않게 균형을 잡아주는 장치도 설치돼 있었다. 컵 홀더도 있고, 브레이크도 있다. 아르망은 휠체어를 다시 접는 방법을 보여주기 시작했다. 랄프 형은 형편없는 프랑스어로 돈을 다시 셌다. 아르망이 거기 합세했다. 그는 열정적인 부패 공무원의 전형이었다. 그에게는 국가의 자산을 훔치거나 다시 팔라고 제시하는 현금

이 오랫동안 기다렸던 정의이자 정당한 행위이며, 마땅히 받아야 할 돈으로 보이는 듯했다. 그는 그 돈을 받으며 마침내 보상을 받았다는 그런 의미로 고개를 끄덕였다.

벨소리가 울렸다.

잭 형이 프랑스어로 말했다.

"내 생각에 누군가가 동굴을 보려고 하는 것 같은데요. 이제 그만 가보셔야 할 것 같아요."

"아뇨. 괜찮아요. 우린 오늘 2시에 닫습니다."

아르망이 대답했다.

밖은 마치 우리가 화성에서 땅이 만들어지는 최초의 시대를 배경으로 하는 영화에 등장한 것처럼 태양이 붉은 땅을 이글이글 태우고 있었다. 밴은 아지랑이 속에서 서서히 끓어오르고 있는 것처럼 보였다. 아버지는 그늘에 있는 벤치 위에 앉아 협곡 너머를 보고 있었다.

"재수가 없네."

랄프 형은 매표소에서 아르망의 '닫았음'이란 표지판을 믿을 수 없는 표정으로 들여다보며 간절하게 서 있는 학생 둘에게 위로하는 목소리로 말했다. 그들은 고등학교를 졸업한 후 대학에 들어가기 전 1년 동안 여행을 다니는 학생들이었다.

"위로가 될지 모르겠지만 이 동굴에 살았던 사람들은 그림 실력이 형편없더라고요."

형은 엄지로 어깨 너머를 가리키며 계속 말했다.

"물소도 전혀 물소처럼 생기지 않았고 말들은 정말 유치하기 짝이 없어요. 솔직히 말해서 낙서 수준이야. 전혀 실감이 안 난 다니까."

랄프 형은 팔을 마구 흔들면서 말했다.

잭 형과 랄프 형의 또 다른 차이점은 랄프 형은 아버지의 유언장에 무슨 내용이 있는지 손톱만큼도 신경 쓰지 않는다는 점이다. 하지만 잭 형은 신경 쓰고 있다는 걸 깨달았다. 잭 형은 아버지가 자신이 생각하기에 멍청하거나 가족의 분열을 초래하는 짓을 유언장에 적어놨을까 봐 걱정하고 있었다. 잭 형은 알고 싶고, 그 점을 아버지와 이야기를 하고 싶어 했다. 아마도 그것이 아버지가 계속 살아가길 바라는 이유 중 하나일 것이다.

아버지는 아직도 벤치에 앉은 채 우리가 휠체어를 가지고 걸어오자 반쯤 몸을 돌려 앉았다.

"경치를 좀 봐라. 아주 아름답구나, 애들아."

아버지가 말했다.

엄마도 옆에 와서 앉아보라고 손짓하는 습관이 있었다. 바깥 경치를 보자고 하기보다는 아주 비밀스런 이야기를 털어놓는 것처럼 이야기를 하자는 뜻이었다. 마치 상대가 아주 가깝고 친한 친구인 것처럼, 엄마와 상대가 같이 그렇게 할 때만 정말로 사물을 있는 그대로 보고 판단할 수 있는 것처럼 말이다. 엄마는 남자에게나 여자에게나 똑같이 그랬는데, 그게 엄마의 사교적인 요령이었다 해도 효과가 있었다. 엄마 옆에 있으면 내가 특별하게 느껴졌으니까. 그야말로 내 옆에 와서 앉아봐, 이 세상에서 유일하게 너에게만 이야기를 하고 싶으니까, 란 엄마의 분위기는 다른 어떤 곳에서도 느낄 수 없었다. 엄마는 집에 있는다 해지고 낡은 보라색 소파 위에 앉아 우리의 아주 작은 정원 속 의심 많은 런던 새들을 바라보길 좋아했다.

엄마는 '자신의 전임자'가 '남성성의 두 가지 원형'을 낳았다고 즐겨 말했다. 엄마는 그 말을 농담으로 여겼을 것이다. 누가더 행복할까, 루? 엄마는 내게 그렇게 묻곤 했는데 그냥 하는 말이 아니었다. 행복이란 뭘까? 행복은 만족하고 편안해하고 믿고의지하는 그런 것일까? 아니면 들뜨고, 흥분하고, 기뻐 날뛰는걸까? 아니면 단 한 번도 설레는 마음을 가져보지 못한 것에 대한 보상으로 만족을 주는 게 행복일까? 그럼 한 번도 만족하지못했을 때 받는 보상이 설렘일까? 설렘이 만족으로 변할 수 있을까? 엄마는 내게 이런 질문들을 대놓고 물어봤고 그럴 때마다나는 어른이 된 것 같으면서도 동시에 당혹스러워지곤 했다. 이유는 나도 몰랐다. 엄마가 돌아가신 후 아버지에게 그 이야기를조금 했다. 그때 아버지는 내가 결코 잊지 못할 말을 했다.

"너무 편협하게 세상을 볼 것 없단다, 루. 양쪽 다 고결한 점이 있어."

또 엄마는 형들의 '근본적인 문제'는 형들이 아버지에게서 어떤 애정도 느끼지 못하기 때문이 아니라 아버지가 오랫동안 형들의 존재를 문제로 생각했다고 느끼는 점이라고 말한 적이 있었다. 형들은 자기들이 없었다면 이혼이 훨씬 더 깔끔했을 것이고, 아버지의 새 인생도 더 쉬웠을 거라고 생각했다. 모든 면에서 그들이 문제라고 생각했다. 아니면 그들 때문에 모든 문제가 나타났다고. 형들은 어려서 그 모든 스트레스를 내면화했다고 생각했다. 아이들은 그런단다, 루. 엄마는 내게 말했다. 아마 네 아버지는 형들에게 가끔 그런 인상을 줬을 거야. 아버지는 자신의 감정을 감추는 데 아주 형편없거든…. 감정을 표현하는 데도 아주 형편없고. 우리는 이 문제에 대처하기 위해 아주 열심히 노력해야 해. 우리가 네 아버지와 형들을 도와야 해. 우리가 해야 할 일은 랄프와 잭에게 아버지가 그들을 사랑하는 걸 한 번도 멈춘 적이 없다는 사실을 깨닫게 만드는 거야. 형들이 그 사실을 마음으로 알아차릴 수 있게 해야 한다는 거지, 내 말은. 엄마는 항상 자신의 의견을 입증하려고 할 때면 내 가슴에 자신의 손을 부드럽게 대고 말했다. 마치 비밀을 내 마음속에 봉인하는 것처럼. 마치 엄마는 세상을 떠나게 되리란 걸 항상 알고 있었던 것처럼.

마지막에 엄마가 내게 했던 말 중 하나는 이것이었다. 이제 한동안 거대한 강이 네 속에 흐를 거란다.

"이제 어디 가?"

내가 물었다.

"점심 먹으러 가야지."

랄프 형이 말했다.

"가다가 길에서 먹어? 레스토랑에서 먹어?"

잭 형이 물었다.

"난 배고파 죽겠어. 얼른 먹자."

내가 말했다.

"그건 숙취 때문이야, 루."

랄프 형이 말했다.

"기다리기 싫으면 차를 몰고 가서 먹어야 해. 여긴 허허벌판이야."

잭 형이 말했다.

"어디로 차를 몰고 가?"

내가 물었다.

"오늘 밤 취리히에 가야 할 필요는 없다."

아버지가 말했다.

"아버지."

내가 말했다.

"우린 취리히에 가지 않아요."

잭 형이 말했다.

"잭."

랄프 형이 말했다.

"제기랄."

내가 말했다.

"그러니까 그냥… 그냥 운전해서 가자."

랄프 형이 어깨를 으쓱하며 말했다.

"네가 운전해."

잭 형이 말했다.

"내가 여기까지 운전해서 왔잖아. 난 이제 술 마시고 싶어. 내가 음주 운전하면 네가 또 징징거릴 거잖아."

아버지가 숨을 깊이 들이마셨다.

"그럼 샴페인을 따자. 안 될 거 없잖니? 이제 티에리를 마실 시간이 된 것 같다. 저 경치 좀 봐라, 얘들아."

태양이 절벽을 그슬리고, 협곡에 불을 붙이고, 마치 온 세상이 강력한 검을 만드는 좁은 거푸집인 것처럼 우리를 향해 녹아내린 햇빛을 쏟아붓고 있었다.

"오케이. 운전은 내가 하지. 분명히 말해두는데 나는 취리히엔 안 갈 거야."

잭 형이 말했다.

"제발, 형. —그러지 마—"

내가 말했다.

"아니라니까. 난 그냥 하는 말인데—"

"—'그냥 하는 말' 좀 하지 말라고—"

"—나는 이 밴을 몰고 스위스 근처에도 가지 않을 거야. 다른 걸 떠나서 우리는 방금 아버지를 위해 최신식 휠체어까지 샀어."

"아주 죽여주는 거죠."

내가 말했다.

랄프 형이 움찔했다.

"죽여준단 말 하지 마."

"죽여줘."

"좋아. 넌 어디로 갔으면 좋겠어?"

잭 형이 제안했다.

"런던."

내가 말했다.

"바르셀로나의 스트립 클럽 어때? 거기가 최고라던데. 아니 어쩌면 루마니아의 수도 부쿠레슈티일지도 모르겠다. 확실한 정보를 들은 게 아니라서. 누구 아는 사람 있어?"

"아버지?"

잭 형이 물었다.

"나는 저녁 먹으러 어디 근사한 곳으로 가고 싶구나. 미슐랭 스타가 있는 그런 곳. 사실… 그거 있잖니? 송로. 난 정말 송로 가 먹고 싶구나. 그럴 수 있을까?"

랄프 형이 고개를 천천히 끄덕였다.

"이틀을 왔는데 마침내, 마침내 아버지는 진지한 인간처럼 말 하기 시작하시네요."

"콘서트도 가고 싶구나. 음악을 듣고 싶어. 바흐. 모차르트. 쇼 팽."

아버지가 말했다.

"좋아요. 콘서트. 송로. 아마겟돈. 유럽 어딘가에 그런 게 가능한 곳이 있을 텐데. 도시로 가야 해. 여기서 가장 가까운 도시가 어디지? 여긴 어디야?"

랄프 형이 말했다.

"전혀 모르겠어. 네가 운전했잖아."

잭 형이 말했다.

"좀 더 적극적으로 협조해봐. 넌 가끔 사람이 아주 부정적으로 나오더라, 잭."

랄프 형이 말했다.

"아버지?"

잭 형이 물었다.

"이렇게 하자⋯."

"말해봐, 막내야. 너 지금 표정 아주 맘에 든다. 말해봐."

랄프 형이 말했다.

"음⋯ 이건 그냥 해보는 말인데. 아버지, 말테와 딘 기억나세요? 드뷔시와 그 뭐시기인지 하는 축제 말이에요. 우린 거기 가서 그걸 볼 수도 있을 것 같아요. 거기가 어디라고 그 사람들이 그랬죠? 내가 전에 그걸 검색해본 적이 있어요. 제 핸드폰에 남아 있어요. 우리가 가는 경로에서 그렇게 크게 벗어나는 곳도 아니고, 거기 음식 축제도 해요."

"내가 한 말을 다 취소할게, 루. 이제야 네 얼굴에서 천재 끼가 보이기 시작했어."

랄프 형이 말했다.

"난 내일 정오까지는 취리히에 도착해야 해."

"아버지, 어이없는 소리는 그만하세요."

랄프 형이 한 손을 들어 올렸다.

"아니, 아니, 하지 마… 잭, 들어봐. 이게 아버지가 지상에서 보내는 마지막 밤이란 점에 모두 동의한다면, 우린 정말 어디든 가서 뭐든 할 수 있는 자유가 있어. 우린—"

"여기 있어요. 덴츨링겐. 맞아요. 라인강만 건너면 돼요."

내가 말했다.

"근사해. 그 사람들은 어떻게 알게 됐어?"

랄프 형이 물었다.

"아버지랑 솜므 근처에 있는 주차장에서 만났어. 그 사람들 차의 타이어를 갈아줬지."

"그거 뭐 일종의 암호 같은 이야기냐?"

잭 형이 물었다.

랄프 형이 고개를 천천히 끄덕였다.

"넌 또다시 대답을 회피하는구나, 루, 그렇지? 괜찮아. 비판은 하지 않겠어. 여기선 그런 건 하지 않으마. 우리 모두 가끔은 긴장을 풀 필요가 있으니까."

랄프 형이 두 손을 들어 올리며 말했다.

"그 사람들이 우리에게 신세 진 게 있다고만 해둘게."

"좋아. 흠, 그렇다면 그 사람들 손님으로 한번 가보자. 우린 답례로 성적인 접대도 받고 싶다고 설명 좀 해줘. 라인강의 아가씨들, 휠체어를 잘 다루는 난장이들, 뭐 그런 거 말이다. 뭐든 있는 대로 다 접대해달라고 하자."

아버지가 비난하는 것 중 하나는 인류 진보의 갑작스런 가속도다. 생각해봐, 아버지는 침착하면서도 솔깃하게 이야기를 시작했다. 약 7천 년 전(대략적인 수치야, 대략적인 수치)에 고대 메소포타미아에서 인간이 연락할 수 있는 가장 빠른 수단은 말, 전서구(훈련된 비둘기) 또는 배편이었어. 1820년대 영국 상황도 비슷해서 말이나 비둘기나 배를 이용했지. 좋아, 봉화와 수기 신호소도 포함하자. 그런 통신 속도가 6800년(또는 300세대를 거쳐) 동안 지속됐어. 그동안 아무런 변화도 없었어. (문명이 생기기 전에 호모사피엔스의 19만 5000년이란 세월은 말할 것도 없고 말이지). 그러다가(이 부분에서 아버지는 좀 더 활발해졌다) 200년이란 지극히 짧은 시간 안에, 아니면 단 8세대 안에, 우리는… 이걸 손에 넣게 된 거지. 이 모든 것. 현대적인 삶이란 거 말이야. 그다음에 1989년경, 정말로 모든 게 속도가 빨라지기 시작했어. 루, 네가 막 태어났을 무렵이야. 믿을 수 없을 정도였지. 충격적이었어. 아주 찰나의 순간. 10억 개의 촉수가 생겨난 거야. 그 변화 속도를 그린 그래프를 상상해봐. 인류 역사에서 지금 우리가 서 있는 바로 이 순간을 마음속으로 그려보라고.

그게 얼마나 갑자기 가파르게 치솟았을지 말이야.

컴퓨터들이 실제로 작동하는 측면에서 기술혁명은 정말이지 몇 천 명을 뺀 대부분의 사람이 이해할 수 없는 수준으로 진행됐지. 우리의 심리학과 믿음 체계가 그 변화에 적응할 시간이 없었을 만하지. 말하자면 우리는 게놈을 수정하는 거야. 그러니 당연히 부작용들이 생기지. 놀랄 일이 아니라는 거야, 루. 21세기 문명의 모든 것이 부작용이 아니라는 점이 놀라운 거지. 어쩌면 그럴지도 모르고. 어쩌면 그게 문제인지도 몰라. 어쩌면 우리는 그 부작용들에 완전히 사로잡혀서 집착한 첫 세대인지도 몰라. 아마 네 엄마 말이 맞을 거야. 모든 것이 무너져 내렸어. 우리는 그 어떤 것에도 집중하지 못해. 우리의 마음은 몽상과 무의미로 가득 찼어. 집중력은 하나도 없이 무관심만 무시무시하게 비대해졌지. 이게 더 이상 내 문제가 아니라서 기쁘다. 이젠 네가 맞설 차례란다, 루. 그 구부정하게 서 있는 괴수가 베들레헴 시내에 들어왔어.

아버지는 형들을 '과도기 세대'라고 불렀다. 아버지는 당신과 나는 괜찮지만 그 기술혁명이 형들이 너무 나이가 들어버렸으면서 동시에 너무 어렸던 1990년대에 쓰나미처럼 덮쳐왔다고 말했다. 그래서 형들은 구세계와 신세계 사이 어딘가에서 꼼짝 못하게 돼버렸다고 했다.

여울과 맞서 싸우다

경주에 승리해서 유쾌해진 아버지의 기분은 오후 내내 우리 모두 사랑하는 사운드트랙처럼 흘러갔다. 잭 형이 운전했다. 랄프 형은 조수석에 앉아 있었다. 아버지와 나는 뒤쪽에 앉아 있었다. 아버지는 또다시 진통제를 한 주먹 먹고 낮잠을 자고 있었다. 우리는 법에 구애받지 않아서 테이블을 내려놓은 채 운전하고 있었고 심지어 나는 벨트도 매지 않았다. 대신 나는 플라스틱 접시 위에 살라미 소시지, 아티초크와 토마토를 놓고 바게트 샌드위치를 만들려고 노력 중이었다. 아버지는 여행할 때 칼을 하나밖에 가지고 다니지 않았지만, 그 칼은 청동기시대 전사들이 만들었는지 아주 날카로워서 그걸로 손가락을 잘라내도 잘라낸 밑동을 발로 밟기 전까지는 통증을 느끼지 못할 것 같았다. 나는 부엌 찬장에서 겨자가 담긴 병을 가져왔고 주머니에는 소금과 후추가 든 작은 봉지들이 있었다. 그건 내가 휴게소에서 홈친 것들이었다. 우리는 막 북쪽으로 좌회전을 해서 E35 도로로 들어갔다. 표지판에 페센하임, 바트 크로칭엔, 프라이부르크라고 나와 있었다. 우리는 라인강을 건넜다.

나는 전화를 몇 통 걸었다. 말테는 예기치 못했던 내 전화에 반가워 죽으려고 했다. 내게 다 맡겨줘요, 모든 게 완벽할 거야. 그는 후원자들에게 이야기하고 연줄을 동원하고 필요하다면 산도 옮기겠다고 했다. 거기에 강이 내려다보이는 성 같은 레스토랑이 있는데 우리가 꼭 거기에 가봐야 한다고 그가 말했다. 거기에 미식가들을 위한 최고의 음식이 있다고. 나는 그에게 우리의 남은 인생을 다 맡아주는 에이전트가 돼주겠냐고 물었다. 그는 기쁘게 그러겠다고 하면서 우리가 그의 밴을 정기적으로 점검하고 보수해주면 수수료는 10퍼센트로 깎아주겠다고 했다.

한편 여기 아우토반에서 차들은 점점 늘어나고 있었고 화제는 랄프 형의 인생과 상황으로 넘어온 것 같았다.

"넌 뭘 했는데?"

잭 형이 물었다.

"내가 말했잖아… 그녀의 소설을 교정해주겠다고 내가 제안했다고."

잭 형은 랄프 형이 자신과 같이 엄마 배 속에서 밥을 먹은 형제라는 것을 믿을 수 없어 하는 것 같았다.

"네가 그 여자의 책을 읽어주겠다고 제안했다는 거야?"

랄프 형은 비꼬는 기색 없이 한숨을 쉬었다.

"단어 하나하나, 문장 한 줄 한 줄, 펜을 들고 거의 3주 동안 읽었어."

"큰 실수했네. 큰 실수야."

내가 말했다.

"소설은 좋더냐?"

아버지가 물었다.

"아뇨, 끔찍했어요."

"그러면 왜 그런 짓을 한 거야?"

잭 형이 물었다.

"이 라이터 아직 작동 안 되는 거야?"

랄프 형이 물었다.

"그 여자랑 자고 싶으니까 그랬겠지. 랄프 형이 그거 말고 달리 무슨 이유가 있겠어?"

내가 말했다.

"틀렸어. 난 그 여자와 이미 잠을 잤거든."

"그럼 가학피학증 때문에 그랬을 거야."

내가 대꾸했다.

"그럴 수도 있지, 루. 인간은 극심한 고통에 중독돼 있으니까."

랄프 형은 조금 더 인내심을 발휘하면 오랫동안 죽어 있던 라이터가 다시 살아 돌아오기라도 할 것처럼 고장 난 라이터를 눌렀다.

"그렇지 않아, 잭?"

"아니."

잭 형은 우리 앞에 꽉꽉 막힌 차들 때문에 속도를 줄이면서 대답했다. 브레이크 등이 우리 앞에서 끝도 없이 켜져 있었다.

"어쨌든 내 이야기는 끝냈잖아, 랄프. 내가 부르주아사회에서 창피할 정도로 패배한 남편이라는 점에 우리 모두 동의했잖아. 이제는 너를 알아야겠어. 피하지 마."

"랄프 형이 하는 거라곤 그게 다잖아. 형은 평생 피하기만 했지. 랄프 형을 알아보려면 형이 어디서 도망치려고 했는지 그것부터 알아봐야 해. 그러다 형이 더 이상 도망치지 않으면 형은 존재하지 않는 거나 마찬가지란 사실을 깨닫게 될 거야."

내가 말했다.

"고맙다, 루. 부엌에서 그 성냥 좀 갖다 줄래?"

겨자 냄새 때문에 에드워드 7세풍의 피크닉을 가고 싶은 기분이 들었다. 바게트는 아주 훌륭했다. 우리는 샴페인 제조업자들만 마시는 법을 아는 그런 고급 샴페인을 마시고 있었다.

아버지가 말했다.

"제발 그 칼은 조심히 써라."

"제발, 네가 뭘 하고 있건 브레이크 밟을 때 실수로 누굴 찌르진 마라, 루."

랄프 형이 말했다.

"차가 점점 더 막히고 있어."

잭 형이 말했다.

랄프 형은 벨트를 풀고 몸을 반쯤 돌렸다.

"아마 전 유럽이 그 미식가들이 극찬한다는 음식을 먹고 자살할 작정인가 보지. 그들을 탓할 수는 없을 것 같아. 우리 인류는 퇴보 단계에 들어선 것 같거든. 새로운 암흑시대가 다가오고 있어. 무지는 더없는 행복일 뿐만 아니라 힘이 될 거야. 성냥 어디 있니, 루?"

나는 성냥을 앞으로 전달했다.

아버지가 말했다.

"나도 한 대 피울 수 있을까?"

"두 대 줘. 내 담배도 떨어졌어."

내가 말했다.

랄프 형이 담뱃갑을 흔들어서 두 개비를 더 꺼냈다.

나는 담배에 불을 붙였다. 맛이 끔찍했다. 마치 러시아 탱크의 배기가스를 마시는 것 같았다. 아버지도 성냥으로 담배에 불을 붙였다. 우리 차는 이제 기어가고 우리 앞에 차들이 몇 킬로미터씩 늘어서 있었다.

"사고가 난 게 분명해."

잭 형이 말했다. 우리가 뿜어내는 짙은 담배 연기를 돌아봤다.

"아, 망할. 제발 음식 좀 덮어놔."

"하고 있어."

"안 돼, 안 된다고!"

잭 형은 차들을 보다가 화가 나서 나를 힐끗 돌아봤다.

"안 돼, 루. 그냥 신문지로 음식을 덮지 말고 제대로 덮어놔. 아버지, 루에게 그러지 말라고 하세요. 이 사람들이 대체 왜 이래?"

잭 형은 창문을 내려서 독일 디젤 가스가 들어와 실내를 떠도는 살라미 소시지 냄새와 담배 연기와 섞이게 했다.

"너도 같이 피우는 게 낫겠다, 잭. 그럼 네 샌드위치도 맛이 더 좋아질 테고. 모든 게 공평해지잖아."

랄프 형이 말했다.

"잭 형의 흡연 성향은 공격 성향과 똑같아. 수동적이지."

내가 말했다.

"루, 형들에게 항상 그렇게 심술궂게 굴려고 하지 마. 아버지, 루 야단 좀 치세요. 막내가 형들에게 정말 싸가지 없이 군다니까요."

랄프 형이 말했다.

나는 음식을 비닐봉지에 넣고 그 위에 신문지를 덮어놨다. 우리가 랄프 형의 속내를 알아낼 기회가 왔다는 감이 왔다. 그냥 하는 말이 아닌 진심을 알아낼 수 있을 것 같았다. 나는 랄프 형을 추궁했다.

"왜 그 여자의 책을 읽었어?"

랄프 형은 최대한 느릿느릿 성냥을 그어 불을 켰다.

"내가 그걸 읽은 이유는 그녀와 사랑에 빠졌기 때문이야, 루."

우리는 몸을 앞으로 기울였다가 다시 멈칫했다. 잭 형이 랄프 형을 슬쩍 봤다.

"넌 사랑이란 단어를 자주 쓰진 않는데, 랄프."

"내가 그걸 읽은 이유는 그렇게 해야 그녀를 더 자주 볼 수 있었기 때문이야. 그걸 읽기 시작했을 때… 일종의 아름다움과 인간미가 넘치는, 방황하고 외롭고, 고립된 페이지들과 문득문득 마주쳤기 때문이지."

"넌 그녀를 구해주고 싶었니?"

잭 형이 조심스럽게 물었다.

"아하. 이거 끝이 안 좋을 것 같아."

내가 말했다.

"나는 그녀가 게으르고 가식적인 겉모습 뒤에 진정한 재능, 상상력을 가지고 있는 걸 봤어. 돌봐줄 가치가 있는 희귀한 재능이었지. 나도 잘 모르겠어. 나는 그녀에게 내 모든 관심을 쏟고 싶었어. 격려해주고 싶었어. 아직도 그래."

"그 여자가 바로 그… 그… 마지막으로 진지하게 사귄 여자냐?"

아버지는 마치 자신에게 묻는 질문처럼 물었다.

"난 몰랐다. 그 여자에 대해선 아무것도 몰랐구나."

"이 지구에서 마지막으로 진지한 여자였겠죠."

내가 말했다.

"네 말은 그 책이 관계의 시작이 아니었다는 말이야?"

잭 형이 물었다.

"아니라니까. 우리는 시사회에서 만나서 이야기를 나눴어…주로 음악에 대한 이야기였지. 우리는 점심을 같이 먹고 우리의 미래를 계획했어. 그리고 저녁을 먹었지."

"그 여자는 많이 먹나 봐?"

"공교롭게도, 루, 그랬어."

잭 형이 물었다.

"그게 사랑이었다고 확신해? 너—"

"우리가 서로 알게 된 순간 우리가 지금까지 모르는 사이였다는 사실에 놀랐어. 일주일이 지나자 과거의 모든 관계는 유치하고 활기 없고 시시해 보였지."

잭 형은 도로에서 고개를 돌려 쌍둥이 형제의 얼굴을 똑바로 봤다.

"그 여자가 누군지 알아. 넌 그때는 진지한 관계라고 말하지 않았잖아."

"아, 진지했어."

"그 여자는 어떤 여자였는데?"

내가 물었다.

"맙소사, 루. 나도 몰라. 그건 네 기준으로 봐도 바보 같은 질문이잖아. 다른 사람이 어떤 사람인지 우리가 어떻게 알 수 있겠어?"

"어떤 여자였는데?"

나는 다시 물었다.

"나도 모른다니까… 망할."

"그럼 그 여자는 뭘 먹었어? 그렇게 많이 먹었다며?"

"그녀는 과일 케이크는 별로 안 좋아했어. 베이컨은 살짝 덜 익혀 먹는 걸 좋아했지. 마늘과 버터를 많이 먹었어. 로열 오크 의 서쪽 방면 플랫폼에서 '액화되다'란 단어를 썼지. 내가 뭐라 고 할 수 있겠니?"

차도 옆에 나무들이 보였다. 그 너머로 웅장한 강이 어렴풋하 게 보였다. 다른 차들이 보였다. 다른 삶들. 차 안에는 주로 한 사람이 앉아서 실망과 분노에 찬 눈으로 앞에 막혀 있는 도로를 보고 있었다. 말을 하는 사람은 하나도 없었다. 우리만 제외하 고 아무도.

잭 형이 몸을 조금 앞으로 뺐다.

"그 여자 잠자리에선 어땠어?"

내가 물었다.

"루이스."

아버지가 얼굴을 찌푸렸다.

랄프 형은 개의치 않았다.

"그녀는 자신의 배에 손을 올리고 말하곤 했지. '난 이 방면엔 아주 탐욕스러워.' 그녀는 정말 그랬어. 항상 모든 걸 원하고 또 원했어. 그러다 내 머리 위에서 한없이 무너져 내리곤 했지."

아버지가 조용히 말했다.

"왜 그녀를 사랑했는지 말해봐라, 랄프."

"나도 모르겠어요, 아버지. 그녀의 짙은 갈색 눈. 난 뭔가를 묻는 것 같은 그녀의 얼굴을 사랑했어요. 그녀의 두려워하는 얼굴. 혼란스러워하는 얼굴. 그녀의 아름다움. 그녀의 광대뼈. 끝없이 서두르는 그녀를 사랑했죠…. 그녀는 자신의 환상에서 만들어낸 이미지로부터 벗어나려고 했어요. 정말 가식적이었는데도 심지어 그녀가 그런 거짓말쟁이라는 사실마저 사랑했어요. 맙소사, 나도 모르겠어요… 난 아름다운 외모에 그런 뛰어난 상상력과 진정한 지성을 가진 여자에게는 사족을 못 쓰니까요."

우리는 도로에서 한 치도 움직이지 못하고 있었다. 하늘에는 황량한 태양만 또렷하게 떠올라 있었다. 주위에 온통 차뿐이었다. 엔진에서 나온 열기가 햇빛을 받아 일렁거렸다. 강은 이제 보이지 않았다. 나는 인류가 어쩐지 길을 잘못 든 것 같은 느낌의 곳으로 차들로 꽉 막혀 있는 도로만큼 딱 들어맞는 곳도 없을 거란 생각을 하고 있었다.

우리가 어딜 가고 있건 결코 그곳에 이르지 못하길 나는 바라고 있었다.

아버지는 다시 조용히 말했다.

"둘이 같이 있을 때… 어땠니?"

잭 형은 랄프 형이 하는 말을 더 잘 듣기 위해 핸들에서 몸을 반쯤 돌렸다. 랄프 형은 손바닥을 천천히 벌렸고 우리 모두 형을 지켜보고 있었다. 랄프 형은 꼭두각시를 조종하는 그 손을 뻗어 뭔가와 연결되는 동작을 했다.

"내가 손을 내밀면 그녀가 거기 있었어요. 우린 혼인한 사이였죠. 생각과 감정과 욕망으로 혼인한 사이."

"그녀는 어떻게 사랑을 표현했니? 어떻게—"

아버지는 다정하다고도 할 수 있게 물었다.

랄프 형은 즉시 대답했다.

"음악이요. 그녀는 내게 음악을 사주고, 음악을 보내주기도 했어요. 나도 똑같이 했죠. 그건 우리의 대화 같았어요. 우리는 시내에서 만나 아무 말도 하지 않고 그냥 헤드폰을 바꿔서 그녀는 내가 듣고 있던 음악을 듣고 나는 그녀가 듣고 있던 음악을 들었죠. 그다음에 나란히 서서 걸었어요."

아버지는 천천히 고개를 끄덕였다.

랄프 형은 숨을 내쉬었다.

"세상은 내 눈앞에서 다시 모양을 바꾸었어요. 우린 같이 있을 때 다시 만들어졌죠."

랄프 형은 피우던 담배를 재떨이에다 서둘러 끄고 즉시 담뱃갑에서 새로 한 개비를 또 꺼냈다.

"사랑은 우리를 다시 만들어주지."

아버지가 말했다. 아버지의 얼굴은 감정으로 가득 차고 눈은 반짝였다.

"바로 그거야. 그게 사랑이 하는 일이지. 사랑은 우리를 다시 만들어."

차들은 여전히 꼼짝하지 않았다. 나는 아버지가 내게 그러듯 이 랄프 형에게 손을 내밀고 싶어 하는 걸 느낄 수 있었다. 아버지는 그럴 수 없었다. 두 사람은 서로를 건드릴 수 없었다.

"그 책은? 그 책은 어떻게 됐어?"

잭 형이 조용히 물었다.

"아, 그 책은 우리의 공동 프로젝트가 됐지. 한 줄 한 줄, 하나하나 내가 꼼꼼히 읽어봤어. 호텔에서 카페에서 부엌에서 침실에서 기차 객실에서. 나는 그녀와 같이 앉아 둘이서 그 흐물흐물한 유령 같은 것에 다시 생명을 불어넣었지. 한 장면 한 장면. 그녀가 쓴 그 모든 모조품을."

랄프 형은 성냥을 그어 켰다.

"그 여자가 자기 작품에 손을 대게 놔두던?"

"네, 아버지. 그랬어요. 왜냐하면… 그녀의 인생에 있는 다른 모든 것처럼, 거기에 그녀는 없었거든요. 그건 사실 그녀가 아니었어요. 그녀는 실제로 자신의 진심이 들어간 문장을 다섯 줄 이상 넣지 않고도 책 한 권을 써내는 데 성공했죠. 정말이지 대단했죠. 그녀는 날 쫓아다니며 괴롭혀서 원고 작업을 하게 만들었어요. 그렇게 해서 살릴 수 있는 원고도 아니었는데."

"뭐에 대한 책이었는데?"

아버지가 물었다.

"뭐라고 할 만한 것도 없었어요."

"아무리 내용이 없는 작품이라고 해도 표면적으로 드러난 주제는 있을 거 아니니?"

"저도 모르겠어요. 원고에는 그녀가 진심으로 쓰는 척하는 여러 이야기로 가득 차 있긴 했는데. 정말 모르겠어요. 시간이 좀 지나고 나서는 원고에 대해선 신경을 꺼버렸으니까요. 우리는 같이 원고 작업을 하고, 그다음에 침대로 올라가서 사랑을 나눴죠. 그 부분은 좋았어요."

"교정 작업은 계속했지?"

아버지가 물었다.

"제가 해줄 수 있는 건 다 해줬어요."

랄프 형은 그의 마음속에 어떤 신경이 하나 갇혀 있다가 특정한 방향으로 잡아당겨지면 그러는 것처럼 움찔하며 말했다.

차가 조금씩 앞으로 갔다. 잭 형은 앞으로 몸을 돌려서 차를 움직였다. 나는 담배를 껐다. 이미 담배는 필터까지 타들어가 있었다. 아버지도 그렇게 했다. 나는 샴페인을 좀 더 따랐다. 우리 차는 다시 멈췄다. 잭 형은 핸드브레이크를 당기고 의자 뒤로 한 팔을 돌려서 플라스틱 테이블 주위로 우리 모두 동그랗게 모이게 됐다.

"왜? 넌 왜 그녀를 좋아했는데? 네 말대로 그 여자가 그런 여자라면—"

잭 형이 물었다.

"나도 몰라. 우린 왜 사랑에 빠지는데? 그건 꿈이고 환상이고 현실이고 모든 것이지. 난 그저 그녀에게 사랑받고 이해받은 느낌이 들었어. 그녀는 너무 똑똑하고 유능하면서 동시에 현실이란 덫에 아주 강하게 사로잡혀 자신의 소리를 내지 못한 채 묶여 있었지. 그녀는 연약하면서 연약하지 않았어. 뭐라고 표현하기 힘들어."

랄프 형은 창문과 창문 너머 세상을 보면서 자신이 하려고 하는 말을 찾았다.

"그건 마치 자신을 감추려고 하면서 동시에 과시하려는 미친 춤을 추기로 작정한 사람과 함께 있는 것 같았어."

"계속해봐."

잭 형이 말했다. 잭 형은 전에 랄프 형이 그랬던 것처럼 잭 형이 말을 하도록 돕고 있다는 생각이 들었다. 이 모든 것에도 불구하고 잭 형만이 쌍둥이 형제가 있는 곳에 올라가, 남은 노 하나를 잡고 여울과 맞서 싸울 수 있는 유일한 사람이었다. 이 두 사람은 두말없이 서로를 위해 목숨을 바칠 사람들이다.

"그녀와 있을 때면 흔히 남녀 관계에서 생기는, 작은 언덕을 오랫동안 터벅터벅 걸어 내려가야 하는 그런 일은 생기지 않아. 그녀는 무시무시하게 영리하니까. 그녀는 자신도 의식하지 못한 새에 여기에서 저기로 활강해서 쑥 내려가버리지. 우리가 그 책을 교정보고 있을 때… 이상한 일이 일어났어. 난 그녀가 자신의 생각을 내가 그녀에게 말해주길 원한다는 걸 깨달았어. 그녀는 몰랐어. 왜냐하면 다른 사람들은… 다른 사람들은 그녀와 그녀의 내면을 말해본 적이 한 번도 없었으니까."

"계속해봐."

"그녀의 엄마는 매시간 일해야 했어. 아버지가 없었거든. 그
아버지란 사람은 다른 가정을 꾸렸지. 그녀의 엄마도 사실 다른
가정이 있었고. 그녀에게는 계부가 있었어. 그녀는 두 가족 사
이에서 살아야 했어. 그러니까 기본적으로 자신이란 사람의 정
체성을 스스로 만들어내야 했던 거야."

"아버지의 부재라."

잭 형이 말했다.

"부재가 그녀의 본질인 거지. 그녀에겐 동반자도 없었어. 아
니 그녀에게 필요한 그런 동반자가 없었지. 난 솔직히 그녀가…
자신으로부터 멀어졌다고 생각해. 겉으로 그런 게 아니라 내면
적으로 말이야. 그녀는 연기하고 있었던 거야."

"동반자는 없지만 결혼은 했고?"

잭 형이 물었다.

"결혼했다고."

아버지가 천천히 숨을 들이쉬었다.

"유부녀야?"

내가 물었다.

"유부녀지."

랄프 형이 다시 말했다.

"유부녀라."

잭 형이 조용히 말했다. 형은 몸을 돌려서 브레이크를 풀었다. 우리는 다시 몇 미터 앞으로 기어갔다.

"맙소사."

랄프 형은 미소를 지었지만 지친 미소였다.

"누구와 결혼했는데?"

아버지가 물었다.

"완벽하게 맞지 않는 사람과 했죠. 정신적으로 말이에요. 그녀의 가장 깊고 은밀한 두려움의 전형 같은 사람과 했어요. 물론 그는 그런 점은 하나도 알 수 없었지만. 심리학을 싫어하는 사람이니까."

"좋은 사람이야?"

아버지가 물었다.

"네, 물론이죠. 훌륭하고 근사하고 친절하고 너그러운 남자예요. 사람들을 기꺼이 도와주는 타입이고. 점잖고 믿을 만한 사람이죠."

"마음에 드는데."

잭 형이 앞에 있는 메르세데스 브레이크 등을 보면서 말했다.

"나도."

내가 말했다.

"자세도 바르고 애써 그렇게 노력하려는 사람이고. 잘 생긴 건 아니에요. 정확히 말해 잘생긴 건 아니고. 여행을 많이 했어요. '망설이지 말아요.' 이런 말을 농담처럼 하는 사람이죠. 직장에서는 유능하고. 어떻게 안 그럴 수 있겠어요? 좋아하는 영화도 있고 음악도 있고. 몸단장도 잘하지만 동성애자는 아니고. 좋아하는 선글라스도 있고 좋아하는 티셔츠도 있고. 표면적으로는 사려 깊고 합리적이고 한결같고 자부심도 있지만…. 아, 삶이란 진부한 이야기에 깊이 빠져 있는 지루하기 짝이 없는 남자죠. 그야말로 여자가 원하는 건 척척 대령하는 남자죠. 보고 있으면 차라리 죽고 싶을 정도로 불안정하고 무기력한 남성성을 가진 남자랄까. 죄송해요, 아버지."

"망설이지 말아요."

내가 말했다.

"그 내면에는?"

잭 형이 비꼬듯이 말했다.

"아, 그 내면에는—"

랄프 형은 잭 형의 말투를 무시하고 말했다.

"그 내면에는 상처받은 아이가 있지. 그 사람의 잘못은 아니야. 과거에 일어난 일종의 트라우마 때문에 그 사람은 확신을 잃었지. 그 사람도 역시 스스로를 위해 매사를 확실하게 만들어야 했던 거야. 그 판에 박힌 순서를 너도 잘 알고 있잖아. 인간의 실존이 제시하는 진실을 받아들일 수 없으니까 옳고 그름에 대한 웅장한 건축물을 스스로 지어야 하는 거지. 그 속에 현실을 나타내려는 의도로 일련의 독창적이면서도 바보 같은 토템들을 세워놓지. 이건 괜찮고 이건 아니야. 이건 공정하고 이건 그렇지 않아. 이건 좋고 이건 나빠. 자신의 주위를 온통 직함과 제복과 성직자용 칼라들로 둘러싸고 모두 우리가 벌거벗은 채 태어난 포유류이며 이 모든 게 우리가 죽은 후에는 단 1초도 중요하지 않으리란 사실을 잊어버리는 데 동의하지."

잭 형이 말했다.

"그 남자를 만났어?"

"아니."

"그럼 그런 걸 네가 어떻게 다 알아?"

"그녀가 남편에 대해 말했으니까. 그 사람이 그녀를 통해 내게 말했으니까. 나는 남의 말은 아주 주의 깊게 듣는 사람이기 때문에 그녀의 이야기를 주의 깊게 들었어. 거기다 다른 사람이 사랑을 얘기하는 걸 듣는 건 아주 흥미롭거든. 특히 그 사람이 내가 사랑에 빠진 여자일 때는."

"그 남자가 불쌍하다."

잭 형이 말했다.

"나도 그래. 어떤 면에선… 어떤 면에선 그들은 똑같은 문제를 가지고 있지. 아니면 비슷한 문제거나. 그건 재앙이야. 성공적인 결혼의 첫 번째 규칙은 부부에게 서로 다른 문제가 있어야 해."

"그 여자는 왜 그 남자랑 같이 사는 거지?"

"왜 사람들은 그다지 원하지도 않는 사람과 같이 살지? 타이밍이 빚어낸 우연. 일종의 막연한 목마름과 스스로 기꺼이 받아들인 몇 개의 망상들 때문이지. 그다음엔 상대가 교묘하게 위협하고 감언이설로 꾀고 덫을 놓아 발목을 잡는 거지. 그녀의 결혼은 그보다 더 나빴어."

"뭐보다 더 나쁘다는 거야?"

내가 물었다.

"그 남자는 기독교 신자야. 평화로운 믿음을 가지고 있지. 다만 그게 전혀 평화롭지 않다는 게 문제였어. 그 믿음의 핵심에 모든 윤리적인 의무와 사회적 명령이 자리 잡고 있었어. 누군지 알 수도 없는 작자가 인간에게 줬다는 그 잘난 명령들, 현재의 상황에 왕과 같은 권위를 부여하고 우리 모두 스스로를 개선하기 위해 하녀처럼 일하게 만드는 그런 명령들을 따라야 한다는 거야. 아, 그자의 믿음은 모두 주인과 종들과 계급 시스템으로 이뤄져 있었지. 자신을 비하하고 굴욕을 당하고 숭배하는 믿음이었지. 그 사람을 네 엄마가 만났다면 아주 신났을 거야, 루. 네 엄마가 연구하고 싶은 문제들이 산적한 사람이었거든."

"갑자기 화가 막 나는데."

내가 말했다.

"화, 분노란 사랑의 상처를 우리가 소독하는 방법이란다."

아버지가 부드럽게 잭 형에게 말했다.

"그 사람이 너와 만났더라면 잘 지내진 못했겠다."

"그 사람은 그녀의 머리 위에 수치심과 죄책감을 쏟아부어서 그녀가 수행해야 할 유일한 의무는 매시간 그의 공정함이라는 제단, 그의 소위 사랑이라는 제단에 자신을 제물로 바치는 것밖에 없었어요. 사랑이라고 했지만 사실은 소유욕이었는데도. 우리가 달리 뭘 할 수 있겠어요? 우리 모두 서로에게 상반된 목적을 가지고 살아가는데. 이런 오해야말로 기하급수적으로 증가하고 있잖아요."

아버지가 물었다.

"죄책감은 전혀 느껴지지 않았니?"

"죄책감을 느꼈죠. 그녀와 스무 번밖에 사랑을 나누지 못해서 죄책감을 느꼈죠. 내가 신중하게 행동했다는 점에 죄책감을 느껴요. 그를 존중해서 그랬죠."

차들은 다시 앞으로 조금씩 나아갔다.

잭 형이 물었다.

"그녀는 널 위해 뭘 해줬는데, 랄프?"

"선물들을 사줬지. 자기 마누라를 살해한 작곡가인 제수알도의 CD, 배우들이 감정을 꾸며내고 싶을 때 뭘 하는지 모아놓은 사전."

잭 형은 아버지가 있는 쪽을 흘끗 보더니 혀를 찼다.

"그건… 드라마였다고 할 수 있어?"

"아, 그럼. 엄청난 드라마였지. 그건 현실일 뿐 아니라 드라마였어. 현실과 드라마는 경기장에서 누가 이길지 놓고 결판이 날 때까지 온몸으로 싸운 오스카상 후보들 같았어. 이건 정말인데 현실이 몇 번 쓰러지는 바람에 카운트다운도 몇 번 했다니까.

결국 마지막까지 버티고 서서 한 번 더 주먹을 날린 건 현실이었지."

"그게 대체 무슨 말이야?"

"내 말은 현실이 우리를 패배시켰다는 거야. 내 말은 실용주의와 관습이 승리를 거뒀다고. 그래야 했던 것처럼 말이지. 당연히 그래야 했던 것처럼."

"그녀의 감정이 진짜였던 건 확실해? 그 여자가 널 가지고 논게 아니란 걸 어떻게 알아?"

"아, 그 여자는 날 가지고 놀고 있었지. 분명 그랬어. 나랑 만난 시간의 절반 정도는 그랬어. 그 여자는 모든 사람에게 거짓말을 했지. 자기 엄마, 아버지, 남편. 나도 그 자리에 있었어. 그녀가 하는 말을 들었지. 난 그녀에게 아무런 환상도 가지고 있지 않아. 나는 그녀가 거짓말을 해야 할 중요한 사람들의 명단에서도 아래쪽에 있었다니까."

"그러니까 네가 그 정도 위치에 있었구나."

잭 형은 핸드브레이크를 조금씩 풀었다.

"그녀는 날 가지고 논 게 아니기도 했어."

"그걸 네가 어떻게 알아?"

"그녀가 한 일들. 그녀가 한 말들. 사람을 판단하려면 그 사람이 한 행동을 봐야 해. 그녀가 한 전화들. 날 원한다는 문자들. 날 사랑한다는 문자들. 그것들은 내가 지금까지 봤던 그 어떤 것보다 진짜 마음에서 우러난 것이었어. 그녀는 나와 같이 있으려고 항상 위험을 무릅썼지. 한번은 나랑 오랫동안 통화를 하고 끊었다가 다시 전화해서 그냥 고백해버리더군. '사랑한다고.' 다른 사람이 내게 그런 말을 할 때는 그 사람을 존경해야 해. 그게 우리가 존경해야 할 유일한 것인지도 몰라."

"그 여자랑 어떻게 끝난 거야?"

"임신해서."

"누구 아이인데?"

"그 여자의 아이."

아버지가 부드럽게 물었다.

"너에겐 어떻게 끝났는데?"

"고통스러웠어요. 깜짝 놀랐고요. 난 술을 마시고 담배를 피우고 9일 동안 울었어요. 그녀에게 도저히 견딜 수 없다고 여러 통의 편지를 썼어요. 그리고 베를린으로 가서 세계 최고의 꼭두각시꾼이 됐죠."

잭 형이 랄프 형과 눈을 마주쳤다.

"넌 그 여자가 없어서 더 잘되지 않았어?"

"그건 정말 그렇지. 그 점은 의심할 여지가 없지. 그녀는 내가 지금까지 만나본 여자 중에 가장 흥미로운 여자였어."

"그리고…."

"그리고 난 그녀와 아주 깊이 사랑에 빠져 있었지."

"이야기를 들어보니 너의 자존심이 다친 것 같은데."

잭 형이 말했다.

"아, 그때 그 일을 내가 다 극복했다고는 생각하지 않아. 우리 둘이 서로를 이용하고 그 드라마를 벌이면서 나르시시즘에 모두 비참해하다가 끝난 지 3년이 지났는데도, 여전히 나는 그때처럼 그녀를 사랑한다는 사실을 깨달았어. 모든 다른 동기, 감정, 이성이 떨어져 나간 후에도 남는 건 사랑이야. 나는 나란 존재에서 모든 어둠과 자기기만을 들어내버렸어. 거기다 산을 붓고 소형 발열 장치를 들이댔어. 그러다 결국 멈췄을 때… 사랑이 남아 있었어. 여전히 거기에 조용하고 진실한 모습으로 서 있었지."

"그녀를 마지막으로 본 게 언제냐?"

아버지가 물었다.

"3년 전에요. 우리는 카페에서 커피를 마시러 만났죠. 맙소사, 그거야말로 내가 지금까지 앉아 있었던 가장 솔직하지 못했던 시간이었어요. 나는 우리 관계를 계속 진정한 것으로 지켜보려고 무진 애를 썼지만 그녀는… 날 떠나버리더군요."

"그녀가 뭐라고 했는데?"

"그녀가 나는 절대 동의하지 않겠지만 우리가 연인이 안 됐기를 바랐대요. 그러면 우리는 친구가 돼서 매일 이야기를 나눌 수 있으니까."

"형은 뭐라고 했어?"

내가 물었다.

"나도 그 말에 동의해야 했어."

"동의해야 했다고?"

"응, 그 자리에서 그녀의 몸이 내 혀끝에서 전율을 일으키면서 절정에 달했을 때 우리의 관계가 성적인 관계가 아니길 바란 것처럼 보였다고 할 수는 없잖아?"

"그건 그렇지."

"그녀가 눈을 반짝이며 내 옆에 누워 있다가 우리가 서로의 눈을 통해 그녀의 본질과 내 본질을 주고받았을 때, 날 사랑한다고, 우리는 원래 이런 사이여야 했다고 말했을 때, 그녀가 원한 게 육체적인 관계가 아닌 것처럼 보였다는 말도 할 수 없었지."

"그게 끝이야?"

"나는 그녀가 쓴 책에 서명을 해달라고 부탁했어."

"그리고?"

"그녀는 해줄 수 없었지."

"그렇군."

"내가 갈 준비를 하면서 날 사랑한 적은 있냐고 그녀에게 물었지."

"그랬더니 뭐래?"

"그녀가 그랬어. '그렇다고 믿는다고.'"

잭 형은 조용했다.

"그 여자는 그저 스스로를 보호하고 있었던 거야."

"뭐가 남았어?"

내가 물었다.

"슬픔. 비탄. 비애. 공허함. 상실. 행복했던 기억. 사랑했던 기억. 애정."

"애정이라고?"

아버지가 물었다.

"네. 외계 생명체를 찾아 지구에서 보내는 저 가망 없는 무선 신호처럼 우주를 향해 보내는 깊고 시간을 초월한 애정 말이에요."

잭 형이 부드럽게 말했다.

"교훈은 있고?"

"없어. 단 하나도 없어."

아버지가 말했다.

"넌 누군가를 발견하게 될 거다, 랄프."

"아뇨. 누군가는 필요 없어요. 여자들은 다 특별해요, 아버지. 일반적인 여자란 없다고요. 아버지도 아시잖아요. 전 괜찮아요. 그저… 슬플 뿐이에요. 이 모든 게."

랄프 형은 사납게 말하다 잔을 비웠다.

"이 모든 것이 내게는 좋군요. 아버지의 자살 말이에요. 사실 이게 정말로 도움이 되고 있어요. 새로운 관점도 생기고. 샴페인을 더 따라줘. 루, 어서. 샌드위치는 어떻게 됐어?"

"차들이 다시 움직이고 있어."

잭 형이 말했다.

4

이제 거짓말은
하지 맙시다

누구를 위해 종은 울리는가

우리는 언덕 꼭대기에 있는 독일 마을의 《헨젤과 그레텔》에 나오는 것 같은 작은 광장에 앉아 있었다.

"맥주를 제대로 만드는 방법을 아는 사람은 독일인들밖에 없다니까, 루."

"벨기에인들 빼고 말이죠, 아버지. 이탈리아인들과 영국인들과… 그렇게 해보려고 시도했던 거의 모든 사람을 빼고. 인도네시아인들도 빼고."

내가 말했다.

"독일인들이 진짜 콘서트를 사랑하는 것도 높이 평가해야 한다. 여기는 영국처럼 클래식 음악에 대한 어려움이나 부끄러운 일이 없잖니. 여긴 사방에 드뷔시 포스터가 붙어 있어. 왜 그렇다고 생각하니?"

아버지는 마을 게시판을 가리키며 물었다.

"딘이 여기 덴츨링겐에선 인기가 있나 보죠."

"네 말은 드뷔시보다 딘이 더 인기가 있다는 뜻이냐?"

"그 점도 배제하지 말자는 거죠."

"딘 스왈로우가?"

"딘 스왈로우."

아버지가 확인했다.

"너도 딘이 아주 재능이 뛰어나다고 했잖니. 아, 맙소사. 딘이 준 CD를 한 번도 안 들어봤구나."

아버지의 이마에 주름이 깊어졌다.

"우린 그거 말고도 생각할 일이 많았잖아요, 아버지."

"그래도 용서할 수 없는 일이야."

"우리에겐 CD 플레이어도 없어요."

광장의 납작해진 회색 자갈돌들 바로 맞은편에 뾰족한 아치 밑에 큰 목재 문이 달린 오래된 호텔이 있었다. 호텔 정면에 뼈처럼 짙은 색의 긴 금속재들이 비딱한 직사각형 속에 일자나 십자 모양으로 겹쳐져서 사방으로 빙 둘러져 있었고 그런 장식이 비스듬하게 가파른 지붕까지 올라가 있었다. 그 지붕 밑에는 아주 귀엽고 작은 다락방들이 툭 튀어나와 있었다. 우리 왼쪽에는 청록색과 회색이 섞인 덧문이 달리고 모든 창문 밑에 벨벳 같은 보라색에서 표백된 아몬드같이 상상할 수 있는 거의 모든 색의 화분들이 놓인 옅은 핑크색의 읍사무소가 있었다. 오른쪽에는 깨끗하고 옅은 노란색 교회가 있었다. 교회에는 단순한 모양의 종탑이 있었다. 마녀의 모자처럼 생긴 첨탑과 하얀 시계 하나와 아치형의 창문 두 개가 달린 깔끔한 종탑이었다. 우리 뒤에는 목재 대들보를 두른 또 다른 건물들이 죽 늘어서 있었다. 각각의 건물에는 거의 땅바닥까지 내려오는 가파르고 거대한 삼각형 지붕이 있었고, 그 지붕 밑에 2층이 있었다. 저녁 공기 속에서 계곡에 있는 포도나무들의 풋내가 풍겼고, 어쩐지 희미하게 바질이나 정향 향기도 났다.

우리는 마을에 하나밖에 없는 바 밖에 앉아 말테와 같이 미식가의 식사 자리를 잡으러 간 랄프 형과 잭 형을 기다리고 있었다. 말테는 45분 전에 여기서 우리와 만났다. 그는 우리를 만나서 반가운 한편으로 콘서트를 하기 전에 피아노, 관객, 프로그램, 전반적인 클래식 음악에 신경 쓰느라 정신이 산만해져서 땀을 두 배로 흘리며 우리를 맞았다. 이 축제는 항상 덴츨링겐뿐만 아니라 주변 마을 몇 개에서 개최된다고 그가 설명했다. 그래서 항상 운송과 그보다 작은 장소 문제들이 끊이지 않는다고 했다. 자기랑 같이 얼른 음식 행사들이 중점적으로 열리고 있는 근처 성으로 가보자고 제안했다. 거기서 우리를 레스토랑의 지배인에게 '예술가의 친구들과 가족'으로 소개하고, 우리에게 테이블을 내줄 수 있는지 보자고 했다. 덴츨링겐 사람들은 모두 딘을 알기 때문에 그는 자신에게 그런 일을 해낼 만한 힘이 있다고 생각했다. 그래도 기왕이면 거기 가서 딘의 가족이자 후원자들의 손님인 척하는 게 나을 거라고……. 아버지를 다시 밴에 태우는 대신 말테는 잭 형과 랄프 형과 같이 서둘러 출발해 우리의 밴이 말테의 밴을 따라 기묘한 공동체가 되어 그 밑의 계곡으로 내려갔다.

나는 아버지와 내가 '앉아 있다고' 하는 상황이 아무렇지도 않은 척 말했지만…. 사실은 아버지는 휠체어에 앉아 있었다. 우리는 휠체어의 높이를 알맞게 조정했고. 브레이크도 고정시켜놨다.

아버지는 맥주로 손을 뻗었다. 나는 아버지가 그 동작을 하기 위해 들이는 노력을 안 보는 척했다. 아버지는 다리를 테이블 밑으로 넣을 수 없었기 때문에 옆으로 비스듬하게 앉아 있었다. 그것도 아버지가 하는 동작에 방해가 돼서 전에 없이 왼쪽 팔이 새롭게 떨렸다. 우린 이런 일이 하나도 일어나지 않는 척하고 있었다. 그 정도는 나도 이해했다. 새롭게 추가된 부분, 아버지가 지금 휠체어에 앉아 있지 않는 척하는 부분은… 물론 나는 아버지가 휠체어를 쓰는 것을 대찬성해야 했다. 기뻐해야 마땅했다. 내가 원하는 건, 내가 원하는 건, 야훼, 예수, 마호메트, 제우스, 브라흐마(힌두교 최고의 신)에게 원하는 건 과거의 아버지다. 나는 아버지가 건강하고 원기 왕성하고 독립적이고 재미있길 바란다. 아버지가 요리하고 이야기하고 농담하고 걷고 수영하고 가르치길 바란다. 아버지의 망할 얼굴이 저렇게 일그러지지 않고 정상이길 바란다.

나는 아버지의 휠체어를 밀고 다니고 싶지 않다.

내가 아닌 다른 사람이 아버지의 휠체어를 밀고 다니는 것도 결코 원하지 않는다.

내가 그 소원을 이룰 수 없다면, 그럴 수 없다면, 이 게으르고 빌어먹을 신들아, 그렇다면 난 아버지를 원하지 않을지도 모른다. 어쩌면 난 아버지를 원하지 않을지도 모른다고. 아버지가 다시 잔으로 손을 뻗었을 때 뭔가 차가운 것이 내 영혼을 후려쳤다. 형들이 없어지니 갑자기 우리가 다시 현실로 돌아왔다는 실감이 든 것이다. 실제로… 실제로 형들이 바로 우리에게 마법을 걸고… 형들이야말로 우리를 진실에서 멀어지게 만든 장본인이었다. 사느냐 죽느냐, 라는 항상 똑같은 질문이었던 그 진실로부터.

"영국의 문제는…."

아버지는 날 위해 할 수 있다는 걸 보여주기 위해 보란 듯이 맥주를 한 모금 마셨지만 잔을 내려놨을 때는 맥주가 조금 흘렀다.

"영국의 문제는 지식과 속물근성이 섞여서 구별하지 못하게 됐다는 거야."

"계속해보세요."

내가 말했다.

난 듣고 있지 않았다. 그건 문제가 아니었으니까. 문제는 랄프 형과 잭 형이 한 번도 이 병의 기본적인 사실을 알아보려는 시도조차 하지 않은 거라고 나는 생각하고 있었다. 예를 들어

인터넷에 들어가 MND 게시판과 포럼에 나온 글들을 읽어보는 그런 거. 거기 나온 모든 고통과 상실, 용기, 트라우마, 두려움과 비통함을 읽어보는 것 말이다. 그건 일종의 테러리스트들의 공격을 받은 후에 살아남은 생존자들을 위한 채팅 룸 같은 곳이다. 그곳이 더 끔찍한 게 거기서는 새로운 격노, 새로운 고통이 매시간마다 다시 일어나고 있다는 점이다. 전보다 더 넓고, 더 큰 고통들이 화면에 끝도 없이 내려온다. 이것, 바로 이것이 문제이다.

"흠, 전문 지식이란 건 지식을 근면 성실하게 수집하고 흡수하는 거겠죠, 맞아요?"

"네가 그렇다면 그런 거겠지."

아주 많은 사람들이 전 세계에서 실시간으로 포스팅을 한다. 여기저기 북쪽, 서쪽에서 하나씩 꼬리를 물고 터져 나오는 재앙을 올리는 것이다.

"나는 화가 나고 당혹스러웠어요." "지금 울면서 타자를 치고 있어요." "나는 지칠 대로 지쳤어요, 방금 막 남편을 병원에서 집으로 데려왔어요." "스스로에게 친절하세요, 샘, 당신에겐 자신도 아직 모르는 용기와 힘이 남아 있어요." "지금 내 입 안쪽을 물어뜯고 있어요." "마이클은 좀 더 느리게 걷기 시작했어요. 이젠 가끔씩 무릎을 꿇기도 하고. 다리까지 병세가 진전됐어요. 얼마 후엔 도움을 받지 못하면 혼자서 일어날 수도 없어요. 그러면 혼자 설 수도 없는 거죠. 9월이 되면 이렇게 된 지 8개월이 돼요. 이제 마이클은 팔도 움직이지 못하고 호흡 곤란이 시작됐고 말도 잘 못해요."

"속물근성은 전문 지식과는 아무 관계가 없다."

아버지가 말했다.

"뭐라고요?"

"속물근성은 근본적으로 이런 식으로 작동되는 정서적 책략이지. 예를 들어 나는 어떤 걸 안다, 또는 아는 척해서 그걸 알고 있기 때문에 나는 더 나은 인간이란 기분이 들고 상대적으로 그걸 모르는 상대는 기분이 나빠지는 거지."

사실은 아버지도 이렇게 옆으로 앉아 있는 걸 끔찍이 싫어했다. 내게 말을 하기 위해 몸을 비틀고 있느라 애쓰는 건 짜증나고 지치고 화가 나는 일이었다. 이제 와서 내가 자리를 옮겨 아버지가 얘기하기 쉽게 정면으로 볼 수 있는 자리에 앉는 것은 너무 늦었다. 내가 그렇게 하면 이 가식이 중단되고 만다. 이 가식… 이런 가식은 이 여행을 떠나기 전에 우리 둘 다 매일 아침, 매일 밤, 매 순간, 몇 달 동안 아버지가 처한 물리적 현실을 직시하고 이해하고 대처해왔기 때문에 훨씬 더 어이없는 것이었다. 형들이 도착하기 전까지, 이 휠체어를 사기 전까지는 계속 그랬었는데. 이제 우리는 우리에게 선택권이 있는 척하고 있었다. 나는 선택권이란 단어를 증오한다. 이 단어 역시 가식이기 때문에… 이 단어가 아버지의 고통을 대신해주고 힘을 주는 척하면서, 이런 부서지기 쉬운 행성에 사는 덧없는 인간의 운명에 거

대하고 검은 우주가 큰 소리로 비웃고 있는 이 현실을 주목하지
않는 점이 증오스러웠다.

아버지는 내가 대꾸하길 기다리고 있었다. 나는 우리가 무슨
이야기를 하고 있었는지 기억나지 않았다. 그래서 말했다.

"왜 이게 문제인지 다시 말해주실래요, 아버지?"

아버지는 흥분해서 말했다.

"사람들은 이 두 가지 단어를 섞어서 쓰고 있으니까. 사람들
은 전문가들을 속물이라고 불러. 그건 문화에 치명적인 거야."

아마도 세상에서 우리 아버지만이 문화에 '치명적이란' 말을
하는 유일한 사람일 것이다.

"이제는 정서적 반응이 반대가 됐단다, 루. 네가 'a'나 'b'란 주
제를 모르면 넌 너의 정서적 불안을 치유하는 연고를 마음에 바
르면서 단순하고 포괄적인 공격으로 대화의 방향을 다른 곳으
로 돌려버리지. 이런 상황이 나오는 건 내가 속물인 탓으로 돌
려버리는 거야. 그러면 네가 아는 게 부족하다는 사실에 기분이
나아지거든."

"그 대화에서 저는 좀 빼주실 수 없어요?"

아마도 한 사람이 어떤 사람인가는 그 사람이 얼마나 많은 진
실을 제시하고, 얼마나 많은 진실을 받아들일 수 있는가로 결정
되는 건지도 모른다.

아버지는 다시 힘주어 말했다.

"노력을 하는 대신, 뭔가를 배우려고 노력하거나, 세상에는

배워야 할 것들이 있다는 점을 인정하는 대신… 다른 사람이 시간과 품을 들여서 그걸 배웠다는 사실을 존중하는 대신, 너는 내 학식을 부정하고 날 속물이라고 불러서 너의 무식에 만족하는 거지. 이런 식으로 자신의 무식을 변호하는 거야. 넌 기분이 더 좋아지고 난 기분이 더 나빠지는 거지."

"전 그러지 않아요. 절대 그러지 않는다고요."

"화제에 오른 그 대상이 음악이건, 트레이너들이건, 커피건, 예술이건, 맥주건, 선글라스건, 전화건, 컴퓨터게임이건, 우리 모두 자신만의 전문 분야가 하나씩 있다는 점을 기억해라, 루. 그런데 문제는 사람들이 그 대상 자체에는 관심을 두지 않아. 그 대상에 대해선 토론조차 하지 않는단 말이지."

내 짐작에 제비로 보이는 새들이 교회 첨탑 주위를 쏜살같이 휙 날아와서 빙빙 돌았다. 생기가 넘친 이 새들은 마치 하루가 거의 끝나간다는 걸 이제 막 깨닫고 남은 밤 시간을 하늘을 날아다니며 흥청망청 놀아야 한다고 생각하는 것 같았다.

"그러니까 내 말이 무슨 뜻인지 알겠니?"

"아뇨."

"우리가 속물이란 말을 쓸 때는 우리 자신과 상대에 대한 느낌을 말하는 거야. 속물이란 말이 나오게 된 맥락에서 논쟁이 일어난 대상이나 우리의 전문 지식수준을 토론하지 않는다는 것이지."

"아버지?"

"사실, 루, 대부분의 전문가에 대한 진실은 그들이 속물과는 정반대되는 사람이라는 거다. 그들은 그저 자신의 지식을 남들과 나누고 가르쳐주고 싶은 생각밖에 없는데… 전문가들은 필사적으로 그렇게 하고 싶어 하지. 그들이 원하는 거라곤 지식을 공유하고 설명하고 실례를 들어가며 보여주고 열정을 전달하고 싶을 뿐이야. 대신… 사람들은 그들이 죄책감을 느끼게 만들지. 뭔가를 알고 있다는 사실에 죄책감을 느끼게 만든다고! 그게 바로 현대사회의 핵심이야. 이것은—"

아버지는 이제 큰 소리로 열변을 토하고 있었다.

"아버지."

아버지는 지금 정치 집회에 온 것 같은 몸짓을 하고 있었다.

"자신의 의견을 가질 권리는 자신의 의견을 남들이 진지하게 받아들일 권리까지 확장되진 못했어. 다만."

"아버지."

"네 말은 넌 트위터에 가입하고 그냥 가버리잖니. 넌 그냥 가버린다고, 루."

"대체 무슨—"

"이 말만은 해야겠다. 트위터에 올라온 사람들의 고통을 어떻게 생각하니? 말해봐. 트위터는 판에 박힌 반응에 피상적인 데다 백치 같은 말과 감정이 넘쳐나지. 거기 올라오는 의견이라는 건 참, 그 어디에도 윤리적 미덕은 없더구나. 날 위한 세상은 가버렸다. 영영 가버렸어. 난 이제 이 세상에서 무슨 일이 일어나고 있는지 이해가 안 돼. 전혀 이해할 수 없다고. 넌 알잖니, 내 모든—"

"—아버지! 그만하세요. 그만—"

아버지가 잔을 너무 꽉 잡고 있어서 부서질 것 같다는 생각이 들었다.

"내 모든 연구와 노력은 의미가 없게 돼버렸어. 의미 없고 무시해버릴 것이 되고 말았지. 요즘 세상은 존경이란 게 없어. 더 이상 난 이런 세상에 적응할 수가 없다."

그때 망할 종소리가 울렸다. 느닷없이 아주 엄숙하면서도 명랑하게 교회 종이 시간을 알리기 시작했다. 뎅. 뎅. 뎅. 뎅. 뎅. 뎅. 그렇게 울리는 종소리는 작은 광장을 가로질러서 계곡 아래로 내려갔고 거기에서 우리가 할 수 있는 일은 하나도 없었다. 그 순간은 마치 우리를 영원히 여기에 이 상태로 정지시켜버릴 것처럼 느껴졌다. 시간에 갇혀 있는 이 상태로. 나는 생각했다. 이거야, 마침내 우리는 이 순간에 이르렀어. 마침내 우리의 진심을 털어놓는 시간이 온 거야. 아버지와 나, 우린 할 수 있어. 우린 서로에게 거짓말을 하지 않고 말할 수 있어. 왜냐하면 종은 당신을 위해 울리니까.

그때 종소리에 이어 근처 언덕을 올라오는 엔진 소리가 들렸다. 아버지는 천천히 휠체어에 다시 자리를 잡고 앉아 잔을 잡고 있던 손의 힘을 풀었다.

"랄프는 개에게 채찍질을 하는 것처럼 저 밴을 다루는구나."

아버지가 조용히 말했다.

"랄프 형인지 어떻게 아세요?"

나는 그게 마치 중요한 것처럼 물었다.

"폭스바겐 엔진에서 나는 재봉틀 같은 소리는 절대 착각할 수 없지."

"아니 제 말은 운전하는 사람이 랄프 형인지 어떻게 아냐고요? 잭 형이 운전할 수도 있잖아요."

"오른쪽 발을 사정없이 누르고 있으니까."

밴이 광장 맞은편에 나타났다. 랄프 형이 핸들을 잡고 있었다. 형은 상당히 빠른 속도로 보행 지역으로 들어와서 대담하게도 호텔 바로 앞에 밴을 댔다. 옆문이 열렸다.

"어서 와. 우리 진짜 늦었어."

잭 형이 맞은편에서 소리쳤다.

나는 우리 둘 다 마시지 못한 음료에 대해 지폐를 몇 장 테이블에 놔두고 아버지의 휠체어를 자갈이 깔린 광장 건너편의 종탑 밑으로 밀고 갔다. 종은 마치 아무 일도 없었던 것처럼 완벽하게 정적을 지키고 있었다.

세 번째 테이프가 최악이었다. 첫 번째 목소리가 고함을 지르고 있었고 폭력 사태가 임박했다. 녹음기 아주 가까운 곳에서 유리잔이 박살 났고 그다음에 뭔가 다른 게 던져지는 소리가 났다. 사람들이 방 안에서 아주 빠르게 움직이고 있었다. 쾅쾅 소리와 뭔가 부딪치는 소리와 가구가 넘어지거나 밀려나는 소리를 들을 수 있었다. 두 번째 목소리가 욕하고 있었다. 그다음에 뭔가 축축하게 퍽이나 툭 소리가 들렸다. 뭔가 묵직한 게 떨어지는 소리 같았다. 두 번째 목소리가 비명을 질렀는데 바닥에서 지르는 소리 같았고 아주 고통스러워했다. 그다음에 욕설이 더 나왔고 두 번째 목소리가 말했다.

"유리가 들어갔어. 내 눈에 들어갔다고. 내 눈에. 눈에서 피가 나. 볼 수가 없어. 내 눈에서 피가 난다고."

그다음에 아주 가까이에서 첫 번째 목소리가… 아주 얕은 숨을… 들이쉬었다가 내쉬는 소리가… 마이크 가까이에서 들렸다. 분노에 찬 낮은 소리로 속삭였다.

"당신의 망할 눈이 멀어버렸으면 좋겠어."

나는 아버지의 휠체어를 밀고 밴의 문까지 갔다.

"테이블을 하나 잡았어."

랄프 형이 운전석에서 몸을 반쯤 돌리고 말했다.

"아버지, 오늘은 아버지 생일이에요. 오늘 밤 아버지는 딘 스왈로우의 삼촌입니다. 루, 넌 딘의 사촌이야."

"형은 뭔데?"

"딘의 남자 친구."

잭 형이 아버지가 밴에 타는 걸 도왔다. 나는 휠체어의 프레임을 접으려고 애를 썼지만 아직 요령이 몸에 익지 않았다.

랄프 형이 말했다.

"말테가 그러는데 딘은 아직까지 여자 친구가 한 번도 없어서 그렇게 말해도 괜찮다는데. 잭은 내 동생이고."

"그거 영광이네."

잭 형이 다시 차 밖으로 몸을 내밀어서 휠체어를 들어 올리는 걸 도우면서 말했다.

"딘 스왈로우의 남자 친구의 동생이라니."

내가 휠체어를 접어서 형에게 내밀자 잭 형은 이거야말로 미래이며 이런 식으로 일이 풀리니 얼마나 좋으냐는 눈빛으로 날 봤다.

"말테에게 두 사람이 대체 뭘 해줬는지 모르겠지만 말테는 두 사람이 영원한 절친인 것처럼 좋아하던데."

랄프 형이 혀를 끌끌 차면서 말했다.

"우리가 그 사람의 밥벌이를 도와줬지."

아버지가 말했다.

나는 밴의 문을 밀어서 닫았다. 너무 세게 닫았다.

잭 형은 조수석으로 다시 돌아와 벨트를 매려고 몸을 돌렸다.

"콘서트 장소는 여기서 10분 정도 거리에 있어요."

"어디인데?"

아버지가 물었다.

"가는 길에 있는 작은 마을 교회예요."

랄프 형이 핸드브레이크를 내리면서 말했다.

"레스토랑은 라인강이 내려다보이는 성에 있고, 총안이 있는 흉벽 위쪽에 있어요. 우린 만반의 준비를 갖췄어요, 아버지. 거긴 최고급 레스토랑이더라고요."

"우린 지금 뭐하는 건데? 내 말은… 잠은 대체 어디서 잘 거냐고. 난 모르겠—"

내가 물었다.

"우리 밴에서 자는 거지 뭐."

잭 형이 말했다.

"걱정하지 마, 루. 근처 언덕에 캠핑카 주차장이 있어. 우린 미슐랭 스타의 부드러운 별빛 속에서 우리의 상처를 씻고 휘청거리면서 집에 갈 수 있으니까. 유감스럽게도 별은 하나밖에 없지만 동방박사 세 명도 같은 처지였는데 그들이 뭘 찾아냈는지 너도 알잖아."

교회 신도석은 음악을 좋아하고 믿는 신도들로 가득 찼다. 늦게 도착한 우리는 교회 뒤쪽에서 아버지 뒤에 섰다. 아버지의 아들들인 트리오였다. 오늘 밤 여기에 분명 200명은 되는 순례자가 있었는데, 일제히 박수를 쳤다. 딘은 앙코르로 쇼팽을 치러 나와 고개를 숙여 인사했다. 그는 쑥스러워하면서 피아노 안쪽에 있었다. 그는 연미복 끝자락을 들어 올리고, 의자의 위치를 바로 잡은 후에 다시 한번 텅 빈 밤의 대기 속에서 마법처럼 화음과 불협화음을 불러냈다.

연단 위에 창문 세 개가 아치 모양으로 있었다. 그 창문으로 계곡 너머 서쪽이 보이는 게 분명했다. 거기에 빛이 아직 남아서 죽어가는 오렌지색, 황토색과 핏빛 붉은색이 아른거렸다. 황혼의 기나긴 그림자들이 허공의 여기저기를 찌르고 살며시 움직이면서 하루가 아직 다 간 게 아니라고, 기회가 아직 사라진 게 아니라고 맹세하고 있었다. 순식간에 세상의 모든 아름다움이 인간이 만든 음들에 모여들었다. 마지막으로 한 번 더. 그 음악은 갈망이자 진혼곡이자 기도였다.

나는 아버지가 우는 걸 알 수 있었지만 몸을 앞으로 기울일 수 없었다. 형들이 눈치챘는지는 모르겠다. 나는 휠체어 핸들을 힘껏 움켜쥐었다.

프로그램에는 쇼팽은 서른아홉이란 나이에 죽었다고 나와 있었다. 결핵이었다. 나는 쇼팽이 상당히 오랫동안 그 사실을 알고 있었을 거라고 생각했다. 난 확신했다. 쇼팽은 분명 자신의 죽음을 예견했을 것이다. 그랬기 때문에 그의 음악은 갈망이자 진혼곡이고, 미스터리이며 선언이고, 그가 사랑한 사람들을 위한 마음에서 우러나온 노래이자, 이 순간이 지속될 수 있기를 바라는 기도이자, 그럴 수 없다는 사실의 인정이자 저항이자 패배이자 환희였다.

아버지가 운동신경세포 질환이라는 병에 걸렸다고 내게 말한 날, 난 회사에서 퇴근하고 친구의 이사를 돕기 위해 밴을 빌리

러 집에 왔다. 나는 버스 2층에 앉아 내가 좋아하는 음악이 나오
길 기대하며 잘 모르는 음악을 들으면서 노란 조끼를 입은 런던
의 자전거족들의 분노에 찬 등을 내려다보고 있었다. 집에 아버
지가 계시지 않기를 바랐다. 얼른 집에 들어가서 밴 열쇠를 가
지고 부엌 찬장을 습격한 후에 아버지랑 이야기하지 않고 나올
수 있기를 바랐다.

아버지는 2층에 있었다. 아버지가 날 불렀다.

"너니, 루?"

내가 아니면 대체 누구란 말인지 원. 나도 큰 소리로 대답했다.

"네, 잠깐 들렀어요."

아버지는 내게 전화를 하려고 했었다고 말했다. 내가 이유를
물었다. 아버지는 '뉴스'가 있다고 했다. 나는 아버지가 아래층
으로 내려오기 전에 차나 배터리나 뭐든 훔치기 위해 부엌으로
곧장 갔다.

아버지가 부엌으로 들어왔다. 그리고 내게 말했다. 그다음엔
우리 둘 다 정신이 나가버렸다. 정말 돌아버린 건 아니고. 두 사
람이 자신들이 미쳤다는 건 알지만 그런 척하지 않으려고 하는
그런 식이었다. 만약 단 1초라도 자신이 돌아버렸다는 사실을
인정하면 둘 다 고함을 지르기 시작하면서 절대 멈추지 않을 테
니까.

두 시간 후 우리는 서재에 앉아 있었고 와인은 반병 넘게 비
어 있었다. 아버지는 미친 듯이 이야기하고 나도 미친 듯이 그

말을 받아 적었지만, 아버지는 신경 쓰지 않았다. 마치 이렇게 글을 쓰는 것이 이제는 괜찮은 것처럼. 마치 이것이 내가 급히 해야 할 일인 것처럼. 마치 그의 임박한 죽음이 내가 작가가 돼 도 괜찮다거나 내가 작가라는 걸 밝히거나 작가가 돼도 된다 고 허락하는 것처럼. 마치 작가가 되고 싶다는 내 열망이 완전 한 허구더라도, 갑자기, 이게 우리 둘 다 집중할 수 있는 허구인 것처럼. 아니면 받아들이거나. 아니면 세상에 공표하는 것처럼. 아니면 그냥 내가 거기에 빠지게 하려는 것처럼. 나도 모르겠 다. 마치 이것이 아버지의 아들이 되는 방법인 것처럼. 마치 이 것이 아버지가 최초로 내 아버지가 되는 방법인 것처럼.

아버지는 말하고 있었다.

"모두 돌았어, 루. 돌았고 반쯤 망가졌고⋯."

나는 그 말을 받아 적고 있었다. 이것 역시 미치고 반쯤 망가 진 행동이었지만 나는 아버지의 그 말을 유언이자 증거처럼 적 고 있었다.

아버지는 계속 말했다.

"⋯정말이야. 30대에는 나만 문제가 있고 다른 사람들은 다 잘 살고 있는 것처럼 생각하면서 시간을 보내지. 파티에서 조 금 무례하게 굴기도 하고 긴장하고 조금은 차갑고 이상하고 모 호하게 행동하기도 하지만, 그래도 모두 다 말짱해 보이는데 나 만 공황 상태에 빠져 불안에 허우적거리는 것처럼 느껴져. 그러 다 40대가 되면 문득 깨닫게 되지. 대부분의 사람들이 마음속에서 조용히 미쳐가고 있다는 사실을. 그들은 모두 스스로 치료하지. 알코올이나 요가나 자식들이나 휴가나 취미뿐만 아니라 모든 수를 다 쓰지. 모든 수를 쓴다니까. 그들이 너에게 하는 말은 하나같이 자신을 치유하는 수단인 거야. 난 이게 아니야, 난 저거야. 그게 사람들이 너에게 하고 싶은 말이야. 난 네가 생각하는 것보다 더 나은 사람이야. 난 겉보기보다 더 깊고 넓고 대단한 사람이라고. 난 절대 'X'가 아니라 'Y'라고 하지.

  넌 깨닫게 돼. 너만 그런 게 아니란 걸. 모두 정말 심각하게 아픈 거야. 모두 뭔가 다른 걸 원하지. 이걸 조금 더 가지고 싶고, 저건 좀 덜 있었으면 싶고. 모두 놓쳐버린 기회들과 잘못 들었던 길들을 기억에서 지워버리려고 안간힘을 쓰고 있지. 모두 알고 싶은 거야. 어쩌다 이런 일이 일어났으며 이걸로 충분한 걸까? 난 너무 늦어버린 걸까? 모두 각자 다른 방식으로 이해받고 싶어 하지. 모두 살아오면서 한 번도 말할 기회가 없었던 자신만의 이야기에 각각 다른 버전으로 고통받고 있어. 그것도 심각하게. 심지어 미국 대통령도 자신에 대한 너의 의견을 다시 생각해주길 원할 거야. 재고해달라고. 이걸 기억해주고, 저건 잊어달라고. 나도 이라크 일은 다 알고 있지만, 물론 그 드레스에 정액이 묻어 있긴 했지만 그게 뭐가 어때서? 모두 다 이렇다는 걸, 모두 무시무시하게 두렵고, 모두 불안하다는 사실을 알게 되면 어떻게 되는지 아니? 넌 다시 안심하게 돼. 넌 이렇게 생각하기 시작하지. 흠, 만약 모두 제정신이 아니고 공포에 휩싸여 있다면, 그렇다면 괜찮아. 그러면서 마음이 놓이지. 사는 게 훨씬 더 쉬워지는 거야. 왜 다른 사람들은 내게 그런 이야기를 안 했을까? 나쁜 놈들.

너 그거 아니? 그게 50대야. 50대가 되면 모든 걸 되찾게 돼. 그때는… 그때는 근심이 줄어들면서 삶을 이해하게 되거든. 물론 모두 돌았지. 왜냐하면 그게 인간에겐 아무 관심도 없는 행성에서 살아가는 인간의 본성이거든. 그래야 살 수 있고. 중년의 위기에서 벗어나는 방법은 인생 자체가 하나의 기나긴 위기라는 사실을 깨닫는 거야. 모두 다 그래. 이제 근심이 줄어들면서 마음이 편해지지. 위기가 지나가. 넌 다시 삶을 즐기기 시작해. 더 이상 스스로에게 자신의 능력을 증명할 필요가 없지. 그러다가 무슨 일이 일어나는지 아니?

그게 말이지, 내가 무슨 일이 일어나는지 말해줄게… 어떻게 하면 잘 살 수 있는지 막 그 방법을 알아냈을 때 너의 망할 육신이 너에게 배신을 때리지. 네가 막 아주 약간의 지혜를 터득해서 살짝 마음을 놓고 이 망할 인생을 살아가는 요령을 익히자마자 그런 일이 일어나는 거야. 돈 걱정이 줄어들기 시작하자마자, 네 몸이 그만 살겠다고 짐을 싸기 시작하지. 그때 또 다른 사실을 깨닫게 돼, 루. 넌 처음부터 동물이었다는 걸, 포유류였다는 걸, 피와 조직, 장기와 사지로 이뤄진 동물이었고, 당혹스럽고 한심한 유효기간이 있다는 걸. 그때부터는 너의 생각과 느낌을 즐기는 건 고사하고 네가 했어야 했다고 알아차린 모든 것을 할 수 없게 돼. 그때부터는 네 인생의 주인공은 네 몸이니까.

처음부터 그랬어. 네가 관심을 두고 있었다면 알 수 있었을 거야. 만약 너의 폐나 심장이나 다리가 제대로 움직이지 않는다면, 다른 모든 게 아무 의미가 없어지잖니. 그게 바로 60대란다. 네가 마침내, 마침내 제대로 이해한 방식으로 살아갈 수 있는 시간이 20분밖에 남지 않았다는 걸 깨닫게 되지. 그때부터 고장 나는 부분이 늘어나면서 몸이 계속 아프다가 마침내 너무나 고통스러워서 차라리 죽게 해달라고 빌 거라는 확신이 오지. 죽게 해달라고 애원하는 거야. 난 농담하는 거 아니다, 루. 난 심각해. 무슨 인생이 이따위냔 말이다.

미식가의 음식

우리는 말테를 따라갔다. 그는 오베로트웨일에서 평판이 높았다. 딘의 콘서트가 대성공을 거둔 걸로 여겼기 때문에(내년에 다시 콘서트를 할 가능성이 높아서) 그는 실없는 농담을 늘어놓으며 아주 싹싹하게 우리를 대했다. 그는 레스토랑 데스크로 뒤뚱뒤뚱 걸어가서 매니저와 인사했다. 말랐지만 강단 있는 몸매의 매니저는 고개를 살짝 숙이면서 몇 초마다 한 번씩 곁눈질을 하는 모습이, 그렇다고, 그는 세상이 모두 같이 음모를 꾸미고 있다는 점을 안다고 넌지시 알리려는 것처럼 주위를 둘러봤다. 말테와 매니저는 친구처럼 보였다. 아니면 적어도 최근에 가까워진 협력자들처럼 보였다. 우리는 두 사람이 동등한 위치에서 순조롭게 대화한다는 사실을 이해했다. 두 사람은 연신 고개를 끄덕였고 이어서 레스토랑의 자리를 잡는 절차가 시작됐다. 두 사람은 말없이 좀 전에 동의했던 바에 다시 동의했다. 그다음에 매니저가 말테를 지나 우리 넷을 잠시 걱정스런 시선으로 바라봤다. 그에겐 우리보다 더 큰 근심거리가 있어 보였다. 그는 아버지의 너무 많이 입어서 해진 검은색 코듀로이 코트, 아빠들이 일상적으로 입는 지나치게 말쑥한 잭 형의 재킷, 랄프 형의 많이 낡은 부츠와 나의 다리에 너무 착 달라붙은 바지를 훑어봤다. 그가 순간 우리를 거부할 것처럼 보였지만(그의 판단은 정확했지만) 옆에서 말테가 그냥 우리를 받아 달라는 마음이 이긴 듯 했다.

"이쪽으로 오세요."

매니저는 팔에 메뉴를 마치 돌돌 말은 법전이나 경전 두루마리처럼 끼고 말했다.

레스토랑은 흉벽이 아니라 라인강이 내다보이는 성 앞의 테라스 위에 있었다. 우리는 높은 문들을 지나 따뜻한 저녁 공기가 느껴지는 밖으로 나갔다. 나는 뒤쪽에서 아버지의 휠체어를 밀고 가면서 사려 깊은 독일의 경사로와 매끈한 타일 바닥과 테이블 사이의 넓은 공간에 고마워했다.

"마음에 들어요?"

말테가 어깨 너머로 물었다.

"끝내주네요."

랄프 형은 우리 자리가 밖에 있어서 담배를 피울 수 있어 더 기뻐했다.

이 성은 원래 중세에 지어졌다가 독일에서 낭만주의가 인기를 끌었을 때 개축됐는지 부드러운 백열 조명 속에서 우뚝 솟아 있었다. 여기에는 총안이 있는 정사각형의 흉벽들도 있었다. 원뿔 모양의 동그랗고 좁고 높은 탑들도 있었다. 높은 창문 두 개 사이에 걸린 노란색 현수막에서 검은색 고딕체로 강과 계곡에 다음과 같은 내용을 광고하고 있었다.

'덴츨링겐 식도락 축제. 라인의 미식가'

아버지는 휠체어에서 몸을 틀었다. 나는 모든 간병인이 그렇듯이 아버지가 하는 말을 듣기 위해 몸을 아버지에게 숙였다.

"너만의 세계를 찾아라."

아버지는 말테를 향해 고개를 기울이며 말했다.

"거기서 훌륭한 사람이 되는 거야."

"지금도 그러고 있잖아요, 아버지. 데이터베이스 관리에서 말이죠."

내가 대답했다.

레스토랑은 꽉 차 있었다. 손님들은 다양했다. 우리와 같이 콘서트에 왔다가 아직 콘서트 프로그램을 가지고 있는 사람들, 십 대 아이들과 같이 온 한두 가족, 좀 더 큰 테이블 두 개에 나이가 지긋한 손님들이 뻣뻣한 정장을 입고 즐거운 척하고 있었다(마치 지독하게 악취미인 '로맨틱한 라인'강 유람선 여행에서 만난 것처럼). 분명 거물급 인사들이 앉아 있는 테이블도 몇 개 있었다. 그런 자리에서는 음식 찍은 포크를 입에 넣고 눈을 감은 채 기쁨에 넘친 표정이나 실망스러워 찡그린 표정으로 진지하게 음식을 음미하는 분위기가 감돌았다. 우리는 이 성이 아주 인기가 많아서 1년 내내 박쥐 연구가들부터 중세 재연 전문가들까지 다양한 사람들이 애용한다는 말을 들었다. 우리는 운이 좋았다. 랄프 형과 말테가 펼친 무시무시하면서도 도저히 저항할 수 없는 심리 협공 작전 덕분에 테라스 가장자리에 있는 특별석을 확보했다. 그 자리는 알고 보니 다른 자리들과 널찍이 떨어져 있었다. 마치 미처 지어지지 못한 육각형 탑에서 아래쪽의 강과 그 위쪽을 볼 수 있는 최상의 전망을 내려고 한 것처럼 동그란 부분이 밖으로 살짝 튀어나와 있었다. 여기 도착했을 때 매니저가 돌아서서 미소 지으며 고개를 살짝 숙였다.

"선생님의 자리입니다, 래스커 씨."

그는 영어로 말했다. 그의 눈은 잠시 곁눈질을 했다가 다시 원래 위치로 돌아왔다.

"뭐든 저희가 해드릴 일이 있다면 알려주세요. 그리고 생일 축하드립니다, 래스커 씨. 이런 행사에 스왈로우 씨의 가족과 친구들을 모실 수 있어서 영광입니다."

그는 마법사처럼 화려한 손짓으로 테이블에 깔린 비싼 리넨을 가리켰다. 테이블 위에는 있지도 않은 바람을 막기 위해 눈물방울 모양의 유리 속에 양초들이 있었다. 주위의 오래된 성벽을 타고 올라온 장미 향기가 풍겼다.

매니저가 메뉴를 펼쳤다.

"주문을… 시작하실 수 있게 사람을 보내드리겠습니다."

그는 그렇게 말하고 마치 신성한 로마 황제 앞에서 물러나는 것처럼 뒷걸음질을 쳐서 물러났다. 말테가 앞으로 나왔다. 그의 머리는 매트리스 같은 두꺼운 목 위에서 트램펄린을 뛰는 것처럼 끄덕이고 있었다. 랄프 형은 담뱃불을 붙이느라 잠시 입을 다물고 있다가 손으로 감사하다는 동작을 했다.

"고맙습니다, 말테."

"저희랑 같이 술 한잔하셔야죠. 딘도 그렇고."

잭 형이 말했다.

"아마레토와 라임을 넣은 술로."

내가 말했다.

"딘은 어디 있나요? 그의 쇼팽은… 말로는 표현이 안 되네요. 마치 다른 세상으로 데려다주는 것 같았어요."

아버지가 말했다.

"딘은 라인메탈하고 같이 있어요. 그들과 같이 식사를 해야 해서요."

딘이 말했다.

"그들이 누군데요? 록 밴드인가요?"

잭 형이 물었다.

말테가 대답했다.

"아뇨. 후원자들이요."

"라인메탈이 드뷔시 축제를 후원한다고요?"

랄프 형의 눈썹이 올라갔다.

말테가 고개를 끄덕였다.

"우린 모두 라인메탈에게 고마워하고 있답니다."

우리 모두 이 정보를 어떻게 해석해야 할지 알 수 없었다. 이 사실은 이 우주에 우리가 하룻밤 안에 풀 수 없는 수수께끼도 있다는 걸 의미하는 것 같았다.

"흠, 고마워요, 말테. 난 아주 근사한 저녁을 보냈어요."

아버지가 말했다.

말테가 고개를 숙여 인사했다.

"아닙니다, 래스커 씨. 여러분이 도와주시지 않았다면 우린 여기 오지도 못했을 겁니다. 가는 정이 있으면 오는 정도 있다는 말이 있죠. 여러분을 이렇게 도울 수 있어서 저도 기뻐요. 전 밴에 대해선 아무것도 모르지만 음악과 음식이라면 제 전문입니다."

그는 두 손을 맞잡아 동그랗게 솟은 젤리 같은 배 위에 댔다.

"음, 좀 있다 다시 뵙죠, 여러분."

"여기 와서 우리랑 같이 한잔해요. 딘도 데려오고. 딘의 쇼팽은… 탁월했어요. 진심입니다. 딘에게 말해주세요. 꼭이요."

아버지가 말했다.

"물론입니다. 딘과 같이 다시 오려고 노력은 해보겠습니다만… 제가 오기 전에 식사를 끝내시면 성에 재즈 바가 하나 있습니다. 성 반대쪽에 있죠. 가끔 거기서 딘이 연주를 합니다. 저도 나중에 거기로 갈 겁니다. 거기 아주 근사한, 뭐라고 해야 하나, 간식을 팝니다."

"우리도 갈게요, 말테."

랄프 형이 말했다.

말테는 뜨거운 그릴에 올렸을 때 오그라드는 베이컨 같은 미소를 지으면서 뒤뚱뒤뚱 멀어져가며 손을 흔들었는데 그 모습이 아주 희귀해 보였다. 자신을 마음에 들어 하는 아주 행복한 사람처럼 보였다.

나는 아버지의 휠체어를 돌벽 옆에 놓고 브레이크를 걸어서 아버지가 계곡을 내다볼 수 있게 자리를 잡았다. 라인강은 넓었는데 오늘 밤은 검은 기름처럼 보였다. 맞은편에 있는 마을에서 반사된 길게 일렁거리는 빛의 장대들이 수면 위로 진홍색, 노란색, 옅은 초록색으로 비쳤다. 그 너머 포도나무들이 계단식으로 자란 언덕들은 또 다른 오래된 요새만 제외하곤 하나의 거대한 그림자 덩어리였다. 건너편 그 요새는 흐릿한 호박색 조명이 비친 채 멀리 있는 라인강의 굽이가 내다보이는 노두 위로 몸을 내밀고 있었다. 밤에 운항되는 바지선의 더 어두운 그림자가 빛을 앞으로 끌어당기면서 지나가고 있었다. 마치 입은 없이 다이아몬드가 여기저기 박힌 길쭉한 혓바닥이 강물을 철썩이며 지나가는 것처럼 보였다.

우리는 아침이 되면 발할라*가 파괴되기라도 할 것처럼 먹고

---

* 고대 스칸디나비아 신화에서 오딘 신의 전당. 전사자의 영혼을 받아들이는 곳이라 여겨짐.

마셨다. 코스 요리가 끊이지 않고 나왔는데 양은 적었지만 종류가 아주 많았다. 끈이 달린 음식, 속이 투명하게 비쳐 보이는 수프들, 여러 가지 씨로 만든 음식, 껍질로 만든 음식, 랍스터 꼬리와 함께 당의를 입힌 라임을 곁들인 음식, 무화과와 같이 나온 돼지고기, 그다음엔 송로가 들어간 일종의 파스타가 나왔는데 그 요리를 맛본 아버지는 아주 즐거워했다. 하지만 내겐 양말 구린내 같은 냄새가 나고 맞은 물에 흠뻑 젖은 버섯 같은 맛밖에 나지 않았다.

아버지가 이렇게 행복해하는 모습은 처음 봤다. 아버지는 아주 즐거워하고 있었다. 아버지의 눈 속에서 흘러내릴 것 같은 촛불의 불빛이 가득 차 있었다. 이 성. 이 강. 아버지 뒤에 있는 웅장한 밤. 발키리*를 얘기하고, 폭스바겐을 이야기하고, 한쪽엔 랄프 형이 있고 맞은편엔 잭 형이 있고.

아마도 와인 세 병이 문제였을 것이다. 디저트에 대한 이야기를 나누다 어느 사이엔가 어두운 증기가 우리의 이야기 속에 스며들기 시작했으니까. 뭔가 축축하고 차갑고 유독한 것이 강물에서 슬쩍 빠져나와 구부정하니 강독과 벽을 타고 올라와 우리에게 슬금슬금 다가와서 우리 대화에 동그랗게 감기기 시작했다. 아마 그 분위기는 아버지가 내 어머니와 15년 전 갔던 캠핑 여행을 얘기하고 있을 때 시작됐을 것이다. 그때 잭 형이 갑자

*   고대 스칸디나비아 신화에서 오딘 신의 12시녀 중 한 명.

기 몸을 앞으로 홱 내밀었으니까.

잭 형이 말했다.

"내 생각에 그건 맞지 않는 것 같은데요. 루가 사실 어떻게 그걸 이해할 수 있겠어요? 루는 거기 있지도 않았는데."

잭 형은 잠시 입을 다물었다가 다시 말했다.

"아버지는 루에게 거짓말을 했잖아요."

아버지의 얼굴은 움찔했지만 몸의 다른 모든 부위가 천천히 움직이는 것처럼 그 동작 역시 아주 천천히 했다. 아버지는 자신의 하드 드라이브에 있는 그 캐시를 삭제하고 싶었지만 제대로 그 시스템을 끄고 다시 부팅할 시간이 없었다.

"그건 중요하지 않아, 잭. 그건 지나간 과거니까 상관없지. 루에 관해선—"

"그건 그렇지 않다니까요. 아이들에게 진실을 숨기면 자신이 누구인지, 뭔지 그리고 어떤 존재인지 이해하려고 노력하는 걸 막는 꼴이 돼버린다고, 저는 생각해요. 그런 짓을 하면 아이들은 제대로 성장할 수 없단 말이에요. 그거야말로 아이들을 망치는 거라고 생각해요."

잭 형이 사납게 말했다.

나는 잔을 내려놨다.

"지금 무슨 이야기를 하는 거야?"

잭 형이 이야기를 계속했다.

"이건 아버지가—"

"진실을 각색한 거지. 또다시 말이야."

랄프 형이 끼어들었다.

"아, 그런 소리 하지 마라. 사람들은 자식들에게 항상 이런저런 걸 숨긴다. 다 자식들을 위해서 그런 거야."

아버지가 응수했다.

서서히 우리의 대화로 밀고 들어오는 이 밤의 공기가 너무나 유독하다는 생각이 들었다.

"가족이란 그렇게 살아가는 거야. 그래야 하는 법이지."

아버지가 말했다.

"대체 무슨 이야기를 하는 거냐니까?"

내가 물었다.

"난 너와 랄프를 보호하고 싶었—"

"그건 사실이 아니잖아요. 이제 제게도 자식들이 생겼으니 하는 말인데 전 믿을 수—"

잭 형이 끼어들었다.

"난 깨끗하게 새 출발하고 싶었다. 새 출발을 하고 싶었다고."

아버지는 손으로 허공을 찰싹 때리며 말했다.

나는 반쯤 진심으로 테이블을 쾅 치며 말했다.

"대체 무슨 이야기를 하고 있냐고?"

모두 얼음처럼 싸늘해지면서 입을 다물었다. 아마 이 사태를 일으킨 장본인은 나인지도 모른다. 처음부터 내가 원인이었을 것이다. 어쩌면 나는 핸들을 홱 잡아서 도로를 벗어나 다가오는 차를 향해 뛰어들 절호의 기회를 기다리고 있었는지도 모르겠다. 우리는 마침내 충돌하게 됐으니까.

랄프 형이 몸을 앞으로 기울여서 와인병을 잡았다.

"지금이 루에게 이야기할 좋은 때인 것 같은데요, 아버지."

"뭘 말한다는 거야?"

아버지의 눈은 지쳤지만 전에는 한 번도 보지 못했던 감정도 떠올라 있었다. 그동안 보이지 않게 숨어 있던 창백하고 힘없는 감정, 그것은 수치심이었다.

아버지가 천천히 말했다.

"난 네 엄마를 뉴욕에서 만난 게 아니란다, 루. 네가 생각하는 시기보다 18개월 먼저 러시아에서 만났다."

랄프 형의 목소리는 차분했다.

"아버지가 발정 난 돼지처럼 행동했던 3년이란 시간을 쏙 빼버렸지."

"네 엄마는 다시 뉴욕으로 돌아가기 전에 런던에서 살았어, 루."

잭 형이 끼어들었다.

"아버지는 일주일에 한두 번 네 엄마를 만나러 갔다가 다시 우리 집에 돌아와서 우리와 같이 고래고래 소리를 지르며 싸우곤 했지."

"우린 헤어지려고 노력했단다, 루. 네 엄마는 미국으로 돌아갔어. 나와 그만 만나려고 말이다."

"그 시절 내내 랄프와 저는 밤마다 침대에 누워서 잠도 안 자고 아버지와 엄마가 싸우는 소리를 다 듣고 있었어요."

잭 형이 말했다.

랄프 형이 미소를 지었는데 금이 간 도자기처럼 차가운 미소였다.

"우리의 마음을 아주 많이 달래주던 소리였지."

잭 형이 다시 이야기를 이어갔다.

"처음 6개월 동안 우린 너무너무 속상해했지. 그 후엔 아버지와 엄마가 욕을 몇 번이나 하나 세어보는 게임을 하게 됐고."

"아버지는 그때 욕을 참 많이 하셨단다, 루. 모욕적인 말이 참 많이도 나왔지."

랄프 형이 쯧쯧거리며 말했다.

"난 그때… 그때 난 캐롤과 대화를 하려고 노력하고 있었다. 난 결코 단 한 번도 멈춘 적이—"

잭 형이 다시 끼어들었다.

"그건 사실이 아니잖아요. 아버지는 그때 그 상황을 처리하는 최선의 방법은 거짓말이라고 생각했잖아요. 그러다 엄마가 사실을 알아냈을 때, 당연히 그럴 수밖에 없었는데. 그때 아버지는 그다음으로 좋은 방법은 겁쟁이에서 깡패로 역할을 바꾸는 거라고 생각했죠."

랄프 형은 손으로 물고기가 헤엄치는 동작을 했다.

"거짓말에서 고문으로 갔다가 다시 거짓말로 돌아왔지. 제 말이 맞죠, 아버지?"

"그런 일이 아주 오랫동안 지속됐어, 루. 아주, 아주 오랫동안."

잭 형이 말했다.

아버지는 자비를 바라는 것처럼 나를 바라봤다.

내 마음에 이글이글 태우는 검은 구멍이 생기고 있었다. 나는 어둡고 보이지 않는 모든 것을 내 마음속으로 끌어들이고 있었다.

"아버지는 모두가 최고로 고통받는 선택을 했지."

잭 형이 고개를 절레절레 흔들었다.

"난 그냥 선택한 게 아니야, 잭. 그건 그렇게 간단한 문제가 아니다."

아버지의 얼굴에 떠오른 조소는 힘이 없고 추레하고 보기 흉했다.

"그렇지 않다고요?"

"떠나는 방법에도 품위가 있었고, 머무는 방법에도 품위가 있었지—"

"빌어먹을."

랄프 형이 아버지의 말을 무시하며 웃어 제쳤다.

"그 상황에 품위는 하나도 없었어요."

잭 형은 자신이 아버지고 아버지는 실망스러운 아들인 것처럼 단호하게 말했다.

"떠나는 것도 비겁하고, 그대로 집에 남아 있는 것도 비겁했어요. 내 생각에 아버지가 하려던 말의 뜻은 바로 이거인 것 같은데요, 아버지."

랄프 형이 말했다.

"난 미쳐가고 있었다. 너희는 그게 어떤 건지 몰라. 난 미쳐버릴까 봐 두려웠다."

아버지는 이제 형들을 구슬리고 있었다.

"엉뚱한 사람들에게 동정해달라고 부탁하고 있군요, 아버지."

잭 형이 말했다.

"난 동정해달라고 부탁하는 게 아니야."

"아버지는 우리에게 뭔가 요구하고 있잖아요. 안 그래요?"

랄프 형이 말했다.

"난 캐롤에게 솔직히 말할 수 없었다. 줄리아에게도 그럴 수 없었고. 그들은…."

아버지의 목소리에 분노가 느껴졌는데 술기운을 빌리기도 해서 불쾌한 마음에 격렬해졌다.

"그때 우리 상황엔 드라마가 너무 많았어… 난 두 여자에게 달달 볶이고 있었단 말이다."

"엄마를 그런 식으로 말하지 말아요."

나는 조용히 말했다. 내 목소리는 내가 듣기에도 이상했다. 난 가버리고 싶었다. 그럴 수 없었다. 내게 또 다른 가족은 없으니까.

"그러면 너희는 내가 어떻게 말하면 좋겠니? 너희 셋 다 사실이라면 환장하잖니."

아버지는 사실이라는 말을 마치 오랜 세월 동안 목구멍 속에 박혀 있던 뼈다귀를 내뱉는 것처럼 뱉었다.

"문제는 말이지, 루."

랄프 형은 아버지의 말에 반박하는 방식으로 차분하게 말했다.

"우리 엄마는 여전히 아버지를 받아줬지. 아버지가 집에 들어와서 다른 방에서 자게 놔뒀어. 그게 엄마에게 어떤 영향을 미쳤을지 상상할 수 있겠니? 매일 밤, 매주, 심지어 엄마가 진실을 알게 된 후에도."

잭 형이 이어서 말했다.

"매일 아침, 매일 아침 우리는 끔찍한 아침 식사를 했어…. 엄마는 잔뜩 긴장한 채 눈은 새빨개가지고 치솟는 울분을 참으면서 우리에게 토스트를 만들어주고 우리의 학교생활을 물어보고 우리 뺨에 키스를 해서 학교에 보냈어."

"그중에서도 절정은 아버지가 이제 그만두겠다고 약속한 거야. 반드시 그만두겠다고 맹세해놓고. 그래 놓고—"

랄프 형이 말했다.

"그래 놓고 계속 바람을 피웠지."

잭 형이 역겨워하며 고개를 흔들었다.

"난 계속 바람을 피운 게 아니다."

"죄송해요. 다시 시작하셨죠. 우리 몰래."

잭 형이 코웃음을 쳤다.

"난 뉴욕에 가야 했어—"

"아, 이 부분은 사실이야, 루. 에밀리 브론테가 중층적 서술을 남용한 사례를 주제로 중요한 학회가 열렸거든."

랄프 형이 말했다.

"난 우라질 신경쇠약에 걸렸다고 생각했단 말이야, 애들아."

"아니죠. 신경쇠약은 어머니가 걸리게 아버지가 만드신 거죠. 엄마는 그전에는 견실한 분이셨어요. 좀 고지식했을지는 모르지만 자신만의 인생과 계획이 있는 분이었다고요. 그런데 아버지가 엄마의 고통을 만들어냈잖아요."

잭 형이 말했다.

"난… 난 산산이 부서지고 있었어. 내 마음은 부서진 거울 조각들이 널린 홀과 같았지. 너희는 모른다."

몸을 앞으로 기울인 아버지의 두 눈은 활활 타오르고 있었다. 주름진 이마에서 아버지의 말을 듣지 않는 근육들이 실룩거리고 있었다.

"우린 노력하지… 우린 욕망에서 사랑을, 광기에서 욕망을, 의미에서 광기를, 그게 뭔지 모르겠지만 우리가 해야 할 일에서 의미를 가려내려고 노력한다. 넌 혼자야. 아무 경험도 없고 조언도 받을 수 없이 우라질 완전히 혼자라고. 너 혼자서 그 상황에 대처해야 해. 자식들은 반항하고, 마누라는 널 증오하고, 일은 깨어 있는 내 존재를 갉아먹는 끔찍한 일상에 시달리지. 그래서 맞아, 난 뉴욕으로 갔는데 갑자기 그게 멈췄다. 대서양 위를 날아가는 비행기에서 모든 것이 분명해지면서 마음이 편해졌어. 내 기분이 훨씬 나아졌다고."

"좋아요. 좋다고요, 아버지. 아버지의 기분이 나아지셨다니 기쁘네요. 우리에게 다시는 돌아오지 않는 대신 아버지는 다른 선택을 하셨죠. 아버지는 돌아왔지만… 대체 뭣 때문에 그러셨죠? 돌아와서 더 많은 거짓말을 하고 더 심하게 바람을 피웠잖아요. 또다시 18개월이나 우리를 고문했다고요."

잭 형이 아버지를 비웃으며 말했다.

"그거야말로 어마어마한 방종이었지."

랄프 형은 자신의 잔에 와인을 더 따르며 말했다.

"아버지의 그 의지는 존경해야 해. 그 나르시시즘도 그렇고. 아무리 해로운 나르시시즘이라고 해도 말이야."

"난 너의 사랑을 주제넘게 평가하지 않았다, 랄프."

랄프 형의 눈이 돌처럼 차가워졌다.

"우리 관계에 아이는 없었어요, 아버지."

"난—"

"아버지와 저에겐 큰 차이가 있잖아요."

랄프 형은 의도적으로 천천히 잔을 내려놓으며 말을 계속했다.

"제가 한 사랑은 두 성인이 동의해서 한 일이에요. 우리 둘 다 고통이 따를 거라는 점을 인정했어요. 우리는 아이들을 그 일에 결부시키진 않았다고요."

"나도 그러진—"

"물론 아버진 그러셨어요."

취한 잭 형은 오히려 극도로 맨정신인 것처럼 보였다.

"우리가 어떻게 그 일에 관련되지 않을 수 있겠어요? 그 사이코드라마에 우린 사정없이 끌려 들어갔다고요. 모든 아이가 반은 엄마고 반은 아버지로 이뤄져 있어요. 아버지는 최악의 순간에 최악의 방식으로 우리를 스스로에게 맞서게 분열시켜버렸다고요."

랄프 형이 한숨을 내쉬었다.

"그것도 잊어버리세요. 우리 문제는 잊어버리라고요. 다만 아버지는 아주 오랜 시간 얼간이처럼 행동하셨어요. 안 그래요? 완벽한 얼간이였다고요."

아버지의 얼굴은 사정없이 굳었고 아버지는 움직이지 않았다. 형들이 내 앞에서 아버지를 갈기갈기 찢어서 저 흙벽에 매달려고 한다는 생각이 들었다. 나는 아버지를 구해야 할지 아니면 형들에게 동참해야 할지 알 수 없었다.

"두 번째로 아버지의 거짓말을 알게 됐을 때 우리 엄마는 완전히 돌아버렸어, 루. 아버지가 거짓말을 했다가 또 들킨 거야. 아버지는 그만두겠다고 맹세했거든. 다시 거짓말을 했는데 이번에는 더 깊이, 그리고 좀 더 이중적으로 엄마를 속였어. 그래 놓고 또 들킨 거야. 정말 대단한 아버지지."

랄프 형이 말했다.

"세상엔 수많은 사람들만큼이나 수많은 방식의 사랑이 있다, 랄프. 우린 여기선 이런 식으로 사랑하고, 저기선 또 다른 식으로 사랑하지. 당연히 그렇게 하지. 너도 그걸 알잖니. 난… 두 개의 그림을 현실적으로 만들려고 노력한 사람이야. 나는—"

아버지가 격렬한 몸짓을 하며 말했다.

"두 번째로 들킨 후에, 그건 그림들이 아니었어요, 아버지. 그건 사람들의 인생이었다고요. 아버지가 무슨 소리를 하는지 좀 들어보시라고요."

잭 형의 얼굴에 역겨워하는 마음이 훤히 드러나 있었다.

"어떤 불륜이건 불륜의 첫 번째 법칙은 자신이 사랑한다는 걸 확실히 아는 사람들을 자신이 사랑할지도 모른다고 생각하는 사람보다 먼저 보호해야 한다는 거예요."

랄프 형이 말했다.

"아버지가 두 번째로 들켰던 유일한 이유는 우리 모두 그 사실을 알길 바랐기 때문이죠."

잭 형이 말했다.

"아버지는 드라마를 원했던 거죠."

랄프 형이 덧붙였다.

"아버지는 우리 넷이 다… 우리가 얼마나 아버지를 필요로

하는지 알길 원했던 거예요. 내가 무슨 생각하는지 아세요? 내 생각에 아버지는 자신이 만들어내는 고통에 비친 자신의 모습을 보며 우쭐대고 있었다고 생각해요."

잭 형이 말했다. 랄프 형이 이어받았다.

"아버지는 갈등과 피해를 찾아다녀요. 아버지는 다른 모든 사람을 자신의 수준으로 끌어내리죠. 이거야말로 얼간이가 자신의 비참한 영혼을 위로하는 데 필요한 전형적인 수단이니까요. 정말 우울한 건, 정말 우라지게 우울한 건, 아버지가 전혀 철이 들지 않았다는 거예요. 왜냐하면 여기 이렇게 우리가 다시 모였잖아요. 다 이게 아버지 때문이죠. 아버지가 벌인 일이라고요."

"난 노력했다⋯."

아버지의 얼굴은 창백했고 손은 휠체어 팔걸이를 꽉 잡고 있었다. 아버지가 형들이 하는 말뿐만 아니라 거기에 서린 서늘한 열정에 죽어가고 있다는 걸 알 수 있었다.

"난 그 일에서 드라마를 다 없애려고 노력했어. 난 너희 엄마와 같이 앉아서 이야기를 했다⋯ 그다음엔 네 엄마와도 같이 앉았고⋯."

아버지는 나를 손가락으로 가리키며 말했다.

"그리고 말했어⋯ 말하고 또 말했지⋯ 둘 다 논리적으로 설득할 수 없었어."

화가 난 아버지 이마에 다시 주름이 졌다.

"논리라는 게 하나도 없었다. 전혀. 너희 엄마는 괴물이 돼버렸어. 너희는 몰라."

형들의 4개의 눈이 이제는 하나의 생명체가 됐다.

아버지는 점점 크게 말했다.

"너희는 몰라. 나는 며칠 밤을 밴에 혼자 앉아 나 자신을 증오했다. 너희가 날 얼마나 증오하는지 알기 때문에. 난 그걸 알고 있었어. 너희는 상상할 수 있겠니? 너희가 날 증오할 만했지. 그리고—"

"우리는 아버지를 증오하지 않았어요, 그저 아버지가 완벽한 얼간이라고 생각했지. 우리는 왜 아버지가 그냥 꺼지지 않았는지 이해할 수 없었어요."

잭 형이 말했다. 잭 형이 하는 말은 아버지의 가슴속에 더 깊고 아프게 콱콱 박혔다.

"겁쟁이고 얼간이었죠. 아버지는 괴물이었어요. 엄마가 뭐가 됐건 엄마를 그렇게 만든 사람은 아버지예요."

랄프 형이 말했다.

아버지는 움찔했다. 아버지의 눈에서 모든 빛이 사라져버렸다. 아버지는 더 이상 형들의 이야기를 받아들일 수 없었다. 나는 심판이 아니라서 양쪽 코너에서 스펀지를 들고 대기 중이었다.

"난 도저히 그 상황에서 도망칠 수 없었어. 같이 가족을 꾸리고 자식을 낳아준 여자를 사랑하지 않을 순 없으니까. 난 사랑—"

"가식은 그만 떠세요—"

"아니다, 잭. 아니야, 아니라니까."

아버지는 휠체어에 앉은 채 몸을 앞으로 굽히면서 덜덜 떨고 있었다. 나는 아버지가 과거에 저질렀던 폭력의 유령이 아버지 속에서 뒤척이는 걸 볼 수 있었다. 마치 아버지의 몸이 아직도 그럴 수만 있다면 일어나서 아들들을 때릴 것처럼. 아들들을 때려서 울음을 터트리게 하고 아버지에게 굴복하게 만들 것처럼.

"난 경솔한 마음으로 결혼한 게 아니다. 난 너희 엄마를 사랑했어. 캐롤을 사랑했다고. 그러지 마라… 그러지 마… 내가 누굴 사랑했고 누굴 사랑하지 않았다는 그런 말은 하지 마. 절대로 그런 말은 하지 마라. 절대. 절대. 절대. 절대로. 캐롤은 나를 이끌어주고 보호해주는 북극성 같은 존재였다. 난 네 엄마를 아주 많이 사랑했어. 그 사랑이… 소진되기 전까지는. 너희 둘… 너희 둘은 모른다—"

"아버지는 결정을 내리고 그만뒀을 수도 있잖아요. 우리까지 끌고 들어간 그 일을 그만둘 수도 있었다고요. 어떤 식으로든."

잭 형이 말했다.

"모든 일은 자기가 만들고 설계하고 자기를 중심으로 한 것이고, 자기—"

랄프 형이 말했다.

"너희 둘은 내가 무슨 짓을 했는지 몰라—"

"우리도 알만큼은 알아요."

"너희 둘을 위해 내가 무슨 짓을 했는지 모른다고! 너희 둘을 위해!"

아버지는 휠체어에서 일어서면서 온몸을 떨고 흔들거리며, 한 손은 테이블 위에 한 손은 휠체어의 팔걸이를 잡은 채, 격분에 사로잡혀 부들거렸다. 아버지는 나이프를 잡아서 그걸 쾅 내리치려고 했다. 그걸 통제할 수 있는 힘이 없어서 나이프는 그냥 아버지의 와인 잔으로 떨어졌다. 비싼 와인을 담은 잔이 엎질러지면서 반원을 그리며 구르다가 떨어져 바닥에서 박살 났다. 아버지는 제대로 일어서지도 못하고 한동안 온몸을 흔들었다. 아버지 뒤에 있는 하늘에서 별들이 은밀하게 빛나고 있었고 아버지의 얼굴은 복받치는 감정에 일그러져 있었다. 아버지가 다시 휠체어로 털썩 쓰러지자 휠체어가 덜커덕거리면서 흔들렸지만 내가 걸어놓은 브레이크 덕분에 넘어지진 않았다.

"우리를 위해 무슨 짓을 하셨죠, 아버지?"

랄프 형은 지독하게 침착한 목소리로 물어보면서 촛불에 담배를 대고 담뱃불을 붙였다.

"아버지가 우리를 밴에 태우고 웨일스를 지나갈 때 엄마가 차를 타고 우리를 쫓아왔던 그 주말 이야기를 하는 건가요? 아니면 아버지가 잭의 얼굴을 박살내고 우리를 그 호텔 방에 가뒀던 케직은 또 어떻고요? 그때 우리가 어떤 기분이었을지 아버지는 상상이나 할 수 있어요? 난 잭이 죽을 거라고 생각했어요. 망할. 잭은 사방에 피를 흘리고 있었는데 도무지 멈추질 않았다고요. 그때 난 아홉 살이었어요, 아버지. 그동안 아버지는 복도 저쪽 방 침대 위에서 줄리아랑 한창 바쁜 시간을 보내고 있었죠. 맙소사, 그 엄청난 기만, 그 거짓말들. 대체 그때 뭘 하고 있었어요? 대체 무슨 생각을 하고 있었냐고요? 우리를 그렇게 두들겨 패고. 온갖 분풀이는 우리에게 다 해대고."

"아니면 우리를 그 쓰레기 같은 호텔에 놔두고 갔던 데번은 어때요? 먹을 건 하나도 없고. 아버지는 전화 한 통도 안 하고. 돈도 한 푼 없었고. 아버지는 사고가 났는지 어쨌는지 아무것도 알 수 없이 감감무소식이고. 그것도 우리를 위해 한 건가요?"

잭 형이 물었다.

"미안하다, 애들아. 미안해."

아버지의 목소리는 속이 텅 비어 있었다.

"왜 그냥 우리를 떠나지 않았어요?"

잭 형이 물었다.

"캐롤은 술을 마셨어. 날 때렸고. 폭력적으로 변했어. 끔찍했지."

"아버지가 엄마를 그렇게 만들었잖아요."

"아마도 내가 그랬겠지. 나는 캐롤이… 캐롤이 정서적으로 불안정한 모습을 봤다. 너희에게 무슨 일이 일어날지 걱정됐어."

아버지의 목소리에 싸울 기세는 하나도 남아 있지 않았다.

"그 당시 법정에서 항상 아이들의 양육권을 여자에게 넘기는 쪽으로 판결이 났지. 난 너희 양육권을 캐롤이 차지할 거란 말을 들었다. 내게 그 결정을 뒤집을 강력한 증거가 있지 않는 한 말이다. 난 생각했어… 캐롤이 우리 문제를 법정으로 끌고갈 거라고. 난 너희와 같이 살고 싶었다, 애들아. 너희 둘과 같이 있고 싶었어."

랄프 형은 아버지를 똑바로 보고 있었다. 형의 눈은 세상에서 가장 강력하고 정밀하게 터널을 뚫는 장치 같았다.

"지금 증거를 수집하려고 집에 머물렀단 말을 하는 거예요?"

"난 너희… 둘 다 돌봐야 할 의무감을 느꼈어. 난 너희를 잃고 싶지 않았단 말이다. 너희는 내 아들이야. 맙소사."

아버지의 복받치는 감정이 얼굴에 나타났다. 눈물이 양 볼에 흘러내렸다.

랄프 형은 가차 없었다.

"아버지는 증거를 수집하기 위해 집을 나가지 않았다? 그게 아버지의 변명인가요?"

"미안하다, 내가 병 때문에 이런—"

"망할 놈의 그 병은 잊어버리라고요."

랄프 형이 말했다.

"난 너희를 데려가려고 그 집에서 나가지 않았어. 너희 없이 살고 싶지 않았다. 캐롤이 다시는 너희를 못 만나게 할 거라고 생각했어. 내가 한 모든 짓이 나쁜 짓만은 아니었어. 난 너희를 사랑했다."

잭 형의 목소리는 랄프 형의 목소리와 똑같았다.

"그래서 뭐죠? 아버지는 일부러 엄마가 고함을 지르고 우는 걸 테이프에 녹음했나요?"

이것이 바로 강에서 기어 나온 그 동물이다. 머리 두 개에 목소리가 하나인 동물.

"그렇게 했다고요? 그게 아버지의 해법이었나요?"

잭 형이 아버지를 계속 추궁했다.

"그랬어. 그래서 네 엄마를 녹음했던 거야."

아버지의 목소리는 이제 조용했다. 마치 다 포기하고 누워서 죽기로 해 마음이 편해진 것처럼. 아버지는 눈을 감았다.

그 동물은 아직 만족하지 않았다.

"아버지는 그 모든 일이 자연스럽게 일어나도록 내버려뒀나요, 아버지?"

잭 형이 조롱했다.

"아니면 엄마를 자극해서 끝내주는 증거를 테이프에 담은 건가요? 아버지가 그 모든 일을 꾸몄나요?"

랄프 형이 물었다.

아버지는 아무 말도 하지 않았다.

그 동물의 목소리는 이제 두 개의 잔인한 속삭임으로 변했다.

"아버지가 일부러 꾸민 거죠, 그렇죠?"

"아버지가 일부러 엄마를 도발해서 엄마의 고통을 테이프에 녹음한 거죠."

"난 어떻게 해야 할지 알 수 없었어."

아버지가 숨을 쉬었다.

"아버지는 상상할 수 있겠어요? 그 모든 일이 일어난 후에 엄마가 변호사를 통해 그 테이프를 알게 됐을 때 엄마 마음이 어땠을지 상상할 수 있어요? 아버지가 한 짓을 알고 나서 어땠을지요?"

"변호사가 엄마에게 그 테이프를 들어보라고 한 거 알아요? 엄마가 변호를 준비할 수 있게 말이죠. 그들은 엄마에게 그 테이프들을 주려고 하지 않았어요. 그러면 엄마가 너무 고통스러울 거고 그래 봤자 아무 의미도 없으니까."

"심지어 그때도… 엄마가 재판에서 질 거라는 걸 알게 된 후에도 엄마는 여전히 그 테이프들을 듣고 싶어 했어요."

"왜 그런지 알아요?"

아버지는 아무 말도 하지 않았다.

"엄마는 아버지가 무슨 일을 할 수 있는 인간인지 그 진실을 직면하고 싶었으니까요. 아버지를 사랑하는 대신 증오할 수 있게 말이죠."

"엄마는 자신의 사랑을 아버지가 짓밟는 걸 듣고 싶어 했어요."

"엄마가 우리에게 그렇게 말했어요."

"한 글자도 틀리지 않고 바로 이렇게."

"엄마는 아버지가 그 짓을 했던 밤들을 기억한다고 했어요.

아버지가 어떻게 그 테이프들을 녹음했는지."

"아버지가 뭘 꾸몄는지, 어떻게 엄마가 아버지를 공격하게 만들었는지."

"엄마는 아버지가 어떤 표정을 지었는지 말해줬어요. 녹음테이프에는 잡히지 않는 그 표정들."

"네 엄마는—"

"그 테이프들. 엄마의 일생."

"아버지. 아버지야말로 미쳤어요."

"난 판단을 해야 했어…."

아버지의 눈이 나를 찾았지만 난 도저히 아버지를 볼 수 없었다.

"난 지난 27년 동안 행복했다. 정말이야. 그리고 너희도… 너희도 훨씬 더 잘 살았다고 생각한다. 나는—"

"관둬요."

랄프 형이 갑자기 앉아 있던 의자를 거칠게 밀치면서 일어났다. 그 동물은 사라졌다. 이들은 다시 내 형들이 됐다.

"그건 중요하지 않아요. 우린 오래전에 그 일을 극복했어요. 아버지는 아버지가 하고 싶은 일을 했어요. 우린 그 시기를 지나갔어요. 그 짐을 져야 할 사람은 우리가 아니라 아버지예요."

잭 형은 천천히 일어나서 마치 혼잣말을 하는 것처럼 말했다.

"아이는 부모와의 관계를 신뢰하죠. 어른은 그건 과도한 기대였다는 사실을 깨닫고."

"누가 상관이나 한데요? 우린 아무 관심 없어요. 이제 와서 그런 이야기를 해봤자 캄보디아의 리튬 광산 속을 걸어가는 것보다 더 나쁘겠죠. 게다가 그런 일이 없었다면 루도 세상에 없었을 거고. 말테에게 가서 음악이나 더 듣자. 난 배고파 죽을 것 같아."

랄프 형이 냅킨을 던지며 말했다.

잭 형이 말했다.

"루, 너도 오고 싶으면 와."

"저녁 잘 먹었어요, 아버지. 루, 너는 아버지의 망할 카드로 확실히 계산해라. 얼간이 아버지가 저 정도는 할 수 있잖아."

랄프 형이 말했다.

에바의 아름다운 얼굴이 핸드폰 화면을 꽉 채웠다. 에바는 모레 비행기를 예약했다고 말하고 있었다. 그녀는 우리가 거기 있건 없건 상관없이 취리히로 올 거라고 했다. 그녀는 호수 근처 시내 중심가에 작은 에어비앤비 아파트를 예약했다. 내가 가서 그녀를 만나거나 그녀가 와서 날 만날 수 있다. 무슨 일이 일어나건 말이다.

나는 에바에게 모레 만나자고 했다. 난 저 망할 인간들이랑 같이 차를 타고 돌아가지 않을 것이다. 나는 화면에 작별 키스를 했다. 그다음에 욕실 거울에 비친 내 모습을 봤다. 내가 누구인지 나도 정말 모르겠다. 이 여인의 사랑이 있는 한 무슨 일이든 할 수 있다는 걸 안다. 난 오래 살아남을 수 있다. 그리고 견딜 수 있다.

진혼곡

볼록한 달이 마치 호출 명령에 늦은 것처럼 서쪽 하늘에서 빠르게 떠올랐다. 공기는 숨 쉬기 좋았고 내 머리를 비워줬다. 밴을 주차해놓은 곳으로 돌아오는 길은 얕은 안장처럼 생겨서 성에서 내려왔다가 다시 성루를 둘러싸고 포장된 급경사면을 따라 올라가 이동식 차량 주차장으로 돌아오는 코스였다. 라인강 유역은 우리 왼쪽에 있었다. 고물에서 뱃머리까지 데이지 꽃목걸이 모양으로 걸린 전구 불빛들로 환하게 빛나는 유람선을 볼 수 있었다. 강물은 검은 기름에서 진하고 잔잔한 파란색으로 변했는데 그 속에 달빛이 고여서 은빛 표면을 반짝거리게 만들었다.

여기저기에 커플들이 멈춰 서 그 경치를 내려다보고 있었다. 분명 내 또래일 것으로 짐작되는 두 사람을 빼고 대부분의 커플은 나이가 지긋했다. 그 젊은 커플은 우리 앞에서 걸어가다가 종종 멈춰 서 장난치는 것처럼 가볍게 키스를 했다. 다만 그 것은 장난이 아니었고 그들이 정말 하고 싶은 건 그것밖에 없었 다. 키스하고. 멈추고. 키스하고. 걷고. 키스하고. 멈추고. 키스하 고. 나는 휠체어를 힘껏 잡고 뒤로 기울여서 아버지가 내 앞에 있는 비탈길에서 쭉 미끄러지지 않도록 했다. 아버지는 맞잡은 두 손을 무릎 위에 올려놓고 있었다. 내가 아버지를 놔버리면 절대로 브레이크 근처에는 손도 안 댈 거라는 걸 나는 알고 있 었다.

"…그전에 우리는 야스나야 폴랴나에서 개최한 학회에서 만 났다. 너도 알잖아. 톨스토이 생가가 있는 곳 말이다."

아버지가 말하고 있었다.

나는 말했다.

"계속하세요."

우리는 다시 둘만 남았다. 나와 아버지 단둘. 아버지는 술이 조금 깨자 필사적으로 나에게 이야기를 하고 싶어 했다. 나는 너무 지쳐서 아버지의 이야기를 듣고 계속하라고 격려하고 아 버지가 이야기를 하게 놔두는 것 외에 달리 할 수 있는 일이 없 었다. 이건 마치 페리에 타고 있을 때 같았다. 다만 그 후로 난파 선에서 살아난 것 같은 기분이 든다는 점은 달랐지만.

"그녀는 물론 그 자리에 시인으로 참석했다. 그러다 마지막엔 결국 통역을 했지. 그녀는 사람들이 하는 말을 다 통역했다."

아버지는 고개를 절레절레 흔들었다.

"우리는 톨스토이 생가에 같이 가게 됐다. 이게 톨스토이가 태어난 그 검은 소파예요, 그녀는 그렇게 말했지. 이게 바로 톨스토이가 《안나 카레니나》를 쓸 때 앉았던 다리를 잘라낸 의자고요. 이 그림이 톨스토이가 소중히 여겼던 디킨스 그림이고. 나중에 강의가 있었는데 우리는 강의를 빼먹었어. 그녀는 내 방에 와서 나랑 다섯 시간 동안 앉아서 계속 이야기를 나눴지."

"두 분 마음이 잘 맞았나 봐요."

"그랬지. 아, 그보다 훨씬, 훨씬, 훨씬 더 대단한 것이었다, 루. 사랑에 빠지는 사람은 누구나 다 첫눈에 사랑에 빠지는 거 아니겠니?* 우리의 만남은 마치—"

"자신의 심장에 있는지도 몰랐던 구멍과 정확히 똑같은 형태를 만난 것 같다고요."

아버지는 몸을 돌려서 날 바라봤는데 그 눈은 격렬한 감정에 가득 차 있었다.

"맞아. 네가 어떻게 그걸—"

"아버지가 《소네트》 책에 그렇게 쓰셨잖아요. 아버지가 엄마에게 준 그 책 말이에요."

아버지는 고개를 앞으로 돌렸지만 오른손을 옆으로 들었다. 나는 휠체어를 잡은 손을 놓고 내 손을 앞으로 뻗었다. 아버지가 그 손을 잡았고 우리는 순간 같이 맞잡은 주먹을 흔들었다.

---

* 크리스토퍼 말로의 시.

"숲속에 놓은 긴 테이블에 저녁 식사가 차려져 있었다, 루. 우리는 서로 옆에 나란히 앉았지. 그녀는 여전히 사람들이 하는 말을 통역해주고 있었어. 그녀는 모든 이에게 아주 근사한 저녁 식사 동반자였지. 나도 모르겠다…. 우리는 결국 테이블 밑에서 서로의 손을 잡게 됐지. 난 너무나… 그녀의 손길에 너무나 긴장이 됐다. 그런 느낌은 정말 생전 처음이었어."

우리는 키스하는 커플을 따라잡았다. 그 둘은 동전을 넣고 허리를 숙이면 30초 정도 먼 곳을 볼 수 있게 전 세계에 설치된 묵직한 금속 쌍안경을 교대로 보고 있었다.

"우리는 다시 내 방으로 돌아갔다. 네 엄마는 떠났다가 다시 돌아왔어. 그랬다가 또 갔지. 새벽 4시에 말이다. 나는 두 시간 정도 자다가 뭔가 감이 와서 퍼뜩 일어났지… 그녀가 떠난다는 걸 감지한 거야. 그때 내가 재빨리 옷을 입고 밖으로 달려 나갔던 기억이 난다. 내 감이 맞았어."

"엄마가 떠나고 있었나요?"

"벌써 절반 정도 되는 손님들을 모스크바로 데려가는 새벽 버스에 탔더구나. 나는 그냥 나무들 속에 서 있었고 그녀는 김이 서린 유리창을 통해 날 바라봤지. 난 애원하고 있었어. 제발, 제발, 제발, 버스에서 내려요. 난 웃기게 애원하는 척했지만, 너도 알잖아, 난 그때 정말로, 정말로 빌고 있었단다. 결국 그녀는 버스에서 내렸어. 아주 마지못해 내렸지. 그녀는 자기가 떠나지 않으면 우리가 아주 곤란해질 거라는 걸 알고 있다고 했지. 그

녀가 말했어. 난 여길 떠나야 해요, 여기서 떠나야 한다고요. 그
때 그녀가 울고 있었는지 아니면 그냥 빗물이었는지 분간할 수
없었지…. 난 그녀에게 전화번호나 주소를 달라고 애원했어. 뭐
든 달라고."

"엄마는 아버지가 유부남이란 걸 알고 있었나요?"

"그래."

"전부 다?"

"그녀는 이미 짐작하고 있었어. 난 거짓말을 하지 않았지."

우리 뒤에서 커플이 키스하는 소리를 들을 수 있었다. 쌍안경
을 통해 세상을 보니 온통 시커멓다고 남자가 말했다. 슈바르
츠,* 여자가 웃었다.

"그건 운명처럼 느껴졌어, 루. 믿지 말아야 한다고 나 스스로
깨우친 모든 것이기도 했지. 우리는 누런 진창과 야스나야 폴랴
나의 은빛 자작나무 속에서 그냥 그렇게 서 있었어. 그때 버스
가 떠날 준비를 하기 시작했어. 그때서야, 비로소 그때서야 그
녀는 잠시 버스에서 내려서 자신이 오늘 밤 모스크바로 돌아올
것이고 다음 날 늦게까지 비행기를 타지 않을 거라는 말을 했
지. 나는 그녀가 어디서 묵는지 말하게 만들었어."

"엄마를 쫓아갔나요?"

"난 원래 야스나야에 며칠 더 머물러야 했지. 모스크바 호텔

---

* '검다'는 뜻의 독일어.

을 잡고 거기서 나갈 기차 편을 알아보느라 엄청 고생했다. 톨스토이 가족들 모두 그 일에 투입해야 했지. 그 사람들이 끝도 없이 전화하고 내 여권으로 서류를 처리했어. 결국 해냈지. 그날 밤 나는 그녀가 묵고 있는 호텔에 전화해서 내가 간신히 잡은 이 호텔에서 만나자는 어리석은 암호 같은 메시지를 남겼지. 그다음 날 아침 일찍 나는 그 호텔을 향해 출발했어. 그러면서 내내 바라고 또 바랐지. 그때는 사정이 지금 같지 않았어. 핸드폰도 없고 아무것도 없었지. 그냥 시간과 장소만 말하고 거기가서 상대도 나와 같은 감정을 느끼고 와주길 비는 수밖에 없었어."

"엄마도 같은 마음이었나요?"

"난 믿을 수 없었단다, 루. 그녀가 2시 정각에 호텔 로비에 서있었어. 날 기다리고 있었던 거야. 나를 말이다. 난 정말 믿을 수없었지. 그녀는 너무나 아름다운 데다 이 세상의 전부인 것처럼보였어. 그녀 자신은 의식하지 못했지만 정말 세상의 전부처럼보였지."

"그때 두 분은 얼마나 같이 계셨어요?"

"우리에겐 그때 세 시간이 있었지. 그녀는 자기 호텔로 돌아가서 다른 미국인들을 공항에 데려다줘야 했거든."

아버지는 한밤의 서늘한 공기를 깊이 들이마셨다.

"맙소사, 루. 네 엄마와 나, 우린 항상 정말 사는 것처럼 살았다. 정말 그랬어. 매일매일이 내겐 또 다른 기회처럼 느껴졌지."

나는 아버지가 좋아하는 화제는 우리 엄마이고 엄마 이야기를 할 때면 항상 달변가가 된다는 생각을 하고 있었다.

"세 시간이 지나면 가야 했어. 그녀는 서둘러야 했지. 그녀는 남자 친구가 호텔로 전화할까 봐 걱정했어… 그때 나만 임자가 있었던 게 아니었단다, 루."

우리는 안장의 아랫부분, 즉 길이 위쪽으로 올라가는 시작점에 도달했다. 거기 멈춰 서 라인강을 바라봤다. 저녁 식사가 엉망이 된 후 내내 나는 '나도 알아요'란 말을 하고 싶은 충동을 참아야 했다. 나는 '나도 알아요'란 말을 하고 싶은 충동을 아주 오랫동안 참아왔다. 엄마가 자신이 죽어간다는 걸 알고 나와 같이 강가를 걷고 있을 때 다 말해줬으니까. 그날 다른 사람에겐 절대 비밀로 하라고 맹세를 시켰으니까. 엄마는 내게 팔짱을 끼게 하고 말했다. 아버지에겐 말하지 마라, 루. 절대로 하지 마. 약속해. 아버지가 살아계시는 한 하면 안 된다. 아버지는 그때 일어난 일을 수치스러워하고 깨끗하게 새 출발하고 싶어 하시니까.

그건 아버지의 표현이었다. 아버지는 우리를 위해 자신의 고결함을 희생했다고 느끼고 있으니까. 그건 사실이 아니었다. 그런 일은 항상 전 세계에서 일어나고 있으니까. 아버지는 우리와는 다른 세계 사람이었다. 우리는 그 점을 기억해야 한다. 아버지는 1950년대 잉글랜드 북부에서 태어났다. 그런 면이 뼛속 깊이 배어 있었다. 도서관들. 존경심. 모든 오래된 것들. 과거의 영국은 지금의 영국과 완전히 다른 나라 같은데 아버지는 그 오래된 영국의 마지막 세대였다.

　아버지를 강하게 만든 점이 아버지에게 아주 큰 고통을 야기하기도 했다. 사람은 자신을 이루고 있는 가치들을 그냥 아무 일 없었던 것처럼 팽개쳐버릴 순 없다. 아무리 열심히 노력하더라도. 그 가치들은 그 사람이 행하고 느끼는 모든 것에 존재하기 때문에 그런 가치 하나를 거스르면 자신의 전 존재를 거스르는 것처럼 느껴지기 마련이다.

　그랬다. 엄마는 그 낡은 집에서 잭 형과 랄프 형에게 정확히 무슨 일이 일어났는지 몰랐지만, 짐작한 바를 내게 말해줬다. 나는 '그 거래'를 이해할 수 있었고 엄마는 내게 러시아에서의 만남과 그다음에 일어난 일을 다 말해줬다. 난 그 말을 어느 누구에게도, 심지어 형들에게도 하지 않았다. 그때도 하지 않았고 지금도 하지 않았다. 그러면 어쩐지 엄마를 배신하는 것 같았고, 엄마와 나… 엄마와 나는 이 모든 일과 분리돼 있으니까. 랄프 형과 잭 형이 뭐라고 하든. 어쨌든 아버지가 하는 말을 듣고 싶었다. 그 이야기를 다시 듣고 싶었다. 엄마가 아닌 아버지가 하는 이야기를. 새로워진 이야기를 듣고 싶었다. 이를테면 두 분의 맹세 같은 그런 것.

　나는 아버지가 탄 휠체어를 힘주어 오르막길로 밀어 올리면서 말했다.

　"세 시간은 두 분에게 충분하지 않았을 텐데요."

　"씻을 시간도 없었단다. 우리는 서둘러 옷을 입고 모스크바의 밤거리로 나갔지. 그때 그 차들과 불빛들과 비가 기억난다. 소비에트연방은 붕괴되고 있었지. 거기다 그 끔찍한 슬픔이란. 슬픔이 마치 홍수처럼 불어났단다, 루. 난 그때 나를 뺀 세상이 사랑 없이 텅 비어 있다는 생각을 했던 기억이 난다. 사람들이 모두 그 공허를 채우기 위해 원을 그리며 차를 몰고 있다고. 나도 곧 다시 그렇게 될 거라고 생각했지. 우리는 푸시킨스카야 지하철역 가장자리에 서 있었는데 비가 내리고 있었단다. 헤드라이트 불빛들이 강물처럼 끝도 없이 흘러갔지. 우리는 다시 서로를 볼 수 있게 될지도 모르고 있었다. 그녀는 안 돼요, 안 돼요, 안 돼, 라고 말하고 있었어. 흐르는 빗물에 머리카락이 이마에 찰싹 달라붙어 있었지. 거기에 꽃을 파는 노파 둘이 서 있었던 기억도 난다. 기차를 타러 내려가는 계단 위쪽에서 마치 심장의 파수꾼들처럼 서 있었지. 난 계속 말했어. 돼요, 된다니까, 우린 반드시 만나야 한다니까. 우린 서로를 꼭 끌어안았다. 그거 말고 우리가 달리 뭘 할 수 있었겠니? 나는 계속 당신이 런던에 왔으면 좋겠어요, 라고 말했어. 아니면 내가 뉴욕으로 갈게요, 라고. 그녀는 절대로 안 된다고 했어. 절대로 안 된다고. 그러고 우리는 키스했지. 우리는 키스했다. 우리의 입술은 그런 쓸데없는 말들 말고 다른 말을 하고 싶었으니까."

"아버지는 그때 그걸로 끝날 거라고 생각하셨어요?"

"솔직히 나는 그 순간이 내 인생을 결정지은 순간이라고 생각했다. 그때 그녀가 그냥 계단을 달려 내려가서 지하로 들어갔어. 땅속으로 들어가버린 거지. 그러자 곧바로, 어마어마하게 아쉬운 감정이 솟아나서 내 마음을 사로잡아버렸단다."

강을 지나던 바지선들 중 한 척에서 경적이 울렸고 소리가 계곡에 메아리쳤다. 나는 엄마에게 단 한 번도 그 녹음테이프를 말한 적이 없었다. 내 생각에 엄마는 몰랐을 것이다. 아버지에게도 내가 그 테이프들을 발견했단 이야기는 하지 않았다. 아버지의 오래된 워크맨 카세트 플레이어로 그 테이프를 다 들었다는 말도 하지 않았다. 형들에게도 하지 않았다. 대체 누구에게 그런 말을 하겠는가? 누구에게?

부엉이 한 마리가 멀리 떨어진 강가에서 날아오면서 어딘가 쉴 곳을 찾고 있는 것처럼 날개를 좍 폈다.

"가장 슬픈 건, 가장 슬픈 건, 루, 내가 내 방으로 돌아갔을 때였다. 라디오에서 쇼팽이 흘러나오고 있었어. 재떨이엔 우리가 폈던 담배꽁초들이 있었지. 반쯤 빈 유리잔 두 개가 있었는데 거기에 20분 전까지만 해도 있었던 그녀의 입술 자국이 남아 있었지. 침대… 침대는 온통 난장판이었어. 베개들은 여기저기 뒤집혀 있었고 이불도 흩어져 있었고. 그보다 더 마음이 갈기갈기 찢어지는 광경도 없을 거야. 아주 엄청난 인생이 바로 그 자리에 있다가… 사라져버린 거야."

아버지는 고개를 숙였다. 나는 아버지가 거기서 멈추길 원하지 않았다. 언덕 위로 휠체어를 밀면서 계속 올라갔다. 밤공기는 더 차가워졌다. 우리 뒤에서 성이 은은하게 빛났다. 그 밑으로 강물이 흐르고 있었다.

"런던 이야기를 해주세요."

아버지의 목소리는 감정에 복받쳐서 의식적으로 숨을 쉬어야 했다.

"석 달 동안 아무 일도 일어나지 않았어. 나는 그녀에게 편지를 썼지. 전화도 했고. 그때는 이메일이나 뭐 그런 쓰레기 같은 것들이 생기기 전이야. 나는 그녀의 마음이 떠났다고 생각하고 내 마음을 추스르려고 애를 썼지… 내가 전에 사랑했던 곳들을 계속 사랑하자고… 내내 그런 말들을 스스로에게 했지, 루."

"뭐라고요? 스스로에게 뭐라고 하셨다고요?"

"아… 난 남자의 현실이자 과제는 부적절한 느낌들, 부적절한 모든 것을 품고 살아가는 법을 배우는 거라고 스스로를 설득했지. 일체의 어리석은 감정을 다 없애고 가족과 같이 살아가는 것이라고."

아버지는 두 손을 번쩍 들어 올렸다.

"그게 효과가 없으면 스스로에게 다른 이야기를 들려줬지. 그때 일어난 모든 일은 내 욕정이 번데기를 만들어내서 그 속에 나 스스로를 가둔 거라고."

"아버지는 자신이 한 이야기를 믿지 않았죠?"

"사람이 어떻게 자신에 대해 뭐든 믿을 수 있을지 나는 잘 모르겠더구나. 나는 잠이 깨면 그녀를 생각했다. 잠이 들면 그녀 꿈을 꿨고. 그런데 내 속에서 빠져나가서 빛 속으로 날개를 펼럭이며 날아가려고 애썼던 그건 대체 뭐였을까?"

언덕은 점점 더 가팔라졌다.

"가끔 나는 스스로에게 사회적인 제도, 결혼 생활, 아내에게
의무를 다 해야 한다고 말하곤 했어. 다른 때는 나에게 의무가
있다고 말하기도 했고…. 우리에게 인생은 단 한 번밖에 없으
니까, 루. 그런데 그 인생이 날 피해 달아나고 있었어. 달아나고
있었다고. 훨훨 날아갔지. 우리가 오늘을 즐기지 않으면, 그러
면…."

"엄마는 어떻게 돌아왔나요?"

"엄마가 그 일이 일어나게 만들었다. 엄마가 주도한 거지. 어
느 날 갑자기 그녀가 내 직장으로 전화를 했어. 겉으로 보기에
그럴싸한 여름 학기 장학생으로 런던에 왔다고 하더구나. 내게
전화할 생각은 없었다고 했어. 내게 전화하지 않으려고 했지만
어쩌면 우린 '친구'로 만날 수도 있겠다고 생각했다고. 그 순간
내가 스스로에게 했던 모든 헛소리는 연기처럼 사라져버렸다."

"엄마를 자주 만나셨어요?"

"충분하진 않았다. 난 아주 조심스러운 데다 괴팍했거든. 우
린 사실 한동안 친구로 지내려고 노력했어. 이 모든 것, 나로서
는 런던에서 그런 상황에 대처하는 게 더 힘들었어. 도저히 그
런 식으로 지낼 수 있는 방법을 찾지 못해서 상황을 더 악화시
켰지. 네 형들의 말이 맞아."

"그게 무슨 뜻이죠?"

주차장 가장자리에 주차된 다른 여러 대의 캠핑카에서 불빛이 보였다. 나는 야영장 문을 향해 마지막 남은 가파른 길로 아버지의 휠체어를 힘껏 밀어 올렸다.

"너도 내 나이가 되면 인생을 결산하게 된단다, 루. 자신이 지금까지 한 모든 일을 살펴보고 이렇게 많은 시간을 낭비했다는 걸 믿을 수 없게 되지. 나도 그때 내가 무슨 짓을 하고 있었는지 모르겠다. 나는… 난 생각했어… 내가 일을 다 그르치고 있다고. 사랑으로 얽힌 관계에서 논리적으로 판단해서 행동할 수 있다고 생각하는 사람이 있다면 그는 자신의 인간적인 면이나 사랑이나 둘 다 이해하지 못한 거야."

"그런 식으로 얼마나 지속됐죠?"

"너무 오래. 우린 같이 외출하곤 했지. 아마 2주에 한 번씩 했을 텐데… 그건 아주 힘들었어. 우린 여러 행사를 예약했지. 그런 자리에선 같이 있어도 괜찮았으니까. 그녀와 내내 같이 있을 수 없었기 때문에 고문 같기도 했다."

"엄마와 떨어져 있는 시간을 견딜 수 없었나요?"

"언제든 공개적인 자리에 있을 때는 그녀 옆에 서 있기 전까지 다른 대화에는 도무지 집중할 수 없다고 느꼈지. 난 계속 그녀가 방 안에 있다는 사실을 의식했어. 다른 남자들이 그녀를 쳐다보는 걸 감지할 수 있었어. 나는 사람들이 중얼거리는 소리 너머로 그녀가 무슨 말을 하는지 들으려고 귀를 쫑긋 세우고 있었지. 그녀가 방에서 나가면 내 심장이 멈췄다가 돌아오면 전보다 더 빨리 뛰곤 했단다. 그녀를 보기 위해 천 개의 눈이 필요했지. 그러다 내 모든 자제력이 차츰 사라졌다. 난 알았지—"

"엄마와 같이 있어야 한다는 걸요?"

우리는 언덕 꼭대기에서 멈췄다.

"아니. 그 반대야. 난 알았어··· 사랑에 대한 우리의 선택이 우리를 구속할 거라는 점을, 루. 우리 스스로 감정을 억제하고 교회에 가야 한다는 걸. 우린 서로에게 요구하고 그런 요구를 받게 될 거라는 걸. 난 그녀에 대한 감정을 죽이고 캐롤에게 한 약속을 지켜야 한다는 걸 알고 있었지."

"엄마가 미국으로 돌아가셨나요?"

"내가 그래 달라고 부탁했어. 그녀도 그렇게 하고 싶어 했고. 그러겠다고 대답했어. 내가 그녀를 막고 있었던 거야. 난 계속 변덕을 부렸지. 내가 그녀도 고문한 거지. 내 세계에 있는 사람 중에 내가 고문하지 않은 사람은 너 하나뿐이란다, 루."

나는 아무 말도 하지 않았다.

우리는 좁게 열린 문틈으로 휠체어를 밀어넣을 수 없었다. 나는 아버지를 안아 올렸다. 우리는 얼굴을 마주 봤다. 아버지의 손은 차가웠지만 아버지가 나무 담장에 기대기 전에 잠깐 아버지를 안았을 때 팔 아래로는 따뜻했다. 그다음에 나는 휠체어를 접어서 문틈을 통과했다.

"엄마가 떠났을 땐 어땠어요?"

아버지는 계곡을 내려다봤다. 구름들이 달에 걸려 있었다.

"마지막 날 내 심장이 내 속에서 시들어 죽어가고 있는 것처럼 느껴졌다. 그녀가 자신의 방문 앞에 도착하는 걸 보자 모든 것이 그 순간 하나로 줄어들어버렸어. 문손잡이를 잡은 그녀의 손, 샤워를 해서 아직 다 마르지 않은 그녀의 머리, 그녀의 미소, 마치 우리 삶에 아직도 더 많은 광기를 부릴 시간과 공간이 있는 것 같은 미소였어. 그다음에 그녀는 문을 열었어… 그때 그녀가 밖으로 나갈 거라는 걸 알았지…. 그러자 끔찍한 공허가 내 속에서 열렸고 나는 그 공허한 마음에서 절대로 도망치지 못할 거라는 걸 알고 있었어. 그녀의 입술이 내 입술에 닿았지. 그녀의 눈물과 내 눈물에 젖은 입술. 여전히 우리는 헤어지는 것 말고는 할 수 있는 게 없었다. 아무것도 없었어."

나는 다시 휠체어를 펼치고 브레이크를 걸은 후에 아버지를 부축해서 전처럼 둘이 한 몸이 돼서 문 사이를 통과했다. 아버지의 걸음걸이는 이미 예전에 걸었던 근육의 기억을 잊어버린 듯했다. 아버지의 눈은 어둡게 보였지만 내 뺨에 와 닿는 아버지의 숨결을 느낄 수 있었다.

"그럼 미국에 왜 가셨어요? 뭐가 변한 거죠?"

"일부러 그녀를 보러 간 게 아니야. 어쩌면 그랬는지도 모르겠다만. 무의식적으로 말이다."

나는 미소를 지으며 말했다.

"아버지, 뭔가를 일부러 무의식적으로 할 수는 없어요."

"그때는 이런 느낌이었단다, 루. 비행기가 1킬로미터씩 날아

564

갈 때마다 어떤 느낌이 점점 커지고 있었어. 여기가 내 삶이 반드시 나아가야 할 바로 그곳이란 느낌이 들었지. 내가 속박에서 벗어나야 한다는 느낌. 부모님의 속박, 부모님의 책망에서 벗어나야 한다는 생각이 들었다. 너는 평생 여인에게서 뭔가를 찾게 된다. 그러면 여기서 뭔가 찾고 저기서 뭔가 또 다른 걸 찾게 되지. 넌 이걸 소중히 여기고, 저것도 소중히 여긴다. 그러다….”

“그러다?”

“네가 평생 찾아다니던 모든 걸 한곳에서 찾게 될 때가 있어. 네가 지금까지 부족했거나 원했던 모든 것, 모든 것이 아주 정확하게 맞아떨어지게 되지. 그녀와는 모든 것을 주고받고 모든 걸 이해받게 돼. 그렇다면 그것을 진지하게 받아들여야 한다. 랄프가 한 말처럼 말이다. 사랑을 진지하게 받아들여야 해. 그거 말고 달리 우리가 뭘 할 수 있겠니? 그 밖에 삶에 또 뭐가 있어? 인생의 그 모든 소음과 혼란과 난장판 속에서 서로를 발견해내는 기적 말고 뭐가 있겠니? 그녀가 거기 있었고, 내가 거기 있었다.”

나는 아버지가 휠체어에 다시 앉을 수 있게 도왔다. 여객선에서 느꼈던 감정, 즉 내가 아버지를 또렷하게 볼 수 있다는 느낌을 받았다. 아버지가 정말 어떤 사람인지, 아버지가 살아오면서 아주 오랫동안 생각하고 느끼던 이 모든 것을 나는 알 수 있었다.

“뉴욕에서 다시 두 분이 원래 사이로 돌아갔다는 말인가요?”

"내가 거기 도착했을 때 우리는 그녀의 엘리베이터가 없는 아주 작은 아파트에 머물면서 그냥 음악만 들었어. 우리가 할 수 있는 그 어떤 말이나 행동도 충분하지 않은 것처럼 느껴졌어. 우리는 잠도 잘 수 없었고 심지어 사랑을 나눌 수도 없었지. 우린 그냥 침대 위에 누워서 손을 잡고 우리에게 쏟아지는 음악을 들으며 천장에서 느리게 돌아가는 선풍기를 올려다보고 있었지. 나는 그때까지 내가 사랑했던 모든 사람과 그들 중 얼마나 많은 사람들과 함께할 수 없었는지 생각하고 있었는데… 그러다… 어떤 줄 아니?"

"말해보세요."

"난 내게 의무가 있다고 생각하기 시작했어. 다른 사람이나 심지어 나에 대한 의무가 아닌 사랑 자체에 대한 의무 말이다."

나는 밴의 문을 밀어서 열고 돌아서서 아버지를 봤다. 아버지는 휠체어에서 날 올려다봤다.

"네 엄마를 만났을 때, 루, 나는 평생 그녀를 알고 지냈던 그런 느낌이 들었다."

나는 아버지를 밴 안으로 들어 올렸다.

"그녀와 있을 때 나는 진정한 나 자신이 됐어. 내 안에서 시끄러운 소리를 내던 애정 결핍과 증오에 찬 소리는 그냥 사라져버렸어. 증발해버렸다고. 그건 마치 내가 그녀를 만나기 전까지는 나 자신의 반쪽만, 그러니까 그림자 같은 거로만 지상을 걸어다녔던 그런 기분이었어."

우리는 몸을 돌렸고 아버지는 침대 가장자리에 앉았다. 나는 아버지의 재킷을 벗기고 가장 좋은 셔츠의 단추를 끌렀다. 파란색 옥스퍼드 셔츠였다.

"그녀는 두뇌가 아주 명석했고, 통찰력이 뛰어났고, 이해가 빨랐지. 그녀는 자신의 의견을 아주 잘 표현했어. 그런 여자는 처음이었어. 그녀는 치명적이면서도 웃기고 진지했지. 그녀는 내가 무뚝뚝하거나 너무 진지하면 만화에서 나오는 것 같은 그런 표정을 지으면서 날 놀렸지만 아주 따뜻하면서도 뻔뻔스럽게 했지. 나는 얼간이 짓을 즉시 멈추고 곧바로 더 나은 남자가 됐어. 무엇보다 그녀는 활기가 넘치는 사람이었어. 그녀는 사람의 속내를 훤히 들여다볼 수 있었고 그걸 아주 잘 말할 수 있었지… 나도 모르겠다… 난 그냥… 그냥."

아버지의 벌거벗은 어깨가 앞으로 구부러졌다. 아버지의 얇은 가슴골에 하얀 털이 뻣뻣하게 나 있었다. 아버지는 몸서리를 쳤다. 내가 서 있는 뒤쪽에서 찬바람이 들어오고 있었다. 나는 밴 위로 올라가서 문을 밀어서 닫고 싶지 않았다. 그러면 아버지의 옷을 벗길 만한 공간이 없어지게 된다. 게다가 나는 밖에 혼자 있고 싶었다. 아마도 내가 도망치지 않았던 유일한 이유는 다시 돌아와야 한다는 사실을 알고 있었기 때문일 것이다. 세상은 둥글고 아버지는 언제나 내 아버지니까.

"내가 그녀를 만났을 때 그녀는 아주 아름다웠다. 정말 미인이었어. 그녀의 미모는 아주 강렬했고 무엇보다 자연스러웠지,

루. 화장을 하거나 머리 모양이나 옷에 따라 달라지는 그런 미모가 아니라 진짜 미모 말이다. 눈이 부셨지."

아버지는 내 이름을 불렀지만 혼잣말을 하고 있었다.

"그녀에게 가까이 갈수록 더 많이 느끼게 됐지. 그걸 느끼게 됐어. 그건 일종의 아름다움이었어. 언제든 그녀가 방에 들어올 때면 난 그 아름다움에 매번 깜짝 놀라곤 했다. 난 결코 그런 감정을 극복하지 못했어. 그녀의 아름다움에 평생 익숙해지지 못했다."

나는 허리를 숙였다.

"신발을 벗으세요."

"난 그저 이 모든 걸 하고 싶지 않을 뿐이야… 이렇게 온몸이 시들어가는 거… 이제 그녀도 세상에 없는데."

"팔 주세요. 위로 올리세요. 그렇게요. 다리 느낌이 있으세요? 잘하셨어요. 이제 일어서세요."

"춥다, 루. 하늘에 별들이 떴구나."

"바지를 벗으셔야 해요. 제게 몸을 기대세요. 2초만 있으면 끝나요."

내가 다시 고개를 들었을 때 아버지의 두 뺨이 젖어 있었다.

"미안해. 병 때문에 그런다."

"아니요, 병 때문이 아니잖아요."

"그렇지. 아니지. 우리가 뭘 할 수 있겠니? 살다가 아주 엄청난 여자를 만나면, 쾅, 이건 마치 대형 강입자 충돌기 같은 거야.

여기에 마침내 존재의 진짜 입자들이 모여 있는 거지. 단지 둘 다 박살나서 그걸 볼 수 없을 뿐이야."

나는 갈색 페이즐리 파자마를 꺼내서 아버지가 입는 걸 도 왔다.

"랄프 형과 잭 형이 돌아오면 잘 수 있게 지붕에 침대를 설치 할게요."

"그 아이들이 돌아올 거라고 생각하니?"

"형들은 무슨 짓을 하건 같이할 거예요. 잭 형은 절대 형수님 이 속상할 짓은 하지 않을 테니까 둘 다 여기로 돌아오겠죠."

나는 침대 위로 올라가서 지붕의 걸쇠를 풀었다.

아버지는 이부자리 밑에 들어가 누웠다. 아이 같았다. 희미한 실내조명 속에서 날 올려다보며 미소를 지었을 때 눈 가장자리 삼각형 모양의 피부가 너무 많이 읽어서 부드러워진 책의 접힌 모서리처럼 보였다.

나는 형들을 위해 지붕 속에 이불과 베개들을 던져놨다.

"여기 진통제랑 생수 한 병 놔뒀어요. 전 밖에서 담배를 피울 게요. 아버지 플리스 입고 나가도 되죠?"

"가져가라, 루. 가져가."

아버지는 물을 마시고 알약을 몇 개 삼켰다. 나는 물병의 뚜 껑을 잠그고 아버지 옆에 물병을 놨다.

아버지는 다시 베개에 머리를 대고 눈을 감았다. 나는 어렵사 리 아버지의 플리스를 입었다. 아버지는 순식간에 잠들어서 깨어 있는 것보다 꿈이 더 고픈 사람처럼 맹렬하게 코를 골았다.

　나는 밴의 문을 밀어서 닫았다. 환기가 될 수 있게 창문을 3센티미터 정도 열어놨다. 글을 쓰려고 할 때처럼 생각들이 만화경 같은 내 마음을 위에서 덮쳤다. 나는 밖에 앉아 담배를 피우면서 성 건너편을 보며 아주 오랜 시간처럼 느껴지는 동안 흘러가는 강물을 봤다.

순례자의 행렬

하늘이 옅은 청색으로 물든 아침에 반쯤 잠이 든 나는 아버지가 소변을 보고 싶을 거라고 생각했고 그러자 곧바로 짜증이 났다. 내가 아버지랑 같이 가야 한다는 걸 알고 있으니까. 간밤에 나는 아버지의 발치에 누워서 고개를 돌리고 숨 쉬려고 애썼다. 30분 간격으로 잠을 깬 것처럼 느껴졌는데, 아버지의 코 고는 소리가 너무 커서 다시 잠잘 수 없었다. 형들도 술 마시고 와서 시끄럽게 굴었고 밴에 들어왔을 때는 날 밟고 지나가기도 했다. 실내에선 취해서 자는 남자들 때문에 퀴퀴하고 고약한 냄새가 났다. 내가 베고 잔 베개는 아주 오래되고 울퉁불퉁한 데다 옆문 옆 바닥으로 미끄러져 떨어져버렸다. 침대는 너무 뜨거우면서도 너무 추웠다. 나는 차가운 성벽과 습기가 올라오는 강 사이의 좁은 바위 가장자리에서 자는 꿈을 꿨다.

"나 좀 일으켜다오, 루. 날 좀 일으켜줘."

아버지는 반쯤 속삭였다.

나는 아버지가 몸을 돌리느라 힘들어하는 걸 느낄 수 있었다. 뭔가 기이하다는 것도 알고 있었다. 아버지는 모두 안 깨우는 척하면서 깨우고 싶을 때 하는 방법을 쓰고 있었으니까. 아버지는 속삭이는 척했지만 그 목소리는 사실 작지 않았다. 나는 좁은 공간에서 일어나 앉으려고 애를 썼다. 나는 바지만 빼고는 옷을 어느 정도 차려입고 있었다. 나는 위쪽 선반에 올려놓은 핸드폰을 집었다. 에바에게 메시지가 와 있었다. 심장이 뛰었다. 또 다른 현실이 떠올랐다. 내일 그녀를 안는다는 생각. 그녀의 키스, 그녀의 몸이 어느 낯설고 깨끗한 침대, 이곳과는 아무 상관도 없는 곳에서 내 몸을 휘감는 생각. 그다음엔 세상이 또다시 우리를 기다리고 있을 것이다. 파괴되지 않은 세계가.

그때 어둠 속 어딘가에서 마치 우리가 1988년이나 뭐 그 무렵으로 돌아간 것같이 소리를 죽인 구식의 삐삐 소리가 났다. 나는 잠시 후에야 이것이 알람 소리, 그러니까 아버지의 알람 소리가 분명하다는 사실을 알아차렸고, 그 생각에 소스라쳤다. 아버지가 자신이 가지고 있는 오래된 노키아 핸드폰에 알람을 맞춰놓는 건 고사하고 그 기능이 있는 걸 안다는 것조차 믿을 수 없었기 때문이다.

"나 일어나는 것 좀 도와다오, 루. 어서 차를 끓이자."

아버지가 재촉했다.

아버지는 일어나 앉고 있었다. 파자마 셔츠가 열려 있었다.

나는 이제야 무슨 일이 일어나고 있는지 이해하는 중이었다. 아버지는 아침에 일찍 일어나려고 일부러 알람을 맞춰놓은 것이다. 뭣 때문에? 나는 다시 내 핸드폰을 봤다. 새벽 6시 반이었다. 대체 이게 무슨 지랄?

위쪽에서 랄프 형의 화난 목소리가 들렸다.

"지금 뭐하시는 거예요?"

아버지가 이불을 뒤로 젖혔다. 밤사이에 파자마 바지가 위로 올라가 바지 끝으로 다리가 삐져나와 있었다. 아버지의 다리는 비쩍 마른 데다 검푸른 멍이 들고 부은 부위만 빼면 아주 창백했다. 그걸 보자 또다시 왈칵 치미는 혐오감을 애써 눌러야 했다.

"우리 이제 출발해야 한다. 크루아상이 몇 개나 남았니, 루?"

아버지가 말했다.

형들이 화가 나서 몸을 뒤척이고 있었다.

나는 아버지에게 플리스를 건네주고 그걸 아버지가 입게 도왔다. 아버지는 파자마를 벗고 싶어 하지 않는 것처럼 보였다. 아버지는 몹시 서두르고 있었다.

"500~600개 있어요."

내가 말했다. 잠시 아버지의 눈은 생기가 넘쳤지만 마치 뭔가에 씐 것처럼 자신의 내면을 뚫어져라 보고 있는 것 같았다. 그러다 내게 미소를 지었다. 형들이 도착하기 전에 짓던 그런 미소였다.

"아침은 길에서 먹을 거야. 하나씩 다 먹어야지. 일어나게 좀 도와주렴, 도와줘."

"어디 가려고요?"

위쪽 어딘가에서 잭 형이 귀에 거슬리는 목소리로 물었다.

"취리히."

아버지가 말했다.

그 한마디로 아버지는 자신이 양도한 모든 권위를 되찾은 것 같았다. 마치 이 새날 아침, 이렇게 꾸준히 들어오는 새벽빛 속에서, 아버지의 삶은 좋든 나쁘든 다시 아버지의 것이 된 것 같았다. 우리가 무슨 생각을 하건, 어떤 감정을 느끼건, 형들이 아무리 강하게 나오건, 우리는 더 이상 아버지의 뜻을 단념시키지 못할 것이다. 아버지의 의지는 우리의 그것보다 더 강했고 아버지의 품위와 고통과 수치심은 전적으로 아버지만의 것이었다.

"의사를 만나러 거기 가야 해."

"맙소사. 그 약속이 몇 시인데요?"

랄프 형이 신경질적인 목소리로 말했다.

"2시야. 난 늦지 않을 작정이다."

"취리히까지는 세 시간도 안 걸려요."

랄프 형이 말했다.

"나는 먼저 호텔에 체크인해서 샤워를 하고 싶다. 인터뷰를 하기 위해 몸단장을 하고 싶다고. 너희는 밴 뒤쪽에서 자면 되지. 우린 뒤쪽 침대를 내려놓고 다시 달릴 거야."

"난 취리히까지 운전하지 않을 거예요."

잭 형이 쉰 목소리로 말했다.

"잭, 이건 그냥 그 처방전을 받는 약속일 뿐이야. 실제로 그걸 하는 것과는 아무 상관없어. 난 절대로 이 약속을 놓치지 않을 거다. 지금까지 그 모든 일을 다 해놓고 그럴 수는 없어. 루, 내 약과 이부프로펜 좀 줄래. 어서 차를 끓이자."

"처방전이라. 처방전."

랄프 형이 조용히 말했다.

"내가 말한 그대로야. 의사가 내 상태를 평가할 거야. 처방전을 받은 다음 날이나 그다음 날까지는 아무 일도 일어나지 않을 거야."

아버지는 덜덜 떠는 손으로 자신의 다리를 들어 올렸다. 아버지의 오른쪽 발목은 전에 넘어진 것 때문에 부어 있었다. 아버지의 표정을 보니 아무 느낌이 없는 것 같았다. 아버지는 지금 출발한다는 생각에만 전념하고 있었다.

"문을 열어라, 루. 날 내보내줘. 우린 차를 마셔야 해. 그다음에 달려야 한다. 도와주렴. 날 도와줘."

나는 밴의 문을 밀어서 열었다. 바깥의 신선한 공기는 차갑고 기분 좋고 새로웠다. 다른 모터 홈*들은 모두 닫혀 있었다. 사람들의 입김이 서려 그 캠핑카들의 유리창은 불투명해져 있었다. 밑에 있는 라인강과 흐릿한 계곡에는 안개가 끼어 있었고 백랍

---

*   여행, 캠프용 주거 기능을 가진 자동차.

색의 강물은 아주 잔잔한 게 마치 에나멜을 입힌 것 같았다.

"제가 운전할게요. 아버진 주무세요. 모두 주무세요."

내가 말했다.

나는 주유소에서 신용카드로 기름값을 냈다. 나는 몹시 피곤했다. 나는 어딘가에 있는 수도원에 숨어서 야채수프만 먹으며 한 달 동안 푹 쉰다는 아이디어가 계속 떠올랐다. 잭 형이 가게에서 나왔다. 형은 사과 주스를 꿀꺽꿀꺽 마시고 있었다. 형은 주스를 네 통 사왔다. 랄프 형은 거리로 걸어가 부슬부슬 내리는 빗속에 서서 담배를 피우고 있었다. 우리는 겨울을 보낼 보급품을 찾으러 갔다가 길을 잃고 누더기를 뒤집어쓴 채 취리히 북부 교외로 굴러들어온 서부 시대 개척자들처럼 보였다. 셋 다 돈도 없고 변변한 옷도 없고 성질도 더러워 보였다. 여기 있는 모든 것은 회색이었다. 회백색 조각상들. 빗물로 미끄러운 옅은 회색 보도. 베이지와 회색이 섞인 건물들. 도로 옆으로 흐르는 작은 강의 회갈색 알프스 강물.

밴 옆을 돌아오는데 엔진의 열기가 느껴지고 오랫동안 달린 기름 냄새가 났다. 우리가 아닌 다른 사람이 운전을 맡아줬으면 싶었다. 더그. 필요할 때 그 자식은 대체 어디 있는 거야? 나는 밴의 문을 열었다. 놀랍게도 아버지는 휠체어를 돌려서 침대를 보고 있었다.

"뭐하시는 거예요?"

나는 밴으로 올라갔다.

"저기다 차를 대라."

아버지는 타이어에 공기를 넣는 구역을 가리켰다.

"뭐라고요?"

"그냥 저기다 대."

"타이어에 바람 빠졌어요?"

"아니. 우린 거의 다 왔어. 내비게이션 보니까 호텔까지 28분 걸린다고 나왔어. 우린 일찍 도착했다. 시간이 있어."

나는 밴에 시동을 걸고 유리창 너머로 손짓을 해서 우리가 지금 뭘 하는지 잭 형이 이해할 수 있게 했다. 형은 내가 천천히 앞마당을 가로질러가는 모습을 지켜보면서 술이 덜 깨 잘 이해하지 못하는 표정을 하고 있었다. 나는 멈춰 서 핸드브레이크를 잡아당겼다. 미쉐린 맨*이 우리를 내려다보고 있었다.

잭 형은 밴의 문을 밀어서 열고 침대에 올라가려고 신발을 벗었다.

"회의하자."

아버지가 말했다.

나는 운전석에서 몸을 돌렸다.

랄프 형은 잭 형 뒤의 문간에서 나타나 쌍둥이 얼굴이 위아래로 겹쳤다.

---

* 미쉐린 타이어 광고 모델인 만화 캐릭터.

"어떻게 알프스 입구가 이렇게 우중충할 수 있지?"

랄프 형이 물었다.

"알프스의 중심은 아름다워. 강들과 호수가 절경이지. 도시에서 수영하기엔 전 유럽에서 최고다. 물도 아주 깨끗하단다."

아버지가 말했다.

형들은 내내 자다가 이제 막 잠에서 깨서 전선에 도착했다는 사실을 아직 이해 못한 졸린 병사들처럼 보였다.

"타이어 가게 앞에서 우리 지금 뭐하는 거예요?"

랄프 형이 잭 형을 따라 올라와서 부츠를 벗으면서 물었다. 형은 아버지의 플리스를 입고 있었는데 순간 내가 태어났을 때 찍은 사진들 속의 아버지와 당혹스러울 정도로 닮아 보였다.

"타이어에 바람 넣어야 해요? 아니면 지금 점심 먹는 거예요? 지금 점심 먹을 시간이긴 한가? 시간을 모르겠네."

"회의하는 거야."

잭 형이 말하면서 기대고 앉을 수 있게 베개들을 등 뒤로 접었다.

랄프 형은 살짝 밴의 문을 밀어서 닫고 다리를 꼬았다. 나는 운전석을 돌리고 몸을 앞으로 기울였다. 잭 형마저 부스스해 보였다. 우리 가족은 확실히 씻을 필요가 있었다. 적어도 우린 절대로 뚱해 있진 않는다.

아버지는 우리를 하나씩 보다가 말했다.

"너희는 내가 너희 아버지이기 때문에 뭘 해야 하는지 알고 있다고 생각하지."

잭 형은 고개를 흔들었다.

랄프 형이 물었다.

"대체 무슨 일이에요, 아버지?"

아버지는 형들이 하는 말을 무시했다. 아버지는 형들의 이야기를 듣는 단계를 지났다.

"너희는 그래. 너희는 내가 지금 무슨 짓을 하는지 내가 알고 있다고 생각하지. 어쩌면 여기선 아닐지도 모르고."

아버지는 자신의 관자놀이를 손가락으로 만졌다.

"마음속으론 그렇게 생각하고 있어."

아버지는 손을 좍 펴서 자신의 가슴에 대고 눌렀다.

"너희는 내게 계획이 있다고 믿고 있어. 내가 구체적인 의도를 갖고 있다고."

아버지는 잠시 말을 멈췄다.

"자식들은 부모가 대체 무슨 짓을 하는지 자신도 모른다는 사실을 납득하는 데 평생이 걸리지."

"나는 뻔히 보이는 것 같은데요."

랄프 형이 말했다.

"흠, 넌 운이 좋구나. 난 반송장이 됐는데도 아직도 우리 아버지가 하나도 이해가 안 되니 말이다."

아버지가 재빨리 말했다.

나는 내 주스의 뚜껑을 열었다. 형들은 모르지만 나는 아버지가 흥분했다는 걸 알 수 있었다. 누군가와 오래 살면 그 사람의 피부 밑에 있는 아주 작은 근육들이 움직이는 방식만 봐도 그의 기분을 짐작할 수 있다. 나는 하루 종일 아버지랑 한마디도 하지 않고 앉아 있어도 아버지가 책을 잡고 페이지를 넘기는 방식만 봐도 지금 어떤 작가의 책을 읽고 있는지 알 수 있었다. 지금 아버지가 활활 타오르는 이 열기의 연기에 취해가고 있다는 걸 알 수 있었다. 이 기이한 흥분과 그 외에 또 다른 것, 두려움이거나 안도거나 기대 같은 감정에 아버지는 서서히 취해가고 있었다. 나도 잘 모르겠다. 이건 마치 아버지가 구속에서 풀려나고 있는 것 같았다. 취리히가 갑자기 아버지의 자유이자 승인이자 기동력이자 특권이 된 것 같았다.

"내가 하려는 말은 난 어떻게 해야 할지 모르겠다는 거야."

아버지는 우리를 둘러봤다. 신중하면서도 상처 입었고 그러면서도 당당한 눈빛으로.

"난 어떻게 해야 할지 모르겠다."

우리가 함께 마시기엔 실내 공기가 너무 갑갑했다. 창문을 좀 내려야 했다. 밖에서 나는 석유 냄새가 너무 강했다.

아버지는 다시 말했다.

"난 어떻게 해야 할지 모르겠다… 내게 남은 사람들이라곤 너희밖에 없으니… 너희에게 그 점을 이야기한 거야. 아마도 그러지 말았어야 했는데."

아버지는 아랫입술을 잘근잘근 씹었다.

"내 희망은… 나도 잘 모르겠다… 난 혼란스러웠어. 내 몸 상태가 끔찍했거든."

잭 형은 책임감을 느끼고 얼굴을 찡그렸지만 어쩌면 형도 마침내 이 사실을 이해하고 있을지도 모른다.

"내가 하려는 말은… 너희는 날 제대로 볼 수 없다는 거야. 너희 중 아무도 그럴 수 없어. 왜냐하면 나는 너희 아버지니까. 난 너희 아비야. 우리 사이에 일어난 모든 일 때문에 부모와 자식을 제대로 본다는 게 세상에서 가장 힘든 일이 됐지."

랄프 형은 다리 사이에 끼고 있던 주스의 뚜껑을 천천히 열기 시작했다.

"나는 하루 이틀 만에 그동안 내가 잘못했던 일들을 다시 바로잡을 수 없어. 6개월이 걸려도 할 수 없는 일이야. 아니 영원히 못할 거야. 어쩌면 그건 사실 중요하지 않을지도 몰라. 랄프네 말처럼 그보다 나쁜 일이 항상 일어나니까. 이 시간을 함께 보냈으니 어쩌면 우리는 서로를 조금 더 잘 이해할 수 있을지도 모르겠다. 지금은, 지금 이 순간 우리는 그런 문제들은 다 한쪽으로 제쳐놓으려고 노력할 필요가 있어. 너희가 지금의 나를 똑똑히 봐주길 바란다. 오늘, 여기, 이 우라질 정비소에서 말이야. 너희의 아버지가 아니라… 한 남자로서. 너희처럼 나도 남자야."

랄프 형이 주스를 마셨다.

"저도 이유는 모르겠지만, 아버지, 아버지가 욕을 할 때 아버지의 말을 진지하게 받아들이는 게 더 쉬워지네요."

잭 형이 말했다.

"아무래도 넌—"

"잠깐, 잭. 기다려봐. 내 선택… 내 선택은 이 일을 그대로 진행해서 내 상태가 더 나빠지기 전에 죽는 거야. 물론 내 상태는 더 나빠질 거야. 아니면 이 일을 진행하지 않고 나와 너희를 고통스럽게 만들다가 그다음에 어쨌든 죽는 거지."

"난—"

"아니, 잭, 내 말을 들어봐. 네가 네 아들들을 이야기했을 때, 그 아이들이 태어나기 전에 일어난 일을 말했을 때, 너는 삶을 '택했다'고 했어. 그건."

"제 말은—"

"넌 그렇게 말했지. 우리가 샤워장에 있을 때. 넌 '삶을 택했다'고 말했어. 그건 네가 해야 할 선택이었지. 흠, 변죽은 그만 울리자. 살아가면서 우린 항상 선택한다. 그게 정상이야. 어느 병원이건 가봐라. 뉴스를 봐. 우린 어떤 사람이 살고 죽을지 선택한다. 전쟁들, 기근들, 재앙들이 다 그렇지. 누구를 돕고 누구를 돕지 않을지도 선택해."

아버지는 일그러진 미소를 지었다.

"상대주의란 윤리적으로 퇴폐적인 사람들의 사치야. 근본적으로 우리 인간은 생사가 걸린 세계에서 살면서 항상 판단하는 종족이야. 그래야 하지. 그래야 한다고. 항상 그랬어."

"그게 더 설득력이 있네요."

랄프 형이 주스를 마셨다.

잭 형의 목소리에 싸우려는 기미는 없었다.

"제 말 좀 들어보세요, 아버지…. 제 말은 아버지는 어쩌면 이 일을 하실 수도 있어요. 하지만—"

잭 형은 잠시 말을 멈췄다.

"잭, 우리가 삶의 한가운데 있다는 건 착각이야. 사실 우리는 죽음 한가운데 있어. 우리 모두 세상에 신은 없다는 점에 동의했다. 그러니 우리는 뭘 할 수 있지?"

"제 생각은 그저 지금은 그럴 때가 아니—"

"잭, 아버지가 말씀하시게 가만있어. 그냥 가만있으라고."

랄프 형이 말했다.

아버지는 다시 말했다.

"우리가 뭘 할 수 있을까? 우리는 할 수 있을 때 기쁨을 찾아서 노래해야 해. 우리는 사랑을 찾아서 종종 찬미해야 한다. 우리는 서로와 진지한 관계를 맺어야 해."

아버지의 이마에 주름이 깊이 패었다. 이 병에 관한 PDF 자료에 따르면 안검 하수는 눈꺼풀이 처지는 증상을 나타내는 말이고 이마에 주름이 지는 것은 이 증상과 싸우기 위해 노력할 때 생기는 거라고 했다. 아버지는 분명 우리보다 열다섯 배는 더 피곤할 것이다. 아버지는 이 한 번의 커다란 횃불을 피우기 위해 자신에게 남은 모든 에너지를 다 태우려는 것처럼 이 순간에 집중하고 있었다. 마치 온 세상에 불을 붙일 것처럼.

"우리가 단 한 번 사는 이 삶은 아주 짧아, 얘들아. 그게 내가 너희에게 전하려고 애쓰는 말이야. 단 한 번의 아주 짧은 생이라고. 그리고 끝나버려. 우라지게 빨리 끝나버린다고. 우리 모두 이 사실을 알고 있지. 하지만 우린 잊어버리지, 잊어버린다니까. 한 20분 정도 지난 것 같은데 돌아보면서 생각하게 되지… 뭐야, 대체 내가 뭘 하고 있었던 거야? 대체 망할 내가 무슨 생각을 하고 있었던 거야?"

아버지는 회춘한 것처럼 입에서 말이 술술 흘러나오고 있었다.

"난 지금 너희 엄마들 이야기를 하는 게 아니야. 이젠 아니야. 엄마들은 잊어버려. 그들은 여기 없잖아. 난 나와 너희 하나하나를 얘기하는 거다. 우리 넷 말이야. 난 지금 여기 같이 있는 우리를 말하고 있어."

또 다른 폭스바겐이 정비소에서 나왔다. 그것은 우리 밴보다 두 세대나 나중에 나온 신모델로 세월의 영향을 받지 않은 것이었다.

"내가 하고자 하는 말은… 온갖 피해와 난장판은 잊어버리라는 거야. 잠시 동안. 잠깐만 말이다."

아버지는 마음속에 전쟁터에 나온 군대들을 집결시키려는 것처럼 잠시 말을 멈추었다.

"너희도 알다시피 내가 한 일이라곤 너희 두 갓난이를 돌보는 것뿐인 날들이 아주 많았다. 너희가 갓난아기였을 때 난 너희를 목욕시키고 몸을 닦아주고 옷을 입히고 우유를 먹이고 나중엔 한 스푼씩 음식을 떠먹였지. 너희가 계속 칭얼거리고 울고 외면해도 달래가면서 계속 먹였다. 그다음에 너희가 조금 더 컸을 때는 바닥에 앉아서 너희와 같이 놀아줬지. 레고도 하고, 조각 그림 퍼즐도 하고. 야생동물들의 퍼즐을 끝도 없이 맞췄다. 그림은 또 얼마나 그렸다고. 어마어마하게 낙서도 하고. 너희가 자전거를 탈 때는 뒤에서 잡아줬지. 공원에선 개들이 달려들까 봐 곁눈질로 살펴봤고. 너희가 쉬야 하는 방법을 익히는 동안은 옆에 서 있어 주고, 너희 엉덩이도 내가 닦아줬다. 너희 엉덩이를 닦아주는 데만 내 인생의 몇 년을 보냈을 거야. 나는 차에서 너희를 안고 나와 계단을 올라가 방까지 갔다. 너희 신발을 벗겨주고, 코트를 벗겼지. 침대에 눕혀 이불을 덮어주고 랄프 너에게는 얼룩말 인형을 주고 잭 너는 기린 인형을 갖고 있는지 확인하고, 나중에 루 너는 작은 새끼 돼지 인형을 챙겨줬지."

"내 망할 얼룩말은 어디 있지?"

"그리고 너희에게 책을 읽어줬지. 아, 얼마나 많이 읽어줬는지 몰라. 한 5000권은 읽어줬을 거야. 집을 떠나 있을 때면 너희의 바보 같은 얼굴이 얼마나 그리웠는지 모른다. 나는 책상에 너희의 사진들을 놓고 지금 너희를 위해 이 바보 같은 책을 쓰는 거라고 나에게 말하곤 했지. 난 내가 사랑하는 것들을 너희도 사랑하게 가르치려고 노력했다. 난 너희를 가르치려고 노력했어. 너희가 물어보는 건 다 대답해주려고 노력했어."

아버지는 다시 손을 쫙 펴서 가슴에 댔다.

"난 너희가 이 모든 점을 알아줬으면 좋겠다. 난 너희가 그걸… 마음으로 느껴주길 바란다. 날 위해 그렇게 해줄 수 있겠니?"

아버지는 랄프 형을 바라봤다.

"네 얼룩말은 아직 내가 가지고 있다. 집에 있어. 넌 어렸을 때 그 얼룩말이 춤을 추게 했지."

랄프 형이 아버지와 눈을 마주쳤다.

"아버지, 제 생각엔 아버지가—"

"아니, 내 말을 끝까지 들어봐, 루. 아직까지 내 머릿속에 들어 있는 이 모든 게 와르르 무너지기 전에 말이다."

아버지는 손가락을 다시 자신의 관자놀이에 갖다 댔다.

자료에 따르면 이 병에는 인지적인 차원이 있다고 한다. 증상 중 하나로 기이하면서도 미묘하게 득의만만해지는 기분이 든다고 한다.

"지난 18개월이란 시간이 나로선 어땠는지 너희에게 제대로 말해줄 수 없구나. 나는 한 여자가 길거리를 걸어가는 걸 봤는데 그녀의 엉덩이가 아주 살짝 흔들리는 모습이 기적처럼 느껴졌다. 어린 사내애 하나가 슈퍼마켓의 주차장에서 휘파람을 부는 소리를 듣고 창의적인 작품이 나오는 소리를 들을 수 있었어. 그건 우리가 강들과 산들과 숲들과 해안 지대로 오기 전에 일어난 일이란다. 우리가 만들어낸 음악, 인간의 목소리, 춤추는 인간의 형태, 우리가 그리는 그림, 우리가 지은 성당들, 시, 망할 시. 이 모든 것의 완전한 아름다움은 이루 말할 수 없는 거야. 잭, 네가 말한 것처럼 이 모든 게 기적 같아. 정말 기적 같지. 매 순간, 숨을 쉬는 순간, 순간이 다 기적이야. 너희 이거 아니?"

우리는 모두 아무 말도 하지 않았다.

"난 이 병에 걸린 게 거의 고마울 지경이야. 내 인생의 진가를 알아보고 진짜 하루의 진정한 빛에 비춰 모든 것을 볼 수 있게 시간이 주어진 거야. 갑자기 죽는 대신 자세히 생각하고 음미할 수 있었어. 삶을 되새길 시간이 있었지. 이건 내가 가진 또 다른 특권이야. 많은 특권들 중의 하나—"

"아버지?"

랄프 형이 부드럽게 물었다.

"그건 그렇고, 죽음은… 음, 난 죽음이 있어서 안도할 수 있다고 생각한다. 나만 그런 게 아니라 우리 모두를 위해 말이다. 죽음은 인간이란 종족에게 긍정적인 선물이야. 내 말은, 한번 상상해봐라. 세상을 망쳐서 남은 인류에게 피해를 주는 인간들이 모두 영원히 산다고 상상해봐. 모든 분노한 영감 말이다. 그들이 절대 죽지 않는다면, 전쟁광들과 우리 마음과 사회에 나쁜 영향을 주는 그런 자들이 결코 죽지 않는다면—"

"아버지, 아버지 정말 이 일을 하실 건가요? 그 이유가—"

랄프 형이 다시 물었다.

"난 행복하다, 랄프. 발목은 끔찍하게 아파. 하지만 행복하다. 지난 며칠은… 너희 모두 알아주기 바란다… 아주 오랜만에 최고의 시간이었어. 어젯밤조차… 그만의 방식으로 굉장히 훌륭했다. 의미 있었어. 그만한 가치가 있었고 중요했고 변화할 수 있는 시간이었어."

차들이 들어와서 기름을 넣고 다시 떠났다. 마치 이것이 세상에서 가장 평범한 일인 것처럼. 그들에겐 만나야 할 사람들이 있고 가야 할 곳이 있겠지. 나는 바로 이거란 생각을 하고 있었다. 여기에 도착했기 때문에 우리 모두 마음이 바뀌었다. 그걸 느낄 수 있었다. 잭 형은 마침내 아버지가 하는 말을 듣고 있었고, 랄프 형도 아버지의 말을 듣고 있었다. 나도 그렇고. 우리 모두 마음을 바꾸고 있었다. 다시 한번. 또 한 번. 전에 반대했던 사람들은 이제 찬성하고, 전에 찬성했던 사람들은 이제 반대했다.

아버지는 이야기를 이어갔다.

"난 무섭지 않다는 말을 하는 건 아니다. 물론 무서워. 다만 이대로 살아가는 게 더 무섭다. 이 처방전을 받을 수 있기를 바란다. 아주 간단한 절차이길 바라고 서류 작업 때문에 일이 혼란스러워지는 건 원하지 않아. 그다음에 우리는 볼 거다. 그다음에 뭘 할지 보는 거야. 내일."

아버지는 미소를 지었다.

"아버지?"

잭 형이 물었다.

"우리가 이 일을 더 빨리 해야 모두 다시 살 수 있다. 우리는 이 일을… 대부분의 사람들은 받지 못하는 아주 큰 기회로 봐야 한다. 진정한 축복으로 말이야."

"아버지."

"너도 알다시피 대부분의 사람들은 이런 식으로 죽지 않기 때문이야. 이건 내가 뇌졸중에 걸려 리즈에서 혼자 외롭게 지내는 동안 너희는 런던이나 다른 곳에서 일하는 그런 상황이 아니잖아. 나 혼자 쓰러져 죽는 게 아니라고. 어느 시점이 되면 난 떠나야 한다. 그런데 이 시간은 아주 좋았잖니. 우린 같이 있을 기회를 가졌던 거야. 오늘 이 처방전을 받고 내일 어떻게 할지 보자꾸나. 오늘 밤과 내일 좀 더 이야기를 하고… 내일 보는 거야."

잭 형이 말했다.

"아버지가 왜 이게 좋은 아이디어라고 생각하시는지 이해할 수 있어요. 정말 그래요. 하지만—"

"미안해, 잭. 다른 게 또 남아 있다."

아버지는 떨리는 손가락 끝으로 이마를 눌렀다.

"난 계속 하고 싶은 말을 하지 못하고 있구나."

"아버지—"

"내가 하고 싶은 말은 이거야. 우리는 우리가 주는 것으로 규정되는 존재야. 어떤 유산을 남기고 가느냐에 따라 그 사람을 알 수 있다는 거야. 나는 어제야 비로소 동굴에서 그 점을 알아차렸다. 마치 눈이 번쩍 뜨이는 것 같은 통찰력이었어. 그러니 내가 얼마나 바보인지 너희도 알겠지. 물론 이건 당연한 이야기지. 세상이 생겨난 이래 시인들이 계속 이 말을 해왔지. 인간이 남기고 가는 것은 그 사람이 창조한 것뿐이야. 삶의 목적은 창조에 있다. 인생의 유일한 의미는 창조란 말이지."

아버지는 천천히 기울어져가는 미소를 간신히 지어 보였다.

"인생은 네가 얼마나 차지했느냐가 중요한 게 아니라 얼마나 베풀었느냐가 중요해. 그게 핵심이지. 네가 뭘 췄고 뭘 만들어냈건 상관없이 중요한 건 그거야. 그게 여기 있어. 이 밴 안에. 내 인생에서 중요한 모든 것, 내가 가장 자랑스럽게 여기는 것, 너희 셋이야. 지금 있는 그대로의 너희 셋. 세 아들. 내가 사랑하는 사람들. 그게 내가 하고 싶은 말이야. 그 말을 하고 싶었어."

"아버지."

잭 형이 말했다. 형은 몸을 앞으로 내밀고 손도 내밀었다.

아버지는 나에게 그러는 것처럼 잭 형의 손목을 잡고 순간적으로 그 손을 들었다. 그다음에 아버지는 내가 평생 한 번도 보지 못했던 행동을 했다. 아버지는 다른 손을 뻗어서 그 손을 랄프 형의 어깨 위에 얹었다.

나도 형들과 아버지에게 몸을 기울여서 우리는 느슨하게 원을 이루었다.

"너희가 내가 지금 있는 이 단계에 이르면 분명하게 보일 거야, 얘들아. 마침내, 마침내 말이지. 내게 정말로 중요한 건… 가장 중요한 건… 내가 부탁하고 싶은 유일한 건… 너희가 계속… 서로 이야기를 나누는 거야. 우리가 항상 그래 왔던 것처럼."

아버지는 다시 우리를 둘러봤다. 랄프 형, 잭 형, 나. 둥그렇게 둘러앉은 우리를 아주 잠깐 흔들리지 않는 눈으로 바라봤다.

"싸우지 마라. 절대로 사이가 틀어져선 안 돼. 계속 친구로 지내겠다고 약속해다오. 도울 수 있는 일은 서로 돕고. 너희는 이런 형제들이 있어서 아주 운이 좋은 거야. 어떻게 이런 일이 일어났는지 나도 모르겠다. 이것도 기적이란다."

"아버지."

내가 말했다.

"어서 길을 떠나자, 루. 호텔에 체크인을 하고 씻고, 그다음에 할 일을 준비하자. 모든 일이건 준비가 제일 중요해."

5

벽에 걸린 사진들

하늘의 도시

밴에만 있다가 앰배서더 호텔에 오니 충격적일 정도로 방이 아름답고 널찍하고 혼자 조용히 있을 수 있어서 마치 또 다른 세계로 넘어온 것 같았다. 묵직한 방문이 닫히는 순간 나는 큼지막한 가죽 의자에 앉아서 윤이 반질반질하게 나는 테이블(그 위에 신선한 과일이 있었다)에 감탄하고 거대한 침대와 진한 크림색 줄무늬 벽지를 바라봤다. 긴 유리창에 걸린 속이 비치는 레이스 커튼을 통해 들어온 햇빛이 방을 환하게 비춰주면서 어쩐지 짙은 색의 큰 목재 책상에서도 가물거리는 것 같았다. 내 팔꿈치 옆에 진한 아이보리색 편지지가 있었다. 마치 내가 진짜 대사로 막 고국으로 부치는 긴급 공문을 쓰는 것처럼 말이다. 아마 문명이라는 스위스 호텔을 가리키는 건지도 모른다. 나도 모르겠다. 난 한 번도 호텔에서 묵어본 적이 없으니까. 정말 모르겠다. 잭 형이 아버지를 돕고 있어서 나는 90분 동안 쉬고 오늘 밤

이 침대에서 잘 수 있게 됐다. 그래서 크게 안도했다. 이 방에서라면 10년이라도 살 수 있을 것 같다. 그랬다가 모두 다 끝나면, 이슬람 국가, 기후 변화 위기, 신 중세 시대, 내 빌어먹을 아버지의 행복하고 빌어먹을 죽음 같은 일이 다 끝나면 여기서 나가는 것이다.

갑자기 나는 홀딱 벗고 다시 깨끗해지고 싶은 충동이 들었다.

나는 욕실로 갔다. 거대한 욕조와 흐릿한 조명과 쌍둥이 갓난아기라도 목욕시킬 수 있을 만큼 넓고 깊은 세면대가 있는 나만의 욕실로. 나는 캠핑하느라 더러워지고 쭈글쭈글해진 옷을 벗고 욕조에 물을 틀었다. 어마어마한 양의 뜨거운 물이 나왔다. 욕실에는 '크림', '물에 적심', '액체' 같은 말이 붙은 작은 병들이 많았다. 그 병들의 내용물을 다 물에 쏟아부었다. 핸드폰을 가져와 욕조 옆에 있는 테이블 위에 놨다.

욕실에 있는 타월들이 얼마나 크고 두껍고 많은지 믿을 수 없을 정도였다.

나는 조심스럽게 욕조로 들어가서 눈을 감고 천천히 물속으로 들어갔다. 다시 물 위로 올라왔을 때 마음이 착 가라앉았다.

손을 닦고 핸드폰을 집어서 호수 반대편에 있는 에바의 아파트 위치를 찾아봤다. 거기가 내가 갈 곳이다. 내일 무슨 일이 일어나건 거기가 내가 갈 곳이다. 에바는 내일 아침 공항에 도착한다. 호텔에는 9시쯤 도착할 거라고 에바는 생각하고 있었다. 그 비행기는 어이없을 정도로 일찍 뜨지만 값이 싸다.

온몸이 따뜻해져서 평화로운 마음으로 욕조에서 나왔을 때 나는 창가로 가서 바로 호텔 왼편에 있는 호수를 보려고 레이스 커튼을 젖히는 실수를 저질렀다. 나는 맞은편의 에바가 묵을 동네를 보고, 그 너머의 보트들과 우리 사이에 있는 물가에 바쁘게 떠도는 햇빛을 봤다. 에바가 묵게 될 그 건물을 짐작할 수 있을지 궁금해졌다. 하지만 너무 멀었다. 호숫가가 좁아지다가 강으로 흘러드는 오래된 마을을 향해 반쯤 오른쪽으로 시선을 옮겼다. 그다음에 다시 호텔 바로 맞은편에 있는 오페라하우스를 봤다. 그다음에 호텔 바로 밑 오른쪽에 있는 카페에 시선이 꽂혔다. 창문 바로 밑에서 조금 떨어진 자리에 카페가 있었다.

그때 나는 거기 있는 한 가족을 보기 시작했다. 그 가족은 별다른 일을 하고 있진 않았다. 모두 다섯 명이었다. 그들은 좁고 번잡한 보도에 있는 카페 테이블에 앉아 몸을 꼼지락거리고 있었다. 바로 그때 그 아이를 봤다. 그 사내아이가 몇 살인지는 알 수 없었다. 한 일곱 살 정도로 보였는데 아버지의 와인 잔을 쳐 테이블에 엎질러지면서 붉은 창 같은 얼룩이 사방으로 번지고 있었다.

아이 엄마는 옷에 와인 얼룩이 지지 않게 벌떡 일어났다. 그 사내아이보다 좀 더 나이가 많은 여자아이 하나와 남자아이도 벌떡 일어났다. 와인이 그들의 접시에도 좀 튀었으니까. 나는 가족들이 모두 그 아이를 야단치는 모습을(그동안 차들이 옆으로 지나갔는데 아무도 신경 쓰지 않았다) 봤다. 그들은 마치 그 아이가 근처에도 오지 않았으면 하는 바보인 것처럼 사정없이 야단을 쳤다. 아이는 너무나 위축돼 있었다. 달리 갈 곳도 없었고, 너무 어려서 그들에게 그만하라고 할 수도 없었으니까. 의자에 다시 앉아 그냥 사라져버렸으면 좋겠다고 바라는 것 외에 달리 뭘 할 수 있겠는가? 다만 아버지도 일어나서 두 손으로 식구들에게 그만 '진정하라'는 동작을 하면서 마치 일종의 모리스 댄서* 처럼 냅킨을 가지고 테이블 주위를 돌아가며 계속 테이블을 닦았다. 아버지는 엎질러진 테이블을 치워서 아이의 마음을 편하게 해주고 있었다.

실은 호텔에 체크인 했을 때 우리는 아버지가 방을 두 개만 예약했다는 사실을 알게 됐다. 우리는 밴을 주차하고 아버지가 탄 휠체어를 밀고 호텔로 들어갔다. 아버지는 아주 유쾌하고 공손하고 아직도 힘이 넘치고 있었다. 곧바로 접수 담당자의 눈에 놀라는 기색이 비쳤다.

"안녕하세요, 래스커 씨. 뵙게 돼서 반갑습니다만, 선생님은 방을 두 개만 예약하셨는데요. 3월에 예약하신 걸로 보이는데, 아무 문제없습니다. 지금… 저희 호텔에… 방이 두 개 더 있으니까… 만약 그렇게 하셔도 된다면 말입니다. 선생님으로서도 운이 좋고 저희도 좋은 거죠! 호텔에 빈 방이 세 개밖에 안 남았거든요."

---

* 영국의 오래된 남자 가장무도의 일종.

아버지는 방 두 개를 더 잡고 카드로 지불하는 것도 괜찮아했다. 아니 괜찮은 것 이상으로 그러고 싶어 했다. 물론입니다, 물론이죠. 아버지는 휠체어에 앉아 카드를 건넸다. 망할. 그래요. 물론이죠.

아버지는 잊어버린 것이다. 우리 모두 오겠다고 했는데. 아버지는 방을 두 개만 예약한 것이다. 그때는 두 사람만 올 거라고 예상했으니까. 두 번째 방은 더그의 이름으로 예약돼 있었다.

그렇게 창문을 내다보고 있는데 갑자기 그 일이 일어나기 시작했다. 처음에는 뭐가 뭔지도 몰랐다. 내 눈 가장자리에 그득 차오르다 흘러내리는 이 이상한 물의 정체를. 나는 그 엄마가 카페로 들어가고 아버지가 그 아이 옆에 앉을 수 있게 딸과 자리를 바꾸는 모습을 지켜보고 있었으니까. 나는 고개를 흔들었고 내 얼굴은 사정없이 일그러져 있었다. 그런데도 여전히 지금 내 몸에서 무슨 일이 일어났는지 알아차리지 못하고 있었다. 나는 코를 훌쩍이면서 숨을 쉬고 있었고 말을 하고 싶었지만 목소리가 쉬어버렸고 뭔가 내 뺨의 근육들 사이에서 갇힌 것 같은 느낌이 들었다.

이건 눈물이 분명해, 이건 눈물이 분명하다고, 나는 생각했다.

난 내가 아니었다. 나는 나였다. 나는 울고 있는 게 분명했다. 굵직한 눈물방울들이 내 뺨으로 흘러내려서 입가로 떨어지고 있었으니까. 마치 내가 녹아내려서 곧 내 몸 전체가 물이 돼버릴 것 같았으니까.

난 형들과 얘기하고 싶었다. 아버지와도. 정말 아버지를 보고 싶었다. 그건 가능했다. 아버지는 바로 옆방에 있고 내게는 아버지 방의 여벌 열쇠가 있으니까.

　아버지를 볼 수 없을 때는 어떻게 하지? 아버지가 옆방에 없고 다른 곳에도 없을 때는 어떻게 하지?

우리는 물론 일찍 왔다. 그래서 병원의 대기실에 앉아 있었다. 우리는 마치 이게 좋고 정상인 것처럼 등받이가 수직인 의자 세 개에 나란히 앉아 있었다. 아버지는 끝에 앉아 있었다. 깨끗하고 깔끔하고 신중한 모습으로. 우리는 마치 입대하러 온 것처럼, 여권을 갱신하려고 기다리는 것처럼, 마치 발톱 정리를 하러 온 것처럼 기다리고 있었다. 주위에서 카펫용 세제 냄새가 났다. 우리가 밴을 주차한 밖에서 차들이 지나가고 있었다. 손도 대지 않은 잡지들 표지에 보정한 사람들의 사진이 보였다. 여자 접수 담당자가 어딘가에서 작은 목소리로 전화기에 대고 독일어로 이야기를 하고 있었다. 벽에 특별한 이유도 없이 믿을 수 없을 정도로 완벽한 치아에 믿을 수 없을 정도로 완벽하게 생긴 가족이 믿을 수 없을 정도로 완벽한 휴가를 보내는 사진들이 걸려 있었다. 상담받을 환자들의 명단이 나온 전광판이 있었다. 나는 그 이름들을 봤다. 트라슈젤. 파스나흐트. 엔츠.

　래스커.

　저 영국 문자들이 모여 있는 방식이 나로선 전혀 납득이 가지 않아서 도무지 무슨 뜻인지 이해할 수 없었다. 그 글자들은 반짝거렸다가 사라지고 다시 반짝거렸다가 사라져서 나는 마치 나만의 환각 속에서 뭔가 의미심장한 것을 찾아낼지도 모르는 것처럼 멀거니 그 글자들을 보고 있었다. 그 글자들 속에 나의 정체성이나 의미는 하나도 없었다. 나는 우주에서 그 글자들을 내려다보고 있었다. 우리는 망상의 종족에 속한 망상의 가족이다. 우리는 흰옷을 입은 마법사가 나타나 우리의 죽음을 허락하는 마법을 걸어주길 기다리고 있었다. 그랬다, 별들이라는 전망 좋은 곳에서 나는 집단적인 인간의 정신에 광기가 맹위를 떨치고 있으며 우리가 스스로를 파괴하고 세상에서 사라질 때까지 그 광기가 멈추지 않을 것이란 점을 볼 수 있었다. 우리는 반격해야 한다. 우리는 현실을 직시하고 거기 대처해야 한다.

래스커.

우리는 일어났다. 순간 잭 형이 나서서 휠체어의 손잡이를 잡을 것처럼 하다가 옆으로 물러나면서 내가 아버지의 휠체어를 밀고 진찰실로 가게 했다. 랄프 형이 뒤따라왔는데 일부러 그렇게 천천히 따라오는 것처럼 보였다.

래스커.

문이 열리고 의사가 문지방 앞에 서 있었다. 그는 키가 크고 안경테가 없는 세련된 안경을 쓰고 엄격하면서도 깔끔하며 나이가 들었지만 젊어 보이는, 마치 자신의 외모를 주말마다 꼼꼼하게 모래 분사기로 씻어 내리는 그런 얼굴로 서 있었다.

"모두 이렇게 기다려주셔서 감사합니다. 여기서 가족 모두 뵙게 돼서 기쁘군요."

그는 면도한 얼굴만큼이나 완벽한 영어로 말했다.

우린 사실 기다린 게 아니었다. 지금은 정확히 오후 2시다. 우리는 시간에 맞춘 것이다.

나는 아무 말도 할 수 없었다. 랄프 형만이 접수 담당자에게 간신히 공손하게 대할 수 있었다.

"여기서 가족 분들을 보게 돼서 기쁘군요. 여러분은 모두… 아드님들인가요?"

의사가 다시 말했다.

아무 말도 없는 가운데 랄프 형이 나섰다.

"우리가 알기론 그렇습니다."

의사가 말했다.

"운 좋은 분이시군요. 우리 스위스에서는 빨간 머리는 정열적인 영혼의 표지란 말이 있습니다."

의사의 관자놀이에 있는 정맥 하나가 경련을 일으켰다.

랄프 형은 흥미로운 표정으로 그 말에 화답해서 미소를 지어보였지만 아무 말도 하지 않았다. 그렇게 우리 모두 잠시 문간에서 가만히 서 있었다. 의사가 시간이란 개념은 우리에게 환상이자 실체가 없는 것이 아니라 굶주림과 갈증처럼 현실이라는 것을 알아차렸다.

"알겠습니다. 자, 괜찮으시다면 아버님과 15분 정도 시간을 보내고 싶습니다. 그러면 좋을 것 같아요. 그다음에 우리 모두 같이 이야기를 나누죠."

의사가 말했다.

그는 내 대신 휠체어 손잡이를 잡겠다고 했고 나는 어쩔 수 없이 거기에 응할 수밖에 없었다.

"가서 담배나 한 대 피우자. 기분 전환해야지."

랄프 형이 말했다.

밖의 회색 거리는 터무니없을 정도로 일상적이었다. 햇빛이 맞은편 사무용 빌딩 창문에서 반짝이고 있었다. 차들은 한쪽에 주차돼 있었다. 작은 사내아이 하나가 엄마와 같이 우리 옆을 휙 지나쳤다. 식료품이 든 봉지를 안은 남자 하나가 자신의 집 문 자물쇠를 열고 있었다. 우리는 조금 걸어서 밴을 놔둔 곳 근처로 갔다.

랄프 형이 담뱃갑을 흔들어 꺼냈다. 형은 이제 달라 보였다.

어떻게 했는지 방법은 모르겠지만 두 시간도 안 되는 시간에 형은 옅은 색의 얇은 바지와 몸에 딱 맞는 재킷과 새 셔츠를 사서 입고 있었다.

"아버지 목욕은 어땠어?"

랄프 형이 잭 형에게 물었다.

"힘들었지."

잭 형이 땅이 꺼질 듯 한숨을 쉬었다. 마치 호흡 전체가 형의 둔감한 몸 전체를 통과하는 것처럼 깊은 한숨이었다. 잭 형은 랄프 형과 반대로 청바지와 불편해 보이는 폴로셔츠로 갈아입었는데, 아까보다 상태가 더 안 좋아 보였다. 어쩐지 아버지를 돌보는 무게 때문에 더 살이 찐 것처럼 보였고 순간 잭 형이 랄프 형이 내민 담배를 한 개비 집을지도 모른다는 생각이 들었다. 잭 형이 말했다.

"의사에게 아버지 발목 통증에 좋은 약을 달라고 부탁할 생각이야."

나는 우리가 어떤 가게, 약국 옆에 서 있는 걸 봤다. '아포테커'라는 간판이 있고 그 옆에 노란색 횡단보도가 있었는데, 영국식 흑백 횡단보도만 보다 그걸 보니 이상하게 느껴졌다.

랄프 형은 성냥을 흔들어서 불을 끄고 담배 연기 사이로 눈을 가늘게 뜨고 우리 사이에 있는 좁은 거리를 바라봤다.

"아버지가 정말로 이걸 하실 건가?"

"나도 모르겠어. 정말 모르겠어."

잭 형이 말했다.

"아버지랑 같이 있을 때 뭐라고 그러셨어?"

"아버지는 그냥 처방전을 받고 싶다고 하셨어. 그게 당신이 원하는 거라고. 자신에게 선택권이 있다는 걸 알고 싶다고."

"그냥 너랑 말씨름하지 않으려고 그런 말을 하신 거 아닌가?"

"나도 모르겠어."

잭 형의 태도가 변했다. 전에는 확신에 넘치는 사나이 같았는데 이제 그런 분위기는 사라지고 어떤 태도를 취해야 할지 모르는 사람처럼 보였다. 어쩌면 아버지와 한 시간만 같이 보내도 그렇게 되는 건지도 모른다. 아버지의 옷을 벗기고 씻기는 그 한 시간. 잭 형이 생사가 걸린 곳에 들어왔다는 걸 나도 알 수 있었다. 우리 모두 그곳에 들어와 있었다.

잭 형은 다시 한숨을 쉬더니 아버지다운 수염의 형태를 갖춘 짧은 수염을 문질렀다.

"아버지는 아이러니하다고 하셨어. 이건 순례라고 하시더군."

"뭐가 아이러니하다는 거야?"

"이 모든 게. 마치 종교적인 순례 같지만… 사실은 자살을 하러 왔다는 게."

"안락사라니까."

내가 말했다.

"그러니까 단순히 처방전만 받으러 온 게 아닌 거지?"

랄프 형이 추궁했다.

"나도 모른다니까. 모르겠어. 아버지는 그렇다고 하시지만. 아버지는 계속 일을 진행시켜보고 내일 결정하신다고 했어."

잭 형이 말했다.

랄프 형은 담배 연기를 뿜으려고 고개를 돌렸지만 눈은 계속 나를 보고 있었다.

"넌 기분이 어때, 루?"

"난 괜찮았어."

"괜찮았다고?"

"호텔에 들어가기 전까진 그랬어. 그 호텔은 뭔가 분위기가 이상해. 나도 잘 모르지만 완전히 내 마음을 뒤죽박죽으로 만들었어."

나는 알고 있다고 생각했다. 우리 모두 알고 있다고 생각했다. 우리 모두 아버지가 굳은 결심을 하지 않는 한 취리히 호수에 있는 별 네 개짜리 호텔에서 방 네 개의 비용을 아주 기쁜 마음으로 내진 않을 거라는 점을 알고 있었다. 돈이 다 말해주니까. 아니, 돈에 대한 아버지의 태도가 다 말해주니까. 그렇지 않았다면 아버지는 그런 돈을 쓸 사람이 아니었다. 진심으로 그 일을 강행할 의도가 있지 않는 한. 아버지는 도저히… 수천만 원을 낭비하는 일은 참을 수 없는 사람이다. 우린 모두 그렇게 짐작했다. 그런 의심 때문에 모두 죽을 맛이었다. 결국 돈만이 우리에게 진실을 말해준다면, 이것 역시 의미 없는 또 다른 것에 지나지 않게 되니까. 세상에는 의미 없는 일이 이미 너무나 많은데 말이다.

차가 한 대 와서 어이없을 정도로 공손하게 머뭇거리고 있었다. 운전기사는 우리가 노란색 횡단보도를 건널 거라고 생각하고 있었다. 랄프 형은 차 유리창을 향해 허리를 숙이고 손을 흔들어서 가라고 했다. 그 운전자는 핸들 너머로 고개를 끄덕이며 미소를 지었다. 그는 예순 살 정도로 보였다. 그에게 얼마나 많은 시간이 남아 있을까? 앞으로 열다섯 번의 여름 정도. 아니면 서른 번? 두 번? 그는 얼마나 원할까?

"그 호텔이 내 머릿속을 헤집어놨어. 밴에서 나오지 말았어야 했나 봐."

내가 다시 말했다.

우린 모두 옆에서 아무 반박도 하지 않은 채 듬직하게 기다리고 있는 밴을 봤다. 저 밴은 어떻게 하지? 팔 수는 없었다. 그렇다고 계속 가지고 있을 방법도 없었다.

"하나를 위한 모두."

랄프 형이 말했다. 형은 마치 내 권투 코치처럼 날 다시 봤다.

"이 일이 끝났으면 좋겠어."

내가 말했다.

"우린 이제 진실에 다다른 셈이야, 루."

랄프 형이 말하고 담배를 껐다.

내 어깨로 팔 하나가 둘러지는 게 느껴졌는데, 잭 형의 팔이 분명했다.

잭 형이 내 옆에 다가와 서면서 말했다.

"루, 너에게 말하고 싶어. 어젯밤 미안했다는 말. 그건 너와는 아무 상관없는 이야기였어."

"나도 알아."

"그래…."

잭 형은 나를 안고 끌어당겨서 우리는 서로 이마를 맞대고 서

게 됐다.

"네가 모르는 건 네가 지금까지 우라질, 얼마나 잘해왔는지 모른다는 거야. 네 엄마에게도 그랬고, 지금은 아버지에게도 아주 잘하고 있어."

이건 아버지가 쓰는 말이라고 난 생각했다. 우라질, 이라니. 왜 잭 형이 아버지가 쓰는 말을 쓰지?

잭 형은 이야기를 계속했다.

"또 네가 모르는 건 너와 나와 너의 짜증나는 또 다른 형이 무슨 일이 있건 항상 힘을 합칠 거라는 점이야. 언제나. 우리가 우리 중 하나를 위해 다시 만나는 그 순간까지. 아마 저 자식 때문에 뭉치게 될 거야. 저 자식은 지독한 얼간이니까."

잭 형은 내게서 이마를 떼서 랄프 형을 봤다.

랄프 형은 손을 뻗어서 내 반대편 어깨를 잡았다. 우리는 모두 큰 경기를 치르기 전의 팀처럼 동그랗게 서서 서로의 어깨를 잡고 고개를 숙이고 있었다.

"하나를 위한 모두."

랄프 형이 말했다.

"그건 아버지의 선택이야."

내가 말했다.

우리가 다시 안으로 들어갔을 때 아버지는 의사의 책상 맞은편에 앉아 있었다. 아버지는 몸을 핑그르르 돌려서 날 보며 미소 짓고 랄프 형과 잭 형에게는 윙크를 해보였다. 아버지는 이미 휠체어를 다루는 요령을 익히고 있었다. 한두 주만 지나면 동네의 모든 경사로와 승강기에 대한 정보를 갖추고 쓱쓱 소리를 내며 다니는 휠체어 베테랑이 되는 모습이 눈에 선했다.

우리는 아무 말도 하지 않았다. 우리가 내비게이션을 따라 취리히에서 이 의사를 만나러 오는 동안 아버지는 이 상황을 망쳐선 안 된다고 지시했다. 여기서 어떻게 더 상황을 망칠 수 있다는 건지 이해가 잘 안 됐다. 아버지 소원대로 우리 삼형제는 너무 낮은 회색 소파 한쪽에 나란히 앉아 조용히 무릎을 맞대고 있었다.

의사는 내가 알고 있는 정보들을 말하기 시작했다.

"아버님의 건강 상태와 이에 관해 우리가 논의한 문제들."

영어로 말하는 그의 어조는 너무 경쾌했다. 그는 마치 고성능 차의 장점인 공기 역학적 효율성을 업그레이드한 부분에서 살짝 실망스런 점을 묘사하는 것처럼 말했다. 책상 위에 있는 시계가 끈질기게 빈정거리는 투로 째깍 소리를 내고 있었다.

"물론 의사로서 제 첫 번째 의무는 인명을 구하는 것입니다, 여기 스위스에서 제가 추가로 해야 할 의무가 있습니다. 제가 하기로 준비가 된 일이죠."

의사는 앞에 있는 얇은 폴더에 손바닥을 댔다.

난 극심한 피로를 느꼈다. 지금 잠이 든다면 한 계절 또는 1세기 또는 영원히 잠에서 깨지 않을 것 같았다.

의사가 미소를 지었다.

"아들이 셋이나 되다니. 운이 좋으신 분이네요."

그가 다시 말했다.

랄프 형이 말했다.

"그렇죠. 우린 이제야 아버지를 좋아하게 됐답니다."

"선생님. 질문 하나 해도 될까요? 그 처방전은 얼마 동안 유효한 겁니까?"

잭 형이 질문을 시작했다.

"흠, 그건 아버님이 이제부터 어떻게 하실지 결정하는 것에 달렸습니다. 아버님이 그 문제를 상의하실 수 있게 디그니타스 직원들이 나와 있습니다. 제가 그 사람들과 이야기를 나눈 후에 그들이 오늘 오후에 아버님을 찾아뵐 겁니다. 처방전은 3개월 동안 살아 있습니다."

"살아 있다니."

랄프 형이 말했다.

"알아두니 좋군요."

잭 형이 말했다.

"흠, 제가 드려야 할 말씀은 다 했습니다."

의사가 일어섰다. 의사의 목소리에 승리감은 아니고 임무를 완수했다는 생각이 느껴져서 난 또 속이 울렁거렸다.

"여러분이 이 절차를 진행하길 바라신다면 우리에게 필요한 보고서가 다 있고 그것과 함께 민원서류들이 제공될 겁니다."

랄프 형이 갑자기 유창한 독일어로 말했다.

의사는 당황했고 또다시 관자놀이에 경련이 일어서 그런 속내가 드러났다. 그는 뭐라고 내가 이해하지 못할 대답을 하고 앞으로 나와서 아버지 앞에서 허리를 조금 과장되게 숙였다.

"아버지, 발목 통증에 들을 만한 강력한 진통제를 받아가는 게 좋겠어요. 혹시 모르니 말이죠. 앞일은 모르는 거니까. 앞으로 또 먼 길을 갈 수도 있고. 의사 선생님에게 발목을 보여드리세요."

랄프 형이 말했다.

의사는 어색해하면서도 조심스럽게 아버지의 신발을 벗기고 그다음에 양말을 벗겼다.

시간이 정지됐다. 마치 모든 순간이 하나로 응축된 것처럼 느껴졌다. 아무도 반대할 수 없었다. 아무도 지금 자신이 하는 것 외에 다른 일을 할 수 없었다. 그건 전부와 전무의 가능성, 정제된 시간, 생과 사를 생각하는 것이었다.

의사는 통통 부은 아버지의 발목을 보고 고개를 끄덕였다. 그는 다시 의사가 됐다. 아버지는 아무 불평도 하지 않고 의사의 손길을 받아들였다. 아버지도 다시 환자가 됐다. 의사는 아버지의 발목 관절을 시험삼아 이쪽저쪽으로 움직여보면서 손가락으로 살아 있는 힘줄과 뼈를 느껴보고 있었다. 우리는 의사가 진단하는 소리를 들었다.

"발목을 심하게 접질렸어요. 그게 답니다."

의사가 말했다.

랄프 형이 독일어로 몇 마디 더 하자 의사가 고개를 끄덕이고 다시 책상 뒤로 돌아가서 두 번째 처방전을 썼다.

"진통제와 외과용 지지 양말이야. 저기 밑에 있는 약국에서 살 수 있어."

랄프 형이 우리에게 사무적으로 말했다.

영어라는 확실한 가면을 벗어버리자 의사의 목소리는 아주 다르게 들렸다. 그는 일어서서 랄프 형에게 두 번째 처방전을 주고 그다음에 쓸데없이 정확한 동작으로 폴더를 집어서 책상 너머 아버지에게 건넸다.

아버지가 몸을 돌려서 날 봤을 때 아버지는 부드럽고 침착하고 기쁨이 넘치는 미소를 짓고 있었다.

"호텔로 돌아가자, 애들아."

아버지는 두 손으로 폴더를 잡은 채 활기 넘치는 목소리로 말했다.

"내 생각에 우리 모두…."

아버지는 마치 우리가 너무 늦게까지 잠을 안 자는 아이들처럼 꾸짖는 표정을 지어 보였다.

"우리 모두 호텔 지붕 카페에서 애프터눈 티를 마시는 게 좋겠다. 그다음에 누워서 좀 쉬자. 거기 카페에 진짜 애플 스트루델*을 판단다."

* 계란, 버터, 설탕과 시나몬 파우더를 주재료로 해 구운 후식.

의사가 돌아와서 아버지의 휠체어 손잡이를 잡고 능숙하면서도 마치 동료에게 하는 것처럼 싹싹하게 문 쪽으로 돌아 세웠다. 나는 저 자식이 어디든 아버지를 밀고 가는 걸 원치 않았기 때문에 형들보다 빨리 움직였다.

우리는 잠시 가문비나무 같은 회색 접수처에 서 있었는데 다시 한쪽으로 기울어진 배를 탄 것처럼 속이 울렁거렸다. 의사가 우리 하나하나에게 고개를 끄덕여 보였다. 이제 또 다른 예약을 할 필요도 없고, 후속 치료를 할 필요도 없고, 몇 주 만에 낫지 않으면 의사가 다시 돌아오라고 할 필요도 없다.

"고맙습니다."

아버지가 말했다.

그다음에 난 형들을 따라 병원을 나가서, 아버지의 휠체어를 조심스럽게 밀며 경사로를 내려갔다. 그러면서 나는 이 경사로가 휠체어를 타고 여기 오는 사람들을 위해 설치했을 거라고 생각했다. 무슨 이유에선지 밴에서 또다시 오래된 알람 장치가 켜졌지만 아무 소리도 나지 않았고 그저 위험 표시등만이 힘없이 깜박거리고 있었다.

나중에, 황혼이 지기 전에 우리 삼형제는 아버지 없이 호텔을 나왔다. 우리는 밖의 보도에서 잠시 멈췄다. 접수처에 있는 직원이 그 오페라하우스가 전등을 설치한 최초의 오페라하우스라고 말해줬다. 우리는 길 건너편에 있는 그걸 보며 아무 이유

없이 그 점을 생각해봤다. 그다음에 호숫가가 있는 왼쪽으로 돌아섰다.

뭔가 요리하는 냄새가 풍겼다. 한 남자가 거리에서 설탕에 졸인 땅콩을 팔고 있었다. 거리엔 커플들이 있었고 롤러스케이트를 타는 사람들도 있었고 난간에 자전거들이 사슬에 묶여 있었다. 바깥은 아직 따뜻했다. 호수는 랄리크* 유리처럼 아주 잔잔하면서 자수정 같은 자줏빛과 파란색이 섞인 오팔 같았다. 여기서 수영하려면 지나가는 배들에 치어 죽지 않도록 화려한 색의 수영 모자를 써야 한다고 사람들이 말했다.

우리는 구시가지를 향해 걸어갔다. 사방에서 도로를 파헤치고 있는 것처럼 보였다. 전차 선로 위에서 작업하는 용접공들에게서 튀는 불꽃들이 그들이 쓴 검은색의 얼굴 가리개를 마치 번갯불처럼 비추고 있었다. 여기에 로마 정착지가 있었다는 또 다른 증거를 찾아냈다고 사람들이 말했다. 그전에는 켈트족의 정착지가 있었다. 시내 곳곳에 발굴 중인 유적지들이 있었다. 도시 전역의 땅속에 그런 유적지들이 겹겹이 있었다. 아버지가 보시면 좋아하셨을 텐데, 나는 생각했다. 아버지는 좀 혼자 있고 싶다고 하셨다. 잠을 자고 싶다고.

우리는 호텔 지붕으로 올라가 차를 마셨고 그다음에 디그니타스 직원들이 와서 아버지와 이야기를 나눴다. 그들은 내일 아

*　아르누보 양식의 공예 유리그릇.

침에 다시 와서 우리가 가기 전에 또 한 번 이야기를 할 것이다.

그것이 우리가 아는 내용이다.

우리가 알아낼 수 있는 최대한이 여기까지다.

그들은 환자에게 마음을 바꿀 수 있는 모든 기회를 제공했다. 마음을 바꾸도록 독려도 한다. 마지막 순간 직전까지 그렇게 한다. 심지어 그 작고 파란 죽음의 집에 있을 때도 그렇게 한다.

우리는 적어도 우리가 그곳으로 간다는 사실은 알고 있었다.

그럴 계획이니까.

내 말은 작고 파란 죽음의 집으로 갈 계획이란 뜻이다.

우린 내일 아침 열시까지 떠나야 한다.

우리의 마지막 약속을 지키기 위해.

늦어선 안 된다.

걸어가면서 나는 형들에게 호텔 문을 열고 나와서 오른쪽으로 100미터 거리에 있는 슈타델호펜 기차역에 가서 기차를 타면 약 25분이 걸린다고 말해줬다. 아마 그래서 아버지가 애초에 앰배서더 호텔을 골랐을 것이다. 나는 그 작고 파란 집은 파피콘이란 작은 시골 마을에 있다고 설명했다. 호텔 옆에 있는 우리 역에서 곧바로 갈 수 있다. '우리' 역이라고 나는 말했다. 역에서 택시를 타면 5분 만에 간다고. 나는 모든 장소를 거리가 아닌 시간으로 측정했다.

거긴 형들이 생각하는 것처럼 집이 아니라 아주 비싼 골함석으로 만든 것처럼 보이는 파란색 정사각형 모양의 2층 건물이라고 내가 말했다. 공업단지 한가운데 있고, 바즐츨로오스트라세라는 시골 도로를 타고 가면 된다고, 그 맞은편에는 옥수수가 자라고 있고. 그 뒤엔… 바로 뒤엔 흰색의 거대한 창고가 있는데 본채보다 3배 정도 높고 길이는 300미터 정도 된다. 그 건물 뒤로 거대한 창고가 어렴풋이 보이는 것이다. 거기서 그들이 뭘 만드는지 누가 알겠는가. 그 거대한 창고가 파란 건물의 바로 뒤에 착 달라붙어 있어서 마치 그걸 밀어내버리려고 하는 것처럼 보인다.

어울리지 않는다는 말로는 도저히 표현이 안 된다고 내가 말했다. 정말 이상한 곳이라고. 그렇다, 이 파란 금속성 건물은 정말 이상하다고. 마치 도시재개발 프로젝트의 임시 현장 사무소 같은 곳이라고. 그걸 가려주는 덤불로 둘러싸여 있다고. 사실 정확히 말해서 파란색이라고 할 수도 없고, 그보다는 회색이 섞인 파란색이라고 할 수 있다고 형들에게 말했다.

우리는 취리히 호수가 시작되는 곳에 있는 육교인 커다란 크라이브루케를 따라 같이 걸었다. 오른쪽으로 전차들이 지나갔고 왼쪽으로는 물가가 있었다. 호수에는 아직 페달 보트들이 있었는데 사람들이 그 보트를 타고 놀고 있었다. 황혼이 하늘로 올라오고 있었고, 그 빛이 점점 진해지고 있었다. 우리는 남쪽에 있는 알프스를 볼 수 있었는데 삐죽삐죽한 산 정상마다 눈이 흰 왕관처럼 쌓여 있었다. 아니, 그보다는 아주 옅은 보랏빛에 가까운 풍경일지도 몰랐다.

그 작고 파란 건물 바로 옆에 건축업자들을 위한 카페가 있다고 형들에게 말했다. 창고에서 일하는 사람들 모두 거기 가서 점심으로 허접한 음식을 먹는데 거기도 골함석으로 지어져 있어. 그거 알아? 그 카페 뒤에 있는 화장실에 가면 거기서 디그니타스 건물의 허접한 정원도 보이고 건물 안도 유리창을 통해 볼 수 있어. 사람들이 그 절차를 하겠다거나 안 하겠다는 이야기를 나누는 모습을 볼 수 있어. 내가 '정원'이라고 했지만 사실 그냥 화분을 놔둔 구역과 그 끝에 정자라고 부르는 것이 있는 콘크리트길을 말하는데, 다만 거기에 볼만한 경치 같은 건 없어… 뭐 굳이 왜 그런 경치가 필요하겠어? 왜 거기서 산과 호수와 달을 볼 곳을 만들겠냐고? 그 대신 사람들은 그 허접한 정원에 들어가서 그 소형 개울을 건너가지. 나도 왜 그런지 이유는 몰라. 마치 그게 무슨 상징적인 의미가 있는 것처럼 말이야. 거대한 창고의 그림자 밑에서.

넌 어떻게 그런 걸 다 알아? 형들이 물었다.

아버지랑 나랑 둘이서 환자들을 만났거든. 내가 그 사람들 사진도 여러 장 봤고. 그 환자들이랑 내가 이야기도 했어. 핸드폰으로 그 환자들 비디오도 봤다고 나는 인정했다. 지금까지 아버지랑 나랑 뭘 하고 있었다고 생각해?

우리는 작은 운하처럼 보이는 것 옆에서 길을 벗어났다. 그곳은 운하보다는 훨씬 더 예쁘고 깔끔했다. 우리는 마네르바트 산 챙라벤이라는 구시가지 뒤쪽을 통해 호수에서 흘러나온 강 중

하나에 있는 목욕하는 구역 옆의 리미니라는 야외 바를 향해 가고 있었다. 우리는 잭 형의 핸드폰에 나온 구글 지도를 따라가고 있었다. 이곳은 물속으로 들어가는 나무 계단들이 있는 특별한 곳이라고 사람들이 말했다. 사람들은 거기서 수영을 하는데 물을 마셔도 될 정도로 깨끗하다고 했다. 이건 마치 비밀의 정원이나 도시 한가운데 있는 오아시스 같다고. 식물원 바로 옆에 있는데, 마법에 걸린 곳 같다고 했다.

우리가 지나가는 동안 어딘가에서 황혼이 우리 옆을 스쳐갔다. 찰나의 순간 세피아색 그늘이 스쳐갔고 마침내 목적지를 찾았을 때 그곳은 이미 짙은 남색으로 어두워졌고 물에 반사된 바의 불빛들이 아주 아름다워 보였다. 노란색과 오렌지색 할로겐 램프 불빛들이 수면에 얼룩지는 동안 더 붉은 불빛이 물속으로 스며들었다. 마치 그곳은 생각보다 훨씬 더 깊다는 걸 보여주려는 것처럼, 아니면 물속 깊은 곳에 어떻게 했는지 방법은 모르겠지만 불이 있는지도 모른다. 목재 수상 플랫폼 밑에서 일렁이는 옅은 파란색 불빛이 수면을 가로지르고 있었다. 색이 없는 곳은 그저 끈적이면서 번들거리는 검은색만 보였다.

반대쪽에 있는 수목원에 두툼한 나뭇잎과 키가 크고 얇은 열대 몸통의 외국 나무들이 하늘로 높이 치솟아 마치 그 너머에는 아무것도 없는 것처럼 빛과 그늘의 벽을 이루고 있었다. 모든 것에서 상쾌한 냄새가 났고 도시나 포유동물에게 더럽혀지지 않은 것처럼 느껴졌다. 마치 산의 더 깨끗한 공기가 여기 강에서 태어난 것처럼 느껴졌다. 몸을 구부려 소리를 듣자 물이 흘러가는 소리를 들을 수 있었다.

바 자체는 그림 형제의 동화에 나오는 선술집 같았다. 둑을 따라 수직으로 소박한 목재 기둥들이 늘어서 있고, 끝이 뾰족한 목재 지붕이 있고, 목재 기둥들 주위로 거친 테이블들이 놓여 있었다. 우리는 버거를 몇 개 주문하고 거북이처럼 등을 구부린 채 스툴에 앉아 손톱으로 맥주병에 붙은 라벨을 벗겨냈다.

그때 내가 형들에게 가지 않겠다고 말했다.

그때 잭 형이 말했다. 뭐라고?

그때 랄프 형이 말했다. 잠깐만.

그때 잭 형이 자기도 가고 싶지 않지만 그래도 가겠다고 했다. 물론 가겠다고 했다.

그때 랄프 형이 나도 같이 갔으면 좋겠다고 했다.

그때 나는 다시 가지 않겠다고 말했다.

그때 잭 형이 너는 그 일에 찬성할 수도 있고 반대할 수도 있지만 어쨌든 같이 가야 한다고 말했다.

그때 랄프 형이 물었다. 나는 반대하는 건가?

그때 나는 형은 그 일에 찬성하거나 반대할 수 있고 가지 않을 수도 있다고 말했다.

그때 랄프 형이 말했다. 그럼 아버지는 어쩌고?

그때 잭 형이 하나를 위한 모두라고 말했다. 우린 항상 그랬잖아. 하나를 위한 모두.

나는 내 형들을 사랑한다. 그들은 매일 같이 만날 수 있는 그런 사람들이 아니다.

난 그때 말했다. 아니, 난 가지 않아.

나는 여벌의 카드키를 꺼냈고, 자물쇠에서 딸각 소리가 나자 조용히 문을 밀어 열었다. 클래식 음악이 흐르고 있었고 책상 위에 있는 탁상용 스탠드 불빛이 방 안을 부드럽게 비추었다. 아버지가 잉크를 묻혀서 쓰는 오래된 펜으로 뭔가 적고 있었던 게 보였다. 아버지는 침대에 누워 고개를 돌리고 있었다. 아버지가 잠이 깼다는 걸 난 알 수 있었다.

"루냐?"

"네."

아버지는 날 볼 수 있게 등을 반쯤 돌렸다.

"너 괜찮니?"

"전 안 가요."

"루."

아버지는 힘겹게 몸을 들어 올렸다.

"전 내일 안 가요."

내가 말했다.

내 눈은 반쯤 켜진 불빛에 적응했다. 흐릿한 스탠드 불빛의 무늬가 벽에 꽃무늬 모양의 그림자들을 흩뿌려놨다.

아버지는 몸을 침대에 기댔다.

"깜박 잠이 들었다."

"글을 쓰고 계셨어요?"

"너랑 네 형들에게 쓰고 있었다."

"전 내일 아버지랑 같이 가지 않을 거예요."

"루, 들어와. 들어와서 침대 위에 앉아라."

아버지는 묵직한 커튼을 완전히 닫아놓지 않았다. 창문 밖의 밤은 아주 좁고 긴 어둠 한 조각으로만 보였다. 뿌연 백내장 같은 달은 호수에 떨어져 점점 더 시력을 잃어가고 있을 것이다.

아버지는 자신의 옆을 손으로 가리켰다. 세 걸음 걸어가자 아버지의 늙은 얼굴이 날 바라보고 있었다. 아버지의 눈에 물기가 어렸지만 흘러내리진 않았다. 아버지의 백발. 아버지의 수염. 음악이 너무나 아름다웠다. 아버지는 내게 손을 내밀었다.

우리 사이에는 내가 느낄 수 있는 뭔가가 있었다. 뭔가 신비로운 것, 항상 거기 있었지만 전에는 몰랐고, 전에는 그렇게 손에 만져질 정도로 느껴지지 않았던 것이 있었다. 우리 둘 다 그 존재감에 몸을 기울일 수 있었다. 나의 어떤 것과 아버지의 어떤 것. 우리 둘보다 더 많은 어떤 것. 아주 오래전으로 거슬러 올라가는 어떤 것이 있었다.

"신발 벗고 침대 위에 제대로 앉아봐."

나는 부츠를 벗고 침대 위에 아버지와 같이 앉았다. 아버지의 침대는 우리 식구들이 모두 올라와도 될 정도로 넓었지만 아버지는 내게 자리를 내주려는 것처럼 다리를 움직였다가 움찔했다.

"네 전화기에 이야기도 나오게 할 수 있니, 루?"

"무슨 말씀이세요?"

"오디오 북 말이야."

"네, 아마 그럴 거예요."

"너랑 같이 내가 뭘 해야 한다고 생각하는지 아니?"

"뭔데요?"

"이야기를 듣는 거야. 우리 이야기는 아침에 하고."

나는 순간 아버지의 눈을 봤다. 아버지의 모든 품위가 돌아왔다. 아버지의 가장 좋은 점, 아버지의 인내와 끈기가 돌아왔다.

"이건 어떠니… 흠… 스타인벡은 어때? 우리에게 필요한 작가는 바로 그야. 세상에서 가장 인간적인 작가지."

아버지가 말했다.

"《캐너리 로》*. 네 핸드폰에 목소리 좋은 사람이 읽어주는 그 이야기를 찾을 수 있는지 봐라."

나는 검색했다.

"찾았어요."

"그것참 빠르구나. 신세계야, 루. 완전히 새로운 세계."

아버지가 미소를 지었다.

이유는 모르지만 그 의문이 내 마음에, 그 방에, 내 가슴에 있

---

* *Cannery Row*. 한국어판 제목은 《통조림공장 골목》.

었다. 그냥 물었다.

"할아버지는 어떻게 돌아가셨어요?"

아버지는 방 건너편을 보면서 조용히 말했다.

"치매로."

천상의 음악이 흘렀다. 마치 더 이상 연주를 하지 않으면서 음악을 만들어내는 경지에 도달한 것 같은 그런 절묘한 음악이었다.

"너도 그건 알고 있잖아, 루—"

"아버지도 그 자리에 계셨어요?"

침대가 움직이는 게 느껴졌다. 아버지가 온몸을 움직여 고개를 끄덕이고 있었으니까. 아버지의 무게. 아버지의 존재감. 아버지는 조용히 말했다.

"할아버지는 서서히 죽어가셨어. 난 리즈를 1년 정도 오갔다. 느리고 끔찍한 죽음이었지. 매번 할아버지에게 갈 때마다 상태가 더 악화됐다. 돌아가실 때까지 2주 동안 내가 보살펴드렸지. 결국 할아버지는 폐렴에 걸려 돌아가셨어… 돌아가실 때는 나도 몰라보셨다. 우린 서로에게 타인이었지."

"할아버지와 가까우신 적이 있었어요?"

"아니… 그래… 아니."

아버지는 나를 봤다. 아버지는 오래전에 사라진 회한이란 감정 때문에 얼굴을 찌푸리고 있었다. 아버지의 눈은 마치 점점 더 깊숙이 속으로 물러나는 것처럼 회색과 흰색이 섞인 우뚝 솟은 눈썹 밑으로 더 깊이 파고드는 것 같았다.

"우린 어떤 면에선 가까웠다… 우리 사이에는 하나의 역사가 있었으니까. 가족 안에서 보낸 나날들이 같이 공유하는 독특한 세계를 만들어내지."

"아버지가 어른이 됐을 때는 할아버지와 별로 얘기하지 않았죠?"

"안 했어. 바깥세상에 대해서는 말하지 않았다. 잘 안 했지."

"우리랑은 달랐군요."

"우리랑은 달랐지."

아버지는 나를 봤고 나는 아버지를 봤다.

"우리랑은 달랐어, 루."

아버지는 다시 말했다.

음악이 끝나가고 있었다. 우리는 나란히 앉아 있었다.

"이야기를 틀어봐라."

나는 화면에 나온 플레이 버튼을 누르고 전화기를 침대 옆 테이블 위에 놨다. 아버지 옆에 누웠다. 낭독자가 두 단어로 된 제목을 친절하지만 또한 경이로움과 기대에 가득 찬 목소리로 읽었다. 마치 그다음에 나오는 이야기가 듣는 사람들을 아주 슬프고 행복하게 만들어줄 거고, 그들이 원하는 건 그저 웃고 우는 것뿐이라는 그런 목소리였다.

"벽에 걸린 사진들."

아버지가 말했다.

그다음에 아버지는 내가 어렸을 때 그랬던 것처럼 내 머리카락에 손을 올려놨고 나는 눈을 감았다.

"내일 얘기하자, 루."

"매일 해요, 아버지."

나는 아침 9시에 플립플롭을 신고 반바지와 내게 필요 없는 셔츠만 입고 호텔을 나왔다. 내가 어디 가는지는 아무도 모르지만 내가 떠났다는 건 알았다. 밖은 화창했지만 선글라스를 가져오지 않아서 눈을 가늘게 떠야 했다.

그들은 날 찾지 않을 것이다. 나는 왼쪽으로 돌아서 마치 누가 미행하기라도 하는 것처럼 재빨리 걸었다. 길을 건너기 위해 신호등에서 기다려야 했다. 햇빛이 내 맨팔을 따끔따끔 찌르는 걸 느낄 수 있었다. 나는 호숫가를 향해 공원의 좁은 길과 산책로를 걸어갔다. 수면은 햇빛에 반짝거리고 있었다. 호수에는 수백 척의 보트들이 있었는데 파란색 방수포를 옆에 묶어놓은 보트들도 있었고, 그 방수포를 완전히 둘러친 보트들도 있었다. 하루 종일 날씨가 좋을 것 같았다. 사람들이 내 옆을 지나갔다. 젊은 사람, 나이 든 사람. 어린이들이 달려가고 롤러스케이트를 타는 사람도 있었다. 나는 카페들을 지나갔다. 나는 나무 밑을 걸어가고 벤치들 옆을 지나쳤다.

아버지는 몰랐지만 아버지가 자신의 인생, 자신의 인생으로 내게 가르친 것, 내게 가르친 것은 가끔은 자신의 삶을 살기 위해 그냥 사람들을 두고 떠나야 한다는 점이었다. 우리가 자식에게 넘겨주고 싶지 않은 정서적 논리가 바로 자식들에게 주는 그 논리라고 심리학자들은 말한다. 아마도 우리를 데려온 건 잔인한 일일 것이다. 아마 아버지는 대단히 용감한 사람이거나 대단한 겁쟁이일 거다. 아버지는 내 엄마와 같이 있기 위해 한 여자를 떠났다. 그 결정에서 내가 태어났다. 가끔 우리는 사람들에게 맞서야 한다. 우리가 사랑하지 않는 사람들뿐만 아니라 사랑하는 사람들에게도. 가끔은 그렇게 하려면 그들을 떠나야 한다. 멀리 떠나는 것이다. 내 형들, 형들은 아직도 아버지와 복잡하게 얽혀 있다. 형들은 아버지와 같이 가야 한다. 아버지와 끝까지 가야 한다. 형들은 아버지에게서 완전히 벗어날 수 없으니까, 충분히 벗어날 수 없으니까. 그들이 어딜 가건 그 사슬을 깰 수 없으니 그 작고 파란 집까지 아버지와 같이 가야 한다. 그것은 결코 옳거나 그른 문제가 아니었지만 취리히까지 가는 길은 고통스러운 길이고, 굽이마다 새롭게 고통스러워질 것이다. 내 형들은… 형들은 아직도 그 모든 것에 갇혀 있다. 그들의 성격과 본성 때문에 그리고 그들이 어떻게, 누구에 의해 태어났는지 때문에. 하지만 난 매어 있지 않다. 그렇다, 난 자유다. 난 할 수 있다. 난 밧줄을 잘라낼 수 있다.

난 운이 좋다. 오늘은 살아 있기에 아주 아름다운 날이니까.

나는 뺨 안쪽 살을 잘근잘근 씹고 있어서 미칠 듯이 아프지만 그래도 계속 간다.

바로 앞쪽에 나의 목적지가 있다. 바트 우토크바이. 그곳은 호수 위에 있는 일종의 벨 에포크풍의 목욕탕이다. 나는 이곳이 정말 아름답다고 생각했다. 흰색 페인트를 칠한 사랑스럽고 오래된 목재와 우아한 철제 재료로 지은 이 단층 건물은 햇빛을 받아 찬란하게 빛나고 있었다. 위쪽에 우아한 발코니들이 있었다. 파라솔들도 있었고, 목재 데크들도 있었다. 고상한 콜로네이드*도 있었다. 이 건물이 물 위로 뻗어나간 방식을 보니 톰 소여 영화에서 나오는 미시시피강에 뜬 배들이 떠올랐다.

나는 돈을 내고 안으로 들어갔다. 오른쪽은 여자 전용, 왼쪽은 남성 전용이다. 한가운데는 섞여 있다. 거기엔 가족들, 커플들, 싱글들이 있었다. 사람들이 이미 일광욕이나 독서를 하고, 레스토랑에서 파는 음료수를 마시는 목재 데크로 나는 나갔다. 호수에는 수상 플랫폼들이 있었다. 거무스름한 회색이 감도는 청색 물은 거의 움직이지 않고 희미하게 옆으로 밀려가는 것처럼 보였다. 마치 태양을 너무 오랫동안 봐서 최면에 걸린 것 같았다.

나는 셔츠와 신발을 벗어서 의자 밑에 숨겼다. 갑판을 따라 걸으면서 누워 있는 사람들을 피해 지나갔다. 그러다 옆으로 가서 콜로네이드들 밑으로 내려갔다. 호수 끝 쪽에서 거대한 여객선 한 척이 나오고 있었다. 호수에는 그보다 작은 보트들이 많

---

*   지붕을 떠받치도록 일렬로 세운 돌기둥들.

았다.

나는 사다리에 이르렀다. 다이빙 도약대에서 뛰어내릴까도 생각했지만 그건 좀 과한 것 같아서 대신 사다리를 내려갔다. 발에 차가운 물이 느껴졌지만 내려가는 리듬을 깨고 싶지 않았다. 어떤 고통이나 충격이나 감정도 보이고 싶지 않았다. 아무 문제 없는 것처럼 물속으로 들어간 다음에 사다리에서 손을 놨다. 호수가 날 감쌌고 한순간 물속이 바깥보다 더 따뜻한 것 같았다. 나는 사다리에서 몸을 떼고 하늘을 올려다봤다.

몸을 돌려서 헤엄을 치기 시작했다. 물이 내 팔에서 호를 그리며 흩어져서 햇빛에 찬란하게 빛났다. 나는 조금 더 세게 헤엄을 쳐서 수상 플랫폼을 지나쳤다. 나는 환한 색의 수영 모자를 쓰지 않았다. 모자는 아무것도 쓰지 않았다. 여객선이 다가오고 있었다. 아주 많은 보트들이 이쪽저쪽에서 지나가고 있었다. 그 배들 사이를 건너갈 수 있는 틈이 있다. 아마도, 타이밍을 잘 맞춘다면. 난 편하게 헤엄치고 있었고 물속에서는 대낮과 파란 하늘의 아름다움이 반짝이며 춤을 추고 있었다. 나는 발을 차면서 앞으로 나아갔다. 나는 태양과 내가 쉬는 호흡의 리듬을 느낄 수 있었다. 나는 헤엄쳐서 호수를 건너고 있었다. 난 그저 헤엄쳐서 이곳으로부터 멀어지고 있었다. 난 그저 헤엄치고 있었다.

마지막 말

나의 사랑하는 루에게.

 너에게 편지를 쓰는 건 가장 쉽고도 가장 어렵구나. 그래서
마지막에 하려고 남겨뒀단다.

 가장 쉬운 이유는 네가 나를 가장 잘 알기 때문이다. 넌 내가
얼마나 행복한지, 얼마나 운이 좋다고 느끼는지, 이 결정을 내
리기까지 얼마나 많이 고려하고 생각해봤는지 알고 있단다. 이
건 옳은 일이야. 그러니 이 일을 절대 나쁜 일이라고 느끼지 마
라. 네가 그러지 않을 거라는 걸 난 안다. 1년 정도 시간이 지
나면 너도 우리가 만났던 다른 사람들처럼 아주 좋은 생각이
었다고 느끼게 될 거야(그건 그렇고 시간이 지나서 다른 사람들이
그랬던 것처럼 우리의 경험을 널리 많은 사람과 나눌 수 있다는 생각
이 들면, 사람들에게도 도움이 될 거라고 나는 생각한다. 요즘 많은 것
이 그렇듯이 영국은 이 문제에서 이상하게도 혼란스러워하는 것 같으

니…).

　지난 며칠이 내 인생에서 가장 행복한 나날이었다는 점을 네가 알아줬으면 좋겠구나. 이건 그냥 하는 말이 아니란다. 페리, 샴페인 성, 야영장에서 한 대화들, 동굴, 경주 우승, 우리의 근사한 저녁 식사(내가 격렬한 비난을 받을 만하긴 했지만), 한밤중에 라인 강변에서 우리가 한 산책, 어제 오후에 호텔 지붕 정원에서 산을 보면서 애플 스트루델을 먹을 때는 랄프와 잭조차 결국 현실을 받아들였지. (현실이란 세상에서 가장 대하기 힘든 것이란다.) 우리는 아주 운이 좋아서 그런 시간을 가졌고 이렇게 따뜻한 늦여름 햇살을 즐길 수 있는 거야! 덕분에 나도 신을 믿고 싶구나(농담이야). 내가 밴에서 한 말은 다 사실이다. 난 정말 병이 난 것도 감사하고 이런 식으로 내 삶을 끝내는 방법을 이용할 수 있게 된 것도 감사하다. 우린 모두 죽는다. 내 나이에 그건 사실 문제가 되지 않아. 인생이란 위대한 꿈이 끝나게 되니 내 마음속에 아주 큰 슬픔이 깃든 건 사실이다(그 어느 때보다 더 인생이 덧없는 꿈이란 생각이 절실하게 든단다…). 나는 가장 좋은 환경에서 죽어가고 있다고 믿는다. 이건 사실이란다. 네가 슬픔을 느낄 때 이게 사실이란 걸 너도 알 수 있을 거야.

　물론 네가 지난 며칠만 생각하길 바라진 않는다, 루. 난 네가 우리가 같이 살았던 인생 전체를 생각해보길 바란다. 네가 어렸을 때를 생각해보렴. 엄마를 생각해봐. 우리가 같이했던 즐거움과 웃음과 바보 같은 짓들을 생각해보렴. 우리가 놀고 같이 밥을 먹고 여행 갔던 때를 생각해보렴. 목욕할 때. 잘 때. 강과 호수에서 수영하던 거. 우리가 갔던 모든 곳과 우리가 했던 모든 것들. 우리가 했던 말들. 뭔지 모르겠지만 너의 마음속에 남아 있는 순간들 말이다. 우리가 만약 어딘가에 살았다면 그건 우리가 알고 무엇보다 사랑했던 사람들의 마음속일 거야. 그러니까 정말 슬퍼하지 마라. 아니면 너무 자주 슬퍼하진 마!

그래, 우리가 함께 살았을 때 네가 기억하는 내 모습이 뭐든 가장 좋은 모습만 기억에 간직하고 너의 삶이라는 여정에서 마음속에 간직해주렴.

나는 한 사람에 대한 믿을 만한 판단 기준은 그 사람이 자신의 삶에 얼마나 많은 영혼을 쏟아부었는지, 다른 사람들에게 얼마나 베풀고 자신의 좀 더 심오한 느낌과 생각과 욕망에 얼마나 충실하게 응했는지에 달렸다고 믿게 됐다. 스스로 생각하고 느끼고 질문하는 사람들과 질문과 생각이라면 아예 담을 쌓고 사는 사람들 사이에는 엄청난 차이가 있단다. 마음이 열려 있고 너그러운 사람들과 마음이 닫혀 있고 냉정한 사람들 사이에도 큰 차이가 있지. 내면의 삶이 풍요로울수록 밖으로 드러나는 삶도 더 아름답단다. 내면을 가꾸면 밖으로 드러난 삶도 번창한다. 뿐만 아니라, 루, 자연의 위대한 아름다움과 인류의 위대한 천재성도 마음껏 즐기길 바란다. 너희 친구들을 아주 소중하게 여기고, 할 수 있는 한 많이 읽고, 선택할 수 있을 때는 항상 더 용감한 선택을 해라.

네 엄마가 나에게 가르쳐준 두 가지를 너에게 전해주고 싶구나. (네 엄마가 너에게 아주 많은 것을 가르쳤다는 걸 알고 있단다.) 첫 번째는 엄마 말처럼 사람이 하는 행동 이면을 보려고 노력해라. 그 사람이 어떻게 현재의 그 사람이 됐는지 그 구조를 이해하는 사람은 엄청난 해방감과 통찰력을 경험한단다. 네 엄마가 내 인생의 후반기에 심리학을 가르쳐줬는데 학문이란 게 다 그렇듯이 그 이론의 상당 부분은 헛소리였지만, 그 쓰레기들 사이에서도 아주 많은 지혜와 이해를 얻게 돼서 좀 더 젊었을 때, 내가 '내 성격이란 감옥에 죄수로 갇혀 있을 때(엄마 표현이란다)' 그것들을 알았더라면 좋았을 거라는 생각이 들었다. 네가 너 자신을 모른다면 어떻게 다른 걸 알 수 있겠니?

두 번째는 강해지라는 것이다. 가끔 절망에 빠져 드러눕지 말라는 뜻은 아니다. 아니, 사람은 살면서 다 그럴 때가 있다고 난 생각한다. 우리 모두 일을 망치고 타인에게 고통을 안기고 그 대가로 자신도 고통스러워지지. 세상은 비극과 고통과 불행으로 가득 차 있다. 내가 말하는 강해지라는 뜻은 가장 절망적인 순간에도 네 안에 그 시험을 통과하고, 그것보다 더 큰 생각을 하고, 더 크게 느끼고, 더 오래 갈 수 있는 자원이 네 안에 있다고 믿으라는 말이야. 어떻게 또는 언제 그럴 수 있을지 확실하지 않을 때라도 그 자원을 어떻게든 다시 발견하게 될 거라는 걸 네가 알아야 한다는 면에서 강해지라는 뜻이야. 너 스스로가 아닌 다른 사람이 너란 사람을 함부로 규정하게 놔두지 말고 그 어떤 것에도 지지 마. 회복력, 지구력, 결의라는 면에서 네 할아버지와 증조할아버지는 내가 만나본 사람 중에 가장 강한 분들이셨다. 네 안에는 그분들의 모든 장점이 다 들어 있단다, 그건 내가 장담하마. 그분들의 나쁜 면은 없기를 바란다. 아니면 너무 많이는 있지 않기를!

너에게 편지를 쓰는 게 가장 힘든 이유는 내가 널 너무나 사랑하고 그 어떤 그늘이나 복잡한 문제없이 순수하게 널 사랑하기 때문이야. 네가 나에게 준 모든 것에 고맙다는 말을 하고 싶구나, 루… 넌 나에게 아주 많은 걸 줬어. 아주 많은 걸. 어렸을 때 네가 뽀뽀를 해주면 세상 모든 걸 다 가진 것처럼 기뻤다. 우리는 게임을 했단다. 넌 기억할지 모르겠는데, 내가 널 안아 올리면 네가 아주 조그만 두 팔로 날 안고 네 얼굴을 내 얼굴에 붙이고 아아아아아… 빠라고 했다. 그것보다 더 큰 행복은 내게 없었어. 우리 모두 반드시 마셔야 하는 컵을 먹을 때 나는 그 생각을 하고 있을 거야.

그보다 더 중요한 점은 네가 날 더 고결한 사람으로 만들어줬고 내가 잃었다고 생각한 품위를 많이 되찾게 해줬다는 거란다. 넌 내 인생의 후반부에 주된 기쁨과 목적이 돼줬어. 요 몇 년간 네가 같이 있어줘서 정말 기뻤다. 무엇보다 넌 우리 가족에게 생긴 분열을 치유할 수 있도록 도와줬단다. 내가 형들에게 널 보살펴달라고 부탁했던 것처럼 너도 형들을 보살펴주렴. 형들이 하는 충고는 꼭 무시해라. 이건 반쯤 농담이란다.

하나 더 할 말이 있다. 인생의 동반자는 신중하게 선택하고 반드시 그녀를 사랑하도록 해라. 그건 우리가 인생에서 내리는 가장 큰 결정이고 둘 사이에 결정적인 순간이 오면(그런 순간은 어떤 식으로든 오지) 인간이 발견한 그 어떤 것보다 사랑이 가장 큰 힘을 발휘한단다. 두 사람이 같이 살면서 위기를 피할 수는 없단다. 그들이 스스로를 피하지 않는 한 말이다.

난 이제 잠을 좀 자야겠구나.

그러니 이 말만 하겠다. 할 수만 있다면 너의 비밀의 책을 계속 써라. 그 책을 쓰는 데 앞으로 10년이 더 걸린다 해도!

이 말도 해야겠다. 마지막으로 하는 말인데 넌 아버지가 아들에게서 바랄 수 있는 전부였고 그 이상이었다. 넌 운율적인 마음과 시인의 영혼을 지닌, 영특하고 통찰력이 뛰어나고 잘생긴 아들이었다. 넌 내 영혼의 기쁨이자 심장의 자부심이었지. 나의 훌륭한 동반자였고. 내 키스를 보낸다. 앞으로 어딜 가고 어떤 감정을 느끼건 용기와 아버지의 사랑이라는 확실한 보증을 가슴에 품고 가길 바란다.

사랑한다, 루. 항상 사랑했고 영원히 그럴 거야.

사랑한다.

아버지가.

감사의 글

늦었지만 옥스퍼드 운동신경세포병 치료와 연구센터에 계신 분들에게 감사드립니다. 그곳 환자분들은 너그럽게 시간을 내서 자신의 경험을 아낌없이 털어놓아주셨습니다. 케빈 탈벗 교수님의 전문 지식과 통찰력은 이 소설을 쓰는 데 헤아릴 수 없이 큰 도움이 됐습니다. 또한 넉넉하고 관대하게 마음을 써주신 레이첼 마스던 역시 칭송받아 마땅합니다. 저의 고통스런 질문에 지극히 사적인 경험을 아낌없이 공유해주신 디그니타스 관계자분들에게도 갚을 수 없는 큰 빚을 졌습니다. 특히 레슬리의 품위와 그녀의 심오한 인간애에 경의를 표하고 싶습니다.

글을 쓰는 데 큰 도움을 준 제 에이전트 빌 역시 고마운 사람입니다. 편집자들도 마찬가지입니다. 성실하고 부지런하게 일하면서 제 글을 지지해준 크리스, 제 글을 꼼꼼하게 체크해준 폴과 지혜를 더해준 클리버 스퀘어 편집자에게 감사하는 마음을 전하고 싶습니다. 루시와 니콜라스와 피카도르 출판사에 있는 모든 유능한 직원에게도 큰 도움을 받았습니다. 레이첼과 올리비아도 제 은인입니다. 이 소설의 초반부에 생각을 보태준 레오와 케이트에게도 감사하는 마음을 전합니다. 제가 미궁에 빠져 있을 때 유쾌한 동반자가 되어준 마크에게도 큰 빚을 졌습니다. 제게 다양한 은신처들을 제공해주고 사반세기 동안 열정과 우정을 준 리처드에게도 고맙다는 말을 하고 싶습니다. 오랫동안 제가 쓴 책을 읽어주고, 들어주고, 반기를 들기도 했던 제 형제자매인 헥, 구스, 헉스, 벱스, 위지와 처브에게도 고맙다는 말을 하고 싶습니다. 이 책을 현실로 만드는 데 누구보다 크게 도움을 준 엘리사에게 진심으로 고맙다는 말을 하고 싶습니다. 그리고 제 일상에서 없어서는 안 될 사람인 엠마에게 고맙다는 말을 하고 싶습니다.

마지막으로 철학자이자 시인이며 여행 친구인 HM을 추모하고 싶습니다. 난 아직도 너의 시가 들려, 매트, 네가 그날 세인트 시프렛에서 읽어주던 그 방식대로.

옮긴이 후기

《내 손을 놓아줘》는 영국 작가 에드워드 독스의 네 번째 작품
이다. 그가 2003년에 쓴 첫 작품《캘리그래퍼》는 '윌리엄 사로
얀 상'과 '길포드 상' 최종 후보까지 올랐고, 일간지《샌프란시
스코 크로니클》은 이 작품을 2003년 최고의 데뷔작으로 선정했
다. 독스는《캘리그래퍼》에서 카사노바 같은 남자 주인공의 심
정을 장마다 첫 페이지에 인용한 존 던의 시와 연결해 아름답고
도 생생하게 묘사함으로써 많은 독자들의 호응을 이끌어냈다.
독스는 이런 스타일을《내 손을 놓아줘》에도 적용해 각 장 제목
을 해당하는 장의 내용 속에 넣었다. 덕분에 이 소설을 번역하
면서 이번 제목은 본문 어디쯤에서 나왔을까, 찾아보는 재미도
쏠쏠했다.

《내 손을 놓아줘》는 세 가지 큰 테마를 뼈대로 힘차게 뻗어나가

는 소설이다. 가장 먼저 독자의 시선을 사로잡는 테마는 아버지의 죽음, 그것도 안락사다. 두 번째 테마는 운동신경원 질환, 이른바 루게릭병 환자로 죽어가는 아버지와 세 아들의 서로에 대한 애증과 사랑에 관한 이야기다. 마지막 테마는 여행이다. 안락사를 위해 스위스 디그니타스로 떠나는 아버지의 마지막 여행에 동반한 세 아들의 여정이 소설의 시작을 열었다가 닫는다.

아버지가 걸린 치명적인 병인 운동신경원 질환, 즉 루게릭병은 난치병이지만 미국에서 시작해 SNS를 타고 전 세계로 확산된 '아이스 버킷 챌린지' 캠페인으로 다른 난치병에 비해 사회적으로 상당히 잘 알려져 있는 편이다. 그래도 다시 간략히 설명하면, 운동신경세포가 퇴행성 변화로 점차 소실되면서 근력 약화와 근위축을 초래해 언어 장애, 사지 위약, 급격한 체중 감소, 폐렴 등의 증상을 보이다 결국엔 호흡 장애로 사망에 이르는 무서운 질병이다. 1930년대 뉴욕 양키스 야구단의 4번 타자였던 루게릭 선수가 이 병에 걸린 지 2년 만에 사망해 그의 이름을 따서 '루게릭'이란 병명이 생겼다. 유명한 과학자인 스티븐 호킹 역시 이 병을 앓다 세상을 떠났고, 그 밖에 미치 앨봄의 베스트셀러 《모리와 함께한 화요일》, 김명민 배우가 주연한 영화 〈내 사랑 내 곁에〉가 이 병을 소재로 다루고 있다.

이 소설의 화자인 나, 루(루이스)는 세상에서 누구보다 사랑하는 아버지가 루게릭병에 걸린 후 아버지를 간호하면서 아버지가 점점 쇠약해지다 병에 굴복하는 모습을 지켜보고, 결국엔 스위스 디그니타스로 안락사를 하러 가겠다는 아버지를 모시고 여행을 떠난다. 이 소설은 막내아들인 루가 오랫동안 가족이 함께 타온 낡은 밴에 아버지를 모시고 스위스를 향해 떠나는 장면에서 시작된다. 루게릭병 환자들을 영상으로 보면서 그 병의 무서움을 실감하는 것과 소설 속 문장으로 느끼는 감각은 확연히 다르다. 화면은 보는 사람의 시선에 즉각적으로 호소하면서 아무 생각도 못하게 몰아치며 눈물샘을 자극하지만, 종이 위에 쓴 글은 독자로 하여금 한 문장 한 문장 읽어가며 마음속으로 그 모습을 상상하고 생각하게 하는 과정을 거쳐 하나의 그림을 그리면서 천천히 작품 속 주인공이 느끼는 고통과 슬픔에 스며들게 한다. 그래서 어쩌면 글로 만나는 아픔과 고통이 더 절절할지도 모르겠다.

루는 밴을 타고 가족 여행을 떠날 때마다 운전을 도맡아 하는데, 차를 끓여주던 든든한 가장이었던 아버지가 이제 조수석에서 힘없이 누워 자는 모습을 보며 감정이 복받친다. 항상 자신을 보호해주던 아버지 대신 이제는 자신이 아버지를 보호해야 하는 현실에 압도당하는 루의 모습을 보며 이는 모든 자식이 느끼는 슬픔이자 공포란 생각이 들었다. 90 먹은 부모가 60 넘은 자식에게 '차도를 건널 땐 항상 차 조심하라'고 당부하는 것처럼 부모님이 살아 계신 한 우리는 모두 부모님에게 의지하고픈 자식이자 아이일 뿐인데, 그런 산 같은 부모가 어느 날 세상을 떠난다면 그 슬픔을 이루 헤아릴 수 있겠는가. 더구나 소설 속 루는 자신이 직접 목숨을 끊으러 가는 아버지를 모시고 간다는 사실에 더 고통스러워한다. 그것은 너무나 자연스럽고 인간적인 고뇌다. 루의 이런 고뇌를 더 복잡하게 만드는 것은 이복형인 쌍둥이 잭과 랄프의 부재다. 힘든 여행에 같이 와서 힘을 보태주면 좋으련만, 야속한 형들은 소식이 없고 막내인 자신 혼자서 이 어려운 여정을 시작해야 하는 상황이다. 루는 어떻게 하면 좋을까.

이 소설은 또한 사랑에 관한 이야기다. 루의 쌍둥이 형이 이복형이라는 사실에서 알 수 있는 것처럼 루의 아버지는 재혼을 했다. 그것도 첫 번째 결혼 생활이 끝나지 않은 상태에서 불륜에 빠져 결국 이혼하고 루를 낳은 것이다. 유부남이자 전도양양한 비평가이며 지식인이었던 아버지를 걷잡을 수 없이 사랑에 빠져들게 한 주인공은 러시아의 시인인 루의 엄마였다. 흥미로운 점은 작가 에드워드 독스의 어머니가 러시아인이라는 사실이다. 그래선지 작가가 쓴 다른 작품들에서도 주인공의 엄마가 러시아인으로 여러 번 등장한다. 다시 이 작품으로 돌아와, 아버지의 불륜과 재혼으로 잭과 랄프 형제는 유년 시절에 크나큰 마음의 상처를 입는다. 아무것도 모르고 태어난 루 역시 그런 가정사에 영향을 받을 수밖에 없었고. 그로 인해 세 아들은 저마다 다른 형태의 사랑을 한다. 철저히 가정적인 가장이 된 잭, 자유로운 예술혼을 지닌 랄프의 자유분방한 사랑, 시인이 되길 꿈꾸지만 데이터베이스 매니저로 일하며 사랑 앞에 수줍어하는 루. 이 셋의 사랑은 각자가 내린 선택인 동시에 부모의 사랑과 파국을 보고 자라면서 받은 영향의 결과라는 점에서 무척 의미심장하다.

세 번째 테마는 여행이다. 이 여행은 글자 그대로 네 부자의 여행이자 네 부자의 삶에 대한 은유로도 읽힌다. 아버지는 병으로 시시각각 시들어가면서도 왕성한 호기심과 지식욕으로 여행 내내 생기를 잃지 않는다. 어떻게 보면 죽어가는 사람은 아버지인데 오히려 그 반대가 아닐까 하는 생각이 들 때도 있었다. 소설 속 아버지와 반대로 세 아들, 그리고 우리는 주위에 보이는 사물을 제대로 보지 못하고, 우리 곁에 있는 아름다운 음악과 문학과 미술과 역사를 음미하지 못하며, 맛있는 음식과 샴페인과 와인을 즐기지도 못하고, 왜 살아가는지 이유도 모른 채 그냥 살아가는 게 아닐까. 아버지는 그토록 사랑하는 아들 셋을 다 데리고 디그니타스까지 가면서 아들들에게 그런 삶의 의미와 즐거움을 조용히 보여준다. 그런 모든 일이 길 위에서, 삶에서 펼쳐진다.

디그니타스병원은 스위스에 있는 안락사 지정 병원 중 유일하게 외국인을 받아주는 곳이라고 한다. 1998년에 설립된 후 2014년까지 96개국에서 7764명이 안락사를 신청했으며, 한국인도 18명이 신청했다고 한다. 소설 속 아버지는 안락사를 신청하기 위해 필요한 서류들을 모두 영국에서 받았고, 디그니타스로 가기 전 디그니타스병원 의사에게서 안락사 처방전을 받는다. 그리고 아들들에게 말한다. '자신의 뜻에 따라 죽을 수 있는 권리'를 받게 된 것은 아주 큰 선물이라고. 시시각각 끔찍한 고통에 시달리며 아무런 치료제도 없이 결국은 혼자서 호흡 장애로 죽는 환자에게 죽음의 순간을 스스로 선택할 수 있다는 건 역시 선물이 아닐까, 그런 생각이 나도 들었다.

이 소설은 재미있거나 흥미진진한 사건이 많이 일어나는 역동적인 소설은 아니다. 그보다는 아버지와 세 아들의 대화를 통해 부모와 자식 간의 사랑, 남녀 간의 사랑, 인생의 의미와 죽음, 방대한 우주며 인류를 생각할 수 있는 계기를 던져주며 동시에 은은히 빛나는 통찰력을 제시한다. 죽음보다 더한 고통을 주는 병에 걸렸을 때 삶을 선택해야 할까, 죽음을 선택해야 할까? 부모가 자식에게 줄 수 있는 가장 큰 사랑은 뭘까? 가족은 뭘까? 내 힘으로 나만의 생을 살아간다는 건 어떤 의미일까, 이런 가볍지 않은 화두들을 던지는 이 소설을 읽고 다시 한번 무심하게 살아가는 내 일상을 돌아본다면, 그것만으로도 이 소설을 읽은 가치가 있다고 번역을 끝내며 나는 생각했다.

박산호

내 손을 놓아줘

초판 1쇄 발행   2021년 7월 9일
초판 2쇄 발행   2021년 12월 6일

지은이   에드워드 독스
옮긴이   박산호

펴낸이   김현태
펴낸곳   달의시간
등록   2018년 10월 12일 제2018-000283호
주소   서울시 마포구 잔다리로 62-1, 3층(04031)
전화   02-704-1250(영업), 02-3273-1334(편집)
팩스   02-719-1258
이메일   editor@chaeksesang.com
광고·제휴 문의   creator@chaeksesang.com
홈페이지   chaeksesang.com
페이스북   /chaeksesang   **트위터**   @chaeksesang
인스타그램   @chaeksesang   **네이버포스트**   bkworldpub

ISBN   979-11-5931-624-1 03840